李安

——著

孟婆傳奇

南葵篇

蘇牧

北京電影學院文學系教授、博士生導師，北京市高等學校優秀青年骨幹教師（1996 年），香港中文大學傑出訪問學者。北京電影學院「金字獎」第二屆、第七屆評審會主席。

主要著作有《榮譽》、《太陽少年》、《新世紀新電影》，其中《榮譽》16 次印刷，為北京電影學院、中央戲劇學院、中國傳媒大學、上海戲劇學院、北京大學等國內著名藝術院校學生必讀書。《榮譽》2004 年獲「中國高校影視學會優秀學術著作一等獎」，《榮譽》修訂版 2007 年入選教育部中國高校「十一五」國家級教材。2008 年入選教育部中國高校「十一五」國家級教材精品教材。

主要科研項目：北京市教育委員會 2013 年社科計畫重點項目：《中外電影大師精品解讀》。

青鸞舞鏡與孟婆犧牲

北京電影學院上課，我會講侯孝賢導演的電影《刺客聶隱娘》。《刺客聶隱娘》是一部古裝武打電影，侯孝賢導演真是有些不應該，文藝片拍得那麼好，卻要來拍古裝武打片。中國古裝武打電影很多，徐克、成龍等等，當然最好的是李安導演的電影《臥虎藏龍》。《臥虎藏龍》的優點是精彩的武打背後，是我們中國和東方的神韻。但是萬萬沒有想到，侯孝賢導演拍出了《刺客聶隱娘》。

打一個比方，如果所有武打電影參加奧運會跳高比賽，《臥虎藏龍》跳過了 2 米 3，《刺客聶隱娘》卻跳過了 2 米 5。總之，以後的中國武打電影，其他人真是沒辦法拍了。

為什麼《刺客聶隱娘》是 2 米 5 ？《刺客聶隱娘》拍攝的故事是唐朝。唐朝是中國歷史上最偉大的時代，陳凱歌導演的《妖貓傳》也是拍唐朝。但是，《妖貓傳》表現更多的是唐朝的繁華和絢爛，紙醉金迷、鶯歌燕舞、雲想衣裳花想容……那些只是表面上的唐朝，《刺客聶隱娘》拍攝的卻是唐朝的精神。

唐朝的精神是唐朝偉大的根本原因，他的胸懷，他的壯闊，他的海納百川的偉大精神力量。從人物角度講，《刺客聶隱娘》的唐朝精神，體現在舒淇扮演的窈七，還有道姑和公主身上。窈七是為愛情而犧牲，道姑是道家的行規和準則，公主是為國獻身的偉大情懷。公主之上，還有青鸞，電影中描述了青鸞舞鏡的故事。

「罽賓國王得一鸞，三年不鳴，夫人謂，鸞見類則鳴，何不懸鏡照之。鸞見影，終宵奮舞而絕。」

青鸞不舞，是因為沒有同類，看到鏡中的另一個青鸞（自己的影子），她誤以為同類，一夜起舞身亡。

青鸞起舞是為精神而死，為知音而死，不與雞犬之輩同流合汙，這正是偉大的唐朝精神。

女作家李莎的小說《孟婆傳奇》系列中的孟婆，是道教中的傳說人

物，也是道家精神的集大成者。李莎書寫的孟婆，故事驚心動魄、優美動人，在李莎筆下，孟婆不僅僅是美麗、善良、助人、達觀的美的化身，更如同《刺客聶隱娘》中的窈七，是性格剛烈、為人付出、忠貞不二的女中豪傑。如同《刺客聶隱娘》中的青鸞，三年不鳴，見到同類，終宵奮舞而絕。

在電影學院的講臺上，我經常對同學們感嘆女性的偉大。女性的無私和犧牲，女性的捨己和寬容。更有女性的純粹，如同姜文電影《太陽照常升起》中，河水中流動的女人的衣服。女性之美淋漓盡致，讓人目眩，李莎作品中的孟婆何嘗不是如此。

《孟婆傳奇》系列中的孟婆形象光彩奪目、與眾不同，與李莎的女作家身分相關。李莎是我中歐商學院電影課程的學生，她對電影的理解獨到深刻，感悟極佳。春節前夕，李莎告訴我，她要將她的小說《孟婆傳奇》系列改編為電影劇本。

祝賀李莎，那必將是一部與眾不同、出類拔萃的謳歌女性的電影，如同侯孝賢導演的《刺客聶隱娘》一樣。

北京電影學院文學系教授 蘇牧

推薦者簡介

毛利華

北京大學心理與認知科學學院副教授，博士生導師，九三學社社員，現任北京大學心理與認知科學學院工會主席。

北京大學主幹基礎課《普通心理學》，《社會心理學》，全校通選課《心理學概論》，線上線下混合式課程《探索心理學的奧祕》主講教師。

曾獲 2004 年北京大學教學成果一等獎，教育部教學成果二等獎，2005、2008 年北京大學教學優秀獎，2006 年北京市科技新星，2006 年教育部高等學校科學技術獎（自然科學獎）二等獎，2015 年北京大學十佳教師寒梅獎，2017 年北京大學曾憲梓教學優秀獎，主講的《探索心理學的奧祕》獲教育部 2018 年國家精品線上開放課程。

曾獲 2010 年北京大學模範工會主席、2018 年北京大學優秀工會幹部等稱號。

著眼當世、一心向善

「孟婆」或許該算是中國民間最家喻戶曉的名字之一了，相對於神話傳說中的人物，我更願意把她看作是古老中國文明體系中極為關鍵的角色，因為她承接了生與死之間的橋梁。

對死亡的探究，應該是每個人類文明最為著迷的話題之一，因為我們渴望瞭解生的意義，所以同樣也在追求死亡的本質。在這個星球最近 35 億年的歷史當中，無數的生命在生生死死之間更迭，活過一世，完成傳承的使命，一次又一次重複著同樣的故事。直到幾百萬年前，人類的祖先陰錯陽差，突然小小打破了一下這個困住所有生命當世的牢籠，將思維的觸角伸向將來，我們意識到了將來，擁有了希望，擁有了對永生的渴望，也開始畏懼死亡。

人類文明傳承一直都在嘗試著去理解生與死的本質，以及背後隱藏的祕密，而對生的渴望和對死亡的恐懼，使得人們努力試圖打通生死之間的壁壘，建起一座跨越生死的橋梁，銜接起生與死的世界。

古埃及相信人死後不會消亡，會以靈魂的方式存在，因此他們將死者製成木乃伊，而女神伊西斯（Isis）會引導亡者的靈魂依附於其上，帶著所有曾經的過往，以這種形式繼續存在。古希臘人也相信靈魂不死，但是他們覺得死亡或許是一場淨化之旅，能夠使人們洗脫罪惡。

柏拉圖在《理想國》中描述的遺忘平原（Lethe）及後來在但丁的《神曲》中擁有同樣名字的遺忘之河（Lethe），都是洗淨靈魂中罪惡的記憶，而將美好永存下去。古代中國則用另外的形式，詮釋著生與死之間的承接，對個體來講，死亡並不是結束，而是意味著拋開所有過往，重新開啟生命新的旅程。不僅是人類，萬靈萬物都被包含在這個宏大的輪迴體系當中，重複卻又獨特地有序運轉。因此，或許古埃及相信的永生，是換了一種存在的形式，古希臘的永生，意味著洗淨罪惡以最美好的形式留存。

古代中國文明則是徹底拋開所有的過往，無論美好還是罪惡，以全新的獨立個體繼續存在。孟婆作為由死至生的最後一個環節，則是在奈何橋

頭用一碗特殊熬製的孟婆湯，使所有的靈魂忘卻前世種種一切，重新開啟新的輪迴。在那個重啟的輪迴裡已經不再是當世的這個我，所以在古老的中國文明傳承中，人們會著眼當下，追求當世的長生，甚至超越輪迴的永恆不滅，成為個體跨越生死的最重要手段。著眼現世並不意味著可以為所欲為，因為不同輪迴中的個體，其實並不是兩個獨立不相干的個體，在這個系統當中，還有另外一個真正貫穿始終而不變的最基本規則，那就是因果報應，恰恰是這個規則，使得整個輪迴系統成為了一個圓滿的體系。

靈魂對前世的忘卻，只是個體層面的忘卻，但是系統還存在著因果迴圈這個宏大規則記錄著每個個體的因果，從而把無數個獨立的輪迴聯繫成為一個整體，「何為前世因，今生受者是；何為後世果，今生做者是。」這樣也形成了中國傳統文化當中敬畏因果，行為向善的特質。

因此，中國人活在當世，著眼當下，但是卻又講求報應，一心向善。在這個輪迴體系中，孟婆居於最關鍵的起承轉合的位置，正是因為這個角色，使得這個體系有序地運轉。

李莎筆下的孟婆，恰恰描述了這種傳統的文明特質，在她的故事裡，孟婆作為一個普通而平凡的個體，在一個宏大的前生今世故事中，經歷了人世間的愛恨情仇悲歡離合。李莎講的故事深深吸引了我，也使我看到了在這所有的文字背後，始終流淌著的「經歷當世，一心向善」，因而促使我想到了上面的這些文字。

而我也相信，每位閱讀者都會從李莎的故事中，獲取自身不一樣的感悟。因為，或許孟婆是一個使得個體忘卻前生故事的人，卻同時也是一個收集故事的人，她經歷了在這個世間存在過的所有個體一生一世的記憶，閱盡了人世間的悲歡離合一切種種，那麼她定也有自己精彩的故事。從傳統的中國文化來講，每個人心中孟婆的故事，可能都帶有自己前世的過往、今世的精彩，以及對後世的理想吧！

北京大學心理學系副教授 毛利華

作者簡介

李莎

希達工作室創辦人、中國傳統文化
教育與傳播研究學者、中國社會科
學院金融學研究生、香港大學整合
行銷碩士、中歐國際工商學院高級
工商管理碩士。

現就讀於清華大學積極心理學專業。
曾於中山大學任職，並在韓國三星集團、周大福集團等世界 500 強
企業擔任集團高級管理職位。擅長傳統文化在心理學方向和環境學
的應用，並致力於中國優秀傳統文化教育與傳播。

所撰寫的多篇學術性論文和專業性文章，已在《出版廣角》、《財
經界》、《中國文藝家》、《發現》、《長江叢刊》、《中國民族
博覽》、《新教育時代》、《中華少年》、《中國校外教育》等多
家國家級專業期刊和國家級媒體刊登。

代表作品：《直覺力：讓人生經驗轉化成選擇的能力》、《焦慮心
理學》、《1001 天》、《潛意識之謎》、《李莎的生活隨想》

相濡以沫，不如相忘於江湖

　　一百個人心中有一百個孟婆。或許，每一個人想像中的孟婆都是截然不同的，包括那碗「孟婆湯」的滋味和功效，也是眾說紛紜。想像一下自己手捧孟婆湯時的心情和感慨，大概每個人都不一樣，在塵世活過的人，每個人都有一番屬於自己的際遇與感悟。

　　寫這本書的初衷，源自 2019 年某一天，彼時我正和清華積極心理學班的幾位同學一起聊天。大家都人到中年，經歷的世事也多了許多，忽然感嘆起現在社會上的詐騙、作假行為，似乎很多人越來越缺少敬畏心。面對這種大規模的信任危機，好像沒有特別行之有效的方法能改變現狀。

　　說起這些，忽然覺得小說、電影、電視劇都是青年人關注得比較多的東西，如果能把這部分的力量好好運用，可以讓更多人瞭解更深的世間法則自然運行。在我們忙碌的日子裡，是否有在夜裡抬眼看看天空的繁星，放下自己的執著，感受天道萬物自然的運行呢？

　　想到這裡，就決定以「孟婆」的故事來做基點。孟婆湯是一個深入人心的名詞，我想過將來自己終老之時，會不會不捨得喝下那碗孟婆湯，會不會對前世的一切還有所眷念？我也想過，若是自己可以選擇性遺忘，會遺忘哪段回憶呢？細細思量了很久，覺得自己哪段回憶都不該遺忘，哪怕是痛苦的、傷心的、失望的，但那些才是構成現在的我的基礎要素之一，是我的一部分，又怎能隨意的遺忘呢！只不過換種心態去看待過往的回憶罷了，這樣想來，就沒有那麼多情緒的起伏和糾葛了。

　　小說中反覆想表達的只有一句話：「相濡以沫、不如相忘於江湖。」這是我親愛的大舅舅生前經常說的一句話，可惜他走得早，沒能看到這本小說的出版。但是我相信他在天有靈，一樣可以感受到這本書承襲了他的一部分的觀念，亦能得知他永遠活在愛他的親人朋友們心中。

　　人生不如意為常態，凡事小滿即可。無論一生何種經歷與苦楚，最終人還是要與自己和解。生是死之根，死是生之苗，眾生死有異，為眾生而死得福生，為自身而死得還債生，天道自然，人道自為。

小說之中，以中國傳統文化的道學文化為基礎，以孟婆的經歷為故事主線。但因為小說的特殊性，所以也無法完全真實反映道學文化的博大精深，只能擷取點滴片段而已。小說中的人物有你有我有他，在眾生一體之中，我們總能窺見自己的身影。

　　很感恩能邀請到我的兩位老師：北京電影學院文學系的蘇牧教授和北京大學心理學系的毛利華副教授，來為整個《孟婆傳奇》系列寫序言，兩位良師都是啟迪我更深入思考和探索的明燈。

　　此書獻給我摯愛的家人與朋友們，因為你們的支持，才讓我可以盡情學習探索，發掘那些未知領域，體驗更加豐富的人生。同時也以此書紀念所有我逝去的親人們，生是一段全新的旅程，死也是一段全新的旅程。天下人與事，都因歲月而物換星移，最後再附上我喜歡的那段日本詩詞：

《敦盛》
細細思量，此世非常棲之所，
浮生之迅疾微細。
尤勝草間白露、水中孤月。
金谷園詠花之人，為無常之風所誘，
榮華之夢早休。
南樓弄明月之輩，為有為之雲所蔽，
先於明月而逝。
人間五十年，比之於下天，
乃如夢幻之易泯。
一度享此浮生者，豈得長生不滅？
非欲識此菩提種，生滅逐流豈由心。

在此願諸位四時吉祥、平安喜樂。

李莎

楔 子

　　夜風緩緩吹拂，暗色最為深重的虛妄境地裡，一抹赤紅色的光暈在忽明忽滅的閃動。順著那光浮動的地方看去，是一隻玉白如凝脂的皓腕。而那光則是綴在腕上的印記，似豔紅藤蔓，糾纏著盛放出一朵名為曼珠沙華的花之印記。可很快的，朦朧的印記逐漸消失，皓腕的主人收起了袖口，她的唇邊勾出淡然而釋懷的笑意，輕垂眼波，動作輕緩的將玉壺中最後一碗湯，倒入了自己手持的銀盞中。

　　那碗澄淨清澈的湯，叫作孟婆湯。

　　凝望孟婆湯的人，則是守橋的孟婆——攬月。

　　她守著這座奈何橋，閱盡了千萬魂靈的前世悲歡、愛恨別離，而如今，也終是輪到她自己走上這座承載著輪迴的、分割出陰陽的奈何之橋。

　　石階相連，她繁複裙幅逶迤身後，鬢間步搖搖搖晃晃，端著湯汁徐步踏上階梯，纖柔背影流淌出了一絲淡淡的期盼。

　　而奈何橋下的牛頭和馬面，則是靜默注視著她離去的背影，神色不喜也不悲，竟是有些肅穆且沉重。黑白無常也在這時匆匆趕來，他們詢問起攬月的去處，牛頭以眼示意，黑白無常二鬼循望過去，只見攬月的身姿已經越發模糊，儘管心有不捨，可任憑是誰也沒有喚停她的步伐。

　　四位冥府使者佇立於橋下，他們早已看盡三界世事，但與此任孟婆相處的時日裡，也著實是結下了深情厚誼。雖說冥界之地見慣了生死，可有情眾生，生魂不滅，離別之際，難免會心中不捨。

　　牛頭聽見身側的馬面低低唱嘆，悵然道著：「一別過後，怕是再無重逢之時。」

　　這話極為觸動心弦，黑白無常二鬼竟為之動容，情難自禁的向前踏去一步，可又立即醒轉，止住了那欲挽留的步伐。

　　猶記得她初來冥府那日，身攜萬歲紫光，頭墜龍鳳玉笄，眼裡寫盡了鋒芒過往，彷彿她的身後皆是紅牆金瓦，天下繁華。

她自然不是一個塵世凡客，卻也命中註定般的成了冥府過客。

正當沉浸回憶之時，牛頭抬手搭住了黑白無常的肩，他示意二鬼望向前方，黑白無常恍惚的看去，只見遙遙奈何橋的盡頭，攬月正在回首向他們揮手道別，橋下的四鬼看見了她鬢間步搖上的龍鳳，彷彿已被注入了新魂，要跳躍著活過來。

這一刻金光湧現，層層光暈籠罩在她的身上，而迎接她的正是一場如夢似幻的新生。

那夢境的中心，是龍與鳳交纏著飛去的地方。

粼光閃閃的身軀，逐漸幻化成紫珍古鏡中的層層漣漪。鏡子的這一端，冥帝和墨正在大殿之中注視著孟婆攬月的離去，他緩緩伸出手掌，抹去了鏡中波紋，一切彷彿又歸入沉寂。

他斂了斂眼睫，靜默自語：「下一任孟婆即將出世，不知這次會是誰人呢？」

話音落下的瞬間，古鏡似在回應他一般翻湧出寥寥霧氣。透過迷濛煙霧，和墨看到了一段往昔：

滄溟神尊者，至高水神也。生於神界水域天，司乾坤水，有青龍身。初為神君，上古神魔之戰，有大功於世，得天帝賞識。曾供女媧碧石，集五色而補天，殺黑龍以濟冀州，與軒轅氏大敗蚩尤於涿鹿。自共工怒觸不周山，取其滄瀛神位而代之。玄冥親賜水神印記，伏羲加之以滄海神袍。至黃帝之時，年近五千歲矣。其手握神界一方兵權，秉性冷而剛躁，嗜酒，親妖⋯⋯

偏生此時，紫珍古鏡裡漫出大量汙濁霧氣，似是承載不了這段往事的份量。

和墨略微蹙了蹙眉，他輕輕揮手，古鏡之中立即雲收霧散，恢復了平靜，映出了他亙古未變的驚世容顏。

身後傳來稟報聲，和墨側眼去看，只見牛頭與馬面正在殿中頷首，帶來消息：「冥帝，孟婆攬月已平安離去。」

和墨聞言，臉上掛起了意味深長的笑，他順勢收起了紫珍古鏡，對牛

頭與馬面吩咐道：「你等好生看管冥府，在我歸來之即不得有任何閃失差錯。」

牛頭聞言，略顯困惑，馬面則是頃刻間恍然大悟，立即接下指令。

待到冥帝和墨拂袖離開，牛頭跟著馬面走出大殿嘟囔著：「冥帝這是要去人間巡遊不成？看那架勢，怕是一時半刻不打算回府了。」

馬面「噓」他一聲，壓低音量道：「真不愧是牛頭，當真是榆木腦袋。冥帝這是要去挑選新任孟婆，此等大事，豈能含糊？我們要在這段時間打理好冥府上下才是。」

牛頭一聽，方才大悟，自是撓著頭連連頷首。

馬面和他一起繞過十里飄香的曼珠沙華叢，打算同黑白無常商量下管理冥府的大小事宜。

而身後的小鬼們正押著一隊鬼眾渡河，許是已得知還未有新一任孟婆上任，大夥都想先把鬼眾關押起來再做打算。隊伍中有個女童的手裡拖著字畫黏成的風箏，忽來一陣風將其捲起，彷彿要穿雲越霧一般直入高空。那風箏越飄越遠，一直飄去了奈何橋下的忘川河中。

如沼澤般暗寂的忘川並未忍心吞噬它，只打了幾滾浪，將它捲成了孤舟，就像浮在水面上的一朵白蓮，孤單又靜美。

映襯著詭異空曠的冥府，仿若是冰與火的交織。

第一節

　　山巔之上風吹亂雪，連綿冰峰陡峭嶙峋，然而天卻藍得透徹，厚重雲層之間綴著幾隻孤傲的蒼鷹，牠們展翅盤旋，正居高臨下的俯瞰著崑崙雪峰上一行如螻蟻般蠕動的黑點，那是不遠千里而來的採藥隊伍。

　　風雪彌漫的前方霧氣磅礴，沿途還會有七零八落的雪塊砸下，靛青色的皂靴踩下一腳便會沒過小腿，前路舉步維艱，身後的馬匹也像是再難忍耐此等困苦跋涉，發出的嘶鳴聲一次比一次悲愴。

　　而一陣刺骨冷風襲來，不留一點餘地的割在面頰上，姬南葵因而停頓身形，領隊的姬仁宣似察覺到了異狀，立即轉身同她道：「你且上馬去吧！前路更為陡峭，已是不宜步行，我不想你有分毫閃失。」

　　南葵搖頭道：「仁宣哥哥的好意，南葵心領了，可我也不想浪費馬兒的體力。眼下已接近山頂，只需再堅持片刻便可翻越。在找到天香瓏葉之前，還要盡可能保留馬匹體力才是。」

　　姬仁宣自是拗不過她，便不再多勸，只得加快速度，帶領手下的精銳人馬繼續攀山。

　　從山腳到山腰，眼看著來到山巔，南葵早已不覺身體筋疲，反倒是心中的五味雜陳，令她備受煎熬。

　　世人皆知天香瓏葉稀世罕見，唯有到崑崙雪山上才能尋到此藥，她只盼找到藥草去救親人性命。但，如果此行是竹籃打水一場空⋯⋯她已來不及多慮，只因撲面而來的是呼嘯寒風，迷住了她的眼，擾亂了她的思緒。

　　緊接著，風暴夾雜著狂雪席捲向隊伍，一行人馬相互拉扯著依然難以立足，而南葵又是隊伍中唯一的女兒身，她畢竟身材嬌小，更是被騰空捲起，整個人如同被丟出去一般，四肢離地。

　　她眼前一片慘白，天旋地轉間，根本不知道究竟發生了什麼事，只聽見耳邊傳來人體墜落的撞擊聲，她頃刻間覺得痛極、睏極。

　　就在這半夢半醒間，暴雪停了。

彷彿過了許久許久，逐漸清晰的馬蹄聲傳來，南葵昏昏沉沉的睜開了眼，映入眼底的是一株玉白的花。

在熹微的光線中，嫩黃的花蕊與赤色的葉片上，還沾染著星星點點的雪花，南葵探出手去，輕輕的摘下了它。

「南葵！」姬仁宣在這時策馬趕來，他跌跌撞撞躍下馬背，萬分焦急的衝過來，扶起雪地中的堂妹，緊張不已的觀察她身上的傷勢。

出奇的是，南葵除了一點皮肉傷並無大礙，她展開雙手，將掌心中的花朵捧向姬仁宣，姬仁宣一愣，又循著她的視線看向自己周遭。

剎那間，他驚呼著收緊了瞳孔。

無盡的皚皚白雪中，有小小的一團玉白花朵在風中搖曳身軀，樣貌正如書中記載：「崑崙有木焉，名曰香瓏，生於雪峰之巔，而臨白仞之淵，其葉為赤，花果莢白，莖非能長也，所立者然也。」

「找到了……正是天香瓏葉。」他驚喜道，「南葵，你果然與崑崙有緣。」

南葵聞言，欣慰而笑。

身後趕來的屬下們見此情景，也一併歡呼道：「老爺有救了！」儼然把來時所遭遇的苦楚都拋在了腦後。

姬仁宣則吩咐屬下將天香瓏葉採摘完好，並放置進帶來的特殊木盒裡保存。待這一切完成，他示意南葵盡快下山，此地不宜久留。

南葵點點頭，她飛身上馬，隨著姬仁宣一併朝山下衝去。

天邊已經浮現出了熾火的朝霞，南葵抬頭望了一眼始終盤旋著不肯離去的蒼鷹，雖心覺怪異，卻也未作多想。直到遠離了山腳下，眾人決定稍作休息，姬仁宣便帶頭停下了馬，南葵隨在他身後，目光卻落在了不遠處的河岸旁。

此處距離崑崙山已遠，所以小河的清水並未全部結冰，有一名擔著木枝的樵夫，正在小心翼翼的過河。

南葵看見了他腰帶間的一塊凸起，似是用舊布包裹起的鐵石。要說焰國百姓從不使用鐵石，只因覺得落後而煩瑣，倒是臨近的幾個小國擅長鐵石取火。此時，一隻振翼輕舞的蝴蝶落在了樵夫的緯帽上。

深褐色的蝶翅，略微有些許殘缺，涼風輕拂，蝴蝶翅翼輕扇的弧度極

為僵硬。南葵不禁心生憐憫，此等時節還有蝴蝶能在寒冷中存活，實屬不易，許是這世間的生靈都在頑強的與命運抗爭著，使得她忽然想起兒時初次同父親運送貨物時，遇見一匹落單的野狼。

那野狼瘦骨嶙峋，將正值幼年的南葵視為美餐，牠眼露綠光，獠牙尖銳，躍身撲向她的那一刻，卻被身後迎上的父親一劍砍下了首級。

刀鋒無聲無息，血液飛濺在南葵的臉上，熾熱的燙。野狼的幼崽從草叢裡嘍嗶著走出，湊在野狼的屍體旁嗚咽著。

父親將寶劍收鞘，側眼看向南葵的瞬間，彼此交會了眼神。在父親的眼裡，年幼的南葵看見了對命運的惋惜與悲憫，還有一絲詭異的狠戾。

生與死，在一瞬間便可決定，被他人決定，或是被自己決定，是勝負之分的界限，正如禍兮，福之所倚；福兮，禍之所伏。

南葵不知為何會在此刻想起過往，忍不住內心激盪的吸進一口氣，意識渾濁之際，忽然耳邊響箭聲起，筆直穿過她的耳畔。

她一怔，隨即聽見姬仁宣對她大喊道：「小心！」

意識清晰的剎那間，她猛然看見面前有一個手持長刀、面目猙獰的樵夫向她砍來，而那隻蝴蝶的身軀早已破碎滿地，一如衝到她面前為她擋下那一刀的姬仁宣的胸膛，鮮血似火焰，燒紅了南葵的眼。

「是劫匪！」屬下們紛紛飛馳而來，「保護小姐和少爺！」

此時河岸旁的草叢中，突然躍起數不清的埋伏者，他們瞄準了這群驚弓之鳥，嗖嗖冷箭射來，連弩箭雨飛天而降。幾名屬下措不及防的中箭墜馬，在逐漸昏暗的山林之中，本就疲勞萬分的一隊人馬，已如甕中之鱉。

而身負重傷的姬仁宣，還在擔心藏在馬車上的天香瓏葉，南葵只覺寡不敵眾，匆忙之中趕快扶起姬仁宣翻身上馬，她心中不停的懊悔著，早該察覺到的，焰國附近盡是些戰敗小國，距離最近的便是彌國。那群戰爭逃兵早早就組成了蠻夷似的劫匪小隊，目的是就是打劫富有焰國的商隊，而且她方才已經發現了不對，要是她能早點提高警惕的話，堂兄也就不會……

「讓小姐和少爺先走！我等掩護，誓死保護藥材！」屬下們正與劫匪竭力廝殺，南葵眼看著他們一個個被凶蠻的劫匪殘忍殺害。

她於心不忍，不得不下令道：「全部撤退！別管性命之外的物品了，

必要留得青山在！」

屬下們得令，儘管心中猶豫，可還是要聽從主人吩咐。他們盡可能的救起負傷的同伴，在倉皇中策馬調頭，跟隨在南葵的馬後，向著黑暗的山林狂奔而出。

在背身逃跑的剎那，南葵曾回過頭去看，她看到了劫匪如惡鬼一般衝上馬車翻找著金銀財寶，當他們翻出天香瓏葉時，竟露出了不屑一顧的神色，雖不情願，卻也一併擄走了。再看向死相淒慘的屬下，已被苦苦等候的蒼鷹圍住，成了牠們的腹中之餐。南葵心驚膽寒的轉回頭，看著被她護在懷中的姬仁宣，以及染了她滿手的鮮血，她的淚水開始湧過眼底。

皎白明月掛於空，馬蹄聲急促倉皇。

南葵忽然覺得姬仁宣的身體漸漸癱軟，她心下一驚，當即不安的喚他道：「仁宣哥哥，你且再撐上片刻，我馬上就會找到落腳地方的，你要撐住……」

姬仁宣的意識逐漸渙散，他的聲音飄忽而渾濁：「天香瓏葉保存不當的話，只會形同枯草……落入賊手，暴殄天物……」

僅此一句，似能將她千刀萬剮。

她咬緊牙關，淚水默然流下。她雖深知他並不是在責難她，可她卻難以寬恕拋下死去的屬下、捨棄天香瓏葉的自己。

已是四更天了。

忽然下起了不合時節的夜雨，南葵離開客棧後，便冒雨前往崑崙雪峰。她的愛馬烏重奔騰在靜謐深沉的夜色山林裡，馬蹄踏在雨地中發出疲憊卻震耳的聲響。

雨水打濕了衣襟。

「籲——」

她突然勒住韁繩，停靠下來仔細打量四周。即便雨水造成的濃霧模糊了視線，可這周遭景色她此前必定是見過的。難不成，她在兜圈子？而耳畔響起的則是幾個時辰之前，屬下對她的阻攔。

「屬下懇請小姐莫要以身試險。」攔在她面前的人是玉衡，他是姬仁宣最為信任的屬下，也是領隊人馬的隊長，他義正詞嚴道：「眼下，少

爺已重傷昏迷，是生是死還要看能否順利度過今夜。且我等好不容易才能在客棧中安頓妥善，小姐萬萬不可再折返回去。來時的隊伍依目前看，已不足半數，更是無法護你周全，即便小姐自小便與崑崙雪峰有著奇緣，但你方才提及的那座險峰，當真是從未有人到達過，如果再遇見劫匪，後果更是不堪設想，還望小姐三思才是！」

南葵自然知道眾人早已身心力竭，除去堂兄從鬼門關撿回一條命不說，玉衡更是雙腿中箭、寸步難行。

「但天香瓏葉的損失，的確是因我下令而⋯⋯」她低嘆一聲，垂了眼睫，卻忽然轉了話鋒道，「罷了，這次就依你。時辰不早了，大家都早些休息吧！」

話雖如此，夜半時分，她還是偷偷跑出了客棧，如果無法將天香瓏葉帶回家，此行的傷與死豈不是變得毫無意義？

定要避開來時所尋的那座雪峰，而且此時夜深人靜，劫匪們早已滿載而歸，自然不會逗留於此。可不幸的是，她偏生迷了路，兜兜轉轉許久，也找不到那座更為險峻的雪峰。

她心中有疑慮，抬起頭望著夜空，烏雲遮住了殘月，又一點點移開，露出了月華光亮。

等她重新回頭，發現雨幕之中出現了一隻閃著白光的蝴蝶。與在河岸旁看到的那隻極為相似，不同的是，這隻蝴蝶彷彿攜著星月光輝，璀璨異常，南葵的眼睛頓時發亮，她立即駕馬，追隨著蝴蝶飛去的方向前行。

跑著跑著，雨停了，寒凌之氣撲面而來，南葵這才發現蝴蝶早已不見去向，抬頭一看，毅然佇立在眼前的，是陡峭高大的崑崙險峰。

她看呆了，竟沒想到過真的會有這般直聳入雲的雪巒。厚重的烏雲只能遮蔽住它的半山腰，它高大而輕狂的閃耀著滿身銀白，蔑視著腳下的萬千生靈。

事不宜遲，南葵翻身下馬，她將烏重拴好，又從腰間抽出自己的迴廊彎刀，然後一步一步以鋒利的刀身作為支撐攀登上山。

剛離開山腳，她便感到肆虐的風雪鋪天蓋地環繞周身，腰帶上掛著的刻有驚鴻之雁圖騰的鈴鐺隨風起舞，清脆響聲跌宕起伏。

殘月暗夜，積雪成浪，南葵迎著呼嘯寒風步履不停，她心中只有一個

念頭，那就是要登到山巔，摘下天香瓏葉，絲毫顧不得自己早已透支的身軀。

就在南葵艱難的來到半山腰時，夜幕之中忽有一道閃電劈天而下，白光刺痛人眼，山巔積雪崩落而下，是雪崩！

南葵心中慌了起來，只見亂雪如同巨石一般滾來，一旦被積雪吞沒，她必定性命不保！難道她今時今日註定命喪於此？然而身側卻忽然閃現出華光，她循望過去，竟見到一個山洞！

南葵心中驚喜不已，如同看見了生存的希望。由於自幼習武，她身手矯健，反手握住迴廊彎刀插在右方，繼而一個飛躍便滾進了那洞裡。

說時遲，那時快，在她獲得安全的瞬間，雪崩便如滔天巨浪一般奔騰而落，那力道足以將一座村莊夷為平地。

南葵驚魂未定的倚靠在山洞之中，她只覺全身疲軟不堪，雙眼沉重無比，而腦海之中又始終盤旋著姬仁宣的告誡：「身處雪峰之時，萬萬不可輕易休息，一旦精神鬆懈，便再也醒不過來了。」

她雖深諳此理，可整日的勞累與驚怕，使她又疲又倦，或許心中知曉就快要尋找到天香瓏葉了，令她有種如釋重負的感覺，竟靠在山洞石壁上陷入了昏睡。

似夢非醒之間，南葵竟看見周身山洞升騰起了嬝嬝煙霧，燦如霞光，而父親曾說過，她出生的前一晚，父親便夢到了一個華彩光鑾的洞穴，這使得她覺得自己是被指引著來到此處的。

她心覺蹊蹺，便緩緩站起身，順著光亮的方向朝洞穴的更深處走去。洞穴極大，洞穴四壁繪著令人眼花繚亂的精妙畫卷，古老神祕，美輪美奐，令人覺得身處仙境。南葵茫然的打量著畫中景色，海裡有龍，鱗甲金光，蜷轉圓弧，紅白輝映，雲端之上更是飛舞著成群結伴的仙子，她們手捧花枝，身穿霓裳，眉眼含笑，正朝天際的雲閣飛去。

南葵應接不暇的看著，忽又察覺到壁畫下標示著畫中人物的時期與名稱。她一時頓悟，身忽飄飄，如駕雲霧，待回過神時，發現自己已身在壁畫之中。

此時，正是上古時期，盤古開天地，女媧造後人，水域天的神君滄溟在神魔之戰中立下汗馬功勞。由此，滄溟得天帝昊天賞識重用。他曾提煉

碧青石給女媧娘娘，令其集齊五色石補天，而後，與女媧斬殺黑龍，平定九州，又與軒轅氏大敗蚩尤於涿鹿。共工怒觸不周山之後，他接替共工之位，成了第二任至高水神，名曰滄溟之神，由此得名滄溟。

至那之後，滄溟神尊司掌天地萬物水源。為了取悅心愛女子，他便用神界「洛水」臨月建立了一座空城「溯昭」。

洛水本身擁有靈氣，日積月累，在百年後，城中誕生了靈，名溯昭氏，並很快將溯昭修建成了一座欣欣向榮之都。於溯昭中誕生的這種名為「靈」的生物，也是溯昭的守護者。「靈」生於天地自然之中，故「靈」可以淨化三界之中的一切邪祟，讓這些邪祟重新歸於道與虛無之間。雖然「靈」能夠吞噬邪惡之物，可邪惡之物往往最易化成幻象去蠱惑人心。而那些被邪惡蒙蔽的凡人，常常會依附於自身的欲望，反而不願意親近「靈」。

紅塵之人將「靈」喚作「饕餮」，認為其身如羊，人面，目在腋下，食人，醜陋似魔，是窮凶極惡之獸，連血液都寒如紫霜。

可饕餮孤高的站在如鏡的水面之上，下方映出的倒影卻是一名白衣女子。

她一襲月下繡白朝霞裙，拖尾綴滿香淺筆墨水中月，妖嬈婆娑的身形似驚鴻蛟龍，斜綰著雙環髻，髻上別著一朵怒放的綠萼，低垂著優美似鶴的脖頸，纖柔風姿如珠玉一般光澤流轉。

南葵疑惑不已，心想，難不成饕餮的原型竟是一名絕色佳人？

正納悶著，饕餮身後緩緩走來一男子。他頭戴紫色玉冠，黑髮流滿長衫，眉眼略微上挑，三分像妖，七分似仙，瞳中盛著幽谷深潭般的暗寂水澤，冷淡清朗的面容上染著一層月華凜冽，盡顯高雅冷清氣韻，就連雲霧繚繞的仙林與金燦著暉的晚霞，都在他面前失了顏色。

南葵從未見過如此驚豔之人，竟一時之間訥訥如木，只能傻站著，仰頭看他。

一樹桃花從他身後紛落成雨，他望著眼前的少女，微微揚起嘴角道：「水中倒影，真假莫測，世間萬物，莫不如此，善惡相生，假作真時。」

南葵還未回過神，更是聽不懂他話中含義，懵懵懂懂之間倒是在猜測著他是什麼來頭，許是畫中仙人才對。

他見她仍舊神色錯愕，便徐徐抬手，伸向她，道：「此間奇妙，不如與我前去一探究竟？」

南葵似乎無法抵擋他的邀請，繼而暈乎乎的將手放進他的掌心，一時覺得溫潤入心，他已反手握住她，二人相望，天地凝結。

她隨他而去，不禁問他：「我叫作姬南葵，你的名字是什麼？」

他回她，只雲淡風輕的二字：「和墨。」

南葵在心中記下了這個名字，卻不知此時此刻她的肉身，正蜷縮在冰冷陰暗的山洞裡。

洞外風雪呼號，那具孤單無助的肉身早已昏死入睡，她的生命在一點一滴被酷寒吞噬殆盡，唯獨手中緊緊攥著一株身形搖曳的天香瓏葉。

想來也是極盡諷刺，她所身處的山洞裡，竟在角落處長滿了這稀世珍藥。

耳邊傳來鳥鳴聲，似是鳳頭鵑。

霧氣繚繞的青松山林上，風是柔情似水的。

那風吹進了南葵的夢裡，那夢是她十歲的初春，她聽見有人喚她的名字，轉頭去看，正是隨叔父商運歸來的堂兄姬仁宣。

也許是多久不見，南葵內心喜悅，飛快的跑去姬仁宣身邊，撒著嬌，吵著要姬仁宣陪她舞劍。姬仁宣雖有無奈，卻也格外縱容，二人正欲前往庭中，可腳下的路卻莫名發生了變化。原本青玉色的石路，逐漸變成了紅磚鋪成的長道，富麗堂皇的城牆外沿著兩側載滿了銀騰，映成螭龍紋宮燈，甜膩芳香如瀑布泉水一般傾斜四溢，一團團錦繡般的花藤折損在腳下，她緩緩的抬起手，發現自己的身體不知在何時已經長成了十六歲的模樣，再循聲看去，前方廊下有一男子白衣清袖，仿若天上謫仙人。

他手持一把刺著雲雁的官扇，腰間紅玉佩繫著九轉九結十八轉靛色絲條，踩著一雙樣式風流的墨藍色烏皂靴，正悵然吟道：「有一美人兮，見之不忘。一日不見兮，思之如狂。鳳飛翱翔兮，四海求凰。無奈佳人兮，不在東牆……」

話音落下的瞬間，他慢慢看向她，她由此而心中一驚，認出他的同時，喃聲道出了他的名字：「辜……振鷺？」

而他卻默然的伸出手，為她轉向前方的庭院下，一賈一將正於棋盤上

兩軍對峙。

那正是南葵的父親姬牧弈與辜振鷺的父親辜嶠，他們談笑中布局棋子，卻又有殺機在不動聲色之中湧現。電光火石之間，沒人知道究竟發生了什麼，南葵只看見他們二人在即將將軍的時刻轟然倒下，棋盤於頃刻間落索滿地，南葵驚慌失色的大喊道：「父親！」

「啪！」地一下，南葵驚醒般的睜開雙眼，發現自己正伸手想要抓住夢裡殘留的景象，哪知卻是一場空。

她不斷調節著自己的呼吸，轉過眼的剎那，便看見自己身處一片無盡的曼珠沙華叢中。

曼珠沙華，花開一千年，花落一千年，花葉生生相錯，世世永不相見。傳說這是冥府的花，而走向死亡與輪迴之人，便是踏著這血紅淒美的花朵，通向幽冥之獄。

倘若是旁人看到此景，怕是會懼怕萬分，可南葵卻面不改色，竟也欣然接受了身處之地的光景。她回想起在崑崙山洞裡見到的壁畫，只覺奇妙，又猜想著自己會不會已死，所以才能見到冥府之花。

長風飄忽穿來，暗夜了無生息，南葵感到一絲侵入骨髓的寒意，不由得抱緊了自己的雙肩。她唯一擔憂的是還在客棧裡生死未卜的堂兄……唯有此事，令她心中掛念不已。

只是，她尚且不知，在她於夢中昏睡之時，冥帝和墨早已從紫珍古鏡之中看到了有關她的前塵往事。

銅鏡閃動著金色磷光，盡能探盡三界古昔。那一世，「靈」化作饕餮之形來到人間，靈非妖，饕餮非仙，其獸形樣貌固然令人懼怕，又因某種機緣得以幻化做嬌娥美貌，閒暇無事時經過一戶書香門第，老爺姓盧，於縣上做員外。妻子于氏，雖為美人卻常年抱病，故二人膝下只有一女，歲及總角，名喚蔻伶。那日，饕餮偶遇蔻伶在門外嬉鬧，險些被路過野狗咬傷，饕餮上前相救，得于氏感激，自是邀請於家中以宴道謝。

于氏見饕餮年輕俏麗，再加之救下女兒，心中便平添幾分好感。饕餮謊報了個名字，並自稱家破人亡無處可歸，懇請在府上做婢，也好有個住處。恰逢盧員外歸來，見此女氣韻不凡，又聽聞搭救蔻伶一事，便在于氏的幫腔下，收下饕餮做蔻伶的貼身婢女。

盧員外家中十分殷實，饕餮在此吃喝不愁，加上她能識字認書，很快就成了蔻伶最喜愛的婢女。她們同進同出、同吃同住，惹得其他婢女極為嫉妒。可饕餮卻也心懷大義，絲毫不計較他人對她的捉弄，反而以德報怨，時常幫助府中的婢女、下人抄寫家信寄予親人，久而久之，盧府上下從最初對她的排擠，演變成了接納、認可與讚許。

　　然而于氏頑疾不斷，總是不能為盧員外誕下男丁，故此極為自責。而盧員外已過而立之年，始終後繼無人也難以在家族中立足。于氏曾為他納妾數人，可進了府中的侍妾總是會離奇死去，久而久之，再沒人敢作盧員外的妾室了。

　　一日，于氏想到饕餮，懇請她替自己為盧員外開枝散葉，饕餮倒不是在意自己也會死，畢竟她是靈，自然不會輕易死去。儘管她可憐于氏卑微愚昧，可又不想蔻伶感到孤單，便婉拒了于氏的提議。

　　于氏表面雖是釋然，心中卻有些記恨饕餮的不識時務。待到夜深人靜時，于氏突發一想，她帶著幾名心腹下人前往饕餮與蔻伶的房間，打算強迫饕餮就範。然而來到門前，就忽見有妖影在紙窗上徐徐隱現。那妖物尖牙鋒利，口吐蛇信，嚇得于氏背上一直，她跌坐在地驚叫出聲，引得盧員外與府上眾人趕來。

　　驚亂之中，盧府上下都看到了映在紙窗上的恐怖夢魘──妖物盤旋在蔻伶的背上扭動身軀，而對面忽又飛出一隻四腳惡獸，她衝向妖物瘋狂的撕咬，並將其吞噬。待這一切告一段落，她再度化身為人形模樣，扶起了癱倒在地的幼童。

　　夜風從府中庭院深處穿堂而來，「吱呀」一聲，冷酷無情的吹開了木門，饕餮循望向門外，只見盧員外、于氏與府中的下人們，都像見了鬼一樣盯著她的臉，她這才意識到自己的嘴角殘有血跡，趕忙抬手擦掉，又打算喚醒懷中昏迷的蔻伶。儘管蔻伶可能不會理解，但她企圖告訴她真相：惡靈長久困在她的體內，導致每逢夜半時分，惡靈都會作祟，于氏常年久病與妾室連死都因此而起，好在她已經吞掉了惡靈，府上再也不會出現怪事了。

　　然而她卻不知，此時的她在眾人眼中看來，更像是一匹醜陋的惡鬼。她不過是長著人的頭，但她心狠手辣、眼珠外凸、血盆大口、鋸齒尖長，

必是以人為食！

「殺……殺了她……」盧員外滿頭冷汗的指著饕餮，面色鐵青的嘶吼道，「她是妖物，她要加害我的女兒！倘若蔻伶已經死了，那下一個就是我、是你，是全府所有人！定是她害死了那些無辜的侍妾，今日她被我們撞見了原形，證明她壽路已盡，我等必要實行天道，殺死這妖物，免她繼續禍亂人間！」

下人們有些膽怯，不敢貿然涉險，可于氏火上澆油叫道：「想想你們可憐的妻兒吧！妖物不死，你們的妻兒怕是也命不久矣！」

只此一句，彷彿是惡毒的咒語，令以管家為首的幾名家奴，怒吼著衝向了饕餮。

許是吞噬惡靈令饕餮耗盡體力，她無力反抗，被來者按倒在地，他們對她拳腳相向，將手中尖利的棍棒刺進她身體、短刀插進她胸膛、打折她的四肢，恨不得活生生扒了她的皮。

她在渾噩與劇痛之間被綁上了石柱上，一把烈火從腳尖點燃，盧員外從書房中拿出箭矢，染上濃油，一箭射中饕餮的胸口，赤焰裹住了她全身。

饕餮發出淒慘咆哮，驚醒了蔻伶。蔻伶揉揉眼睛爬起身，映入眼簾的是一片地獄火海，她尚且不知發生了什麼事，甚至伴隨著惡靈從她身上的消失，她連同饕餮也一併忘記了。

於是，這一世，在凡塵之中歷劫的饕餮，就這樣荒謬的死去了。

她出於善意吞噬了幼女滋生而出的惡，卻被汙濁之心蒙蔽雙眼的肉體凡胎回報了怨。

善與惡，德與怨，天地不仁以萬物為芻狗，何為天道？何為德表？可憐了荒草萋萋的空地，一口枯水古井，掩埋了饕餮之靈的白骨。

鏡中前塵至此散去，只因身為後世的南葵已然醒來。和墨似有若無的輕嘆一聲，拂袖輕揮，拭去了紫珍古鏡中的最後一抹漣漪。

第 二 節

奈何橋下，牛頭與馬面原本正在促膝閒談，忽然從輕拂耳鬢的細碎風聲中察覺到異樣，是馬面首先站起身來遙望橋上，眼裡映著困惑。

「鬼門已關上好些時辰了，這橋上怎會在這時來了一個女子？莫非……」牛頭也跟著站起來，同馬面一起打量那逐漸走近的身影，正是南葵了。

她循著橋畔兩旁的兩生花走來，細細的花身籠罩在她身上，讓她略顯蒼白的容顏上，蒙上了一層淡淡的紅暈。

十八歲的南葵已經出落得美麗婀娜，眼角攀著幾分懵懂的稚嫩，可謂「俏若三秋桃，清若九秋菊」。若年歲再大些，便也當得起「千秋無絕色，悅目是佳人」了。而最為奪人目光的，便是她的嘴角總是帶有一弧圓潤，遠看是美人含笑，近看又似桃花初綻。那張嬌柔的臉上鑲著柳眉與杏眼，膚白如玉，細膩如瓷，由於長年隨父親四海行商，她早已不是養在深閨的嬌花，舉手投足中盡顯英姿俐落。

唯獨一襲金白相織的束身錦瑟裙，顯現出了她女兒家特有的嬌憨，尤其是紅蓮似的腰帶攏著她的春柳細腰，更有種神來之般的曼妙。偏生腳下踩著一雙烏重的皂靴，倒是退去了幾分溫婉，平添了些許灑脫。

牛頭心中奇怪得很，如此絕色，不該是投胎隊伍中落單的鬼民，再瞥一眼她那滑落下幾絲碎髮的倭墮髻，上頭綴著一支樣式不俗的髮簪，墨色長髮如瀑般散落腰間，他當即恍然大悟的一拍手心，明瞭道：「想來冥帝是今日回來冥府的，眼下又冒出這麼個樣貌脫俗的美人，定是他帶回的新任孟婆。」

馬面聞言，不由得讚賞道：「真是難得，你竟也有考慮真切的時候。」

牛頭略微沾沾自喜，背手而立，笑道：「那是自然，畢竟與冥帝相處上千年了，依我對冥帝的瞭解，他必當會尋回一個氣韻不凡、靈秀生動、

姿容嬌俏、性情……」

　　馬面狡黠的看向他，追問：「性情什麼？」

　　牛頭也不知道自己為何停頓，倒也坦然道：「沒什麼，我只是在想，歷任孟婆的性情大不相同，雖與常人有異，可也不能說做是古怪。」話到此處，他不覺的壓低聲音同馬面悄聲道：「憑你就面相所見，你覺得此任孟婆是何脾性？」

　　「她眉清目秀，鼻尖突出，額頭光潔，雙唇紅潤，唇角含笑，四肢纖細，肌膚又是極白的。步伐雖輕盈卻不乏力量，腰間佩戴的鈴鐺響動聲格外清脆悅耳，有這般優勢襯托……自然是個玲瓏聰慧的柔美之人了。」

　　二鬼正議論的投入，那邊卻傳來了腳步聲，且不是一個，是一雙。

　　牛頭與馬面一同看去，只見冥帝和墨不知何時出現在面前，新任孟婆自然跟在他的身後，此刻正饒有興致的盯著牛頭、馬面打量，和墨便向她知會了二鬼的名字，她微笑示好，二鬼狐疑著該如何稱呼她時，和墨則是抬手輕揮，一朵曼珠沙華的印記，霎時綻放在她裸露在袖外的手腕處。

　　南葵只覺手腕刺痛，低頭去看，那曼珠沙華的印記正在徐徐綻放，牛頭與馬面看在眼裡，彼此交會個眼神，立即懂事的向她恭敬問候道：「屬下見過孟婆姑娘。」

　　正如牛頭、馬面所言，曼珠沙華的印記代表了南葵正式就任孟婆，唯擁有此印之人才是孟婆真身，其他皆是分身幻影。

　　天下之大，三界皆知有牛頭、馬面、孟婆的存在。只是，世人時常會誤認牛頭、馬面與孟婆只有一個，殊不知他們真身的確只有一個，可分身幻影卻無數。否則，那滿天下的亡靈又如何能在有限的時間裡處理妥善？正如每個縣域皆有縣官、府衙，目的便是處理大小事宜。

　　牛頭、馬面與孟婆的分身也是如此，其分身分布在九州大陸各個角落，亡靈們被各地分身的牛頭、馬面井然有序的帶走，再前往冥界的奈何橋，由孟婆的分身接引，遞上一碗孟婆湯，來者一飲而盡，下了橋，渡忘川，才算是真正的進入冥府。

　　「所以與之相比起來，牛頭、馬面的分身才稱得上做事勤快，不僅夜以繼日，還兢兢業業。」說這話的人，是一名身穿赤紅盔甲的妙齡女子，她正同手下的陰兵眉飛色舞著：「雖說真身的牛頭、馬面也是按規矩去執

行差事的，可一旦到了歇息時辰，他們必然準點開溜，絲毫沒有加班的意願。哼！單憑這點，他們二鬼就比不上分身敬業！」

圍在她身畔的一群陰兵連連諂媚應是，稱道：「林將軍所言極是，將軍看事情就是通透！」她卻在這時轉過身形，望向站在曼珠沙華叢側的人，露出一絲略顯無奈但卻寬慰的笑意，輕聲道：「原來是孟婆妹妹呀！你怎麼躲得那般遠？好些時候沒見到了，我可是十分想念你呢！」

冉冉……

當名字浮現在意識中時，南葵忽然感到自己的太陽穴一陣刺痛，剎那間，有關孟婆的記憶，鋪天蓋地席捲向了她。

從人世墜落到冥府的死魂、攜滿了人間煙火的孤魂野鬼……眾鬼之中不乏精明算計、心腸歹毒、爭風吃醋，卻也有通透脫俗、心境澄澈……，而歷任孟婆的姿容則是匆匆閃現在她腦中，她們樣貌皆是絕倫美豔，唯有性情大為不同，有生前叱吒沙場的孤勇女將，有行醫救人的悲憫醫者，也有歷盡情劫的修仙之人……

也不知為何，在南葵渾噩的思緒裡，此前的孟婆都紛紛回到了冥府的奈何橋上，她們彈奏琵琶、輕舞水袖，霎時間芳香四溢，香盞嫋嫋。器樂陣更是應有盡有，既有古琴、瑟、箏，還有笛與笙，連同鐘、鼓、鑼、磬都一應俱全。其中一位姿容尊貴的孟婆，則是慵懶的側臥在玉石床上，皎白手腕撐著頭，一縷青絲從鬢旁滑落而下，她極為沉浸的聽著耳畔響起的弦樂絲竹聲，閉目養神似的，一張口，卻是對南葵道出：「世間萬情，天上地下，如人飲水，冷暖自知。不知其味者，哪懂其憂思。你又生性貪婪，如何能情願的捨掉一身欲念？」

可她的容貌很快就如煙一般緩緩散去，迴盪在耳邊的是和墨曾對某任孟婆說過的話語：「三界六道，唯我冥界公平，所謂善者自興，惡者自病，吉凶之事，皆出於身，紅塵滾滾，若想參透，必要置身於中。在此做守橋的孟婆，自可閱盡人生百態、生死悲歡。」

這些交錯繁複的記憶，令南葵不由自主的蹙起了眉，難道這便是身為孟婆的過往、職責與迷惘？竟有數不盡的愛恨情仇、痴心妄想鋪上心頭，她猛然間閉上眼，似乎不願去再感受那其中悲苦、痛楚。

見她已經受到印記影響而逐漸明晰了孟婆的職責，冥帝和墨覺得時機

已到，便同她道：「你隨我來。」

他的話彷彿具備魔力，令南葵情不自禁的順從。

牛頭與馬面目送和墨與新任孟婆離開後，便急不可耐的跑去尋林冉冉，一路上，他們兩個還在為誰先把這件事秉明林將軍而爭吵不休。

忘川幽幽，彼岸生花，和墨走在與南葵相距半米之遙的前頭，他正在引她去往他的府邸，並不忘告知她：「既然你已身在冥府，身上的衣衫就要符合身分，金色自是十分適合你。」

南葵聞言，不禁低頭去看，這才發現自己的白衫不知何時已變成了金裙，衣襟與袖口都剪裁得非常精緻，領口是鑲靛刺銀小方領，顯露出幾分英氣，著實襯她。

她驚訝的瞪大了眼，對此番法術不敢置信，和墨已經轉了個彎，她趕忙跟上去。

當她隨著和墨走上府邸中的石橋時，她分明看到整座石橋是騰空的，竟是飄在蓮池之上。再看下方，蓮葉下聚集著數不清的金鯉，見到和墨來了，金鯉們趕忙爭先恐後的打起招呼。

「呀！是冥帝大人。」

「大人今天也是容光煥發、風姿特秀。」

「大人身後還跟著一位俊俏姑娘呢！見她這身裝扮，莫非是新來的孟婆？」

南葵嫌吵，和墨也恰時揮手令道：「退下。」

金鯉們便乖乖散去了。

南葵見狀，心中有驚有奇，趕忙追上和墨問道：「你便是用這般法術把我帶到這裡來的吧？」

和墨似對「法術」二字感到不滿，側眼看向她，她卻自顧自的繼續問道：「可你為何要帶我來到此處？我又何時能重返人世？實不相瞞，我還有至親在等待我去相救，只怕在此多留一時，他的性命就要減少一分。」

「你的肉身已隕。」和墨的語調是清冷的，但聲線低沉緩慢而婉轉，仿若空曠山谷間的清水，潺潺連綿，他繼續道，「現在的你已是冥府的孟婆，你在人世的親緣自你來到此處的那一刻便已斷去，凡人俗體已不再是你的至親了，你也不必再掛念他們。」

這番話使得南葵不由得變了臉色，她恍惚間回憶起了自己確實昏睡在崑崙山洞中，難道說……她在那時就已經死去？不然又如何會身處冥府？

「可即便如此……」南葵仍舊心懷疑慮，警惕的看向和墨，問道：「為何偏偏要選我做孟婆？」

和墨並不急於解釋，他只道：「你腰間的金鈴樣式不俗，可取了名字？」

南葵不以為然的回答：「不過是串鈴鐺罷了，也配有名？」

「這世間萬物都有它的靈氣，風也好，雨也罷，即便是一隻弱小的雀鳥，也能成為展翅可遮日的大鵬。而如此精美的鈴鐺竟然無名著實可惜，便叫它『驚鴻照影』吧，其聲音清脆，絲毫不輸那曲調翩若驚鴻、婉若游龍的古琴，自該擁有一個好名，也算配得上你。」和墨說著，便側身向南葵示意面前的府邸大門，巍峨壯觀，肅穆深沉。

南葵仰頭去看那望也望不到盡頭的府邸，只覺這是一幢詭異神祕卻清冷聖潔的建築，而墨黑色的大門兩旁，坐落著玄鳥石像，彷彿是冥府的信使。

「隨我進來。」和墨語畢，門已大開，他帶著南葵走進了冥界之帝的住處。

然而迎面撲來的竟是狂風亂雪，滿眼皆是連綿不斷的皚皚雪峰，一座接一座從南葵腳下拔地而起。她屢次跌倒，渾身碎雪，整個人極為狼狽，可她一抬頭，偏生看見了近在咫尺的地方盛放著天香瓏葉。她心中大喜，想著取藥救人，拚命爬起身想去摘，哪料一次次撲空，天香瓏葉越來越遠，她無論如何努力也無法得到。

便是因此，她痛苦得幾乎要哭喊出來，滿心念及的都是病臥的父親和重傷的堂兄。而周圍景象在這時漸漸恢復了原貌，沒了雪峰，唯有庭院，曼陀羅的花朵開成了雲，交織成素白色的原野。和墨走到匐跪在地上的南葵面前，俯瞰著她因啜泣而不停顫抖的雙肩，低聲道：「羈絆於塵緣者，來此住處時會看到生前幻境，那代表著內心深處磨滅不去的殷切。縱使你尚未了卻前緣，可眼下你已是孟婆，箭已在弦，便再無回頭路可走。倘若執意盼望回到塵世，唯有清修，才可談及還陽。」

南葵慢慢抬起頭，淚眼婆娑，哽咽的問道：「若是當真如此，你可

否將仁宣哥哥的消息告知於我？直到現在，我還不知道他究竟是生還是死……」

和墨斂了斂眼，他抬起手，紫珍古鏡立即呈現而出，鏡中漣漪層層泛起，一位青年男子的身影逐漸清晰。

那男子正坐在榻前，面色蒼白，寬肩之上披著一件玄色錦衣，胸前還包裹著層層疊疊的白布，上頭染著已然凝固的血跡。他靜默的坐在那裡，眼神黯淡而絕望，他已經不知呢喃了多少次了，或許是幾十次，抑或是千百次，他看向面前的玉衡，再度喃聲道：「活要見人，死要見屍，你們都未曾動身去尋過她，又何來臉面向我咒她凶多吉少？」

玉衡心中自責不已，唯有頹然垂首，艱難的道出實情：「少爺，小姐她是趁著大家熟睡之時偷偷溜走的。未能阻攔小姐此行，實在是屬下的無能與失職。但……屬下也檢查過了，除了馬匹和稀少的乾糧，她再未帶走任何物品，這說明她是想要快去快回的。然而崑崙雪峰崎嶇險惡，她已獨身一人前往五日之久，如今還未歸來，即便不去搜尋，怕是也早已經……」

「住嘴！」姬仁宣不願再聽下去，幾乎是驚懼萬分的打斷他的話。

他恐一語成讖，怕肝腸寸斷。

此般時刻，他控制不住的怨恨起自己，倘若他沒有受傷臥榻，便不會不省人事，她也便不必孤身奔赴寒山之中了。他本應同她共進退才是，沒想到卻是護她不住。記憶消失的最後，他隱約記得她白色衣裙上繡著的碧藍水紋，腰間金鈴蕩漾起曼妙婉轉的音律，她回頭來喚他：「仁宣哥哥。」

思及此，終是悲從中來，姬仁宣顧不得身上傷勢，竟起身拾劍，瘋魔似的要去崑崙雪山尋回他的堂妹姬南葵。

玉衡與其他僅存的幾名屬下見狀，紛紛衝上前去擋住他去路，近乎哀求似的阻攔道：「少爺！萬萬不可啊！人死都死了，你莫要再把自己性命賠上！退一萬步說，你總歸要為老爺著想！」

這話著實令姬仁宣火冒三丈：「你們竟膽敢……」

話還沒未全部說出口，門外忽然傳來馬匹的嘶鳴聲，不出半炷香的時間，一仗人便走上了客棧二樓，姬仁宣所在的房門被推開，為首進來的人

正是他的父親姬牧苓。

許是趕來的匆忙，他隻身著素衣，卻也仍舊遮蓋不住商賈之人的精明氣韻。他眉宇間的川紋深鑿成烙，下顎的鬍鬚摻雜花白，倒也平添了幾分游離世外的雅致。

見到老爺現身，玉衡等人立即躬身問候，姬仁宣則是面露困惑，蹙眉相問：「父親，你怎會來此處？」

「宣兒，你已離家半月有餘，為父實在放心不下，便帶人快馬加鞭趕來尋你回城。」說罷，他的視線落到姬仁宣胸前的傷口，繼而又責難似的望向玉衡。

姬仁宣則是沒有絲毫猶豫的道：「父親，是我一時疏忽遭遇劫匪洗劫，與玉衡等人無關，更何況，我們已經損失了許多……」他再說不下去，眼中悲戚聚積成淵。

而姬牧苓之所以來此，則是收到了玉衡的飛鴿傳書。信中已是道明一切，他自然明晰現狀，更清楚犬兒心思，可也只得無奈的嘆息一聲，對姬仁宣用心良苦道：「宣兒，南兒一事，為父已知曉。別說是你，我這個做叔父的也為之悲慟。但你要考量大局，為父已經老了，南兒的父親又昏迷不醒，姬姓兩家，往後全都要靠你一人支撐了，你又豈可任性妄為的再去崑崙雪峰搭上自己性命？難不成要置親人於水深火熱之中嗎？倘若你有個三長兩短，姬姓兩家又該何去何從？我與你伯父以血汗鑄就下的商賈之業，豈非要付諸東流不成？」

姬仁宣心中很是動搖，卻還試圖掙扎道：「父親所言，孩兒不是不懂，可南葵也許正在等待我們前去搭救，而父親也帶來了人馬，不如……」

姬牧苓打斷他道：「她已經離去五日了，崑崙雪山，冷酷無情，五日之久，你不認為一切都已經太遲了嗎？」

此話令姬仁宣無法反駁，的確，就算是雄壯凶猛的野獸，被困在崑崙五日都無生還希望，更別說是一名纖柔的少女了。

姬仁宣嘆道：「可天香瓏葉已被劫匪洗劫一空，還應再組織人馬去雪上採藥才是……」

姬牧苓搖搖頭，寬慰道：「此事你大可不必擔憂，在你們前往崑崙的

時日裡，南兒父親和帝師辜嶠的毒症，已由宮中最好的御醫控制穩定，只需在三個月中取得天香瓏葉即可。眼下的崑崙暴雪呼嘯，貿然前往必死無疑，務必靜待月餘，春暖花開之後再登攀取藥，自是為時不晚。」

姬仁宣握緊了雙拳，他自知父親所言句句在理，且姬姓兩家的的確確只有他一人可以委以重任了，既是這般，便不能再只顧私情了。然而想來也是可笑，即便現在不顧一切去崑崙搜尋，能尋到的，怕也只有她的一具冰軀了，他竟是連最後一面也無法與她相見。姬仁宣心中酸苦不已，可又不願老父為此勞心，只得吩咐玉衡收拾行囊，這便與父親的人馬返回南雀城了。

黃昏落日，餘暉如火，姬仁宣翻身上馬時，聽聞玉衡身側的屬下悲嘆囁嚅著：「想不到天香瓏葉沒帶回，反倒賠上了小姐的一條性命。回去城後，可該如何同另一位姬老爺交代啊……」

這話刺痛姬仁宣，他蹙緊眉頭，大喝一聲「駕！」，策馬行在最前，卻又不由自主的一步三回頭，身後雪峰越來越遠，銀白悲愴掩埋生息，唯有那金鈴清脆，縈繞耳旁。

他回過首，咬緊牙關，於心中對自己立下誓言，待到他完成為人子女的職責，他定要重回這雪峰之下，永生永世陪伴著她。

「砰！」

一拳砸向鏡面，漣漪紛紛散開，南葵向紫珍古鏡中的身影焦急的大聲呼喊著：「仁宣哥哥！我還活著，你不要難過，我沒有死！」

然而，由於她擾亂了紫真古鏡呈現的影像，擁有靈氣的鏡子似乎是惱火了，迅速收起了所有畫面，姬仁宣的身姿立即消失得無影無蹤。

南葵這下急了，她轉身尋求和墨的幫助，和墨卻雲淡風輕的告知她：「你的真身的確死了，現在的你，只是冥府的孟婆。」

南葵仍在狡辯，甚至不惜頂撞和墨道：「是你誘導我來到此處的，我可不認為我已經死了。而且，我一定要回到人間和仁宣哥哥解釋清楚，我不忍心他一直為我傷心！」

這話聽起來自是有些蠻橫無理，但和墨並未顯露出絲毫怒意，反而是面不改色的向她道：「倘若你無論如何都想回到人間再走一遭，那麼你必

須去人間解開因果任務才可。」

南葵冷靜下來，略一思索他的話，當即反問：「你的意思是，唯有我應下勝任孟婆一職，才可前往人間？」

「你的腕處已有孟婆之印，無論你應與不應，已然木已成舟。」

「物極必反。」

和墨卻道：「否極泰來。」

極盛而衰，月滿則虧。南葵揣摩他話中含義，斟酌著再問他道：「那麼，在我執行任務的同時，是否也能夠去團聚並幫助我的家人？」

和墨淡淡一笑，道：「自是沒有規定不准。」回答這話時，他眼波之中閃過些許的睿智與狡黠。

南葵心領神會，並且內心裡已有了定數，便不再猶豫，道：「如此的話，我願接下孟婆一職，也望冥帝將我派往陽間執行我分內的任務，我定當不負期許。」

倒算得上是個識時務、明事理之人。但和墨卻逐漸斂去了唇邊那淡淡的一絲笑意，沉聲對她囑咐道：「陰陽有別、凡靈不同，你與以往的歷任孟婆皆是不同，冥府萬年以來，孟婆皆是凡胎肉體投生，因種種際遇飽含執念而終。而你，並非凡胎肉體投生，故而靈魂之中便比她們少了很多執念。

「在此，我要與你約法三章，第一，你回到人間後不可隨意使用法術，雖說你是新任孟婆，尚且還無法自如的支配自己的能力，可你本性聰慧，自然也會漸漸水到渠成；第二，你身為孟婆，便也摒棄了凡人的特質，你無須睡眠也無須飲食，必要隱藏好自己的不同之處，免得旁人生疑，招惹不必要的是非；第三，不可使用你原本的身分出現在與你有著關聯的人身邊，因為當你回到塵世之時，你的容貌將會發生改變，他們已然認定你死去的事實，貿然以原本身分現身，只會徒增煩惱。」

話到此處，和墨略有停頓，轉而又道：「不過，你在世的親友如果對你情誼深厚、執念深重，他們自然會認出你，因為在他們眼中，縱使你容貌改變，也依舊是原來的模樣。」

南葵聽著，並沒有參透其中最為深層的要領。她暗暗心想，照做與不照做都不打緊，反正到了陽間之後，便都是她自己做主了。但唯有一點，

她不得不提出異議，便緩下語氣，訕笑著詢問和墨道：「你方才說我無須進食，但不進食必然會惹得旁人困惑，為了免此麻煩，我也應大大方方品嘗美味佳餚才是，只有這一點希望你能允許，更是不要從我身上剝奪走饑餓的感覺，畢竟人生在世，無法享受美食實在是天大遺憾。」

和墨聞言，無可奈何的垂眼輕嘆，忽地抬起食指，點在南葵額心，道：「允了。」

這舉動就如同是一種強烈暗示，滲透進了南葵的千思萬緒中。頃刻間，她感覺自己的肺腑裡迴盪起了熟悉的溫熱，她知道，這是她要求得到的六欲之一。

南葵滿意得笑了，心想著冥府大帝竟然是這般通情達理的角色，倒也不怕日後相處起來會有矛盾了。可冷靜下來又轉念一想，不由擔憂起回到人世之後，親友是否無人再會將她認出？如果那般，她又該何去何從？

然而多思無用，南葵不想亂了陣腳，便決定就此前去。和墨同她點頭示意，念咒將她送返人間，嫋嫋輕煙散盡之時，南葵的身形已經消失無影。

和墨默然的佇立在空曠的宅邸之內，忽然開口低低的喚了一聲：「牛頭、馬面，出來吧！」

牛頭、馬面二鬼立即現身在和墨的身後，單膝跪地，恭敬垂首。馬面首先道：「冥帝，請恕屬下不請自來，我等無意偷聽冥帝與新任孟婆之間的交談，不過是對此事極為困惑罷了。」

牛頭也趕忙道出心中疑慮：「正如馬面所說，我等實在不解，為何冥帝此次會帶一個生魂回到冥府任職孟婆？那少女並無因果在身，何德何能配做守橋之人？」

和墨並不驚訝二鬼的困頓，只是再一次召喚醒了紫珍古鏡，牛頭與馬面順勢抬頭，目不轉睛的凝望著鏡中呈現而出的景象。

那還是冥帝曾在數年前去往人間的事情。夜色之中，冥帝踏在雲端，俯瞰紅塵城中，一處書香門第的庭院染上了昏朦黑氣，靠南的房屋裡，屏風之後有一大一小兩抹身影，分別是妙齡少女與總角幼童。而在黑暗之中，妙齡少女忽地搖身一變，展現出的是饕餮之形，她抬了抬頭顱，犄

角如珊瑚，威猛而妖冶，口中噴出一股赤色煙霧，張口露齒，獠牙尖銳，似要吞食面前的幼童。可幼童的背上卻在這時扭曲著湧動出一團黑氣，正是和墨所看到的籠罩在庭院之上的惡念。

原來饕餮在等候這「惡」現身。說時遲那時快，她毫不猶豫的張開巨口，長嘯一聲，隨即將那惡念分毫不留的吞噬進了自己腹中。幼童的背部便因此而盛開出了一盞如睡蓮形狀的花燈，那燈的芯上跳動著金色火苗，饕餮在這時再次化為人形，她輕踏蓮步，伸出纖手，將花燈緩緩的融進了幼童的體內，金色的光芒在瞬間便布滿幼童背脊與四肢，那便是來自「靈」對惡念的洗禮了。

以善制惡，善可成靈。

而和墨將那一切盡收眼底後，恍然之間驚覺到，凡塵之中，不過總角之齡的幼童體內，竟已蘊藏著如此深重的惡念，那麼歷經了悲歡、誘惑、折磨或是背叛的成年男女呢？他們心中的善是否能夠大於惡？可見世間人心不古，稍有不慎，人間即變煉獄。那麼，化身成人形來此紅塵的饕餮，必定是天地造化的契機。

只是，無論是當日的和墨，抑或是看到此番過往的牛頭、馬面，他們尚且還未知曉，饕餮既是靈也是貪，欲念橫流，無饜蒙心，饕餮的每一次現身與選擇，都將會改變天下定數，也會決定千萬凡人的生死存亡……

第三節

　　而那戶曾被饕餮造訪過的書香門第，直至今日，也一直完好無損的坐落在人界的南雀國皇城之中。且時值數年過去，南雀皇城依舊人煙阜盛，街市通衢，自是一派繁華的盛世之景。

　　望著鏡中美如幻夢的景色，牛頭與馬面不禁看得入迷，半晌過後，彼此面面相覷的交換了一個眼神，牛頭問和墨道：「冥帝，此處便是那新任孟婆的故鄉嗎？」

　　和墨點了點頭，再度指使紫珍古鏡為牛頭、馬面兩位屬下展現出另一段往事。

　　其實關於此樁奇事，三界之中眾說紛紜，唯有一面看透今古的紫珍之鏡，記下了其中真切的因果。因果說的是，天下大勢，分久必合，合久必分，一場持續三年的天災，今日漸衰敗的西王朝徹底崩潰，鄰國群雄趁勢並起，舉旗擴疆，紛紛稱王。於是，曾經號稱「光明大國」的西王朝就此隕落，九州大陸被列王分割成無數小國，就連占據著百里之地的公侯也敢稱王，從此「五步一諸侯，十步一天子」之說便由此而來。

　　然而戰亂不休，百姓疾苦，焦金流石，蟬喘雷乾，更有魑魅魍魎霍亂人間，一時之間，凡界紅塵苦不堪言，又引來饕餮興風作浪，嚇得亂世子民皆是不敢在宵禁之後還點燈做蠟，捨不得易子而食的人家，更是牢牢藏好自家幼童，生怕被饕餮叼去，飽了其腹。

　　作為上古四大凶獸之一的饕餮，以「貪」字著名。貪財為饕，貪食為餮，饕餮相合即為欲念。相傳她有首無身，又有傳她巨大凶惡，也有傳聞她一口便能吞掉十畝田糧。世人怕她避她，甚至連她的名號都不敢提及，此獸之極惡，普天之盡知。

　　然人間紛亂又出了凶獸，妖鬼橫行之下，冥帝必須出面為民除害，以此來保持人間與冥界的安穩平衡，便有了他出巡人間之舉。

　　要說那饕餮每逢六十甲子便會行走於人間一次，且說來也巧，世間勢

態的合與分，也皆是在這期間出現裂縫。那饕餮由於貪食，口渴起來會吞掉一條長河，冥帝在途經山林腳下時，看到了乾涸的水窪，順著走去，竟見到了鮮紅的血漿。血水源源從枯樹上滴落，昏朦不清的夜色之中，冥帝看見饕餮埋首於樹幹上，正發出貪婪的咀嚼聲。

冥帝走近老樹，饕餮猛地俯瞰下來，綠眸流光，面目猙獰，獠牙染血，相如獅虎，她的身下躺著一條巨大的蟒蛇，開膛破肚，只剩下半截，血水流了一地，她正吃得津津有味。

這濃重的血腥味令冥帝難掩怒色，他心中想著，此處還只是荒郊野嶺，這凶獸已然把山中修煉千年的妖蛇都吃得血肉模糊，又喝光了足以令幾代商賈都取之不盡、用之不竭的鹽湖，若一旦進了九州大陸，豈不是要吞盡人間生靈？

「便該於此處將你降伏。」冥帝眼中寒光閃現，他從袖中抽出一把冰魄赤焰劍，以迅猛之勢衝向了饕餮。

凶獸舔了舔嘴角血跡，竟是不知深淺、毫無畏懼的嘶吼著迎向了冥帝。而冥帝手中的冰魄赤焰劍俐落揮下，劍鋒彙聚，頓時化作鱗光閃閃的黑龍，長嘯一聲，張開深淵巨口，這令饕餮一驚，立即察覺不妙，猛地調轉方向逃之夭夭。冥帝攜黑龍緊追不捨，奔赴幾十里外的海域，黑龍在冥帝的驅使下飛速前衝，利爪探出，一把將饕餮活活擒住。

饕餮當即發出怒吼，甩動身軀拉著黑龍一起墜入海裡，捲起驚濤駭浪，惹得電閃雷鳴，天地之間被她攪得山搖風嘯、黑雲翻捲，巨海之中漩渦盤旋，饕餮竟趁勢撕咬掉了黑龍脖頸上的一大塊肉，令黑龍痛苦哀鳴，頃刻間化為一團黑霧煙消雲散。

饕餮抓住時機，再一次落荒而逃，她心中懼怕不已，自是血淚混著哭嚎響徹荒山遍野，途經之處，野花暫態枯萎，綠草霎時成灰，她飛快的踏著四蹄火焰奔跑，可倉皇間瞥見身後的冥帝距離她越發接近，並不時的揮動冰魄赤焰劍，無數包裹著火焰的冰錐刺向她身軀，劃破毛皮，割裂骨頭，痛進肺腑，麻痺骨髓。

她的全身已然鮮血淋漓、皮開肉綻，猛一側目，驚覺峰迴路轉、逃生有救，只見眼前是崎嶇險惡的崑崙雪山，她打了幾滾躲入半山腰的一個山洞，妄圖甩掉窮追不捨的冥帝。她正瑟瑟發抖蜷縮在陰冷的洞穴之中，哪

知冥帝如鬼似神的出現在她面前，一劍刺穿她肩頭，狠狠的將她固定在冰石之上。她驚痛萬分，卻不敢放聲哀哭，只敢顫著身軀默默的涕泗橫流，生怕一個失神惹怒了冥帝，連元神都會被他撕碎。

冥帝深深的吐納氣息，眼底寒光洩露一股輕蔑之意，他像是在對饕餮說話，又似自言自語，冷聲道著：「這獸竟與那寥寥幾筆的記載極為不似，並非有首無身，且不僅有身，更是龐大不已，又有鳳尾，著實醜陋可怖。」

饕餮顫顫巍巍的在心中反駁著：「你冥帝殺伐狠絕，連我這上古饕餮都在三招之內敗下陣來，冥帝才最為可怖。」

「今日是你失運，若不將你斬殺，你去往人間只會造成生靈塗炭。」冥帝輕嘆一聲，將劍抽出，正要砍斷饕餮頭顱，忽見她目光停留在了一處。

冥帝循望而去，只見洞內有壁畫，畫中有仙域，嬝嬝翠霧之下白塔高聳，湖面如鏡，有一女子白裙綰鬟，低垂蛾眉，足履彩繪，氣韻聖潔。饕餮看她看得入神，竟滿眼皆是痴心嚮往，又瞥見此女旁邊刻著名號：崑崙山聖姑，佑雪峰安寧。

冥帝倒也覺得這畫中聖姑的確氣韻非凡，待他再看向饕餮，只見洞內忽閃藍光，如墜幻夢，虛渺之間，凶獸已不見，她竟化身成了聖姑之形，有模有樣的踏著蓮步，俯身到冥帝面前，恭敬謙卑的垂下頭。

冥帝略有驚色，但見她身姿婀娜，黑髮如瀑，怯生生的抬起眼，除去眸中藏著獸綠之光，其他自是出神入化，竟也與那畫中之人別無二樣。

她甚至連發出的聲音都是柔情女子之色，儘管笨拙，卻也不失動聽：「小獸饕餮，見過冥帝……」

而透過紫珍古鏡看到此處的牛頭與馬面，不禁長舒一口氣，他們二鬼擦掉額頭冷汗，牛頭則是悄聲嘀咕著：「連上古饕餮都在冥帝面前自稱小獸，可見冥帝是有多令她嚇破肝膽了。」

馬面訕笑著點頭，忽又察覺到饕餮所化作的聖姑，姿容有幾分似曾相識，揣摩了一會兒後恍然大悟，驚詫道：「這不正是新任孟婆的容貌嘛！根本就是一模一樣！這……該不會是冥帝為其脫掉了凡胎，喚醒了她的原本形態？」

牛頭一愣，連忙接話道：「若真如此，新任孟婆是『靈』？與那饕餮有所關聯不成？」

　　看來二鬼並不愚鈍，和墨滿意的笑笑，又風輕雲淡的為這兩位屬下解開疑惑：「靈乃生育天地混沌之間，與天地同壽，不染塵埃，因此也不沾因果。然，靈仰賴於天地萬物，人間若有了因果，靈便需要幫人間清除這場浩劫。故此，人間的因果，即為靈的因果。」

　　牛頭、馬面仔細認真的聽著，紫珍古鏡上的畫面繼續浮現。

　　一旦凡塵人世出現戰亂，緊隨其後的便是山河瘡痍，遍地餓殍。貧窮與死亡將催生出貪婪、心魔等惡之欲念，那「惡」藏在凡人的靈魂深處，伺機靜候，待到時機來臨，惡念如膿水般噴之而出，必將是傾覆天地之力。

　　冥帝便是考慮到了這些，才在心中做了定數。

　　他望著近在咫尺的貌美女子，不覺之間斂下眼睫，想著饕餮是存在於開天闢地之時的上古神獸，不僅能吞噬人心之惡，還會將其轉化成乾坤之靈，於此亂世之中極有大用。可即便這般，也不能夠放任她去逍遙人間，嗜食是她的天性，那份貪婪絲毫不遜於山洪火海，斷然是改不去的，豈能縱容她去紅塵加劇戰勢？

　　冥帝思量了半晌，望了望畫中聖姑，又望了望饕餮，繼而伸出手去，卻嚇得饕餮忙向後躲。冥帝輕蹙眉心，冷聲令道：「別亂動，我不會殺你的。」

　　饕餮便不敢再動，只能瞪圓了眼睛，定定的看著冥帝從自己的太陽穴中引出了一縷靈識，那是她元神的一片。他將其繞於指尖，又探出另一隻手，送那微弱的元神騰空，混雜著靈識的元神逐漸化成一隻金蝶，輕扇翅膀，緩緩的飛出了洞外。

　　「靈識投胎，元神成人，歷劫凡塵，度脫紅塵。」冥帝意味深長的留下這麼一句話，轉身便消失了。獨留饕餮遺世孤立般的跪在山洞之中，她悵然的望向洞外，呼嘯紛飛的亂雪、高矮不一的雪峰，仿若無盡的瞪瞪銀白裹住了她空洞的心。卻不知道山腳之下，一隊人馬正在艱難的攀爬雪山、逆風而行。

　　暮色逐漸蔓上雪地，隱隱流動的二十餘身影如同白夜中的墨點，顯得

渺小而絕望。為首的是來自焰國的姬氏兄弟——姬牧弈與姬牧苓。他們冒死前往崑崙雪山是為了尋到神鐵，為當國國君鍛造彰顯國君身分的絕世武器。

在此，便不得不說起當今局勢。自從西王朝隕落之後，戰亂至今已超過一個甲子。在這紛爭不斷的期間，唯有三國以勢不可擋之速雄起，焰國、啟國、黎國各踞一方，自是三大強國鼎力。他們曾聯手滅掉了不計其數的弱小國家，得以倖存的其他小國，利用各種計謀艱難求生，同時也顯露出了春風吹枯草般的強韌生命力，皆不容小覷。

同時，三大強國的勢力此消彼長，農、兵、商各擅一強，倒也暫且穩定了亂世局面。然而，為了平衡局勢，也為了長遠打算，三國暗中掣肘彼此，不肯其中一國過於強大，以免造成天下一統的「慘劇」。

九州大陸中各國窮兵黷武，百姓們當真是苦不堪言，饑荒與疾病成了最大的恐懼。好在各國都認識到了「天下未統，戰爭不盡」，便各自奮發強國，紛紛改革變法，造就了表面友好與和平的假像，以此緩解國與國之間的侵略。可惜種族、權貴之間仍存在內鬥，各國邊界處依舊廝殺不斷，小人物們的光景可謂慘澹至極。

而原本在三國中排名最末的焰國，一如其國號，在短時間內如熊熊火焰般燃燒崛起，國君雖是少年登基，可在雄才大略的帝師辜嶠與戰功赫赫的大將軍虞陶的輔佐下，國力猛增，又開疆擴土、開墾荒地、修橋建路、播種糧食，使國民享受到了繁榮，焰國也坐穩了三國之首，引得周邊小國心甘情願的朝拜與依附。

且焰國國君開創了生子嘉獎策略，鼓勵國民大肆生育，短短幾年之內，焰國農業得到發展，軍事上更加強大，加之虞陶將軍的統籌規劃，軍隊的戰鬥力大幅增強，焰國竟擁有了九州大陸上最為強大的戰武卒軍隊。

遺憾的是好景不長，成就偉業不過三年，焰國國君便沉溺於自己一手建立的盛世皇朝中不可自拔，他修築宮殿、架起運河、建造長城、選拔宮人，這般勞民傷財的行為，促使他逐漸失去民心。偏偏又逢國內大旱，天公久不施雨，由此在民間便誕生了造反派系，他們高呼國君無德，犯了天怒，信誓旦旦要趕他下位，再立新帝。

民間出現造反群體一事傳到深宮朝廷，辜嶠與大將軍也遭到諸多臣子

埋怨，國君眾臣認為他二人身為焰國國君心腹，卻沒有維護其賢明，理應受罰。除此之外，身為帝師摯友的太傅姬姓兄弟，也對曾輔佐效忠的國君失去了信心，因此而萌生隱退之意，並雙雙暗中投身商賈之路。

唯辛崎執迷不悟，依舊道著我主英明，苦心孤詣的繼續籠絡朝綱眾臣盡忠職守。只是，姬氏兄弟意圖辭去太傅一職並不容易，辛崎同他們道：「都說崑崙雪山有神鐵，可鍛造絕世武器，其他各國國君也得知此消息，必定會登山尋鐵。九州大陸誰人不希望得一寶物是世間僅有？既能彰顯自己國君身分，又可實現那天下共主的預言，你二人也知道，曾有占星者於道觀中道明——神器在握，無人與爭。」

焰國上下自是明晰，辛崎的意圖便是國君的意圖。儘管他話中毫無威脅之意，可姬氏兄弟已是心領神會，倘若他們企圖全身而退，必定要付出與之相等的代價才可。然二人非但沒有猶豫，反而堅定的應下此事，召集親信，即刻起身。

彼時，姬牧弈的妻子王姞已身懷六甲，掐算下來，再過月餘便要臨盆。但她掛念夫君安危，不肯獨守府院，苦苦相求之下，自是隨姬氏兄弟一同前往崑崙山去了。待到將夫人與隨從在山下客棧安頓好，姬牧弈與姬牧苓便帶著其餘人馬出征崑崙雪峰。夫人王姞得知崑崙有聖姑保佑，她便日日為兄弟二人祈福，望聖姑保他們平安歸來。

而山那頭的姬氏兄弟，已在雪峰之中兜轉了十日，也未找到一絲一毫的神鐵跡象。燃火休息時，姬牧苓見兄長姬牧弈若有所思，也是明白他在擔憂山下的長嫂。又想到臨行之前，國君設宴，諸侯賞舞，國君興起，便放飛了籠中鸚鵡，又取箭射穿二鳥，故意令鳥的屍體落在姬牧弈腳邊，著實是在羞辱他。姬牧苓知道，全朝的臣子都在等看他們兄弟二人的笑話，他國多少士卒死在崑崙之中，尚未有一國得到神鐵，所有人都在押注，賭他們兄弟的命值多少金。

「若是你有幸下山回國，必要妥善照顧王姞與孩子，再讓她為你尋一佳偶，她娘家表妹姿容不錯，與你同歲，也到了適婚之齡。」姬牧弈忽然道出的這一番話，令姬牧苓不知所措，或許兄長早已做好了有去無回的準備，反而是他，竟在幻想凱旋故里。

但，為何不可幻想呢？他斬釘截鐵的否定了兄長的話，倔強回道：

「要回一起回，要死一起死。」

　　姬牧弈只是笑得悲涼，歎道：「尋不到神鐵，怕是沒有故鄉可回。」

　　此行註定是場豪賭，他人賭的是他們兄弟的命，他們兄弟賭的則是餘生的安寧。

　　數日過去，已有隨從耗盡體力而死，眾人攜帶的乾糧也空空如也，只好渴了吃雪，餓了也吃雪。而崑崙雪峰多如牛毛，怕是翻不過半數，便要全軍覆沒了。

　　而在一個晌午，姬牧芩靠在雪岩後頭近乎奄奄一息，他恍惚間看到枯瘦憔悴的姬牧弈，試圖將自己的身軀拖曳下山。他知道，兄長一心想讓他活著回去，姬氏兄弟死一個在崑崙，活著回去的那個才算有個交代。長兄如父，便是不肯讓弟弟喪命於此，可年輕氣盛又怎肯苟活，姬牧芩掙脫開姬牧弈的手，咬緊牙關，喚起隨從，偏要以弱軀繼續攀山。

　　他哪裡知道，年長幾歲的兄長早已察覺到了不妙，天上的日頭轉瞬隱去了雲層後方，緊接而來的是烏雲密布，寒風驟起，暴雪將至，偏生老天不開眼，又讓呼嘯的雪崩漫天鋪地襲來，兄弟二人一前一後的站著，眼前景象如同地獄一般令他們絕望無比，緊急關頭，姬牧芩一把推開了姬牧弈，剎那之間，姬牧芩被雪崩掩埋，而姬牧弈也被翻捲的雪浪騰空掀起，他只感到腰部以下重重的摔在某處硬物之上，繼而便雙眼一黑，不省人事。

　　暴雪狂亂，風聲鬼嚎，姬牧弈彷彿陷入了一場長夢之中，他全身劇痛難耐，雙腿以下更是麻木無知，他拚盡全力想要睜開雙眼，可卻只是徒勞。奇異的是，他卻能看見有身影走來，是個女子，一襲白衫，唯獨看不真切她的臉，只感到她檢查了他的傷勢，又惋惜的嘆聲道：「真是可憐，寒冰入體，怕是此生都無法再生育了。好在你有那就快生產的妻子，也不怕無後。只是你那弟弟尚未娶妻，實在惋惜……」

　　是誰？姬牧弈昏昏沉沉的探出手去，那女子握住他血肉模糊的手，姬牧弈感到可怖的涼，她卻從掌心化出一團白光，治好了他全身的外傷，最後說道：「崑崙來客千千萬，算你心有虔誠。」

　　那話過後，姬牧弈便再度失去了意識。也不知過去了多久，待他醒來時，發覺自己身在一個奇妙的山洞之中。滿牆皆是令人眼花繚亂的壁畫，

他曾聽聞王婼送他離開時提及崑崙聖姑，又想到夢中所遇女子，再看向自己身上完好無損，便也來不及去看畫中聖姑的模樣，只趕忙跪下拜謝聖姑庇佑。偏巧這一磕頭，磕到冰層上的硬石，而定睛一看，哪裡是硬石，分明是硬鐵，姬牧弈狂喜不已，真是踏破鐵鞋無覓處，竟被他找到了崑崙神鐵！

「謝聖姑指引，在下姬牧弈不勝感激，日後必朝朝為聖姑祈福，絕不含糊！」姬牧弈再拜了幾拜，便趕忙用身上利器鑿破冰層，取出神鐵，綁好背起，飛奔出山洞去尋姬牧苓的下落。

來時的隨從都已被雪崩埋屍，可姬牧苓命大，被姬牧弈從深雪裡翻了出來。更為奇異的是，他毫髮無傷，睜眼醒來之時，對姬牧弈道：「大哥，我夢見了一個白衫女子，是她救了我……」

待到隔日五更，天色濛濛亮。崑崙山下的客棧前，懷抱著襁褓嬰孩的侍女，終於盼到了姬氏兄弟衣衫襤褸、血跡斑斑的攜神鐵歸來。

姬牧弈看見孩兒已然出生，欣喜萬分的跑去相抱，問起王婼，侍女回答夫人在房內休養，是昨夜產下的小姐。還說當時天降紅光，有一隻金蝶飛進了夫人的產房，實乃祥瑞之兆。

姬牧弈眼裡噙淚，凝視著懷中嬰兒道：「真是辛苦夫人了，若夫人醒了立刻通報我，這孩子可有取名？」

侍女搖頭，回道：「夫人盼著主公回來取名。」

姬牧弈想了想，忽然想起曾聽聞一首詩──更無柳絮因風起，唯有葵花向日傾。他便道：「就叫她南葵吧！南方之葵向陽而生，即便生逢亂世，都不可怠慢她，從今往後，她只需平安喜樂、無憂順遂的長大便好。」

見二人看過孩子，隨行的名醫趕緊令人給他們沐浴更衣，準備些許吃食之後，就急急忙忙的帶著徒兒，一起將兄弟二人裡裡外外、仔仔細細的檢查了一番。

忙活了一炷香的時間後，名醫鬆了一口氣說：「確無大恙，只是你兄弟二人將來怕是……」話到嘴邊名醫卻說不去了。看著名醫欲言又止的模樣，姬牧苓頓時明白這趟崑崙之行，雖然得到了神鐵，但自己也必將付出代價。

思及此處，他一臉坦然說道：「您直言相告便可，我兄弟二人能活著下山已然萬幸，怎敢奢望更多，若是身上落下頑疾，也欣然相待。」名醫抬眼看看了兩人，輕嘆一口氣說：「唉！你二人皆因在雪地惡寒之中過久，軀體末梢皆凍傷，特別是腰部以下更甚，所以將來無法再有子嗣可出。」

　　雖說心中已有預感，但聽到名醫此言，姬牧弈還是身軀一顫，忍不住眼帶悲涼的朝弟弟看去。而此刻的姬牧苓一臉慘白，硬生生擠出一個笑容，安慰他說：「大哥莫要掛心，生死有命，一切皆是定數，何況大哥已有大嫂，更有南葵。至於我，我一向不喜家中瑣碎雜事，一個人倒也自在逍遙。」

　　話音剛落下，房外就傳來侍女欣喜的聲音：「主公，夫人醒了！夫人聽說你們平安回來了，忍不住喜極而泣，正在房中候著。」

　　姬牧苓一聽，忙拉著姬牧弈的衣袖向外走，邊走邊笑著說：「大哥，快，我們一起去探望大嫂和南葵。」姬牧弈還來不及多想，就從名醫房中奔出。

　　姬牧弈剛走幾步聽到嬰孩的啼哭聲，一時心急，竟大步流星的入了主房，一把接過奶媽懷中鬧哭的嬰孩兒。自顧自的拍著小南葵的背，誰料也不知是不是手腳太重，小南葵哭得更大聲了，滿屋子人看著姬牧弈笨手笨腳的模樣，都忍不住笑了起來。

　　而站在身後不遠處的姬牧苓，只是靜默的望著沉浸在喜得子嗣之中的兄長，心中想到的皆是夢中女子曾呢喃過他在雪難中得來的不幸，也許這便是他的宿命。姬牧苓垂下眼，鼻腔感受到清冷花香，轉頭去望，山腳之下開滿三月梅花，白的花瓣，紅的心蕊，煞是悲涼。

　　那一年，姬氏兄弟從崑崙尋回神鐵一事，轟動了整個焰國，國君大喜，不僅允了二人棄政從商，還一併賜了大畝良田與金銀綾羅，又分別贈了兩棟富貴宅邸。哥哥在城南，弟弟在城西，地段皆是皇都南雀城的樞紐。由於南雀城位於焰國核心地帶，三面環江，一面接陸，地勢頗高，視野廣闊，長街繁華，易守難攻，而崑崙一行令姬氏兄弟大難不死、因禍得福，又因家族勢力龐大，一經沾手商賈，便幾乎壟斷了焰國上下的貨運貿易，特別是針對鄰國的運輸路線，更是由姬氏一族全權把控。

到了年底臘月初九，嚴冬寒時，決定此生不娶的姬牧苓，收養了一名三歲的戰亂遺孤，取名姬仁宣。又過了十日，神鐵打造而出的皇室武器，終於握在焰國國君的手中，自是宣布舉國歡慶，設宴七天七夜。而華燈高照，煙花四起的夜晚，姬牧弈卻獨自守著書房中的木槿盒子出神。他打開木盒，裡面藏著不足半米的小塊神鐵，那是他私自留下的，即便是姬牧苓都不知此事。

而正是為了這神鐵，他與弟弟都失去了生育能力，究竟是值還是不值？都說做官做仕，皆為輔佐國君，然而當今國君奢靡貪樂，後宮諸妃嬉戲成片，皇子公主多不勝數，國君或許早已不是曾在群雄爭霸九州大陸時奮勇殺敵的賢君了。

辜嶠也對那從深宮內部一直腐爛到百姓人家中的頹勢視若無睹，唯他姬氏兄弟清醒的從起伏的宦海欲念之中撤離，究竟是明哲保身，還是貪生怕死？凡人拘於所欲，繫於所求，營營一世，碌碌終身，刑於死生，役於喜怒，又從何而來存在的意義？那窗外熱鬧越是鼎沸，姬牧弈心中便越發淒涼，他低聲長歎，手中握起那塊神鐵，而後略有疲憊的沉沉閉眼，似是假寐。

他做了一個長夢。

夢裡的蘆花鋪天蓋地的蠻橫生長，風和雲柔，霞光餘暉染紅一池翠水，忽然飛來一隻金蝶，輕扇翅膀，引流落於此夢中的他，朝蘆花盡頭中奔走。就那樣走著走著，他不知何時已走進一處長而深的迴廊，簷上掛著琉璃燈，壁上鑲著金玉瓦，如鏡般光潔的瓦中，燒錄著亂花迷眼似的記憶碎片。

那是一個女子的一生。襁褓時啼哭不止，孩提時牙牙學語，待到總角垂髫，便牽扯著風箏在蘆花叢裡歡欣喜悅，稚嫩的眉梢眼角綻開純粹笑靨，那是漫長生命長河中最為隨心的時日。而豆蔻年華時，便學著撲粉蝶、繡鴛鴦，針尖不小心紮破手指，一滴血珠惹得娘親疼惜。轉瞬到了及笄，心中有了喜愛的少年郎，他墨黑雲靴踏過大片柔軟的蘆花，素手抱住她，在耳畔呢喃著生生世世、恩愛白頭。

紙鳶漫天，喜字朱紅，綴滿珠玉的嫁衣逶迤身後，舉案齊眉時俯首相

拜，一燭紅蠟燃盡春宵，鸞鳳刺繡喜被竹枕，隔日晨曦穿透紙窗，他親手為她挽起長髮，層層疊起做高鬢，描眉點唇，一支玲瓏瑪瑙簪插進她髮間，再為她戴上珍珠月牙耳墜，一吻情深，落在額心。

只是幸福過了弱冠，卻不幸在了而立，疾病奪走了夫君與孩兒性命，唯留她孤身一人。她悲哭絕望過，怨恨眼下的太平盛世，也不過是無人可訴相思的空歡。然而就在她生無可戀之際，手捧玉蘭的道童敲響了她的門，道童來尋水，為救枯萎的玉蘭。她雖不情願，倒也幫了他。

沒想到那株玉蘭在飲飽了水之後，於她家門前長出參天大樹，葉間結滿了融融生機，樹下的泥土前圍繞著金色蝴蝶，彷彿在告訴她，世間一切生靈都有知有覺，不可輕易損壞因果。她剎那間大徹大悟，曾經過往，皆是她的因果，而她只有好生活著，才能記住因果中的美好與快樂。

至那日之後，她悉心照料玉蘭之樹，歷經不惑，迎接知命，走向花甲，臨近古稀，她在玉蘭那仿若生生不息的枝葉中，看到了對自己的寬恕，與對悲傷的釋然。一直到耄耋之年，她已垂老如枯槁，破敗雙手顫抖乾裂，卻用最後的力氣，以一把彎刀割斷了玉蘭樹的樹根。

只是那樹並沒有就此枯萎，是她用身軀抵在樹與花之間的裂縫，並與玉蘭融合一處，整棵樹更加容光煥發。而那把彎刀掛在枝椏上，繫在刀柄處的紅穗絲絲縷縷，每一根都隨風延伸，逐漸圍繞出了一條長廊，兩側牆壁上映滿了她回憶中美好、難忘的過往。

三界之中，唯凡人脆弱，他們難逃一死，可每一個年歲、每一個階段都有平凡卻深刻的喜悅，日月代序，四季交替，人有生死，木有春秋，以情視之，悲欣交勝，以心視之，恆在無更。生死有道，人世如川，往者來者，日夜無息。不願赴死之人，必是捨不得人間美妙；執意赴死之人，必是求不得人間眷念。而無論生還是死，唯有精神與意念永不滅，哪怕在死後化作一棵樹、一朵花、一株草、一塊石，卻也能承載著前塵中的喜悅回憶永存紅塵，映照進他人夢裡。

姬牧弈在這時緩緩的睜開了眼睛，窗外喧囂也盡數散去，天際隱隱發白，他卻如同換了一人那般，眼裡重新燃起了光亮，並飛快的以筆墨繪製出了一把彎刀的圖紙，鍍金刀身，通體金光，連同揮出的刀鋒也必是金

色，一如夢中所見那般。

次年三月初，經過他精心推敲，終是以神鐵鍛造出了一把秀氣、纖小的金色彎刀，取名「迴廊」，送給了年滿周歲的女兒南葵做禮物。

南葵從幼童時便總坐在馬車裡陪同父親貨運，也不知是否機緣所致，每每來到暴雪狂亂的崑崙雪山之下，都會在半日之內迎來雪過天晴。因此，待到南葵年過總角後，但凡是途經崑崙山的貨運生意，都漸漸變成她代父「出征」。

母親王婼常說，南葵生於崑崙山腳，冥冥之中已有因緣。而聖姑對姬氏有恩，家族上下信仰聖姑，南葵作為姬氏後代，自有崑崙聖姑佑護。可隨著年齡漸長，已滿及笄之歲的南葵，心中卻總是對自己身處的國家充滿疑慮。皇都南雀城的繁華，正是焰國強盛的展現，每逢夜間燈火通明，公子小姐絡繹不絕，游湖泛舟客與吹拉彈唱者，為南雀城帶來了「不夜城」的雅號。

猶記得某次貨運歸來，正值五更天，天邊遙遙掛了顆啟明星，面前的九衢十街繁華熱鬧，書生在高樓看明月，舞女在臺下揮水袖，佳人月下相伴，梵香襯著琴音，泛舟湖上，文人墨客書寫夜宴，達官貴人推杯換盞，自是一片登峰造極的盛世之景。國人皆知國君懂得享受，可這喜樂的背後，又是何物作為支撐呢？南葵望著眼前海市蜃樓般的幻夜，透過表像浮華，她隱隱發覺焰國的繁榮已然悄悄腐朽，正在以不可挽回之勢落向頹敗⋯⋯

紫珍古鏡中的過往至此結束，牛頭與馬面心覺蕩氣迴腸，也對新任孟婆的身世有所瞭解。冥府之中沉寂如夜，牛頭、馬面自是明白了和墨選擇南葵擔任孟婆的深意，他們便不再有所疑問，雙雙行禮告退。

而他們沒有回去奈何橋，反而是再次前往冥界將軍林冉冉的府中。那會兒的林冉冉正在品茶，聽過二鬼的來意後，她差點兒把茶水噴出來，挑眉問道：「新任孟婆還沒上橋熬湯就前往人間去了？便要讓我幫她代理孟婆一職？」自說自話完了，她又猛地一拍桌案，回絕道，「我不肯！」

馬面欲言又止，林冉冉立刻擺手道：「什麼都不用勸，勸也是白勸，說過不肯，便是不肯。」

「並不是勸，而是⋯⋯」

林冉冉不耐煩道：「我要送客了！」

「而是冥帝和墨吩咐的。」牛頭直截了當丟出這麼一句，林冉冉當即露出狐疑眼神，並看向了馬面尋求確認。

馬面無可奈何的訕訕一笑，道：「如果不是冥帝下令，我與牛頭又怎有膽量來安排林將軍呢？」

話倒沒錯，可林冉冉也不滿冥帝為了一個新任孟婆來指使她。且不說她與那新任孟婆尚未打過照面，她自身本職工作也應接不暇，哪有空餘替旁人做差？不過，和墨向來不會虧待她，更何況就算不計較後期酬勞，他所說的話在她心中也是有著分量的。

思及此，林冉冉不再計較，卻也為了面子對牛頭、馬面倒打一耙道：「哼！都怪你們二鬼沒有把事情講明白，要是一開始就交代清楚，我又怎會拒絕？誰人不知，在這冥府之內，冥帝的話就是法令，我等豈有不從之理？再則，冥帝讓我代理孟婆一職，絕對是認可我的能力和責任心，你們看看這偌大的冥府鬼差無數，但遇到事情之時，冥帝竟然只能倚重我一人，主要就是你們這些不長進的，盡讓冥帝大人不省心。快別賴在我這裡了，速速同我去奈何橋上，冥帝的吩咐，不得怠慢！」

於是，在那之後的一段時間裡，各地亡魂野鬼的口中都流傳著相似的說辭：「聽說守著那奈何橋的孟婆脾氣火爆，一言不合就要對鬼民動粗，好多投胎的在喝湯之前都會被暴揍一頓，好像只是無心說錯了話，唉！真是讓人聞風喪膽。不如，大家都先別急著死了吧？」

第四節

　　南雀城的主街中心處，有一家終日裡客聚如潮的酒樓，名為「魁味居」。要說這條距離皇室深宮最為接近的長街上繁華熱鬧，勢必坐落著數以百計的琳琅店鋪，茶館、戲臺、歌舞藝伎樣樣不少，唯獨酒樓只此一家，且只建了五層，一旦人滿為患，便不再接待，樓裡又有著事先預約的規矩，經營的倒是頗有幾分傲慢之意。

　　可一些富家子弟、地方鄉紳卻熱衷於光臨此樓，不僅僅是樓裡的菜色精美，更為要緊的是運氣好的話，還能夠藉此機會去夤緣攀附那酒樓的老闆姬仁宣。

　　誠然，這酒樓是姬仁宣的生意，那魁味居中的「魁」既代表了一等一的佳餚，也通了個另外的「葵」字。正如他在十七歲那年對十三歲的表妹許諾過的：「從今往後，為兄便在這酒樓裡烹飪出只有你才能吃得到的奇珍美味，如此一來，便可圓了你這小饞蟲的夢想。」

　　她的夢想，便是吃盡天下佳餚，天上飛的、海裡游的、林間跑的、地上爬的，只要是稀罕物，能吃的、好吃的，統統都要進她的腹。

　　便是這樣想著時，重返人間的南葵已然來到了酒樓門前。

　　此樓的兩側大門是奪目絢麗的金色，上面鑲著奇珍異獸的朱紅色圖騰，襯托著楠木匾額上的「魁味居」三個大字。冥府一天，人間數日，那酒樓之內的景色倒也沒什麼變化，燈火通明之中流光溢彩，各色的胭脂袖從樓上揮舞，軟語鶯言，絲竹靡靡，這裡不僅僅是來吃食的，還可以賞舞聽曲，自有一番天上人間的愜意。

　　而好不容易回來了，南葵身處熟悉親切的境地，心中著實湧上一股劫後餘生的欣慰之情。她雖圍著面紗，卻也知毫無必要，畢竟周身林林總總的過客，不可能認得出她究竟是誰，即便眼下就要去見姬仁宣，他也是無法認出她的。正如冥帝所言，她容貌已變，旁人眼中的她又怎還會是那個名滿南雀城、代父出征的姬南葵？思及此，反而有些掃了心裡興致，

可天色已暗，家家燈火，處處管弦，她也不願庸人自擾，便乾脆落落大方的進去了酒樓。

迎她的人是店裡的阿滿，嬉皮笑臉的說著他那套陳詞濫調：「這位姑娘可真是走運，破天荒趕上了我們魁味居有空座，否則不提前個十來八天預約，可是吃不上的！」

南葵被領著坐到了偏僻角落處，先向阿滿要了一壺茶，又拿到菜單慢慢看。阿滿不等她，又去招呼別的客人，她便四處張望起來，一眼便看見姬仁宣獨自坐在二樓雅座。

木門半敞著，窗外花影婆娑，月華淡薄，他正自斟自飲，清俊容顏上掛著幾分落寞，人也瘦了許多，錦衣是素素淡淡的竹帛色，外罩一層灰濛的皂紗，案桌上放著的是那把她送給他的摺扇，依然墜著她繫上去的青丹流蘇穗，又有幾片白色花瓣飄進他房，襯著哀愁的弦月之色，便將他華貴身姿勾勒出一股子淒涼，惹得瞥見這情景的南葵，不由自主的眼眶酸澀，幾乎落淚。

偏生阿滿在這時跑了回來，不識時務的問她是否點好了菜。南葵忙擦拭眼角，調整好了情緒，她忽然刻意提高了音調，道：「我要這道錦葵珠香。」

「錦葵珠香」這四字滑進了姬仁宣耳裡，他手中的酒杯頓住，側過頭去看那樓下的女子。

她面紗遮臉，穿著金色窄袖華衫，髮鬢綰成精緻的流雲狀，上頭插著一支綠翠瑪瑙簪，遠遠看去，那簪子反倒像是野獸碧綠的眼眸，閃現寒光熠熠。再看她腰間繫著一串金鈴，令他神色變暗，起身朝樓下走去。

阿滿還在困擾的撓頭道：「姑娘，咱們菜單上沒你說的這道菜，你如何讓我們做得出來啊？」

「明明就有。」南葵指著最後幾頁辯解道：「這裡寫著的五道菜，名字都極為稀罕。我改變主意了，加上剛才那道，剩下的我也都要！」

阿滿一看，忙道：「那些菜不是給客人點的，店裡的規矩旁人都知，沒人會點那幾道。姑娘你是生客才會不知情，還是換別的菜吃吧！」

南葵故作不依不饒狀的明知故問起來：「哪有寫在上頭卻不讓人點的道理？你倒是給我說說看，旁人不許點這菜，誰人可以點？」

「那是只有我妹妹才能點。」姬仁宣來到南葵面前，遣走了阿滿，冷冷打量著她。

南葵抬頭看著他，驚訝之餘，也有些無措，一時之間竟不知如何同他訴出思念之情，怕是即便能說，眼下的他也會不明所以、退避三舍。

而見她不言語，他覺得極怪，便又道：「姑娘可隨意點其他菜色，至於後三頁的菜單，是不供客人的，這是本店的規矩，還請姑娘見諒。」說罷，他盡禮數般的命人添了幾盤特色小菜，拱手示意後轉身離去。

南葵一急，起身追上他。他已繞過人群去了屏風之後的長廊，她尋見他時，周圍靜謐無人，他正在一處雅間中提起酒壺，正欲斟酒，抬眼見到她，神色疑惑之際，她先他一步道：「我別無他意，只是方才聽過你說的那番話而料想……你可是這酒樓的老闆？」

他點點頭，道：「正是。」

「既是如此，我便高價買你菜單上那五道菜……」

話還沒說完，他便斷然回絕道：「姑娘不必執著此事，區區幾道小菜，自是不足掛齒，可即便你是以九州之內八千城池來換，我也是不會答應你的。」

「九州之內八千城池」這八字令南葵動容，默默垂眼，道：「看來令妹在公子心中的位置，絕非金銀所能撼動了。」

他卻忽然痛心的歎道：「卻不知何時還能與她再相見，許是天上，許是黃泉。」

不！她就在這兒，在他的面前！南葵滿心的思念就要一併傾瀉而出，她想起兒時常與他說笑嬉鬧的唱曲，便幽幽低唱道：「狸狸斑斑，跳過南山。南山北口，夜狐急走。牛頭、馬面，二十弓箭。上馬琵琶，下馬琵琶。驢蹄馬蹄，縮了一隻……」

這熟悉的歌謠令姬仁宣在一瞬間有些恍惚，他忽覺眼前之人似曾相識，腰間金鈴驚鴻照影，而他深知，這首歌謠是他教會故人的，連其中被他故意篡改的詞彙都如出一轍。曾幾何時，她會在替父出征、舟車勞頓時哼唱這曲子，山林裡迴盪的都是那清幽的狸狸斑斑……。而接著，面前女子停下歌唱，問他道：「仁宣哥哥，不知可否以此曲來換一道錦葵珠香？」說罷，她略有猶豫的摘下了面紗。

那一刻，她是懷疑且忐忑的，必是要擔心他無法將自己認出。可好半天之後，也沒聽見他的聲音，南葵便不安的去打量他，只見他正不可置信的凝視著她，眼中有震驚也有喜悅，略顯蒼白的膚色逐漸泛起紅光，然後他猛然驚醒一般的，像是被劇烈的想念與眷戀所支配，他急不可耐的邁出幾個大步，伸手將她擁入懷中，緊緊抱住。

　　熾熱的血液漫過全身每一寸肌膚，他感到自己的胸口直到指尖所有的血脈都在猛烈跳動，而她被他抱在懷中，對他的心跳清晰可聞，茫然的抬起手回抱住他，他因此而抱得更緊了一些，像要將她嵌入自己的身體裡融合那般，他哽咽著傾吐道：「南葵，我的南葵……你當真還活著，我就知道你還活著……他們偏生說你死了，我始終不信，到底是盼回了你，到底是！」

　　南葵的淚水流下，她感激於姬仁宣對自己的這份情誼，若不是如此，他又怎會認出容貌已變的她？怕是在他的心中，她永遠都是一種模樣，是他心中根深蒂固的模樣。可她忽然想到了自己與冥帝之間的承諾，更深知自己前路未卜，便慢慢推開了他。而接下來的時間裡，任憑姬仁宣如何詢問，她也不肯道出曾發生的一切。

　　良久過去，雅間裡都只有一片沉默。姬仁宣似乎仍覺南葵的「死而復生」恍惚如夢，他竟有些語無倫次的念著這段時間以來，他每天都在酒樓裡等著、盼著她出現。他知道，倘若她從崑崙歸來，第一件事便是填飽肚子，而魁味居又比她的家宅靠近城門，她必會首先經過這裡。而他又怎捨得她飢餓難忍？所以他便一直等在此處，片刻不敢離開。

　　南葵靜靜聽著，並不作聲，直到聽聞他提起她父親還未醒來，南葵再隱忍不住內心悲苦，轉身伏在姬仁宣懷中，再度淚流滿面。她雖返還人間，但可憐的父親卻依舊臥病在榻，徒留姬仁宣一人面對一切，她心中不由得怨恨起塵世不公。

　　姬仁宣則輕拍她的背，並未打斷她悲泣，他深知她定是遭遇了艱難困苦，她既不想說，他也不忍心追問，只柔聲道：「在我面前，你大可肆意哭泣，但見到家人之後，再不可這般哭哭啼啼了。」

　　聽聞此言，南葵忽地停止淚水，隨即轉過身去拒絕道：「我不能回去，仁宣哥哥，你也不能告訴任何人我在此處的事兒。」

「此話何意？」姬仁宣詫異的扳過她的身子，茫然道，「你好不容易死裡逃生，卻不肯出現在其他親人面前？」

　　「他們早就認定了我已死之事，我又何必再貿然現身？」

　　「但你今日卻完好無損的出現在我面前，你一定是心中想念於我才來見我！」

　　「我雖來見了你，卻不代表我必要去見其他想念的親人。」南葵蹙起眉，別開臉，嘆道；「仁宣哥哥，我只想在你這裡暫住幾日，往後的事情，我自有打算。」

　　他見她滿臉的難言之隱，自然是不願去為難她了。又緘默良久後，他忽然站了起來，面向木窗，背對於她。

　　夜色濃重，殘月淒淒，梨花瓣瓣入窗來。他嘆了聲：「我知道了，若是你意已決，我聽你便是。」

　　南葵不再作聲，只是又將面紗重新戴上。姬仁宣側眼瞥見這一幕，忽覺心中隱痛，彷彿察覺到她不願示人的心思，無奈又幫不上忙，實在煎熬。

　　而唯一能做的，便是命人安排最好的客房給她，又親自下廚做了她心心念念的錦葵珠香。阿滿見狀，很是奇怪，又不敢問，待到酒樓打烊後，他正欲回去後院睡覺，卻見到老闆在那姑娘的客房門前來回踱步。

　　要說那姑娘來得屬實蹊蹺，非要點南葵姑娘才能吃的菜色不說，又莫名其妙的被老闆好生招待了起來。且這等夜半時分，她房內竟然還燃著燭光，映襯在紙門上的，同樣是她心神不寧的身影。阿滿覺得自己不該再看了，便匆匆跑回房內就寢。

　　剩下姬仁宣守在南葵的門外，他有些疲了，坐到長廊的矮椅上，周遭燈光接連熄滅，靜謐黑暗之中，唯有面前的燭光毫無倦怠之意。而他也與那房內的人一樣，皆是滿懷憂思，難以入眠。

　　他心中早已有所猜疑，今日相見，困頓頗多，為何妹妹得以從崑崙雪山安然無恙的返還？人人皆知崑崙雪難不斷，且眾人也都斷定了她已死的事實，甚至連他自己也漸漸接受了這悲愴。而她此番出現，行事詭祕，欲言又止，也著實與此前的姬南葵判若兩人。思及此，他望向窗外，見夜幕繁星連綿，忽覺日子距離中元時節很近了。

每逢七月半，家中都會以酒肉、糖餅、水果等祭品舉辦祭祀，以慰在人世間遊玩的眾家鬼魂，並祈求姬姓家族全年平安順遂。父親也會請來德高望重的道長誦經作法，大抵是為了消弭曾居住在此地的亡魂戾氣。印象最深的一次是三年前，他不懂父親為何對亡魂格外敬重，是前來的道長為他解困道：「在生命的天道輪轉裡，世間凡人皆是靈魂的寄主。已離世之人，肉體雖已消亡，但靈魂還在，其命魂不滅。而人死後，靈魂會再經輪迴。但這個等待的過程可能會持續很久，許是十幾年或幾十年，甚至更長的時間。而在此之前，他們會以鬼魂的狀態一直苦苦等待。其中，有的鬼魂會在居住過的宅邸家中逗留，也能看見自己親人的一舉一動。而有的則是到處遊蕩，成了孤魂野鬼，過著更為淒慘的日子。

　　「這時，如果親人為他們做焰口超渡或者攝召之後聽經聞法，他們就能夠得到天尊和神仙的慈悲指引下，擺脫鬼魂的狀態，走向更光明處。在等待輪迴的日子裡，他們與我等生者一樣，都希望活著的親人能分給他們吃食，更盼望著能給他們送去錢財。即使再入輪迴，其命魂是依舊不變的，後人的香火及祭祀，先人的命魂依然能夠接收，從而有了最直觀的變化，即香火得以延續。

　　「歷代宗親超渡與否、安穩與否，都可直接決定此家族後代的發展軌跡與承負果報。人有三魂，胎光主命，死之後魂回太和；爽靈主貴，死後魂歸五嶽陰間；幽精主衰，死後魂歸水府；且人死後三魂七魄中只有一魂去投胎，所以，祭祀對於逝去的親人有著非常重要的意義。無論逝去的宗親血脈是否已經踏入輪迴之路，都能接收到生者透過祭祀而傳達的供養資訊。」

　　回想到這裡，姬仁宣更為悵然。他靜默獨坐，周身的時間皆如凝固了一般。只是，他在心中對自己暗暗道著，即便南葵已是歸來的亡魂，他也會待她如初，不如說無論她變成了什麼，哪怕是草木石塊，他也不會離她而去。

　　「畢竟，我可是盼了數不清的日夜輪轉，才將她盼回身邊的啊！」姬仁宣以一雙深黑得近乎融入黑暗的眸子，凝視著她的房門，唇邊掛著的笑意雖苦澀，卻堅定。

　　待到隔日一早，蠟燭燃到了底，煩心一夜的南葵推開了門，竟然看見

姬仁宣正站於長廊窗旁，負手而立。

南葵驚訝不已，問道：「仁宣哥哥，你怎會這麼早在此？」該不會他同她一樣徹夜未眠？

姬仁宣聞聲回頭，只靜靜的望著面紗下的她，而後點頭示意道：「餓了吧？你隨我來，已為你準備妥當了。」

魁味居二樓最南邊的雅間，是專門留給貴客的。可說到貴客，無非是用來給南葵的特別招待。那雅間她曾去了無數次，連同其中擺設的水墨屏風上的竹葉數目，都已然能夠倒背如流。當她推門而入時，發現餐桌上早已擺滿了她平日裡愛到骨子裡的吃食。

早餐自然是要清淡些，有焦糖油香包裹起來的芝麻餅，姬仁宣為其取名叫白翠朱玉。咬上一口，外酥裡嫩，脆皮軟餡，果餡兒裡滿滿的五仁，翠白如玉，紅果如朱，不知不覺間便吃光了一盤。再配一碗鮮蝦青菜粥，還有茯苓做的糕點，南葵意猶未盡的舔了舔嘴角，感慨道：「果然還是仁宣哥哥的手藝精妙，且又懂得我的胃口，真叫人感動不已。」

可她很快便意識到，這些定是姬仁宣連夜做出來的，畢竟白翠朱玉這等餡料必要新鮮的吃食不能隔夜，自然不可能是提前幾日做好的東西，更何況這是只為她準備的菜色，旁人豈會有這等口福？要不是因為她現身於此……唉！如此一想，南葵心生虧欠之意，略顯侷促的放下手中空碗。

姬仁宣見狀，反而失笑出聲。他偏生在這時憶起了幼童時期的往事，想來南葵自小愛吃，見到美味總是雙眼放光，恰巧那日，鄰國小城來了一戶沒落名門到姬府談貨，同行的少爺年歲相仿，是個小胖子。他手裡攥著一支七彩斑斕的糖人兒，舔得極為沉醉。南葵盯著他的糖人兒出神，期間還擦了好幾次口水。

小胖子冷冷瞥她，輕蔑一哼，竟然三兩下把糖人兒塞進嘴裡吃光了，還挑釁的衝著南葵嚼個不停，支吾不清的炫耀著，不停的說著：「好吃，好吃！」這可氣壞了本性根本算不得柔和的南葵，她給身旁的姬仁宣使了個眼色，姬仁宣倒是瞬間領會了她的信號，可不免愧對良心，於是只在南葵伸腿將小胖子絆倒的時候，快速抓著南葵掉頭就跑，剩下小胖子在原地四仰八叉的「哇哇哇」喊疼。

跑到無人的假山後頭，還沒等喘勻了氣，南葵就怒衝衝的給了姬仁宣

一腳，氣不打一處來道：「這是你不肯踢他的代價，我明明給你使了眼色，你既不肯，便替他領了這一腳！」

姬仁宣有些許委屈的揉著腿，但也不忘強硬的訓斥她：「不管怎麼說，平白無故的打人都是不對，他又是客，我怎能依你的脾氣？你嘴饞又怪不得人家，快別這般虎虎生風了，再如何說你都是個女兒家。」

南葵漲紅了臉，又氣又惱道：「你既知道我是女兒家，竟然還要用虎虎生風來形容我！」

「可你吃東西時的模樣，當真是配得上虎虎生風。」如今將這話說出口，姬仁宣的神情是極為懷念的。然而，坐在面前的南葵卻再也不會因這四字而大動干戈，反而是一種憂心忡忡的沉默眼神看著他，早也不是幼童時的蒙昧與純粹。

彷彿是心有靈犀一般，二人在忽然之間陷入了寂靜，原本還有所說笑，這會兒便不約而同的滿眼傷懷。半晌過後，姬仁宣將茶壺重新加熱，端詳著她眼下的淡淡陰影，道：「昨晚，我也同你一樣一夜難眠。我知你有心事，卻不知你為何不肯同我講。」

南葵抿緊了嘴唇，確有難言之隱般欲言又止。姬仁宣忽地握住了她的手，情真意切道：「南葵，我是要讓你知道的，於我看來，無論你是人是鬼，是妖是魔，我都會與你同肩並行、絕不含糊。」

南葵的手指微抖，抬眼去看，姬仁宣望著她的眼神決絕而堅定，她到底是說出了口：「仁宣哥哥，我的確是個死人了。」

姬仁宣眼中的驚色一瞬而逝，南葵見他似已坦然接受，反倒詫異的問他：「你難道不害怕我嗎？」

他苦澀一笑：「生又如何，死又如何？我說過了，於我而言，你永遠都是我的妹妹姬南葵，唯有這點不變。」

這寥寥幾語著實令南葵心中動容不已，她心下一橫，終究是對他全盤托出。從崑崙雪峰的山洞說起，一直到遇見冥帝成為孟婆，包括冥府見到的種種，她統統說給了他聽。

「至於容貌發生改變這件事，是因為脫去凡胎因果。而我之所以戴著面紗，也是怕被魁味居裡的跑堂與雜役們見到生臉而起疑。我是不擔心他們會認出我的，畢竟只有對我情義深的人，才能看到我原先的模樣。而在

旁人眼中，他們見到的都是身為孟婆的臉罷了。」南葵說到這，不由得深嘆了一口氣。

而這一番長談，足以令姬仁宣在心中消化許久。他只是預料到南葵許是死後亡魂，卻從未想過她會成為冥府孟婆。那麼，如今的她已不是他記憶中的南葵，就如滿園春草在野火之下付之一炬，隔年春天開出的嬌豔花朵，也不再會屬於曾經的過往歲月了。

姬仁宣臉上因此而出現追憶神色，南葵見狀，明白他心中波瀾起伏，卻不得不謹慎的叮囑他道：「仁宣哥哥，你要替我保密此事，不得告訴任何人。」

姬仁宣回過神來，默然點頭：「你大可放心，此事唯有天知、地知、你知、我知。」

南葵又道：「正如我最初和你所說的那樣，在我完成任務之前，都是不會去見父親的。他老人家尚且還在昏睡之中，即便去見，也是徒勞。哪怕是他醒了過來，我也是不會出現在他面前，免得他在日後要經歷失而復得、得而又失的痛楚。」

姬仁宣聽後神色一頓，沉思一番，又有些許心亂如麻，一開口便問出：「你要完成什麼任務？」

「為冥帝來人間徹查嬰靈一事。」南葵重新看向姬仁宣，眼神中是滿滿的信任之情。而姬仁宣也明白她的不易，即便她淡化了許多痛苦，可她已是經歷了生死之人，且這一連串的變故，足以讓她的堅強崩塌，甚至潰不成軍，哪怕她再如何強硬的想要掩飾自己的脆弱，他也能夠感知得到，她需要他來做她的依靠。

姬仁宣握著她手的力度更大了一些，他必要收起內心的迷茫，安慰她道：「我雖是肉體凡胎，不及你現在的功力，可我也會拚盡全力協助你。你儘管放心，只要我在你身邊，便不會讓你獨自受苦。」

南葵感激的點點頭，不忘囑託他道：「仁宣哥哥，我還有一事相求。在我完成任務之後，許是不會留在人間了，還望你能替我對父親盡孝。」說罷，她從自己袖中取出一個錦盒，打開之後，其中藏著的正是天香瓏葉。

見此藥草，姬仁宣嘴唇微動，緩緩應下，心中卻好似意識到在不久之

後，仍會再一次失去她。然而腦中忽然閃現的一抹身影，令他猛然清醒般的吸了一口氣，他便別開眼去，替她做決斷般的道出：「昨夜無意入睡之時，我已書信一封托人送去給他，邀他今夜來此一聚。」

提及這個「他」字，令南葵愣了一愣。

「我未在信中說明你的事情，所以今夜是否要出面見他，也取決於你。」姬仁宣道，「且方才辜家的人稍話於阿滿，說他一早進宮處理文書，約莫要傍晚才能回府閱信，你也有一整天的時間來為此事做思量。」

南葵垂下眼睫，心口有弦因此而顫，不過是單單聽見他的姓氏而已，都令她心神不寧起來。

可，他是風中的薄霧，春枝上的花月，空谷裡的青蘭，如琴瑟風雅之樂曲。

是她怕輕輕一觸，會煙消雲散的幻夢。

許久的沉默過後，她望向窗外，若有所思的摘掉了面紗。姬仁宣不想她情緒低落，便邀她一同去城中找尋稀罕的菜品，買回來做今晚的佳餚。南葵順勢起身，跟在姬仁宣的身後穿過長廊，見到阿滿與其他店裡的夥計時，他們無人將她認出，反而是竊竊私語著：「這姑娘就是那個被老闆親自下廚招待的，她吃的可都是南葵姑娘才能點的菜色。」、「那有什麼大不了的？老闆還把最好的客房給她住了呢！瞧，老闆片刻不離的守在她身邊，八成是一見鍾情，已經是被美貌給迷惑得神魂顛倒。」、「可老闆不是只看美色的膚淺之人啊！不過嘛！也好也好，咱們這魁味居也是很需要一位風華正茂的老闆娘了，老闆還是儘早去討好人家姑娘才是。」

偏生這些話都被南葵一字不漏的聽進了耳裡，實在是好氣又好笑。

只是，總歸是要讓夥計們失望了，南葵心裡想著，她自幼與姬仁宣一起長大，雖毫無血緣，卻親如一脈，兄妹情誼之堅，是山河江川都不可比擬的。

遙想從前，父親姬牧弈與叔父姬牧苓皆是十分疼愛她，但除了母親之外，她身邊的親人長輩皆是男性，最小的姬仁宣也要年長她四歲，故此，男子們疼愛女兒家的方式便不會拘於小節，自是灑脫隨心居多，便要少了些細膩造作。好在她自己的脾性也靈動活潑，天生便不是那柔情似水的嬌媚調子。

姬仁宣對她常用的「虎虎生風」這等形容詞，著實是配稱於她的。想她三歲起便隨著父親東奔西走，從城南姬府跑去城西姬府，再從焰國去到鄰國，一路上混熟了那些來自天竺、東瀛、波斯的異域人，還時常會引發一身莫名其妙的自豪感。

　　她自稱見多識廣、精明強幹，總要把抓周時抓到算盤的事情向旁人炫耀。想來她出身富裕的商賈之家，接觸到的同齡人自然也是非富即貴，有些紈絝子弟缺乏動腦能力，時常會膜拜她走南闖北的千里眼界，甚至在好長一段時間內甘願做她的跟班。

　　於是打小時候起，姬仁宣就總會看見姬南葵的身後跟著一串高矮不一的公子哥，她得意的走在最前頭……嗯，依然是虎虎生風。

　　唯獨嘴饞貪吃這點，倒讓她和天真可愛沾上了幾分色彩。

　　一碟烤羊肉，一份拌辣藕，這便是南葵百吃不膩的小食。但這蓮藕嘛，是時令菜，只在夏秋之際，所以到了春冬時節，就靠變著花樣的做羊肉來解饞。於是每逢春冬，城南、城西兩個姬府的下人身上，都會染著一股子膻味兒，就連兩位姬老爺的髮鬢之間，都揮不掉這略刺鼻的味道。

　　除此之外，姬南葵也尤愛音律，對於她的喜好，姬仁宣雖然嘴上從不認可，行動卻極盡寵溺。在南葵十歲那年，也不知道他從哪裡大費周章的尋來了一個通體無瑕的崑崙玉，並打磨成了玉笛贈予南葵。這等寶貝可著實令她歡喜，便總是貼身帶著，行商漫長路途，寂寥之時取出崑崙玉笛子吹一曲家鄉小謠，倒也能一解思鄉之愁。

　　只是隨著年齡漸長，跟在她身後的那群公子哥們也逐漸脫離了她的掌控，勢必要說一不二的彰顯他們的男子氣概。首先，就要從對她的懲治開始，許是受夠了她多年來的壓迫，又嫉妒年長幾歲的姬仁宣顯現出的天人姿容，他們竟在她與姬仁宣吹笛作詩時，同仇敵愾的跳出來笑道：「還說你們兩個不是郎情妾意，我娘說了，你們兩個根本就是沒有半點兒血緣的堂兄妹，整天黏黏糊糊的貼在一起，就像那詩裡寫的，妾髮初覆額，折花門前劇，郎騎竹馬來，遶床弄青梅。同居長干里，兩小無嫌猜。十四為君婦，羞顏未嘗開……洞房是今日，相待更……啊呀！」

　　姬仁宣十分茫然的看著被她揍倒在地的幾名「壯漢」，實在是無法表示贊同。最起碼也該耐心的聽人家把詩背完，可看到她氣如猛獸的模樣，

他也只能上前去拍拍她的頭，安撫道：「氣大傷身，我去給你做一道松鼠鱖魚來消消氣吧，最近剛學到的，吃不吃？」

她頃刻間收起凶狠獠牙，乖乖的順從道：「吃。」

那年的姬仁宣已年滿十七歲，當真是吾家有兒初長成，少年風流美如畫，一把摺扇染玉樹，韻致天成可如仙。便時常惹得一眾千金小姐側目偷看，皆是紛紛羞紅了臉。但他天性內斂，言語不多，恰到好處，身上的乖順之氣，自有一番優柔魅骨，著實能夠讓人大膽信任，更覺得世間難題沒有什麼是他解決不了的。

自然了，這是姬南葵眼中的他。她從不知他的遊刃有餘是他夜半時讀書、雞鳴時舞劍的付出，也不知他滿心責任與義務，皆是要將姬姓兩家的祖業發揚光大的決意。

或許，在無人察覺的時刻，他總會意識到自己並不高貴的養子身分，從而拚盡全力的踏山越河，只為書寫眾人眼裡的完美無瑕。

姬仁宣是無懈可擊的，他的身上毫無破綻，大概只有在他親手為南葵下廚時，才會洩露出那麼一絲人間煙火氣。

而此時此刻，他正帶著南葵一起走在南雀城最為繁華的長街上。

身在冥府雖不足三日，但人世間的熱鬧卻更加鼎沸。南葵有些應接不暇的張望四周，彷彿她曾熟悉的一切，在這般時候都是新鮮的了。想來在她離開之後，世間已過多日，必定會發生一些奇特之事，她心中好奇起來，便去詢問起姬仁宣。

奈何姬仁宣不是會顧及這些閑聞之人，只管帶她去老字號店鋪裡買些蜜餞果乾，正欲前往，卻察覺到不遠處的人群中起了騷動。

有一列威武的儀仗隊途經於此，南葵與姬仁宣走過去，看到一輛富貴的宮車正緩緩而來，百姓紛紛退避，無不敬畏。南葵只抬眼看了一看，見領頭的女官騎著高頭駿馬，共四名，皆是環繞宮車。那車被裝點得格外雍容華麗，鎏金鳳紋的車簾上繡著金絲線，輕風攜香來，吹起了簾子一角，露出了車內女子的曼妙容顏。

「是個美人。」南葵想。

周身百姓恰時議論道：「這不是那位貌美絕倫的寵妃殿下嗎？也是有段時日不曾出行此街了。」

「那是自然，想她月餘之前才嫁給國君為妃，哪還會像從前在將軍府時自在？雖說如今是正值聖寵，可國君之心向來善變啊！」

「但這南雀城近來的天大喜事也只有這麼一件了，虞將軍長女虞北棠姿容豔絕，深得國君厚愛，實乃享有皇后榮光。」

聽著耳邊的七嘴八舌，南葵才知近來要聞無非是皇家韻事。再一轉頭，姬仁宣已經買好了蜜餞果乾帶來給她。南葵喜悅不已，但同時卻情不自禁的惴惴不安起來思忖著：「他也極愛這家老店的桃心話梅，今晚酒樓相見，不知他是否能夠認得出我……」

第 五 節

　　像是察覺到了她的微妙心思，姬仁宣略微垂眼，故作雲淡風輕的問她道：「你是在想今晚嗎？」

　　南葵怔然一愣，繼而神色躊躇起來，似有憂思滿滿道：「我只是覺得，好像已有一輩子沒再見到過振鷺了。」

　　姬仁宣轉過眼，瞥見她面容上覆著一層複雜的幽微色彩，那張因為歷經變故而顯得蒼涼的臉，也因提及「振鷺」二字而隱隱泛起了緋紅。

　　或許，這世間也唯有他的名字，才能讓她展露出不同的一面。

　　辜振鷺，他與南葵、仁宣二人自幼相識，與南葵青梅竹馬，打從總角之齡開始，三人便終日裡同出、同進、同住、同食。而曾擁有一眾跟班的南葵，卻偏偏喜歡追在辜振鷺的身後，似乎只有那個時刻，在辜振鷺轉身回應她視線的瞬間，她才會從莽撞小獸變換成溫順小兔。而心思縝密如姬仁宣，他早已看透其中玄妙，自然是不會為此而爭風吃醋，他打小便懂得適度行事，更是擅長將難以圓全的自我情感遏制在隱現初期，免得最終會遍體鱗傷、傷人傷己。

　　遺憾的是，隨著年歲漸長，姬仁宣越發覺得辜振鷺變得遙不可及，他的臉上總是罩著一層他參不透的霧氣，如冰層下的寒水，彷彿稍不留神，便會溢出異樣的暗色漣漪。

　　許是介懷於此，他才難以心安，總是要遠遠注視著辜振鷺在面對南葵時的一言一行、一舉一動。

　　其實，南葵自己也很難說清為何會在成為孟婆後率先來見姬仁宣，倘若是為了尋求那份只有在他身上才能夠找得到的慰藉，她大可在相認之後離去便是，反正已然得到短暫相會的喜悅，又何必將一路見聞、悲傷憂愁、歡喜期盼都與他傾訴呢？而且也已見到了他傷勢痊癒、未留後患，便無須再擔心他了。若只是因為親情與依賴，又何必如此貪婪的去渴求他的關注、體貼及呵護呢？

時而愚鈍如南葵，她尚且不知這貪婪之後的深邃情誼，又或者是還在痴痴的被另一個名字身上的氣息吸引。

　　辜振鷺是帝師辜嶠之子，由於姬、辜二族交好，這份情感便也從父輩延續而來。南葵猶記得九歲那年冬天，某日晨間飄起了清雪，園內滿樹紅梅開正豔，帝師辜嶠攜夫人與愛子前來姬府做客，那會兒的南葵正在向姬仁宣炫耀剛剛採來的紅梅，轉身看到辜振鷺的身影，她便立即撇開姬仁宣跑向來者，倒是被同行的辜夫人一把抱進了懷裡。

　　南葵自幼受到辜夫人寵溺，南葵欠缺的母愛只能從時常造訪府上的辜夫人身上獲得，自是與她格外親熱。姬仁宣每每見狀，都會知趣的離開，剩下辜夫人左手牽著南葵，右手牽著振鷺，溫婉柔語道：「你們兩個啊！一晃都已經長得這麼大了，再過幾年，等南葵到了及笄之齡，便可以順理成章嫁到辜家來做我的好兒媳了。」

　　一聽這話，左右兩側的二人皆是反應不同。

　　南葵扭捏羞澀得恰到好處，振鷺雖神色羞怯，眼裡卻要多了一絲迷惘，並夾雜著含糊不清的擔憂。

　　迎面正巧撞見了姬牧弈，他像是早就已經聽膩了辜夫人的這番話，雖心有餘悸，卻也只管笑道：「兩個孩兒尚且年少，且南葵又是姬某獨女，被姬某溺愛成疾，自是要等到她長大成人後，自行選擇如意郎君才是。」

　　辜夫人的桃眼含笑，輕緩語調總是柔情似水的道：「父母之命，媒妁之言，豈能有自行選擇的道理呢？那便是有違孝道了。更何況辜家世代將相，振鷺又是長房長孫，相貌品德也是絕佳，與古靈精怪的南葵豈不是絕配？」

　　還未等姬牧弈作答，帝師辜嶠已大笑著穿過長廊而來，連連讚道：「絕配，自當是絕配！」

　　姬牧弈搖了搖頭，感到極為無奈。南葵卻難得的靦腆垂首，倒像是一種默許。園內忽來涼風捲起薄雪，吹拂過南葵的眼，她偷偷看向辜振鷺，這風掃過他的面容，似是眨眼之間，他已然成了風華正茂的翩翩少年。

　　待他十七歲時，面容已越發與他父親相似，翩翩才俊滿腹書香，正是有匪君子，如切如磋，如琢如磨。便是這樣一位白玉如仙的尊貴名士，當真配得起南葵驚世人的豔絕。想來他的筆墨才情有目共睹，左手書法、

右手丹青的造化，更是讓他名震焰國，朝廷臣子對他稱讚不已，帝王將相也愛惜於他。更有一把七弦琴，被他彈奏出靡音繞梁，一曲一調誇不盡，勝過天上月與星。偏偏又能諫言治國方略，倒也得了國君賞識。長街小巷常年流傳：「焰國有辜郎，國之大興也。」

誠然，辜振鷺三字名揚四方，不僅引得各國名門望族的尊貴女子青睞，也在暗中撥動了她們的芳心。而他有此等美譽傍身，也本應肆意風流、快活人生才是，偏偏他為人淡如青松，就連眼裡透露的笑意都是浮於表面的，未曾到達過心底。好似那皇室深宮朱門前的瑞獸麒麟，雖雕滿了一身的錦緞花紋，卻是冰涼冷石，無血無肉，與世疏離。

然而這一切，旁人都盡收眼底，南葵卻始終看不明晰，一如那詩中所吟：

今夕何夕兮，搴舟中流。
今日何日兮，得與王子同舟。
蒙羞被好兮，不訾詬恥。
心幾煩而不絕兮，得知王子。
山有木兮木有枝，心悅君兮君不知。

也曾彼此親近如斯，如果不是意外發生，或許姬、辜二人的故事又將有另一番收尾。偏逢那日中秋佳節，南葵風塵僕僕的從崑崙方向運貨歸來，其父姬牧弈喜悅於獨女平安回府，自當在家中設宴，並請來了姬牧苓與辜嶠作陪。

想來姬家後人唯南葵一女，姬氏兄弟自然對她倍加寵愛，而辜家早就認定與南葵之間的襁褓親事，必定對其格外厚待。城南辜府也因小姐的歸來而歡欣起舞，上上下下自是一派熱鬧喜悅之景。吃過了宴，不想讓小輩覺得無趣，長輩三人便驅趕他們幾個去外頭遊船賞燈。

南葵正值貪玩年紀，想著要趁中秋出去快活一番，便抓著姬仁宜與辜振鷺跑出府去。長街之上花燈錦簇，人群中滿是著意打扮的姑娘、公子，提燈賞玩的遊人嬉戲歡笑，幼童們你追我趕，小販們叫賣著糖人、月餅、豆粉糕，南葵胃大如牛，買了豆沙、芝麻、紅糖餡兒的月餅吃個不停，惹

得姬仁宣與辜振鷺面面相覷，禁不住為她的豪邁吃相打了個寒顫。

路過掛滿了面具的小攤，姬仁宣闊綽的買下了豬八戒的面具為南葵戴上，旁側的辜振鷺不由失笑，連忙躬身喚她「二師兄」。

南葵不以為然，直道自己好歹是個天蓬元帥，可走著走著，忽然就下起了雨，起先不大，很快便驟降如卵石，三人身上無傘，便趕忙跑到一旁的屋簷下避雨。

南葵抱怨天公不作美，且陰晴不定、喜怒無常。姬仁宣瞥見她手裡的月餅已是濕淋淋的沒法再吃，笑她罵天氣是次要，吃得未盡興才是關鍵。而辜振鷺卻無心參與另外二人的唇槍舌戰，只盯著面前人家掛在簷下的燈謎出神。

「借其東鄰米，烹出短尾羊，殷勤邀爾至，三人續文章。打一成語，捲簾格。」辜振鷺凝視謎面陷入沉思，引得姬仁宣也環胸抱臂加入了他的行列。

剩下南葵一人百無聊賴，不得不湊到他們跟前左顧右盼，可半晌過去，她哈欠都打了七、八個，辜振鷺還在固執的猜謎，便不怎麼耐煩的喝聲造勢，想要吸引他的注意。反倒是姬仁宣捨不得她獨自在那興致缺缺，笑吟吟的看著她「嗯？」詢問示意，南葵朝他努努嘴巴，一臉無奈。姬仁宣寵溺的彈了她的額頭一下，辜振鷺則是在這時猜出了謎底，滿意的道出答案：「欲蓋彌彰。」

南葵謝天謝地的翻了個白眼，並未讚許他的才情，反而抱怨了一句：「你總算是記得要說句話了。」

辜振鷺察覺到她言語中的不屑，倒也並未放在心上。只是暗暗想道，她畢竟是見過世面的，與普通深閨女子著實不同。又只被父親撫養長大，難免會心直口快，且口無遮攔，倒也是快意恩仇的表現了，沒什麼不好，更無須和她計較。反正她不是能與自己論詩撫琴、下棋作畫的女子，她自幼性情熱烈，燦爛如葵，又何必要為難於她呢？

暗中和她保持些許距離便是了，免得被她身上的火焰灼傷了自己。他是這樣沉默了片刻，卻令南葵不悅的皺起了眉，心想他定是在偷偷念她不是，於是指桑罵槐的丟給他一句：「少年老成。」

辜振鷺也不惱，反而縱容般的笑笑，打趣她道：「酒囊飯袋。」

許是他的語氣分寸拿捏得剛剛好，從不會惹怒南葵，自然令她覺得受用，便得意一笑，趁著雨勢漸小，她率先跑到街上，揮手招呼二人快同她回姬府，免得待會兒又要被大雨耽擱。

　　姬仁宣同辜振鷺隨上她的步伐，三人於滿城煙雨中輕快奔走。小販們來不及去尋油紙傘，便用簡易粗布遮擋住了攤位上的吃食。街道對面的姑娘們提著裙擺踮腳穿梭，狼狽之中也盡顯羞容純美。孩童們依舊嬉鬧著彼此追逐，行人卻漸漸稀少，冷月攀上樹梢，攜風帶雨的鋪下韶華星輝。辜振鷺在這時瞥見一主一僕兩抹倩影拐進巷內，前頭的主人一襲絳紫色紗裙，蓮花鞋上沾染了泥濘雨跡，她行色匆匆，似怕被人察覺，可又流連駐留，慌忙中回首，不經意間與辜振鷺視線交會。

　　秋雨重，夜露沉，轉瞬即逝般的一眼萬年，二人眼中皆有驚詫、無奈與憂傷的複雜，而她別過身去，很快就離開了，這時的辜振鷺，也倉皇的移開目光，他這副心神不寧的模樣被南葵看見，禁不住去詢問他發生了何事，他並不作聲，唯獨臉色變得十分難看。

　　此般時候的姬府堂內，酒意微醺的父輩三人談起了姬、辜二姓的婚事，帝師辜嶠率先提道：「這南葵早已過了及笄之齡，是可以出閣的了。我兒振鷺就要弱冠，正是好時候。你我兩家理應盡快擇一良辰吉日，促成這段佳偶姻緣，免得節外生枝、夜長夢多。」

　　姬牧弈猶疑此話，不得不問：「南葵與振鷺並不知從前的兒戲婚約是真，又何以而來這節外生枝與夜長夢多？」

　　辜嶠不經意間瞥向姬牧苓，唇邊笑意似夾雜著敲山震虎的暗示：「是真是假，牧苓要比他兄長聰明多智，自會明白我意。」

　　姬牧苓感受到了挑釁意味，不怒反笑，將他一軍道：「辜兄言下之意，我姬某人反倒會是那節外而生的枝了？」

　　辜嶠略一冷笑，並未理他，只道：「牧弈老弟，你承認也好，不認也罷，南葵與振鷺從前確已定下婚姻之約，我家夫人也屢次提及，你當日也在場，更是沒有反對。眼下，他們二人也已長大成人，整日往來頻繁密切，若就這般私會相好、你儂我儂，卻不結為夫妻，南雀城內乃至整個焰國，豈不是要笑我辜家不知禮節、厚顏無恥？」

　　姬牧弈卻立即道：「又不只是振鷺同南葵走得接近，仁宣也是其中一

個，且他們三人只需問心無愧，旁人言語，理他作甚？」

辜嶠搖頭笑道：「只怕有人問心有愧吧？」

這話劍走偏鋒，反倒顯露出辜嶠心中壓抑著煩亂思緒。姬氏兄弟交換了眼色，皆是明白辜嶠也和他們二人一樣，清楚南葵、仁宣與振鷺三個小輩之間的情感糾葛。可子女們的婚姻大事，自要由他們自己做主選擇才是，辜嶠今日急於求成、言辭反常，總歸不單單是為了南葵，更像是企圖打消某種令他感到恐懼的顧慮。

這因果，八成是出在辜振鷺的身上。

可姬牧弈也不想難得的家宴被各執一詞的爭論壞了雅興，便提議去書房裡欣賞他近來從西域得手的一幅字畫。辜嶠卻恍然想起自己帶來了宮中御賜的寒玉棋，正是要與姬牧弈切磋棋藝的。

想來辜嶠身為帝師，勞苦功高，輔佐國君打點江山，實在功不可沒，而國君也多加賞賜，近來御賜的寒玉棋便是其一。

「這寒玉棋可是稀罕物，是戰敗彌國進獻給陛下的。其檀木為棋盤，寒玉製成棋子，聽聞其觸感溫潤卻又清爽，奇妙無比。」辜嶠命僕人從馬車裡捧了來，獻寶似的對姬牧弈道：「我始終記得你愛好下棋，便想著帶這名貴的棋盤、棋子來讓你開心。」

僕人在一旁諂媚道：「姬老爺，我們家老爺自從收到這御賜之物後，都沒捨得打開過，偏要等你來做這開盤第一人呢！」

姬牧弈聽後，不由開懷笑道：「這般殊榮實屬厚重，辜兄真是有心了，既是如此，你我不如趁著眼下切磋一盤可好？」

辜嶠欣然接受，恰巧雨勢已停，二人便輾轉到庭院的石桌旁擺棋布陣。姬牧苓對棋藝興趣不深，自願為兩位兄長沏好茶水，並親自提壺前去。還未等走到涼亭，便看到姬府大門敞開，三個小輩歡聲笑語的跑了進來。遠遠的，朱門之前，姿容絢爛的少女身側站著的，正是他的養子姬仁宣。似玉雕般的少年身上沾著淡淡的雨水痕跡，他們二人站得極近，他追著她眼裡的那抹光亮移動視線，而她看去的地方，則是身後跟上的那人。

稀薄輕透的月光打照在來者的面容上，令朦朧之中有一種金絲的華韻質感裹著他的五官，又有廊簷上的珠水掉落，濺在他肩，漾出絢麗的光暈。

她便越過姬仁宣，轉身對他笑，像是調侃了他幾句，他不願去理會她似的踱步走去前頭了。而那樣的她，大抵是姬仁宣與姬牧苓都不曾見到過的，或許，是只在辜振鷺面前才會出現的模樣。

　　小狡詐、小心機，眼神裡又有貪婪，而這般真實的顯露，卻是令辜振鷺避之不及的。

　　緊接著，他們三人看到了庭院這頭的景象，一賈一將正於棋盤上兩軍對峙。

　　南葵一邊喊著父親，一邊歡笑著跑向庭院。

　　而此時的姬牧苓與辜嶠正於談笑中布局棋子，卻又有殺機在不動聲色之中湧現。電光火石之間，沒人知道究竟發生了什麼，南葵忽然愣了愣，只見他們二人在即將將軍的時刻轟然倒下，棋盤於頃刻間落索滿地。

　　南葵驚慌失色的大喊道：「父親！」

　　那便是姬牧弈父女在人世所見的最後一面，從那晚過後，即便再見，也是陰陽兩隔。她不再是肉體凡胎的姬南葵，即便尚且留存人世的靈魂，卻也是物是人非了。

　　而待到御醫趕來姬府時，已經是一炷香之後的事情。為姬牧弈與辜嶠二人診脈過後，御醫秉明屋內一眾人道：「帝師與姬老爺的確是中了毒，且是寒毒。」

　　姬牧苓焦急的問道：「我們今晚同吃一宴，為何只有他們二人中毒而我卻沒事？其他人也是未有分毫差池。」

　　御醫解釋道：「並非飯菜有異，而是那寒玉棋子上帶毒。」

　　南葵心中一震。剛才叔父已經將事情的起始說過了，那棋是國君賜予辜嶠之禮，如何會有毒？總歸不會是國君想要害父親吧？可那棋一直在辜嶠府上，國君又怎會知道辜嶠會與何人下棋？難道是辜嶠下的毒？

　　但這天底下哪有自己毒害自己的道理？他辜嶠也碰了棋子，同樣中毒而倒了啊！

　　她這廂思緒如潮，御醫還在滔滔不絕的道著毒性緣由：「棋上之毒為寒玉性寒，這種毒生長於嶺南蠻荒之地，彌國特有，乃是一種熱毒，名為『美人脫衣』，其意為中毒者身體發熱，脫衣解帶，而寒玉恰好克制毒藥的外漏。手指的溫度觸摸棋子，融化毒藥，通過毛孔滲入皮膚，從而中下

此毒。可又有寒玉做引，毒性便不會立即表現，待到發作之時，已是中毒頗深。」

南葵聽聞此言，不由心中惱火，急急追問：「眼下最為重要的是如何解毒，可有解藥？若是沒有，他們二人性命又能保住幾時？」

御醫沉默片刻，而後嘆道：「毒積體內，暫時不會要了性命，但若不盡快解毒，後果也是無法設想。如今唯一能夠解毒的，便是取一種能在體內制寒的藥材，克制熱毒。而這奇藥叫作『天香瓏葉』，只生長於崑崙山巔懸崖之中，除去崑崙雪峰，再無別處可尋。」

崑崙雖崎嶇險惡，但那山腳下已是南葵途經過不知多少次的了，倒也不會令她覺得懼怕。且眼下救人要緊，父親與辜嶠性命攸關，自是不能再容她遲疑。她看向叔父姬牧苓，對方領會她意圖，禁不住擔憂蹙眉，偏生姬仁宣在這時也同南葵點頭示意，這令姬牧苓更為難安，忍不住同御醫提議：「哪怕是請來楓離道長以金針懸脈，也無法解毒嗎？」

南葵聞言，眼中也閃現一絲期盼，她清楚那有關金針懸脈的傳說，要知九州大陸上曾出現過的第一位女帝──攬月，便與此傳聞息息相關。攬月尚且還做公主的時候，常年多病，在奄奄一息時，是一位雲遊的道長用金針懸脈救回了性命，也是因此，才有這位女帝在日後的豐功偉績。可自那之後，金針懸脈也成為祕術，雖被醫界推崇備至，卻也沒人再得此真傳。唯那位楓離道長深諳此術，便也是焰國之內一等一的得道高人。

不料御醫卻深深搖頭，無可奈何道：「二位所中寒毒過於狠厲，即便是楓離道長擅用懸脈金針，也是無法逼出淤於體內的毒性。」

這話一出，已然是封死了退路，那麼除了前往崑崙，便再無他法。南葵心覺刻不容緩，便不肯再多留，轉身回往房間收拾起行囊。剩下姬仁宣深深凝望一眼姬牧苓，父子二人皆是欲言又止，可一個沒有多說，另一個也沒有多勸，姬仁宣也匆匆退了出去，只管隨上了南葵的腳步。

此番出行必要速戰速決，要帶的東西無須繁複，乾糧與水源必不可少，南葵常年在外，早已對此輕車熟路。等一切都準備妥當，她長長地嘆了一口氣，才發覺自己已經滿身是汗，手指也控制不住的抖個不停。她心猿意馬的擦了擦額跡汗水，聽到門外傳來腳步聲，轉頭看去，見是姬仁宣站在月色之下。

他神色凝重，慘白月光映得他面無血色，盡顯蒼涼。

她怔了怔，讀懂了他眼中憂心，但也毫無心情聽他多說一句，更怕被他看出自己早已亂了陣腳，便默然的轉回了臉，為行李打上結扣的動作都顯得格外粗暴。

慶幸的是，他只是沉默的站在她身後，直到她將迴廊彎刀掛於腰間，欲要出行時，他才拉住她的手，沉著的向她道：「南葵，接下來的局面，暫且交由我父親與振鷺一同打理吧！」

她愕然，立即看向他，以眼詢問。

他道：「憑辜家在朝廷中的地位與威望，投毒之人也不敢再肆意行動。辜嶠生死未卜，國君不久之後必會得知，便要有人同陛下述明情況，而振鷺是文弱書生，不宜遠征，又是朝中名士，在陛下面前也有幾分薄面，留他於此，最為合適，且這其中緣由仍舊是謎，你我唯有歸來之後才能從長計議。」

的確是用心良苦、考慮周全，可她卻猶疑的問道：「你我？」

他點點頭，毅然道：「此行你我出生入死，絕無悔意。」

她肩頭忽然一熱，側頭去看，他的手搭在她肩上，清瘦手掌極為有力，如破釜沉舟的決意。

南葵重新抬起頭，看著姬仁宣。

姬仁宣凝視著她的眼睛，義無反顧般的堅定。

而那晚的眼神，成了她日後的刻骨銘心。沒人知道此行是吉是凶，前路崎嶇，雪峰冷酷，即便熟知崑崙四周地形的她也心中不安。唯有他寥寥幾語，安撫了她顫抖的雙手，給予了她無窮的底氣。

只是，沒想到崑崙一行，竟會生生葬送了她的性命。倘若早知如此，他寧願替她赴死，也不捨她芳魂損斷。

然而作為她的堂兄，雖無血緣，卻無法在從崑崙歸來後，為她做任何他希望能夠為她做的事。也許只有他一人認定她沒死，即使死了，也該有魂靈顯現於他面前。

府中常請做法的道長總會說，人身中有三魂，第一魂為胎光，是上天清輕之氣所化，常令人身心清靜，能得長生；第二魂為爽靈，是世間五行之氣所化，常令人深思熟慮，耗人精神，生諸災害；第三魂為幽精，是地

下陰濁之氣所化，常令人好色嗜欲，嗜睡昏沉。

而人的元神由魂魄聚合而成，魂能離開人體而存在，而魄則是依附形體才能顯現的精神。

正如人有三魂七魄，一個有生命的人，其魂魄是團聚的，即生命的實相。一旦三魂七魄聚不成主，人，方會一死。魂魄分散，一是源於生活本命的消耗，二是源於魂魄堅固的力量不足。而魂飛魄散之後，性命將去往生，便要去陰曹地府喝上一碗孟婆湯，至此再無前塵記憶。如果是三魂七魄散失之後，也就各奔東西了，生命如何再度出現？

然而，她又怎會是魂魄不堅之人？難道說，唯有「垂絕念神死復生，攝魂還魄永無傾」才可與她重新相見不成？

沒人能為他找到答案，連他自己也迷惘無助，一連數日無眠，他於城西姬府之中憔悴頹敗。旁人都道著：「少爺，你要愛惜體魄，南葵姑娘已去了，你莫要思念成疾，若是傷及肺腑，怕要引起在崑崙受到的舊傷，只會惹得老爺痛心。」

他的確是要多考慮一些年老的父親的，可他又何曾不知逝者已逝，追悔莫及？然而情難自禁，又如何是他能夠控制得住的事兒？直到體力不支，幾乎是昏厥之時，他才能進入夢鄉。

那晚他睡得安穩，甚至還夢見了她。

他夢見她金裙如仙，孤身站在一座冗長冰冷的石橋上。她周身開滿了浮生若夢的紅花，豈料風沙襲來，紅花成火，熊熊烈火燃燒起來，吞噬了她的容顏與身軀，她朝他伸出手，肌膚卻轉身化作寒冰，化成血水於赤焰之中。

這夢令他驚醒，冷汗涔涔。窗外日光穿透紙窗打照著櫺上翠草，樹梢的昏鴉變成了文鳥，簌簌輕雪落於池面，他坐直了身體，面容十分疲倦，乾裂的嘴唇輕啟，聲音喑啞的念著一首詩：

將仲子兮，無逾我里，無折我樹杞。
豈敢愛之？畏我父母。
仲可懷也，父母之言，亦可畏也。
將仲子兮，無逾我牆，無折我樹桑。

豈敢愛之？畏我諸兄。

仲可懷也，諸兄之言，亦可畏也。

將仲子兮，無逾我園，無折我樹檀。

豈敢愛之？畏人之多言。

仲可懷也，人之多言，亦可畏也。

三人成虎，眾口鑠金。人言如洶湧撲下的奔騰浪潮，他們都說她死了，非逼得他必去確信。而他也不可表露出哀婉與纏綿的壯烈悲泣，且未曾尋到屍首，她生父尚未醒來，便無人來操辦喪事，這世間哪有人死卻無棺的道理？他又要體諒人言可畏，繼續扮演可靠後繼、可信養子的角色，不可再為她傷懷，畢竟時間久了，旁人會質疑，如果只是兄妹之情，何來這般久久難癒的痛不欲生？然而卻沒人知道，單單是陪同她一起去崑崙尋藥，哪怕遭遇危險，也是他最為幸福的回憶。可眾口如蛇信，如火爐，如毒，熬煉他心，非要將其燒成壁畫裡的乾花，藥罐中的殘渣。

他無奈於不願讓任何不相干的人察覺他心中端倪，也不願迷失雪峰的她，淪落成他人嘴裡的蜚短流長。

堯幽囚，舜野死，紅塵滾滾，心有叵測，或許人與獸無異，皆為嗜血之物，亙古難變。

他只是憐惜極了她，冷雪之中孤苦伶仃的不知去向，若有朝一日得以相見，他願傾其他所有，願她一切心願才好。

第六節

　　翠樹濃蔭，鳥雀啾啁，時間一晃便到了晌午的光景。

　　姬仁宣早先與人訂好了一批貨物，不能誤了時辰，便帶著屬下去城外驗貨。南葵獨自留下，正在酒樓的後院裡，品著他特意為她備好的香茶。

　　她享受著暖陽與微風，心中覺得十分放鬆，可手臂上的曼珠沙華印記忽然亮起了紅光，她一驚，趕快起身，匆匆回房，待到鎖好了門窗之後，她才來到銅鏡之前。果不其然，冥帝和墨的姿容已在鏡中顯現。

　　那是他們彼此約定好的聯絡方式，和墨會透過印記召喚她，而她只需找到任何一塊鏡面，便可透過靈識與他對話。

　　人間兩日，冥府許是只過了半炷香的時間，但南葵卻覺得好似已經很久未與和墨打過照面了。她想著是否要先寒暄，和墨已然開門見山的和她說起了正題，竟是出乎她意料的稱讚她這初來乍到的孟婆，做得倒是滴水不漏，進展也算不錯。

　　南葵卻有些訕訕，只道任務進行得緩慢，今日出街，也不過是打探到國君娶了虞北棠一樁小事，實在配不起冥帝的稱讚。不過，能與堂兄姬仁宣重逢，她還是十分欣喜的。

　　和墨聞言，心覺這與饕餮有所淵源的新任孟婆，倒有幾分重情重義的俠骨，很是重視自身差事，也極為珍惜親情，自是難能可貴了。他便寬慰她道：「你所打探而來的豈非是區區小事，正可謂是大有收穫才對。」

　　南葵有些困頓，不解的詢問和墨：「您這話我不是很懂，您不如講得明白些，也好為我指引迷津。」

　　和墨淡然一笑，水袖一揮，將南葵拉進了一個幻境之中。

　　這幻境是過去的重現，南葵走在其中，見到山巒巍峨，碧海無邊，頭頂長雲霧靄壯闊，蒼綠神柏高懸入雲，地面磐石層出不窮，奇花異草流光溢彩。而就在那懸崖頂巔，有一株威靈仙葉受雨露與太陽沐浴，歷經幾十年後，終於幻化成精怪，就這樣一天天的長得更高、長得更大，根莖漸漸

有了半尺，只要再努力修煉個數十年，便可擁有人形。然而，忽遇暴雨夜，威靈仙葉本來是不怕濕冷與酷寒的，可是南方天邊飄來了一團嬝嬝黑霧，落在它葉上，惹得它癢癢，禁不住打了個噴嚏，再順便吸進一口氣，不偏不倚，正好就著雨水把黑霧也吸進了根莖脈絡裡。

南葵見狀，不由呼道：「她吸進去的那黑霧好像不妙。」

和墨的靈識現身在她身邊，背手而立，同她道：「你且還記得我命你來人間要完成的任務是阻止嬰靈吧？而那團黑霧，便是其中一個嬰靈。」

南葵剛想問精怪吞噬了嬰靈會如何，和墨便看她神色，大約猜出了她心思，便指向前方要她繼續去看那過往。

南葵看到了日出，看到了雨停，也看到威靈仙葉的翠綠開始枯黃，它變得烏黑，像是中毒了一般開始神魂顛倒的搖擺，折騰了一段時間後，它頹唐倒地，似奄奄一息。卻有一名採藥女打扮的村童在這時爬上懸崖，大抵是來採摘稀世藥草的，見到了又大又高的威靈仙葉，她歡喜的衝上前去就要摘掉，嘴裡雖疑惑著這草為何焦黑如炭，手中卻已掏出鐮刀打算收割。

哪知威靈仙葉的根莖，忽然長出了一張遍布獠牙的血口，猛地咬住村童的手臂，欲將她整個人都活活生吞。

南葵目睹此景，當真是背脊一凜。她本想求和墨出手相救，但想到這幻境是過往發生過的事情，便沒有多嘴。而後，她看到千鈞一髮之際，牛頭與馬面駕霧而來，他們出手精準狠絕，斬斷了威靈仙葉的根基，那草暫態灰飛煙滅，村童雖失了一隻手臂，卻幸在性命無恙。

南葵因此而鬆了一口氣，可她眼下已經擁有了孟婆的記憶，以及對「靈」的感知能力，便自然會知曉那附在威靈仙葉身上嬰靈的厲害。她的心中很亂，趕忙詢問和墨：「倘若這便是嬰靈，實在是危害極大。它惹得苦苦修煉中的仙草性情驟變，毀了她前程不說，還差點兒借她之力生吃幼女，若罪孽做成，當真是罪無可恕了。索性是牛頭與馬面趕來……難道，他們二人也在追查嬰靈之事？可這嬰靈究竟從何而來呢？」

和墨看著幻境中的遠山，神色難辨：「我也不知這嬰靈的來處，但已有無數的嬰靈從南方而來。想必這煉製嬰靈之人，必定藏身在焰國南雀之中。」

聽聞此話，南葵忽而想起父親與辜嶠之所以中毒，是否與煉製嬰靈之人有關？眼下也不是毫無頭緒，她知道有那樣一個人，曾是父親與辜嶠的政敵，如果是他的話，倒是也有足夠的動機。只不過……

「只不過，此人的女兒嫁與皇帝做妃，已有了皇恩，而天道有令，三界若想徹查皇族親故，必要有皇帝的親自授意，任憑是仙人與冥帝都不可壞了此等規矩。」和墨再一次看透了南葵，並道出了她的心中憂慮。

南葵情不自禁的感嘆：「看來要想完成此事，可不是我所想的那般簡單的了。說來也是真巧，他偏偏在這關頭將女兒嫁給了國君。」

和墨道：「世間萬事，環環相扣，因有你父親中毒之因，你才會前往崑崙尋藥，從而得知自己乃是饕餮的一縷神識轉化，也是因此，才會成為冥府孟婆。」

南葵不服氣，反唇相譏道：「這為你徹查嬰靈一事，倒反而像是成了你助我尋害父仇人的美差了。」

和墨也不惱，悠悠然道：「我自當是願助你一臂之力，可如果你不是孟婆，我便是幫不到你的，而即便你當日未死，僅憑肉體凡胎，又如何能鬥得過那面目未清、手段卻勝似惡鬼般的真凶？」

這一番話令南葵無從反駁，但她生性自有幾分烈辣，當然不願去認同他，即便他是三界之中僅次天尊之下的冥帝。而話已至此，她索性提道：「你話雖如此，可我卻一直心存疑問，眼下，更是不得不問你了。」

和墨做了一個恭請的手勢。

南葵便大搖大擺的向前走去幾步，竟是理直氣壯的問他道：「第一，為何我會命歸崑崙？」

和墨清楚她早晚是要問這些的，反正也無須瞞她，不如同她娓娓道明：「你雖已知道自身是饕餮神識所化，卻不知其原委。而這事也是說來話長，當年正逢天下大亂，百姓疾苦，焦金流石，蟬喘雷乾，更有魑魅魍魎霍亂人間。一時之間，引來饕餮興風作浪。作為上古四大凶獸之一的饕餮，以『貪』字著名。貪財為饕，貪食為餮，饕餮相合即為欲念，此獸之極惡，普天之盡知。我身為冥帝，有對妖獸、魔怪懲戒的義務，而為了保持人間與冥界的安穩平衡，我必要前往人間去擒那饕餮。」

南葵笑意淡淡，繼續聽著。

「饕餮生性殘暴，凶猛好鬥，與我過了三招後，她受了點兒皮肉傷，又詭計多端，使了計謀逃竄去了崑崙雪山，我一路窮追不捨，終於在那山洞裡將她制伏於劍下。」和墨眼中浮過追憶神色，他不由得放緩了語速，沉聲道，「當日，那獸在我斬殺之際，竟被山洞中的壁畫吸引。畫中女子是崑崙聖姑，美麗脫俗，勝仙幾籌。饕餮看得出神，而後又膽大包天的幻化成聖姑模樣，來向我跪地求饒，我念及她尚且存有一絲良知與善念，加上她對人世的嚮往與好奇，便引出了她的那一縷神識，去往洞外投胎，讓其度入紅塵成人，得享紅塵悲歡。」

南葵臉上的笑容漸漸隱退，她蹙起了眉，想到自己出生在崑崙山腳之下，又想來與崑崙有著奇緣，便不可置信的問他：「難不成，我就是因她的那縷神識才得以出生？倘若真是如此，曾在那個山洞中救下父親與叔父的聖姑，以及我姬家供奉多年的聖姑，也都只是那饕餮在當日所化？」

和墨並不否認她的話，並道：「如今，我已將你的來歷告知於你。而崑崙山是你投胎之起點，也是生命之終點，這便是因果迴圈。更何況，崑崙神山是天地初開便存在的神山，我於那裡引你靈識現身，令你吸收神山之靈力元氣，也是為了助你快快塑造孟婆之身，冥府需要新任孟婆，而成了孟婆的你，才能儘早再返人間。」

想來這一切早都是冥冥之中註定好了的因果，她的生與死，全然由不得她掌控，南葵儘管極不甘心，卻也唯有深深嘆息的份。眼下，她已是接受了孟婆的身分，而徹查嬰靈背後之人，也令她義不容辭。

她眼神漸漸狠絕，冷冷道：「若那人真是毒害我父親令他備受折磨的元凶，我必要他為此付出百倍千倍的代價。」

和墨斜睨她一眼，她敏銳的察覺到他的視線，忽又變換了表情，極為跳脫的展顏一笑，雲淡風輕的繼續問他：「好了，我要問第二個問題了。除卻我個人的恩怨不說，你這位高權重的冥帝，派我去徹查嬰靈的背後原因又是什麼呢？」

和墨同她道：「你隨我來。」說罷，他朝前方的懸崖山腳處走去。

南葵跟上他腳步，發現山腳下有一扇門，來到門前，和墨輕輕抬手，那扇門便幽幽的敞開了。

一陣濃重的血腥味撲面而來，呈現在眼前的煉獄之景，令南葵剎那間

目瞪口呆。

「這是冥界嬰靈殿的幻象。」和墨佇立在哀風浩蕩、四壁如血的幻境之中向南葵道，「無法投胎的嬰靈暫居此殿，怨氣尤重。」

慘絕人寰的嬰兒啼哭聲如擂鼓鎮天，讓南葵汗毛倒豎。那些嬰靈尚且是襁褓年歲，不會說話，尚無智慧，只有團團黑霧聚在一處，互相撕咬、吞噬，卻不會死去，反覆的殘害著彼此，無法超生。

南葵看見了一張又一張扭曲的嬰兒臉龐，她們悠悠蕩蕩的穿梭在地獄的煉火之中，有些嬰孩的身軀殘破、皮開肉綻，有的則是被火焚得面目全非、皮膚潰爛，由此可見，她們在生前遭遇過非人的對待。而仔細看的話，會發現這些嬰靈皆是女嬰，她們怨念頗重，使得呼喊出的悲鳴化作烈火。那團錦簇的火焰彙聚成巨大的蛛網，有些過於弱小的嬰靈，便被吸附在上頭，成為其他強大嬰靈的食糧。

南葵見到蛛網核心處，有一個長出了七顆頭顱的嬰靈，她肚大流油，撐得皮膚透明，竟可看見她已吃掉了數十個嬰靈在腹中，一張張七竅流血的嬰靈臉孔在她腹裡滾動、哀號，這般可懼景象令南葵頓感反胃，幾欲嘔吐。

和墨的眼底藏著悲憫之意，他悵然道：「即便是嬰靈，也依舊逃不過弱肉強食的廝殺，而怨念最重的嬰靈會攻擊同類，那隻七頭嬰靈已被困於此數年，她是最早來到此處的，且她心中定有放不下的恨，也許……紅塵人世已不再有任何一個活著的人記得她了，她被迫在此，難以往生。」

南葵心中驚怕，不敢再去看，痛心的別開臉去，問道：「為何她們難以往生？倘若投胎的話……」

話未說完，和墨便回道：「並非是不想投胎，而是不能投胎。人間有人利用上古邪術，奪嬰兒之胎光，因無法附著於母體，便不能投胎為人，只能在這嬰靈殿中長困。早先，九州大陸戰亂不斷，各國皆實行生男政策，從而導致死去的都是女嬰。由於嬰靈無法投胎，煉製嬰靈之人方可收集到女嬰的胎光。陰陽傾覆，千年輪迴之際，星辰斂光之時，若是養精蓄銳去耐心的花費上十數年，集齊十萬名女嬰胎光，便可導致天發殺機。那麼即使不再鼓勵生男，大量被困於此的女嬰嬰靈，也仍舊無法投胎出生，世間清濁終究不會改變，殺機也不會自行阻斷。」

南葵一怔，喃聲道：「所以，你才要我去徹查此事。」

和墨點頭道：「沒錯！嬰靈殿女嬰嬰靈積壓，怒氣衝天，濁氣下沉必然引得天發殺機，需要平衡天地之間清濁之氣，才能引人歸於正途。亂世出英雄，人間縱橫捭闔者不少，然能平衡清濁之氣，歸天道位者，需要冥界的助力。而你是饕餮神識所化，又已藉我助力成為孟婆，若能去平衡天地人間清濁之氣，便可令陰陽兩合、世歸太平。」

南葵聽到此處，便又心生困惑了，當即問道：「可你是如何斷定我能去平衡這世間汙濁的呢？」

和墨面色微變，從南葵的角度看去，見到他微垂的眼中略有幽暗光芒一閃，他道：「早在第一個嬰靈出現之時，我便猜測人間有人企圖煉製嬰靈。那奪取胎光之行為，便是上古邪術煉製嬰靈之法，那人野心頗大，似要製造天發殺機，待天地開一線時，逆天而行，為死人奪捨，而且可以重塑活人。而嬰靈是一張白紙，以嬰靈去重塑活人，這些活人便會為那塑造嬰靈之人的要求而活。

「又因為嬰靈都是乾淨的，在重塑人的時候，會因為排斥而將人體的惡釋放出來，如此一來，天地之間充斥著濁氣，便需要上古饕餮來將這些惡欲一併吞下。可惜的是饕餮已死，再等這獸誕生，便又要挨過漫長的一個甲子，世間早已改頭換代，哪裡容得下等待？但也有萬幸，你是饕餮神識所化，雖是一縷，定然不如她強大，可正因如此，你也有無限的可能性，說不定有朝一日，你這分神將會超越饕餮的元神。」

南葵對此卻毫無興致，她更為在意的是自己將會被他「利用」到何種田地。和墨則是接著道：「屆時，我方可趁機奪回胎光，嬰靈殿的嬰靈便會轉世投胎。待到她們怨氣消解，新人換去舊人，出生的女嬰才會重新增多。否則，人心不古，若順他之意，以嬰靈重塑人軀，會使得那些藏於靈魂深處的惡念噴之而出，世將大亂，必成煉獄。」

和墨的這一番話，令南葵陷入了沉思，她自是清楚，嬰靈並非孤魂野鬼，嬰靈的存在，實屬無辜，本因緣而聚，卻因孽而散。然而，嬰靈已受陰陽二氣調和，具備了初識，此等情況下，怨力無以復加。故此，修行的道長會為了世人解決嬰靈問題而超渡作法，更會為嬰靈單獨設立牌位。且重視男丁而非女眷的陋習，南葵也是知情的。想來她的母國焰國便是如

此，作為最為富饒的強國都難逃此法，更別提其他貧窮而落後的小國了。

據父親說起，二十年前，焰國為擴張軍隊、增強國力而頒發了生子政策。原本這嘉獎之一是為了增加男子數量，從而促進勞作與糧食收成；之二則是為了徵兵，戰爭需要戰士，必要有充足的軍力來維持國家安寧。

可此項國策頒發不久，便催生了醫術的飛躍。民間出現了一種摸脈便可辨識腹中胎兒是男是女的「探脈」之法，於是生男或是生女竟成了可控之事，這不僅在短時期內降低了女性地位，更使女子的出生率驟然降低。而在這期間，焰國開始樹立顯而易見的父系制度，由此一來，繼承權把握在男嗣手中，國人皆認定只有男嗣後代才可綿延宗族，女眷則為外姓絕後之人。

且對外擴張的戰爭不斷獲勝，朝廷早已明確男子在體力、思維等方面天然優於女子，一旦男子構成了一個國家的主要格局，那麼無論是務農、經商抑或是為官，女子必然會成為男子的附庸。因此，獎勵生男之法在焰國已是根深蒂固的宗法。

雖然此法在初期的弊端尚未顯現，可時間一長，十年、二十年過後，輪迴般的災難降臨於世，焰國之中的女子數量僅是男子數量的十分之一，這等可怖的對比，使得骯髒醜陋之事在尋常百姓之中層出不窮。一女侍二夫事件屢見不鮮，買賣女子做婦的現象更是殘忍至極，甚至會引發強取豪奪的戰爭。焰國內部的地方望族，會對周遭小國肆意發動侵略，目的是為了擄獲適齡女子繁衍子嗣。

可即便是在女子如此稀缺的境況之下，她們的存在也並不會得到應有的尊重與平等的對待。南葵本覺自己與此事並無太多關聯，她只在意煉製嬰靈之人是否便是毒害她父親的元凶，至於男嗣女眷之事，她承認自己是略有冷眼相待意味的。想她雖為女子，但出身極高，身邊一眾男子對她愛護有加，她又天性爭強好勝，便尚且無法與其他不幸的女子產生共鳴。唯獨回想起了一樁奇事，才令她意識到自己不能夠也不應該撇清干係。

「有一件事，發生在我十三歲那年春時，我本不願再去回想，可卻覺得無數嬰靈之中，必然也有她腹中一份吧。」南葵說起這往事的眼神極為倉皇，彷彿當年之事令她刻骨銘心，哪怕時至今日，依舊驚魂未定。

和墨側目看向她，靜默的聽她娓娓道來。

十年前，國君將白虎城賞賜給了曾參與獻策有功的凜湳侯，而凜湳侯是南葵母系親屬，故南葵要稱他一聲舅公。

南葵的母親舊姓南門，是富甲一方、官位頗高的望族。而南門家開枝散葉最為茂盛的要數凜湳侯這脈，他一生有二十三子、七女，共三十個子嗣，雖存活者只有半數，卻不影響其勢力增長。這餘下十五人中，唯有三女，其中一女難產時亡，另一女染病雖未亡，卻殘。僅剩一女，年方十七，名皓縎，由國君欽此翁主名號，人稱縎姬翁主，是南葵姑姑。

皓縎人如其名，膚白如月，青絲似緞，容顏美豔勝過花皇牡丹。她養尊處優，是凜湳侯的心頭肉，加之兄長居多，她排位倒數第四，下頭只有幾個歲及總角的弟弟。更得府中上下萬千寵愛於一身，難免驕縱狂傲，便不食人間煙火，整日彈琴作畫不問冷暖，唯獨對侄女南葵疼愛有加，南葵也是願與之親近。

某日豔陽高照，尚且只有八歲的南葵隨父前往白虎城拜訪舅公，恰逢宅邸門前聚滿人潮，南葵踮腳相望，見到姑姑與侍女站在門旁，面前則有一位玉樹臨風的男子。他衣衫華貴，腰間玉佩色澤稀罕，雖不及姑姑身上的貴重，但依南葵所看，他最少也是個國戚。

然而，在貌美若仙的縎姬翁主面前，他卑微如塵，連同身後一併隨從也恭恭敬敬。他垂首低額，極為誠懇道：「我已久聞翁主芳名，時常為佳人茶飯不思。今日相見，更是心覺翁主比傳聞與畫像中還要美上百倍。我也是誠心誠意，還請翁主允許我與僕人進府同凜湳侯提親，今生今世，我虞榕非縎姬翁主不娶。」

皓縎卻傲慢的冷哼一聲，蔑視道：「你不過是剛結束流放的沒落貴族罷了，若不是你兄長近來在朝中有所提位，就憑你，也配同我攀談？更莫要說是共結連理了。」

這話倒是合情合理，堂堂翁主，其父是凜湳侯，白虎城之首，自然不是目前的區區虞家能夠高攀起的。只是當眾羞辱一個心懷愛意的少年郎未免有些殘酷，尤其是他面容姣好、氣韻不凡，南葵不免會心疼於他。

不過，虞姓之人絕非懂得「知難而退」，他們被流放數年，骨子裡自有堅忍與強韌，這虞榕仍舊固執道：「如翁主所言，長兄的確為朝廷效力得功，我虞家對陛下始終忠心耿耿，日後也必定會位高權重，翁主嫁給

我，不會吃虧。」

「日後？」皓綰嘲笑道，「那便等你日後飛黃騰達時再來吧！」說罷，她便同侍女轉身回府，眾人四散，南葵和父親也要去登門了，徒留他與侍從站在朱門之前，南葵瞥見他身姿僵硬，冰冷眼神中看不出究竟。

或許是她還太小，不懂他藏著心魔的沉默。

然而，彷彿是一語成讖，在那之後的兩年時間裡，虞家一路征戰有功，不僅擴張了大面積的領土，又為焰國進貢其他小國的女子為奴為婢，虞家長子虞陶自是得了國君厚愛，封賞不斷，恩賜不絕，竟搖身一變，成為朝中新貴，搶盡了若干重臣的風頭。其胞弟也因輔佐兄長而蒙受皇恩，有幸被問及婚配之事時，道出心儀女子，便被國君親賜凜湳侯之女為正妻。

大婚之前，必要履行六禮。一曰納采，二曰問吉，三曰納吉，四曰納征，五曰請期，六曰親迎。且聘禮是按皇室公主禮遇奉上的，黃金二百斤、白銀萬兩、馬匹六十、金銀茶筒各一雙、綢緞千匹、馱甲二十、名玉五十、如意八柄，活雁成對，雁為候鳥，順乎陰陽之意，取其忠貞不貳。其餘三十餘種，如玄、纁、清酒、蒲、葦、卷柏、嘉禾、長命縷、五色絲、合歡鈴、九子墨、舍利獸、鹿等稀罕物品琳琅滿目，竟連龍鳳呈祥的玉盤也有，真是禮待如王孫後世，令皓綰享盡了十萬風光。

虞榕的種種表現，的確彰顯了對皓綰日月可鑒的真情，連同皓綰也信了這份以金銀來做保障的愛意。想來她自幼驕縱跋扈，及笄後又得眾多公子追求，如今得以嫁入一個與她門戶匹配的虞府，自當覺得自己高人一等。

可惜的是成婚一年有餘，皓綰的肚子卻沒有任何動靜，虞榕雖對她仍舊寵愛如初，可心裡免不了對她刁蠻的性子產生倦意。且皓綰發現他書房裡藏著一幅畫像，他整日都要去看那畫中女子不下三回。皓綰心懷醋意已久，一日趁他不在，便前去打算毀了那畫，偏生瞧見畫中人與她長得一模一樣，她當下大喜，只覺得虞榕定是深愛自己才偷偷為她作畫，她又如何捨得撕掉自己的畫像呢？

哪知半年之後，虞榕卻納了一妾室回府。那妾姿容與皓綰頗有幾分神似，卻比她更為年輕，更為嬌嫩，脾性也更為順從體貼。如此一來，妾便

分走了虞榕近乎一半的心思，著實惹得皓縕大怒，可虞榕非但不理她的潑辣，竟開始冷落起她來。妾也仗著年輕貌美，又得了勢，在人前也膽大包天的打壓起皓縕的威風。皓縕哪裡受得了這種欺辱，乾脆一不做二不休，要娘家人把妾殺了。

不料中途失手，妾遍體鱗傷的跑回到虞榕面前，控訴皓縕的罪行，這無疑是對虞榕與皓縕之間本就危在旦夕的情意火上澆油，他至此不再同她共寢。這般作風很快就在府中四散而開，連下人都敢笑皓縕被冷落，一些心術不正的，還會大言不慚的當著她面前譏諷。而她的侍女氣不過，與之理論，當天夜裡就被一眾人等打折了腿，再沒人能幫皓縕端茶倒水了。

虞榕那頭也不消停，接二連三的納了第二個妾、第三個、第四個，甚至更多，她們一個比一個年歲小，可卻清一色都與皓縕的模樣相似。然而他卻不再看她一眼了，她被他的冷酷無情折磨得鬱鬱寡歡，整日唯有彈琴解憂，她指下的弦音淒幽哀怨，全然不像曾經那般意氣風發、驕傲美豔。

縕姬翁主的一顆心，已是千瘡百孔，偏生雪上加霜的是，那年寒冬臘月之際，凜湳侯因在朝中與大將軍虞陶意見不一而被虞家勢力搬倒，凜湳侯被打入大獄，皓縕聞言，幾欲崩潰。兄長們尚且未被牽連，可他們偷偷捎信給皓縕，懇求她在這時能懷上虞氏骨肉，虞家或許會念及此等情分而饒南門家一命。

皓縕再也顧不得顏面，當下便去懇求虞榕。她將自己打扮得如當年他第一眼見她那般美麗，她決心自此以後，為奴為婢一般的去伺候他，只要他能讓她懷上一個孩子，救她父親全家。男人嘛！終究還是在意肉欲的，他與她又是結髮夫妻，此前雖冷落她，可她這般低聲下氣的卑微，虞榕畢竟也要心生憐憫。

好在皇天不負苦心人，皓縕自那夜有了身孕，可這事卻被虞榕的兄長知道了，他不僅責罰虞榕軟弱無知，還命他想個法子將皓縕和腹中孩兒一起解決了，凜湳侯與他為敵，便是與整個虞家為敵，又豈能讓仇敵的女兒懷上孽畜？怕是日後成活，將是春風吹又生的禍根。

但虞榕念及夫妻情分，終是不忍，到底是將皓縕放走了。可皓縕卻無論如何也不明白，身懷有孕的她為何還要被遣走，加之救父心切，她非但不肯走，還質問起虞榕的朝三暮四、負心薄倖，他可有半分做到當年

迎娶她之時的承諾？她本是下嫁，虞家即便出了他兄長那樣一個大將軍，也到底是不如南門的血統尊貴。

而虞榕最見不得她潑辣蠻橫時的模樣，乾脆脫口而出從未愛過她的事實，皓縞驚詫萬分，不敢置信的念叨著不可能，且說那幅畫，以及那畫中的女子……

「翁主，你難道以為畫中女子是你？」說這話的人，是帶兵而來的虞家長兄，他冷目狠戾，字字珠璣，「我弟弟與我不同，他仁人之心，優柔寡斷，倒是個十足的情種。偏生卻在幾年前途經崑崙，有幸於洞中見到壁畫神像，回來之後同我等眉飛色舞的感慨藐姑射之山，有神人居焉，肌膚若冰雪，綽約若處子，不食五穀，吸風飲露。呵！竟是深深的迷戀上壁畫中人了。自那開始，他托人畫出仙子模樣，藏於書閣之中日夜欣賞，又滿天下搜尋與畫中人相似的女子，而你，算不上是最像的一個，卻是最傲慢的一個。你可知你當眾羞辱他時，也是在蔑視我們整個虞氏？他會否憎恨於你？我偌大的虞家又將在得勢之後如何待你們南門？」

他的這一番話，令皓縞如遭雷劈，她如何能信自己只是一個畫中紙人的替身？她的驕傲與美麗，竟因此而錯付數年，這要她如何能夠甘心？她本該要配天下最不凡的男子才是，卻在今日落得如此淒涼慘敗的地步。她隨即發出一聲瘋魔般的怒吼，待到回過神時，她竟然已是衝到虞榕的書房，將他珍藏的畫像撕毀成了千片萬片。

轉頭看見虞榕追了過來，她怒指他責道：「我雖傲慢成疾，可自從嫁與你後，我從未有分毫不守婦道之舉，而我脾性你皆知皆曉，又如何在今日成了你厭惡我的藉口？你再三納妾，也不過是尋你想要的替身，是你自己逃不過心魔，卻要我做你心魔的犧牲品！想來這些年，你寄居在你兄長的榮威之下不思進取，酒池肉林奢靡無度，冷漠待我不說，又聯合你兄長害我父親入獄，我懷上你的骨肉，你卻無動於衷，竟聽信你兄長言辭而對我起了迫害之心，倘若我南門家勢力一如當年，又怎會輪到你等在此胡作妄為？而即便我南門今日家道中落，你又怎可仗著得勢而欺我有孕在身的女流之輩？難道多年來的夫妻之情，也抵不過你的心魔不成？」

虞榕被罵得不知所措，張口結舌，他兄長不似他這般舉棋不定，堂堂朝中大將，怎能容個婦道人家在此口出狂言？他當即下令，武斷判定皓縞

腹中胎兒是女嬰，而女嬰無法為虞家光宗耀祖，不如就此打掉，反正縉姬翁主風華正茂，日後也還可再懷子嗣！

這令一下，便有手持棍棒的士兵衝向皓縉，他們面目冷酷，如鬼似剎，手中棍棒紛紛落在皓縉的肚子上，便是要以此種慘絕人寰的方式，將她不足三月的胎兒活生生打下。皓縉無處躲藏，哀號只能在無情棍棒下發出苦苦哀號，她不得不向虞榕求救，祈求他能保下尚未出世的孩兒。

可虞榕生性懦弱，又不敢違背兄長，料想她懷的既是南門孽種，也是女嬰，留下何用？他狠心別開臉，同兄長道：「我不願見她那般看著我，她的眼神實在讓人心生寒意。」

兄長便命人剜去了皓縉的雙眼，她再不必去看虞榕或是任何人了。而她身下已然一片血水，孩兒究竟是男是女，更是不得而知。那虞大將軍說是女嬰，便是女嬰了，在場有何人能與他爭？可憐了她孤苦伶仃，救不了父親，反倒賠上了嬰孩性命。早知如此，又何必讓其在她腹中走上一遭、嘗此痛楚？

只是孽已鑄成，她沒有回頭路可走，加上萬念俱灰，又是這般受辱，她摸索著爬起身來，料想這附近有一口深井，縱是決絕的跳了下去。縉姬翁主死了，凜南侯也於獄中被逼自盡，其餘四散的子嗣皆瘋的瘋、流亡的流亡，南門這脈幾乎於此而斷了。坊間不知怎麼就傳出了這事，眾人議論紛紛，說得最多的就是那翁主若懷上男嬰，或許會救她與南門一命。說來說去，也都是女子要比男子下賤，生來就要做男子的墊腳石。然而天道迴圈莫測，福禍相依相生，月盈即虧，樂極生悲，縱使命運殘酷，也皆是因為人人逃不出心魔。

「那年我只有十三歲，幸得國君旨意，我們姬家才能為姑姑與舅公送葬。或許，每個人的心裡都住著魔，姑姑的心魔是她的傲慢、嫉妒，可害死她的人也不只有虞家長兄，她那毫不作為的夫君才是罪不可恕，終日裡被心魔纏身，將壁畫中人視為心頭之愛，由此引發一眾悲劇，他害死人的又何止是我可憐的姑姑？怕是有數不清的侍妾死於他手，也有不計其數的女嬰在他府中消失，而他卻全然不覺是錯，實乃可悲可怖。」南葵道盡這些，內心裡是無盡哀嘆與蒼涼。

和墨也未作聲，只覺紅塵人世，太多因私欲而毀人、毀己的過往，世

人不知悔改，非要竭盡全力去重蹈覆轍。可轉念一想，南葵說起這些，便也足以證明她對嬰靈一事有所覺悟，若是如此……

果然不出和墨所料，南葵很快便乾脆的問他：「事不宜遲，我要提第三個問題了。關於此事，我該如何做才好？」

和墨略微露出了滿意的笑容，他道：「你所要做的，便是去查出究竟是何人打算要以嬰靈塑人。等到天發殺機，我需要開啟一條人間與冥界的通道，助嬰靈殿的嬰靈進入輪迴，靜候轉世之機。屆時，你的饕餮之身便要吸食盡那些巨大的惡念。」

誠然，十萬嬰靈的胎光無法正常回到冥界，只有藉助天發殺機之時，才能打通天界、冥界和人間的三界通道。且冥界嬰靈的怨氣太重，需要冥帝以自身法力鎮壓，自是不能隨意離開，所以才需要身為孟婆的南葵去徹查此事。

南葵想了想，精明的道：「可我總不能兩手空空的去涉足如此險惡之事吧？」

和墨早知她會這麼問，只寬慰一笑：「自是已為你準備齊全。」

說罷，他長袖一揮，南葵的迴廊彎刀立即出現於半空中。不同的是，彎刀已受和墨點化，刀刃兩側出現凹槽，意為陰陽兩面，一面血，一面淚。凡人以其血注入，可以窺探其記憶，而凡人以其淚注入，便可窺探其靈魂。如此一來，迴廊彎刀自是能夠助她一臂之力。

南葵笑了一下，心中也有了些穩妥，接過嶄新的迴廊彎刀道：「這的確是能幫我做很多事情了。」

且還有另一寶貝送予她，是一隻巨獸，臉孔猙獰凶惡、身形巨大，四肢纏冰，蹄下卻騰火。和墨喚牠為「君儒」，並對南葵表明，牠也是饕餮的分身所化。

南葵念著這名，想起那話曾說：「汝為君子儒，無為小人儒。」看來是意圖牠人如其名了。

此獸將成為南葵的坐騎，可攜南葵任意往返三界。如不需召喚，牠平日裡都在冥界等候南葵差遣，但也可以搖身一變，化作人形隨南葵左右。且牠模樣還是一名極其豔麗妖嬈的公子，南葵自當是極為滿意。

向和墨道過謝，南葵問出最後一問：「從何處入手徹查。」

和墨點頭示意道：「自然是從致使你喪命的天香瓏葉開始查起。」

　　南葵眼睛一亮，心想著天香瓏葉生長於崑崙之地，非但可以在人體能產生寒，說不定也能安撫那些被塑造出來的嬰靈。畢竟那些胎光長期脫離了母體，極易產生暴動，而天香瓏葉作為稀世藥草，必然是十分重要了。

第七節

　　待這些都已交代妥當之後，和墨自是到了離開的時候。南葵將寶刀迴廊藏於腰間，恭敬的目送和墨離去。而後，她想著自己也應從這夢境中走出才是，可剛想喚醒自己的靈識時，整個人卻被一股強大的力量拉去了別的幻境裡。

　　她有些許茫然的打量著這奇異境界的景色，如同仙境，美輪美奐，雲端之上更是飛舞著成群結伴的仙子，她們手捧花枝，身穿霓裳，正嬉笑著朝天際那邊的雲閣飛去。

　　南葵見狀，心覺有趣，便也想跟隨仙子腳步去一探究竟。然而走著走著，她被腳下異物所絆，低頭去看，竟是一個梨木製的雕花酒壺。她疑惑著俯身去拾，酒壺卻一蹦一蹦的自己跑了起來。她吃驚去追，酒壺已帶她來到陰冷幽暗的河畔之旁，兩路長涇猶如黃泉，鋪滿白骨與紅花。

　　南葵心下一驚，立即察覺到這夢境是在奈何橋頭，周圍極其靜謐，那酒壺也不跑了，「啪！」的一聲倒在地上，便有一隻玉白如凝脂的皓腕把它拾了起來，將壺中佳釀灑向橋下渡河之中，待到最後一滴烈酒倒盡，壺身便悠悠然的化作了一股青煙，像是了卻塵緣那般散去了。

　　夜風緩緩吹拂，一抹赤紅色的光暈在忽明忽滅的閃動。順著那光浮動的地方看去，南葵看到那光是綴在皓腕主人身上的印記，似豔紅藤蔓，糾纏著盛放出一朵名為曼珠沙華的花。

　　她與自己有著相同的印記，也就是說，她也是孟婆。可三界之中又怎會同時存在兩名孟婆？南葵充滿疑慮的又走近一些，見到站在橋上的女子一襲白衣，頗有幾分仙人道骨的氣韻。石階相連處，她繁複裙幅逶迤身後，鬢間步搖搖搖晃晃，正端著一碗湯汁徐步踏上階梯。

　　見此情景，聰慧如南葵，似乎在頃刻間便恍然大悟，這定是前任孟婆前往輪迴時的景象，而她認出了前任孟婆的姿容，正是她心中憧憬的傳世之人——女帝攬月。

沒想到在她之前繼任孟婆的人，竟會是如此傳奇的人物，想來攬月守著冥府百餘年，也必定歷盡了千萬魂靈的前世悲歡與愛恨別離，而如今，也終是輪到她自己走上這座承載著輪迴的、分割出陰陽的奈何之橋。

　　橋上每多走一步，攬月腕上的印記也越發朦朧，她的唇邊勾出淡然而釋懷的笑意，輕垂眼波，悵然道：「必是攬月的宿命，無法目睹天下太平，可卻能見天下隱現太平之希望，此已足矣！唯獨身在冥府做了孟婆近乎百年，仍舊不見故人來，實乃抱憾不已。」

　　南葵聞言此話，當即頓悟，心想著「故人」二字，指的一定是他而無疑。

　　當年，尚且身為公主的攬月僅有十四歲，她打從襁褓裡便體弱多病，父皇母后為她尋遍天下名醫皆是無果，就那般如孱弱病樹一般殘喘到了及笄之齡。某日，父皇夢到她將死，驚醒之後悲慟大哭，隨即倉皇的跑去她的寢殿，果真見她已然奄奄一息，奈何宮廷御醫為數眾多，卻全部都束手無策。

　　然而奇異的是，尚存意識的攬月竟聽到了宮牆之外數十里、風拂玉佩搖動於空的簌簌聲響。她囁嚅著牆外，去牆外尋那玉，她認定他身上戴玉……。父皇以為她是迴光返照，定當圓她死前遺願，便動用所有侍衛去宮牆外頭尋戴玉的人。便也是巧，牆外果真有一腰戴獅形玉佩的男子。他是雲遊於此的道人，名為楓離。

　　不知這算不算是起死回生，攬月那時已經是斷氣了的，可楓離趕來之後，以金色的細針懸脈，約莫半炷香的時間過去，她忽地倒吸一口氣，竟是睜開了雙眼。最先映入視線的，並非是激動欣喜的父皇，也不是謝天謝地的母后，更不是周遭那群歡欣鼓舞的侍女與御醫，她看進眼裡的，唯有那名坐於她榻旁、面目清潤、與世脫俗、風骨如仙的道人。

　　恍惚之中，她以為自己必定是死透了，否則怎會登入仙界遇見仙人？她甚至流下清淚，探手握住他道：「多謝仙尊救我脫離病痛，從今以後，我再不必受疾苦折磨了……」

　　楓離眉眼含笑，回她道：「公主不必多禮，只是這從今以後，公主的確不必再受病魔糾纏。」

　　而後幾日，攬月清醒時才知，她並未升仙，而是起死回生。想來久病

不癒的她居然能被救活，且還變得生龍活虎，與此前判若兩人，她覺得那名為楓離的道人實在高明。一如他說的那般，有他的金針醫治，她自是和纏人的病痛道別了。

由於楓離救了公主，自然受到了皇室禮遇。皇上與皇后對他感激不已，朝廷上下也都敬重他，而為了保全攬月的病症不再復發，他必要再為她懸脈數日，與此期間，不光是治她的病，他也會跟她講起人間大道。

只不過天下大道可講，但他自身修行的道卻不可輕傳，攬月問他原因，他也會耐性的向她細細道明裡表。

「其一：造化弄人，要人有生有死，有死有生。而修道者，偏要長生，以與造化相抗。設若後人沒有超群的毅力、絕頂的聰明、深宏的德量，結果定歸失敗。但敗之後，不咎自己資質平平，卻怪為師者妄語。口訣不靈，是多收一個徒弟，就多一層煩惱。因此非遇載道之器，不能輕傳。」

攬月聞言，以手枕頭，好奇的追問：「聽著倒是有點道理，那其二呢？」

楓離悠然接道：「其二：凡事得來容易的，於人心中，便不會覺得貴重。一旦實行，必以遊戲態度處之，世上人情大都如此。而修道是一種最為高尚之事，若視同遊戲，豈能有好的結果？因此，傳道之人時常故意刁難學道之人，以此來觀察對方是否有誠懇之心志，自是不能夠輕傳。」

攬月做出感興趣的模樣：「哦？那以楓離道人這般高潔的作風而言，也會刁難旁人不成？」

楓離瞟她一眼，慢悠悠道：「公主聽得不夠專心，我方才講的刁難是針對學道之人，區區旁人，又怎會是虔誠的學道者呢？」

攬月同情道：「好一個虔誠，卻要淪落去被刁難了。」

楓離拾起案桌上的一把摺扇，繼續同她道：「我要同你講其三了，這道，是三界萬物與生靈所共有的，法是人類智慧的結晶，術是依法證道或護法行道的手段。道只有一，法則有上、中、下三等之差別，術更有古今邪正巧拙利害之不同。道可以與眾公示，與千萬人聽聞，著書立說，與全世界相見。法當按三等之階級，選擇上、中、下三等根器而授之，不可以一法教多人，免致扞格不通。術更須擇時、擇地、擇人，從而酌量其可傳

與否。有幾種祕術，雖能速獲神效，卻驚世駭俗，易招譭謗。若一顯揚，必生反動，對於實行上大有障礙。寧可祕而藏之，免致門外漢亂加評判。因此，不能輕傳。」

攬月坐起身來，忽然不依不饒道：「你這便是不會傳道於我了，即便救我一命，卻不肯授我道義，看來是認定我是愚笨的門外漢了。」

「你這話便說得言重了。」楓離有一搭沒一搭的搖著扇子，解釋道，「我接下來要講其四，你就會明白其中緣由了。為師者當日學得口訣時，定要發一種誓詞：『不許妄傳匪人，若妄傳者，必遭災禍。』此乃最平常之誓詞。但也有更深一層的『生受人天之誅，死受地獄之苦』，而既已發過這許多誓，許諾之人不免終日忐忑於心。因此為師者，日後傳人，也會戰戰兢兢，恐怕自己偶不小心犯了誓語，當真不能輕傳了。」

攬月輕哼了一聲，並不信他，問道：「可還有其他藉口了？」

「藉口算不上，倒是剩下最後一條——為師者自己當日得傳真法，求來極為不易。或經過許多歲月，或歷過許多艱辛，或受過許多磨折，或宿世機緣成熟，最後方能得訣歸來。至此，他將認定自己生平所經歷之過程是初學者的榜樣。倘若資質平庸之人不合於他平日經歷的苦難，他便覺得便宜了對方，也算是了壞了本心，因此，更不能輕傳。

「為師者，傳於弟子們之門內密法，皆有因緣際會。若是上等根器又福報深厚之人，自然可得傳承。而這先天而來之根器品類有道是：萬般皆憑天、半點不由人。為人者只能廣積福報、多施善種。」

說到此處，楓離不由若有所思的低嘆一聲，轉而側過眼，與攬月雙目交視。少女的眼底神光變幻，如蒼穹之中雲滾翻捲，自有一股氣勢不凡的光華韻色。

這女子命中註定大難不死，或許，在日後將會有驚人之舉。楓離暗暗想。

攬月的目光卻移到了他腰間的佩玉上，是獅形的，長穗細密，玉珠交織，她手指去輕輕觸碰色澤不一的珠子，歪過頭來略有思量的道著：「當日我聽見的聲響，大概就是這些珠子撞擊玉佩時發出的吧！」

宮牆之外，十里長廊，如此微小的窸窣聲音卻傳到了她的耳中，楓離竟因此而輕蹙眉心，喃喃道：「禍兮，福之所倚；福兮，禍之所伏。孰知

其極，其無正也。正複為奇，善複為妖。人之迷，其日固久。」

人有福，則富貴至；富貴至，則衣食美；衣食美，則驕心生；驕心生，則行邪僻而動棄理。行邪僻，則身死夭；動棄理，則無成功。夫內有死夭之難，而外無成功之名者，大禍也，而禍本生於有福，故曰：福兮禍之所伏。

塞翁失馬，焉知非福；塞翁得馬，焉知非禍。紅塵凡人，居安思危，飽不忘饑，存不忘亡，福不忘禍，而他當日救她一命，於旁人眼中是福，可於他與她而言，皆未必非禍。

同年十一月，秋末冬初，雁群南飛，皇室圍獵。攬月的體質已越發康健，自是參與圍獵賽事尋個開心。她本就資質聰穎，若不是被病痛耽擱，她早會在一眾王孫後繼中嶄露頭角。幾發精準的箭矢射出，她追趕的一隻玉色長尾狐流竄於林中。而第四箭射出，一箭穿心，長尾狐喪命樹下，攬月興致勃勃的抓起牠來，竟發現樹旁的窩裡，還有三隻幼弱的狐崽。

見此情景，攬月心生愧疚，只好將狐崽帶回宮裡飼養。楓離卻勸她將其放歸山林，以免違背天意。攬月向來尊敬楓離，他的「吩咐」她也是無不遵從，唯獨這次她一意孤行，楓離不再阻攔，只道：「世間百態，皆有定數，因果迴圈，莫要強求。」

她抬頭看他：「若是如此，你曾經救我之事，豈不是有違天命？」

他垂眼：「此時不可一同而語，你有你的宿命，我只是助你圓全。」

她不再說話，低頭望著懷中的狐崽，殊不知，宮外已然爆發了民間起義，驚亂朱顏的戰爭接踵而至，血腥殘酷的亂世序幕就此開啟。天下人心大變，道義不能僅存他一人之心，他常年行走天地，傳世間大道，除去惡念，留下光明，待到為攬月收尾最後一針，楓離不辭而別了。

他離開了壯麗的皇宮，再度踏上他孤獨而又坦然的前路。

次年春天，西朝戰勢升級，皇上因被篡位之人投毒駕崩，皇后也被逼得瘋癲墜河，剩下皇子公主分裂派系，篡位黨羽輔佐三皇子登上王座，可惜還未坐定五日，便遭到暗中策謀的臣子推下了臺。又隔了數月，北方大旱，百姓無水，餓殍遍地，山河瘡痍，公主攬月呼籲宮中停止內鬥，必要先救百姓才能延續西朝命脈。許是看重了她的仁者之心，當年秋時，資歷頗深的重臣們，背棄了嗜血的八皇子，從而投靠懷柔的攬月，並輔她

一舉成為西朝首位女帝。

稱帝之後，攬月實行楓離之道，愛民如子、修山架橋、開疆擴地、恩威並施，她在位期間的西朝繁榮富強，一度達到鼎盛巔峰。史書記載她治理有道，是一代明君也是傳奇，只可惜她死之後，繼位之人昏庸失道，引發天降災禍，終是害得西朝大勢已去、氣數衰盡。

而此般時刻，女帝攬月已於奈何橋上飲盡了一碗孟婆湯，要去投胎輪迴了。站在橋下的南葵，則是靜默的凝視著她的背影，直到她的身姿越發模糊，南葵嘆息的同時，也不免在心間暗暗欽佩道：「攬月曾是一國公主，經貴人相救起死回生，稱帝之後挽救了風雨搖曳的西王朝。她胸有大志，是個烈性的奇女子。從守疆土、退蠻夷、抑分裂，再到誅佞臣、行變法、獎農耕……雖僅在位十年，卻創造了不可複製的神話。」

據史書所記，她病重期間苦尋後繼之人，親手傳位給侄兒之後才肯放心撒手人寰。那侄子雖極為博學，卻也不是病魔的對手，次年年底，他便也因病離世了。到了最後，帝位落在不思進取的新帝手中，沒出三年，西王朝悲慘落幕，九州大陸再次被列國重新切割出動盪局勢。

而第一女帝攬月，身攜萬歲紫光，頭墜龍鳳玉笈，她賞盡了天下繁華，感情生活也是被民間之人津津樂道。說書客道她心儀年紀相仿的侄子，因受到禮法約束才無法相守，只能將帝位傳給他來彌補遺憾；也有其他版本說女帝攬月心儀蠻夷之地的大王，所以才有女帝輕易退蠻夷的豐功偉績；更有甚者，談笑女帝少時大病總也治不好，許是命格犯了天星，最後來了個道長使她起死回生，便是因此，女帝一顆心都落在了那道長身上，可惜道長有傳大道之心，不會拘泥於兒女情長……

想必位居高位之人，總會有各式各樣的氣溫故事纏身，眾人誇誇其談，或無中生有，或添油加醋，尤其，對方是個女子。世人更喜歡的是她鬢間的風花雪月，竟不願去仔細瞧她創下的功績偉業。

但南葵自幼年時期，便是崇拜著女帝攬月的。她自是十分厭惡那些被紅塵俗客編造而出的逸事，有時遇見她心情不順時，還會義正辭言的同說書的人理論一番，直到將對方講得啞口無言時她才算甘休。

而眼下，南葵得知了自己是繼攬月之後的新任孟婆，內心裡更是升騰起了幾分自豪之意。

清風拂面，彼岸花飛，大片飄搖的曼珠沙華從中傳來了幽遠琴聲。

　　陣陣弦音如流光疾馳，又似朱蝶振翅，輕盈中流露出一股令人聞之動容的悲切。南葵不由自主的沉醉其中，閉眼享受，只覺這悽楚哀怨的曲調竟別有一番婉轉曼妙意味，更是情難自禁的想著，若是琴瑟如仙、名震焰國的振鷺在此，他的琴曲會否略勝一籌呢？

　　哪料耳畔忽然傳來一陣急促的敲門聲。

　　南葵猛地睜開了雙眼，她這才終於從夢境中甦醒過來，見周遭景色是酒樓客房的模樣，她便放下了心，轉而問門外的人：「誰？」

　　「是我。」姬仁宣的聲音略顯低沉，他頓了頓，方才繼續道，「辜振鷺來了。」

　　南葵心下一驚，原來已是約定之時的傍晚時分，明知是時候了，可她卻在這節骨眼上猶豫的退縮起來。

　　索性姬仁宣在這時解決了她的顧慮，道：「我要先同他私下談些事情，他此前托人捎話給我，有要事告知於我，你且稍作等候，待時機成熟，我便會帶他來與你相見。」

　　她像是釋懷，又像是沮喪，默然的應了聲：「好。」

　　姬仁宣便轉了身，朝來時的長廊走去，拐了幾道牆，穿過月亮門，來到東側廂房時，婢女正在給辜振鷺斟茶。

　　感到門外身影浮動，辜振鷺眼角餘光瞥見來者，立即站了起來。

　　姬仁宣略年長於他，辜振鷺又格外注重禮儀，每次見面都會恭敬相待。姬仁宣示意他不必拘禮，只管坐下，辜振鷺點頭示意，卻也沒有立即照做。他今日穿了一身墨蓮色的錦繡衣衫，外罩氤氳輕紗，下擺的暗紋浮現出斑斕孔雀與翠竹斜影，腰間掛著的是樓閣樣式的白玉佩，恰逢木窗外夜風徐徐，吹進攜香花瓣，有幾片落在他皂靴上頭，倒襯得他有三分愁緒、七分憂柔了。

　　姬仁宣坐到他旁座，中間隔著紫木雕花案几，同他道：「振鷺，多日不見，別來無恙？」

　　「託仁宣兄洪福。」他說著，這才緩緩的重新坐下，神色謹慎的四處觀望了一番。

　　姬仁宣明晰他意，起身檢查了門窗，確定鎖緊之後才安撫他道：「放

心，此處只有你我二人，門外嘛，大概也只剩樹上的鳥雀了。」

辜振鷺便安了心，低聲歎道：「其實今日就算仁宣兄不找我，我也是要來見你了，也有要緊的消息要讓你知曉。」話到此處，他語調更為謹慎：「近來朝中瑣事頗多，坊間也極不太平，虞大將軍今日在朝上決意出兵，欲將討伐進獻寒玉棋的彌國。」

姬仁宣端起茶盞，蹙起眉心，他自然可以料想到虞陶出兵的理由，便道：「怕不是要以辜嶠中毒之事來做引子吧？」

辜振鷺點了點頭。

誠然，索性那寒玉棋盤是送去了辜嶠手上，若是陛下留下自行享用，遭遇毒害的豈不是要成了當今國君？

「且正如虞大將軍所言，那奇異之毒的確生長於彌國深山之中，周遭深林長河、荊棘叢生，除非是本國土著，否則便無法適應當地氣候，更別說得其物品。」辜振鷺思維縝密，條理真切，字字珠璣，「再者，九州大陸皆知彌國出美人，前一次戰敗之後，他們為了討好焰國而獻貢美人無數，著實令國民對焰國憎恨萬分，若是因此而萌發了毒害國君的念頭，也絕非情無可原。」

姬仁宣默默會意，意味深長道：「卻不料寒玉棋被國君賞賜給了帝師。」

辜振鷺垂下眼簾，他與姬仁宣二人皆知，早在一年之前的戰亂之中，虞陶便想要斬草除根的將彌國滅掉，卻橫遭辜嶠阻攔。依辜嶠所言，要平衡三國局面，不能急於表露野心，否則其他與焰國鼎立稱雄的兩國，會團結周圍小國來一舉攻打焰國。

當日在朝上，虞陶對辜嶠的瞻前顧後自是極為嗤之以鼻，但是國君卻認為辜嶠言之有理，畢竟辜嶠曾是陛下的恩師，且輔佐他近二十年，自當結下了深情厚誼。

只是如今，辜嶠已一病不起，且虞陶的女兒成了國君的寵妃，虞氏權勢更漲，故而在他提議出兵時，朝內的反對聲幾乎寥寥。

「此前有父親能與他抗衡，可眼下，怕是已無人能夠阻攔他討伐彌國了。亂世之爭，在所難免。」辜振鷺說這話時的語氣極為悵然與惋惜，便是因此，姬仁宣的心中犯起了思量。

他深知辜家有辜嶠庇佑，在朝中一直如魚得水，辜振鷺有頂好的陽關大道可走，一身的清高貴氣也是骨中渾成。

只是，他不知為何會在此時憶起幾年前的往事。

他護送特殊的貨物前往邊界異域，是朝廷重臣的委託。許是擔心貨物有恙，朝中還欽派了一行護衛隨同，領隊的人則是辜振鷺。說來也怪，他清雅文人，本不該趟此渾水，可既是辜嶠口諭，他身為辜家後繼自是不敢有違。

那時正值晚秋時節，辜振鷺還只有十五歲，姬仁宣雖同他幼時熟識，但那也是私下裡。而那日與貨運途中相見，姬仁宣略有詫異，本想問他緣由，辜振鷺卻一臉的公事公辦，儼然願做他父親認定的可靠的傀儡。

他從不會反駁辜嶠的任何要求抑或是吩咐，即便是要他違背自心，他怕是也會甘心順從。

待到一行人到了異域小城，黃沙漫眼，衰草斜陽，辜振鷺許是體力不支，坐在馬背上有些搖晃。姬仁宣敏銳的察覺到了這點，又不想傷了他自尊，便謊稱自己累了，要整隊人馬停去客棧稍作休息。

可惜茶還沒喝完一杯，便遇見了劫貨的匪徒。好在隨行護衛皆是鐵衣長劍，姬仁宣甚至無須拔刀，不識好歹的數名劫匪便被置死於刀下。殘月徐徐攀上了灰白的天邊，荒漠之中下起了淅淅瀝瀝的小雨，辜振鷺的臉上濺到了刀光劍影時的血跡，他嫌惡的以袖抹拭，轉身瞬間，接到了姬仁宣拋給他的酒囊。

他眼中有遲疑，姬仁宣道著下起雨的大漠地帶，喝了烈酒才能禦寒，他雖不情願，但也還是照做了。想來酒肉歡愉之事，大抵是不比琴棋書畫能夠引起他興致的，周遭的年長護衛便有人笑他畢竟年少，時時刻刻拘束得很，待到年歲再長些，經歷男女情事之後便會有所不同了。

他覺得那話汙耳，起身坐去了裡頭的位置，而那幫剛剛歷經殺伐的大漢們，只管喝酒吃肉，倒是無所顧慮的好生快活。

辜振鷺與他們是合不來的，他手中握一碗清茶，沉默的遙望外頭雨幕。直到聽見腳步聲，轉而看到姬仁宣走到他對面，辜振鷺這才展露笑意，邀請他一同坐下。

也許旁人會怪他薄情淡漠，可他只是對同行之人有所挑剔罷了。他這

一生，都將在盛世繁花之中被萬人敬捧，是良才，是名玉，風沙不配沾染他，便是這樣不食煙火之氣之人，卻格外忠愛姬仁宣身上的溫潤與寬容。

辜振鷺對他很信任，他對此也是深信不疑。但是否該在這時救他父親醒來，姬仁宣卻心有躊躇，可那些畢竟是她冒死帶回來的，必定是救人要緊。

姬仁宣從回憶中抽出思緒，隨即將袖中一枚精緻方盒取出，推到辜振鷺的面前，說道：「這是餘下的天香瓏葉，你拿去救辜嶠吧。」

辜振鷺神情微微一滯，手中茶盞不由前傾，裡頭的浮液漾出兩三滴，他訝異的看向姬仁宣，一如當年接過那酒囊時的表情。

姬仁宣知道他想要問什麼，畢竟在如此之短的時間內尋到天香瓏葉實屬奇蹟，如果不是已成孟婆的南葵重返人間，他們怕是很難得此神藥。

但他也只是欲言又止了片刻，很快便收起了疑慮。許是自小一同長大的情誼，打消了他過度追問的衝動，畢竟那一場崑崙之行裡，有他所想像不到的絕望。

他斟酌著用詞，試探著問道：「仁宣兄，這般時日過去，關於她的消息……」

姬仁宣卻充耳不聞一般的只管提醒他道：「天香瓏葉的藥效必要精細提煉，你回去府上之後，且要同經驗豐富的御醫一起製藥，這期間要經過七日，藥成之後服下，見效也要三日，而我已在昨天將此草交給了城南姬府的陳老醫，想必他們已經開始提煉了，不出十日，二老便會甦醒。」

辜振鷺默然點頭。他雖欣喜得到了天香瓏葉，可心緒還是控制不住的停在另一個人的名字上。但他又不便多問，畢竟崑崙一行，二人去、一人回，尤其是像姬仁宣這樣的人，怎願旁人觸及傷痛？

像是看出了他的心思，姬仁宣沉默了半晌，轉而低聲道：「她已身埋崑崙，再回不來了。」

辜振鷺手指一僵，猶疑道：「正所謂活要見人，死要見屍，尚且還未尋到……」

姬仁宣一擺手，示意他不必再說下去了：「區區凡人肉身而已，何以抵抗崑崙雪難？若骨崩血盡，支離破碎，豈還能尋到屍身？索性她在最終找到了天香瓏葉，也算沒有枉費一番孝心。」

辜振鷺喟嘆一聲，情難自禁的為她的事情感到傷懷。早在姬仁宣回來不久後，辜振鷺便得知了此事，奈何姬仁宣執意要隱瞞，怕的便是日後兩位長輩醒來後悲痛欲絕，所以聯合姬、辜二府上上下下統一了口風：若二老醒來之時問起南葵去向，皆要謊稱她是採藥時受了傷勢，需在雪山之下調養數月才能歸還。

　　「可紙終究包不住火，又能瞞到幾時？往後還長，仁宣兄，你且要往前看才行。」辜振鷺始終覺得長痛不如短痛，儘管他也十分惋惜，但卻已經接受了事實，唯獨今日見到姬仁宣，見他面容上仍舊布滿疲憊憔悴，怕是還未走出椎心之痛。

　　但這話才說完，辜振鷺忽覺破綻，他想著天香瓏葉是南葵在最後找到手的，可按姬仁宣所說，他是連南葵最後一面都未見上，又怎會得到她尋來的天香瓏葉？他凝視著面前的姬仁宣，姬仁宣瞥見他視線，竟也不躲閃，直視於他。

　　夜深人靜，秋露如霜，皎月高掛，萬物靜謐，忽然傳來敲門聲。

　　「篤篤——篤篤——」

　　是南葵站在門外。她早已等不及，便耐不住的私自尋到了這裡。

　　姬仁宣早已料到她會沉不住氣，心中嘆息一聲，目光重新投向辜振鷺道：「振鷺，你替我去開門吧！」

　　辜振鷺聞言，眼有困惑。

　　姬仁宣輕笑著小聲道：「門外來人要是陌生女子的話，你就編個謊替我開脫吧！許是來找我哭哭啼啼的，我也有我不得已的苦楚，可卻不喜歡惹人糾纏。」

　　他這話不免令辜振鷺略有羞意，想來仁宣兄玉貌華姿，必定是要招惹許多女子垂愛。接著，姬仁宣又道：「但若門外是熟人的話……」話到此處，他笑意顯得無奈了些，頓了頓，才道，「若是熟人，那便邀她一同敘舊好了。」

　　辜振鷺尷尬陪笑，那敲門聲再一次響起，這一回有些急促，令他忙起身去開。

　　「吱呀」一聲，辜振鷺打開了廂房的門閂，只見月色之中站著一位身穿素白長裙的美麗女子。她領襟處印滿了桃花，而看似純色衣服，但略一

舉手投足，衣上的狌狂暗紋便隱隱浮動而現，襯著她那絕色美豔的面容，更像是仙山來客，且風流別致的如雲鬢俏皮嬌麗，腰間赤金鈴聲似漣漪撩撥水面，惑人心智，一雙百蝶花樣的芙蓉鞋，像極了畫卷上那些天姿國色的飛天神女。

辜振鷺看她看得入迷，可猛然意識到這陌生的面孔美雖美，但也許是仁宣兄的……他便立即移開視線，不敢再去正視。然而，卻聽見她不敢置信的問道：「你認不出我嗎？」

他一怔，並未聽懂她的話，唯有目光再次停頓在她的面容上，也只是匆匆一眼，而後是客氣的頷首。

她愣在他面前，竟有種恍如隔世的淒涼。

而他忘記了要驅趕「陌生女子」，竟同身後的姬仁宣交代了幾句，姬仁宣略顯局促的起身走來，三人佇立相望，最終是辜振鷺意識到氣氛怪異，便趕忙找了個說辭，匆匆離開。

他一步步從她身旁擦肩而去，她心跳劇烈，猛然間欲挽留他，可動作終究是停留在半空中，因為她深知，他所看見的她是另外的面孔，這無非是一場落花有意流水無情的終曲，索性她今日得知了，早一點知曉，便早一點明瞭，又何必去苦苦相逼呢？

所以，她只是靜默的望著他的背影逐漸消失，而她自己的整個魂靈都像是被抽空得乾淨。

姬仁宣在這時走到她的身邊，側眼便能看見她蒼白的臉色，他只得提醒她道：「人已經走了，你也不必多想了。」

南葵的眼中無悲無喜，她在此時回想起辜振鷺曾經對她有過的溫柔、憐惜，也或許也只是晚秋而落的紅楓，雖濃重，卻墜如枯葉，轉瞬飛灰，不容她沉溺其中。可她彷彿還能聽到從前在一起嬉鬧時的歡笑之聲，她垂眼看向手腕處的印記，心中已然有了定數，瞬間釋然道：「我曾無數次的幻想過今日相見時的景象，我也擔心他會不會在最初認不出我，卻沒想到他始終都不知我是誰，著實令我感到非常氣餒、如墜冰窟……」

姬仁宣不動聲色的駁她道：「你也不是沒有墜過冰窟，還需要『如』嗎？」

「說的也是，我在崑崙雪山上已經嘗遍苦頭了。」南葵的語調雖在打

趣,心裡卻還是難抑悲痛,她不想因此而落淚,卻還是忍不住濕了眼眶,道:「你現在會不會覺得,我這個妹妹很無用?」

姬仁宣寬慰的包容了她的無助與軟弱,抬起手摟住她肩膀,緩緩道:「普天之大,也只有一個姬南葵,你若無用的話,那叫我去何處再尋到一個你來?」

南葵輕輕擦拭眼淚,倒是感動姬仁宣的安撫:「也的確只有你我兄妹才能認出廬山真面目,親情之濃,著實不是旁的感情能夠擬得了的。雖無血緣,卻當真是親如一脈。」

聽聞此言,姬仁宣的神色略有一變,過了良久,他低低吐息,沉聲道:「時間不早了,早些休息吧,我送你回房。其餘的事情,待到明日再議。」

南葵落寞的點頭,她隨在姬仁宣的身邊朝長廊的另一端走去,只覺紅瓦粉牆的周遭似一條赤色巨蟒,若是稍有不留神,她便會被其吞噬入腹。

而紅塵之人皆是行走在這搖搖欲墜的七情六欲之中,她本以為自己成了孟婆之後會心境涼薄,卻忘記了自己只是身分變更而已,至於內心,依然是從前的貪婪個性。她骨子中仍舊是個凡客,又住在冥府來者的身軀裡,著實扭曲而撕扯。

穿堂夜風揚起她裙角,與他鬢邊青絲,南葵望著他的側臉,不足片刻,他察覺到她視線,略微側目望進她眼底,兩人於月色中靜靜對視,忽又心領神會的莞爾一笑,彷彿此前的所有陰霾,都已在這默契的笑意中一掃而盡了。

而此時此刻的南葵也知道,她必要顧全大局,早日查出嬰靈背後之人,才是眼下最為重要之事。

第八節

七日時間過去。

以天香瓏葉為藥引而製成的解藥，已為姬牧弈與辜嶠服下，再過三日，他們便會醒來。

而在這夜長夢多的幾日裡，大將軍虞陶已然出兵征伐，九州大陸的形勢似也因此而陷入了危及之態。

得知此事的南葵獨自坐在房中沉思，她將喝光的茶盞倒扣在桌案上，燭火晃了晃，她想到自己接下冥帝的這項任務，便要儘早完成才是，且此事牽扯到父親日後的安危，更是馬虎不得。

但她並未將自己的懷疑告知姬仁宣，她當然不想將他拖累進來，前路坎坷，禍患交加，就連她自己行事，也必要一萬個小心謹慎才行。的確，她最為懷疑的人是大將軍虞陶。雖然那寒玉棋的熱毒生長於彌國境內，可虞陶曾在一年前征戰彌國，若想得到那毒，自然不在話下。再且，寒玉棋盤是他的女兒虞北棠向國君吹了枕邊風後才送予辜嶠的，想必也是受到了虞陶的指示才會刻意為之。而南葵會得知此事，便也是說來話長。即便不知，她也能猜出幾分，畢竟辜嶠一死，虞陶在朝中將會少了一個強勁的政敵，也多了一個出兵的理由，自是無人能與他平分皇恩了。

更何況，普通草芥又如何能有能力製作嬰靈呢？自然非權勢與財富共存之人不可，如此可見，虞陶便逃不了干係。

倘若真的將嬰靈重塑為人，那麼虞陶將會建立一支絕對服從且無堅不摧的鋼鐵軍隊，篡位成帝，大展野心，屆時，又有何人能阻攔得了他一統九州大陸？

除此之外，南葵猜想那在崑崙山下劫走天香瓏葉的匪徒，很有可能是受人指使，背後必定有設局主謀。可南葵並不確信此主謀和製嬰靈之人會否是同一個人，而要想調查清楚此事，最快的方式便是委託辜振鷺去做。

他在朝中既有地位也有人脈，而且他的父親辜嶠又是帝師，倘若他打

算涉身此事，必定會自動吸引主謀的視線，也會令南葵的暗中調查更為方便。

只不過，她是不能出面向辜振鷺說明此事的，在他看來，她無非是一個陌生女子，又怎會信她幫她呢？

南葵思慮了半晌，忽然靈機一動，決意採取迂迴戰略。

她攤開手，樓閣樣式的玉佩躺在她掌心，正是前幾日辜振鷺落下來的。可與其說是落，不如說是她使用法術得到手的。透過物與物之間的媒介，南葵可以潛入辜振鷺的夢中，她早已計畫好了。此間時候，夜半更深，他理應是睡夢酣暢，南葵以曼珠沙華印記覆在玉佩上，朱色光暈微閃，在入夢之前，南葵於不經意間看到了他關於此玉的記憶碎片。

那是一扇青黛色的屏風，後頭的身影踱步去了偏門，看不清她模樣，只依稀可見她捧著玉石器裡的小紅魚，跑向後院的小樹。臨水岸邊，四面荷花，嵌岩怪奇，卵石瑩潤，梨木架上丹藤翠蔓，羅絡其上，她將捧著的小魚遞給了等候於樹中的男子，正是辜振鷺了。

他站在水榭臺上，望向她的眼神極盡幽深，二人之間說了些什麼，卻是聽不真切的，唯獨小紅魚到了他的手中，又有一塊玉佩由她從腰間取下，遞給了他。

他接過那玉，握於手中。夜風絲絲似酒香繞指，他衣衫下擺倒映在臺下水面，月華氤氳，荷葉如碧，他又說了什麼，促使她留下了淚滴，砸落在臺階上，而後便欲轉身離去。

他情急之中呼喊她，她停住腳，一襲春色錦裙閃動華光灩灩，而那一行順著下顎流落的清淚，則像極了萬丈雪原中的冰晶，純粹至善。

他們的聲音忽然能夠聽得見了，他說：「你我今生註定有緣無分，本是不該這般……」

她的心似被巨浪翻轉拍打的孤舟，反問他道：「這般是哪般？你可是後悔了？」

並非後悔，從不後悔。

那為何口出此言？

他不再言語，而是發出低聲嘆息。

晚風生涼，她終是留他一人獨站夜中，玉佩的記憶至此結束，南葵百

思不得其解，只恨自己看不到那女子的尊容。可僅憑此段過往，足以展現辜振鷺與其之間有著甚為親密的曖昧情愫。但南葵也來不及為此而感到憂傷，她身負使命，不再猶疑，透過玉佩做媒介，隻身進入了辜振鷺的夢境裡。

他這夢與他的人一樣，冷冷清清淡淡，滿夢皆是白梅冷香盛放，交織成一片，四周成了素白色的紗幔。南葵一邊張望一邊走進夢的深處，欲去尋他的本體。

夢裡有長街，有高嶺，有翠山，有長河，偏生沒有人煙。連客棧都是藏在紫藤花枝下頭的，襯著紫光閃爍出幽暗色澤，頗有些詭祕。就這樣生生找了半天，南葵終於在一處道觀前發現了辜振鷺。他打扮得有幾分奇怪，背著書筐，衣衫襤褸，南葵便懂了，他這是夢見自己成了個落魄書生。此般時候，他正在拜觀祈福，嘴裡振振有詞，念叨著盼望此次能夠修仙有成。

南葵笑了，心想著這個辜振鷺，夢裡成了書生竟是個不愛讀書的，反倒嚮往起那虛無縹緲的仙術了。不過也好，要是夢裡過於無趣，她反而不好施展身手。

緊接著，道觀裡扔出一籤，上面寫著去東頭尋山，山上有仙。辜振鷺便背著行囊朝東邊而去，一路風餐露宿，又逢連夜雨，著實吃了不少苦頭。

到了東山，攀登途中先遇虎獸，又見巨蟒，野狼窮追不捨，禿鷲盤旋於天，他歷經萬難，終於爬到山巔，命快沒了半條，忽見峰頂之處鑲著一座宮殿，守在殿前的玉雕石像似天女面容，拈花含笑，眼波將流。他難移視線，心猿意馬，恍然凝想，忽覺身體飄然，再一抬眼，發現自己竟已經騰雲駕霧來到殿中。

殿閣重重，繁複如幻，規模浩大，金瓦綿延，一宮二院三臺五殿，每殿又簇著一座綠藤如瀑的園林，林中有臺，臺上有閣，閣間飛出數名風華絕代的仙子，唯有一名身著青蘿裙衫的妙齡仙女停了下來，她眼眸清靈，容似皎月，雙臂挽著長紗披帛，一雙眼好奇的打量著他這闖入殿中的不速之客。

仙女貌美，驚動心弦，他看得痴迷，惹得那青蘿仙子滿面羞意，反倒是率先垂下頭去。

　　同行中年長些的仙子們見狀，察覺到外來之人，當即怒氣沖沖的衝過來，審視他道：「哪裡跑來的臭書生？膽敢擅闖長情仙宮？」

　　「怕是也妄想來求仙拜師、長生不老的，且他一雙眼睛極不安分，挖掉也罷！」

　　「不如將他做成人彘，殺雞儆猴，看外頭那群凡夫俗子誰還敢來造次。」

　　他聽聞此話，嚇得面色青白，趕忙道出實情：「仙子們饒命，在下一介書生，受到道觀高人指點，前來此處修行求仙，且心意赤誠，絕無半點輕薄之意，還請仙子們幫忙引薦。」

　　有仙子輕蔑道：「你心是否赤誠，不剜出來瞧瞧，在場誰人能夠擔保？」

　　又有仙子冷嘲道：「他分明是瞧不起我等女仙，口口聲聲喊著引薦，怎就知道這宮殿定有仙君而非仙娥？」

　　「莫要同他理論了，乾脆將他抓去後山，要他給仙娥搗藥！」幾個仙子抓著他，推推攘攘的把他拉進宮殿，一路輾轉顛簸，又將他扔去了後殿的地窖裡，強迫他每晚都要搗出三缸藥來。

　　地窖裡堆滿了外頭見不到的稀世藥材，罐子上寫有名字，蜀葵、雪蓮、龍涎香、紅景天……數不勝數。

　　仙子們威脅他如果不好好做事就殺了他，用他的血肉熬成湯給病重的仙娥補身。他自是恐懼，便乖乖的順從做活，就這樣勞累到了下半夜，他又累又餓，卻連一缸藥也沒搗好。

　　他心中懊悔，想著修仙不成，稍有不慎還會丟了性命，這名為「長情」的仙宮哪裡是住著仙人的？怕是比吃人的惡鬼還要可怕。

　　「你要用玉杵搗藥才會快。」一個曼妙動聽的聲音響徹耳畔，他趕忙循聲看去，只見白日裡那身著青蘿裙衫的仙子出現在身邊，正指著他手中的木棍輕嘆。她靠得很近，呼吸掃過他臉頰，令他不由得面紅耳赤、手足無措。

　　她掩唇而笑，眉眼溫婉，細如新月，取過放在藥鋪上的玉杵遞給他，

他忙去接，手指擦過她指尖，她向後躲了躲，半晌，她輕聲道：「我叫白玉。」她腰間配著一塊色澤通透的白玉。

「小生姓辜，名……名是……」他卻無論如何都想不起來自己後頭的名字，只好訕訕撓頭。

她並不介意，只道：「那便是辜公子了。」

他壯起膽子盯著她的臉看，忽而正色道：「小生與仙子，似乎在哪裡見過。」

她並不訝異，緩緩一句，笑道：「許是夢中故人罷。」

他也跟著傻笑幾聲，然後便在白玉的提醒下接著搗藥。經由白玉幫忙，他這三罐藥終於趕在凌晨完成，仙子們來取藥時還算滿意，便賞賜他飯菜和一張木床，並說如果他能堅持搗藥一百日，便會同仙娥說明他來此的請求。他心中大喜，更加賣力的搗起藥來。

每逢夜晚，白玉都會來到地窖裡協助他，並和他說起這長情仙宮的來歷。東山是座仙山，長情仙宮的主人是天君的小女兒，由於厭惡天上、人世乃至三界中所有男子，才會躲來此山，建了這宮，只有仙女，共九九八十一名。由於憎惡男子，但凡前來尋求仙術、拜師學藝的凡人們，都被她派手下的仙女們給處理掉了，而他算是命大，加上她犯了舊疾，缺乏勞工搗藥才免去一死。

白玉勸他再過幾日，待到仙女們都放鬆戒備後逃走便是，趁著仙娥還不知他的存在，必要趕緊保住性命。若是等到仙娥身體好起來，她不僅不會履行任何諾言，反而會變著法子好生折磨他一番。

他嘆息不已，想來到了此處，也已是心生懊悔，早斷了修仙念想，倒不是不想走，而是十幾日過去，朝夕相處，一來二去，他已是捨不得白玉。可仙宮裡規矩森嚴，他怕自己的心意會害她萬劫不復，自是不敢表明。

且他也不知屆時的自己會是如何下場，畢竟在他之前定有無數男子前來拜師，而他們是生是死，白玉也不真切，唯有這地窖裡裝藥的罐子在不停增加，每口罐子都有半米高，裝滿搗好的藥草著實消耗體力。到了第五十日，他雙手已磨出了厚厚的繭，那是血泡結痂後形成的。但比這更慘的是，仙女們時常忘記帶飯給他，如果不是白玉夜夜前來，偷偷把果盤和

食物送給他，他怕是早就要餓死在地窖裡了。

一日夜晚，他搗藥累了，恰逢白玉出現，帶來了蜜桃與飯食，還有宮外上仙奉給仙娥的蓮子酒，她偷了一點出來，想讓他嘗嘗鮮。酒格外好喝，蜜桃也十分可口，只是白玉不喜歡桃子，吃了幾口便要丟，他覺得浪費，拿起她吃過的桃子，幾口吃下了肚，白玉因此而臉紅起來，他見狀也羞澀的笑了。

二人正覥覥相望時，忽然聽到上頭傳來金矛利器的鏗鏘聲，並伴隨著一眾女仙的竊語聲。白玉心下一驚，立即察覺不妙，可惜躲藏不及，地窖大門被打開，帶領女仙而來的正是宮主仙娥。她身穿金甲，眉如銀月，手持長杖，面色肅穆，當即指責白玉道：「大膽小仙，竟膽敢私藏人界俗夫在此，罪不可恕！」

白玉驚恐不已，臉色灰白，她顫抖著跪拜仙娥，只道自己並未私藏凡人，而是幫他一同為仙娥搗藥治病，再無絲毫越界之舉。怎料圍在仙娥身旁的眾女仙信口雌黃起來，她們急於擺脫干係，搶著控訴起白玉罪狀。道她私放凡人入宮，還與他日夜你儂我儂，好不羞恥。白玉百口莫辯，只怕自己會性命不保，但也知他被發現後，定是必死無疑，便冒死使用仙術，將他扔出了地窖外面。

他也怕白玉會被折磨，捧去外頭後竟不知死活的還要跑回地窖裡救白玉。但他一介凡人，豈能對抗得了法力高深的仙娥？還未等跑出幾步，仙娥便已抓著白玉出現在他面前，她將白玉推去他身邊，又丟給她一把仙劍，命她道：「去！把他的人皮給我剝下來做成藥罐子，我便可以饒你不死。」

人皮做罐，是最好的藥引，他當下明白了那些前來拜師的男子的下落，皆已成了他玉杵下的器皿。他心覺反胃，又驚又怕，白玉手握仙劍，遲遲不肯行動，仙娥知她是動了思凡之心，怒斥她道：「修行成仙，最忌壞了規矩！七情迷心，六欲遮眼，五色令人目盲，五音令人耳聾，若無法摒棄這些世俗欲念，又怎配在我長情宮中為仙？你已苦苦修煉了三百年，平日裡最為乖巧，從不會違背我的命令，可你今日竟鬼迷心竅，還要為了欲孽而葬送前程，實乃大逆不道，罪犯滔天！」

「弟子不敢！」白玉苦苦相求，「弟子只求仙娥饒他一命，弟子願為

他承受所有懲罰！哪怕……哪怕是……」

　　他真怕白玉會替他被剝皮做罐，便懇求白玉不要再幫他求情，他願一死，但望白玉不要受到牽連。可惜仙娥雖是長情宮宮主，卻殘忍無情，她厭惡男子詭計多端、迷惑女子，阻礙她們路途，貪戀她們美色，簡直罪該萬死。

　　於是仙娥最後問白玉三個問題：「倘若我拿走你的美貌，你認為他可還會愛你？」

　　白玉不言。

　　「倘若我剝下你雪白肌膚，你認為他可還願看你？」

　　白玉沉默。

　　「倘若我要你二人陰陽相隔，永世不見，你認為他心裡可會為你留有位置，而不另娶他人？」

　　白玉動搖了。

　　「你從未踏出仙宮，不知外界險惡。世人都道情真意切、比翼成雙，可鳥獸尚且只則配偶一人，凡人男子卻從未從一而終。你偶見男子動了春心，也是情有可原，只要你今日立下誓言，從今好生修仙，摒棄心中欲念，且剝下他人皮做成藥罐，我便對此事既往不咎。」仙娥故作大度，可見到白玉仍舊不肯行動時，她到底還是露出殘酷嘴臉，恨白玉執迷不悟，休怪她不念舊情。

　　仙娥冷聲道：「白玉，你修仙不虔，思凡心重，觸犯宮規，毫無悔意，今日必受天懲。」

　　說罷，仙娥手中巨光閃現，她結成複雜的仙術召喚，多半是打算要了白玉的命。眾女仙紛紛退下，表情各異，有驚恐萬分的，有幸災樂禍的、也有痛哭流涕的。剩下他在一旁目睹了天際雲層翻滾，濃黑染上月色，咆哮聲鋪天蓋地而來，一條長著金角的飛獸踏雲而來，牠口吐烈焰，身披刺刃，獠牙如箭，血口大張，嚎叫聲如鬼魔嘶吼，是那恐怖的叫聲刮起了颶風，牠又抖動身上刺刃，頃刻間便有萬千支箭矢怒放而出，射向了白玉的胸口。

　　萬箭穿心，血肉模糊，白玉的一襲青蘿紗染成了凜冽血紅。她就那樣淒慘的驚碎了他的心。

當然，仙娥也不打算放過他，取出一個煉金的葫蘆將他吸了進去。那葫蘆本是用來囚妖的，可是捉到個凡人進去，倒也能煉成個新鮮的藥丸子。他被囚在其中，許是度過幾時便會化為一攤血水。而葫蘆裡又分十八層，每一層都有痛苦慘叫的妖物，他只覺白玉死了，便再沒了活下去的念想，不如就在此化作丹藥，永生不再超生也好。

　　南葵在這時出現在了他的面前，她自是十分心疼他，哪怕知道這個是夢，還是忍不住同他道：「日有所思，夜有所夢，你心中定有執念，才會將情愫困與這無休無止的夢境之中。」

　　他雙眼空洞，心灰如死，雙腳已漸漸融入血水裡，吸引來了周圍無數妖物。它們閃爍綠眸，口流黏液，如蛆蟲一般附上他身軀，似要將他吞噬為一體。

　　南葵抬起手，將那些妖物一隻接一隻的驅趕，並嘆道：「這些都是你的執念所化，仙也好，妖也罷，皆是來自你內心的影射。你既深陷於此，便會日日夜夜都被苦痛累身，為何這般折磨自己？為何不同旁人訴說苦衷？又是什麼阻礙你與心中女子相守？又為何，不肯結束你這恐怖絕望的夢魘？」

　　她知道，仙娥代表的是封建禮教，人皮藥罐是道德約束，長情宮裡最無情，眾女仙是悠悠之口，白玉是他腰間愛不釋手的玉佩，所托之人定是他的心頭好，而他自己是軟弱無能的潦倒書生，雖嚮往仙緣，卻放不下七情，又護不了所愛之人，自是一塌糊塗。原來他在心裡，是這般不屑自己。

　　他渾渾噩噩的垂著眼，手臂已然被妖物吃掉了一隻，而他仿若毫無知覺般麻木，仍困在自己內心的深淵漩渦中，執意道：「夢魘又有何不好？現世無從眷戀，為何，我就不可逃避呢？」

　　南葵嘆息道：「既然是夢，便總要醒來的，一旦醒了，你又該何去何從？」

　　他喃聲道：「這夢中的一切便是我的全部，我願意永遠留在這裡，哪怕無數次化作血水，但在此之前，我都能每日見到白玉。只要是能和她在一起，我根本不在乎這是否是夢，我寧願在這夢中永不醒。」

　　南葵搖頭苦笑道：「你只是不想回到現世，你怕你在現世之中，連夢

裡這卑微的一切都得不到。你無法主宰你自己，更保護不了你想要保護的人，你只是厭倦做個傀儡。正如鳥兒食蟲，花兒怒放，晨露蒸發，猛獸相殘，虎毒卻不會食子，沒有了白玉，修成上仙於你而言，又何樂之有呢？你想要的絕非是修行，而是你不敢面對的欲念。」

他因她的話，而略有清醒之意，不由得反問她：「世間萬物，又有何人能斬斷欲念？」

「你若不願去斬，便不必去斬。」

他猶疑的看向她：「哪怕此等欲念邪惡至極，害人害己？」

「凡人皆有一死，善惡終是難分，正義也會長出獠牙，邪惡也不全是罪孽。」南葵向他伸出手，挽留道，「縱使你在夢中死過千百次，也阻止不了塵世中的善惡之爭。你若不戰，必會慘敗，如果放手一搏，則未必會輸。」

他默然片刻，轉而看向她，眼裡恢復光亮，問她道：「你是誰？」

南葵抬了抬頭極為凜然道：「我是來說明你，也需要你說明的人。」

他再問道：「你要如何幫我？」

她回道：「帶你離開這糾纏不休的夢魘。」

他又問：「而我要如何幫你？」

南葵貼近他耳畔，字字珠璣道：「我要你在醒來之後，前往虎穴調查天香瓏葉背後之事。定有人設局爭奪神草，找到主謀之人，才可真正救你父親。」

他一怔，悚然的盯住她的臉，南葵則微笑道：「事成之後，你便不會再被這夢魘纏身了。白玉，也不會再於你夢中死去了。若想護你所愛之人周全，便是不願斬斷欲念，那麼，封建禮教與道德約束必將成為攔住去路的荊棘之上，不拾起屠刀的話，又該如何對抗悠悠之口的屠戮？」

或許他是要去行動了，為了讓一切都浮出水面。

待到辜振鷺緩緩睜開眼，他感覺自己的臉上冰涼一片，抬手去摸，全部都是淚跡。

而窗外暗夜中，不知何時已是傾盆大雨，花枝驟亂。

懸掛在簷下的長明燈在亂雨中橫飛搖晃，掛在窗前的白色帳幔如濃霧般蕩滌。辜振鷺穿過這霧，走到窗前，凝望著寒雨夜幕，滿眼哀漠愁緒。

今夜夢裡，除去白玉，也有另外女子出現。他雖記不清她容貌，可卻在朦朧的記憶之中察覺到，她與那日在姬仁宣酒樓裡所見之人極為神似。

她竟知道天香瓏葉與他父親的事情……她到底是何方神聖？然而，這種懷疑不足片刻便消失了，辜振鷺心覺是自己朝思暮想此事，然後在夢裡轉移到他人口中對他說出。

是他想要去徹查父親中毒背後的事情罷了，只是，他怕的是查出的人，會讓本就搖搖欲墜的一切都塌陷成灰。

暴雨鋪天蓋地，他垂下眼，似是心意已決那般的毅然轉身，離開了窗邊。

而另一邊，南葵走出辜振鷺的夢境之後，對他將會幫助自己這件事已有十足把握。

至於她自己，便要先從虞陶開始查起。就眼下來說，他是最有作案動機的人。另外，冥帝和墨提供的嬰靈線索，矛頭的確也是指向了更為靠近皇室的人。想來，若是連和墨也不知道這煉製嬰靈者到底是誰的話，對方必定是受到「天意」庇佑之人。

思量到此，南葵心中已有了定數，倘若整樁事皆是虞陶所做，她也要為百姓除去禍害才是。畢竟，亂世可不是焰國子民盼望的事情，解決了痴迷戰爭的虞陶，也會從根源處解決戰爭紛亂。

「眼下也唯有去戰場才能靠近他。」南葵喃喃自語道，「只要取一滴他的血，就可以看清他到底是不是那企圖塑造嬰靈之人……」

事不宜遲，南葵決定立即起身。但外頭下著暴雨，她又與和墨有過約定，非必要時候不得隨意使用法術。這便有些難辦了，她想著先去尋一把傘才好，正打開房門，卻見到姬仁宣站在門外。

南葵不禁愕然道：「仁宣哥哥，你怎麼會在……」

姬仁宣莞爾一笑，側身拍手，示意阿滿等人把他親手做好的飯菜端起南葵房裡一一擺好。望著滿桌的琳琅美味，南葵既驚喜又詫異，待到阿滿他們退下之後，南葵不由自主的坐在桌旁準備大快朵頤，但又想到自己有要事在身，失落的打算放下碗筷，姬仁宣卻按住了她的手，凝視她道：「吃飽肚子才有力氣趕路。」

南葵一愣：「你都聽見了……」

姬仁宣不可置否道：「彌國離這裡可不近，馬車乾糧自然是要備齊，路長夜深，也需有人在側陪你聊天才好。這雨很快也會停了，吃完這頓美餐，你我便可上路。」

南葵看著他，恍然大悟，心想著知她莫如兄，他已然洞悉她心。可她不能答應，正欲拒絕，姬仁宣卻對她搖了搖頭，神色堅定道：「我雖幫不上你什麼忙，但也絕不會扯你的後腿，你只管放心去做，我自當為你打點後方，多一個人，多一份力。」

南葵猶豫的蹙起眉，道：「那裡可是戰場，刀劍不長眼，即便我已有了另外的身分，可卻仍舊不敢說能護你周全。更何況……」

話還沒說完，他截斷她道：「南葵，我方才說過了，你無須顧及我，我自會謹慎行事，且你即便不願我隨你前去，我也會在你離開之後前去彌國尋你，這一次，我定不會讓你孤身涉險，哪怕是極盡微小之事，但凡是能夠為你做的，我也絕不姑息。」

這番話情真意切，南葵怔怔的看著面前的姬仁宣良久，相顧無言。

窗外的亂雨逐漸變小，榭臺下的蓮池裡，有紅鯉翻騰跳躍，惹起漣漪片片，粼粼奪目，一如南葵內心深處的變化。

她若再橫加阻攔，反倒會顯得不近人情。只緩緩的重拾銀筷，靜默的吃著飯菜，一碗清湯被姬仁宣盛好放在了面前，她探手端起，喝下一小口，暖湯入胃，卻流進了心裡，淡淡的溫熱包裹著她心臟，令她有那麼一瞬間，已然忘記了身埋崑崙雪山時的徹骨寒冷。

每當她在他身旁時，她總會感到如沐春風、欣喜雀躍，可這種情愫又與和辜振鷺身在一處時有著極大的不同，她很清楚自己對辜振鷺的喜愛，就連他喚她「南葵」二字時，她心跳都會快得受不了，腦子裡更是一片空白，飄忽得很。但姬仁宣喚她的名字，在她聽來卻是平平常常的，只是他今晚的那番言辭極為令人動容，自是十分罕見的，所以才會令她有些不知所措。誠然，她始終都無法精準的描繪出自己對姬仁宣的感情底色，她習慣性的稱此為兄妹之情，但如今細細思量，卻又有著不妥之處。

然而，何來不妥？自是無解，而又錯愕。

第九節

　　焰國年曆一百五十七年己巳日，虞陶大將軍攜國君旨意率兵西征，其
驍勇善戰令西部一眾流民遭到鎮壓。於同月，虞陶帶兵晝夜兼程馳赴邊界
彌國，勢必要平滅此國。然，雙方殺伐近乎七日有餘，彌身為小國，卻不
畏侵略，誓要與虞軍殊死一戰。

　　且彌人從開國時期便生活在寒冷、生存條件異常破敗的地帶，早已練
就了堅韌的族性，他們深知此戰必定慘烈，可如不抱著視死如歸的心態，
便將會不戰而敗，與其亡國，不如以死相抵。

　　他們在虞陶於城外頤指氣使下令「交國可饒，受俘免死」的那一日開
始，便號召國內所有男子攜劍參戰，就連八歲的總角之齡也自願為國效
力。而一旦男子倒下了，他們的妻子、姐妹、女兒會接替他們持劍迎敵，
即便明知自國兵力不敵虞軍，可他們依舊義無反顧的投身此戰。

　　虞軍此前從未想到過，與弱小彌國之間的戰爭會是如此的慘烈與艱
難。作為侵略一方，儘管兵力富足，卻難逃對地勢的生疏以及對水土的不
適。彌國叢林遍地，荊棘繁茂，城內建築更是蜿蜒崎嶇，岩山堅硬，屋厚
如鐵，彌人盔甲似石似鋼，劍刺不穿，刀砍不進，於是幾日下來，虞兵屍
身成山，混著彌國民眾的屍首血流漂杵，伏屍千里。

　　這令虞陶陷入困慮之中。一年之前，他曾征戰彌國，彼時雖已意識到
彌人天性不屈不撓，但只要他願意，當年的五千虞兵方可吞彌。倘若那時
他再心狠手辣一些，彌國便不會有機會送上那盤寒玉棋了。

　　然而，不過是區區彈指一揮的年頭，彌國彷彿召喚了惡鬼一般變得判
若兩人、勢不可擋，虞陶深感自己的軍隊是在跟一種遠古而洪荒的力量對
抗，彌人更像是魔物，他們不怕痛、不怕死，歇斯底里，如被妖魔附體。
就連他們身上的鐵甲都像是受到了咒語點化，虞陶手持焰國最鋒利的長
劍，都要費盡千辛萬苦才能將其砍穿，這番局面，實在令他措手不及。

　　然而如此僵持下去絕非上策，虞陶身騎黑馬，喘息劇烈，銀色鎧甲上

染滿鮮血，他的視線也被汙血模糊了，而前方仍舊有數以百計的彌兵湧來，其中不乏步履蹣跚的幼童。他們嘶吼著、奔跑著，誓死捍衛他們的國家。而虞陶側眼查看周遭情形，卻發現心腹李副尉在半米處死未瞑目，且是身首異處。

這般景象，實屬煉獄。可他不是平凡之人，他是虞陶，是焰國首屈一指的大將，只要他肯，世間就沒有他的千軍萬馬踏不平的山河！於是他命士兵搬來了火球，再用弓弩，他目光凝定，喝令：「放箭！用火燒他們，讓他們吃吃苦頭！」

千萬支火箭一齊射出，紛紛射向了赴死而來的彌人。

那些箭矢在空中劃過的瞬間，高嶺之上的南葵，彷彿看到了無數流星從空而落，似煙火般四散而開，唯一不同的是，這些煙火在接近地面的時候爆炸開來，使得中箭的彌人血肉橫飛、潰散成灰，原來是在火球裡放上了炸藥，殺傷力瞬間提升了數十倍。

此時的南葵，正坐在饕餮君儒的背上，遙望山腳之下的城池，火海洶湧，哀號淒慘，而後，她略有驚異的道：「該說不愧是虞陶嗎？局勢好像已經被他扭轉了！」

微風浮動，枝椏簌簌，姬仁宣站在她的身旁，與她一同凝望著下界戰況。可君儒在這時吐息出聲，一口熱氣噴在姬仁宣肩上，嚇得他一驚，卻也不敢去看君儒。想來南葵根本不需要他去備好馬車，他二人騎上這饕餮，不出片刻光景便到了彌國，倒是省去了好些不必要的麻煩。

只是，下頭是一片火海慘景，令姬仁宣心有不忍。禿鷲與鴉鳥在他二人身邊盤旋，天際被嫋嫋狼煙染得汙濁，他長長歎道：「亂世顛沛，命如草芥，何來英雄可言？」

「好戰之人皆嗜血，人命不過是他腳下攀向榮華富貴的階梯，白骨堆得越高，他走得便越遠。」南葵望著那片火海，眼中升騰起一絲恨意，冷聲道，「又豈能容他興風作浪？千萬子民何罪之有？九州大陸的百姓需要的只是平穩的生活，無人願受流離之苦，而結束這一切，只需要一滴血，他的血……」

「將軍！」

一聲慘絕的呼喊聲打斷了南葵的思量，她循聲望去，只見數名彌人衝

破了火海，正團團圍住了一名極為年少的士兵。那少年約莫十三、四歲的模樣，已肩負重傷，滿面汗血，儼然要因寡不敵眾而命喪彌人刀下。

誰又會料想得到，炸藥與火箭也無法剿滅此戰中的所有彌人？彷彿只剩一個，他們也要作戰到底。這些恐怖的鬼獸之軀，好似被奴役著、被操縱著一般，他們像是早已失去了痛感，有的只是對彌國的誓死服從與衛護，偏偏是這種近乎瘋魔的信念，支撐著他們的肉軀不斷前行！

而這些也打擊著虞陶的驕傲與自信，他已經意識到了此戰的艱巨，虞軍士兵們的生命流逝在此異國，他們每一個人都是他親手培養出的下屬，可他卻無力救下他們……

「將軍！救我！」

當那聲呼喊再次響起，虞陶循著求救聲找到了那張蒼白扭曲的臉，他握緊手中利劍，不由分說的衝進重重圍困中，去營救那垂死的士兵。

他眼疾手快，將士兵攔腰抓到馬背上，而後轉動手中刀刃，揮向攔他去路的彌人。

刀刃鋒利，直接砍掉了彌人的脖頸，血液噴濺，那彌人在臨死關頭以手中鐵錘擲向虞陶。鐵錘刮去鎧甲一片，虞陶險中躲開，然而遠處一支冷箭射來，不偏不倚，正中虞陶的右臂。

他忍痛皺眉，心覺不妙，只能高聲喝令道：「撤退！眾將撤退！」

鳴金三聲，收兵之令。浩浩蕩蕩的虞軍緊隨虞陶撤離了戰線，其中傷的傷、殘的殘，儼然失去了來時的氣焰，甚至少去了一半的兵力。

南葵目送他們散盡之後，再看向所剩無多的彌人，鮮血汙濁著這群殘兵的肉軀，他們個個皮開肉綻、血肉模糊，卻還是高舉起手中兵器，為虞軍短暫的撤退而歡呼高喊。竟也還有身背襁褓嬰孩的婦女手持利刃，一齊為國吶喊。儘管她已筋疲力盡、勞累不堪，可眼裡卻閃著熠熠光亮，好似滿懷殷切的希望。

然而何為希望？何為絕望？

戰爭與死亡，誰人不是犧牲一方？

護國者有功，侵略者有罪，那殺人者呢？哪一個死在刀下的亡魂沒有爹娘、沒有妻女？他們當真該死？只因他們弱小，就必要成為權貴的踏腳石嗎？還是說，只為國君一人之令，便可屠戮百姓萬千？

一人性命，竟要比萬人貴重？

南葵不願在此逗留，她心生厭惡之感，轉身對姬仁宣道：「上來吧，我們離開這裡。」

姬仁宣有點躊躇的騎上饕餮的背，問南葵道：「接下來要去虞陶的兵營嗎？」

南葵點頭，遞給姬仁宣一件物品，道：「待到兵營之後，你便替找去做這件事。」她貼近他耳邊悄悄竊語，姬仁宣的表情驟然起變，繼而謹慎的收好了東西。

南葵摸了摸君儒的頭，這獸領悟其意，當即馱著二人四蹄踏雲，很快便消失在了天際。

夜晚降臨，異國暮色中散步點點星辰，宛如一雙雙冷銳的眼睛，居高臨下的俯視著飄浮淡淡血腥氣的彌國土地。而這國雖生在蠻夷之地，荒涼貧瘠，但夜色卻如沉墨一般純粹，尤其是微涼的風，摻雜著翠綠松柏的清香，而這裡只有常年不敗的松樹，因地勢陡峭寒冷，其他植物很難存活，唯松柏堅韌不拔，任環境艱苦依然屹立不倒，一如彌人精神。

而剩餘的數千騎虞軍，踏著夜色浴血回營後，已開始點起篝火、鋪開行囊。此處退離彌國主城數里開外，是偏僻且寸草不生的荒野地帶，他們將在此駐紮多日，待到處理好士兵的傷勢再做進攻。

時有時斷的哀鳴聲充斥著整個軍營，這並不是一場勝仗，所以營內的氣氛絕非高漲，反而異常低迷頹唐。

靠近中央地帶的帳篷裡，不斷有軍醫與小兵出沒，那是虞陶的住處，他們自然是在為虞陶包紮傷口，動作敏捷的傳令兵為虞陶打來了熱水，還帶著一碗剛剛煮好的肉湯。傳令兵小心翼翼將換下的染血紗布放進另外一個鐵盆裡，再用乾淨的布塊浸在熱水中，消毒之後擰乾，為虞陶擦拭臂上的血跡。

待結束了這些，又為虞陶換好藥草與紗布，再將乾糧浸泡在肉湯裡，他動作極為謹慎，以求不浪費一滴乾糧屑。而一遇熱，乾糧迅速膨脹起來，這種行軍打仗攜帶的食物，便可以抵上一整天的饑餓。

「將軍，請用。」傳令兵將鐵碗放到虞陶榻前，手上的血痕一覽無遺。許是奔走在戰場上傳令時受到的傷，眼下只顧著伺候主帥，卻沒有顧

忌自身傷勢。

「你退下吧。」虞陶只一手端著肉湯，右臂的傷痛令他行動略有不便，他眉頭微微一皺，吩咐傳令兵道，「去找軍醫處理傷口，沒我的命令別再來打擾我休息。」

傳令兵極度服從的端起血淋淋的紗布退出了軍營，也許他並不明白，虞陶的冷漠只是希望他養好手上的傷。

剩下虞陶獨自一人坐在帳篷中，他聽見帳外傳來女人的慘叫聲，她們罵著一口彌國語，虞陶也只能聽得懂寥寥幾句。想來女子是在戰場時被俘而來的，一年前征戰彌國時，也不是沒有出現過這種情況，誰讓彌人國小民少，連女人也要派到戰場上廝殺。

而在焰國，女人是稀罕物，雖然她們是用來生養孩子的工具，可還是沒人捨得把她們逼去戰場保家衛國。且女人是一種珍貴的武器，能夠操控男子的身心，也是享樂的源泉。

所以在每一次告一段落的戰勢中，虞陶都會預設手下將士的俘獲行為，儘管他的軍隊戒律森嚴，可殺伐征戰的士兵們需要排解很多恐懼與壓力，彌國的女人正好可以彌補這份空缺。畢竟都是年輕小夥子，倘若他們喜歡，把彌國女人帶回焰國也未嘗不可，繁衍子嗣才是凡成大事，總比孤老無後來得好。

即便帳外的慘叫聲不絕於耳，虞陶也可以做到充耳不聞。他並不認為此事有傷軍風，相反的，他會側面鼓勵士兵們將更多的女人帶回焰國。除了殺光敵國的男人，搶走他們的女人，也是焰國出征的另一部分重要工作。

畢竟吞滅一個小國，屬於這小國的戰爭便會結束，那麼九州大地上的戰勢又會少去一份，自是難得的好事。

戰爭固然令他厭倦透頂，可唯有殺戮，才能扼制殺戮。

虞陶的眼中流出一絲疲憊，他放下手裡的肉湯，忽然沒了食欲。

早死晚死，都是一死。

浮上心頭的死字令虞陶猛地失了一下神，如同某段回憶被人撕扯開來。他搖了搖頭，餘光瞥見帳上閃過一個身影，他以為是巡邏的士兵，便放下警惕躺下了身。

他並不知道，距離他帳外不遠的枯草叢中，傳令兵已被迷暈在地上。姬仁宣收起手中的瓷瓶，正是南葵交給他的物品。其中藏著迷心散，是南葵提早便準備好了的。

姬仁宣打量一番四周，確定沒人發現之後，他眼疾手快的偷走了鐵盆裡的血紗布，轉身去與躲在叢中的南葵會合。

「這便是你要的東西了。」姬仁宣將血紗布遞交給了南葵，眼裡不經意間滲透出一股嫌棄神色。

血淋淋的東西的確不討喜，實在是很難為他，南葵體諒的拍了拍他的肩，要他暫且去營外和君儒等她。雖不情願與君儒獨處，但姬仁宣知道南葵有自己的分寸，只得悉聽尊便。

看著姬仁宣悄悄的溜出營外後，南葵轉回眼，心中充滿疑慮。眼下雖得到了染著虞陶鮮血的紗布，可她卻對一事皆為不解。想來，那嗜血的虞陶位高權重，竟然會為了救麾下的小卒士兵而不惜負傷，實在出乎意料。此事自是令南葵心有動容，總以為虞陶好大喜功、心狠手辣，卻好似也有著不為人知的深情厚誼。可他既愛惜他人性命，又為何要不斷征戰殺伐？

難道……他是有所苦衷？南葵冷靜下來，猜想自己對虞陶的懷疑或許是誤會，畢竟在戰場上，她的確看到虞陶為救人而捨身忘己。然而，眼見未必為實，嬰靈之事刻不容緩，她絕不能放過任何蛛絲馬跡。

思及此，南葵不再猶疑，她取出虞陶的血，以指抹在迴廊彎刀上，再藉由孟婆神力，身為媒介的迴廊立即閃現出粼粼金光，那光拖著南葵進入了虞陶的記憶中。

充斥著血腥氣味的往昔深處，是鋪天蓋地的大雪，素白覆住了破敗的皇宮，狼煙四起，屍堆如山，時值西朝末期，民間起義兵如蜿蜒的蟻群一般，肆虐的攻進了國君牆院裡，他們逼迫昏庸無能的國君割喉自盡，又對大量的西朝貴族進行屠殺。而一位髮鬟散亂卻面容姣好的婦人，正在衛兵的庇護下倉皇的逃出府邸，她已身懷六甲，行動極為不便，時不時的張望後方跳躍起的點點火苗，那是追兵手中的火把，她心驚肉跳，趕忙問著：「虞郎呢？虞郎可還安好？他是否同我們一起離開？」

衛兵回她道：「夫人，虞將軍已在城外等候多時，還請夫人快些移步，也好與將軍相聚！」

婦人聞言，不由得加快步伐，趁著夜色上了馬車，一路快馬加鞭的逃去城外。

她便是虞陶的母親，而她口中的虞郎，便是虞陶的父親。他二人皆出身高貴，是西朝望族之後，更與女帝攬月一脈。只可惜西朝氣數已盡，倖存的貴族為躲避民兵追殺，不得不逃離故國、隱姓埋名。虞陶的父母便是這樣忍氣吞聲的熬過了屠戮時期，直到風聲稍有平息，虞陶的父親組織殘餘的親信與舊部，意圖東山再起、復興西朝，而虞陶，便是在這般動盪血腥的時期降生於世。

打從幼年時期開始，他便被父母灌輸「西朝才是虞氏一族的故土，唯有西朝後裔血統尊貴而純正，其餘人士皆是下等奴隸，根本不配站在西朝的領地上」。而他也深信父母的話是正確的，他目睹父親集結成了一批精良軍隊，日夜訓練，只為重歸故土。

年幼的他坐在房頂上凝望父親帶兵，夕陽餘暉，燕鳥成群，那是他最快樂的時光，以至於每一次，他的嘴角都會禁不住的上揚。在他眼中，父親高大英勇、正直可靠，他希望成為父親那樣的戰將，也迫切的想要持劍殺敵，好助父親一臂之力。

母親曾指著滄海的另一端告訴他：「在海的那一頭，都是我們的敵人，是他們搶走了我們的土地、食物和城牆，只要把他們全部殺盡，我們才能安枕無憂的享受和平盛世。」

他困惑的問母親：「否則呢？」

「否則，人間無太平，亂世永無盡。」母親說這話的時候，眼裡布滿了憎恨與悲痛，而虞陶嘆息的，則是海的那一端有那麼多人，要如何才能殺乾淨呢？要殺多久才能徹底呢？

是懷抱著殷切的期盼與不安的疑問，以及種種矛盾的情感，虞陶緩慢而撕裂的長大了，在他的內心深處，對廝殺也有著隱隱的厭倦，可他不敢去承認，也不願去面對，他只知道他自己是西朝沒落的王貴後裔，想要重回故土必要歷經生死劫難，只是，他從未想過會那般之快的去面對父親的死亡。

在虞陶十一歲那年，父親帶領耗費苦心多年的軍隊殺回九州大陸。那個時期的群雄與列王極為混亂，是九州亂世的頂峰。焰國雖已初顯勢頭，

卻耐不過地勢分割嚴重，統一周邊小國已耗盡兵力，更是不敢在這時期做出頭之鳥。然而，虞陶父親的歸來，卻成了一統山河的催化劑，他的軍隊訓練有素、精良有為，得眾多虎狼窺探，可惜卻敗在了線人的叛變上。

那線人常年為虞陶父親與九州大陸殘存的西朝末裔聯絡，待到線人確信時機成熟後，召回背井離鄉的權貴一族，以虞陶父親為首，曾經的西朝舊部終於得以攜軍隊渡海回鄉，可卻在登岸的那一刻遭到埋伏。或許，那一夜，是所有亂國最為齊心合力的時刻，他們早先布局，聯合謀劃，目的便是將西朝餘孽一網打盡。

登岸傍晚，十萬火箭齊發射出，虞陶父親死於萬箭穿心，實乃不戰而亡。大批將士被俘，九州各國意圖將其納為己有。其中，竟有小國國君貪戀虞陶母親的美色，當眾出言輕薄。虞陶母親性情貞烈，抵死不從，她高呼西朝不滅，對著舊時西朝皇宮的方向拜了三拜，又怕暴露虞陶身分，便是不肯看他最後一眼，只當保住虞氏名節，她決絕的抽刀自刎。

一夜之間，虞陶喪父亡母，容不得他為此悲哭，各國便逼著效忠他父親的軍隊臣服。虞陶淚眼婆娑的混在軍隊之中，看上去只是個年少無助的戰士。身為父親心腹的副將姚副尉叮囑虞陶，若想活下去，必要按捺住心中怒火，留得青山在，不怕沒柴燒。少主苟活不打緊，要在日後為主公報仇雪恨才是！

可他自己卻是個硬骨頭，不肯屈服，還上斥天王，下斥亂世，便被眾國國君賜了車裂之刑。

最終，經由各國商議，將那些不願歸順的殘餘，一併流放去荒野之地做奴隸，修橋建路，開荒墾地。不知虞陶身分的列國，在他的肩上烙下了奴隸的火印，又為他栓上鐵鍊，視他做最下賤的草芥。

他便因此在流放之地度過數年，日日饑寒交迫、食不果腹，許是他體質強於他人，五年以來，他雖瘦如枯槁，卻得以苟延殘喘。每條奴隸鐵鍊長達百米，一條鏈子上要栓滿一百個奴隸，這些奴隸同吃、同行，死了一個，再換上另一個，虞陶不知送走了多少鏈子上的同僚，唯獨他這張刻著冷銳的臉從未更換，就連鞭打他們日夜勞作的侍衛，都記住了他的面孔。

他很聰明，知道如何保全自己，且他牢記仇恨，為了存活，他必要卑躬屈膝，選擇順從。每逢夜晚來臨，在亂石堆砌而起的奴隸營中，他在睡

前都要默念一遍當日害死他爹娘的仇人。每一個列王的名字和臉，他都刻骨銘心，誓死不忘。是強烈的仇恨與恐懼令他堅韌為奴，修橋、砌牆、挖山、刨金……，他如一條沒有尊嚴的喪家犬，為生存拚盡全力，恨不得四蹄並用，只為儘早搏得一線生機。

而那一年，他十七歲，九州傳來一個消息，列國紛爭的局勢加劇成疾，流放在此的奴隸，要被召回去一線充軍。他的奴隸籍握在一個名叫「翠」的小國手裡，他也深知為翠那種落後的小國效力必死無疑。可這是回到九州的唯一機會，他與其他奴隸皆得到了鎧甲與長劍，就連腳上的鏈子也被解開了。

然而到了戰場才知，翠要面臨的是其他四個國家的圍剿，那些強大於翠的國家，有著火炮與毒箭，動用枯瘦如柴的奴隸做補充兵，已是走投無路之舉，他目睹那些奴隸們被接連撕碎，甚至來不及看清發生了什麼，血液便迷了眼，士兵們的慘叫聲不絕於耳，被恐懼支配的翠軍已經支離破碎、四散逃亡，視線所及之處屍橫遍野。

一名失去右臂的奴隸士兵艱難的爬向他，囁嚅著：「救我……救救我……」他被這景象震撼，既驚又怕，痛苦掙扎一番後，竟倉皇的轉身逃跑了。

他沒去救那個人，他做了逃兵，依靠自身驚人的體力逃離了戰場，並在四下無人的地方，用手中利刃割掉了肩上的奴隸烙印，整整一塊連著血肉的皮，被他硬生生的從身體上扯了下來，痛如尖錐鑽心，他疼得滿頭冷汗，卻始終不吭一聲。

他趁著烽火與夜色逃離了翠國，不再有人得知他的蹤跡，可夢裡總會看見那些和他一起鎖在同一條鏈子上的奴隸，都因他的逃亡而被翠國殺死，不是死在敵軍刀下，而是死在效力國手上。

奴隸的領隊侍衛認得他，戰場上未見到他屍身，便知他是跑了。由此便拿與他同僚的奴隸洩憤，索性從戰場生還的也不多，只有十幾個，將他們的頭顱砍下來掛在城牆上，用來警示眾人。

他在逃亡路中聽聞了此事，自是從此惹上了噩夢糾纏。夜夜噩夢將他折磨，那些奴隸伸著血淋淋的雙手，質問他為何要棄他們不顧，更有那名向他呼救的斷臂士兵，斥責他見死不救。他每逢三更時刻都會驚醒，怨恨

自己的狡詐，便因此而對列國的恨意又多了一層。

　　他覺得自己既然活了下來，擺脫了奴隸身分，就該正視自己與生俱來的宿命。他既是西朝後裔，便與平庸二字終生無緣，而翠的國君，也是曾逼死他爹娘的仇人之一，他從民間得知了翠與焰、啟、黎、彌四國將會面密謀，定點是翠的王城別院，他決心行刺五國的國君，哪怕只殺掉其中一個，他也願以命抵命。

　　那夜星月皆無，夜闌風靜，他遙望天際所念之人，心想很快便會與其團聚。可惜了有所憾事，不能復興西朝，有違爹娘厚望，愧結深腸。但若報了家破人亡之仇，也算了結他小家長怨。大國已破，也不怕一己身死了。思及此，他便圍上黑巾遮面，跳入別院欲展開行刺。

　　想來他自幼跟隨父親操練，一身功力並未因奴隸時期而有了怠慢，寥寥幾刀便痛宰了院裡的數名士兵，此時有人高喊了一聲：「有刺客！護主公！」他循聲找到線索，當即衝進了廂房，果然見到五國國君圍坐其中，他出刀極快，以刃刺入一名國君喉嚨，那人當場斃命。再轉身挾持住了另一個，剛想動手，在場卻有個年輕的國君勸他道：「俠士刀下留人，外頭有數騎精銳兵將，你孤身難敵千軍。如果繳下兵器，方可留得青山。」

　　他冷笑，責問道自己已殺了一國之君，怎會有活著離開此處的道理？便是一死，也要列王陪葬！

　　那人一怔，卻道：「你方才所殺之人只是啟國的使者，今日密會並無國君在場，且唯有我的身分最高，卻也只是焰國的王爺，你若為了這等身分之人賠上性命，可是不值？」

　　他愣了，便是趁著這空檔，門外、窗外湧進了無數衛兵，他們與他廝殺一番，最終將寡不敵眾的他擒拿而下。

　　一眾人等將他拖到了院落之中，架起火把，嚴刑逼供他是誰人派來的奸細。他被五花大綁著拳腳相向，血水汙混了眼，神色卻依舊凜冽冷銳，一身的傲氣似是來自骨髓。坐在高座上的幾國使者，七嘴八舌的吵著要如何處置他，有說要凌遲，有說要火烤，唯獨焰的王爺靜默著打量他許久，他們二人視線交會的剎那，腦中似乎都有恍惚之意。

　　焰的王爺忽然出聲，命令眾人安靜，而後又漫不經心的搖起扇子，問在座剩下的三位使者：「殺一人可利天下嗎？」

啟國使者說：「如果殺他一人可救今夜在場的所有人，那他便理應該殺！且他殺了彌國使者，自有挑唆各國關係的嫌疑，他也不肯說出來路，不如一殺了之！」

　　「他想殺的不是彌國使者，而是九州所有的列王。」焰的王爺又道，「你們瞧，他的眼裡布滿了恨意，自是有其緣由。而他能隻身闖進密會別院，實乃孤勇之舉。彌國使者的確無辜，但若我們今夜殺了他，他也將會成為無辜。殺人的應當是法，絕不應該是道義，也許他可以挽救一萬、百萬，乃至千萬人的性命，只要將他用在恰當的地方，紓解他的恨，成全他的義。」

　　黎國使者憤怒道：「王爺的意思是要留他狗命？這刺客功力高強，方才搏鬥之中，斬殺了我國士兵數十名，若他活著，豈不是要成為禍害？」

　　焰的王爺道：「本王方才問過你等了，若殺他一人，是否可利天下？你們覺得一個人的無辜和一萬個人的無辜，哪個重？」

　　眾使者思量了半晌，彼此面面相覷，皆是口是心非道：「自然是一樣重。」

　　焰的王爺又道：「九州古訓，如有天災，便去抗災，如有人禍，便去問責，如逃避，便是恐懼。當今饑荒餓殍，屍骨於道，是各國國君的無能，又何以怪罪禍亂源頭？而今日若殺了他，則代表在座各位懼怕他，就算他死，日後也會有其他刺客出現，你我殺得過來嗎？此舉無異於殺雞取卵、涸澤而漁，只會滋生仇恨，而非決策。」

　　幾名使者思索著他的話，倒也覺得言之有理，可素來與彌國交好的翠國卻不得不怨道：「此事是發生在我翠的領土上，若彌國問起，我可該如何交代是好？」

　　焰的王爺在這時起身，他輕搖羽扇，踱步走到那刺客身前。

　　虞陶抬起頭，與他相視。

　　那一刻，虞陶從這年歲比他還要小上三、四歲的少年王爺眼中，看到了欲望、野心與期盼，那雙黑白分明的清俊眸子中，絲毫不打算隱藏那企圖一統山河的希冀。

　　而在王爺看來，虞陶的眼裡才有著他渴望而不得的狠戾。那是一雙墜入過地獄卻急迫尋找超生之路的鬼魂之眼，染著濃重黑暗，又明澈如素白

冰雪。

也許他們都在尋找彼此身上的助力。

王爺向他伸出手，對他道：「同我來焰吧！若彌國追問此事，我便准你帶兵去滅了彌。」

他微微一怔，其餘使者也不敢置信的指責王爺瘋魔了，竟敢出此狂言，小心押錯了寶！

但王爺卻雲淡風輕的轉頭看向他們，夜風拂過，吹動火苗，樹上桃花紛落，起伏成赤紅煙霞，一波接連一波，如霧如紗，他如畫的眉眼彎出溫和卻殘忍的殺機，問虞陶道：「如果我收你做我旗下大將，賞賜你頭銜與土地，而有人質疑我、忤逆我，該當何罪？」

他緩緩站起身形，肅殺之色浮動於眼，染血的右手接過王爺遞給他的寶劍，他冷聲回道：「當誅！」

同年年底，焰歷史冊記載，十五王爺私建軍隊，有意篡位成帝。又自封虞氏為少將，重用有加。然，國君久病衰老，對宮中子嗣之間的內亂插手無力，而十五王爺黨羽日漸豐滿，虞少將帶兵征戰，先取翠王人頭，又擄回大批彌國女子，是為焰國開闢「多生子」之策的雛形第一人。

他與那十五王爺共同歷經半載內亂，又遇荊國來犯，直至塵埃落定之後，那場血腥的皇室屠戮之夜，卻也只在史冊上被記載為天災病禍，不過是寥寥幾語，便抹掉了上萬人性命。十五王爺終於在群臣輔佐下一舉稱帝，並在虞少將的幫助中，剷除了不願歸順的黨派共計萬人。

若再問，殺一人，可利萬人否？

抑或是，以萬人性命換一人，可值得？

焰國得新帝繼位的春天，全國上下的百姓都感受到了「變」。似有東風打破了長年累月的內亂爭鬥，帶來了新的變革，人們都道新帝有虞陶在側，勝仗不斷，領土外擴，勢必將成為九州大陸上的強國。

而虞陶也在新帝繼位當日被封為護國大將軍，地位之高，實乃一人之下，萬人之上。

可是日月交替，歲月流轉，逐漸靠向而立之年的虞陶，心中對戰爭的厭惡之情卻是越發濃重。儘管彼時的焰國已與啟、黎二國共為九州大陸上的鼎立三國，他也享有了國君曾在王爺時期許諾過他的一切：土地、宅

邸、官職、俸祿、酒肉，還有出身望族的美麗聰慧的妻子。

他似乎已然擁有了本該屬於作為虞氏而該有的全部。但，倘若沒有戰亂，西朝仍在的話，他又何必兜兜轉轉才得來今日？

亂世賜他顛沛流離，賜他命運多舛，以及夢魘纏夜。

他彷彿無法適應正常之人的平凡生活，而已經與他同榻近十年的妻子總嘆走不進他的內心，他將自己鎖在陰暗血腥的煉獄裡，每夜皆和過往的悲與痛對立。

他走不出曾經，更不知要到何日才能實現母親曾對他說過的：「海的那邊皆是敵人，若不殺光他們，人間無太平，亂世永無盡。」

如今的他手握權力，背靠野心，卻始終認定唯有殺戮才可終止殺戮，若想盛世長存，必要統一列國，除了武器與鮮血，再也沒有其他法子能夠換取和平。

故此，在焰國推行獎勵生子政策的時候，他大力推崇；在國君發動戰爭時，他主動請纓。

於是乎，九州大陸上關於虞陶的傳說也越發神乎其神，他是說書人口中的救世主，也是亡靈眼中的殺人鬼。曾有僥倖從戰場上存活下來的戰敗國俘虜回憶起虞陶，他慘白著臉描述起虞陶一人可抵千軍萬馬的屠戮之勢，甚至可以僅憑一己之力滅掉一座城池。

「那場戰役發生在五年前，我雖生在弱小嵐國，可我也是保家衛國的兵士。且嵐與世無爭，從不挑起事端，只盼夾縫中苟延殘喘，以依附強國之策來保護子民無恙。但那日……那日虞陶隻身一人從嵐的山林中，走進了嵐的都城裡……」那人毀了半邊的面容，顫抖著訴說往事，滿臉皆是恐懼，連同五官都猙獰的扭曲了。

那一天，虞陶身騎黑馬，穿赤色鎧甲，悠然的牽著馬韁，踏著雨後泥漿，從紫竹林穿過一簇簇暗綠，隻身來到了嵐國都城門下。

嵐國國花杜鵑開得正茂，夜色也遮不住它的嬌豔，璀璨鮮嫩，似與那名地獄之鬼般的敵將嫣然展笑。

滿城的繁花下，城上士兵視死如歸的做好了迎戰準備，聚集在此的全城百姓團團簇擁，他們的身軀止不住的哆嗦，嬰孩放聲啼哭，母親為安慰他而啜泣著哼唱，歌聲悲戚哀婉，是一曲檜風詩。

隰有萇楚，猗儺其枝。
夭之沃沃，樂子之無知。
隰有萇楚，猗儺其華。
夭之沃沃，樂子之無家。
隰有萇楚，猗儺其實。
夭之沃沃，樂子之無室。

　　這如同亡國之音的靡靡曲調極為動搖軍心，也有士兵握著長刀的雙手顫抖不止，而城門下的虞陶抬起陰鬱的眼，竟是璨然一笑。
　　誰人會在殺人時面帶笑容？誰人會以劍為梯，刺進城牆縫隙中隻身躍進城內？誰人會連三歲的男童都毫不憐憫、一併斬殺？

第十節

「那不是人，是鬼，是地獄來的殺人鬼！他聽不見求饒與呼喊聲，他看不見血流成河的屍山，只憑一把利劍就滅掉了嵐國都城十萬餘人，只一把劍啊！而待到他的部隊趕來時，只見他孤高的坐在屍山之上，身如浴血，眼卻含笑。哪怕是天降雨水，也洗不淨他鎧甲上的汙腥。試問誰不會懼他、怕他？便是他的屬下見此情景，都情不自禁的退去半尺之遙……是啊，那日發生的所有，我死也無法忘掉，死也難忘……」那人說到最後，竟是嗚咽著痛哭出聲，倖存一事，於他而言，怕是終日裡的可怖噩夢。

然而又有誰會知道，虞陶身下的白骨，早已堆成了天閣，他略微低頭去看，無數的屍身在他的腳下血流潺潺，他們死不瞑目的凝望著他，像是在問：「殺一人，當真可救萬人嗎？殺光所有你認為的敵人，世間便可永恆太平嗎？」

他也找不到答案。

可卻無法停止去尋找答案。

從他割掉奴隸之印的那天開始，他便一直持刀斬殺，從未停歇。把他認為的忤逆者、居心叵測者、有意篡權者統統殺掉。可，為何即便如此，焰國仍有那麼多的百姓愛戴著他？即便他燒殺掠奪、強搶民女、鼓勵生子，卻還是被眾人敬仰？是他守護了焰國的安寧嗎？是他擴張了國君的領土嗎？萬眾與國君需要的是他，還是冷酷無情、殺伐果斷的劊子手呢？

卻始終沒人能夠給他一個滿意的答覆。

每當大戰結束，他獨自站在屍橫遍野的戰場上，閉目淋雨，天公降給他的彷彿是一場又一場的血雨。他的腦裡總是會浮現出父親的萬箭穿心、母親的舉劍自刎、斷臂士兵的呼救，與焰國王爺向他伸出的手。

那隻手，將他從煉獄中拉起，又將他推入另一個殺心誅魂的死穴深淵中。

他捫心自問，不知死後，是墮入地獄，還是魂飛魄散？

也許，在他殺伐屠戮的一生之中，註定無法解救自己心中的枯槁與悲戚。也許，他早在隨父母登岸的那一夜便已經死了，死在列國的審視之下。存活下來的是名叫虞陶的如亡魂般的奴人，被焰國奴役，效忠於國君，哪怕是他的目光逐漸流連於自己即將及笄的長女身上，奴人也不會有絲毫異議。

　　而立已過半，虞陶在世上的血親卻唯有女兒兩個。直至出兵東征時，重逢流落在他鄉的表親虞榕，他才覺得虞氏血脈並未斷得徹底。回想當年父親登岸，舊部的死傷與失蹤無從計數，當年僅有三歲的虞榕怕是凶多吉少。雖是遠親，但如今數年過去，見他還存活於世，虞陶心中自是大喜，當即帶他回到了焰國。

　　只是，虞榕與南門一族的孽緣，令這個表親至此陷入了鬱結之中，常年鬱鬱寡歡、臥病於榻，令虞陶開始懷疑自己的所作所為，是否當真有違天道。

　　誠然，他行事殘忍、冷血無情，可卻仍舊信奉光明磊落。但他也會有動搖時刻，在誰人都察覺不到的夜晚裡，他時常會長久出神。偏生是小女兒意識到了他這多年的祕密，在某一個下著淅瀝小雨的夜中，她來到獨坐廂房的虞陶身邊，望著父親的眼神裡尚有倚賴，她問他是否有心事，他知她年少，且又不願與她分享，便要她回房休息。

　　她卻堅定的對他道：「父親，世間本就不是黑白便能分明的，也不存在完全的好人與壞人，我只知道我信賴父親，而父親手中的劍，也是在維護著深陷苦難中的子民，流血是必然的，但為了誰而流，卻必要值得。殺戮終是不對，但天下需要有人來做這件事，願做此事之人，必要被萬眾尊仰。」

　　虞陶悚然一驚，目光不自覺的投向她。她的眼裡閃著赤誠的光芒，那種殷切與希望，似乎喚回了虞陶迷失的本心，他忽然如釋重負的卸下了肩上的沉重，竟緩緩的露出了微笑。

　　窗外夜雨清涼，風卷殘花，遠處天際已隱隱爬上了朝霞，似要衝破灰敗烏雲，以恩澤與慈光灑照三界。

　　「芸芸眾生，皆是凡人，萬般皆苦，我也未忘最初，如此，便無須迷惘……」虞陶喃聲低念，側眼看向夢境的最深處，神色黯然，泛起了肅殺

之意，像是發現了在窺視著這一切的人。

隱藏在暗中的南葵因此一愣，緊接著，不知是誰在她的耳邊搖響了金鈴，南葵猛然間睜開了雙眼。一滴血所帶來的夢境，竟是出乎意料的沉重，南葵的額角微微滲出汗跡，她已然從虞陶的記憶中走了出來。

周身靜謐黑漆，她逐漸冷靜下來，不由得思索起自己所看到虞陶的往昔，竟沒有絲毫關於煉製嬰靈的蛛絲馬跡，更是沒有與寒玉棋有關的任何線索。不如說，他根本就毫無破綻。

難不成，他當真是清白的？

南葵似心有不甘的皺起了眉頭，雖然她早已察覺虞陶並非借刀殺人者，可這好不容易才尋到的嫌疑之人，就此洗去了汗跡，實在令她一籌莫展、思緒全斷。

她喟嘆一聲，正想著起身去尋姬仁宣，卻發現四周濃煙彌漫，暗寂無人，便立即驚覺到，自己並沒有離開幻境，且進入的是另一個更為深暗的幻境之中。

夢中夢。南葵意識到自己的處境，自知眼下已過於沉入夢的意識，必須倍加謹慎，否則稍有不慎，極有可能在這夢裡長睡不醒。

她小心翼翼的走著，試圖尋到出口，卻看到上空與四壁皆是暗紫色的，且呈現出一層又一層的洞穴，穴裡頭睡著浸泡在胎水裡的嬰靈，而那胎水猩紅如膿，包裹著相貌醜陋的嬰靈，並發出「砰砰」的心臟跳動聲。

循望著千百、上萬的嬰靈，南葵既震驚又恐懼，她不知所措的向前踏去一步，每移動一下，腳心都傳來如鼓的敲擊聲，正是嬰靈們即將要脫離胎水膿液的預兆。此時此刻，南葵竟覺自己身在十八層地獄獄底，滿眼所見，盡是絕望。她深知自己必須要離開這裡了，因為身體傳來不適感，再沉淪下去，她必會被噩夢吞噬。

她便飛快的朝前方跑去，可路途無盡，耳畔妖風陣陣，嬰靈們開始啼哭著醒來，南葵心頭一急，竟摔倒在地，她赫然抓到了滿手的苔蘚，潮濕陰冷，低頭一看，地上爬滿了綠油油的膿水，正是來自嬰靈之胎破裂而出的液體。

果然，不計其數的嬰靈破胎甦醒，他們哭號著、哀叫著，像是被召喚一般扭曲匯集到一處，逐漸形成了一隻皮色怪異、身軀龐大、蜷轉圓弧、

鱗片滴血的惡龍。牠長鳴咆哮，盤旋於空，一躍到雲端，撥開層層濃霧，赫然將佇立在焰國土地上的南雀城呈現而出。緊接著，牠張開血盆巨口，竟是將整個城池都吞入了腹中！

「不！」南葵驚叫出聲，那是她的故鄉，是她所有親愛之人的故土！可那惡龍卻如對待蛆蟲一般毀掉了她的城，一如惡龍曾吞沒溯昭那般殘忍無情！

南葵頹唐的癱倒在地，見惡龍向廢墟城池中吐露黑色濃煙，煙霧幻化成各種妖物，牠們勢要將斷壁殘垣都吃乾抹淨。她深知這惡龍正是和墨曾引她在紫珍古鏡中所見的妖物，遙想滄溟神尊司掌天地萬物水源，而為了取悅心愛女子，他便用神界「洛水」臨月建立了一座空城「溯昭」。洛水本身擁有靈氣，日積月累，在百年後，城中誕生了靈，名「溯昭氏」，並很快將溯昭修建成了一座欣欣向榮之都。於溯昭中誕生的這種名為的「靈」生物，也是溯昭的守護者。

可南雀城沒有守護者，即便溯昭有著守護者，也難敵惡龍摧殘，更別說是孤立無援的南雀城會遭此蹂躪了。且那團由惡龍吐出的黑色濃煙，彷彿具有獨立的意識與智慧，牠似乎察覺到了這頭的南葵，便以霧堆砌出了一隻金猊巨獸的模樣。牠嘶吼著撲向南葵，感知到殺氣的南葵並未躲閃，她咬牙切齒的抹掉臉上淚跡，從地上爬起身，手握腰間迴廊短刀，猛地揮起手中刀刃，用力砍向金猊巨獸。

刀刃鋒利，砍進了金猊巨獸的脖頸，血液噴濺，牠震怒咆哮，利爪襲向南葵，爪尖刺穿她肩頭，她後腳跟吸住地面，抵死與之搏鬥。金猊巨獸口流痰液，綠眸悚然，另一隻利爪按住南葵的頭，想要將她頭顱擰掉。

南葵忍受著劇痛，使出了全身的力氣，大喝出聲，竟揮刀劈下了牠的臂膀。金猊巨獸疼痛難忍，眼露殘暴凶光，南葵已是疲憊不已，滿臉的汗血令她分辨不出眼前景象，她只覺自己像是一頭浴血的厲鬼，在拚力與噩夢撕扯膠著。

「誰也不能阻止我……」金猊巨獸突然發出了低沉的人聲，牠斥責南葵道，「擋我者，殺無赦！」

這聲音……南葵一驚，她似在何處曾聽聞過。究竟是何處？是誰的聲音？

金猊巨獸卻在這時吼叫起來，如同傳令一般，引來了上百、上千條蟒蛇，群蛇「嘶——嘶——」的吐著信子，攀附、纏繞到南葵身上，緊緊的將她圍起，任憑南葵如何掙扎也無濟於事。群蛇拖著南葵一路滑行，南葵的身軀已經傷痕累累、鮮血淋漓，她被拖到了一片湖淵旁，群蛇交織到一起，形成了兩雙帶有密集鱗片的巨大鬼手，一把抓起南葵，「撲通——」，將其投入湖淵深處。

　　湖水冰冷刺骨，南葵顧不得傷口劇痛，一心想要游出湖面，可惜鬼手覆蓋住了整片湖，將她死死的封在了湖淵之中。她張開嘴想要呼吸，卻被湖水嗆得喘不上氣，手腳在水中踢打，竟發現自己的身體正在緩慢的向黑暗深處下沉。

　　在這千鈞一髮之際，饕餮君儒咆哮著衝進了夢魘，牠將南葵從湖淵裡拖上岸，攜她到自己背上，飛速的逃離這座不斷坍塌的城池。然而一人一獸卻被攔在城池的門口，又是那惡龍吐出的煙霧，似早已將整座城池封印住了。

　　君儒有些無措，這期間竟還有其他妖物試圖向南葵噴射毒液，君儒略一抬顎，口中噴出冰錐刺穿它。綠色漿液濺了主僕二人身上，南葵嫌惡的以袖擦拭，心中則焦急的想道，若是一直在這樣耗下去，遲早會被夢魘吞肉食骨，就連前來營救的君儒也難逃一死。可堂堂孟婆與神獸饕餮死在夢中，豈不是天大的笑話？

　　正懊惱到此處，偌大的城門前忽然游來一條赤色的光霧，它如冰如閃電，以迅雷不及掩耳之勢，將城門破出了一個大小剛好的洞口，繼而便消失不見。南葵見勢心中大喜，也無暇顧及那赤霧究竟是何方神聖，只趕快催促君儒趁機逃走。

　　饕餮君儒低吼一聲，四蹄踏火，抓住時機，立即帶著南葵從那洞口中逃了出去。

　　夜已極深，南葵是在胡言亂語的呼喊聲中驚醒過來的，她倉皇的坐直了身形，鬢邊髮絲已被冷汗浸濕，待呼吸平穩下來之後，她眼神飄忽的循望向聲源處，有人在一直喚著她的名字，她渾渾噩噩的看著他，姬仁宣見她恢復了神智，不由得露出了如釋重負的笑容。他終於安心道：「你可算醒過來了，我方才實在是無能為力，見你在睡夢之中的神情極為痛苦，

我真不知該如何是好，便也只得……」

他沒再說下去，因為南葵已然看到他左臂上血流不止的傷痕，她眼中的明亮逐漸恢復光澤，趕忙扯下自己的裙角布塊，一邊為姬仁宣包紮，一邊口是心非的埋怨起來：「便也只得以我的迴廊彎刀來割傷你自己，以你的血來打破夢魘的禁錮嗎？實在是胡鬧，你又怎知這種方式一定可將我喚醒？若是徒勞一場，你豈不是要白白傷了自己？」

姬仁宣好笑的看了一眼喋喋不休的南葵，她反倒凶他：「你還笑得出來？可見是傷得不深了！」

他好脾氣的道：「只要你能安然無恙，我便是再多傷自己幾次也無妨。」

姬仁宣對自己派上用場這件事，自是十分沾沾自喜的，而南葵也漸漸冷靜下來，包紮妥當之後，她輕嘆低嘆，無法想像若是沒有姬仁宣的急中生智，她怕是要在夢裡被折磨致死了。

只是，可惜了……，她略顯失望的站起身，姬仁宣似是察覺到了她的低落，隨她走向前幾步，謹慎的問她道：「莫非是沒得到你預期中的收穫？」

南葵嘆了口氣，緩緩的點了點頭道：「我要找的線索並不在虞陶身上。」

姬仁宣面露驚訝，還想再問，又見南葵臉色難看，他便知趣的噤聲了。

而眼下，南葵深知自己不能在此處施展自己的法術。她雖為孟婆，身有神力，可此處是戰場，戾氣極為深重，稍有不慎便會被戾氣反噬，所以夢裡才會出現差池。索性今日有姬仁宣在她身邊，否則後果將是不堪設想了。

只是，就在南葵於夢中掙扎的過程中，營外已然開始了一輪血腥的屠殺。儘管距離較遠，但還是可以聽見撕心裂肺的慘叫聲。南葵與姬仁宣面面相覷，二人目光瞬間萬變，卻也不再猶疑，趕忙騎上饕餮前去那夜間的戰場。

南葵夢中半時辰，人間已經是四更天。據姬仁宣所見，虞陶雖已負傷，但卻派出了旗下心腹帶兵去偷襲彌軍。所以在三個時辰之前，虞軍便

浩浩蕩蕩的整裝出發，前去彌國的都城下連夜進攻。由於白天時交過手，虞陶已知彌軍的能耐，便囑咐屬下帶了滿滿十馬車的火藥與鐵石，甚至還有繩索及鐵鍊。

南葵料想虞陶已經做好了充足的準備，憑他的謀略，早已將彌國子民看成了甕中之鱉，雖然彌國都城建立極為複雜，分外城、內城與子城，一城囊括一城，呈圓弧疊加狀，據說是為了更有效的抵禦外敵。可只需攻破外城，那麼內城和子城幾乎是手到擒來。

「因為外城駐紮著彌國最為精良的軍隊，一旦攻破，內城與子城裡只剩下婦孺和平民，就連國君的皇宮，也只是建在中間地帶的內城罷了。」南葵自是明晰此事，只道，「虞陶當真是打算趕盡殺絕。」

越發靠近外城，空氣中的血腥氣便越發濃烈。身騎饕餮的南葵與姬仁宣俯瞰下方，都城城門已然被虞軍以巨石攻破，訓練有素的大批虞軍，攜帶先進的火藥炮與毒弓弩衝進了外城，奔逃在城內的百姓被紛紛射殺，血水積滿街角，竟是流淌出了觸目驚心的溪川。

火燭微漾，焰影搖晃，月光刺破星辰，灑下一地哀愴淒涼。那彌國國力本就弱，白日裡第一場戰役已是艱難抵擋，早已損失大量兵源、元氣大傷，而甚至來不及喘息，便在夜裡遭遇突襲，兩方兵力相比，根本是判若雲泥。

領頭的虞軍首領是身為虞陶心腹之一的常少將，他高舉手中長刀，厲聲重複著虞陶的命令：「大將軍有令，今夜要將此外城內裡的所有彌人清洗乾淨，但要殺男人、留女人，然一旦發現頑強反抗者，便無論男女皆不可留下活口！」

「是！」眾兵一齊領命，他們分成數只隊伍四下散去，彷彿是追殺獵物的群狼，所經之處屍橫遍野，外城之內，一片煉獄景象。

城中百姓們被敵軍的鐵蹄嚇得破了膽，一片慌亂，紛紛四下逃竄，慘叫、哭喊、悲鳴聲……皆是不絕於耳。若說彌軍士卒還可以對抗侵略進城的虞軍，可那些平民卻只有被亂箭射殺的份。

孩童們在廢墟中撕心裂肺的號啕著，他們三三兩兩的尸伏在死去的雙親身邊不肯離去；被火藥炸斷一隻手臂的彌兵，還在四下尋找著自己遺失的手，殊不知身後飛奔而來的虞軍，欲一刀取他的頭顱；也有身穿鎧甲的

女戰士，拖著受傷的戀人朝內城艱難前行，她企圖躲進內城求救，哭叫著呼喊內城的人們打開城門，全然沒有看見戀人的身軀只剩下一半，且上半身已然開膛破肚……

也有被恐懼支配的彌軍領隊，瑟縮在殘垣之後不肯迎戰，他涕流滿面，緊緊懷抱中手中長劍顫抖不已。身側的士卒不停詢問著他的指令，他卻早已在戰爭之中失去了思考的能力，如同行屍……

一位老嫗拾起了地上的戰刀，從她死去的兒子手上，她已老如枯槁，卻眼含恨意，面對家園被燒殺蹂躪，她心中憤怒似烈火焚燒。而一隻柔軟的手搭在老嫗肩上，是她身懷六甲的兒媳，二人彼此相視，堅定點頭，寧願以身殉國，也要誓死守城。

即便虞軍殺掉她們如同踩死一隻螻蟻，可國破山河碎，城毀萬人奴，堅韌不屈的彌人絕不可被奪家鄉。一旦外城被攻下，內城與子城很快便會覆滅，屆時彌國男子將被殺盡，女子將被奪去敵國為敵軍生育至死，幼童老叟將成為滋養虞軍土地的肥料，世世代代都將活在他國暴虐的統治下。

而身為彌國子民，又怎可見國破家亡，哪怕只剩下婦孺，便也不懼殘暴！

「天佑彌人，外城長存！」婦孺們發出撕裂般的吶喊，一齊舉刀，砍向虞軍。

眾兵愣了一下，大概是想到少將的指令，女人不可輕易殺死，但反抗者，格殺勿論。於是他們沒有絲毫猶疑的拉弓搭箭，漫天而落的勁弩射穿來者身軀，縱橫交織的箭矢似凌空流星滑落，一支又一支，婦孺接連倒在血水之中，像稻草人一般不堪一擊。

整條外城街道上剩下的活人已經不多了，少將帶領士兵挨戶搜尋，可又覺得這樣太浪費時間，乾脆搬出了火油，倒在滿地的屍體上，將其與房屋一併點燃，他們要將躲起來的彌人與彌兵統統燒出來。

焚屍的惡臭味鋪天蓋地，滾滾濃煙染紅了天際，坐在饕餮身上的姬仁宣忍不住大口咳嗽起來，饕餮不得不飛得再高一些，以此來避開煙霧。

而看著要將夜幕也燒著的火光，再聽著屍體被燒出的滋滋聲響，南葵只覺眼中所見皆是地獄之景。

屍山烈焰，怒火焚焚，那些被逼出房屋的無辜子民，被火焰燒得慘叫

如鬼，竟也有虞軍對此放聲大笑，笑聲放肆，令南葵感到毛骨悚然。

「這便是戰爭……」南葵遙望下方，心有凄然煎熬。即便身處敵國，但她大可以孟婆神力來幫助彌國的無辜百姓，命饕餮開闢出一條道路供他們逃亡，可失去國家的亡國奴又能逃到何處？又有誰會庇護他們？要他們進入深山之中與野獸為伍，時刻面臨著死亡的威脅？還是讓他們流亡遷徙，在賊寇與追逐中喪命？

一時幫襯，卻保不了一世。

自古皆是成王敗寇，一將功成萬骨枯，然而百姓何辜？幼童何辜？又是憑何來迫害彌人？為領地？為資源？然而自認為國效忠的每一個虞軍都手沾鮮血，又與野獸何異？

這世道究竟是什麼世道？這善惡究竟如何劃分得清楚？南葵心中受此震撼，無助、恐懼、凄涼到了極致，她想叫喊，卻發不出聲音；想哭泣，卻流不出淚水。絕望與悲痛吞沒了她，是在此時，一隻手輕輕覆住她，她因此而醒了醒身，轉眼看向身側，姬仁宣正擔憂的凝望著她。

南葵喉頭些許哽咽，心卻得到了撫慰，他的手極為溫暖，化開了她此刻感受到的寒冷與戰慄。

他聲音壓得沉沉的，輕聲同她道：「戰爭固然殘酷，可你也有你才能夠做得到的，但可以你自己的方式，來說明亂世中無辜的子民。」

她領悟到了姬仁宣的深意，不禁感到一絲欣喜，自是因為他與她之間的奇妙默契。便是因此，她默然的的垂下眼，沉聲吟誦出了一段超渡的經文：

茫茫三界，浩浩百川。輪迴無暫息之間，生死有短長之日。世態炎涼，富貴樂修誰百歲，輪迴運轉，死生劫數幾千秋。不說富貴，豈說貧窮；那其間焉談王侯，或言黎庶。修為者，仙人引上天路；造惡者，夜叉推下奈河。受罪者，銅蛇亂咬，鐵狗爭食。骨肉隨萬里之波；屍骸喪千層之浪。桑田改過，更不來世為人；身別人間，永在陰司作鬼。積玉堆金，難買無常二字……

其聲溫婉縹緲，引得枉死在外城內的無數英靈慢慢的脫離屍身，他們拋下了人世執念與痛楚，循著經文的指引排成一列，緩緩的走向了地府冥界。

而見亡魂得以超渡，南葵也不禁如釋重負的鬆下了心頭憂傷。

亂世火海，風聲細碎，吹過南葵與姬仁宣的鬢髮，發出婉轉千迴的聲調。凝視著逐漸消失的英靈隊伍，南葵輕嘆道：「生死枯榮，流轉輪迴，但願這弱小彌國的無辜子民，都可在來世修得穩定盛世，享天下太平，再不必遭此浩劫磨難。」

姬仁宣看了她一眼，轉頭望向灰濛天際，點頭道：「若天下皆太平，便是眾生的福氣了。」

南葵沉默著，透過烏黑雲層，她彷彿能夠再次看得見痛苦悲叫的百姓、被士兵虐殺的孩童，以及遍地的屍體與白骨……。她想起父親曾對她說，萬物皆有輪迴，可朝代不會任憑日夜更替而隨波逐流。

盛世需要有人維繫，需要有人支撐，需要無疆大愛。然而日光找不到的地方會出現陰影，冤冤相報的仇恨始終迴圈無盡，漂泊在亂世之中的亡魂迷失前路，人心欲念啃噬著宦海中浮沉的子子孫孫，像是宿命織出的蛛絲，糾纏撕扯，代代不息。

然而，又有何人能夠改變這千百年形成的局勢？哪怕是以淚、以血、以生命與魂魄來鑄就日後太平盛世，也有人會心甘情願罷。思及此，南葵心中更為百感交集，她恍然發覺在成為孟婆之前的自己，如同是不知亡國之恨的商女，如今見識到了世間百態，便也是再難回歸本心了。

而另一端，焰國迎來了清晨時分。

今日天氣冷澀，沒有日光，濛濛白霧將磚紅色的宮牆渲染出一股陰寒之氣，身穿素黑官服的辜振鷺，正走在前往太子府上的富麗深宮中。

作為當今太子的太傅，他每逢雞鳴時分便要起身入宮，直至酉時離宮，期間都要盡心盡力的教授太子天下學識。而太子府在皇宮的南側，進了宮中，除妃嬪王儲之外的臣子，便不得私自駕馭馬車，辜振鷺便只有步行前往，為了不耽擱時辰，他都會提早出行。

這會兒走到了深宮內院，忽見一列威武的儀仗途經於此。他餘光瞥見一輛富貴的宮車正緩緩而來，宮女侍從紛紛退避到兩側，無不敬畏。辜振鷺也停下腳步，恭敬相迎，期間只抬眼看了一看，見領頭的宮女提著嫋嫋香爐，共四名，皆是環繞於宮車。那車被裝點的格外雍容華麗，鎏金鳳紋的車簾上繡著金絲線，風攜香來，吹起了簾子一角，露出了車內女子的曼

妙容顏。

女子也側首循望而來，與他四目相對，彼此眼神交會，有微薄光線打透雲層筆直的照射在他們二人臉上，又有深深淺淺的清風零碎拂過，上空之端浮來幾朵重雲，立即遮住了日光，先使得宮車陷入了陰影之中，辜振鷺始終低首，躬身行禮。

而那女子，正是當今國君的寵妃，虞陶大將軍的長女——虞北棠。

想來辜振鷺早先便對虞陶心存偏見，又因懷疑他是謀害父親的背後之人而加重了此念，故而對虞北棠的態度也是冷冷淡淡。

當宮車從他的面前駛過，他繼而轉身正欲離開時，忽聞「啪嗒」一聲輕響。他循聲而望，只見宮車後遺落了一枚玉佩，剛好落在他的腳邊，他俯身拾起玉佩，絳紫紋理，玉澤通透，只是玉的脈絡中卻隱藏著一絲青翠。

宮車停了下來，宮女轉身回來，竟是居高臨下的命令道：「大膽小官，還不快快交還玉佩。」

看來是寵妃遺落下的了，還未等他物歸原主，那邊便傳來柔弱卻堅定的聲音：「阿媚，休得無禮。」

「娘娘……」宮女見虞北棠已經走下宮車，趕忙低頭行禮。

被兩名宮女攙扶而來的虞北棠人如其名，著實如海棠嬌花一般閃著熠熠光輝。她身著鵝黃色華裙，面頰微豐，柳眉下鑲著一雙桃花眼，朱唇輕點，耳墜芍藥，長髮如絲絹傾斜，倒是有股子清傲的氣質。

自是與那人有幾分相似……辜振鷺於心中如此想到，卻很快意識到失態，立即移開視線，不敢多加窺視。而她的美目則是停留在他的臉上，有點驚奇似的，輕笑著數落宮女道：「真是個眼拙的阿媚，這哪裡是小官了？分明當今太子的太傅辜大人。」

阿媚聞言才驚覺自己尚未好好打量辜振鷺一番，立即側眼去看，剎那間緋紅了臉，趕忙怯懦道：「大人，請恕奴婢莽撞，奴婢新入宮不久，尚未分得清大人們的衣衫官階……」

辜振鷺略一領首，以示寬恕，虞北棠則是面向他，道：「有勞大人了，這玉佩……」話到這裡忽然頓了頓，隨即又道，「便送於大人了。」

辜振鷺一怔，趕忙推辭道：「既是娘娘貴重之物，微臣理應奉還。」

虞北棠眼裡含笑，是十分婉轉優美的眼波：「這玉佩今日被大人拾去，便是它選了大人，玉通人性，遇見有緣人不易，就請大人收下吧！且無論何時提它來入宮都可暢行無阻，見玉如見我，宮裡人都是明白的。」

辜振鷺詫異的凝視著她，她臉上笑意清麗嬌俏，就彷彿早已知曉了某件祕密一般。而他再低眼去看玉佩上的那一抹青翠之色，辜振鷺苦澀一笑，道：「那微臣便恭敬不如從命了，多謝娘娘賞賜！」

虞北棠轉身離去時，留給辜振鷺一個意味深長的笑容，是這抹看透一切的笑，在頃刻間便化解了他心中的怨與怒。他竟覺得這個女子是不卑不亢的灑脫之人，倒也不似她父親那般狠辣無情。

雖覺唏噓，卻也有釋然，但很快的，他又心情沉重，並對這般優柔的自己感到厭惡起來，他忍不住蹙起眉，不願再於此耽擱，轉身朝前方的太子宮殿疾步走去了。

第十一節

　　彌國年號長希七年十月己丑日，焰國虞軍的入侵戰役歷經二十餘日，已接近尾聲。外城已淪陷九日，內城被占領四日，最後的子城城門也已在凌晨時分被攻破，虞陶率領屬下直攻子城內的彌國殘軍，率先開炮，首炮沉下彌國右方迎戰將領，血肉橫飛之間，其餘一眾精銳將領皆被下令活捉。

　　虞陶深知以彌國的謹慎脾性，必定會在子城內留下不計其數的優秀戰將來庇護最後的堡壘，他們的任務是保證皇室安全，可如今統統被生擒，彌國自然是氣數將盡了。

　　且子城內的貴族子民，理應感激虞陶棄下屠城之舉，他本打算攻進子城，屠戮剩下的彌人，可越發接近子城城門時，他這份殺戮之心便漸漸的莫名淡化了。虞陶自然不知是有人將他的這份「惡」統統吸食入腹，因在遠處，仍舊企圖阻止戰勢的南葵與姬仁宣，騎在饕餮背上縱觀全域，她的眼睛閃動赤紅光芒時，則能看到虞陶心中的惡念，那惡肆意蔓延而出，作為饕餮神識化身的南葵，自然可以將其全部吸收。

　　只不過，她尚未擁有饕餮的實體，便無法吸食虞陶靈魂裡的惡念，也只能從此意念上來改變虞陶屠城的打算了。

　　眼下，虞軍將被俘的將領們都押到了虞陶的馬前，為首的是一名鬢髮花白的老將，他雖面容瘦削，卻目光如炬，側眼便瞥見被炸死的右側部隊的殘骸遍地，血水悠悠流淌，撲進鼻中的盡是腥濃之氣。老將軍霎時明晰，彌國遇此重創，已然是喪魂失魄，再難挽士氣，或許餘下將領歸順敵軍麾下之後，才可得殘喘之機。他不求家國能重新崛起，只盼參與屬下能夠在投降後隱姓埋名過凡人生活。於是他抬起頭來，凝視著馬上的虞陶，那眼神似在訴說著無聲的懇求。

　　虞陶與他四目相對，視線交會的剎那，虞陶略一蹙眉，繼而不留情面的一揮長臂，下令斬首。

遲暮的老將反而露出了淡淡的欣慰笑容，他毅然赴死，彷彿和虞陶達成了某種不言而喻的誓約。

　　只一人死，得百人活，也是死得其所了。

　　長劍揮下，人頭落地，目睹此景的彌國殘軍哀呼痛哭，眾將一齊喊著老將的尊稱，連同那些殘肢斷臂的傷俘，也流下悲痛欲絕的淚水。那一劍斬下的，不僅僅是遲暮的將雄，而是一個戰敗國家僅存的最後一絲希望。

　　人們懼怕的並不是死亡，而是支柱的破碎。

　　虞陶在這驚動天地的哭喊聲中靜默抬首，一雙戾眸望向雲端，天際之上，烏雲騰起，無人能看得見他眼角滑落的一滴淚，薄如蟬翼，轉瞬逝去。卻在淚珠落地的瞬間，一道金色的光芒將其穿透，是遠處的南葵揮出了迴廊彎刀，以刃為影，飛快的帶走了那滴混攪著血汗的淚。

　　從那滴淚中，南葵看到了虞陶埋藏在靈魂深處的記憶。

　　當年，虞陶的父親登岸而亡，將虞氏一族出賣的線人，便是來自彌國的子民。經由此事，線人一躍成為彌國王儲身畔的親信，卻迫害了整個虞氏，使得虞陶家破人亡，被流放異國為奴為隸。如今歸來，似羅剎之鬼的虞陶已然報仇雪恨，他攻破了彌國，令此國陷落成廢墟，自是給破滅的西朝與亡父、亡母，連同曾時刻處於絕望戰慄之中年少的自己，一份赤誠的交代了。

　　只是，在淚水滑落的空隙，那已被他刻意遺忘的溫存終是得以釋放。

　　遙想曾經，那還是彌國的年號為「青嘯」時的第九年嚴冬。大漠凍雪，從戰場上割印而逃的虞陶途經彌國外城，他已是衣衫襤褸、饑餓難耐，又逢大雪鋪天蓋地，他在冰天雪地中無依無靠，踉踉蹌蹌的行走在城邊處。

　　期間遭遇強盜襲擊，被毆打、欺凌，那些踢打在他身上的拳腳如暴虐的雷擊，令他覺得自己渺小如一條喪犬，全無招架之力，便是在強盜們覺得無趣而散盡之後，他蜷縮在雪地裡奄奄一息。寒風從四面八方湧來，馬蹄聲緩緩靠近，他艱難的睜開眼看去，飛雪之下，騎在馬上的人是一位守城的小將，大概是因巡城而路過此處，見虞陶淒慘可憐，他心生憐憫，便翻身下馬，從懷中取出了他的乾糧，一個饅頭和水袋，把它們統統遞給了虞陶。

虞陶顫抖著雙手接過，捧在掌中如獲珍寶。誠然，那是生存的希望，是多日饑寒中的暖意。守城小將策馬欲走，又見大雪不停，便把自己的披風扯下送給了虞陶，並留給虞陶真切二字——保重。

　　一聲保重，絕非施捨，而是祝願，虞陶至此將他披風上的彌國之印刻在心上，哪怕多年之後，當日的中年小將已成了頭顱落地的首領老將，虞陶依然能夠將他一眼辨出。

　　因雪中的一次善舉，才得以救下殘餘將領的性命，虞陶雖然迫切的想要滅了彌國，以至於幾次亂了分寸，丟了最為看重的副將性命。可雪中送炭的一面之緣，卻又令他意識到了自己的以怨報德，他忽覺自己可以包容彌國，而非令所有彌人覆滅。

　　曾經的彌國也是九州大陸上一顆閃亮的珠玉，可惜輪迴無情，如今的彌國已是落魄頹唐。而身為英雄，不必斬殺弱小的草芥，強者理應容納弱者，一如當年逃亡路上的善意之舉。

　　正是因此，他流下了那滴飽含愧疚的淚。

　　為當年的守城小將，也為如今的白髮老將。

　　而回憶散盡，迴廊彎刀上的淚滴也已乾涸成煙。南葵眼中的赤紅光芒退回黑色，她似乎終於懂得了虞陶內心深處的真正想法。而她，也彷彿終於找到了化解焰與彌兩國之間爭鬥的法子。

　　她轉過頭看向身旁的姬仁宣，兩人相視，露出會心笑意。

　　一個笑意寬慰卻帶著些許蒼涼，他想著她此後要更加深入險地，而他又無法護她周全，歎及此處，總不免哀戚。

　　一個笑意堅定且充滿期盼，她恍然明徹紓解凡人內心的惡念，不僅要靠吞噬，也需要循循善誘。

　　她坐在饕餮背上，望著下方被押送去虞軍帳營的戰俘，忽覺見到了轉機。想來紅塵滾滾，凡人一生，有功有過，絕非三言兩語便能斷定一人平生，而富貴貧賤，生死罪孽，皆有其各自造化，便是不能逆天而行，否則，豈不是成了冤親債主一說？

　　所謂冤結，是為世間種種人際冤對，引起陰訟牽連、人鬼牽連、陰鬼受難與陽世受報。

　　在今生前世或長久以來，與芸芸眾生有了不同的牽纏和糾葛關係。有

的是互為彼此的關心、照顧、幫助而形成的善緣，有的是彼此爭執、搶奪、侵犯、傷害、凌辱、殺吃等種種形式而形成了的惡緣。因此，便形成了冤親債主的維繫。

彼此的各種因緣，纏結得越深，不論是良善的或不良善的，彼此就越容易在投胎轉世後再次相遇。屬於情感引起的因緣，這就要用情感的形式解決。同理物質或生命引起的因緣，就要以同等的形式償付。五道輪迴的根本實質，就是眾生間冤冤相報，相互還債，永無止境。

想到此處，南葵不由嘆道：「總會有數不清的人覺得『我是好人，心地良善，從未起過害人之心，為何會有冤親債主？』殊不知，無量劫來，身、口、意造作了太多的貪怨痴、殺盜淫、妄酒肉等惡孽，跟無量無邊的眾生結了不少怨仇。」

姬仁宣打量著她說此話時的專注神色，倒也能夠接下她的話繼續道：「所以，我們看到人臨終時的痛苦現象，都會於心忍，然而此種心境，便都是冤親債主來算帳。人的運氣多取決於自己的善惡報應，最可怕的是冤親債主上身討債索命，在他們執行重大討報之前，往往有徵兆預警。若識得初期徵兆，事先化解掉業債，方是最為明智之舉。」

南葵點頭，贊同道：「相比遭受到報應，事後怨天尤人、悔恨交加而言，事先化解則要輕鬆千萬倍了。」

而在一般情況下，陰陽交會出現更迭時，冤親債主對於善良之人作討報，必須以各種初期徵兆做示警，讓善良之人有機會事先發覺初期徵兆，誠懇多做善事、多做功德來化解業障。故此，冤親債主的糾纏是因果承負的一種結果。

既是如此，南葵便可放手去化解干戈了，她的唇邊逐漸泛起一抹笑意，似是勢在必得。

當天夜深人靜之時，一匹快馬疾駛進了南雀城帝師辜嶠的府邸。彼時已經服藥醒來的辜嶠，收到了信使交由府上的密函，上頭烙著焰國鐵印，拆開來看，是一封請命諫言。

想來這密函沒有署名，卻又有著焰國望族才配持有的鐵印，著實令帝師感到猶疑。可信中字字珠璣，言語殷切，且字跡又有幾分熟悉，帝師猜測對方是有著不能訴說身分的難言之隱，但所諫之言的確是為了當今的

國泰民安著想。思量半晌之後，暈黃燭光下的帝師終是望向信使，點了點頭。

十一月底的彌國，在帝師的調度下，國君已准許將彌國納入焰國領域，成了焰的一座城，並更名為「多寧」。

多寧保留了子城，餘下的將領成了城內的主要官吏，而為了和平共處遠離戰爭，多寧城鼓勵子民與焰國通婚，焰國也派遣人口來到城內定局，且國君欽賜給多寧城城主，也是彌國國君的一位公主為正妻，目的是讓多寧城內的百姓感受到焰國對他們的尊重與重視，促使他們放下心中餘悸，更為安心的與焰國相融。

而透過收服多寧一戰，大將軍虞陶在朝廷中的地位更勝一籌，焰國國君已再無更為貴重的官爵賞賜給他，便同意虞陶的長女虞北棠前去多寧，探望駐紮城內的父親。

一路上雖是顛簸跌宕，但護送的隊伍自是極盡精銳。待到了多寧城外，護衛隊留下半數人與多寧城的衛兵交接，其餘人等則要帶著虞陶取下的彌國國君人頭返還焰國。

那天夜色已暗，雍容華貴的仗義列隊，通過城門進了城內，虞北棠撩開車簾，看到街上的人煙稀少，心覺城內人口還需加快增多才是。可多寧城的氣候極為乾冷，比焰國南雀城內的凜冽還要令人難以抵受。

正逢她為此憂思時，一位身披多寧大氅、頭戴緯帽的衛兵靠近了她的馬車，關切的問她道：「娘娘可是對此地的氣候感到不適了？」

虞北棠瞥見衛兵的帽紗下，是一張模糊的清秀臉龐，她對這人並無過多印象，只知是來接應的多寧人，但此人騎著的馬匹極好，又是能夠接近她身畔，定是個地位不低的將士。

「並非不適，而是……」虞北棠以帕掩鼻，輕聲道，「與我此前來時的光景略有不同，心中便有些感傷罷了。」

將士牽著馬韁的動作遊刃有餘，隨著隊伍緩緩前行，沉聲問道：「恕卑職斗膽相問，娘娘金枝玉體，怎會來到過此等蠻夷之地？」

虞北棠聽聞此話，心生警惕，反問道：「可與將士有何干係？」

那人淡淡一笑，恭敬道：「是卑職唐突了，只不過是料想娘娘定是初來此地，沒想到娘娘會在此前與這荒野城鄉有過緣分。若是如此，當真是

我等多寧人士的福氣了。」

虞北棠反倒苦澀的笑了，輕搖頭道：「哪裡是福氣呢？想當年，我也是作為軍醫隨父親出征此地罷了。可惜卻沒有幫上忙，實在心生愧疚。」說到這，她像是回憶起了往昔，臉色漸漸變得難看。

那將士察覺到她的變化，引導般道：「戰場無情，娘娘也不必自責，便是神醫再世，也難以起死回生。」

「若是死於戰場倒也是死得其所，偏偏是中毒身亡，可憐了那些極為年輕的靈魂……」虞北棠話到這裡，眼神竟有些許黯然沉鬱，她意識到交淺言深，當即放下了車簾。

而那將士吩咐其餘人好生護送娘娘去城邸之後，便獨自掉隊朝東方奔去了。快馬前馳，緯帽面紗在烈烈夜風中起舞，一雙美目也呈現在夜色之中。

馬上將士，正是南葵。

藉由多寧與焰國融合一舉，她能趁機混入多寧城中冒充多寧將士，並在得到了內心疑慮的答案之後，快馬加鞭奔回外郊的一處宅邸。

那宅不大，是戰後遺留下的房屋，想必此前住著的，是較為清貧的人家。而為了打探消息，南葵與姬仁宣便暫且安頓在那裡，既遠離紛擾，又可隨機應變。

這般時候，姬仁宣正默然坐在屋內煮著一壺清茶，眉頭深鎖，似在擔憂。忽聞屋外傳來馬蹄聲，他立即喜出望外的站起身，趕忙出門去迎接歸來的南葵。

馬匹被姬仁宣拴好之後，南葵從馬背上躍下，轉手脫掉緯帽與大氅，急匆匆的朝屋裡走去，邊走邊說：「錯不了！虞北棠的確親身接觸過熱毒。但這種事她不可能全盤托出，能夠在我的引導下說出一二，也是意料之外的了。而如我猜想的一樣，她作為軍醫隨軍出征一事，的確被虞陶掩藏了下來，很少有人知情，想必也是為了掩蓋某種戰術失誤。」

姬仁宣沉靜的為她沏了一杯茶，是他親自調製出的香茶，而後，他有些許不安的問道：「你是從虞陶的記憶中看到戰場上曾有虞北棠的身影一閃而過，才會藉她來多寧的機會接近她嗎？」

南葵咕嚕咕嚕飲下一杯香茶，痛快的抹了一把嘴，滿足道：「自然是

了，否則堂堂的當今寵妃，又怎會出沒於血腥戰場？必定事出有因，也索性如我所料。」

姬仁宣心中知曉，若不是南葵模仿虞陶筆跡寫信給帝師辜嶠，此戰也未必會有這樣好的結果。而選擇匿名，也是為了虞陶的顏色著想。不置可否，是她在暗中結束了戰爭，又為所有彌人尋得了一個好去處，同時還料到焰國國君會派虞北棠前來探望，已不僅僅是一石二鳥的壯舉了。想來，他的南葵妹妹已然變得可以獨當一面，身為堂兄，姬仁宣內心裡是既欣慰又落寞。

這時，他見蠟燭快燃盡了，便又俐落的換上一支，緩緩道：「既然虞北棠知道這種毒，且有瞭解，那便是對寒玉棋盤一事略知一二，而且，是有她的提議才將那棋盤送去給了帝師，如此說來，虞北棠極有可能參與了此事。」

南葵凜然一笑，道：「或者說，是有人利用虞北棠借刀殺人。」

姬仁宣愕然：「南葵，這話萬萬不可亂說，你可知當今何人才能利用林妃？」

南葵卻信誓旦旦道：「自然是焰國國君了。」

姬仁宣作勢要去捂住她的嘴，南葵卻飛快的擋住他的手，並一點點的將他的手握在掌心，凝視著他的眼睛，眸中含光，同他道：「此話並非毫無根據，國君年輕時確有雄才大略，但王侯將相有功有過，且他當年採納了獎勵生子之策，未免不是在為煉製嬰靈而做準備。更何況，我在虞陶的靈魂深處看到了他對國君的敬仰與忠誠，甚至有一絲畏懼。」

姬仁宣微微蹙起了眉，問道：「你便決定去尋找虞北棠與國君身上的疑點嗎？」

南葵堅定的點頭，這個性烈如火的女子，不會因為一次失敗而退縮，她鋒芒的顏色依舊不改，更不願錯失一絲一毫的希望。

姬仁宣見她是這般的毅然決然，也只得低嘆一聲，搖頭道：「前路漫漫，依你便是。」

而那之後的幾日，南葵便依靠虞陶那滴血所形成的媒介，多次潛入他的夢境，再冒險進入夢境的最深處，幾乎抵達靈魂的地帶，來尋找有關國君的線索。

那裡有著被虞陶謹慎掩藏的過往，而過往中的情感竟是對國君的懼怕與崇敬。與國君年少相識的他自是明晰，國君並非旁人眼中那般昏庸無為，且國君定是在暗中密謀大事。

　　他知道，國君已運籌帷幄許久，是舔舐利爪的猛獸，待他起身昂首的剎那，必將咆哮於山林，稱霸這天下。而此番出征，國君已有培育新任護國大將軍的意圖，儘管虞陶尚不會沒落於歷史舞臺，可國君的野心早已不甘於三國鼎立。也是因此，虞陶才會將長女嫁與國君，自然是對國君表明了虞氏的赤膽忠心，也為今後奠定了長遠維繫。

　　南葵就這樣摸索著虞陶的記憶，在極為陰暗的夢境角落裡，則有一段關於國君的過往。

　　那過往中的天色是藍如碧海的，高草地上遍布翠綠蘆草，柔軟高壯，秋風拂過，蕩起一波又一波綠色長浪。而在這高草中的盡頭，散發出的是一股腥臭的腐骨之氣，有位身浴鮮血的少年撥開片片蘆草，攜著腰間的滴血長劍一路走來，而他身後不遠的荒涼地帶，堆滿了高如天山的屍骨，他便是曾浴血沙場的國君。臉上凝固著汙血，眼裡積著陰霾，手中提著一顆死未瞑目的頭顱，那是他的姑父，而他敢於以五百死士闖入敵國斬殺國君，又憑一己之力削掉了殘暴姑父的首級！

　　他也在那大戰的血腥之夜裡，身中數發流箭，卻依舊誓死殺敵，幾乎將攔住他去路的敵兵都砍成了肉醬。

　　世人都道國君少年稱王，卻不知其中辛酸淒苦。遙想他十三歲時，父王駕崩，彼時便有大國荊國來犯，企圖趁人之危，一舉攻下焰國擴充領土。

　　父王只能停屍皇城，於他而言，這是何等屈辱。便也只得向鄰國求救，那國君便成了日後的姑父，他屈身下跪，卑微如塵，以此而為國求得了兵馬，並騎馬帶軍驍勇殺敵，憑著十六歲的年紀便打敗了荊國，解了圍城之困。

　　可將兵馬借於他的姑父，卻是他一生之中抹不去的恥辱。他不得不獻出回禮，禮物是被其垂涎已久、美豔無雙的他的親姑姑。那一跪免不掉兵馬的損失，他別無他法，只得犧牲了姑姑。偏生疼愛他的姑姑並不怪罪他，想來自他幼年時期起，姑姑便對他疼愛有加，幼童時期僅有的溫暖與

美好，皆是來自姑姑的音容笑貌，可他為了國家，為了子民，為了日後，竟只得將一個弱女子獻祭給那蠻惡貪婪、似鬼般的凶殘之人。

多年之後兩國再次相見，曾經風華正茂的姑姑，竟被折磨蹂躪的如同七旬老婦，雙鬢泛白、面黃枯瘦。他見此情景，望向那談笑風生的姑父，心中恨意氾濫，眼裡殺機湧現。

自他幼時起，至弱冠之齡，在權力欲望之中沉澱。他如蠻荒高草般飛速瘋長，逼迫自己不斷強大，他懂得了陰謀陽謀，學會了玩弄人心，在亂世之中護自己的國家周全。短短七年光景，焰國已經富足壯大，再不容任何一個大國小看，哪怕這其中要歸功於生子政策的推廣，跟在他身旁多年的虞陶自是功不可沒。百姓家中的男丁多了，徵兵也就多了，雖然小的還沒長大，但是家裡有男丁，那長男便可前去充軍，由此，焰國軍力極為強悍，其他各國不得不禮讓三分。

再者，他登基執政之後，首先便是與他國聯姻，再以大量的金銀珠寶賄賂他國君王，在這期間也曾依附他國，更不怕與虎謀皮。

他善用良才，又精於謀略，聽取各路重臣諫言，逐漸令焰國穩步攀升，並靜待時機，等到荊國因好大喜功而導致國力越發衰盡後，他千里奔襲，攜精銳騎兵，效仿荊國國君當年所為，一舉攻入了氣勢衰敗的荊國王城，斬殺君王，掛城示眾，報了當年的圍城之仇、停屍之辱。

同年，他與虞陶密謀大計，候到鄰國秋高氣爽之際，只攜五百精銳死士打入城內，因秋季是鄰國蓄糧時期，將士們都卸下鎧甲回鄉收田，四下分散聚不成軍，他便是利用此時偷襲鄰國，一路浴血殺進皇宮，削下了那殘暴姑父的頭顱，將他忍辱負重多年的姑姑救出了魔窟。

也正是那兩場慘絕人寰卻收穫頗多的戰役，焰國疆域擴充，國力空前強大，一躍成了三大帝國之一。至此之後，他開始修建宮殿與運河，勞動力皆是來自四面八方的戰敗國俘虜。焰國是九州大陸上唯一一個立下不殺戰俘之策的君國，他們需要為焰國工作的勞工，如此一來，既可平穩剛剛收復失地的人心，又能撫平戰敗國的復國情緒，也可緩解卸甲歸田的耕地之危。

於是，他成了九州大陸所有生靈口中一個罕見的暴君。然而老天只給了他七年的時間，他急於求成的步伐，不得不演變成強加給生靈的暴虐。

他也有驕奢之心，雖能忍他人不能忍、受過屈膝之辱，只因他心中有著更為崎嶇險峻的山峰要去征服。至於其他敗於他腳下的弱小國家，皆為渾濁泥潭，掀不起絲毫惹眼的浪花。

他誠然是高瞻遠矚，做他人不敢做，想他人不敢想，卻也做盡了臭名昭著之事。無人能夠洞悉他的內心，即便是伴他身側多年的虞陶，也看不真切他的面目。

或許，唯有午夜夢迴時，他才能在睡夢中回到那個照滿了夕陽餘暉的山洞裡。手旁是姑父的首級，身上的傷口已包滿了藥草，他渾渾噩噩的睜開了眼，已不知自己昏死在高草盡頭的山洞中幾日，身前想起枯葉碎裂的聲響，輕盈的腳步聲傳來，他透過金色的夕陽，看到一抹清瘦身影闖進眼簾。那就像個幻影纏繞著他多年，許是到死都無法釋懷的臉龐。她手中的籃子裡提著草藥，裙擺上染著他身上的血跡，見他醒來，聲音怯懦，支吾著退後。他卻趕忙道了救命之恩，又問她姓什名誰，她猶疑許久，才小聲回應道：「我姓林，叫……」

她的面容逐漸清晰起來，卻很快如銅鏡破碎成了千萬片，一片片刺進了南葵的眼睛裡。

南葵因此而猛地睜開了雙眼，她趕忙抬手觸碰自己的眼，還好還好，兩隻都完好無損，這令她鬆了一口氣。而後回憶起夢中女子的臉龐，總覺得像極了虞北棠。

「她姓林……」南葵喃聲自語，料想她許是國君年少時的一段刻骨銘心。而轉頭時見窗外夜色凝重，姬仁宣正抱著乾柴走進屋內，見她醒了，他眉梢眼角立即泛起喜悅之色，一邊生火一邊詢問起她夢中進展。

南葵便將夢裡的所見所聞都向他一一道來，姬仁宣聽聞之後沉默半晌，手中的柴火升起火光，他凝視著赤焰對她道：「前幾年，我在北方行商時，曾見到過陛下修建的城牆，那長城蜿蜒如龍，氣勢壯闊，而當時看著綿延高大的長城空曠孤壯，城下的人家卻炊煙嬝嬝，我且向當地人問上一句：『城上為何沒有炊煙？』」

南葵笑他愚笨似的，閃著一雙秋水般靈動的眼睛走去他身邊，蹲下身來幫他燒柴，道：「城上的煙是狼煙，若是狼煙燃起，便是戰爭爆發，可不是件好事。」

姬仁宣點點頭，繼續道：「我自是可以想像到狼煙燃起的壯闊，可是當我知道狼煙四起代表著戰勢蔓延之後，便打從心底裡祈求長城之上，永世不要見到狼煙才好。」

　　南葵聽罷，忽然就陷入了思慮。想來長城也好，運河也罷，都是由國君一手所建，壯闊山河的同時，也令他背負了各方罵名。然而，這些千古奇觀當真無用嗎？國君當真是百姓口中的昏庸暴君嗎？

　　那夢境深處的一抹倩影，也足以證明國君並非冷血無情的君主，且與其說她與虞北棠相似，不如說是虞北棠與她相似。

　　而這時，南葵忽然緊緊皺起了眉，她竟從自己身為孟婆的記憶中，看到了一張與這兩位女子面容如出一轍的另一個女子。那模糊的身影由遠至近，越發清晰起來，紅衣配纓槍，黑髮如潑墨，眉宇間英氣如刃，舉手投足中自有渾然天成的嬌蠻韻致。

　　她的名字叫作林冉冉，她是冥府位高權重的林大將軍。

第十二節

　　冥府沉寂，彼岸花開。冥帝和墨見到南葵出現在自己殿中時，是一副匆匆忙忙的模樣。而這個時間已是入夜，他正與林冉冉在切磋棋藝，二人皆是略顯困惑的望著南葵，是林冉冉先發制人質問她為何不經通報擅闖冥帝府邸。

　　南葵聞言，一雙眼睛睜得極大，從上至下打量了林冉冉一番，這舉動惹得林冉冉幾欲發怒，聰慧如南葵適時收起視線，而後又十萬火急的招手喚和墨，便是要借一步說話的意思。

　　和墨對饕餮神識轉世的南葵極為重視，他與林冉冉點頭示意，拂袖起身，朝南葵走了過去。南葵立即貼近他耳畔竊竊私語起來，和墨的表情也瞬息萬變，剩下林冉冉盤腿坐在席間，心有慍怒。

　　想來這個冒冒失失的丫頭，就是自己素未謀面的新任孟婆了，要不是方才不經意間瞥見了她腕處的曼珠沙華印記，林冉冉也不敢相信此任孟婆會是這般年少。可令人不痛快的是，這個孟婆一出現就是奔著冥帝去說悄悄話，全然沒有把她這個冥府將軍放在眼裡，真是枉費她一直代替她看管著奈何橋和孟婆湯，連句道謝的客套話都沒有。哼！實在是不懂事理，便是要勞煩她親自出馬去教訓其一番才是了！

　　正當林冉冉氣勢洶洶的搓一把鼻子，大步流星的朝和墨與南葵走去時，那二人忽然結束了對話，且和墨率先道：「冉冉，你過來得正好，眼下人間戰火連天，又有天災人禍降臨，你且隨孟婆一起前去人間處理事務，危及關頭時，必要助她一臂之力。」

　　林冉冉一聽此話，火氣更大三分，雙手環胸輕蔑道：「冥帝，恕我直言，你偌大的冥府有鬼差千千萬，為何偏偏要派我前去？要知道我已經替她看管了好長時間的奈何橋了，沒有功勞也有苦勞，現下可好，還要折騰我繼續去為她作嫁衣裳？冥帝大人，你這份憐香惜玉的偏心，不該這麼明顯吧？」

一旁的南葵聞言，不由「噗嗤」一笑。

林冉冉作勢就要發怒，和墨無視她的抗議，繼續溫言細語道：「你且尚不知情，便不要說這番不著邊際的胡話。」

林冉冉伶牙俐齒，反唇相譏：「我又如何能知情？你們兩個的悄悄話也不曾告知於我。」

南葵在這時上前一步，恭敬的向林冉冉作了一揖，笑容嬌俏赤誠，客客氣氣的道：「孟婆南葵見過林將軍，這段時日多虧了林將軍守橋盡責，我必當銘記在心。只是眼下事態緊急，還請林將軍能夠與我一同回去人間阻止大禍釀成，我會在路上與你細細說明情況。」

見南葵知趣有禮，林冉冉多少釋懷了些許，她生性爽快，絕非狹隘小氣之人，便揮手要南葵不必客氣，也無須生分，大家同為冥府做事，自當姐妹相稱，叫她冉姐姐就行了。

只不過嘛，林冉冉不得不把醜話說在前頭：「既然冥帝已經吩咐了，我雖有不快，也是會同你去往人間的。但是冥府事務繁雜，牛頭、馬面與黑白無常各司其職，他們的分身也忙碌萬分，自然是不會來幫襯你我的，而方才你說了人間將有大禍，區區你我二人，若是連個幫手都沒有……」話到此處，她狡黠的看向了和墨，眼神充滿了暗示。

和墨自是明白林冉冉的「詭計」，她無非是想要兩個跟班來作威作福，但她所言也不全無道理，此行與往常的難度不同，的確需要更為強大的鬼差。於是他從袖中掏出兩柄利刃，往空中一扔，兩把玉劍倏地化成了兩名俊美少年。

南葵見狀不由一驚，林冉冉倒是露出了滿意的笑容，連連點頭稱讚道：「看來冥帝十分在意這次行動，都把看家的寶貝拿出來了，三界之中有句古話，『見玉劍如見冥帝』，的確是位階極高的鬼差了。」

「屬下龍淵，見過冥帝、林將軍與孟婆姑娘。」藍衣裳的少年清俊溫潤。

「屬下赤霄，見過冥帝、林將軍與孟婆姑娘。」綠華衫的少年明豔鋒芒。

南葵略有不敢置信的打量著面前兩名少年，明明方才還只是兩把玉劍……

和墨卻在這時將二人指引到林冉冉面前，並同她打趣道：「將軍，請笑納！」

林冉冉會心一笑，眼波流動，是極為明麗的姿容，她合拳告別和墨，帶著二名屬下與南葵離開冥府，前往人間去了。

為了便於行動，龍淵與赤霄在平時都會化作玉劍存於林冉冉袖中，於是，眼下便只有南葵與她二人騎在饕餮君儒背上。

南葵遵守承諾，將事情的來龍去脈與自己的任務，都交代給了林冉冉知情，林冉冉聽後陷入了沉思，「嘖嘖嘖」的搖了搖頭，瞇著眼睛道：「所以說，你在國君夢境裡見到的女子，與我及他的寵妃有著極為神似的相貌，而對方又姓林，你便認定我可以助你完成此事？」

南葵順勢點頭：「冉姐姐果真聰慧伶俐。」

林冉冉很享受被人誇讚的感覺，她思慮了一會兒，道：「也許那女子是我的後世。」

南葵奇道：「冉姐姐生前是有家室的人？已有子女？」

林冉冉立刻變了臉色，不滿道：「配讓我生孩子的男子還沒……」話到嘴邊又咽了回去，她不耐煩的擺擺手，「罷了罷了，別提我生前的事情，總之我沒有子女，我口中的後世是指我族的後代，如果姓林，又與我相貌神似，必然和我有些許干係。你且儘管放心，這當真如此的話，我很快便能幫你把她的來龍去脈找出來。」

果然血親的羈絆不可小覷，南葵心覺自己算是找對了人，不免心生喜悅，便催促君儒加快速度，她要儘早帶著林冉冉回去與姬仁宣相見。

待到凌晨時分，天際發白，南葵於空中尋到了身在荒野地帶的姬仁宣。他本是來此處打水的，但卻見到戰後的多寧城郊遍地孤墳，漫天盤旋的落雁，秋風淒涼刮斷腸，他於心不忍，便駐留於此為那墳上的木碑一一拂去厚塵。

饕餮君儒四蹄落地，南葵與林冉冉翻身而下，望著眼前這國破家亡的景象，林冉冉好似觸景生情般的皺起了纖眉。曾幾何時，她也在戰場上揮劍殺敵，也見過了數不盡的屍身與白骨，亂世飄搖，山河動盪，如何能叫人坦然面對？

秋風悽楚，風攜哀涼，姬仁宣聞聲轉過頭，見是南葵歸來，便踏著黑

色雲靴踩過大片的高草，走到了南葵身邊。南葵向他介紹了身側的林冉冉，又向林冉冉表明了姬仁宣的凡人身分，二人倒也見怪不怪的互相問候，至於其餘旁事，姬仁宣絕不多嘴追問。而廣闊的荒野之中，只餘下三人身影，倒顯出了幾分寂寥孤壯之意。

在這萬籟俱寂之處，南葵瞥見了高草之中，夾雜著的幾朵零星小花，黃色花蕊，柔弱渺小。姬仁宣似是讀懂了她的心思，俯身採下了幾朵小花，放在荒野之中的一座孤零零的墳上，南葵對他會意微笑，心中感激他與自己的默契。

而一旁的林冉冉，卻在荒地裡翻出了幾根紅薯，她得意洋洋的高高舉起，炫耀似的同二人道著：「看，我找到了寶貝！烤來吃吧！這吃食只有烤著吃才最為香甜！」

姬仁宣茫然的眨了幾下眼睛，側臉看向南葵，彷彿在問這便是南葵跑回冥府找來的支援幹將？南葵也訕訕的咧嘴笑笑，她又怎知方才肅殺的氣氛，會被莫名得來的紅薯破壞呢？

姬仁宣無奈的小聲道：「也好，愛吃這一點和你是必定合得來了。」

南葵抓抓頭：「民以食為天嘛！就算是冥府使者，也要填飽肚子才能做差。」

三人便攜著翻到的紅薯回去山林中的屋內，打算共度一個愜意悠然的夜晚。

待到隔日一早，性格急躁的林冉冉便攜玉劍二人前往他處，搜尋自己後世的線索了。

南葵與姬仁宣也不能坐以待斃，他們化作流民模樣，前去打探虞北棠在城中的消息。很快便得知，虞軍將在明日撤離多寧，回往焰國南雀城。南葵想著要趕在他們之前率先回去焰國，便與姬仁宣一同走了水路。

四通八達的運河水路是由國君督造的，也正是因為這條覆蓋流域幾乎囊括半個九州大陸的運河，花費了大量的民力、財力，國君才被世人稱為昏君。

而運河建成以後，焰王曾乘船出遊一遭，攜眾妃嬪賞花品酒，於顛沛在亂世之中的疾苦百姓眼中看來，自然是一番極為何不食肉糜的景象。

但如今乘舟於運河之上，南葵觀賞周遭船來船往的熙攘景色，已覺

得百姓的生活得到了些許改變，只要戰爭減少，百姓的生活也會逐漸富足了。

回途路上逢了小雨，這時節遇雨不免有幾分怪異。然運河水面上卻因而波光瀲瀲、水花成旋，煞是好看。數隻棠木舫依舊沒有停下穿梭的意思，竟有歌女走到船頭，撫起了懷中琵琶，曲調婉轉，歌聲悠揚，涼風拂面，景色融洽。

南葵與姬仁宣並肩站在船上，風雨在肩頭濺起細碎的珠花，姬仁宣正欲去向船家尋傘，南葵卻道小雨淅瀝，不足撐傘。姬仁宣轉頭見她鬢邊髮絲被濛濛細雨飄濕，就像玉翠珠寶凝固在其上，瑩瑩閃爍，映進眼底，總有一種心神蕩漾的神迷之意。

他情不自禁的抬起手去，將她髮絲捋到耳後，輕聲道：「還是儘早回到船裡吧！雨意涼薄，易染風寒。」

南葵驚覺他仍舊將自己當作一個普通的常人，會餓、會渴，也會生疾，可她早已不再是凡人肉軀，偏生在他的眼中，她依然是他之前認識的南葵，彷彿從未有過任何改變，而這份溫情足以令南葵動容，只是眼下也無心在兄長的寵溺中沉浸徜徉，想到身負的使命，她不由得喟嘆出聲。

姬仁宣察覺到她眼裡的憂鬱，問她道：「可是因找不到如何接近國君的法子而心情不好？」

南葵苦笑道：「知我者，莫若仁宣哥哥了。」

他自是心疼她為此傷神，想來船上皆是從多寧往返焰國的流民，他們二人扮的模樣，混在其中倒也毫不突兀，更是不會有人知道，看似柔弱的南葵，實則是結束了這場戰爭的幕後功臣。他也只能是安慰她道：「那位林姑娘已經前去搜尋線索，我見她行事俐落，定是個穩妥之人，相信她很快就能為你帶回可靠的資訊，你且不要這般憂思，要信天無絕人之路。」

南葵聞言，心中想的卻是林冉冉怕是不喜歡被人喚作「姑娘」，便提醒姬仁宣下次相見時改口稱「林將軍」。

他倒有些訝異似的眨了幾下眼，道：「女兒家豈可做將軍？」

他本以為那姑娘身穿赤紅鎧甲只是冥府的規矩罷了，哪裡曾想她會是位金戈鐵馬的女將。

南葵眼裡一派似笑非笑的神情，倒有幾分得意道：「仁宣哥哥此言差

矣，普天之下，奇事萬千，怎就不許女子叱吒沙場了呢？女將雖為女，卻絲毫不輸男，反而要略勝一籌了。」

姬仁宣啞口無言，也反駁不出，便只得點頭道：「妹妹所言極是。」

南葵見他似有不服，半晌過後，緩緩道：「仁宣哥哥，我曾在獨自送貨行商時偶遇奇聞，眼下行路無所事事，不如便講給你聽罷。」

他淡然笑笑：「洗耳恭聽。」

遙想那年，南葵才剛過及笄，雖是年少，卻已能夠獨自帶隊替父出商。商隊途經南方一處偏遠小城時曾駐足歇息，便遇見了當地一戶姓梅的人家。只是當年的南葵尚且不夠透徹，如今歷經了種種，再回想起那樁事來，自然有了不同的感觸。

姓梅的人家已算是城中大戶，聽聞南葵一行人是大國前來途經於此的商隊，便熱情、好客的邀他們到家中吃宴小住。南葵卻不願叨擾人家，婉拒了盛情之後，她帶著商隊找了一家較近的客棧安頓下來，正準備要店家準備吃食，誰知那梅老爺又前來請南葵到府上去。

看來對方的確是真心誠意，總不能枉費其一番熱忱，南葵思量片刻，便同幾個願意前去的屬下一起去了梅家。

聊天中才知梅老爺也是城中商賈，家中雖不是大富大貴，卻也衣食無憂。為了招待南葵一行人，梅老爺吩咐下人做了八個當地特色佳餚，又喊來梅夫人和女兒筠竹前來陪宴，實乃將其視為異國貴客。

梅筠竹今年年滿十八，已到了婚配之齡，她知書識禮，貌若天仙，是城中出了名的才貌雙全。當地的許多仕宦子弟都排著隊來梅府提親，可筠竹都看不上，梅老爺和梅夫人也看不上，倒是南葵今日出現，令筠竹眼前一亮，覺得她樣貌清俊，姿容煥發，絕不是小城裡隨處可見的少年才俊。

只不過梅老爺細細端詳南葵一番後，訕笑著問：「依老夫所見，公子你的年歲應比我家女兒小上一些吧？又見你身板還有些瘦弱，也不知能不能承擔起生養兒女的重擔。不過嘛，你還小，倒也不耽誤日後繼續長個頭，說不定弱冠之時就可變得膀大腰圓了。」

一聽這話，南葵與三名下屬險些把酒水噴出。想來出征行商，南葵慣以穿男裝行動，一來是男裝輕便，二來是減少不必要的麻煩，她雖認為男女平等，但世上不免俗人居多，與其浪費口舌爭辯，不如加快行商腳程。

然而，今日會誤打誤撞的被梅家三口相中成了姑爺人選，可還是頭一遭。

南葵正欲解釋，屬下霍廉卻阻止了她，並對她耳語起自己已年方二十三，還未娶妻生子，不如將計就計，再來個偷龍轉鳳，由霍廉代她娶了梅姑娘便是。南葵聞言，雖不認可，卻覺得有趣，她本就貪玩成性，倒也想看事態如何發展，便聽了霍廉的話，暫且依了梅老爺。

回去客棧之後，南葵越發得意起來，她對著銅鏡欣賞起自己的模樣，又聽見樓下客棧老闆說起她的能耐，只一面之緣就把那傲慢的梅家姑娘迷得神魂顛倒，還真是長了一張風流俊相。

到了隔日，南葵與霍廉換上相同衣服，又同樣以一把摺扇擋住面容，由南葵約筠竹出街遊玩，中途再換上霍廉，竟也沒被筠竹識出任何破綻。一來二去，霍廉與筠竹竟真的互生情愫，且待到時機成熟，霍廉也將事情的來龍去脈與筠竹全盤告知，筠竹非但沒有責怪他們二人，反而感謝南葵促成了一樁佳話。

這可的確是意外收穫，誰人會料想得到行商路上，還會張羅起娶親之事呢？南葵看了眼黃曆，倒也來得及送貨。可就在南葵攜霍廉去梅府正式提親時，卻見門外守著數名金甲武人，府內也有不小的騷動，竟也傳來壓抑的啼哭聲。

南葵與霍廉困惑不已，卻被攔在門外不准進入。二人很快便見到一名威嚴高大的男子朝門外走來，他穿著一身冷酷戰甲，足登鐵靴，腰佩長劍，是在見到他的瞬間，南葵情不自禁的打了一個寒顫。

待到這些武人們上馬離開，梅老爺與梅夫人才哭哭啼啼的把南葵和霍廉迎進府裡，悲悲切切道：「那來者是我湘國當朝武將程家的侍衛，他們一連幾日趕路來此，是為武將的長子登門提親的。可我國上下誰人不知，那公子程是個久病的癱子，他打娘胎裡便是個畸形，生下來之後胎記遍身，五歲了還不會走，如今已是而立之齡了，又害了一身的怪病，整日痰水不止，歪眼邪嘴，連雙手都如鷹爪一般佝僂著。偏生要我家的筠竹嫁給他來沖喜，這真是飛天橫禍、挖心之痛啊！倒不如一刀殺死老夫來得痛快了！」

霍廉聞言，如遭一記霹靂當頭，轉身去看角落裡的筠竹，她早已是哭成了個淚人兒，滿眼皆是痛不欲生。而南葵更是氣不打一處來，她為了自

己屬下的終身幸福，便是不肯答應的，當即同梅老爺理論起來：「梅老爺，你怎可將一女許給二夫？即便是他來提親，可你早已是看中我來做你家女婿的，你大可把實情告知於他，難不成光天化日之下，他還能強搶民女不成？」

梅老爺哀著一張臉，連連擺手道：「使不得，使不得呀！當朝的程家位高權重，哪是我等草芥能夠惹得起的？若是膽敢拒絕他的提親，再把你同筠竹的事情攤出來，那豈不是要觸怒了他們，害了兩姓人家？」

南葵哼道：「我且是不信邪的，如今有皇天在上，后土為下，強權如何能與正義相抗？你竟看不見筠竹哭得有多傷心嗎？難不成你自己女兒的婚姻大事，都比不上拒絕強權來得重要？筠竹不願嫁就是不願嫁，許配給我家便是我家的人，哪裡輪得到你來替她做主了？我這便追上那程家侍衛，將實情向他道明！」

梅老爺卻哭喊著抓住南葵大叫道：「你這不知天高地厚的毛頭小子，休要連累了我梅家！你且是不怕死，老夫全家幾十口不能毀於你手！你罵我貪生怕死也好，責我畏懼強權也罷，總之筠竹是嫁定公子程了，是福是禍皆是她的命，你與她二人今生註定有緣無分，從今往後，便別再痴心妄想了！」

這話雖是不知情的梅老爺說給南葵聽的，可那字字句句卻是誅了霍廉的心。他與筠竹二人痴痴相望，無奈於此時此刻，終究是不能彼此相擁，僅是五步之遙，卻恍如隔世，二人雙淚縱橫，無以言表。

> 碩人其頎，衣錦褧衣。齊侯之子，衛侯之妻。
> 東宮之妹，邢侯之姨，譚公維私。
> 手如柔荑，膚如凝脂，領如蝤蠐，齒如瓠犀，
> 螓首蛾眉，巧笑倩兮，美目盼兮。
> 梅氏筠竹，年方十八，貌美絕倫，雙親俱在，
> 識棋懂律，吟詩作畫，實乃上等。
> 擇下良日，告別府城，鳳霞披靡，喜冠綴玉，
> 程公接洽，仗義來迎，浩蕩出嫁。

湘國年曆七十三年七月初七，筠竹頭頂紅帕坐在喜轎裡，抬轎的人笑顏逐開，歡喜的隨著敲鑼打鼓聲高歌。而前方，通往此城前來迎親的程公一家，卻停滯在城門門口，他們哀哭著伏在烏木的棺槨旁大放悲聲，侍衛們在敲敲打打，治喪的嗩吶在白幡間奔喪叫哭，程公舉著長香在棺木前祭祀，棺木的蓋子還未闔上，裡頭躺著身穿喜服的公子程，他面目慘白，雙手交握，已是死得透徹了。

　　早在前來迎親之前，程公便已有準備，公子程病入膏肓也不是一朝一夕之事，沖喜不成的話，便可讓新娘和公子程冥婚。這話，他也是在提親時便命人交代給梅家，據侍衛捎話回來，當日的梅老爺是欣然接受的。程公也發自內心的感慨，梅家以大局為重的高瞻遠矚，承諾定會在陛下面前為梅家美言，也好為梅老爺帶去更多的商事運轉。

　　而三炷香的時間過去，喜轎隊伍已經到達了城門處，映襯著白衣守棺人的哀哭，是抬轎轎夫們的滿面笑顏。可見到此番景象，任憑是誰也笑不出來了，轎夫們的笑容逐漸散去，他們略顯錯愕的將轎子抬到了棺材前，這才瞥見自家少爺已經於迎親的路上死了。

　　筠竹自打聽見嗩吶聲時，便已明白了自身的處境，她坐在轎子上默然淚流，手指緊緊的絞著帕子，聽見程公在轎外高聲命令道：「還不快攙扶少夫人下轎，別讓少爺等久了，快快行事，免得他黃泉路上孤單！」

　　眾人立即照辦，筠竹恍惚的感到自己被撕扯般拉下了喜轎，甚至不允許她摘掉蓋頭，喜婆便強行按著她的頭跪在地上，急匆匆的拜天拜地拜棺槨。磕頭磕了三次，一次比一次重，磕破了額心，染得喜帕滲出了一絲血腥氣。是這味道喚醒了筠竹的心神，她想起了霍廉曾帶她放風箏時被割破了手指，她輕輕為他擦拭血跡，一絲甜膩滑過心頭。筠竹猛然間掙扎起來，她的哭叫聲格外淒厲，程公聽見了立覺不吉，要人以布塞住她嘴巴，又把她五花大綁，抬過頭頂，她在眾人的手掌之下，被放進了棺槨之中。

　　冰冷的屍體觸碰她的臂膀，她驚恐的側眼去看，那屍身的嘴角竟留存著喜悅的笑意，她頃刻間淚如瀑下，全身戰慄著嗚咽不止，程公在這時爬上棺木，見她的身子幾乎是壓在公子程上頭的，便不滿的抓著將她移到旁處一點，只露出公子程的半個身子，這才心滿意足的笑道：「兒媳，你身體的一半擋在我兒上頭，代表你可為他在陰曹地府遮風擋雨；而另一

半你沒擋到的身子，是為了他能方便在陰曹地府與你生兒育女。索性你長得美，哭起來也是個美人，有你陪我兒殉葬，他也是能做個風流鬼了。」說罷，他爬了下來，吩咐旁人蓋上棺蓋，必要釘得死死的才能牢靠。

「闔——棺——」侍衛竟吹響了號角，如凱旋陣仗那般榮耀。

望著厚重的棺木一點一點隔絕了陽世，棺中被塞住嘴巴的筠竹，以喉嚨發出了慘絕人寰的吼叫。那叫聲震飛了樹林間的鴉鳥，牠們拍打著翅膀倉皇逃竄，只留下一地烏黑的羽毛。

棺木的蓋子緊緊的闔上了，由於烏木極重極厚，便再也聽不見裡頭的動靜了。程公帶著棺木離開了此城，他們要快馬加鞭趕回居住的皇城，將棺材下葬土中。

當南葵與霍廉一行人趕到城門處時，早已是夕陽西下，餘暉漫天。梅老爺與程公如一丘之貉，為防南葵阻礙，竟騙了他們筠竹的成婚時日，還以梅夫人重病為由，引他們去外城買藥。

霍廉失魂落魄的翻身下馬，身形搖晃的走到空蕩無人的城口，唯獨一隻遺落在地上的銀釵，成了他最後的念想。

他拾在手中，跪坐於地，神色頹唐，喃聲的語無倫次道：「這釵是我送給她的，本是一對兒，眼下遺下一隻，就像是我與她被硬生生拆散那般……。真不知世間之事為何如此不公，我霍廉從未做過傷天害理之事，她梅筠竹也是嫻靜良德俱佳，怎就要這般作弄我們，便是草芥不配為人？手握權利之人便可無所欲為？哪怕投官陳訴，也不知去處，官官相護，又有誰人能真正為百姓做主？可憐了筠竹，終是我護不了她周全，終是我無官無職無權無勢，我竟是不配為人……」

他咬牙切齒的攥緊了銀釵，連刺破手掌都渾然不知，唯獨淚水順著臉頰滑落下來，他慟哭失聲，整個人好似已然瘋癲。

可這紅塵浩蕩，宦海沉浮，千秋萬世之中，又會有誰人在乎一個弱女子的死，與一個寒門子的瘋？當日的南葵站在霍廉身後，見這般絕望景象，不免悲從中來，但也來不及再多做停留，她催促霍廉快些上馬，送貨的時間已然是不能再耽擱。

「只是，那之後的霍廉變得痴痴傻傻，整日胡話不斷，逢人就喊天無天道、人無人倫，再也不能參與送商之事了。」南葵回憶至此，眼中洩

露萬分憐憫，可又立即義正辭嚴道，「但這是便是人間規矩，古往今來，手握權貴者自是可以隨意主宰旁人的性命，俗話雖說黃泉路上無老少，冥府要人三更死，那人絕活不到五更。但決定生死的，又真是冥界嗎？那些肆意踐踏生命的當權者，可比冥府鬼差還要恐怖？只因人們懼怕權威，然而，他們又是為何懼怕？倘若男女平起平坐、寒門手握刀劍、殺人不問出身而問罪責的話，權力是否還能成為主宰人世的唯一途徑？」

姬仁宣看著她，久久不曾言語。

南葵的眼中逐漸浮現出惱怒神色，她望著壯闊的雲河，緊皺眉頭道：「眼前的這片江水，皆是來自高高在上的國君所造。他自當有著許多不為人知的祕密，可世人看進眼裡的，唯有他無人能及的權勢與赤裸蠻橫的欲念，又怎會知道他究竟在想些什麼呢？或許，唯有我體會過翻手為雲、覆手為雨的滋味後，才能懂得他的心中所想。」

姬仁宣聞言，思慮片刻，而後對她道：「如果只是翻手為雲、覆手為雨的話，為兄有這辦法。」

南葵怔怔的看著他，神色也漸漸緩和了下來，不由得困惑起姬仁宣在說什麼傻話。直至船隻靠岸，二人隨著一眾流民度過城門關口，回到了焰國，姬仁宣顧不得自己肉體凡胎的勞累，只想快些帶著南葵去攀登焰國城門處最高的那座齡山。

齡山已是千歲有餘，故此而得其名。山高入雲，青壁成林，白露橫江，水光接天，千尺翠綠，萬丈叢花，山鳴谷應，風穿回音，登上山巔之人，也有飄然如仙、招搖雲端之感。

是在這斜陽如畫的景色之中，南葵心覺飄乎，她俯瞰山下細碎人煙，整個焰國疆土渺小如沙礫，而她若是願意，彷彿抬手便可翻雲覆雨。

南葵昂起下顎，閉上雙眼，任憑清風吹拂耳邊鬢髮，心中憂愁似頃刻間紓解成煙。

亂世雖在腳下沉浮不定，她卻能夠在此得到短暫的愜意，不禁心覺寧靜、胸懷壯闊。

姬仁宣走上前來一步，站在她的身邊，側眼便可看見飛鳥盤旋在他們身側，羽翅煽動長風，好似可以揮走塵世風霜。

「這便是你說的翻手為雲、覆手為雨。曾經也數次攀過此山，卻每每

皆在半山腰處便放棄。」

南葵心滿意足的深深吐息：「如今終於登上了山巔，確有凌駕於世間萬物之感，唯一不同的是，我也不會產生絲毫的貪婪之意，只覺萬分釋然。」

姬仁宣凝視著焰國的大片土地，笑得風輕雲淡，道：「國君之心，自不能以平凡之意去揣測。想來他年少之時也曾手持鋒刀，滿身榮耀，而虞陶也甘願為他拚殺皇座與天下，也為他擋下了許許多多的風沙與鮮血，必定是他有著旁人不能比擬的長處，才會鑄造了焰國今日的盛世良辰、美景榮華。」

南葵感慨道：「他二人當日也一定如你我這般，深處同一片夕陽景色、站在山巔俯瞰這繁茂土地，必然也會許下成為明君、愛護百姓、平復戰亂、免去饑荒的信諾。然而人性惡善，千古至今總是難辨、難斷。而義與利者，人之所兩有也，不能去民之欲利，而能使其欲利不克其好義也。雖不能去民之好義，而能使其好義不勝其欲利也。義勝利者為治世，利克義者為亂世。『義』與『利』，正是善惡雙重。」

姬仁宣默然道：「如同是輪迴的宿命。」

南葵沉下了眼，嘆息道：「滄桑紅塵，代代不息，權勢欲望，亙古難變。可憐的，永遠只有平凡的百姓罷了。」

凡人生命不過短短幾十載，如白駒過隙的一生，卻總是要用以血淚鑄就出自認為是恢宏壯闊的篇章。然而此時此刻，南葵卻在心中暗暗決定，她願以自身之力，吞噬掉世間所有惡念，哪怕要顛倒日月星辰，要與諸神對抗，她也要將亂世的乾坤扭轉。

即便凡人如螻蟻、如草芥，也有權享受世世代代的和平。

第十三節

回到南雀城時，已經是三天後的事情了。

只是南葵與姬仁宣二人並未急著趕回魁味居，反而是去了城中最為繁華的街市。

那條街也叫作隱市，由於坐落於城中最為邊緣的地帶，雖繁華，卻龍蛇混雜，隱藏著整個南雀城中一切不為人知的祕辛之事，故而被稱作一個「隱」字。

姬仁宣正帶著南葵坐在馬上，一前一後的走著，來到了一條幽深小巷，彷彿穿過巷子就能來到另外一個奇妙的地方似的。南葵起先覺得周圍很靜很暗，可是沒想到轉過巷角，眼前赫然出現的是一片熙熙攘攘、人聲鼎沸的景象。

千樓萬闕被燈火映得通明，繁華熱鬧撲進眼底。這裡人來人往，有商賈，也有望族，有俠客，也有浪人，百業千行，碧眼胡姬，奇珍異寶，異域美酒。就連街角裡都藏著當今皇室的奢靡祕事，氤氳曖昧的氣氛無處不彌漫。

南葵瞥見一處攤位前的玉席上，坐著一位姿容豔絕的妙齡胡姬，她一雙藍眸如暗夜碧海，身上掛滿了翡翠瑪瑙與鏤空金鈴，老闆則是坐在她身後的椅子上打著羽扇，對上門的布衣客人愛理不理，直到有貴族打扮的老爺出現時，他才抬起慵懶的眼皮比量出一個「八」字，那老爺顯然覺得太貴，回了一個「六」的手勢，老闆不依不饒，還聲稱這胡姬的母親是當今國君寵幸過的舞姬，這妙齡女子保不齊有著皇室血統呢！

南葵與姬仁宣對視一眼，彼此的神色都略顯複雜。想來有關國君的傳聞自然是有好有壞，而他們二人來到此處，便是為了打探與皇室有關的祕事，畢竟南雀城內只有此處才能暢所欲言，唯有找到線索，才能尋出突破。且國君也的確曾在不惑之齡時不計其數的流連此地，必定會留下數不清的蛛絲馬跡。

思及此，南葵又不動神色的打量起了四周，明晰了隱市是王公貴族聚集的祕處，妖豔的舞女們在樓閣之中千嬌百媚的揮灑絹帕，樓下的王孫子弟搖扇相望，嘴角上佻，眼神浪蕩，自是形成了一派奢靡放縱的勢頭。

　　南葵不自覺的蹙起眉，心中想到，如果國君曾意在此地，必然也是有著其日後成為昏君的潛質。

　　姬仁宣則是在這時將身上的所有銀兩都拿了出來，交給南葵囑咐道：「你不曾來過隱市，便不會知道這裡的規矩。說得誇張些，在隱市，即便是呼吸一口空氣，都是要付上等價費用的。而且，必要先付價，由對方根據你的價錢來和你交換同等的東西，物、人、事、消息，哪怕是一滴水。」說罷，他示意前方的刑臺上樹立著三個巨大的密封水罐，裡頭關著三名瘦骨嶙峋的男子，他們呼吸困難、面目扭曲，每個人的胸前別刻著不同的血字，即「偷水賊」、「弒父者」、「搶花人」。

　　南葵呆住了，定了定神，覺得恐懼，她轉回臉道：「水與花皆是物，未先付錢而被懲罰情有可原，但弒父之人……」

　　姬仁宣暗下眼，低聲回了句：「想必是沒有付錢給前來收屍的差使吧！隱市的人是絕不會做白活的。」

　　南葵聞言，緩緩攤開手掌，望著姬仁宣交給自己帶在身上的所有家當，不禁心中動容。從她以孟婆的身分出現在他面前的那日起，他便義無反顧的與她一起投入了她需要完成的使命中。為了讓她得到她想要的一切，他甚至可以付出所有，哪怕是打算去接近那危險的國君，他也是義不容辭。

　　如此，又叫她如何能不感動？

　　而南葵正欲同姬仁宣訴說內心感激時，忽然瞥見了一顆極為璀璨光豔的赤色寶石，正是佩戴在那名被當作貨物販賣中的胡姬頸上。南葵瞇著眼睛定睛看去，當真是顆價值連城、美輪美奐的赤炎石。只是這般名貴的寶物，怎會出現在這種入俗的攤販胡姬身上？

　　「姑娘，你看了這麼久，究竟是想買人還是買她身上的東西？」那攤位老闆是位身形壯碩的八字鬍男子，他的一隻眼睛瞎了，灰色瞳仁像是顆琉璃珠子，正坐在長椅上抽著煙筒。

　　南葵看向他，她自知這顆赤炎石必定與眾不同，許是真的來自皇室，

可她手頭上的銀兩並不足以帶走這顆赤炎石回去研析，且目前也只是懷疑，如果草率行事，只怕會是不夠值得。

老闆吐出一口白寥寥的嫋嫋煙霧，眯著眼睛打量著南葵與姬仁宣，像是看穿其心思般道：「你眼光好得很，一眼便識出這石頭是個好寶貝。不過，金銀財寶可換不走它，唯有與之等價的東西才能將它帶走，畢竟這可是百年前遺留下來的寶物，只皇室才配將其擁有。」

果然如南葵所想那般，的確是來自皇室。

「難不成，真的是……」南葵思慮著，轉眼看向姬仁宣，對方點點頭，也覺得值得一試，她便終於下定決心般的對老闆道，「你方才說不要金銀，那我該拿什麼和你交換她脖子上的這顆石頭？」

老闆的聲音如繞梁餘音般空曠深遠，他神神祕祕的說：「你這嘴利的姑娘，不必刻意把寶貝說成是石頭，你明知它貴重，就不要耍弄心機，做生意嘛，赤誠最為重要。且話說在前，這奴隸身上的任何一樣東西都可以單賣給你，心臟、肝、手、腳等內臟與四肢，任何器官隨便你挑，全買回去也可以，只要價格合理，都不在話下。但你嘛……肯拿出你身上最為值錢的東西來和我換嗎？」

聽聞此話，一旁的姬仁宣倒是頭冒冷汗，他從這老闆話中聽到的皆是血淋淋的器官，而他可不想讓南葵失去內臟與四肢任何一處，這生意怕是別做了好。

「我自然是肯的。」南葵的語氣極為堅定。

姬仁宣一怔，趕忙看向南葵，欲勸她別做傻事。

「你倒是誠心，那我便不客氣了。」老闆說著，飛快的伸出手來一把抓住南葵的手。

姬仁宣卻是大驚失色，正打算撕扯掉那隻手，以護南葵周全，可老闆已經心滿意足的放開了南葵。而後，他將那顆熠熠生輝的赤炎石從胡姬的頸上取下，不以為然的扔給了她。

南葵因此而蹙了蹙眉，可她不打算再多留，便謝過老闆，喚著姬仁宣一同去了別處。

路上，姬仁宣困惑不已的問著南葵，那人究竟從她身上拿走了什麼，南葵卻始終一言不發，臉色也算不上好看。

待到夜晚，皎月高掛，萬物靜謐，南葵與姬仁宣坐在隱市中最為偏僻的一家客棧裡喝茶。店內客流本就稀少，眼下更是寥寥無幾，除了他們二人，便只剩下小二與在臺上拉著二胡的盲眼說書人。

姬仁宣見天色不早，便催促南葵去樓上休息，一直不作聲的南葵卻在這時從懷中掏出那顆赤炎石，她凝視著雞蛋大小的寶石出神，偏生聽到身後傳來一聲慘叫，是那盲眼說書人指著南葵手中的東西，語無倫次道：「孽債……血光孽債，怎就偏偏會……孽債啊！」說罷，他便跌跌撞撞的跑出了茶館，惹得小二一臉茫然的走過來，和二人賠起了不是。

南葵並不在意，反倒是終於開口了，問道：「怎麼？瞎子竟然也能看見寶石？」

小二這才注意到南葵手裡握著的赤炎石，不禁吃了一驚，而後面露難色，吞吞吐吐的說道：「怕不是看得見，而是聞得見。」

南葵與姬仁宣面面相覷，不約而同的問道：「此話怎講？」

店小二撓了撓頭，雖有為難，卻也還是在南葵的盛情之下入座，繼而向他們一五一十的講道：「二位定是不知這赤炎石的來歷，想必也不常出沒隱市。這赤炎石是秦老闆的傳家物，卻也不是什麼吉祥東西，倒不如說，是個禍害。」

南葵一聽，像是有些懂了，不由喃喃道：「難怪他要把這石頭說得神乎其神，果真是虛張聲勢。」

姬仁宣詫異道：「他竟沒有從你身上拿走一髮一絲？」

南葵搖搖頭，道：「我也奇怪此事，他故作神祕，怕的只是我們不肯帶走這塊赤炎石。要是禍害的話，倒也能夠說得通了，畢竟他急於脫手。」

店小二心覺他二人是上當受騙了，替他們感到晦氣道：「秦老闆祖上七代，代代都因這塊石頭死得凄慘，隱市的人都知這東西是受了詛咒，如果秦老闆沒在不惑之齡把它轉手出去，他也會步了先祖後塵，和老婆孩子一起惹上血光之災。傳言這塊石頭是有名字的，叫『琬娘』。」

南葵鄙夷道：「這分明是個女子的名字，又怎會起做石頭之名？」

店小二也開始神神祕祕道：「正是女子的名字不假，且是在百年前和這焰國國土的君主有所關聯。但那會兒還不叫焰國，可當時的君主的名

字，確叫作焰。」

南葵催促店小二繼續講下去，她迫切想要得到有用的線索，小二將故事娓娓道來。

焰公才十五歲時就被稱公，只因其父駕崩，他又是長子，自當繼承父位，統領國土，便是今日的南雀城。而在當日，焰公的領地名蘇，只一城大小，且滿城盡是男子，女子反而成了稀缺資源，據說是蘇地氣候溫暖，水質偏軟，總是會懷男嬰。

由於焰公剛毅勇武，年少有為，在其父生前便協助修築城牆、抵禦外敵，由此才有了當今南雀城的外城高牆。

焰公十九歲那年，已是他繼位的第四年。因他統治有方，蘇的內部極為富饒，疆土雖小，卻衣食無憂、牛羊成群，一直被其他領地作為效仿的對象。正月期間，他害了一場大病，一直折騰了數月，痊癒之後便開始有些迷信藥物，性格也有變化，也為日後的暴戾奠定下了鋪墊。

待到春末夏初，焰公攜將相臣子南巡，卻沒帶他剛剛成婚的夫人，反而是帶著他平日最看重的上卿宗紹，以及素來貼心的近侍、左相，以及幼子和其乳母。浩浩蕩蕩的隊伍一路向南，途經一片翠綠桑田，農婦們皆在採桑，而彷彿是命中註定那般，焰公看見了那繫著春色頭巾的女子，周遭人們的視線皆被她吸引而去。

路過的人看見她，放下擔子側目注視她；田中的年輕人看見她，禁不住穿梭於她身畔，希望引起她對自己的注意；耕地的人忘記了自己在耕地，鋤地的人忘記了自己在鋤地，只因為了仔細看她的美貌。

焰公自然也不例外，他透過車簾的縫隙瞥見她於田間忙碌的容顏，就像耳畔忽有一整清涼長風穿過，琳琅五色中光陸流離，他眼中視野因此而極為寬闊，白沙亂雪，晨星墜落，細雨綿長，萬丈煙火，統統比不上她的容顏璀璨。焰公因此而命人停下隊伍，又派人去請那女子過來。

但是糾纏之間，焰公見那女子推搡不從，他不准近侍對她動粗，便將其傳喚回來，近侍則道：「回稟主公，那採桑姑娘是林家女兒，名叫琬娘，年方二十，已有丈夫，正是郡裡官吏。」焰公聞言，眼神黯然的望向琬娘，見她神色無懼，竟不怕他是權力最巔峰。幼子偏生在這時啼哭起

來，乳母哄勸不好，焰公心生厭煩，重新啟程，心間自是刻下了那驚鴻一瞥。

而南巡遊玩不僅未令焰公寬心，反倒在舊疾上添了相思之病，他滿心都對林琬娘念念不忘，忍不住派人去尋她，勢必要將其帶回城中。可林琬娘冰雪聰慧，察覺事態不好後，便在丈夫的安排下逃去了鄉下，焰公的隨從撲了個空，只得悻悻而回。

結束南巡回到城中的焰公思念成疾，命畫師依據描述畫出了林琬娘的畫像，日夜不停的畫，直到畫得真假難辨為止，且還要畫上數份，再裁剪下來做成面具。因宮中女子只有妃嬪，養尊處優的妃嬪又怎會順從的假扮成出身底層的女子？但蘇地本就男子奇多，連宮女都少得可憐，焰公也只得將畫像面具戴在男子臉上。

可久而久之，焰公已不能滿足與替身傾訴衷腸，便開始搶奪起民間的女子到宮裡來做林琬娘的替代品。只是焰公喜怒無常，隨著外敵入侵、領地糾紛，他性情越發暴虐，總是以折磨替身為樂，只因他深知，她們都是假的，全然不似他心中的那抹皎白月光。

於是女子們紛紛想盡辦法逃離焰公，若是不幸被發現意圖，都會被殘忍的趕盡殺絕，以至於兩年光景，蘇地民間的女子只剩下老婦和幼女了，妃嬪們雖恨焰公的冷落，卻也怕丟了性命，便不敢有何怨言。而焰公嗔怒於現狀，就命人將宮中死去的女子皮膚剝下來，晾乾血肉，保留膚質，再由畫師在上頭作畫，勢必要畫出林琬娘的身姿與面容。

皇天不負苦心人，那副人皮圖最終做出了一張唯妙唯肖的成品，焰公得到後如視珍寶，將其蓋在貌如女子的近侍身上，這一次，他喜出望外，彷彿真的再次見到了林琬娘本人。可好景不長，近侍很快便死了，焰公只得再去尋其他合適的男子，但每一個躺在人皮圖下的男子都不得善終。有的是在驚恐中死去，有的是心覺受辱而自盡，有的因嫉妒焰公移情而爭寵，反被黃雀在後之人誅害……

皇宮城中一時之間烏雲暗布、陰暗晦澀，妃嬪們如處冷宮，男子們皆成面首，臣子諫言卻被焰公當作謀反，他聽不進任何勸諫，還斬殺了無數忠臣，恨不得整日與人皮圖上的林琬娘沉溺於酒池肉林，不問朝政。

可日子久了，死去男子的屍身來不及處理，在宮中堆積成山，引發了

疫病，且彷彿是來自於他們的恨意，瘴氣一般的怨念凝聚在了焰公髮鬢中的玉石裡，長久積攢，使得焰公的身子越發虛弱。便有巫師諫言：「唯有殺盡七百七十七個躺在人皮圖下的美男子，使血液染紅焰公髮鬢上的玉石、以毒攻毒，才能治癒惡疾，重得康健體魄。」

焰公對巫師所言深信不疑，威逼利誘、甜言蜜語的哄騙蘇地各處的美貌男子入宮來自投羅網。世人皆道焰公性喜男色，卻不知那些年輕的生命有去無還。或許家中老母老父還在等候他們衣錦還鄉、光宗耀祖，哪會料到孩兒統統成了浸滿蓮池的血漿與肥料。

而在殺死他們的過程，也是歹毒狠辣，被做成人彘，被挖去雙眼，幸運一點的會死得痛快些，能留個全屍。也有無意間撞到此番景象的妃嬪驚嚇過度，一夜之間瘋癲呆傻，只管忙著投井自盡去了。到了最後，已經攢足了七百七十六個男色的鮮血，只再需一個，焰公浸在血罈裡的玉石就可吸收全部精華，他再將其吞入腹中，自可大病痊癒。

等候上卿將最後一人搜來宮中的夜裡，焰公正獨自泡在血罈裡養精蓄銳。他不過年方二十四，樣貌已如枯槁一般憔悴，曾經的意氣風發好似只是大夢一場，他不知為何忽然想起自己的幼子，彷彿已有數年未曾相見過了。正這樣嘆著，長門「吱呀──」一聲被風吹開，門外站著兩個人，是上卿將最後一人帶來了。

那人走進宮殿後，上卿便將長門關上退下。焰公順勢走出血罈，他隨意穿上錦袍，鮮血順著他的鬢髮滴落，流淌出了一地猩紅。而焰公面前的人披著那副人皮畫，身段纖柔，宛若驚鴻。焰公將其上下打量一番，心裡滿意，便命其褪去人皮和衣衫。

那人得令後，服從的將身上一切都緩緩褪下，裸露而出的肌膚白皙如玉，纖纖玉手婀娜曼妙，焰公正想著今日來者著實像是個真女人，可對方忽然掏出了腰間的匕首，以迅雷不及掩耳之勢衝向焰公，舉刀逼近他脖頸，焰公大驚失色，只因面前之人不是旁人，正是他愛而不得的林琬娘！

「是你……怎會是你……」眼前的這張臉，如夢魘一般日日夜夜纏繞著焰公的心，可待今日終於相見，他反而感到莫名的驚恐。

「陛下不必這般錯愕，這些年來，你心心念念盼著見到的人，不正是我徐林氏嗎？」她憤恨的怒目相視，咬牙切齒的字字珠璣道，「想當年，

你於春翠桑田之中輕薄我時，便種下了惡果，是我家夫君不願與你成仇，才要我暫時躲避。本想著你身負天命，總會忘記那不足掛齒的一面之緣，可你身為主公，竟是做盡了天下荒謬之事。縱觀這五年光景，你驕奢淫惡，十惡不赦，剝皮作畫，作亂後宮，視美色男女為玩物，將百姓子民當糞土，這期間，你可為人世做出過絲毫有用的貢獻？且你竟聽信讒言，混攪天道與巫術，殺害了七百餘人，只為你自己病獲痙瘉，你連他們一生平淡生活的權利都剝奪了，你可配為君？也可配為人？仗著你手握天命便隨心所欲，你難道不知蒼天可見、報應可現？你竟連我的丈夫也不肯放過，只怕你早已叫不上那些死去男子的名字，更不知我丈夫是如何被你逼得自盡身亡！你偏生為了一己私欲，害得不計其數的子民家破人亡，你有失天道，不配為君！今日，我便要為我的夫君報仇雪恨！」

說罷，林琬娘一刀刺進了他脖頸動脈，而血液四濺的瞬間，焰公竟咆哮著張開嘴，如惡鬼一般咬斷了林琬娘的手指，林琬娘呼痛欲逃，焰公雖抱病在身，卻依舊力大無窮，他一把扯斷林琬娘的腿，並迫不及待的咬她的背。

淒厲的慘叫聲充斥著整個內殿，焰公啃食著他夢寐以求的軀體，就彷彿終於能夠與她靈肉合一，他竟喜悅得放聲大笑。直到林琬娘沒了呼吸，她死未瞑目的躺在他懷裡，身體殘缺不堪，焰公才心滿意足的抱著她跳進了猩紅的血罈。他長長喟嘆，埋怨她道：「倘若當日你肯隨我回宮，世間又怎會有那些枉死鬼？一切罪孽，皆因你起，我不過是路過嬌花，被花香引誘的過客，我飽受相思之苦，也何罪之有呢？」

然而，由於七百七十七條性命的最後一條是女子而不是男子，壞了規矩，血罈裡的玉石被魂與血浸泡成了妖，所有死去的靈魂都禁錮在玉石裡頭不得釋放，焰公也因此而死在了夢魘鎖魂中。待到隔日，臣子們前來尋他時，竟發現他在血罈裡變成了一條黑色的長蛇，嘴裡含著那塊血色玉石，而黑蛇已是七竅流血而亡。

「世人貪婪，不知滿足，恩怨悲歡，皆是因果。人心可怖勝似妖鬼邪魅，一己貪欲也可毀掉一座城池。後人皆道：『世上唯二物不得已直視，一是陽光，二是人心。』」

故事道盡，店小二無盡感慨的長長嘆息：「那焰公大逆不道、喪盡天良，可也曾心懷厚愛、為國貢獻，倘若中途知錯就改、造福於民，也會成就一代明君，可欲念使他亂了心智，違背了天道。自古福禍相依相生，花開過盛必萎，驕兵征戰必敗，由此可見是他咎由自取。自作孽，不可活。而那玉石卻至此流傳了下來，其中鎖著七百七十七人的血魂，也曾落在過當今國君手上。聽聞他是在幾年前途經隱市時得到的，但最後卻不知為何又回到了秦老闆的手上，而現在，又到了姑娘這裡。」

　　聽聞到此，南葵心情極為複雜，她不由自主的想起了自己曾夢到的黑龍，而國君的先祖在死時又曾化作一條黑蛇，倘若為真，那此時必定和國君有所關聯。難不成，這塊赤炎石是在暗示著什麼重要資訊？曾經死去的七百七十七個亡靈，與當今企圖煉製嬰靈之事，會否一脈相承？難道……煉製嬰靈的人會是國君？

　　如此念頭令南葵一驚，她不敢再細想下去，趕忙搖了搖頭，制止了自己毫無根據的胡思亂想。若國君當真是煉製嬰靈之人，那南雀城必定危矣。

　　可曾經焰公朝思暮想的女子姓林，出現在當今國君夢裡的女子也姓林……南葵困惑的喃聲道著：「焰，林……」

　　店小二一聽，當即明白她的困惑，便道：「說起來，曾有人說過當今國君來隱市尋過一位林姓姑娘，而後又是如何，早已不了了之。隱市的人便都道是焰公與林姑娘的鬼魂作祟，要讓焰公的後世和林姑娘的後世代代恩怨、世世糾纏。誰叫他們二人皆有著害死七百多條，甚至更多性命的罪孽在身，那是他們的孽債，也是他們的因果。」

　　姬仁宣卻蹙起眉，極為同情的悲憫道：「林氏不過是一個無辜的女子，何錯之有？面對強權壓迫，她又有何良策呢？」

　　南葵並不贊同，辯道：「手染鮮血者與災禍起源者皆一視同仁，孽就是孽，罪就是罪，身處其中之人皆不可逃脫。林氏罪過，在於她貌美豔絕，且乃原罪；焰公作孽，在於他貪婪無度，便是造孽。一罪一孽，自是不可分離了。」

　　姬仁宣聽罷，倒也默然點頭。

　　南葵卻更為憂思起來，眼下最為要緊的，是該如何順著手中的赤炎石

找到更為清晰的線索才是。她望向窗外夜色，禁不住焦慮道：「也不知冉姐姐現在有何進展，若是能夠盡快得知國君夢裡的林姓女子究竟是誰人，潛入國君的夢裡便會易如反掌。」

可又不免懷柔的嘆息著祈盼：「國君曾經的風流韻事，可不要似他先祖那般淒慘可怖才好，否則，又該是一場悲傷的噩夢了。」

待到隔日一早，天色濛濛亮，南葵醒來時不見睡在地鋪上的姬仁宣。想來這間客棧空房只此一間，二人雖以兄妹相稱多年，但總歸毫無血緣，又是這般男女授受不親的年紀，便一個睡在床上，一個睡在床下。可這般時候，姬仁宣的睡鋪早已整理乾淨，南葵便趕忙起身出去尋他。

剛下了樓，就見他站在客棧門外，手中掐著一張信鴿送來的消息，他聞聲回頭，望著南葵展顏道：「城中來信，國君將在三日後出宮秋獵。」

原來姬仁宣一直都在暗中幫助她打探國君的行動。南葵心中喜悅，她狡如狐笑，道：「今年的秋獵要比往年都提早了一些，當真是天公相助。仁宣哥哥，你我這便啟程回去南雀城中吧！」

雝雝鳴鴈，旭日始旦，南雀城郊的明古圍場內，正在忙碌的為迎接皇室到此秋獵而做著準備。

正所謂春蒐、夏苗、秋獮、冬狩，每逢這個時節，國君都會率領王公大臣、諸侯將相來此舉行大規模的秋獵活動。

到了當日，一大早便起了濛濛霧氣，早已混入圍場的南葵，按照吩咐打掃著場內長殿裡的灰塵與落葉。而自打來到圍場之後，雖也僅有兩日，可無論她走到哪裡，都能聽見場內小廝們議論著皇室的威風。

南葵靜靜聽著，面無表情。直到殿外忽來一仗人，負責開道的隨從次序井然，他們站在兩側讓開路來，一輛馬車緩緩駛進，車門打開，走下來的人是位身穿月白底子、赤紅鳳鳥紋錦袍的青年男子。他腰間配著一把金燦的彎刀，於晨光之下閃耀著璀璨明豔的光暈，映著他那張好似人間美景般斑斕高貴的容顏。他一轉眼，看向了南葵，卻惹得她身後幾名奴婢緋紅了臉頰，只因他眉宇間的英氣彷彿可以驚豔八荒河山。

「阿南，過來。」他命令似的傳喚，南葵得令，立即順從的走去他身邊。

他順勢吩咐其他隨從道：「你等把馬車和行李安頓好，我有阿南一人

陪同就行了。」

　　其餘一眾人等得令，乖乖照做。剩下場內的小廝與奴婢望著南葵離去的方向心生豔羨，而確定四下無人之後，南葵才無奈的看向身側的姬仁宣，歎道：「仁宣哥哥，你雖是姬氏一族的富庶商賈，又受邀至此，可今日的陣勢是否有點太過鋪張了？」

　　姬仁宣一邊將腰間的迴廊彎刀還給她，一邊辯駁道：「不這般神氣一些，其餘人等該欺負你了，你假扮成我的小廝，我便要讓你風風光光的在此工作，哪怕只是工作一個時辰。」

　　南葵接過迴廊彎刀，苦笑道：「殊不知你如此引人注目，旁人倒是不會欺負我了，反而覺得我這小廝是你的男寵。」

　　姬仁宣哈哈大笑幾聲，連連說著不至於。

　　二人正朝圍場內的正殿走去，迎面便有場內的官吏過來說，國君與將士已經到了，請後來者從側門入殿。

　　姬仁宣示意南葵跟著他一同從側方走。

　　根據當朝慣例，秋獵之前，以國君為首，將在圍場殿內上香祈福。場內之人只能於屏風之中靜候，直到日落時分，國君攜眾將歸來之時，場內才可在前殿設宴。而受邀前來的人員，將按級別與官職劃分座位，國君與皇后及皇子、妃嬪則在主位，唯有欽點之人才可同坐其中。

　　而此時，南葵身為小廝，便只得站在重重帷幔之後，姬仁宣則要按照規矩，站到受邀的商賈隊伍中。南葵透過紗幔可以看到前殿所有人，她第一次與國君的距離如此之近。

　　於是，她睜大眼睛去尋找國君的身影，透過浮動的人影，南葵首先看到了母儀天下的皇后，但視線很快便被僅次於她位份的寵妃奪走了。

　　那位林妃身穿雲霞紋飾的華衣，容顏極美，如海棠花般風姿綽約，一顰一笑皆是風情。而當今寵妃僅一人可享其盛名，自是虞陶的女兒虞北棠了。那份渾然天成的尊貴氣質光彩照人，只覺得皇后之位不及她尊貴，這寵妃之稱呼，才真的髒了美人。

　　只是，虞北棠此刻的神色看不出悲喜，總覺她眉間帶著些許鬱色。

　　南葵猶疑的側過眼神，看向了她身旁的瘦削男子，正是當國的君主國君了。

為了便於狩獵，他衣著極為輕便，倒是格外在胸前與四肢關節處護上了堅硬鎧甲。南葵細細的端詳起他的尊容，年近知命，烏黑鬢髮兩側摻雜了幾片銀縷，容貌清俊，身形卻有幾分孱弱，可腰身又極為挺直，如晚秋的松柏，枯黃中也有強韌之意，且他一雙眸子如濃夜星辰，明亮銳利，似能洞察世間祕事。

　　他像是察覺到了帷幔後的視線，一道眼神如利刃寒光般筆直的逼向南葵，令南葵不由自主的低下頭去。她彷彿終於明白了虞陶為何會臣服於他腳下，原來國君之命相，竟然有如此強大的壓迫感。

　　南葵的呼吸有片刻的微滯，但很快又重新抬起頭，這一次，她在人群中尋到了一個穿著月色胡服的男子，他眉目清冷，下巴微微揚著，顯得氣韻出眾，也因此使得身上有種天生的傲氣。南葵自然是立刻便將他認了出來，正是許久不曾謀面過的辜振鷺了。

　　他與人群保持了三步之遠的距離，獨自負手站立於殿門旁，身側的兩株芭蕉襯著他衣衫，如一支翠玉碧綠簪，遺世孤立，又逼得人不敢直視，彷彿連瞧一眼都會褻瀆他滿身潔光，只覺是如同來自遙遠洪荒世界、天地混沌之時的翩翩仙客。

　　無論何時相見，南葵的一雙眼睛總是會不由自主的追著他跑，他看向何處，她便看向何處，也是因此，只有她發現他的目光落在了虞北棠身後的女子身上。

　　要說殿內滿堂的女子，王孫貴族，皆為皇室，個個都是打扮的光鮮亮麗，錦衣華服，唯獨一妙齡女子的模樣超塵脫俗。她站於寵妃後方，那個位置代表她是虞北棠的妹妹。南葵曾聽聞虞陶有兩個女兒，長女虞北棠，至於么女虞北梔，大概就是這出塵女子了。

　　她要比虞北棠年輕幾歲，面容相似之餘，顯得有幾分青澀。其雙眼靈動，氣若幽蘭，當真是人如其名，似白梔一般淡然秀美，雖不及長姊美豔光華，卻格外有著一股我見猶憐的嬌弱。

　　只見辜振鷺正目不轉睛的凝視著她，神色複雜，似有千言萬語要訴說。

　　南葵便困惑的瞇起了眼，她心想著，莫非辜振鷺與虞北梔之間有什麼祕密不成？且仔細打量虞北梔，竟發現她與辜振鷺夢中曾出現的仙子樣貌

如出一轍。可眾人皆知，虞陶與帝師辜嶠二人向來水火不容，而辜振鷺又是出了名的孝子，所以，深諳此理的辜振鷺又怎會飛蛾撲火？他是個明事理的人，斷然不會犯糊塗的。

南葵心裡正百感交集，卻見殿內的圍場場主宣布著秋獵儀式拉開帷幕，一行人在國君的帶領下翻身上馬，浩浩蕩蕩的奔赴進了圍場的山林之中。

第十四節

　　不計其數的馬蹄聲奔騰在似荒漠般的沙地之中，四周樹林匆匆閃過，如白駒過隙一般轉瞬即逝，以國君為首的皇室將相們縱馬馳騁，正驅趕著鹿群進入包圍圈，而後圍圈射殺。

　　驚慌失措的鹿群在奔跑中一隻隻倒下，面對眼前的步步緊逼，一隻幼鹿無路可退的站在斷崖之上瑟瑟顫抖，牠的眼睛大而清澈，烏黑之中滲透出淒絕，倒映其中的是逐漸逼近牠的弓箭，幼鹿無助失措，幾顆碎石從牠蹄下滑落，跌進了湍急的怒河之中。

　　不知為何，國君忽然緩緩的放下了手中的長弓，只靜默的凝望著面前的那隻幼鹿。

　　可偏生有一支冷箭從國君的身後射來，不偏不倚，射中了幼鹿的心臟。牠癱倒在斷崖上頭一命嗚呼，血水順著牠的毛皮流淌出一條蜿蜒的暗路。

　　國君因此而回身循望，一眼便看見了手持弓箭的虞陶，聽到他沉聲相問：「敢問陛下手中的箭，是因何而遲疑呢？」

　　國君聞言，眼神似有一黯，雲淡風輕的回道：「寡人並不願為一隻弱小的鹿崽而浪費箭矢。」

　　「不以惡小而為之，不以善小而不為。」虞陶策馬迎上來，意味深長的邀請國君道，「陛下，林中自有凶猛野獸在等候被天子屠戮，還請陛下准許微臣一併同行。」

　　國君重新牽起了韁繩，略一昂首，允道：「有將軍相助，再如何生猛的野獸也會哀號。」

　　二人便驅馬奔向更為幽深的林中，而尾隨在其身後的辜振鷺從樹後走了出來。他慢慢的勒住馬韁，猶疑著該不該繼續跟上去。但這附近再無他人，如果追得太緊，便會被他們察覺到自己的馬蹄聲。

　　正當他為此躊躇之時，忽然聽見後方的草叢裡中傳來簌簌響聲。聲音

很大，也許是頭野豬，辜振鷺立即從箭囊裡抽出羽箭，搭在弓弦上，屏息等待野豬現身。

只是從草叢裡鑽出來的不是野豬，而是一名騎著黑馬的妙齡女子。辜振鷺手中的箭下意識射了出去，那女子非但沒躲，反而面不改色的側過身，羽箭剛巧射在她身後的樹幹上，她看向辜振鷺，一臉的欲言又止。

辜振鷺坐在馬上，望著身穿絳色胡服的女子緩緩走來，由遠至近，灑落一地清冽光華。秋日重雲遮住了殘陽，又一點點移開，她身上彷彿攜滿了光耀輝芒，踏著清風，離他越來越近。

二人目光交會在半空，他忽然雙眼一亮，試探的問她：「這位姑娘，你我可曾在何處見過？」

她聞言，略顯狡黠的淡淡一笑：「夢中長情宮，白玉送藥杵。」

辜振鷺一驚，右手不自覺的護住了腰間佩戴的白樓玉佩上，緩緩蹙起眉頭，問她道：「你究竟是何方神聖？」

不錯，那場夢中人的模樣，的確是眼前的這張臉孔，是她指引他逃離了夜夜糾纏他的夢魘，也是她在夢裡引導他去尋找毒害他父親的線索。無論是天香瓏葉或是崑崙劫匪，都是來自她的指點，而如今，她就這樣赫然出現在了他的面前，以至於毫無真實感可言。

周遭靜謐，樹影斑駁，她的目光略有閃爍，卻也忽然有了勇氣一般，便策馬再走近了他幾步，直到彼此之間的距離近在咫尺之後，她終於對他道：「早在很久之前，你我便是故人。振鷺，我不是神，也不是聖，我是你應當記起的人。」

辜振鷺目光暗沉的盯著她，似乎就快要想起了什麼，可馬上又搖頭拒絕承認，極為不敢置信的道：「不！這不可能，倘若真是如此……可你明明已經……」然而，他心中卻已然十分清楚，打從上一次在魁味居見到她時，他雖懷疑她是姬仁宣的情人，可餘光瞥見她腰間的金鈴，便是在那時有了一絲疑慮。

倘若她還活著，倘若她只是變了模樣，倘若，倘若一切假設都是真的，那麼今日站在他眼前的人，便是那個托夢於他的人。

見他的表情逐漸從震驚到平和，她終於笑了一笑，以一種熟悉的打趣腔調開口道：「只是換了一張臉，你便認不得我了嗎？難道說從前的種種

過往只是浮萍，被風吹盡便全散了嗎？」

他心下轟然，忍不住翻身下馬走向她，他仰起頭，深深凝望她的容貌，因他是典型的世家子弟，即使心緒煩亂，也是要不斷壓抑內心的情感，於是說出口的，便是略顯淡漠的責怪：「如果你早已從崑崙平安歸來，又為何要躲躲藏藏？為何不正大光明與眾人相認？還有你的模樣，又怎會變得……」

南葵避而不答，表情也因回想起了崑崙之事而變得陰鬱。辜振鷺極會察言觀色，當即明白是自己問了不該問的，便埋下頭去深表歉意，南葵不願他有所愧疚，趕忙寬慰他道：「何必向我道歉，本就是我欺瞞你在先。」

辜振鷺卻深深嘆息，自責道：「你又何曾欺瞞過我呢？定是你遭遇了種種我所想像不到的境況，且未能在最初就將你認出，也必然是我的修行不夠。」畢竟，姬仁宣似乎早已認出了她的身分。

他既然這樣說了，南葵也並不否認，唯有心中遺憾的是，相認的過程竟是這般沉重。而草叢裡傳來簌簌的響動聲，他二人擔心隔牆有耳，便趕快尋到了一處僻靜的地方，確認四下無人之後，才敢放心交談。

南葵首先問他道：「你這次前來秋獵，可是為了追蹤我交代你的事情？」

辜振鷺自是點頭，又打量起南葵的衣著，謹慎的道：「你這身衣服雖是便於狩獵的胡服，可裡頭的衣襟露出了小廝的裝束，若是像我這樣湊近來看的話，定會識穿你是在小廝的行裝外頭罩上一身胡服，會讓一些有心人懷疑起你的身分。」

南葵微微嘆息，道：「眼下也顧不得太多，我會竭盡全力小心行事，畢竟能扮成商賈的小廝混進圍場，都要感佩於我父親兄弟二人曾為國君效力盡忠過。」

辜振鷺點了點頭，道：「的確，陛下特批仁宣兄與皇室貴冑一同來此圍場秋獵，自是難得的殊榮了。」

南葵在這時看向他，趕忙問道：「倒是你，天香瓏葉被劫一事可有查到了什麼線索？」

他一聽這話，神色便流露出些許遺憾，慚愧道：「我一直在查，卻也

沒有太多的進展。畢竟從你去崑崙到如今，也過去了許久時日，那些流寇蹤跡早已全無，徹查起來頗為困難。」

這也不能怪他，那些山野流寇隨便找到一座山頭就可以躲藏數年，想要在短時間內查出他們的蹤跡，的確是極為艱巨。不過，當日劫匪的臂上有著繚亂的圖騰，而在彌國戰場時，南葵曾注意到彌軍士兵的身上，也有著相同的圖騰。

「聽聞是他們民族先祖傳下的古老圖騰，像狼，也像獅。」南葵暗示辜振鷺可以從此處作為新的方向。

辜振鷺默默的記在心上，二人將各自馬匹拴在樹旁，並肩坐在林中，彼此之間相隔一尋，似在刻意躲避著什麼。四面風來，樹椏輕晃，辜振鷺從腰袋中拿出一塊絹帕，裡面包著幾顆青梅製成的糖糕，他遞給她道：「你從前便很喜歡小食，但我這裡只有這些，不知能否合你的口味？」

那五枚青梅糕極為精緻，樣式做工也很講究，像是出自御廚手作。南葵拈過一枚品嘗，覺得極酸，不過內裡層次還是十分細膩的，只管心直口快道：「可惜少了些蜂蜜作配。」

「你不喜歡酸。」他垂眼，輕聲道，「但是酸味爽口。」

她敏感的察覺到了異樣，反問他道：「當真有人喜歡酸苦之味嗎？」

他落寞一笑，緩緩道：「酸、甜、苦、辣，皆是人間百味，一如苦能回甘，澀能生津。」

看來這糕點並非是準備給她的。想來也是，他根本不曾會料想於在此處遇到她，又怎會特意為她備出小食呢？且此時此刻，他雖與她同坐，卻保持了一份恰到好處的疏離，儼然是對她設出了心防。如此一想，倒也頗為傷人，他悉心以絹帕包裹青梅，卻不是為了她。而看似體貼的贈她品味，也只是他一貫的風雅作風，談不上有情有義。這也不能夠怪罪他了，本就只是她一廂情願，他怕是早就認定她葬身崑崙山腳，何必徒增悲思呢？即便辜家二老有意撮合他二人喜結連理，但若是有一方無心，便終將會淪為落花與流水。

她是個死人，又是奈何橋上的孟婆，他自然不該喜歡她，也不會喜歡她。只是一想起他望著虞北梔時的表情，她還是難以自拔的心頭絞痛，其實她都明白，不過是不願過早認清罷了。內心忍不住想道，今日過後，

索性再也不要相見得好，她不必念起舊情，他也不必再刻意疏遠，反正，她也再不是曾經的那個姬南葵了。許是天意弄人，今生註定有緣無分。

遠處重巒疊嶂如翠，長風徐徐繞雲縈水，南葵微微側眼，小心翼翼的打量著他的容顏。心中情愫複雜悲酸，一如殘存在口中的青梅之味，澀後是苦，哽在喉口。

辜振鷺感知到她的視線，卻沒有回望於她。在他心裡，她仍舊是那年相見、令他感到驚豔的模樣，哪怕褪去了稚嫩，也還是殘留著青澀的圓潤。

五年前，她十三歲，他也只有十五歲，想來兒時也曾時時刻刻膩在一起玩樂，只是那會兒少了些性別之分，他從未將她當作是女子。直到她獨自帶領商隊出征三月有餘，再次歸來時，她像是變了個模樣一般，出落成了翩翩少女，四肢纖細，脖頸修長，好似在短短的時間裡長高了許多，以至於他在最初未將她認出來。

唯一無法忘懷的，是她在那日的一瞥一笑，鈴蘭印花綴滿她的錦衣，外罩銀紅色紗衣，腰間配著的彎刀金光璀璨，刀鞘上掛著一串鏤空鈴鐺，走起路來，蹦跳出清脆曼妙的聲響。

她走在商隊的最前頭，同身後的屬下有說有鬧的談笑風生，即便臉上蒙著一層風塵僕僕的塵埃，可卻掩蓋不住她面容的美麗與輕靈。而他就站在姬府的門前，一直看著她策馬而來，攜著夕陽的餘暉，穿透了他當時那落寞孤寂的靈魂。

如今想起，她的確也曾如寂夜中綻放的煙花，照亮過他心中的灰暗，可無奈於煙花之璨終是太過短暫。她耀眼如火，似太陽般鋒芒，他試圖靠近，卻總被灼傷。那時的他並不懂她表達情感的方式，而後才漸漸明白，他與她並非絕配，無非是水面上曾漾起的層層漣漪，偶然觸動過彼此心弦，卻承受不起任何的風吹草動，哪怕只是一句話、一個眼神、一次立場的變換。他是孤獨的，她是熾熱的，他清冷，她燃燒。冰與火，竟是兩重天。

儘管有著父母之命、媒妁之言，他與她仍舊是漸行漸遠。於是，不知是從何時起，他將對她敞開過的心門默默的關上了，任憑她再如何熱烈的敲打，他也做不到再邀她進門。

可究竟是從何時開始變化的，他自己也不夠清楚，思及此，他不由得將視線投在她的臉上。

南葵察覺到了他此刻的目光，也能憑藉自己對他的瞭解，猜出幾分他心中所想，低聲道：「其實你現下看見的我的模樣，並非是我改變的模樣。不如說，我的容貌從未改變，所見之人不同，看進眼裡的才會不同。」

他回想起曾在魁味居中見到過她，那日，是姬仁宣邀他前去的，也就是說……辜振鷺盯著她，輕嘆道：「想必在仁宣兄的眼中，你仍舊是從前的樣子。」

南葵似有失望的垂下眼，半晌之後，才苦澀的說道：「我曾以為，在你眼中也會是。」

辜振鷺一怔，眼神隨之躲閃起來，他欲言又止了數次，繼而還是移開了視線，臉上的表情也逐漸黯然，彷彿極為掙扎也極為痛苦，最終決絕的站起身來，背對著她道：「我們還是盡快各自行動吧！此番接近國君的機會難得，莫要錯失了這天賜良機。」

他的聲音很平淡，甚至於是有些許冷漠。她先是愕然，很快便平復了心緒，替他說道一般：「為了行事不露出馬腳，你我再見還是故作不相識的好，免得惹人猜疑。」

他低了低頭，像是鬆了一口氣那般道：「如此，也好。」

說罷，他解開自己拴在樹上的韁繩，翻身上馬，又最後回頭看了一眼南葵，然後便離開了。而南葵站在原地，怔怔的發了一會兒呆，如夢初醒的抬眼看向天空，不知不覺中，已經是傍晚時分了。

當天夜裡，明古圍場在前殿的設宴極盡奢華。

這會兒已接近黃昏，夕陽漸漸爬上天際，器樂班子跟隨侍女前來，他們一個個捧著琵琶、古琴、瑟、箏，還有笛與笙，連同鐘、鼓、鑼、磬都一應俱全，二十多人的器樂陣，井然有序的落座，開始彈奏起曼妙曲音。

數不清的王孫貴族圍坐兩側，滿臉皆是整日狩獵後的酣暢盡興。高座之上的正中央位置，坐著身穿錦袍的國君，皇后與寵妃伴在他身側，寵妃的族妹則坐在僅次於寵妃的座位上，據說是被國君欽點。

眾人紛紛舉杯，齊祝國君賜臣民這良辰美景，國君回敬眾人，便是在

這時，所有歌女舞姬忽然傾巢而出，在絲竹迭奏聲中踏歌而舞。她們身姿曼妙，風情萬種，一時之間花影風動，桃花婆娑，如同天上人間，國君凝望著這景象，心情大好。

而坐在殿內左側位置的三皇子璽，正一邊小酌青瓷杯中的佳釀，一邊打量著高臺之上的父王。

據說父王八歲被封為王爺，十八歲便登上皇座，眼下已掌政數十年的他，在滿堂的諂媚聲中，笑得一如既往的溫文爾雅，平和而沉靜。而都說二哥的模樣最像父母，不似他自己，眉宇間都是戾氣。

可論資質論相貌，璽認為自己都要勝二哥不知幾籌，傾向於璽的皇室黨羽，自然也是多不勝數，偏偏父王卻格外偏愛二哥蘊。

思及此，璽心生妒意。眼下，最為緊要的便是時機，他又飲下一杯，目光越過父王，落在寵妃左側的那抹身影上。

今夜的虞氏么女，仍然是美豔絕倫、光華照人，她正目不轉睛的觀舞，嫵媚的桃花眼中含笑，似盈盈水澤。璽看她雲鬢峨峨，修眉聯娟，戴金翠之步搖，皓腕玉白如瓷，又是那般纖細腰肢，仿若一折就斷，他不自覺的幻想起自己的雙手撫揉過那玉體的滋味……，不禁有些心神蕩漾、意亂情迷。

正當他思緒渾濁之時，耳邊忽然傳來驚歎聲。他循聲望去，只見場上一名舞姬正在獨舞，腰身靈活如雀，上演出一曲驚人的霓裳飛天。她縱情旋轉，翩若驚鴻，又婉若游龍。四肢纏繞著的金鈴相互碰觸，響聲悅耳動聽，那透明面紗下的容貌榮耀如春松，好似仙子一般。

璽側身去問旁桌的四弟道：「這領舞之人是誰？」

「好像是圍場裡的小廝，叫阿南。」

「小廝統統是少男，又怎會是舞姬？」

四弟撓撓頭：「我也是聽旁人說的，可能聽得不夠真切吧！」

璽托著腮，再不言語。

待到一舞結束，席間的姬仁宣小心謹慎的起身去了殿外，辜振鷺瞥見了他的背影，心中想著還未曾找到機會和他攀談，轉眼又看見方才那名領舞的舞姬追上了姬仁宣的腳步。辜振鷺像是察覺到了什麼，緩緩低下了頭，他凝視著手中酒杯裡的清液，倒映在上頭的自己的面容略顯陰鬱。

而恰逢此時，他餘光瞥見主位上有一抹倩影不見了去向，辜振鷺正困惑於她去了何處時，卻見她的貼身侍女悄然來到了自己身邊。侍女面色為難，緊張兮兮的向他伸出手來，他一怔，趕忙接過她了遞來的東西。

　　夜空星辰閃耀，姬仁宣頭頂星輝的站在偏僻的矮亭之中，周身靜謐無人，只有簷上燭燈將暈黃之色流瀉在他身上。

　　這時，披上小廝長衫的南葵，左顧右盼的走到他面前，她確信沒被任何人察覺到異樣，而姬仁宣見她來了，當頭便是數落：「南葵，你實在是亂來，怎可不跟我商量便混進了舞姬之中？如果過於引起皇室的注意，便會惹上許多不必要的麻煩。」

　　南葵則是聳聳肩，不以為然道：「已經引起注意了，你沒見席中那幾個皇子的眼珠子，都要貼在我身上了嗎？」

　　他略顯慍怒，唉了一聲：「皆是酒色之徒，無一正人君子，且眼神下流，勝似輕薄！」

　　南葵卻十分冷靜道：「仁宣哥哥，你放心好了，我行事是有分寸的。而且此次秋獵，想要接近國君的絕非我一人，他的幾個皇子也在暗中布局。如此的話何不『借刀殺人』？只要能盡快得到國君或是寵妃的血液與眼淚，我便能更快找出線索，鋌而走險也算值得。」

　　姬仁宣倒是知道焰國皇子們之間的水火不容，三皇子璽與二皇子蘊劃分兩派，已在明裡暗裡為立諸之事多次爭得頭破血流。的確，當今太子一位仍無人繼任，群臣也十分焦急此事，那兩位最有可能成為太子的人選，必定會利用秋獵之機來斬除彼此。

　　自古皇室多殘殺，手足之情與皇位權勢相比起來，實在是輕如鴻毛。

　　思及此，姬仁宣便沉聲道：「若是真如你所預想的話……」

　　「屆時，便可以坐收漁翁之利了。」南葵的笑意裡夾雜著幾分奸詐，她勢在必得道，「無論是寵妃的血還是皇子的淚，都有助於我從中找出國君的破綻。再加上冉姐姐與振鷺那頭的線索，我必定會揪出煉製嬰靈的背後元凶。」

　　聞言，姬仁宣有些緊張的問：「振鷺已經認出你了？」

　　南葵並不打算隱瞞他，誠實的點點頭：「他已經知道我就是南葵。」

　　姬仁宣得知此事，雖有幾分驚訝，倒也鬆了一口氣，很快便釋然道：

「畢竟也是自幼便在一起長大的，只要多加接觸，難免會發現端倪，反倒是他在最初認不出你時，我才覺得奇怪。」

南葵其實想說，認不出她倒也不足為奇，辜振鷺對她的感情，僅僅止步於青梅竹馬，並無過多深厚情誼，像他那樣性情淡薄的人，許是從未開過花的鐵樹。好在……

「好在仁宣哥哥一眼便認出了我，才不至於讓重返人世的我淪落成孤魂野鬼。」南葵真心實意的道出此話，不免心懷感激。

姬仁宣聽聞此話，卻微微一笑，他讚許道：「你已身為冥府孟婆，即便世間無人記得你，你也不會是孤魂野鬼，冥府中人會為你冥途路引。」

南葵略顯詫異的反問：「仁宣哥哥也知冥途路引？」

姬仁宣低聲道：「我也是從古書上看到的，相傳，寧夏人莫容非的鬼魂，某日附在當朝太倉知州某幕僚身上作祟，借其口大呼：『歸嶼，歸嶼，胡不歸！』知州知其為鬼，詢問了緣由。他說自己之前來投奔遠親，前太倉刺史趙某，但卻被拒之門外，饑餓窮困而怨死。現在趙某已遷至他鄉，但鬼無路引，不能出境，他乞求知州哀憐窮鬼，賜給路引。知州便召房吏寫一公文，諮明沿途河神關吏，放莫容非之魂歸故鄉。

「之後，幕僚的病不醫而癒，想必書中記載的路引，就和出城所需的權杖一樣，若無關文或路引，鬼魂也寸步難行，自是無法出境返鄉。即使偷偷逃跑，也會被鬼差緝拿驅逐，由此可見其作用甚為重要。那地下冥途定是遍設關卡，如無冥途路引，守關鬼卒便不會放行亡魂，甚至加害亡魂。而冥途路引，便是死者去往陰間的通行權杖了。」

南葵感嘆姬仁宣的博學，且她自己也是透過繼承了孟婆的記憶才看到這些規矩的，但也還是炫耀般向姬仁宣道：「話是如此，但書上一定不會教你路引的作用，其實，路引是望亡魂憑此引暢行冥途關津，不會有險阻，是為了解救亡魂的苦楚，拔渡亡魂，以便早日脫離地獄之苦。只不過，一般死於非命者是不可能順利拿到路引的，因而多成為孤魂野鬼，怨氣較重，且不能正常投胎，這時候就需要超渡。」

姬仁宣便問：「要如何超渡呢？」

南葵細細道明：「所謂超渡，就是幫助那些怨死的鬼魂討到一紙牒文，讓其能順利通關。根據舊時說法，一般有官爵之人手書奏文焚燒，

也可起到發牒之作用。此外，具有法脈傳承的道士、法師也可申文奏表，其作用也是一樣的，這便是超渡了。讓法師須書符奏表，說明所辦何事，超渡何人，並請相關神靈派遣兵將辦妥相關事宜，才算超渡成功。若僅念誦經文超渡，通常治標不治本，這也是為何由道士來超渡較為靈驗的原因。」

姬仁宣默默點頭，自是全部聽進了心裡，他品味著南葵的那番話，也覺得與放河燈是同樣的道理。

河燈能夠寄託後人對先人的思念，也意味著將厄運隨著逝水東流，一去不返。想他幼年時，也曾隨養父在河畔旁寄放荷花燈，他還記得那種燈的模樣，皆是底座上放著燈盞或蠟燭，中元夜與清明夜放在江河湖海之中，任其漂泛。如今想來，放河燈的目的，便是普度水中的落水鬼和其他孤魂野鬼了。

正所謂沿水設祭，「水者，陰也。」五行中水為陰，水是逝者由此岸渡到彼岸的必經之路，水可濟萬物，而燈可照明三界。要渡河，總是免不了一盞牽引之燈，所以，放河燈有「度鬼」、「照冥」的作用。以此儀軌與水火煉度遙相呼應，可謂拔攝死者之大成妙法。其目的是「渡出冥孤獨之魂」，也是一種驅鬼活動。

它以齋孤、普度的形式，使孤魂野鬼有一種安慰，以免擾亂活人，保證祭祖的正常進行，這是對十方孤魂的祭奠，對祖先的祭奠。千百盞河燈放入水中，可照亮九幽黑暗地獄，為鬼魂引路，以脫離苦海。

正當二人切磋「學識」之際，忽聞前方不遠處的樹下傳來竊竊私語。若再仔細一點聽的話，會發現那是極為壓抑的啜泣聲，斷斷續續的起伏，似怕被旁人聽見般謹小慎微。

南葵與姬仁宣心生疑慮，面面相覷，心想著除了他們兩個之外，又會有何人隱蔽於此？

然而，由於與冥帝有約在先，南葵身處凡間非緊要關頭不得使用法術，所以即便是一身法力，也是無法肆意妄為的，自然不會憑空得知對方是何許人也。但她又極為在意那哭聲，便決意悄悄去接近。姬仁宣察覺她的意圖，趕忙阻攔她，南葵小聲安慰他不要擔憂，只管在原地等著她回來便可。向來是拗不過她的執著，姬仁宣只好無奈的放她前去。

夜色沉寂，四下清冷，南葵小心翼翼的循著哭聲的方向走著。矮亭前頭有一處蓮池，轉過蓮池，便見到了一棵巨大的合歡花樹。可惜時節不對，樹上群花已謝，只剩紅葉無風自落，是在那低垂的樹椏縫隙之中，南葵見到了兩個半遮半掩的身影。

距離不算遠，依稀可見那二人身上朦朦朧朧的不俗韻致。且蓮池中碧水充盈，梨木架上紫藤長蔓，襯出了一股子幽怨而氤氲的曖昧氣氛。那二人彼此凝望，眼神情重至深，腰間佩戴的一抹白玉光澤劃破暗夜，當即照亮了他們的容顏。

南葵一驚，趕忙彎下身形躲進假山後頭，只因瞧見了他是辜振鷺，而親昵的靠在他肩頭的女子是虞北梔。

想來今夜月色正好，恰逢秋獵，又是花前月下，妙齡男女幽會此地訴說軟語溫言，也是人之常情。可南葵萬萬想不到的是，那屢次出現在辜振鷺夢中的女子，與那白玉之名的寄託，竟統統都是來自虞陶的么女！

此般時刻，虞北梔正默默的流淚，梨花帶雨中自有一派嬌柔風情，池中翠波隨夜風閃動華光灩灩，辜振鷺便探手去為她擦拭頰上淚痕，那一舉一動甚是輕柔，像怕僅僅是這麼微不足道的觸碰，都會褻瀆了她。而他滿眼皆是情難自禁的憐惜，仿若全天下能映進他眼中的，只有一個虞北梔。

南葵看在眼裡，不由心頭一震。要知道，辜振鷺那種冷冷清清淡淡的為人，居然也會有這般動情的一面。她忽覺心中絞痛，迅速轉身靠著冰冷的假山，低頭去看，自己的雙手竟不覺的顫抖起來，且她連呼吸都不敢盡情吞吐，彷彿一旦呵氣，某種情感就要在胸腔中決堤。

而辜振鷺與虞北梔並未察覺到南葵的存在，他們沉浸在彼此相擁的繾綣纏綿裡，早已看不見世間他物。恍惚之中，南葵聽見他對她低緩的呢喃著：「你且要信我，待到時機成熟，我便會去向家父家母道明這一切，我們不會一直這般偷偷摸摸的，你莫要再為此傷懷流淚了。」

他說什麼？

難道，他早就同虞北梔私訂終身了嗎？

想來也是，南葵回想起他的夢，以及他每一次望向虞北梔時的眼神，那些日思夜想是不會騙人的，他與她，果真是一對苦命鴛鴦了。

「可辜家與虞家一直水火不容，若是真的被他們得知此事……」虞北

梔說到傷心處，越發難掩淚流，「到了那時，我真怕，真怕連見你一面都是痴心妄想了……」

他慌了起來，像是個幼童一般無措，只管忙著哄她，連連承諾道：「你怎又說起這樣的喪氣話？上一次我們不是都說好了嗎？我今生是無悔的，也不會再退縮了，除了你，我誓死不會娶旁人。」

好一個誓死，好一個無悔，原來正人君子如辜振鷺，也是躲不過絕色美人的朱砂淚。曾幾何時，南葵還會怪辜振鷺冷漠無情，今日看來，他哪裡是冷漠，哪裡是無情，無非是將一腔愛意捧到了別人面前，任憑刀山火海，任憑萬丈深淵，他也是只愛卿卿一人般的孤絕了。

南葵垂下眼，眼前忽然模糊不清，耳邊則傳來窸窸窣窣的腳步聲，她懵然的抬頭去看，姬仁宣已經來到了她的面前。蓮池那端的景象，他已是盡收眼底，便苦澀的輕嘆一聲，低頭望向南葵道：「想哭就哭吧！」

南葵如夢初醒般的皺起眉，沉聲道：「何出此言？我不會哭，也不願哭。」

姬仁宣去探手擦過她的眼角，將指尖上的濕跡遞到她面前，語調極輕的問：「那這又是什呢？」

南葵倔強的抬起袖口擦了擦臉，不再多言，轉而大步流星朝來時的路走了回去。

一路上，她步子極快，心裡的憤怒與屈辱也越發強烈。她很想大喊大叫，又怕驚動晚宴中的人們；她也想痛哭流涕，又覺得會失了自己顏面。倘若方才的勉強只是嘴硬，那眼下的難過才顯得滑稽了。

是啊！她是個驕傲的人，她姬南葵打從出生那刻起，就不曾落於人後過，她事事要強，能文能武，又能帶著屬下行商出征，絲毫不輸給任何一個同齡異性。她不甘心平庸，也不屑坐於深閨，她知道自己的價值，便去順應自己的心與堅定。可偏偏是這樣要強的性子，便不會是能讓他辜振鷺青睞的女子了。

但，她又是個已死之人。

是冥帝攜帶著死亡，賦予了她最崇高的體面，讓她成了孟婆，再不是凡間的尋常女子。思及此，她略冷靜下來，忽而回想起自己孤孤單單死在崑崙山洞裡的那一日。

就像是一個清醒的夢，雖然明知是場夢，卻是始終無法醒來的夢。

　　那麼寒冷的冰窟，陽光無法照射進來，她甚至不知道自己經歷了何等痛苦的酷寒，也許在昏睡之前，她已經瑟瑟發抖如一條蛆蟲，抑或是被黑暗吞噬卻不自覺的以為那是生存希望。她雖在死後得到了體面，可在死去的那一刻，卻是極為悲慘了。沒有人陪在她的身邊，沒有人見證她的離世，她唯有孤獨伴隨著，渾渾噩噩被冥府召喚，進入來自地獄引誘著她的睡魘。

　　只是，在當日的奄奄一息之際，真正浮現在她眼前的人是誰呢？她期盼著最後一眼見到的人，究竟是誰呢？

第十五節

是昏睡之中的父親嗎？

是將她視作珍寶的母親嗎？

還是被她記掛於心間的辜振鷺呢？

她回憶不起來，當時只覺全身冰冷，昏蒙之間總以為眼前會出現熾熱的篝火，她恨不得整個人都跌進那團火焰裡，像野獸一般在炙烤之中翻滾取暖。可身上的寒冰卻蒸發成水汽，令火堆一點點的熄滅，她便又被酷寒吞噬，只得瑟瑟發抖，蜷縮在黑暗之中。

是在那時，耳畔竟不停響起混亂的呻吟聲，他們在悲哭、哀叫，統統是那些死在這洞穴裡的靈魂，死後化成孤魂野鬼，逃不出這洞，自是無關轉生投胎。而她也在擔心著自己會否和他們一樣，孤苦的死在此處，凍成一塊堅冰，最終和其他人一樣腐爛，連白骨都不會有人能找到──也許，除了那個人，也一定沒有旁人願意冒險來尋她的屍首吧？

真是遺憾，她在死前都無法見他最後一面。他也全然不知她死得這般悲戚，被饑餓、寒冷與恐懼折磨得意識混亂，竟急迫的期待著──快一些死掉吧，快一些，快死。

死了才不會再感到痛苦與絕望，反正她也是回不去他身邊了。

「振鷺……振……鷺……」她垂死掙扎般喚著這個名字，冥冥之中，她彷彿感到他的手在撫著她臉頰，她順著他的牽引，回到了府院後的那棵梧桐樹下，他為她吹奏一首優柔之曲，而後又將他的玉笛轉送給了她。

可很快的，她心下一驚，立即察覺到了不對。

是啊！不對，這不對……她怎麼會叫出振鷺的名字呢？那個時候，送給自己玉笛的人並不是辜振鷺，那時的她只有七歲，她還尚且與辜振鷺素不相識，在遇見辜振鷺之前，一直陪伴在她身邊的人是……

「南葵。」

熟悉的聲音迴盪在耳旁，素白的光亮中，呈現在眼前的面孔令她無比

留戀。因為每一次，他都會溫柔的念著她的名字，每一次，都會親自下廚為她備出她喜愛的吃食⋯⋯

然而她卻做不到和他道別，在死前的最後一刻，她從齒間喃喃脫口出的名字是：「仁宣哥哥⋯⋯」

聲音落下的剎那，所有的過往都從眼前消散成煙，黑暗不留情面的將她包裹，唯有一滴晶瑩的淚珠從她眼角滑落，幾乎是在瞬間便凍結成冰。

當日情景歷歷在目，此時此刻，站在僻靜翠竹林間的南葵陡然間如夢初醒，她睜大了雙眼，這才意識到自己曾在瀕死之際的心意。

辜振鷺並非是她的心心念念，是呀！她只是忘記了而已，忘記了自己在臨死之前最為期盼見到的人是誰。

「如此一來，更是沒有必要執著於振鷺了⋯⋯」南葵恍惚的自言自語，彷彿終於大徹大悟。

經歷了一場生死，她終於明白了自己對辜振鷺的感情，也許⋯⋯也許從來都不是愛慕，如果不是因為父輩的期待，她也不會順應其中。想來辜振鷺也和她一樣，皆是當局者迷，他們二人心中的執念，不過是放不下的責任罷了。是多年來理所應當的媒妁之言，牽絆著他們的步伐，卻從未來得及真切的捫心自問過：是否真的愛慕著對方？

辜振鷺自然是早已心屬他人了，而南葵今日見到他與旁的女子幽會，她也不是為此傷心欲絕，反而是震驚大於悲痛，待到平靜下來，她在此刻竟覺得心間豁然明朗。

身後的腳步聲逐漸清晰，姬仁宣緩緩的跟上了她。可他不願打擾她，只凝視著她的背影，等她整理好自己的思緒。小的時候，他曾覺得她膽子奇大，什麼都不害怕，但隨著年齡逐漸增長，他發現她也是個有著脆弱一面的女子。思及此，他越發擔心起她，終是忍不住輕聲詢問她道：「你還在哭嗎？」

她搖了搖頭，轉過身望著他，似笑非笑的歎道：「眼淚無用，我也不想為無關之人傷心難過。」

他苦笑，走上前來，拍了拍她的頭，道：「怎能說是無關之人呢？他就算不再是你的心上人了，也還是你一同長大的青梅竹馬。」

她再次深深吐息，長嘆一聲道：「死去的人和活著的人，本就毫無可

能，我不該執著於此。倘若他能幸福，我也該為他感到欣慰，且待我回到冥府之後，於他而言，我早晚會是一個無關之人，世間活著的人很快就會將我忘記，再如何深遠綿長的感情，也敵不過死亡。」

他聞言，若有所思的重複著她的話：「你說得對，死人與活人本就沒有可能。但，還是會……」

接下來的話，他沒有再說下去，只是默然的別開了臉。而南葵並沒有注意到他的難言之隱，只是將自己腰間一直珍貴著的金鈴摘了下來。那是辜振鷺在她十四歲時送給她的生辰禮物，他很少會送東西給她，而這串鈴鐺，也是他對她唯一一次的示好。可如今，南葵將金鈴放在翠竹林下的泥土裡，如今的她，已經不需要這份珍貴之物了。

風沙會將其掩埋，竹葉會將其覆蓋，南葵從袖中取出那支小巧精緻的玉笛，緩緩的吹奏一曲《宮闕月》，與曾經，與過去，與金鈴告別。

　　心之憂矣，如匪浣衣；
　　靜言思之，不能奮飛。
　　靡不有初，鮮克有終；
　　我姑酌彼兕觥，唯以不永傷……

略顯哀婉的一曲終了，南葵好似再也回想不起和辜振鷺相處的時日。唯獨能記得他送她金鈴的那天清晨，她剛在後院舞劍結束，正欲回房，看見他在外頭輕叩她的木窗，手中攜著一串璀璨的金色鈴鐺，像極了炫目的葵。

而見她出現，他的神色有些愕然，倒也彬彬有禮的將金鈴交給她，說了些什麼她不記得了，因為碰巧姬仁宣也隨後而來，他自然會記得她的生辰，她無意識的捧著金鈴望向姬仁宣，見他從逆光之處走向自己，笑起來的時候，眼睛裡彷彿盛滿了繁華星辰。

一如此般時候，他靜靜的走向她，她則是收起玉笛，望著他走近，他便將事先備好的點心拿出來，解開絹帕，呈現在眼前的，是她素來喜愛的櫻桃脯。

他微微訕笑道：「昨日準備得匆忙了，調味許是差了點，但也記得在

其中加入了蜂蜜，免得櫻桃做脯之後酸澀，誰讓你總是喜吃甜食。」

南葵怔了怔，很認真的拿起一塊櫻桃脯吃下，仔細的品嚐味道後，極為感動的同他道：「是很甜，不酸不澀，也很爽口。」

他便笑得更為放心了一些，催促她把點心吃光，南葵默然照做，心中不由得佩服起姬仁宣來。從小到大，無論她開心抑或是難過的時刻，他總會隨時隨地為她準備出許多美味的吃食，在不經意之間便化解了她的悲傷，且從不抱怨，也風雨無阻，以至於南葵從不敢想像沒有他在身邊的日子，自己該何去何從。

而正當南葵沉浸在這柔暖溫情中時，遠處忽然聽得一片驚呼聲乍起，隱隱有火光呈現在前殿上頭，還未察覺到發生了什麼，就見圍場內的數名小廝跟蹌的朝這邊跑了過來，邊跑邊喊著：「不得了，不得了啦！殿內起火了！」

南葵與姬仁宣互望一眼，立即奔著火光的方向跑去。可前路已被濃重的煙霧模糊，南葵根本辨別不出方向，只能依稀從呼喊聲，感知到殿裡的人都已蜂擁而出，如蝗蟲掠食一般四散奔跑，唯有小廝們提著水桶滅火的身影極為清晰，許是因為他們的衣衫赤紅奪目的關係。

可……好端端的，怎麼會突然起火？

「難不成這是那幾個皇子的詭計？」南葵喃聲低念，不禁覺得皇子們還真是急性子，才只是秋獵的第一晚便按捺不住了。只是不巧的是，在這濃煙彌漫之中，南葵與姬仁宣走散了，她雖不擔心他會有何安危，卻還是急於尋找到他的去向。

南葵正準備呼喊他的名字，卻聽到幾米之遙的地方傳來塌陷聲響，是一座小榭被燃燒的火焰焚倒了，驚呼聲不絕於耳，也不知是否有人因此而受了傷，又不知是誰驚慌失措的大喊道：「有刺客！快保護陛下！」

刺客？

南葵困惑的蹙起眉，她努力的透過濃濃煙霧去看，見到無數黑影揮著長劍奔向同一個地方，應該就是國君所在的位置。而那些護主心切的黑影，定是精銳的御林侍衛，只是……侍衛們又是如何能確定國君身在何處呢？

南葵本想追上他們的步伐，一同去接近國君，這可是難得的良機。然

而，一個身姿輕盈的黑衣人攔住了她的去路，南葵以為是危險，正要拔出腰間的彎刀與之對抗，誰知對方卻趕忙扯下面紗向她道明身分：「別緊張，是我！」

聽這聲音……南葵愕然道：「冉姐姐？」

林冉冉也沒心情和她寒暄，嫌惡的捏著鼻子說道：「這濃煙可真夠嗆人的，連我這種沒有感官知覺的冥府使者，都要受不了了。」

南葵忍不住翻了翻白眼，心想著她只是想要抱怨罷了，如果沒有被冥帝保留下嗅覺的話，又怎可能嗅得出煙霧是否濃烈呢？不過，眼下最要緊的還是：「你怎麼突然回來了？可是尋到了什麼有用的線索？」

林冉冉也不再裝模作樣了，鬆開手，伸了個懶腰，慢悠悠的道：「這裡不是說話的地方，你我去那殿上頭吧！」

還未等南葵同意，林冉冉已經抓著南葵一躍而起，眨眼間的時間便站到了有七層塔之高的前殿簷頂。腳下鋪滿了璀璨繁華的琉璃瓦，南葵眨了眨眼，立即詢問林冉冉道：「為何你可以在凡間肆意使用法術？冥帝明明吩咐過我，非必要關頭不得……」

話還未說完，就被林冉冉打斷：「你是你，我是我，你我各司其職，雖同是冥府中人，又有誰說過你我的行為皆要相同？倘若真是那般，我又該如何幫你完成使命？」

這一番話，自是令南葵無話可說，但她還是忍不住猜疑起冥帝對林冉冉有「特殊待遇」。不過，眼下也不必拘泥於此種小事，南葵向前走幾步，站於殿之頂端，居高臨下的凝視著下界的炎炎火海。

由於身處高處，自是可以將煙霧中的人影一覽無遺，且每個人的面容與方位都看得格外真切。南葵斂了斂眼，默然詢問林冉冉道：「既然你來找我了，必定是有事要告知於我，且不說旁的了，我先問你，你可知這火事起因？」

林冉冉走近她身邊，指著下頭那群倉皇逃命的貴族，又指了指另一端膽怯無助的妃嬪，悠悠然的慢條斯理道：「這群人面獸心的王諸啊！統統各懷鬼胎，他們同時投靠了皇子璽和皇子蘊，為的是一方慘敗之後，還能去站隊登基的另一方。且有的妃嬪還與皇子璽有染，可也不僅僅是皇子璽，你看那邊那個穿著紫衫裙的美人，她雖位分最低，可卻從未被國君寵

幸過，怕是不甘心老死於宮中，便勾搭上了皇子蘊暗通款曲。他們都愛慕著國君，但又都恨不得國君死，又愛又恨，愛而不得，令他們在無知無覺之中生出了心魔。」

南葵的眼神黯下來，語氣也逐漸變得悲憫，她歎道：「心中之魔，皆因欲念。欲念越重，魔便越妖。」

「心魔勾動天火，從眾人的悠悠之口吐露，火苗彙聚成了火海，卻燒不盡心裡的魔。」林冉冉的目光落在皇子璽的身上。想來他定是認為這大火是天公助他，可螳螂捕蟬，黃雀在後，就在皇子璽企圖帶著自己的親信企圖弒父之時，卻被尾隨其身後的皇子蘊與其黨羽偷襲。

數道刀光向著毫無防備的皇子璽背後刺去，他到底還是死在了一同練劍、一同習武、一同吟詩的手足刀下。

火海暗夜之中，皇子蘊將染血的劍扔去了旁頭的蓮池之中，他高喊著刺客殺了皇子璽，引來周圍一陣混亂的波動。想來他可以趁熱打鐵，一鼓作氣執行他弒父篡位的計畫。可御林侍衛總是寸步不離的護在國君身側，即便是濃煙滾滾之中，他們也可在第一時間尋到國君。但凡有他們在，誰人都無法接近國君半尺，且那御林侍衛的首領，便是全身散發著肅殺之氣的大將軍虞陶。

他身上的氣息令人在一里之外就可感受得到，甚至會不由自主的背脊發涼，哪怕是在這難得的時機中，皇子蘊也不敢貿然行動。

好在濃煙與黑暗能夠將他與黨羽的身影隱藏，已然除掉了皇子璽這個最大的障礙，便不必被貪心與急迫擾亂了心智。皇子蘊趁著混亂逃去了別處，而國君卻似乎早已將他的一舉一動盡收眼底。

「他自然對自己骨肉的行徑瞭若指掌。」林冉冉若有所思的望著國君，神色也變得複雜起來，「他比旁人高明的地方，大概是他已經掌握了如何控制心魔的方式。身為紅塵之人，外魔與心魔皆是魔。然而外魔並不可怕，內在的心魔才是最為可怖的。凡人受心魔操控的話，極有可能做出傷天害理、大逆不道之事，人為善為惡，全於心欲念想之間。福起禍起，與心俱來。」

「欲降心魔，必先平其心，定其性，治其欲。心平則魔難生，性定則魔難侵，欲治則魔微。」南葵低聲道著，她思慮著自己所說的這番話，停

頓半晌後，轉頭看向林冉冉，再次問道：「那麼，你是否已經尋到了與國君有關的線索？哪怕只有絲毫。」

林冉冉沉默片刻，忽而蹙起眉，淡然道：「他夢裡的女子，的確是我林氏後世。」

南葵又問：「可知其名？」

「只有姓氏，而無名字。」林冉冉似有不悅的哼了一聲，「無非是個林氏而已。」

南葵從她的話語中察覺到了幾分憂傷，以及一股莫名的遺憾意味，雖不知其原因，卻不由得心疼起她來。

半晌過後，南葵才謹慎的問道：「這林氏與國君之間究竟發生過何事？」

林冉冉平淡的回她：「我與你不同，並無藉由媒介窺探他人夢境的能力，我只有將全部線索找齊，才能透過線索去看到其過往，眼下只找到了半數，還不能知悉全部。」

南葵輕輕的嘆了口氣，心想著也好，總不能過於急迫。而在這時，天空忽然下起了淅淅瀝瀝的雨，很快便成了滂沱大雨，熊熊火海慢慢的被暴雨熄滅，只剩下濕漉漉的煙霧隨風蒸發。

這雨水清涼如冰，卻無電閃雷鳴，纏綿中夾雜春意，倒也柔情之感了。南葵順著雨幕望向頭頂，見到龍淵正站在雲端操控雲雨，赤霄則在一旁攔住風向，二人配合默契，很快就撫平了火勢。南葵對那兩位投以讚許的目光，認為他們是得力的幹將。林冉冉卻不以為然的聳了聳肩，還極為自豪的向南葵炫耀起，冥府的牛頭、馬面也不遜色於這兩柄玉劍，不過經由她調教下來，這龍淵與赤霄在日後必定要超過牛頭、馬面與黑白無常，搞不好會成為冥府最強的鬼差。

待到濃煙漸漸散開，下頭混亂的人群也慢慢的歸於平靜，方才的驚心動魄，彷彿只是一場來去匆匆的噩夢。由御林侍衛保護周全的國君，開始下令去巡查死者與傷者，他顯然還不知皇子璽已命喪黃泉。

而熙熙攘攘的人群之中，姬仁宣正在循望四周，南葵知道，他定是在尋她。不忍他擔憂自己，南葵便向林冉冉囑咐了幾句，林冉冉自是有著分寸，二人約定數日之後再交換消息，說罷，便各自散去了。

此時的姬仁宣還在詢問旁人是否有見到南葵的去向，他焦急的形容著南葵的容貌與身形，對方聽聞之後，指了指他的斜後方，姬仁宣連忙轉頭去看，只見南葵正向他跑了過來。

　　姬仁宣懸著的一顆心終於落了地，但卻冷冷的打量一番南葵，確認她毫髮無傷之後，竟責備道：「你跑去哪裡了？不是說過不要私自行動嗎？剛剛的火勢那麼危險，你要是有何不測，我該去何處尋你？」

　　南葵卻凜然無畏道：「我這不是好端端站在你面前嗎？況且只是一場火勢罷了，奈何不了我的。」

　　姬仁宣嘆了口氣道：「你總是這樣天不怕地不怕的，可我不是你，我會怕。」

　　南葵愣了愣，一瞬間，她不知該作何回應，彷彿這才恍然驚覺自己從未把姬仁宣的感受放在過心上。因為他從不會埋怨她，也不會怪罪她，她便以為那就是理所應當的。但這一次，他的確是義正嚴辭的表達了他的不滿。

　　南葵有些不好意思的聳了聳鼻子，可卻始終也說不出致歉的話來。姬仁宣自是深知她的脾性，也不曾打算讓她為難，只從袖中取出了那塊包裹著櫻桃脯的絹帕，雲淡風輕道：「還剩餘著幾顆，你這會兒要是餓了，就暫且用來填填肚子吧，果脯總會飽腹。」

　　南葵默默的收下，其餘小廝悄聲喚南葵回房就寢，南葵欲言又止的看向姬仁宣。

　　他只道：「你我明日便會再相見了。」

　　南葵似戀戀不捨的點了點頭，緩緩轉過身去，同小廝一齊離開。

　　寢房裡，小廝們都道今年的運勢怕是不吉，畢竟為期十天的秋獵，在第一日便發生了大事。南葵無心參與他們的睡前話題，可她身為孟婆，根本無須睡眠，但為了不讓旁人起疑，便只得閉上眼睛假裝入夢。

　　窗外風聲瀟瀟，流泉潺潺。儘管南葵閉著眼，可白日裡發生的種種，卻依舊歷歷在目。辜振鷺與虞北栀之間的祕密幽會、國君那深不見底的縝密心思、林冉冉尋到的隻字片語、由心魔而生的烈焰火海，以及姬仁宣望向自己略顯哀傷的眼神。

　　思及此，南葵忽生心煩意亂，便翻了個身，再慢慢的睜開雙眼。她看

向窗外夜空，黑漆蒼穹之中，點點繁星似火，她想到了迷途在冥府之中的萬千嬰靈，不由得在心中嘆道，那些無辜的女嬰，卻連這樣平常的夜晚都不曾見到過，實在是可憐可悲。

但願她能盡早還她們自由。如此想著，南葵有了些倦意，再一次閉上了眼睛。

第二天一早，圍場裡的狩獵活動又再次開啟，眾人躍躍欲試的挑選著場主新帶來的一匹匹駿馬，彷彿昨夜的火勢只是黃粱一夢，未在這些王孫貴族的心間留下絲毫的陰霾。只是，皇子璽失蹤一事還在徹查之中。謠言說他已經死了，被燒成了灰，所以才會找不見屍身。

可皇子璽的母妃德妃誓死不信，哭哭啼啼的哀求著國君要為皇子璽的事情做主。想來皇子璽也算是國君較為寵愛的子嗣，他自然會派一隊精銳人馬在圍場裡去尋下落。但憂傷歸憂傷，秋獵是先祖留下的儀式，必要有始有終進行，國君不僅要為大局著想，也是為了焰國日後的年年豐饒。

而秋獵第二日的規矩則與第一日不同，由於皇家要選出十一部狩獵隊來以示皇威，圍場場主則要挑選出一部資質優越的小廝，來做另外一部狩獵隊，以此來湊齊十二部，寓意十二地支的圓滿。

要說小廝之中也不乏能力出眾的佼佼者，且大家都明白，圍場的那部狩獵隊，只是用來襯托皇威的角色，成員只要不失圍場的顏面即可。但偏生這屆場主年輕又有骨氣，非要挑出二十名身姿不凡、體能卓越的小廝來切磋較量。

在最初，南葵這樣嬌小的身軀，是尚未入得了場主法眼的，當然，圍場之中無人得知她是女兒身，只覺她是個腰身孱弱的俊美少年。可她強烈表示自己從小便擅長騎術和箭術，絕對不會輸給在場任何一個威武高大的驍勇之人。耐不住她的死纏爛打，加上的確人手匱乏，場主只好選她做了最後一名參部者。

十二部狩獵隊已全部集齊，每一隊二十人，在圍場木欄處以一字方陣排開，胡服各以朱、霽、靛、黛、縞、蒼、琥珀、天青、茶白、青蓮、竹青和松霜綠為底色，騎手們頭繫同色錦帶，額心上皆有一塊鵪鶉蛋大小的丹紅玉，背攜弓矢，腰繫箭囊，坐騎駿馬顏色不一，自是集結成了一派波浪般起伏的各色光海，觀臺上遠遠望去，竟是難得一見的人間美景。

南葵身穿松霜綠色的胡服，身騎一匹毛色錚亮的黑駒，她時而望向第一部對的領頭人，正是一身朱色胡服的國君，唯獨他的衣襟鑲了金絲，日光之下顯得格外尊貴。

　　待到圍場場主宣布狩獵開始後，十二部騎手們的馬蹄翻飛，濺起泥土無數，南葵快馬加鞭衝向最前方，試圖與國君比肩同行。

　　她的騎術的確精湛過人，僅僅是半炷香的時間，她已然逼近了手握優越權的朱色部隊。叮沒想到那部隊忽然改變了方向，為首的國君朝著左方的山林深處奔去，南葵勒馬不及，自是落下了好不容易追上的那段距離。

　　她心中不肯服氣，再度調整好馬韁，快速策馬去追，迎面偏逢鹿群數十隻跑來，她面不改色，當即動作俐落的拉弓上弦，幾發長箭飛天直下，接連射中了兩隻壯鹿，一雌一雄，當場斃命。

　　箭柄上繫著各自狩獵隊的部號，其他途經於此的狩獵隊，見識到了南葵的箭術，皆是滿臉的驚歎與讚許。

　　「這圍場十二部的騎手好生厲害啊！」身穿黛色胡服的貴族來自第四部隊，是個眉清目秀的年輕男子，與他同行的是天青色部隊的皇室子弟，看其資質與氣韻，倒像是個侯爺位分。

　　他們見南葵技藝精湛，便頗有興致的湊到了她跟前，那相貌俊美倜儻的侯爺明眸如星，眉飛入鬢，笑容滿面的向南葵商量道：「沒想到你這小廝雖身為雜役，卻騎技了得，箭術也非同凡響，若是你肯把射殺的兩隻鹿算作我二人名下，我等便為你在場主面前美言幾句，也好助你在日後晉升成主子。」

　　只動動嘴巴就想換走她獵下的鹿？未免有些厚顏無恥了。南葵心中生氣，正想和這人理論，那邊的清俊男子已經阻止同伴道：「胡展兄，『橫刀奪愛』可算不上正大光明，休要把我一同算進去，我且還是要靠自己多打幾隻獵物的。」

　　那個叫胡展的男子卻不依不饒道：「就憑你？哼！在這緊要關頭倒是清高起來了，難不成你忘記晨間與皇子蘊他們打過的賭了嗎？」

　　清俊男子聞言，有點啞口無言的模樣，半晌之後才執拗的辯駁道：「但作弊也絕非正人君子所為……」

　　就在他們二人意見不合之際，後方又有幾名其他部隊的人馬迎來，胡

展見狀，直念著遲了遲了，這下換不走鹿了。

南葵卻滿臉的不以為然，她本就沒打算同意他那居高臨下的提議。恰逢此時，一隻花色皮毛的野兔從樹洞下頭探出了毛茸茸的腦袋，在場眾人皆是亮了眼睛，紛紛屏住呼吸，悄然間拉弓上弦，箭矢瞄準了花兔。

「嗖——」

只一支箭以迅雷不及掩耳之勢射了出去，不偏不倚，正中花兔的頭。那花兔打了幾個激靈便咽氣了，南葵立即翻身下馬，興高采烈的去拾起了戰利品。

其他人都悻悻的收起了弓箭，又豔羨又嫉妒的打量著南葵。可緊接著，兩隻拖著火紅尾巴的野雞從山林裡衝了出來，牠們企圖以自己驚人的速度逃離這幾乎被重重包圍了的險境，幾名狩獵隊的男子低聲叫著：「快放箭！別讓牠們跑了！」

亂箭如暴雨一般從天而降，眼花繚亂的箭雨之中，肥碩的野雞靈活躲閃，然而說時遲那時快，一匹黑駒已經衝到了野雞後方，其騎術快捷絕倫，馬蹄在騎手的引導下，幾乎騰空踏雲，鞍上之人抽出腰間一把金燦的彎刀，一手以箭為攻，一手以刀為盾，兩側夾擊，幾乎是在瞬間便將其中一隻的野雞脖頸割斷了。

草地上，血濺四散，南葵將那野雞打撈起來，與野兔一起放在自己的馬背上。胡展與那清俊男子皆在心裡暗叫一聲好箭法，簡直就是野禽走獸的剋星。南葵騎在馬上，回過頭向身後的一眾人等威脅道：「不准把那雌雄二鹿身上的箭矢拔走，牠們是我打下來的，若是誰敢盜竊而走，我便要他們與二鹿同一下場！」

話音落下，身後人等都是一陣冷汗，誰也不敢再去打那二鹿的主意了。便是在此時，迎面穿來一陣長風，南葵又是迎風而行，風速之快，吹走了她束髮的錦帶，一頭烏黑柔亮的青絲隨風舞起，她這下意識到糟了，略顯倉皇的看向其餘人等。果然，旁觀者皆是滿眼愕然，倒是胡展率先明白了狀況，指著南葵的臉，怔怔道：「原來這身懷絕技的小廝，竟是個女扮男裝的姑娘。」

第十六節

臨近傍晚，天氣冷涩，沒了日光，濛濛秋霧將磚紅色的瓦牆渲染出一股陰寒之氣。許是方才剛下過一場淅瀝秋雨的緣故，房檐下滴著水珠，幾抹撐著紫竹傘走在石路上的身影在清風中搖曳著，她們是為來客引路的，正在去往寵妃寢居的路上。

到了宅邸，侍女們收傘，為南葵讓出一條路來，恭敬道：「姑娘，這便到了，請隨奴婢入宅。」

南葵頷首，踏入大門時，腰間繫著的迴廊彎刀隨她的動作而晃了幾晃。

雖然身處遠離皇宮的圍場，但安頓寵妃的宅邸依舊富麗堂皇。此處的色調是金與紅，庭院的設計竟都是流線型的，襯著水潭中養著的金鯉，顯得十分奢華。坊間傳言國君最為寵愛的虞北棠奢華無度，鋪張靡費，如今看來，實屬如此。

走進大廳，引起南葵注意的是半米處立著的一座山水圖屏風，上面是潑墨畫卷，有身影從屏風後緩緩走出，正是那寵妃虞北棠了。

同圍場秋獵第一日相比，她今日衣飾則較為簡單，一身胭脂之色，只有長袖上繡著碧水波紋的圖案，配著鬢上青綠色的步搖與臉頰兩側的耳墜，倒是更能顯現出她骨子裡帶著的華貴之氣。

見她迎面走來，南葵極為恭敬的躬身行禮，道：「在下姓孟，單字葵，參見林妃。」

虞北棠道：「起來吧！來人，賜座。」

侍女們遵命，為南葵搬來了一方椅子，拿好錦墊，端上香茶。

南葵剛一坐下，虞北棠便輕笑一聲，鳳眼睞她道：「你方才稱呼自己是『在下』，可是習慣了扮裝小廝？」

南葵被她這驚鴻一瞥的笑意惹得有些面頰微紅，不由得撓了撓頭，訕訕笑道：「回稟娘娘，在下……小女子女扮男裝一事，並非有意欺瞞，小

女子有不得已的苦衷，還請娘娘……」

「本宮又沒有怪罪於你，你何必如此介懷此事？」虞北棠說話間的眉眼旖旎嬌豔、顧盼生輝，當真配得起光華照人，她慢條斯理道：「本宮今日傳你來此，是白天時聽聞旁人說起，有一個厲害的騎手獵到了兩隻鹿、一隻野兔與野雞，而且還是個姑娘家。我便想著要見識一下這個了不起的姑娘的尊容，所以才特意派人邀你來了。」

話到此處，虞北棠饒有興致的打量起南葵，半晌過後，她讚許似的微笑道：「果然氣韻不凡，又是個難得的美人，連一身硬氣的胡服也遮掩不住你的清麗，且還技藝超絕，真是非比尋常的良才呀！想不到這小小的圍場裡，還藏著你這樣資質的女子，倒不枉費本宮專門召見你了。」

南葵謙卑的頷了頷首，道著：「多謝娘娘誇讚，但小女子不敢承蒙，娘娘過譽了。」

「人人豔羨之實，你也無須謙虛。」虞北棠莞爾一笑，端起案桌上的茶碗，輕聲道，「其實，本宮今日召你前來，是想問擅長騎射的你，是否看得出本宮也有能參與秋獵的資質？」

南葵聞言，自是一驚，道：「娘娘千金之軀，怎可與我等草芥同舞呢？」

虞北棠笑得俏麗，但卻有些若有所思似的，她凝望著茶碗裡的清液，輕描淡寫般說著：「你不必如此抬舉本宮，不瞞你說，早在入宮之前，本宮也是騎過馬、射過箭、肆意馳騁的，然而如今……早已物是人非了。作為一個女兒家，身處後宮，已然只得拈花描眉，這是普天之下所有女子的宿命。只不過……」

說到此處，她微有遺憾的輕嘆：「本宮自是十分欣賞那些可以自由主宰自己人生的人，鮮活的生命總會令人心馳嚮往，也唯有看到他們，本宮才能找回曾經的自己。」

誠然，南葵早就猜到了虞北棠會想要見她，只要她在狩獵之中表現出眾，自然會引起一眾皇室的格外注意。好在虞北棠沒有讓她失望，一切都按著她的計畫有條不紊的進行。再且，當日在彌國的一面之緣，南葵也曾在與虞北棠的攀談之中，得知了這位娘娘曾出沒戰場之事，既是如此，南葵料想她的身上也會有著不為人知的線索。

更何況憑南葵這般來看，虞北棠並非是傳聞中那般無智無德的紅顏禍水，相反的，她每一次話裡行間都透露著隱隱的堅毅，南葵感知到她是一個心懷抱負的女子。想來世人又會有誰人知道，華光高貴的林妃也曾做過軍醫，也曾不辭辛苦的奔走於血腥沙場上去行醫救人呢？

「那時的本宮，為了不惹閒言碎語，也是同你這般女扮男裝……」虞北棠靜默的垂著眼，像是憶起了從前往事，眼中洩露出造化弄人的無奈。

旁人常道，自古美人無須才情，國君英雄只願她們是鶯歌柔情，何曾在意過她們皮囊之下的萬千思量？一張貌美的皮相遮住了林妃的智慧，竟無人知曉她心中的豪情萬丈，包括她的父親在內，也未曾真正的、主動的瞭解過她的內心。

身為女子，似乎註定只有一條路可走——嫁人做婦，生兒育女，世世代代，皆是如此。

若女子做了官，便是不成體統；若女子成了器，便是強勢剛硬。彷彿每個女子的最終歸宿都是嫁人生子，也唯有生下男嗣，才能算作是母憑子貴。於是帝王後宮佳麗三千，妃嬪之間總會爭相鬥豔，攀比的竟全部都是容貌與青春。然而誰會去思考，以色待人又能幾日久？花朵嬌美，終要衰敗，綻放的瞬間極其短暫，可它在凋零之前又得到了什麼？

為何女子們要把畢生的精力都投入到男子身上？為了情？為了愛？為了欲？還是為了執念？這其中，可有一處是為了自己？

即便是傾城豔絕的美人，也要活在男子規範出的條條框框之中，如何做才會獲得男子的喜愛，這才是她們更為在意的事情，卻因此而放棄了自己的全部，竟未曾有人感到過可悲嗎？

反而是類似虞北棠這樣懷揣自己心思的女子，才為世間罕有。

思及此，南葵竟覺得極為悲涼的長長嘆氣，再深深吸氣之時，忽然嗅到了虞北棠身上的一股奇異味道。

清清冷冷，若有若無，是香灰的氣味。

凡人自是不會察覺如此微弱的味道，可南葵身為孟婆，又被冥帝保留了嗅覺與味覺，她的感官更是超乎尋常，自然能夠嗅出衣衫上殘留的餘味。

只是圍場之中，虞北棠是在何處染上的這種香灰？不！南葵已然十

足瞭解圍場內的所有殿室，沒有一處地方擺放過這樣的香灰，而此種東西之所以會染上其味，必定是虞北棠私下裡在進行祭奠。南葵心生困慮，想著何人值得她親自祭奠？且還要逢著秋獵之時偷偷行動，想必是要避人耳目。

南葵打量起虞北棠，藉由她方才所說的那句「不想惹閒言碎語才會女扮男裝」而順勢道：「娘娘，請恕小女子斗膽相問，娘娘是為何想要在行軍之中女扮男裝的呢？」

虞北棠望著南葵，道：「自然是不能被其他士兵發現本宮是虞大將軍的女兒，未出閣的女子怎可隨意拋頭露面？若是想要救人，就要暫且委屈一下自己。」

南葵含笑道：「娘娘慈悲為懷，也是虞大將軍的福氣。」

虞北棠卻歎道：「慈悲？身而為紅塵之人，又有何等資格來講『慈悲』二字呢？你今日狩獵拔得頭籌，本是殺戮，而本宮召見你來並讚賞有加，也是維護殺戮，自是配不起『慈悲』二字。」

南葵道：「不知娘娘可曾聽聞，人生有四種境界。一是要『把自己當成別人』，此是『無我』；二是要『把別人當成自己』，這是『慈悲』；三是要『把別人當成別人』，此是『智慧』；四是要『把自己當成自己』，這是『自然』。而眾生一體，同體大悲，由小我、大我到無我，只有萬物其一，物我不分，心靈才能真正安寧快樂。娘娘既能寬恕我女扮男裝，又接納我射殺生靈一事，於我而言，又怎非不是慈悲呢？」

虞北棠細細品味著南葵的這一番話，倒也釋然的笑了。只不過，她有一點極為在意：「說起來，本宮從未和你過講行軍之事，你為何會知道呢？而且，仔細端詳你的面容，總覺得曾在何處與你相見過，今日的會面，並非是你與本宮的初次相識吧？」

南葵面不改色的微微一笑，恭敬道：「娘娘福澤天下、美名盛譽，且我自幼行走江湖、行商押運，或許，是我曾在兵荒馬亂之中受到過娘娘的照拂。」

虞北棠瞇了瞇眼，道：「那可真是湊巧。」

恰逢此時，門外傳來整齊的腳步聲，一聲傳令也適時響起：「陛下駕到──」

南葵聞聲，趕忙隨著虞北棠一同起身恭迎，尚未換下胡服的國君，已然在侍衛的簇擁之下踏門進來，一把扶起正欲問安的虞北棠，沉聲道：「虞妃不必多禮。」

　　虞北棠頷首的同時站起身來：「謝過陛下。」

　　國君正欲同虞北棠交談，餘光卻瞥見了跪拜在一旁的陌生面孔，是個身穿胡服的女子。他略一蹙眉，轉正了身形，上下打量起南葵，見她胡服為松霜綠色，自是表明了圍場小廝的身分。但她青絲垂在鬢邊，隨意的以竹繩綁起，雖素面朝天，卻可見其容顏精美如畫，眉宇間也有英氣與嬌柔並存，國君猛然間想起今日曾聽聞十二部中有一女子射獵驚絕，難不成便是此人？

　　國君走近南葵幾步，令道：「抬起頭來。」

　　南葵凝視著眼前的一雙烏皂靴，上頭乾淨的竟沒有絲毫泥濘，一角胡服邊襟刺滿了金線，她淡淡的笑了，順從的抬起了臉，緩緩的迎上了國君那居高臨下的審視。

　　她與他，從未如此之近的相視過。

　　國君垂著眼，望進南葵幽深的眼底，敏銳的察覺到了她逐漸隱去的笑意，與她身上那股異於常人的神祕氣韻。

　　半晌過後，不辨喜怒的國君重新開口道：「你便是那冒充小廝混入圍場中的一等騎手？」

　　這便是天子，舉手投足之間威儀十足，難怪殺敵無數的虞大將軍也於心中懼怕著他，的確是深刻進骨子裡的冷峻嚴肅。不僅南葵感到前所未有的壓迫感，就連身為寵妃的虞北棠，也是發自內心的尊他、敬他。

　　此刻，擔心國君會責罪南葵的虞北棠，率先為其求情道：「陛下，這位孟姑娘也是有著難言之隱，絕非有意冒充小廝，還望陛下……」

　　國君抬起手，示意她不必再說。

　　虞北棠自然是把話咽了回去。

　　國君又和身旁的內侍使了個顏色，內侍立即心領神會，朝身後一眾侍衛和侍女揮揮手。

　　有雜遝的步聲接連退下。

　　「你姓孟？」待旁人都散去，國君才命南葵起身，問道，「為何要冒

充小廝？」

南葵不卑不亢的站起來，姿態也極為堅定，不疾不徐的道：「回稟陛下，小女子無依無靠，為了討生活，自幼便行走江湖，也算幸運，得一眾善良之人傳授了許多生存技能。曾在山林中狩獵，也曾被商隊雇傭押運貨物於崑崙山腳之下，而此次扮作男子混入圍場，同樣是為了獲取豐厚的酬勞。早在秋獵開始之前，我便從告示上看到招募小廝的消息，有錢財在前，自然是當牛做馬也在所不惜。」

國君目光輕慢的落在南葵交疊在腹前的雙手上，作為女子的手來說，的確算不上細膩，且有些粗糙，骨節也明顯，如果不是常年歷經風雨，倒也不會如此。

「你方才說，你曾受雇押運途經崑崙山腳下？」國君靜靜的看著南葵眉目，好似在搜尋著某種他企圖獲取的蹤跡，「可是受雇於姬姓商隊？」

「回陛下，正是。」

「原來如此……」國君輕緩吐息，略有釋然道，「這般說來，你定然也參與了天香瓏葉的運送行動，也是多虧了你等功臣的視死如歸，才令寡人的愛卿與舊從黃泉路上拾回了性命。寡人也理應感謝你等，尤其站在寡人面前的，又是一位在秋獵之中打敗眾多王孫貴族、拔得頭籌的好獵手。」

南葵一怔，好似不敢相信自己所聞。她雖欣喜於從國君口中聽到父親與帝師性命無憂一事，可令她不敢置信的卻是國君在此刻流露出的情誼與真心。

昏庸無度的暴君竟也會這般彬彬有禮、有情有義嗎？南葵更似不願去相信，她牽動嘴角，不算自然的接受了國君的誇讚：「謝陛下讚譽，只是，小女子愧不敢當。」她頓了頓，盡可能以一種雲淡風輕的語氣說出，「陛下也許尚不知情，在運送天香瓏葉的途中，姬氏商隊一度遭遇劫匪攻擊，那位領隊的姬姓少爺在當時身負重傷，而另外一位姬姓小姐則為了尋回珍貴藥材命喪崑崙，我等苟延殘喘之類，實在不敢替他們二人擔此讚賞。」

一旁的虞北棠聞言，情不自禁的露出了悲傷的神色，國君也久久沉默，深表遺憾的喟嘆。良久過後，國君再次道：「寡人覺得，你與尋常

女子大有不同，也極為驚訝，想不到焰國還有你這般心懷大義、言辭不俗的女子，實在令寡人感到欣喜。從明日起，你便跟著寡人的部隊一同狩獵。」

南葵驚了驚，趕忙跪謝道：「陛下鴻恩，小女子雖有惶恐，但也是倍感榮耀，請陛下放心，小女子一定不會讓陛下失望。」

國君卻在這時望向虞北棠，眼神中隱現一絲寵溺，沉沉道：「也都是虞妃的功勞，若不是虞妃召見，寡人也想不起要見一見這樣的好獵手。」

虞北棠莞爾輕笑，柔情似水的同國君道：「陛下狩獵了一整天，早是餓了吧？臣妾已囑咐奴婢們做好了晚宴，只等陛下前來用膳。」

「虞妃有心了。」國君點點頭，示意南葵也一併留下吃宴。

於是，被傳喚的侍女們端來了各色佳餚，黃燜魚翅、燒鹿筋、爆炒鳳舌、五珍膾、水晶羹、群仙炙、蓮花餅、酒菊白魚、五味蒸雞……等等，皆是只有身處皇室才能見識的菜色。南葵唯有見到美食才會情難自禁，她吃得很歡快，虞北棠見她吃得歡快，便也吃得歡快了起來。國君很少見到虞北棠這樣眉開眼笑，心中也覺得新鮮。

待到酒足飯飽之後，南葵恭敬的告辭離去，她一路上警惕的環顧四周，確信沒有任何人尾隨她，她才謹慎的走向了姬仁宣的住處。

秋獵有著許多煩冗的規矩，收到邀請前來的參與者都要入住圍場，這也是規矩其一。而住處的位置也分等級，作為商賈之後，姬仁宣的住處則要偏遠一些，但他本人並不介意，不如說，他對遠離人群的「世外桃源」生活，反而樂得其中。

而當南葵出現在他庭院中時，他正在獨自下棋，見她來了，他示意屋內道：「我留了一碗圍場特意做給賓客的綠豆羹，你去嘗嘗看。」

南葵連忙擺手：「吃不下了，吃不下了，我再如何胃大如牛，也是再吃不下分毫了。」

姬仁宣感到驚奇的以眼相問，畢竟嗜吃如命的南葵，從不會拒絕任何美味。於是，南葵便把今日所經歷的一切，都鉅細靡遺的告知於他。

約莫一炷香的時間過後，姬仁宣已經聽得真真切切、完完整整，他一邊走著棋局，一邊回道：「關於你今日的狩獵壯舉，我已是有所聽聞，以這般形式引得那位寵妃親自召見，也著實有點破釜沉舟的意味。」

南葵得意的沾沾自喜道：「巧的是國君也去了她的住處，我這一計堪稱連環甚妙。」

姬仁宣搖搖頭：「分明是運氣加成，單憑女扮男裝一事來說，倘若那國君真的降罪於你，下場豈不是要不堪設想？」

南葵忙道：「不會的，那國君並非坊間……」話到此處，她卻緩緩的停了下來，並感到震驚。難不成，她是打算為國君辯解，為那個被世人嫌惡的昏庸國君？

不過是只一面相交，她又瞭解他幾分？如何能斷定他是否如坊間傳聞的那般殘暴無為？

思及此，她意識到自己的唐突與不嚴謹，便感到挫敗的垂下了眼。姬仁宣也不去拆穿她此刻的心思，將手中棋子挪到將軍的位置，靜默的問道：「我自知你此番行動是為了引起皇室的注意，而能被虞北棠召見，的確沒有枉費你的苦心。你方才也說了，她身上有許多奇怪的地方，那香灰之味便是其一。不如，先從此處入手？」反正秋獵還有八日才會結束，時間也算寬裕。

姬仁宣的建議令南葵眼睛裡重新有了光，她冷靜的點了點頭，道：「的確，那香灰的味道很特別，也不是尋常能嗅到的，我料想她之後還會在這上頭做些文章。」

「也算是今日得來的重要線索。」

「而且，國君邀我明日起同他一同狩獵，我不僅能夠正大光明的接近虞北棠，也可以時時刻刻接近國君。」南葵靈機一動，當下有了一個新計策，便對姬仁宣道，「不如，我派出君儒去咬傷他，大可順理成章得到他的血液。」

「萬萬不可！」姬仁宣的神色一凜，阻止南葵道，「如果國君真的在狩獵途中遇到這般龐然怪物，又身負傷勢的話，不僅負責守護國君安全的侍衛將會喪命，連同圍場上下也會被一併株連九族。國君自是會降罪於疏忽之人，畢竟獵場之內的所有猛獸都是有其數量的，場主沒有在事先查明場內有饕餮這樣的上古神獸，便已是天大的失職。且在凡人眼中看來，饕餮是恐懼的魔怪，若是追蹤其源頭來，還會害得一批無辜之人賠上性命。你是孟婆不假，可其他人皆是凡胎肉軀，又何苦連累他們因此而丟了腦

袋？還是要從長計議為好。」

南葵聽罷，倒有些不甘的努了努嘴巴：「這般說來的話，倒成了我莽撞唐突了，我也不過是希望儘早完成使命。」

姬仁宣輕輕嘆息，抬手覆住南葵的手背，意味深長的安撫道：「我清楚你身負壓力與責任，且這是接近國君的難得良機，你想要好生把握自是人之常情。可知己知彼，才能百戰不殆，更何況，你也不是那種會殃及無辜百姓性命的荒謬之人。切記，物極必反，切莫心急。」

他的話不無道理，南葵沉默了片刻，而後，終是認同的微微點頭。

姬仁宣則是寬慰的笑了，他抬起手，寵溺的揉了揉她的頭，那動作輕緩溫柔，令她心中不由自主的升騰起一股暖意。

「仁宣哥哥，我還有一事要告訴你。」南葵的語氣也隨之變得溫和，她略微側過頭，非常自然也極為心安的靠在姬仁宣肩上，欣慰的說道，「國君在今夜的晚宴上說，我父親與辜叔叔已經甦醒了，且性命已無大礙。如今我想，不管之後我是否能與父親相見，得知此番消息，我已是心滿意足了。」

姬仁宣釋然的吐出一口氣，雖說他早已知道伯父他們會在服藥之後醒來，可畢竟當時走得匆忙，未能親眼所見，如今得知這個天大的好消息，他自然感到欣喜，便也側了側頭，輕靠著南葵。

二人再未多言，只靜坐在月色之下，忽覺塵世靜謐，繁星交映間也是一派良辰美景。風聲細碎，只此相伴，依偎韶華，遠處外亭有人抱琵琶，弦聲曼妙，聲聲彈，今朝有忠義之言，也有獵場之上馬蹄利箭。

卻皆不如，他與她在靜默的此處，坐看月中天。

隔日清晨，天色微沉，烏雲厚重，無風無雨。

領頭一部的狩獵隊伍，策馬疾馳在鬱鬱蔥蔥的山林之中，浩浩蕩蕩的馬蹄濺飛泥草，為首的國君身穿朱色胡服，遙遙領先於隊中其他獵手，他餘光瞥向身側，距離他最近的，便是騎藝精湛的南葵了。

南葵感受到國君的視線，越發炫耀似的加快了馬速，企圖更為靠近他一些。只不過，如果超越了國君，反而會落得一個凌駕國君之上的罪名，所以南葵必要謹慎的拿捏好分寸，控制自己的馬駒與好勝心。

然而，跑著跑著，南葵卻發現朱色部隊的其他人都不見了去向，她便

勒停馬韁，困惑的循望著自己的身後。

很快的，國君也察覺到了異樣，調轉方向，慢慢的走到南葵身邊詢問：「其他獵手呢？」

南葵只得搖頭，表示自己全然不知，但又立即心頭一震，眼下，除了她與國君之外再無旁人，她不禁覺得這是個獲取國君血液的好時機。

正當她右手謹慎的覆上自己腰間的彎刀時，一抹跳躍在草地上的紅光卻刺痛了她的眼。

她順著那光源處望去，竟看到一個巴掌大的紅玉盒子，被人遺落在雜草之中。南葵感到奇怪，她翻身下馬，走過去拾起了紅木盒子，又走回到國君的馬前，恭敬道：「陛下，這紅玉盒子看著極為貴重，定是朱部之中的某位王公遺落，不如打開來看看其中的物品是否稀罕？」

國君望著這個盒子，面色難辨：「這盒子的樣式，並非寡人宮中皇室所有。」

南葵心想，若不是焰國皇室的物品，又有何人能有資格涉足此獵場？可她到底還是好奇，便私自撥開了盒子的卡鎖，把盒蓋一掀。

國君敏銳的察覺到不妙，猛地提醒她道：「快丟掉！」

可惜為時已晚，盒子裡的氣體已經散發而出，如嫋嫋妖霧一般四散開來，幾乎是在瞬間便將周遭景物染成了一片猩紅之色。

一股濃烈的刺鼻味道黏附而來，彷彿要充斥於整個山林中，南葵立即便明白，這是毒粉，遇到外界刺激便會形成濃霧，模糊視線是次，吸入毒粉則後果嚴重。

輕則昏迷，重則喪命。

必然是有人想要謀害國君性命。

南葵意識到這一點，趕忙去確認國君的安危，他已然吸進了毒粉，此刻，正昏倒在馬背上不省人事。南葵伸手探他的鼻息，起伏還算穩定，她不由得鬆了口氣，可她深知，若是再持續吸入大量毒粉，只怕會有生命危險。於是南葵撕開自己的胡服一角，打成罩狀繫在國君眼部以下，確保他保持呼吸的同時，以最低限度吸進毒霧。

索性這種凡間毒物對於南葵這樣的鬼差是毫不起作用的，如此也好，她倒可以放心自如的行動。

可令南葵猝不及防的是，周圍忽然傳來密集的馬蹄聲，她依據方位依稀能夠辨別出數量。一、二、三……至少有八匹馬疾馳而來，許是這迷霧也擾亂了他們的視線，所以前進的聲音斷斷續續。

四下無風，便吹不散這濃霧，南葵遵守與冥帝的承諾，依然沒有選擇使用法力。她將自己的馬拴在國君的馬韁上，然後翻身躍上國君的駿馬，將他的身軀護在自己身前，她正準備策馬前行，周身便飛來亂箭如雨。

竟是要射殺她與國君。

南葵反應迅速，再加上成為孟婆之後，她的感官要比身為人類時敏捷百倍，於是很輕易便避開了第一波攻擊。

她的身上只有迴廊彎刀和三十支羽箭做防身武器，好在國君腰間佩著寶劍，她沒有猶豫的抽出那把絕非尋常鐵器鑄造而成的長劍，轉手握緊劍柄，大喝一聲，驅馬疾馳，欲離開山林。

「對方只有八人，尚且不必驚慌，保護國君性命要緊。」南葵喃喃自語，振振有詞的盤算著，「如果對方使用的也是圍場內的弓箭，最多一次可連發三箭，一袋箭囊三十支，馬匹兩側只能佩兩袋，八個人的話，四百八十支箭，而方才已經射出一批，最少也失去了二十四支箭。眼下，我只需耗盡他們的箭矢，再和他們近身較量……」

果然如南葵所料，最初的攻勢一過，接下來的放箭勢頭也大為減弱。為了保證他們不再增加人員，南葵要先將他們引進山林地勢最為險峻的地帶，如此一來，即便是後續加入的人，也很難在短時間內找到她與國君的位置。

第十七節

　　追殺的鐵蹄如虎成群，他們駕馬疾馳，越過林中乾涸的溪水，越過受毒霧迫害而死去的野兔屍體，緊緊的咬著東南方的位置，那裡的霧氣逐漸稀釋，眼前的視線也越發清晰。

　　天色接近晌午，烏雲泛起血紅色，長風破空而來，吹得濃霧四散，八名追殺者有一人落於後方，他途經巨樹之時，彷彿感到馬速在剎那間放緩了速度，周身景象也如同停滯了一般，便是在電光火石之間，樹後的南葵迎面而來，反手一劍，動作俐落的劃破了那人的喉嚨。

　　慘叫聲尚未發出，鮮血四濺，那人身亡墜馬，落地聲驚起前方同伴的察覺，他們勒馬回身，見到南葵匆匆朝反方向逃去，馬上的國君仍未甦醒，餘下七人立即調頭追趕。

　　幽深樹林中飛鳥驚亂，巨樹之森遮天蓋日，南葵瞥了一眼身後，那七人皆是戴著青色面具，只露出眼睛和嘴巴，全然看不清其本來面目。

　　怕是早已有備而來，那面具也一定能阻隔毒霧。

　　「解決掉了一個……」南葵低聲自語，垂眼看向伏身在馬背上的國君，此等緊要關頭，她自是期盼著他能儘早醒來。畢竟憑她一己之力，尚不知能否在那七人的追殺下全身而退。

　　身後忽然響箭聲起，南葵怔了怔，下意識的將身體傾向左側，便是剛巧，一團火光裏挾著長箭，從她的右側射到了前方的樹身上，只擦過她臉頰皮膚，隱隱現出了一條朱紅色的血痕。

　　還未等她摸清狀況，又有幾支火箭從身後接連飛來，連同那遠遠的追殺聲也一併響起：「先殺了那個女騎手，國君還未甦醒，務必趁此時機將他二人擊殺！」

　　南葵催促著駿馬加快速度，她巧妙的躲開了數支火箭，並在心裡算計著他們所剩的箭矢數量，本想再消耗一些，卻忽然感到身下一傾，是駿馬的前腿被箭射中，整匹馬嘶鳴著向跪下，南葵眼疾手快的抓住國君的手

臂，拖曳著將他拉去始終跟著的另一匹馬上，再迅速斬斷兩匹馬之間的韁繩連接，她不得不放棄那匹負傷的駿馬繼續逃命。

但是，她深深嗅了嗅空氣中的味道，猛然驚覺前方不遠處是斷崖，而斷崖下方是湍急的瀑布，這般時節，水溫必定寒涼徹骨，她且不要緊，國君是肉身之軀，即便躲過了追殺，又如何能在寒水裡保住性命呢？

可身後的馬蹄聲越來越近，她已然沒有過多的抉擇時間，正一籌莫展之際，馬背上的人吃力的睜開了眼，他艱難的囁嚅道：「只管……向前……」

南葵愣了愣，驚覺於他竟然在如此之短的時間裡恢復了意識，那毒粉明明濃厚狠辣……

「前方是斷崖和瀑布。」南葵收回思緒，緊張道，「水溫太冷，必定會頃刻斃命。」

他的呼吸很沉重，似在用盡全身力氣與吸入體內的毒粉對立：「寡人是在命令你，寡人的決定不容置疑。」

南葵蹙起眉，她不再猶豫，心下一橫，回答道：「遵命！」

是在得到她回覆的那一刻，國君才心安似的重新閉上了眼睛。

他像是做了一個夢，一個充滿鮮血的噩夢。夢裡的他被拖到了一片湖淵旁，有一雙巨大鬼手抓起他的身軀，將其「撲通」一聲投入湖淵深處。

湖水冰冷刺骨，他一心想要游出湖面，可惜鬼手覆蓋住了整片湖，將他死死的封在湖淵之中。他張開嘴想要呼吸，卻被湖水嗆得喘不上氣，手腳在水中踢打，竟發現自己的身體正在緩慢向黑暗的深處下沉。

待他猛然間睜開雙眼時，天色早已暗黑無光，周身是叢生茂林，他靠在一棵老樹下，四周倒是極為隱蔽，可想要站起身，卻暈眩的重新坐了回去，一個聲音從前頭傳了過來，她說：「陛下，還請不要輕舉妄動，你吸進體內的毒粉沒有完全消散，怕是仍舊無法隨心所欲行走。」

國君尋望過去，見是那身穿胡服的女子坐在馬旁。月光冷淡，照在她身上，將她整個人都映得極為蒼白，彷彿不是人間來客。

國君的心中忽然升騰起了一絲懼怕，像是將她和某個人的身影重疊在一起，他的眼神裡洩露出了隱隱的慌亂，好在很快就認出她來，不由得鬆了一口氣，竟脫口而出道：「原來是你。」

南葵盤腿而坐，手臂環在胸前，略一挑眉：「陛下是將我認錯成了旁人嗎？」

國君的面目立即回歸了冷漠，他全然不去理會她的問題，只努力的在腦內回想著失去意識之前的記憶。他依稀記得自己嗅到了一股奇異的氣體，那味道使他全身無力，很快便昏厥，在那之後，便遭到了追殺。

是刺客。

南葵見他一言不發，便將手中的水囊丟過去：「放心，沒有毒的。」

國君的手因毒性而有些顫抖，費了好大時間才撐開水囊，他眼神冷銳的投向南葵，沉聲問道：「你究竟是什麼人？」

南葵微微一笑，回道：「不過是一個女扮男裝的小廝罷了。」

她的語氣風輕雲淡，並不似此前那般畢恭畢敬，且她竟能帶著當時昏死的他逃過刺客追殺，他恍惚中感知到敵方的人數絕不少於五人，而她身形瘦小嬌弱，他本身的重量幾乎是她的二倍……

「寡人欠你一條命。」無論如何，他說這話時，語氣是誠摯的，他的確是感激她相救，並且也有幾分佩服她的孤勇。他很多年不曾見過這樣特別的女子了，想來這世間打算殺他的人多得不計其數，而願意救他的人，卻是寥寥無幾。

「恕民女斗膽……」南葵順勢道，「既然陛下覺得欠我，那到了日後，也必要奉還這份人情才是。」

國君略顯嘲諷的淡淡一笑，不禁道：「焰國上下，不！是九州之內，敢同寡人講條件的，你可是頭一人。」

南葵卻道：「但憑藉一己之力救陛下脫離險境的人，也不多見吧！」

國君抬了抬眼，望見頭頂瀑布湍急，又見彼此衣襟潮濕，旁頭還有一簇被熄滅不久的篝火，可見她的確是護駕有功。只是，令他感到意外的是，她竟沒有在他不省人事的時候取他首級。如果她也是刺客之一，或是被刺客收買，為保全自身性命，將他交付對方也是人之常情。

畢竟，恨不得他死無全屍的人多如牛毛，而她卻從未懼怕過他。思及此，他反而覺得有趣，低笑一聲道：「寡人像你這般年紀時，也曾無所畏懼，且深信乾坤可扭轉，日月可取替，也覺得紅塵之中，唯一己之力可稱王稱尊。」

南葵笑問：「難道陛下今日不再如此認為了嗎？陛下雖已年過不惑，再不是弱冠風華，可卻已手握萬里山河，身處權勢頂巔，又有什麼是如今的陛下不能夠改變的呢？」

國君的眼睛黯了黯，沉聲道：「即便能將乾坤扭轉，卻也留不住一隻翩飛離去的蝴蝶。」說這話的期間，恰巧有一隻紅色翅膀的蝴蝶翩躚著從國君面前飛過。那蝴蝶似留戀、似迷惘，駐留了一陣後便飛走了。

只見那紅蝶越飛越遠，逐漸消失在蒼白的月色之中，南葵重新轉回頭望向國君，忽然問：「陛下是否相信人死之後，會有精魂殘留於世間呢？」

國君的面色一僵，沉默的凝視著南葵。

南葵不動神色的細細道：「民女自幼便遊歷四方，曾聽一位道長講過，萬物皆有靈，哪怕是還未出生的娘胎裡的嬰兒，也有其靈識。他們自己在母胎中具備了思考能力，心臟開始跳動、呼吸，倘若這個時候被突然墮胎，或意外終止生命，他們的怨念便會極大。如同人死後，精魂仍然存在這個世界，如果不是壽終正寢的死亡，枉死的人在死前會具備極強的怨念，從而成為怨靈。如果運氣好一些，這些嬰靈也會重新投胎，且投到尋常人家中，無非三種情況：報恩、要債、脫生。

「報恩者成長順利，有出息，有成就，父母無須操心煩憂，且在日後，報恩者會如烏鴉反哺一般孝順贍養雙親，光耀門楣。可若是嬰靈在投入腹中時又被殺害，將會恩將仇報，善緣變惡緣，滋生仇恨。

「要債者頑劣多事，體弱多病，是非不斷，頂撞打罵雙親，或先天殘疾，此後花光父母錢，非但不會孝順雙親，反而會拖累父母。如果殺他於腹中，本來便虧欠於他，眼下將又會欠下一條性命，仇上加仇，怨氣深重。

「脫生者只為當一回凡人的子女，其恩怨不明不顯，平淡無波，與父母緣薄，一世自力更生，自生自滅，從不勞累父母，對雙親也談不上親熱和仇恨，不過是藉由二老之身，想來人間走一遭，享受前世殘留的過往。倘若殺了他，不給一次良機，也將會令其心生不滿，鑄成冤孽。這便是精魂殘留於世，又導致嬰靈怨念的來源。」

南葵的表情逐漸變得嚴肅，她如同身臨其境一般，接著循循善誘道：

「傳說，所有的亡靈都要經過刀山火海，而後才能到達忘川河，再上奈何橋，最終投胎為人。但這些嬰靈從未經歷過人世間的罪惡，他們大可直接到忘川河，但卻無法渡河投胎為人。因為成人的亡靈在死去時，都有親人在葬儀裡燒的紙錢、衣物作為渡河之資，而嬰靈卻沒有。且不光是流產之說，那些死在母親肚子裡、連陽光都未見的孩子，都是由赤腳大夫直接送去埋葬了事，沒有葬儀，沒有名字，沒有忌日的奉養，更沒有陪葬物，甚至是沒有衣物蔽體，這些孩子不但沒有受過母親的任何愛護，更沒有受過生而為人的一切禮遇。

「這些枉死的嬰靈無一物在身，無法渡過河川，只能徘徊在河川邊。無食可吃，無水可喝，日夜啼哭。他們只能一直向家鄉和父母所在的人間方向哭嚎，渴望得到父母的祭祀，早日渡河轉世為人。雖是如此，生活在現世的雙親，仍舊不曾給予任何形式的祭祀和供奉，如此年復一年，嬰靈得不到雙親任何東西，對其父母的怨念更大。

「然而，嬰靈要渡河投胎，另外的一個方法便是附在血親的身上渡河，所以因怨念的積累而導致永世的血債咒怨在。有些家族會出現親戚怪病、意外、暴斃，都可能是嬰靈作祟。因他們沒有超渡，沒有得到往生，沒有入土為安，魂魄無依，彌留現世，循著血緣的磁場找到親人，糾纏作祟，造成父母兄弟姐妹的傷害、意外、惡運連連，甚至失去生命。

「很多時候，人們的無知、愚蠢、貪婪與僥倖的心理，都導致了因果的失衡，怨念積攢，厚如冰層，從而導致永世的血債咒怨，生生世世，亙古不息。一日結怨，三世報還。

「《太上五斗金章受生經》曰：『人之生也，頂天履地，有陰有陽，各有五行正氣，各有五斗所管，本命元辰，十二相屬。且甲乙生人，東斗注生，丙丁生人，南斗注生，戊己生人，中斗注生，庚辛生人，西斗注生，壬癸生人，北斗注生。注生之時，各稟五行真氣，真氣混合，結秀成胎，受胎十月，周回十方，十方生氣。』

「人，在沒有出生、但處於胚胎的時候，也是秉陰陽二氣，受五斗注生。而，嬰靈怨氣難撒，活人受罪造苦，也難得到神明與自心的寬恕。胎兒尚未做任何惡行，卻被無端終止生命，就像一個從未燒殺掠奪的善良之人，被判了殘酷的車裂，且還是被自己最親之人傷害。這種痛苦冤屈是極

其之大的，且難以化解。

「若選擇墮胎，墮胎之後男女雙方，即刻就被各種業障包圍纏繞，短時間內根本無法走出困境。世間的法律或許可以逃脫懲罰，因果的業力絕無漏報的可能。

「墮胎流產，胎兒不得脫生，喪於母腹之中。怨念結成，徘徊不去。或留戀父母，不肯投胎。或有婦女，難產而死，墮入血湖。嬰靈循著血緣的感應找到親人，糾纏作祟，造成父母兄弟姐妹的傷害、意外，對父母的運勢有非常大的消極影響。」

話到這裡結束，國君的神情看不出悲喜，也沒有絲毫的起伏，他平靜如初，只是以一種冷淡的語氣反問南葵道：「你同寡人說這些，所謂何意？」

南葵一驚，像是不敢相信國君會無動於衷，反而令她啞口無言。是在好半天之後，她才侷促的道：「陛下，民女所說之事，陛下不覺得可悲、可怖嗎？焰國百年來男多女少，試問有多少女嬰在尚未出生之時便死於娘胎呢？如果不是因此，焰國男女數目也不會如此懸殊。」

她的這一番話，如同聲聲控訴，直指向國君的江山皇權。

於是國君當即震怒，厲聲斥責她道：「大膽！」

南葵並沒有懼怕，依舊不卑不亢的凝望著國君，只聽他字字珠璣道：「你莫非是在暗示寡人冤死了不計其數的女嬰不成？一介小小的女流之輩，也敢放肆評判寡人的江山業績，你可知就憑你方才那番言辭，寡人即刻便可將你凌遲處死！」

南葵微微抬頭，義正辭嚴道：「那麼，陛下處死的將會是一個心繫家國、問心無愧的義士，自是焰國與陛下的損失。」

國君聞言，頓了頓，忽而又放聲大笑起來。然後，他站起身來，舒展了一番自己的四肢，毒性已然是全部退散了，他恢復了原本的體魄，幾個大步走到南葵的面前，居高臨下的的審視著她，一轉手，動作俐落的從她的腰間抽出了佩劍。

那是她帶在身上的，屬於他的劍。以崑崙神鐵打造而成，只有擁有國君之血的人才可將其劍刃從劍鞘中拔出。然而，劍身上已染上了血跡，說明她能夠得心應手的使用這把劍。

「寡人當初為了得這把神劍，曾對鑄劍之人提出過兩個要求：一是血脈，二是斬鬼，而鑄劍之人更換數十位，皆是以血以淚鑄成這把天下獨一無二的寶物。所以，此劍不僅可以殺敵，也可殺鬼。」國君以手指抹去了劍身上的血跡，眼神淡漠的瞥向南葵，「你並非寡人，自是不知寡人曾經歷過怎樣的煉獄，你且生在富饒、安逸的年代，理當感謝寡人，是寡人維持了眼下這艱難的和平，無人有權來對寡人評判，人不能，鬼不能，即便是神，也不能。」

南葵仰著頭，望著他微蹙的眉，冰冷的容顏，毫不躲閃的問道：「可陛下是否知道，這如假像一般的和平背後，流淌著多少人的鮮血？」

「萬骨屍山，填滿海川。」國君將佩劍收入了鞘，他聽見不遠處傳來了馬蹄聲，數量很多，大抵是來尋他的侍衛隊，於是他命南葵率先騎馬離開，並囑咐她今日之事不要對任何人提及，最後又道，「你既能使用寡人的佩劍，便絕不會是尋常女子，待到擇日再見時，寡人將會查明你的底細。」

南葵在心中暗想，若要查清一個姓孟的女子的底細，在凡間來說，可不是一件容易之事，即便對方是焰國國君。但馬蹄聲越發接近了，且依據國君的判斷，那馬匹隊伍是他尋常熟悉的，自是不會再有危險。更何況，他身上的毒性已全無，憑藉他的武力，倒也不會有何閃失，於是南葵翻身上馬，與國君告辭後，便匆匆返回圍場去了。

今日所遇狀況極為意外，任憑是誰也不會想到國君在狩獵之時遭到追殺。只不過，那群刺客究竟是何許人也，便不得而知了。正如國君所說，盼著他死的人，當真是多得不計其數。

只是，南葵可惜的是沒有在國君昏睡的那段時間取他的血液，明明有那麼好的機會，恐怕今後都不會再有第二次了。

究竟是為何沒有下手？

也許……是她期盼著他心存一絲身為明君的良知？抑或是她自己不願相信他是煉製嬰靈的背後元凶？還是說，她擔心在看到國君的記憶過往後會產生動搖？

會動搖什麼？她怕動搖的是什麼？這一次，南葵竟感到了迷惘，對國君，對和平，對繁華，包括對她自己。

眾生皆苦，凡人最是。善與惡，從來都沒有絕對，善者會作惡，惡人也有善舉，然而，她縱是不知三界之中，是否真的會存在純粹的惡與至誠的善。

　　秋深露重，夜色沉謐，忽然下起了雨，在臨近圍場的一片山林中，南葵不得不放慢了策馬的速度，以免泥地濕滑，惹得馬蹄傾覆。

　　雨下得不小，樹林裡有落單的幼鹿一閃而過，也有群鳥站在樹椏上抱團取暖。

　　馬駒奔馳的速度一路平穩，本應拐向北邊，但南葵忽然把馬一勒，便是硬生生的停了下來。

　　大朵大朵的雨珠從南葵的臉頰上流淌而下，她微微瞇起眼，透過雨幕看到了不遠處的一株老樹下，有個女子的身影在破敗的亭中燒著紙錢。那亭雖已屋簷漏雨，卻也足夠遮蔽她的身軀不受冷雨拍打。且紙錢在火堆裡燃燒出的紅光格外刺眼，幸好此處極為偏僻，才不易被旁人察覺。

　　那女子穿著一身白色素紗衣，烏黑鬢髮上插著一支淡雅的青玉簪子，身旁擺著焚著的香，還有些許貢品。她的裙擺上已經濺到了汙水泥漿，可她卻全然不顧，仍舊念念有詞的將手中紙錢扔進火堆裡。

　　南葵嗅了嗅空氣中的味道，是那股奇異的香灰氣味。

　　而當那女子緩緩抬起頭時，南葵看清了她的面容，不由自主的深吸了一口氣，果真是虞北棠。真沒想到她會在這樣的大雨中來祭拜，且她喃喃自語的空隙中，有晶瑩的淚珠從她的眼中滑落而下。

　　南葵腰間的迴廊彎刀因此而閃爍出一絲金光，那光化作一道利刃，飛進雨簾之中，在剎那間便將虞北棠的那滴淚帶回到了南葵的刀尖。

　　大雨傾盆，除了雨聲，滾滾紅塵在此刻顯得格外沉寂。南葵探出手指，輕輕的觸碰凝固在刀尖上的那滴淚，有關虞北棠的過往雲煙隨之撲面而來。

　　這段記憶從虞北棠的及笄之歲起始，南葵透過朦朧與氤氳看到她的過去，那一年，她只有十五歲，是嬌花一般的年歲。

　　在那樣的年紀裡，她遇見了父親的副將。那是位近來剛剛晉升的少年副將，年方十八，有著清秀的眉眼，唯他一人喜穿素白披風，且身手非

凡，作戰驍勇，一場血腥殺伐也未曾將白色披風染上過半抹猩紅，由此而來「千軍萬馬避白袍」的赫赫威名，屬下們都尊敬的稱他為白袍副將，到了最後，演變成了白副將，儘管他不姓白。

而虞北棠雖出身武將之家，卻對戰爭與刀槍充滿了憎惡，她認定兵器只會奪人性命，百姓不想看見鮮血，也不想看見疾病。他們需要的是溫飽與和平，所以，當其他同歲的姑娘們學著刺鴛鴦、繡桃花的時候，她總是偷偷跟隨家中的管家學醫採藥，並私下裡稱管家為「師父」。只有她一人知道，管家在來到虞家做工之前，曾是遊歷民間十載的赤腳醫者。

可父親虞陶極為反對她行醫救人、拋頭露面，焰國本就男多女少，姑娘家是十分珍貴的，嫁得一個權貴人家作妻，才能鞏固虞家在朝中的地位。且名聲與貞潔才是一個女子最為重要的東西，自是不可做任何出格之舉，以免惹來閒言碎語傍身，壞了虞家的盛名。

偏偏虞北棠性情剛烈，自是不願受此教條束縛，但又怕給父親惹上麻煩，她便只好女扮男裝，尾隨父親混入軍營，與之一同出征。

是在巡視焰國城外領土的時候，她第一次與白副將相見，原本他只當她是軍醫的小學徒，見她面容姣好、身形瘦小，便情不自禁的格外照拂她。而虞北棠本身也極為厭惡武將，她不似自家妹妹性情嬌柔，與父親關係極好，她恰恰相反，總是慣於與父親作對，更是多次表明自己看不慣父親的打打殺殺。所以起初，她對白副將表現得十分冷淡，偶爾也會出言不遜。白副將幾次都吃了釘子，惹得旁頭士兵笑話起白副將總被一個小醫徒訓斥。

由於此番駐紮只是為了提防他國難民偷入焰國，一群將士便也都極為放鬆，趁著虞陶外巡的空檔，幾位將領拉來一匹駿馬送給白副將，算作後補的晉升禮。

那匹馬的性子剛烈，白副將三番五次都無法馴服牠，最後一次更是被直接從馬背上摔了下去，好在只是手腕處破了點兒肉皮。恰好途經此處的虞北棠見他對傷勢不以為然，直道他是莽夫之勇，催著他去一旁來幫他包紮。

二人在溪邊樹下獨處，虞北棠認真謹慎的為他清理傷口，他卻滿不在乎的笑著道：「我堂堂白袍副將又不是個姑娘家，哪要因為這麼點皮肉傷

便包起紗布？倒怕讓士兵看見會笑話我。」

虞北棠哼了哼，故意加重手勁兒道：「聽副將這話，可是在瞧不起姑娘家個個都是柔弱女流了？」

白副將有點吃痛的皺眉，但唇邊笑意並無褪去，只輕巧道：「如果姑娘們不是柔柔弱弱的，又怎會展現我等男子的用處呢？只可惜我還未娶妻，也沒個姑娘來要我去護她周全。」

她忍不住笑起來，有點輕蔑他的意味：「原來赫赫威名的白袍副將都沒有姑娘喜歡啊？你平日裡對士兵們擺出的冷峻眉目倒是自在舒坦，難不成見了姑娘便要手足無措了？」

白副將也不惱，反而是耍起了嘴皮子，盯著虞北棠低聲道：「若是有個姑娘長得像你這樣秀麗柔美，我只管娶了她便是，還哪裡會管她喜不喜歡我，我喜歡她就行，且我發誓只娶她一人，絕不納妾納小。便要只和她恩愛白頭，將她拱作珍寶。說起來，你家中可有姊妹？可都長得像你這樣好看？」

虞北棠被這話羞紅了臉，瞪著他道：「我，我怎就秀麗柔美了，我比你們這些粗野莽夫更有男子氣概！而且我就算有姊妹，你也休想！」說罷，她用力繫好繃帶，起身背著藥箱走掉了。

那背影在夕陽下頭顯得氣鼓鼓的，令白副將感到頭疼的搔了搔鼻子，不禁喃聲自語道：「我總不會有斷袖之癖才是……」

這擔心倒也是多餘，待到年底的秋天，出征凱旋的白副將與其他將領被虞陶邀請到府上吃宴，一眾十幾人恭候在虞府的堂內，虞陶攜妻女出現，白副將恭敬問安，唯獨看到虞北棠時，他先是匆匆一眼，而後一眼便成了兩眼，對上的正是一張似曾相識的臉。那日，她眼中含笑，略帶頑劣的模樣，膚白如瓷，雙鬢流雲，藕荷色的長裙，腰間繫著金色的芍藥花帶，青蔥俏麗中透露華貴氣韻，令白副將看呆了眼。

她倒趁著無人注意時，笑嘻嘻的走到他面前，悄悄耳語一句：「白副將，今日為何心不在焉的？你該不是忘了當日許下的承諾了吧？」

堂堂白袍副將意識到自己愛上虞大將軍的長女虞北棠，就是在那樣的一個瞬間。但這件事也值得慶幸，起碼他明白了自己並不喜好男色。只不過，求親路上有階級的鴻溝，自是不免坎坷。她是虞大將軍的長女，而他

也只是虞家軍麾下的一員副將，俸祿宅邸自愧不如是次要，最打緊的是如果過早表明心跡，只怕會被虞陶派去前線。

　　總之，白副將很苦惱，但虞北棠卻覺得他是一個難得的正人君子。起初，她的確認為他是個有勇無謀的莽夫，常年在沙場上出生入死，拚的是刀光劍影，又怎會識得幾個大字？偏生他文武雙全，素白的披風向來一塵不染，連同眉眼身形都要比那群粗野將領清瘦幾分。

　　更何況，他從不會在女子的溫柔鄉中流連，若尋不到心愛女子，他定有孤老終生的決意。這般月白戰袍、汗血寶馬，他到底是個姿容耀眼的英雄，又有哪個女子能逃得過他一雙杏眼的注視？

　　虞北棠又是個正值芳華的妙齡少女，正所謂有女懷春，起士誘之，他雖有苦惱，卻仍舊停不下對她的愛意。如此一來，倒也是樁兩情相悅的美事，可惜要移步地下進行，二人皆怕被虞陶知情，畢竟眼下未到公開的時機，誰也猜不透虞陶心中在想些什麼，弄巧成拙絕非他們心中打算。她也只得繼續隱瞞著身分，也瞞著父親，屢次女扮男裝混入軍營，為的是更為靠近他，也為多救一個負傷的士兵。

第十八節

　　那一年，是首次攻打彌國的酷暑。

　　此番入侵是為偷襲，彌國人沒有絲毫準備，虞軍只用了一個晚上，便占領了彌國的外城。那時的外城名叫滄河，是當時彌國人口最多、領土最大的城池。而滄河一戰，守城的八千彌兵全軍覆沒，數十將領不戰而亡，由於屍首堆積成山，又來不及處理，很快便在城中爆發了霍亂疫病。

　　短短十日內，滄河城內的百姓們接連染病而死，一戶人家八口死七口視為尋常可見，唯獨剩下一個幼童，也只能與那已經開始生蛆的屍體們共同度日。

　　戰後的滄河城已是一片人間煉獄，被虞軍屠殺的無辜百姓暴屍街頭，群蠅圍繞在屍山上頭嗡嗡作響。而被追殺的婦孺們不知身上已染了病，慌亂中跳崖入河，溺死之後汙了水源，民眾喝了水，自是接連發病。由此一來，糧食與水便成了稀缺物資，城內尚且苟延殘喘的商人們，將米麵賣出了天價，連一碗髒水都貴得出奇，卻還是會遭到瘋搶。

　　末世窮途，戰亂無情，雖不知還能活幾天的商賈們，在心安理得的賺著染血的錢。而那些尚且健康的婦女，則被虞軍統統抓住關了起來，就像圈圍了一群牲口。若是有誰家男子敢來偷偷尋自己的妻子，想都不用想，肯定要被發現的虞軍活活打死，再把屍體掛在城門上頭，掛上一排，殺一儆百。

　　太多太多的殘酷之事在這裡上演，每日皆無休無止。日月明明都可更替，可這殺戮與霍亂，彷彿永遠都看不見盡頭。

　　目睹了這些的虞北棠，自是心中絕望悲愴，可她又無奈於自己眼下的身分，在不知情的旁人眼中，她不過是一個冒充男子混入虞軍軍營的小醫徒，又該如何去勸阻父親莫要斬盡殺絕？即便她敢以真實身分去請求父親，那鐵血冷酷的虞大將軍，又怎會將她的勸誡放在眼裡呢？

　　她唯一能做的，只有整日憂心忡忡的奔走與傷患百姓之中，企圖以自

己的力量去拯救他們的性命，哪怕他們是敵國的子民。

「你不能再冒險去接近病人了。」那日夜晚，遠離軍營的山腳下，白副將同她祕密幽會之時，終是不得已的阻攔她道，「我雖清楚你是醫者仁心，可疫病傳染速度極快，你整日和那些染了病的彌人接觸，實在是過於危險。」

虞北棠聞言，嘆息道：「連你也覺得彌人死不足惜嗎？哪怕是無辜的三歲孩童？哪怕……是被當成奴隸一樣供虞軍士兵們取樂的良家婦女？」

白副將輕蹙起眉，無奈道：「你知道我不是那個意思，我只是擔心你。」

她卻鬱鬱寡歡道：「真不知這戰爭還要持續到什麼時候，我聽士兵們說，父親明日要帶兵去攻打內城，你也要一同去嗎？」

白副將點了點頭：「這是當然，我身為副將，在戰事上必要與將軍同進同退。不過你且放心，將軍自有分寸，明日內城一戰，將是彌國的終點，待到戰後回到焰國，我便會去同將軍表明心意。」說到動情處，他握起她的手，「北棠，我今生來世都是不會負你的，我信你也與我一樣。」

虞北棠望著他一身白衣，皎然出塵，是她在對這可悲戰爭感到迷惘時的唯一安慰。這一次，她微微笑了，也緊緊的握住他的手，凝視著他說：「只要你我心繫一處，便沒有人能夠把我們拆散。」

那個時候的他們，尚且不知不遠處的虞陶已將一切盡收眼底。他騎在黑馬之上，抬起左臂，一隻雄鷹撲騰著翅膀落在他肩，他從鷹爪上取下了裝著軍情的信件，展開來細看，眼神便更為黯了下去。

上頭寫著帝師辛嶠的諫言，勸誡虞陶明日帶兵撤回焰國。可虞陶卻將那信撕成了碎片，揚手隨風而去。他笑辛嶠是見不得他功高，竟說得出要他撤兵的蠢話，眼下正是一舉奪下彌國的好勢頭，沒人會在這乘勝之時聽信什麼「窮寇莫追」的無稽之談。

「百無一用是書生。」虞陶諷刺一句，轉身離去的時候，一襲夜風穿過，吹散了他鎧甲上的血腥之氣。

像是察覺到了蛛絲馬跡，引得這邊的虞北棠心慌意亂的看向了虞陶消失的方向。她不安的蹙起了眉，因風中熟悉的氣息令她深信，方才一定是虞陶來過此處。

倘若他早已得知一切……思及此，虞北棠的心中竟生起了難言的懼怕，且那時的她仍舊不知，明日於她而言，將會是怎樣的肝腸寸斷。

陰沉沉的天，電閃雷鳴，胯下戰馬被逆襲而來的狂風碎石擊得嘶鳴不斷，白副將正跟隨在虞陶的身後迎風而行。可身後不斷傳來士兵跌落懸崖的慘叫聲，他回頭去看，卻被風沙迷眼，根本看不清來時的路了。

說來也是晦氣，今日在前往內城的路上就遭遇暴雨，現下雨勢越下越大，距離內城還有過半的路程，道路又極具崎嶇蜿蜒，連馬都難以攀登的山崖，難道真要讓士兵在殺敵的路上就全軍覆沒嗎？

「將軍！」白副將終是忍無可忍的請命道，「恕屬下斗膽相勸，今日怕是不宜出戰，還請將軍下令撤退！」

伏在馬背上的虞陶聽聞「撤退」二字後仰望天際，烏雲密布，悶雷乍起，暴雨滂沱，狂風捲起，他蹙了蹙眉，屬聲令道：「前進！內城就在眼前，怎可撤退？全速前進！」

白副將只得聽命，然後心中的懼怕卻越發深重。他情不自禁的想著，為何外城通向內城的這段路上竟無半個彌軍？雖說突破外城時彌人毫不知情，以至於在沒有準備的境況下喪失了數千兵將，可在虞軍占領外城的那段時間裡，彌軍足以在內城之中整裝待發，即便彌國兵力與焰國相比起來無異於是以卵擊石，但，虞軍在明處，彌軍在暗處……

很快的，他的思緒被馬的哀鳴聲打斷，馬蹄踩到了崖上的路障，幾欲翻滾落崖，白副將不得不勒住馬，但他的愛馬受驚過度，已是不聽控制，為避免被驚馬甩下去，白副將只好翻身下馬，誰知腳下一踩，竟踩到了一具軀體。

白副將驚覺不妙，猛然低頭去看，那躺在地上裝死的彌人當即睜開雙眼，歇斯底里的大吼一聲跳起身來，並將手中的泥塊按在白副將的身上。

彷彿是一石激起千層浪，地上爬起了數不清的彌人，他們似早已埋伏在此，只為等待此刻視死如歸的絕地反擊。

糟了！虞陶終於意識到情況不妙，可早已是來不及帶兵撤退，只能眼睜睜看著那群如厲鬼一般的彌人，視死如歸的撲向他的士兵。如果不是他反應極快，率先策馬躍去了懸崖半山腰，只怕也會被彌人死死抓住，同歸於盡共墜懸崖。

大雨漸小，一場堪比修羅道場的廝殺告一段落，懸崖石路上的彌人們已所剩無幾，他們只能以生命來阻攔虞軍入侵內城，且以一命抵一命的孤絕，的確換走了虞軍百人性命。

　　那懸崖下頭是萬丈深淵，墜入其中，定是粉身碎骨。

　　而待到一切結束，虞陶與殘存的士兵紛紛走下馬背，他看見不遠處有白袍格外顯眼，走近一看，才發現那白袍上頭染了血。

　　白副將的死，倒是得了個全屍，也是唯一一個沒有被彌人拉下懸崖的虞軍。且他是中毒死的，最初那個彌人將骯髒的泥土抹在他身上的時候，汗泥滲入了脖頸，是彌國較為盛名的劇毒，叫「美人脫衣」。這種毒生長於嶺南蠻荒之地，唯彌國特有，一旦接觸人體肌膚，便會透過溫度來令毒性發作，在瞬間侵蝕五臟六腑。若毒用得多，不出半炷香的時間，就會在痛苦中斃命。

　　虞陶望著滿臉血汗的副將，看到他死未瞑目，不禁面色沉重。可他也深知不能將這具屍體帶回營中，一旦被士兵們得知白副將是死於毒殺，中了彌人埋伏的事情便會被公之於眾。虞陶又怎會容忍自己出現過戰略上的失誤？又怎會被早就勸誡過他退兵的帝師當成笑柄？

　　他在思量半晌後，終於做出了一個殘酷的決定，他命餘下的士兵將炸藥全部搬運出來，堆成一座矮矮的小山，在演變成淅淅瀝瀝的小雨中，士兵點燃了炸藥的長線。

　　虞陶這才率兵返回軍營，而在剛剛回到山腳下的剎那，懸崖上空便傳來了爆炸的巨響。通向內城的那段路被炸毀了，連同白副將的屍體一同化作了灰燼。他將白副將的死掩埋在廢墟之中，無論是毒殺抑或是埋伏，都將在火光之中灰飛煙滅。

　　斷去通向內城的山路，身在內城中的彌人將會被切斷水源，他們會因饑餓而慢慢死去，哪怕是重修那段路途，也要耗費大量的人力與物資。彌國已然氣數將盡，只需待他擇日帶兵來襲。

　　而這一戰之後，他虞陶，依舊是萬人之上的焰國將軍。他不過是失去了一位年少有為的副將而已，比起為副將痛心，他反而有些擔心在得知此事後長女的心情。儘管，也只是轉瞬即逝的憂慮。

　　那晚的風格外徹骨，涼而寒，潮而濕，軍營裡的篝火都被吹滅了好幾

堆，等候虞陶與眾將士凱旋的屬下們，正團團圍坐在各自的火堆前。而虞北棠始終心神不寧的在軍營大門外來回踱步，她想著若是逗留此處的話，便會第一眼看到父親與白副將回來時的隊伍。哪怕暴雨剛停，哪怕夜深風硬，她被凍透了衣衫也不肯回到裡頭去等。

只是，生在帝王將相家，本身就是一件可悲可嘆的可憐事，她從很小的時候就明白自己有著許多無法隨心掌控的事情，甚至是連真正的喜怒哀樂也不能夠表現出來。她的父親是一位武將，更是一位前朝後裔，然而他卻放棄了曾經無比強烈的復國意願，並心甘情願的做了一個名為焰的國家的劊子手。

他殺了許多人，敵國人、本國人、男人、女人、孩童、老者……，一切他認為該殺的人。

她從不認為父親所做的事情是正確的，但他是她的父親，她必要強迫自己去尊重他、認可他，但唯有這件事，真正的將她擊垮了。

當夜晚的殘月緩緩爬上暮色，虞陶帶領殘餘的士兵們遙遙歸來，她是第一個看見他們的人，便忍不住向前跑去幾步，直到虞陶發現了她，也認出了她。

她站在距離虞陶的馬前，她的父親因此而勒住了馬，其餘的士兵卻興高采烈的朝軍營奔赴而去，他們迫不及待的要與同伴們描繪火藥炸斷懸崖山路時的震撼，也要炫耀打了勝仗，哪怕死去了很多人，可毀了去往內城的路，便是莫大的勝利。

唯有她一言不發的凝視著馬上的父親，因為，她沒有看見白副將的身影。

他沒回來。

白副將，沒回來。

眼淚順著她的臉頰淌下，她甚至不為父親生還而感到喜悅，明明是這樣好看的女子，眼神卻因恨意而泛起了殺氣。可她只有一雙行醫救人的手，她沒有武器，也不會用劍，她只能死死的盯著虞陶，就好像他從沒給予她養育之恩一般，她恨他。

恨到咬牙切齒的質問他：「為什麼偏偏是他死了？為什麼死的人不是你？怎麼偏偏就是他？」

虞陶猛然間皺眉，並非是不滿她的怨恨，而是他看到自己的長女忽然摀住了胸口，他趕忙翻身下馬去扶她，她卻憎惡的甩開他的手。剎那間，一口痛心疾首的鮮血從她口中噴出，她眼前一片漆黑，接著，如同魂飛魄散一般的倒了下去。

虞陶衝上前去抱住女兒，才發覺她是這樣輕，輕到撐不起這一身醫徒的行裝，輕到好像再沒了血肉。

虞北棠的確死了，那個曾發誓與白副將永不分離的虞北棠，徹徹底底的死在了那一夜。而後的她，再也不會去冒充醫徒行醫救人，再也不會相信善能抵惡，再也不會對虞陶露出笑容了。

她自認自己足夠瞭解她的父親，自然知道白副將的死與他脫不了干係。她更憎恨虞陶什麼都不解釋，就彷彿白副將的死於他而言，根本不值一提。

打那之後，虞北棠只整日靜坐在深閨之中繡花刺鳳，不願與旁人交談，連對素來親近的妹妹，也是冷漠相待。

她怨氣極重，打從內心深處厭惡著戰爭，以及那位藉由戰爭而得到輝煌榮耀的父親。以至於在很多年後，她才會在送給帝師辜嶠的寒玉棋上面下了毒。

當年白副將的死，已在她心中種下了仇恨的幼苗，她以怨去灌溉，幼苗逐漸長成了參天巨樹，幾乎可遮天蔽日。

她企圖使辜嶠與父親反目成仇，更希望帝師能夠制止她父親的一切決定，她不過是想要阻止戰爭。

然而，終究是弄巧成拙。

她使用的毒量明明足夠謹小慎微，是絕不會傷及辜嶠性命的程度，且她之所以選擇這種熱毒，無非是想要引起辜嶠的注意，以此來查出父親當年隱藏的白副將真正死因，從而還白副將一個清清白白的交代。同時，也能夠藉此來打壓父親的氣焰，削減他那日漸膨脹的野心與兵力。

可是萬萬沒有想到的是，這一切竟全都亂了陣腳。那毒幾乎害得辜嶠喪命，又平白無故連累了姬姓商賈，更有甚者，竟為父親攻打彌國找到了再合適不過的理由。如果不是辜嶠中毒，朝廷便不會去查那毒的來源，查出之後，更是促使虞陶向國君請命出征彌國。父親的此番做法，在表面

上是要為辜嶠中毒討回一個公道，實則卻是不分青紅皂白想要剿滅彌國。借刀殺人，實在狠絕。

只是，父親為何會對彌國如此耿耿於懷？

她知道，彌國一天不滅，父親便一天不痛快，只怕，當年白副將的死會牽扯出他的祕密，而父親不為人知也不願人知的祕密，又會是什麼呢？

「可不管是什麼原因，都不該拿你的命來做他的擋箭牌，即便他是我的父親，我也做不到原諒他。」

此時此刻，在一片雨幕之中，虞北棠繼續燒著手中的香燭，嫋嫋升起的薄煙混著雨水，自是形成一片蒼涼的迷霧，她漆黑的眼睛空茫卻充滿執念，緊緊盯著火光，喃聲自語著：「今天是你的忌日，已經過去這麼久了，我再不是當年的青蔥少女，可你，永世都將是白袍少將。多可惜啊！你在十八歲便死去了，竟連我現在這副滄桑的模樣都見不到，真是太遺憾了。」話到此處，她自嘲般的哭哭笑笑，是為無法阻止戰亂而悲，更是為無法為心上人昭雪而恨。

南葵仍舊在不遠處凝望著這一切，那滴淚帶來的夢境已然散盡，眼下回歸了現實，她心中不禁憐憫起虞北棠來，竟私心覺得，不如令這可憐的寵妃，永遠活在白副將尚且還在人世的夢境裡也好。

想來女扮男裝冒充小醫徒的那些年裡，這位看似金枝玉葉的娘娘，已然見過太多鮮血，她的內心並非她外表那樣容光璀璨，她不過是卑微的渴望並祈求著戰亂終止，世間再無民不聊生，然而她卻始終束手無策。

誠然，她痛恨戰爭，當真是恨絕了那些所謂的血債血償與冤冤相報，如果沒有那次對彌國的偷襲，白副將或許就不會死，他和她或許還好端端的相守在一起……，可偏偏，報應為何要在他與她二人身上？他們又做錯了什呢？怎就要陰陽兩隔？

虞北棠一直都沒有找到她想要的答案，這些年來，她活得渾渾噩噩，像是一具空有皮囊的行屍走肉。眼下，她仍在對著那燒盡了紙錢的火堆說著重複的話，去年說過，前年說過，自從他死去以來，她幾乎每年都要訴著相同的話語。

「你不要恨我入宮去做妃嬪。」她的聲音很輕很柔，縹緲空曠，就彷

彿他還在世那般與他二人耳鬢私語，「其實，原本要被納入宮中的人是我妹妹，還記得那日父親回到家中，招徠我二人質問，是哪一個隨皇親入宮時賞了花。原來是賞花時遇見了國君，是那一眼，得了國君青睞，我自然知道不是自己，除了我，便剩下與我長相有八分相似的妹妹了。」

要說這虞北棠與虞北梔二人雖相差四歲有餘，可相貌卻出奇相像，一定要說有何不同的話，便是姊姊要更為端莊，妹妹則更為秀麗。

可惜妹妹虞北梔自幼孱弱多病，聽說是母親懷她的時候，虞北棠調皮爬樹時摔下來弄壞了腿，母親怕長女留下毛病，便整日整夜親自為她敷藥，一來二去的折騰了三個月，恰好是懷孕的關鍵期，便是因此，虞北梔在憂思多慮的母體內失了營養，出生之後甚至連哭聲都是氣若游絲。

虞北棠在長大後得知此事，不免心有愧疚，她最初學習醫術，也是為了照顧柔弱的妹妹，不希望妹妹再喝那些極苦的藥水。

可作為醫者，最不願意看到的便是傷患與殺伐，她女扮男裝隨軍救人，也不過是想要以微薄之力，去救助更多需要她這份能力的人。

只可惜，她最想救的男子，卻死在了她看不見、觸不到的地方。

打從那日開始，她的心也隨之一同死了，回到虞府之後，她時常日哭夜哭，就那樣伴隨著鬱結熬過了兩年。妹妹十分心疼她，也曾陪她一同哭訴道：「姊姊，既然他已經死了，那就是他的命數，都已經兩年過去了，你要好好過你自己的生活才是，要是再這樣下去，只怕你也要性命不保了。」

虞北棠滿臉淚痕望著窗外月色，喃喃道：「這可真像是一場夢啊！我竟不知夢是會醒的。只是，我曾以為只要心懷善念，便可戰勝世間一切邪惡。戰亂是惡，殺戮是惡，鮮血是惡，我始終以善去醫人，企圖扭轉這天下大勢，卻沒想到，到頭來，連自己心愛的男子都護不周全，又談何去拯救天下蒼生呢？豈不是在痴人說夢嗎？實在是個笑話，荒謬至極。」

身為妹妹的虞北梔默然垂眼，悲切嘆息道：「若眾生不肯自救，便無人能救。」

虞北棠低下頭，望著自己的雙手，顫聲道：「手無寸鐵之人，又要如何能自救呢？刀劍無眼，鐵馬無情，這天下大勢的確非我一個女子能夠左右，人心叵測，善惡難分，即便是生身父母，也不知他們心中所想。」

提及父親，虞北梔欲言又止，終究還是無法為父親做任何辯解。

　　「我以為，父親雖殺伐無數，卻仍心存善念與良知，可如今看來，也是我一廂情願的空想罷了。」虞北棠幽幽道，「他是知道我與白副將的事情的，更是早就知道了我女扮男裝混入他軍營的事實。一切都瞞不過他的眼睛，可他從沒有拆穿過，大抵是覺得我與白副將之間的情意只是遊戲，他根本沒有放在眼裡。反正日後，你我都將是他手中的棋子，是他妄想掌控這天下的工具，既是工具，又怎配去愛自己想愛的男子呢？然而，我的心上人已經屍骨無存，日後，我又要如何挺過去呢？就算你和你心愛的人無法長相廝守，但最起碼，他還活著，你還能夠見到他，心中也還能存有一個念想。」

　　聽聞此言，虞北梔震驚的抬起眼，像是在問她怎麼會知道。

　　虞北棠卻苦笑著對她說：「我是你姊姊，又怎會不知你的心思？父親尚且不知，你又如何能瞞過我呢？你我是姊妹，又皆是女子，便不必互相為難，我知道你的苦衷，我是不願你步上我的後塵的。妹妹，死，其實不難，一了百了的事情，比什麼都簡單，偏生是活在一個失了愛人的世上，才是最為煎熬的。倘若要你也和我一樣生不如死，我還活著做什麼？我便要把希望留給你，至少，你還有一線生機，而我是早已沒有了。」

　　虞北梔忽然察覺到她接下來要說的事情，當即搖頭拒絕，然而虞北棠卻心意已決，淚眼裡漾出一個淡淡的笑，她說：「我會替你入宮。」

　　虞北梔的心中「咯噔」一聲。

　　緊接著，虞北棠的淚水流淌下來，她探手去握妹妹的手，哽咽著：「那日，你賞花時遇見國君，他對你一見傾心，才會要父親送你入宮。可父親也不知是你和國君相遇，他還在等我們去給他一個滿意的答覆。其實這對他而言，是你或是我都不重要，他並不在意國君看上的是誰，重要的是，他的女兒會成為後宮的妃嬪，他手上的籌碼又多了一枚。好在你我二人相貌難辨，雖不是雙生，卻也格外神似，所以，我不會犧牲你的幸福。我已是失了心的人，我便要成全你的今後，只要有一線希望，我都要留給你，你的歸宿，只有你想要嫁的人才是。」

　　虞北梔已是泣不成聲，她緊緊的握住虞北棠的手，淚如雨下。

　　「誰人不想得位永不背叛的愛人呢？誰人會真正去愛一個妻妾成群、

後宮三千的君主呢？」虞北棠痴痴道，「帝王將相家的女兒，若不能與心愛的人喜結連理，那便嫁誰都一樣了。可是北梔，你不一樣，我把希望留給了你，你便不會同我一樣。」

只一人犧牲，便可成全另外二人，乃至整個家族，自是一樁划算的美事了。

那晚過去不久，虞北棠便接下國君的旨意入宮成妃。據說她出嫁時極其風光，畢竟是國君欽點入宮的妃嬪，又是虞陶大將軍的長女，自然是給予了極高的禮遇。而在宮中不久，她便得了寵，很快就晉升為國君身畔的寵妃。由於她素來喜歡穿白色華服，國君便賜她一個「皓」字，也是她自己從眾多名號中選出來的。

奴婢們私下裡稱她是寵妃娘娘，國君則習以為常的叫她「阿皓」。

有時午夜夢迴時，她也會呢喃著「阿皓、阿皓」這個名字，國君從不在意，雖會笑她奇怪，但也只覺她是在夢裡呼喚她自己罷了。

只是，那個字，是白袍的皓。

白袍不姓白，複姓夏侯，單名為皓。

而從此，她可光明正大冠以他的名字，就算父親多次聽聞國君喚她此名，也是不敢有任何質疑，他自是深知她的意圖，卻又不能戳破。想來父女反目成仇，也不過是一夜之間的光景，彼此心中都對破裂的關係清晰明瞭，可誰也不願率先去諒解對方，更沒打算要去彌補那血淋淋的血口。這般皮開肉綻的較量，竟是來自女兒對於生父，真不知是何等可悲的怨孽。

雨漸漸小了，南葵將虞北棠流淌下的眼淚，都藉由迴廊彎刀收集了起來。

她靜默的將那些晶瑩、悲傷的淚珠封在刀刃上，看著它們彙聚在一處，形成了一層薄薄的水霧。而此時的她，也不想再打擾虞北棠祭奠她的心上人，於是，她騎著馬離開，朝圍場的方向緩緩而行。

雨後的山林格外靜謐，泥土氣息濃郁，混雜著野花的芳香，一人一馬走在其中的畫面，竟顯得有一絲莫名的哀傷。南葵回想著虞北棠記憶中出現的無奈與迷惘，一如她曾經的複雜心緒。

她們都一樣恨著戰爭，憎著殺戮。

可縱然這亂世淒涼無道，就連和平都如同海市蜃樓般飄忽不定，但選

擇了何種道路，無論其坎坷、艱難與崎嶇，都必要有始有終走到盡頭。

　　想必，即便是萬人之上的國君，也有他心中不被世人理解的堅守。

　　也許，每個人眼中所看到的紅塵景象都是不同的，虞陶眼中的國君，是帶他脫離泥沼的救世主，而虞北棠眼中的國君……

　　思及此，南葵探出手，輕輕的觸碰刀刃上的那一層水霧。

　　透過水霧，將會從虞北棠的記憶中看到有關國君的過往。

第 十 九 節

　　無論是帝王將相還是草莽英雄，若想登基稱帝，必要承受常人所不能忍，行常人做不得之事。帝雄英勇有謀，才能蓋世，東征西討，血流成河，最終才得以收復疆土、建立帝國。

　　國君可享受他的戰果，錦衣玉食、金銀珠寶、酒池肉林、美色奢靡，哪怕被他封賞的臣子們，仍舊會在私下裡議論他的驕奢荒淫，被他選入後宮的妃嬪們爭風吃醋，被他附於生命的皇嗣們爾虞我詐，這些都不足以令他停下追求心中欲望的步伐。

　　而那偌大皇宮之中，也彷彿每一個人都沒有真心。

　　虞北棠當日身著嫁衣走進皇宮時，便是那樣的感受。

　　記憶深處的那一天沒有日光，濛濛白霧將磚紅色的宮牆渲染出一股陰寒之氣，坐在宮車內的虞北棠輕撩車簾，望著冗長得仿若沒有盡頭的長宮之路心生不安。

　　這裡明明是皇宮內院，是天底下女子們能夠進入的最高貴的地方，妃嬪是官，是可光耀門楣的女官，可她越發接近後宮，卻越發迷惘。隨著車輪的輕微顛簸，她一顆心懸在清冽的微風之中，周遭靜得聽不見絲毫雜音，她竟不知自己究竟是要去往何處了。

　　只見接連皇宮處蜿蜒而出的高大城牆，巍峨壯麗，久經歷代血與爭的磨礪，散發著一股登峰造極的凌厲氣息。匆匆而過的侍女們衣香鬢影，又值桂花婆娑、芳香如雲之際，陰鬱的氛圍裡布滿腐爛氤氳，宛如身臨早已枯敗的仙境而不自知。

　　那日，她在婢女們的伺候下淨身、沐浴、更衣，必要確保她是乾淨的、純潔的，又為她換上白色單衣，只在腰間繫了一條朱色腰帶，鬆垮垮的長衫卻奇妙的勾勒出了她婀娜的腰肢，婢女們讚歎她腰細如靈蛇，宛若驚鴻，又似游龍，肌膚白得和粉撲一樣，軟得柔情蜜意，必然會令陛下日夜鍾情。

赤裸的話語令她感到羞憤，可在一望無際的皇宮之中，眼下的她也只能為人魚肉。

　　待夕陽落下了山，夜色攀上了樹梢，積壓許久的大雨滂沱而下。

　　婢女侍從們手中的傘被暴雨打得濕漉漉的，他們生怕雨水澆在虞北棠身上，極為謹慎的將她送進國君的寢宮殿內。

　　宮牆裡的琉璃燈被狂風打滅，內罩都刮破了，電閃雷鳴嚇壞了去關窗的守夜侍女，連花枝都被狂風壓得折了腰。

　　殿內空曠昏暗，只有兩側燭光微弱，婢女們皆已退下，虞北棠一人孤立站在大殿中央。她見一縷嫋嫋煙霧從前方的白色帳幔中飄飄而出，聞起來，竟也令這雨夜染上了一抹心醉之情。

　　她猶疑的向前走去，隔著床幔望見裡頭有一抹倩影坐起身來，光潔的後背映入她眼裡，又聽到嬌羞的輕呼，虞北棠猛然低下頭，心中又驚又羞，正欲轉身，床幔中另一個挺拔的身影撩開了紗幔，他披上了床畔旁的一條素袍，站起身來走向了她。

　　虞北棠不敢抬頭，只覺他越發走近，她心跳如鼓，不禁屏住了呼吸。

　　那身影停在她面前，遮住了她眼前光亮，她聽見他冷聲問道：「見了寡人，為何不行禮跪拜？」

　　虞北棠並未立即照做，她只是努力冷靜下來，平復心緒道：「我……怕驚擾了陛下。」

　　他一把捏起她的下巴，逼迫她與他對視，如炬一般銳利的眼神掃過她的容顏，他的臉上看不出喜怒，虞北棠只見他面容輪廓如斧削，略顯滄桑，卻不失俊美，可想他年少之時也是一副美玉姿容。

　　「你在寡人面前，怎敢以『我』相稱？」

　　虞北棠心裡怦怦急跳，惴惴不安中竟是脫口而出：「陛下並沒有三頭六臂，我為何要不敢呢？」

　　他凝立不語，忽而淡淡一笑：「你要比那日賞花之時勇敢多了。」

　　虞北棠本擔心他會識出破綻，竟想不到他當真沒有看穿她並非那日賞花之人。正鬆了一口氣的同時，她突然被他攔腰抱起，虞北棠心驚膽戰的被他抱著走向床幔旁，聽見他對羅帷裡頭的人令道：「滾出去。」

　　那女子慌慌張張的穿戴好了衣衫，然後跌跌撞撞的下了床，又對國君

恭敬的跪拜，繼而才默默的退出了大殿。

虞北棠心中也是惶恐不安，她整個人被他粗魯的扔進帷幔裡，滿床的暗香氳氲，令虞北棠一時間慌亂無措，滿身是汗。

「寡人賜你封號，從今夜起，你便是四等侍嬪，封號林。」他語調不容置疑，可眼裡卻沒有任何光亮。

也許旁人都會受寵若驚的跪謝這等榮耀的恩典，畢竟還未侍寢，便已得此高位，實乃破例而行。然而對於虞北棠來說，再多再高的位階也不過是一杯餿了的老酒入腹，品不出絲毫醇香，只剩辛辣與愁苦。

她的冊封禮很快便舉行了，並在短短月餘之內，便又升為妃位，除卻得了封號，又被國君親賜名字，她一時之間成了盛寵的林妃阿皓，是皇宮內所有奴僕們搶著巴結的林妃。

國君喜歡去她的住處，他說她就算什麼都不做，只站在那裡讓他看著，都是件令他欣慰的事。

「你的面部輪廓，最為相似。」他的手總會觸碰她眉心、她眼睫、她臉頰，且說著一些她聽不懂的囈語。

然而，在他坐擁三千佳麗的偌大後宮之中，她只是盛寵而非獨寵，他也會在興起之時去往其他妃嬪的溫柔鄉中。

想來後宮的美人多不勝數，皆是柔情似水的溫香軟玉，她們的繡帕上刺著同床共枕的鴛鴦，全身上下都搖曳著惑人魂魄的香，國君給他們綾羅珠寶、眾多僕從，為此，妃嬪們更加熱衷在他的面前爭相鬥豔，時而場面荒淫，時而酒池肉林。

她們就像是他把玩在手中的玉珠子，一顆又一顆，琳琅滿目堆積成胭脂紅粉的高殿，殿內皆是鼎鐺玉石、金塊珠礫、朝歌夜弦……

在虞北棠眼中，這一切都是靡靡之音，是靠無數血淚換來的海市蜃樓。她厭惡著不知亂世愁苦與百姓悲憂的富麗皇宮，更覺得自己是被關在鳥籠裡供國君一人取樂的金絲雀，她存在的唯一價值，彷彿只剩下「寵妃娘娘」這四個字。

可是，後宮中的萬千女子，又有誰會在意高牆之外的天地是怎樣一番景象？

戰場上的士兵們在為國家征伐廝殺、殘垣斷壁的修羅場上鋪滿身首分

離的屍體、鎧甲上爬滿了虱蟲、年少的死者暴露野地無人收埋、無家可歸的百姓衣衫襤褸、孤童饑餓難挨朝不保夕、馬車上掛滿了男人的頭顱、馬車後綁滿了抓獲的婦女……

「獵野圍城邑，所向悉破亡。斬截無孑遺，屍骸相撐拒。」

當時的她不自覺的呢喃出此話，身旁的國君竟略有驚色，一把抓住她的手腕問道：「你方才唸了什麼？」

她自是畏懼國君，並不敢坦誠相對，只急忙求饒道：「臣妾是一時糊塗，想到多年來的戰亂，心中略有感慨才情不自禁，還請陛下恕罪。」

國君毫無責怪她的意思，反而是嘆道：「阿皓何罪之有呢，不過是寡人在許多年之前也曾聽見過這首詩罷了，如今從你口中唸出，自是令寡人更加憐惜於你了。」

果然如國君所說，自那之後，他對她似乎更為上心，像是覺得她與別個妃嬪不同似的。可儘管如此，虞北棠仍舊不敢有絲毫僭越之舉，她始終覺得國君對她是寵，而非愛，既不是愛，便容不得放肆。

她是這般明白事理、明哲保身，可旁人卻不似她這樣聰慧了。

猶記得那日夜已深，國君已在書房裡批閱奏摺整日，他念及虞北棠宮中的藥香茶，便命人要虞北棠送茶來。

虞北棠得了令，便乖乖的攜侍女帶茶去他殿內書房外頭，只將茶交給門外的侍衛，自己並不敢去打擾他。

國君是喜怒無常的君王，他從不允許任何人進入他的書房，哪怕她是寵妃，也知不可自找沒趣的道理。他每天都要處理一百斤竹簡重量的公務，半分都不能少，天下的大小事情，他都要盡在掌握之中。虞北棠曾透過門縫遙望裡頭的景象，匆忙中瞥見過一副巨大的疆域圖懸掛在書房牆上，圖紙上的紅色如血色一般連成一條長線，唯有終點才是他野心的盡頭。

偏偏在虞北棠正欲離開之際，貴妃胡氏搖曳著婀娜的身段款款而來，見到了虞北棠，她居高臨下的抬起了下顎，虞北棠知趣的行禮問安，胡氏並不將她放在眼裡，只管帶著侍女大搖大擺朝國君的書房走去。

守在門口的侍衛攔住胡氏，道明陛下不允許任何人進去書房，就算是貴妃娘娘也絕不例外。而胡氏性情向來潑辣，她不管不顧的賞了侍衛兩個

耳光，然後挑釁的望向虞北棠輕蔑一笑，繼而邁著蓮花碎步走進了國君的書房。

虞北棠並不以為然，爭風吃醋之事斷然是不會發生在她身上的。可接下來，她卻聽到那書房裡傳出了胡氏的慘叫聲。

只見胡氏和她的侍女狼狽的以跪姿退出了書房，且她原本精緻華貴的鬢髮已凌亂四散，臉色蒼白，花容失色，正哭哭啼啼著。

而將她逼到此狀的，正是手持利劍的國君。

他每多走一步，胡氏的驚懼便多增一分，她不停說道：「臣妾知錯了，是臣妾莽撞，求陛下饒命。」可國君依舊面不改色，彷彿根本不將往日舊情記掛在心上。

虞北棠目睹著這景象，一時之間啞然驚慌，侍女則是哆哆嗦嗦抓著她的衣襟，哀求著：「娘娘，我們還是快走吧！」

明明知道不該在此處多留，可虞北棠卻僵硬的怔在原地，根本挪不動自己的身形，她的眼裡滿是冷酷可怕的國君與失魂落魄的胡氏，一個高高在上，一個卑微入塵，形成了一副天與地般的永難逾越的對比。

「陛下……寬恕臣妾吧……臣妾再也不會犯了，再也不會……」胡氏連滾帶爬的向後退著，此時此刻，看國君向她走來的身段就如同是地獄惡鬼。

國君背對著他的書房，裡頭的油燈有光照出來，將他的影子拉得極長，映在牆壁上，似一隻獠牙利爪的鬼影，他抬起了手中的利劍，高高舉過自己的頭頂。

虞北棠不敢再看，猛地將臉別去了一邊。

那縮在牆角已無路可退的貴妃，發出了撕心裂肺的嚎叫，那些掙扎、哭泣、嘶吼、哀叫……，連同血液噴濺的聲音，一齊散發著腥重的氣味。

半炷香的時間過去，一切歸於沉寂，虞北棠心驚肉跳的慢慢轉頭，看向那角落。

頃刻間，她瞪圓了雙眼。

滿身是血的胡氏如爛肉一般倚靠在牆壁上，眼睛一動不動的著前方，竟是死未瞑目。而她的侍女同樣鮮血遍身，只不過，染在身上的，都是她主子的血。

見過了方才那般景象，她整個人已痴痴傻傻，攤著雙手，如斷線木頭般頹唐的小聲囁嚅著：「陛下萬歲，貴妃娘娘金安，爹、娘，孩兒入宮伺候的是娘娘，是貴妃娘娘……陛下萬歲，貴妃娘娘金安，爹、娘……」

　　虞北棠目不轉睛的凝視眼前的一切，唯獨身旁緊抓著她手臂的侍女，早已驚得顫如葦草，哭得泣不成聲。

　　國君在這時將手中利劍別回腰間，又向侍衛伸出手，侍衛立即恭敬的奉上一塊潔白的絹帕，他細細的擦拭著噴濺到手背上的血跡，抬頭時看見了虞北棠。

　　微弱的光線下，虞北棠原本紅潤的臉色只剩下慘月般的白，她看著國君慢慢走向她，身後的侍女因此而發出驚叫，竟是瞬間跌坐在地。

　　虞北棠下意識低頭看了一眼侍女，很快她便又抬起視線，望向了站在面前的國君。

　　他眼中似有慍色，低垂眼睫，凝視著她道：「夜裡風涼，你送來茶後，便該早些回去歇息才是。」

　　誰人會在剛剛殘忍斬殺一位伴於枕側的妃嬪後，還會這般平靜的談話？就好像什麼都沒有發生過，於他而言，似乎剛剛死去的，不過是一隻微不足道的蛆蟲。

　　虞北棠抿緊了唇角，她輕緩的吐息，而後竟鬼使神差的抬起了手，輕輕的撫去了他臉上的那幾滴血跡。

　　他略蹙了蹙眉，卻也沒有責難她做此行為的意思。

　　可很快的，虞北棠如夢初醒般收回了動作，她趕忙躬身道：「陛下之令，臣妾自當遵從。」說罷，她喚起地上的侍女，一同離開了這空曠昏暗的大殿。

　　而當前腳剛走到外頭，虞北棠後腳便伏在石柱旁乾嘔不止，侍女哭著拍打她的背，這主人二人自然都是被嚇壞了。

　　「娘娘，奴婢入宮久，早前曾聽聞陛下會殺掉觸怒他的妃嬪，之前是位蓮妃娘娘，據說是耽誤了陛下批閱奏摺的時間，被陛下一怒之下殺了。」侍女啜泣著擦拭眼淚，聲音止不住的哆嗦，「奴婢原本是不信的，可今日親眼所見，奴婢當真是嚇破了膽……陛下真如傳聞中一樣無情冷血，想來貴妃娘娘陪伴他多年了，不過是貿然進了他的書房，再怎樣說，

也罪不至死啊……」

虞北棠斥責侍女莫要再說下去了，小心隔牆有耳。

而她自己在此時此刻，又何嘗不是潸然淚落呢？

誠然是伴君如伴虎了，可她的枕邊人，究竟將人命視作何物？在他的眼中，是否連她也只是隨手便可摧毀的一個玩物？

思及此，虞北棠不禁為自己日後的宿命感到悽惶。

那般令人恐懼的國君，似乎沒有心，抑或是他的心皆已被他的欲望與信仰所占據，再容不下旁的別物。只是不知是不是虞北棠多慮，她感到他每每注視她的時候，都像是在透過她的軀體去凝望另一個靈魂。

也許他並非是無心無情，而是在那被車輪輾過落葉與枯枝的泥路上，曾有攜著滿身清冷梅香的人出現在他的面前，從此他的心裡便載滿了無聲靜夜，與滿山盈谷的素白梅花開。

一如他總是抬起手去輕撫她的臉頰，像是怕弄傷她那般溫柔，喚著她：「阿皓，你穿素色衣服時甚美。」

美如林中人，其姓也為林。

虞北棠的記憶逐漸散去了，而彎刀之上，當她的最後一滴淚乾涸時，突然湧現了大量破碎的片段，鮮血、哭喊、肉塊，還有一個少年跪在屍體前的號啕崩潰……。南葵便是因此而痛苦的捂住了頭，像是承受不起迴廊彎刀帶她看到的血腥畫面。

待到淚水全部蒸發，迴廊彎刀的顏色也從金色退回到了原本的鐵灰銀色，南葵這才舒出一口氣，她困惑的撫過迴廊的刀身，自言自語道：「剛才看到的最後一幕究竟是什麼……是有關國君的過去嗎？」

只是，為何會看到那樣的往昔？南葵猜不透其中究竟，忽而又暗暗想到，國君心中最為重要的究竟是什麼呢？從虞北棠的記憶中來看，她自是十分畏懼國君，但也能得知，國君對待她的態度與其他妃嬪相比起來，的確有所不同。

「他賜給她的封號是個林字。」南葵察覺到其中的蛛絲馬跡，「難道，在國君的心中，真的會將那個姓林的女子記掛數年？」

如此看來，那個姓林的女子反而更像是個狠角色。而等候林冉冉將

全部線索找到也是至關重要。因為，南葵感覺自己已經離國君的過去很近了，如果將他的過往一覽無遺，說不定就能夠找出煉製嬰靈的元凶了。思及此，南葵便快馬加鞭趕回圍場，明日一早，還要和國君的部隊一齊狩獵。

待到她回去圍場時，已是萬籟俱寂。

想必國君已由侍衛護得周全，南葵自是不必再記掛他的安危。

只是圍場的大門已經緊鎖了，但她身為小廝，場主在夜晚清點人數時，竟然沒有發現少了她這個狩獵隊的騎手嗎？

南葵心有困惑，但還是將馬匹拴在了大門前的樹下，再藉助自身優異的體魄迅速翻上牆去，雖是費了些力氣，好在安穩落地。她拍了拍手上的灰塵，對自己「寶刀未老」的翻牆能力感到驕傲。

正欲回去小廝們的住所，她忽然聽見身後有簌簌的響動聲，南葵愣了愣，都這個時間了，還會有誰在此處行動？

她慢慢轉過身形，順著靴子往上看，一身青玉色的單衣，裁剪得極為合體，腰間繫著的細帶也是毫不含糊的精緻，這般時刻都注意儀容的人，自然不會是旁人了。

「仁宣哥哥……」南葵的目光對上他的視線，略有尷尬的道，「都這麼晚了，你怎麼還沒睡……」

姬仁宣盯著她的眼神算不上溫和，反倒是有一絲難得一見的慍色。他背過手去，轉頭看向樹上掛著的長燈，沉聲道：「我料想你是會翻牆進來的，若不見你安全歸來，我又如何能酣睡入夢？」

南葵歉意的走近他：「實在是回來的路上耽擱了，害你擔心於我，是我對不住。」

姬仁宣的視線從長燈上轉向她，語氣中有隱隱責怪：「我自是想到你有要緊的事需要處理，眼下至關急迫的事，便是你所認定的事了。即使如此，又怎是對不住我呢？」

南葵聽出他話裡的無奈與妥協，事到如今，他即便是整夜擔心她，卻也不會再遷怒於她，反而是接納了她的一切決定，並盡可能的去說服自己相信她。

相信她可以保護好自己，也相信她不會貿然莽撞。

可「謝謝」這樣的話，南葵總是吝於出口，她深知定是姬仁宣幫她蒙混過了小廝住所內的清點人數，不然平白無故少了個活人，這圍場之中定是要鬧開一陣。

但今日發生了太多，南葵也不知該如何向姬仁宣說起，只好對他道：「我已平安歸來，夜又這樣深，仁宣哥哥，你還是趕快回去歇息吧！」

姬仁宣倒也不急著離開，他的目光再度飄去那簷下的長燈上，據說是場主為了恭迎聖駕而親自更換的異域風情的名貴長燈，燈面上繪著仙山雲海、縹緲樓閣，與雷獸雲母、紫電奇光，他靜靜開口道：「方才我做了一個夢，許是等你等得焦急，又熬得疲了，便在此燈下頭假寐了片刻。醒來後，你便出現了。」

南葵沉默的凝視著他此刻的面容，長燈映著浮繪打出明暗不一的光暈，筆直的投在他輪廓上頭，染出了星月交替時的波光流轉，竟一時之間令南葵挪不開目光。

半晌之後，她才緩緩問他：「是什麼夢？」

「一個駭人的怪夢。」

「何以言怪？」

姬仁宣輕了搖頭：「想必是坐在這燈下的緣故吧！被燈紗上面的浮世繪擾亂了心神。正所謂日有所思、夜有所夢，人有理智，但也都會有著魔的時候。凡人一世，不過是在與隱藏在心中的洪荒巨獸抗爭。是獸性，是魔性，即便無欲無求如我，也不例外。」這話說完，他長長吐出一口氣，頂著明明暗暗的光暈，他整個人顯得有些恍惚。

南葵不禁因此而有些動容，她下意識的再向他走近一步，探出手去，欲去觸碰他。

可動作卻在剛剛抬起時便停滯了，因他不留痕跡的向後退了半尺，然後對她說：「人若有了牽絆，便總是關心則亂。一旦放縱這股心緒，想必會延伸成執念，從而滋生嫉妒，飼養怨恨，總歸是副醜陋難看的面目。」

便要及時收手。

南葵低垂下眼，緩緩的收回了自己的動作。

姬仁宣略一低頭，氣息沉緩悠長，似無奈低吟：「夜深了，回去吧。」

南葵點點頭，跟上他的腳步。

沿著靜謐無聲的小橋走，他在前面，她跟在後頭，誰也沒有再多說一句話，直至到了小廟的居住所，姬仁宣才靜默的轉身離開。

那一晚，南葵躺在自己的床鋪上盯著窗外的星光出神。

身為孟婆的她本就無須睡眠，哪怕是今日發生了一連串的緊急事態，她也不會需要因此而修整身體。她已不是凡人，自然不再脆弱，只是，姬仁宣的那番話，卻令她內心久久不能平靜。

獸性、魔性、執念、欲望……原來不僅僅是國君，即便是看似溫良純善的仁宣哥哥，也有著他心底深處需要控制與對抗的魔物。

那麼，她自己呢？究竟姬仁宣的魔物是因她而起，還是她將自己的魔性擾亂了他？世間之事向來孤掌難鳴，南葵自然不能將自己置身事外，她深知自己與姬仁宣之間，已然是再回不去純粹的過去。

她與他之間，有某種情愫在無聲無息之間發生了驟變。

回想起他那雙漆黑如夜的眼睛，總是蘊藏著千言萬語，縱然是會令她感到不知所措，卻仍舊不能視若無睹。

南葵心緒煩亂的閉上了眼睛，竟是有些疲了。朦朦朧朧之中，她聽到耳畔傳來了烏鴉喑啞的嘶鳴聲，再一抬頭，赫然呈現在眼前的，竟然是修羅煉獄般的戰場屍山。

天紅如血，風硬似刃，一隻手猛地從屍山中伸了出來，那手皮開肉綻，遍布鮮血，卻拚盡力氣支撐住那些汙血的鎧甲，一點點、一寸寸，艱難的從屍山中爬了出來。

他搖搖欲墜的站起身，支離破碎的戰甲上插著數支羽箭，唯一雙嗜血的眼睛從散亂的髮絲中閃著求生的欲望，他踉蹌的從屍山上滾落，踩著破爛的靴子，步履薄冰走在血河之中。

「怎能死在此處……本王……怎能死在此處……」他如囈語般不斷重複著一句話，幾次跌倒在血河裡，濺上滿身泥濘與腥臭，卻還是執著的匍匐著向前爬，哪怕是抓住一株枯草、一塊碎石，都要藉助它們渺小的力道再向前一點。

活下去，一定要活下去……

不能死……

他赫然抬起頭來，眼睛裡迸發出了的殺意，直逼向南葵的方向。

南葵猛然從床上坐起，驚魂未定的撫住自己的胸口，轉頭一看，天竟然已經亮了。

她這才發現是自己做了夢。

可……她又怎會不依靠任何媒介做夢呢？孟婆是不會睡著的，雖說冥帝保留了她的味覺與嗅覺，可睡眠這件事於她而言，早已是多此一舉。

難道當真如姬仁宣所說，是那長燈上的浮繪惹人亂了心神，從而日有所思、夜有所夢了不成？

然而，夢中所見之人又是何人？

南葵回想那雙染滿血色的眼睛，心中似乎也有了定數。她知道，如果一天不找出煉製嬰靈之人，她便一天不會安寧。只是，她竟漸漸擔心起，如果國君真是那人，她又該如何是好？

也許，她私心不願意見到那番景象，可又無法說服自己停止懷疑，想必是國君身上有著許多與她相似的地方，令她總是會心中懷柔。

就像是一面鏡像，他在鏡子的那一端，而南葵則是站前鏡子的這一端，越瞭解他，她越悲傷，如同是在完成一場對她自己的救贖。

幾日後，秋日豔陽，茂鬱山林中盛放的山茶，也無法驅趕晚秋的霜重，南葵騎在馬上，靜靜的跟在國君身後，前往更深的林間射獵。

令南葵意外的是，經過上一次遇襲事件，國君不僅沒有驚動圍場，甚至沒有增加他所帶領的部隊人馬，就像是毫不在意會再發生類似的事情。

此時此刻，一行人正經過溪流，獵獵風中，溪水波面漾出一層層漣漪紋路，為首的國君忽然抬起手臂，比出了「停」的手勢。

後方騎手皆是聽命勒馬，南葵循著國君的視線望去，見他的目光鎖定了一隻伏在溪邊飲水的母鹿身上。

秋季的獵物自是格外肥美，在這落葉稀少的林子裡，的確會遇見這般膘肥體壯的珍貴獵物。

國君從掛在馬匹上的行囊裡抽出一支羽箭，動作俐落的搭在弓弩弦上，幾乎是剎那間，羽箭飛出，正中母鹿的後腿。

母鹿哀鳴一聲，當即跪倒在溪水之中，再難起身。

部隊中的眾將喝彩高呼，自是欽佩國君精湛的箭法，又有人情不自禁

的說著：「不愧是陛下，這一箭實在妙哉，待將這畜牲帶回圍場，自是能得到一張完整的鹿皮。」

南葵卻面不改色，她望向那隻臥在溪中的母鹿，心中猶疑起牠為何不逃。想來那後腿上的一箭並不足以令牠放棄求生，只管趁勢逃走便是，哪怕遭遇追擊，這林中地勢也是牠等較為熟悉，便有七分的機會能夠成功逃命。

國君瞥了南葵一眼，像是看穿了她的思慮問道：「你也感到奇怪？」

南葵自是點頭，隨後請命道：「陛下，不如讓民女去查看一番。」

國君漠然的頷首允許，南葵則翻身下馬，她淌入淺淺溪流，走向了那頭受傷的母鹿。

第二十節

秋風獵獵，吹得密林沙沙作響。

母鹿伏在溪畔，腹部隨呼吸而起起伏伏。南葵與牠近在咫尺，彼此凝望，漆黑鹿眼清澈而明亮，像是碩大的黑色珍珠，清晰的倒映著南葵的身影。

牠是驚慌失措的，可又彷彿深知無法逃脫被捕殺的命運，如同向自己的宿命妥協，牠垂下了頸項，屈服在南葵的面前。

而更為驚人的是，竟有一滴淚，順著鹿眼緩緩墜下。

南葵輕輕蹙眉，似為之動容，她從腰間摘下迴廊彎刀，於空中一揮，母鹿的那滴淚便被刀刃取到。

國君見狀，瞳孔不由得縮緊，而其他一眾人等也對南葵接下來的舉動感到驚詫。

她竟以手指撫上刀刃鹿淚，藉由指尖上的淚跡送到唇旁嘗試。

四周靜謐，只餘風聲，而那風如咆哮猛虎，吶喊著吹拂過每一個衣襟。

南葵思量了片刻，餘光瞥向天際沉雲，心想著就算不能讓母鹿活著離開這片密林，也必要試上一試。

她便轉過身，仰望著馬上的國君，恭恭敬敬道：「陛下，民女已查明，這頭母鹿腹中已有鹿崽，是為了尚未出世的小鹿才沒有逃命。牠擔憂反抗會害了鹿崽，不如就此屈服，或許還能有一線存活生機。既是如此，還請陛下寬宏大量，放牠們母子一命。」

國君並未作聲，倒是部隊裡有精通醫術的侍衛當即請命道：「陛下，微臣可去一探真假。」

得到允許之後，那侍衛匆匆來到母鹿身邊察看情況，然後與南葵對看一眼，便稟明道：「回稟陛下，此鹿的確有孕在身，且應有段時日了。」

國君漠然的望著那頭母鹿，他換了換手，袖口處繡著的一抹金朱色格

外鮮豔，如同一朵胭脂遇水而暈，配上他本身的氣韻，自是風雅到了極致。半晌過後，他沉聲詢問南葵道：「你為何要把那畜牲的眼淚放進口中品嘗？難不成，鹿淚在你看來倒成了玉液瓊漿？」

這話頗有幾分揶揄挖苦之意，旁頭的騎手們自當捧場的竊笑起來。

南葵面不改色的略一低頭，回道：「陛下聖明，想來這世間本就百態叢生，眾生各異，有的人喜歡品茶，有的人喜歡飲酒，也有人願意去嘗試眼淚，而唯有淚水之中，才飽含了一生際遇。」

國君則意味深長的輕蔑一笑，再問：「莫非你從母鹿的眼淚之中，嘗到了牠的一生？」

南葵卻搖了搖頭，唏噓道：「民女嘗到的是慈悲。」

「這又是如何嘗到的？」

南葵心中一動，自是十分懂得低眉順眼的賠笑道：「陛下也知民女出身卑微，像民女這般草芥便是自幼走南闖北、行騙江湖的，若是沒有個一技之長傍身，早已不知死過幾百幾千次了，故此，唬人的伎倆總是會使用的得心應手。」

「看來，你嘗到的慈悲是要寡人來施捨了。」國君說罷，竟大笑起來，斷斷續續的三聲，繼而又冷聲道，「這般微不足道的慈悲，實在不值一提。」

南葵卻道：「陛下是天子，陛下的慈悲自然是寬宏無量的。可慈悲向來與仁、善、義匹配，既要有仁愛之心，又該去善待他人，倘若人心邪惡，那麼無論做何等大事都將功敗垂成。克己、修行，克的是自己心中的魔，修的則是自身的善，善即慈悲，慈悲可救蒼生。」

國君的笑容逐漸收斂，他黯著一雙眼，並未再與南葵多說，只管帶著部隊朝前方的山林策馬而去了。

南葵凝望著國君的背影，忽覺他身上散發出一股陰鬱的黑霧，那是來自他內心深處的惡欲，每當他試圖施展自己的慈悲時，那股渾濁不清的黑霧便會緩緩散出，如同是一善抵消一惡。而作為饕餮轉世的南葵，自當要履行使命，是為義不容辭的將這股惡念吸食入腹，她只需輕啟朱唇，便能將那股黑霧一絲不剩的吸進體內。

然而惡入了腹，卻令她食之無味的咂了咂嘴，實在是因這股惡念之

中，夾雜了太多繁複心緒，毫不純粹也不透徹，似比真正的惡還要更加沉重、晦澀。

她竟是不明晰了，為何國君拿來換了慈悲的惡，卻是這般的悲戚？

似有難言之隱，又似躊躇迷惘。

南葵再轉過頭，看向仍舊伏在溪水岸旁尚未離去的母鹿，不禁心緒煩亂。

「你這愚蠢的鹿，為何還不肯逃命去？」南葵嘆息一聲，而後聽見不遠處的斜坡方，向傳來輕緩的馬蹄聲，聲音由遠至近，她不由得抬頭去看。

晚秋烏雲遮住了豔陽，又一點點移開，他身上彷彿攜滿了光耀輝芒，踏著清風，離她越來越近。

二人目光交會在半空，他翻身下馬，牽著馬韁走向她：「我見國君和他的部隊離開了才出來見你，便是不會驚擾旁人，也不會給你帶來不必要的麻煩。」

「仁宣哥哥……」南葵低低喚他，並未問他為何來到此處，他二人心有默契，而南葵自是清楚他是記掛著她的安危，才會跟隨她來到此處。

姬仁宣的目光落向母鹿身上，為其惋惜的同時，問南葵道：「方才我在林中聽見國君的笑聲，那笑卻是含義不明，竟令我感到了一絲懼怕。」

南葵苦澀一笑，道：「那三聲笑各有其含義，第一聲笑我，第二聲笑鹿，第三聲，則是笑命。」

笑南葵口中說的慈悲，斷定她是在裝神弄鬼來為鹿求情，故意說在那淚中嘗出了鹿的一生。

笑母鹿不知抗爭，雖為畜牲，卻毫無獸性，任人宰割不說，竟敢祈求來自獵殺之人的仁慈。

笑命運，三界之中，無論人、鬼、神，無論王權、富貴、階級，唯有強者才能支配命相。

「他是在笑這慈悲微不足道。」南葵似心有淒然一般，她尚且不懂這慈悲究竟微不足道在何處。

姬仁宣看穿她的思緒，思索片刻，對她道：「我曾在許久之前聽聞一個故事，不如在此時講給你聽聽。」

從前，趙大將軍的兒子襄敏公曾在保定當總督，夜間在西樓讀書，門和窗戶都關閉著。

　　突然間有個身影從窗戶縫中緩緩側身而入，原本形狀非常扁，當其完全進入屋子後，其用手搓頭、手和腳，逐漸身體得以恢復，原本扁平的身體變得像個正常人，化為一個戴著軟帽、穿著紅鞋的書生。

　　此人向上長揖拱手，甚是有禮，說道：「秀才本是狐仙，在這裡居住有好幾百年了，得到諸位大人一致允許，才得以居住在這裡。您忽然來讀書，我不敢違抗天子的大臣，因此來請示。假如大人一定要在這裡讀書，我應該趕快搬走，請給我寬限三日。如果大人憐惜我，請容許我蜷曲在這裡休息，請像平時一樣把門鎖好、把窗戶關好。」

　　襄敏公非常害怕但又故作淡定，笑著說道：「您是狐狸啊，又怎麼會是秀才呢？」

　　秀才回答說：「狐狸這個群體要想當秀才，得參加泰山娘娘的考試，每年一次。選取精通文理的為秀才，資質稍差的為野狐。秀才可以修仙，野狐不允許修仙。」

　　繼而又勸說襄敏公：「您是何等的貴人，可惜不修仙。像我們狐狸這個群體，學仙真的最難。我們要先學習人的形態，繼而學習人的言語。學人說話，先要學習鳥的語言；學習鳥的語言，又必須學會天下所有鳥的語言。這些都學會了之後，我們才能夠有人的聲音，之後才能有人的外形，這樣一個過程就需要五百年。人如果修仙，要比其他物種少受五百年的苦。如果貴人、文人學習修仙，要省三百年的時間啊！一般說來，學習修仙的人，要花一千年的時間最終才得以功成，這是人世間的定理啊！」

　　襄敏公聽了牠的話後非常高興，他第二天便鎖了西樓搬了出來，並把樓讓給了牠。

　　只不過，他最後悔的是沒能問問那隻狐狸，泰山娘娘出什麼題目來考牠們呢？

　　「由此來看，生而為人，已是比其他生靈要幸運出百年的造化。」故事講罷，姬仁宣輕嘆道，「只不過，人生在世，雖說性命平等，可又在冥冥之中暗自劃分出了等級，君臣、夫妻、兒女、父子，皆有其運轉的規律，但這其中，也必定捨不掉『篤』與『敬』。古人的大家大戶，總是做

過祭祀再用飯，每頓飯都是如此，且代代相傳。」

南葵回想起自己家中也時常會有這樣的舉動，一直不明其原因，便順勢問道：「祭什麼呢？」

「祭天、祭鬼神。」

「可人真的信鬼神嗎？」南葵道，「也是未必。」

姬仁宣轉頭看著她，沉聲道著：「這種事必定是說不清的。而說不清是什麼意思呢？是不能確定。正所謂『敬神如神在』，要尊敬神，就像神真的存在一樣。因為，假如神本身就在，就不會『如神在』了，唯有一種可能是確定的，那就是『敬』，心裡確實要有一種尊敬、尊重的東西。我想，國君之所以認為慈悲微不足道，則是因他位高權重，他已是最為與天接近的人，那麼在他的面前，生命更要有尊卑之分。可他雖不是出於本心，卻也還是付出了他的慈悲，便說明他心裡有敬，對萬物、對大道、對天地、對鬼神，都留有一絲敬意。」

南葵不由得反問道：「如此說來，那慈悲之於國君，更像是一種修行不成？」

「誠然是他允諾了、施捨了，便是他的慈悲，也是他自己的修行。就像有的人會以念誦來做自己的修行，他們誦讀的聲音之所以很悅耳，原因就在於平仄聲，有一種緩緩的、不緊不慢的味道，就像流水一樣，也是為了攝心。讓心安定下來，才能得到智慧。也唯有讓自己的心安定下來，才會漸漸進入寧靜到極致的狀態。但這種狀態之中，除了虔誠和嚮往，還有一個東西，就是觀察。」

南葵思量著他的話，不禁再問：「觀察什麼呢？」

「觀察萬物和自己一同生長，這時，就有了智慧。如果你觀察不到萬物，那麼你的狀態就不對，哪怕你靜到了極致，也是一種休眠狀態。智慧是死的，因為你在下意識壓抑自己的念頭，這種潛意識裡的壓抑很難破除，你必須破除執著，並無分別，否則你就有好惡之分，就有善惡之分，就有二元對立，你就會下意識的壓抑自己。不對治、不破除這種分別心，心就得不到自由。」

聽到此處，南葵想起自己也曾聽聞過類似的事情：「曾有一國丞相病重時，君主曾提議任另一臣子為丞相，但病重丞相卻不肯同意。他說，

那臣子雖然是君子，但不適合當丞相，因為他疾惡如仇，容不下別人。其實，那位臣子自己也知道這個毛病，當有人告訴他，是病重的丞相不讓君主封他做丞相時，他就直截了當的告對方，這是對的，說明那位丞相瞭解他，要是他當了丞相，首先就要滅了這些煽風點火的人。」

姬仁宣淡淡一笑：「所以，修行也是修身，此身是肉身，也是本心，身心合一。是為誠，拆開來就是忠恕、是中和、是三綱八目、是君子之道九德、是禮儀三百、威儀三千等等。合起來，在本心，就一個字『誠』。想來誠自心中，學而養之，知止、能靜，是其修行發端。格物、致知，是其修行入門，正心、誠意，浩然之氣日有所長，是其修行有成。『齊家、治國、平天下』，是其外功而已。內德既已立，外功看時運。修身法門遍天下矣，遍天下而不覺，百姓日用而不知，是大法門，是真道德。孝悌友愛、誠信忠厚，以及各種耳熟能詳的名詞，核心就是做人而已。做人做事，一舉一動，皆在修行之中，不需格外強調，已經如空氣浸入心中。修身若有成，則是不惑、不憂、不懼、無怨、無畏、無悔，能夠隨心所欲，是為逍遙境，是為無量光，是為正大光明，是為殊途同歸焉。」

南葵認真的品味著他所說的一番話，半晌過後，卻是緩緩搖頭道：「一個不捨得奉獻慈悲的人，又怎會是一位仁者呢？仁者理應是誠懇的愛別人、恭敬而不爭、遵從倫理道德、不會有害人之心、不會暗中忌恨別人、不會嫉妒別人，甚至沒有傷感憂愁的心思，也不做陰險的事情，更沒有暴虐的行為。他的心情舒暢，意志和順，氣象平和，欲望節制，行事簡易，秉持正道，因此他的生活平順容易，與理相和而沒有衝突。這樣做，才叫『仁』，才是『慈悲』。」

姬仁宣靜靜的凝視著南葵，低聲詢問道：「你是認定國君的慈悲吝嗇，還是不願相信他慈悲中的真心呢？」

「或許，這二者皆有吧。」南葵垂下眼思索，她回想起在虞陶的血液中，曾看見那個年少有為、指點江山、征戰沙場的、在運河船上談論著運河之水將其利萬代的國君……是虞陶的追隨賦予了國君靈魂，這也只是虞陶眼中的國君。

在虞北棠的眼淚裡，國君有著深批閱奏摺的執著，有描繪九州大陸千秋偉業的欲念，也有望向她時溫和纏綿的眉眼……。在虞北棠的眼神中，

國君竟有了難得一見的深情模樣。

然而，在這一刻，南葵卻認定了一件事——國君的血淚只會為他的領土而流。

她彷彿又多懂了國君一分，他的惡、執、欲中夾雜著對信念的渴求，哪怕是要將殘忍與破碎揮灑於亂世之中，哪怕是要以生靈塗炭的屍山來做腳踏之石……

所以，一隻懷崽母鹿的性命於他眼中，又是何等微不足道的塵埃呢？

南葵的心沉了下去，她似在問姬仁宣，又像是在問自己：「這樣的仁慈，當真輕如鴻毛嗎？」

姬仁宣並未多言，他深知南葵自己心中是清楚答案的。

位高權重的國君的仁慈，是平定天下，是令子孫萬代不再受敵國之辱，是使百姓永世不受戰亂之苦。要想維繫那樣的帝國，他的仁慈註定重如天山。

一頭母鹿，一隻幼崽，一身兩命，與國君的慈悲相比，縱然是太輕、太輕了。

而在不知不覺之間，夕陽餘暉已漸漸爬上了天際。

不打算再久留於此的南葵，決定與姬仁宣一同返回獵場，她心想著，或許國君等人還在貪戀獵殺的愉悅，這些騎獵部隊不到入夜是不會回來的，所以也不會有太多的人注意到南葵沒有隨從國君的部隊狩獵。

只不過剛剛進入場內時，南葵就瞥見一襲素白衣衫的人影，行色匆忙的走在閣間。他穿梭在滿樹楓紅之下，神色略顯慌亂，便是南葵從沒見過他那副模樣。

見到此般狀況，南葵與姬仁宣互相交換了一個眼神，二人紛紛下馬，快步走向了那素白衣衫的身影。

姬仁宣首先喚了他一聲：「振鷺。」又關切問道，「出什麼事了？」

辜振鷺似是沒想到會在這僻靜之處撞見他二人，先是局促的頓了頓身形，而後欲言又止的蹙起了眉頭。

南葵匆匆追問：「到底是怎麼了？你直說無妨。」

辜振鷺喟嘆一聲，終是道出實情：「北梔她……我是說，虞將軍的女兒虞北梔失蹤了。」

南葵與姬仁宣皆是一驚，人好端端的，怎麼會失蹤呢？

「可有在圍場內找過？」南葵問。

辜振鷺自是點頭：「找了許久，已是每個她該去的、能去的地方都尋了個遍，到底是看不見她的半個影子。」

姬仁宣謹慎道：「既是如此，便要先稟報虞大將軍才行，若是不盡快搜尋一番……」

辜振鷺立即打斷他道：「萬萬不可！」此話一出，他便意識到自己的失態，又極力平復心緒道，「虞大將軍正與陛下各帶一騎部隊肆意狩獵，這種時候不便派人去告知他們此事，而且就算找到了他們，也未必來得及……」

他話裡有破綻，被南葵敏銳的捕捉到，不由問：「你這未必來得及一話，是為何意？」

辜振鷺的眉便蹙得更深了，他本就心煩意亂，眼下又遇到南葵與姬仁宣，總想著要如何瞞住他們，內心裡實在是備受煎熬。

南葵見他為難不已，自是不想他心中難受，便若有所思的看了一眼姬仁宣。姬仁宣向她點點頭，她心領神會的重新看向辜振鷺，說道：「若是不打算稟告給虞陶將軍知悉的話，那我們三人一起去尋虞姑娘的下落吧！總歸不該在此耽擱時間，既然圍場也尋遍了，就去山下尋找。」

「這樣也好。」姬仁宣附和道，「在不驚動旁人的情況下，我們幾個盡快找到虞姑娘便是。」

辜振鷺也不好再拒絕，只得點了點頭，再不多言。

南葵找了一匹馬給他，三人策馬出了圍場，辜振鷺心急如焚的趕在最前頭，而緊隨他其後的姬仁宣，總是時不時回過頭去循望南葵的表情。

南葵察覺到他的視線，也回應於他。

四目相對的時候，他卻總是立刻回過臉來，不願被她發現他的憂慮。

唯獨辜振鷺絲毫沒有意識到身後二人的心思，他只想著快一點找到虞北梔，必須要再快一點。

然而下到了半山腰，天色忽變，夕陽早已是不見去向，烏雲鋪天蓋地襲來，竟是突如其來的下起了鵝毛大雪。

時節不對，不該落雪，但山中溫度的確要比山巔的圍場低上許多，天

寒地凍不說，林間還會有野獸出沒橫行，辜振鷺越發擔心起虞北梔的安危，他快馬加鞭，眼神也不住的打量起四周，企圖尋到那抹熟悉的身姿。

而南葵望著飄落的雪，漆黑眸子裡無悲無喜。她心想道，虞北梔身子柔弱，看上去是一副弱不禁風的模樣，而山中泥路上並沒有馬蹄痕跡，說明她沒有騎馬，便是徒步了。既是如此，自然是也走不快的，想必是要以此為計，來逼迫辜振鷺向她父親、向眾人、向天下來坦白他對她的心跡。

誠然，虞北梔的確需要逼迫辜振鷺一次。以他的那種脾性，如果不是瀕臨破釜沉舟的局面，他又怎會痛下決心？

而南葵的心中所想，自當是對的。此時此刻的虞北梔，正踉蹌的走在下山的路上，她從未想過會在此遇見肆虐的大雪，以至於還未走到半山腰，便已見白雪在地面上鋪滿了一層銀色。

殘月暗夜，積雪成浪，虞北梔迎著呼嘯寒風步履不停，那夾雜著雪花的颶風，像是刀子一樣刮過她的臉，留下的痛楚竟比不上心口撕裂的十分之一。恍惚之中，她彷彿可以聽見辜振鷺曾對她說過的：「眼下還未到合適的時機，是無法把你我之事告知父母雙親的。」

又要等到何時才算合適？

「且再等等，你要信我，北梔，我們不會一直這樣下去的。」

正是因為信了，才不停的信了一次又一次，以至於百次、千次。然而……

「這事兒再瞞下去，父親將我許配給旁人該如何是好？是否到了那時，你才會覺得事態已無挽回的餘地嗎？非要你我之間氣數盡了，才算是你口中最為合適的時機不成？」

她的這般用心良苦，在他那裡，卻成了咄咄逼人。

他竟是對她嘆息道：「你不要再逼我。」

這樣的一句話，如利刃一般刺進虞北梔的心，她倒要試試看，若是她真的打算逼他一次，他究竟會如何收場。

但眼下，她拖著本就孱弱的身軀停在半山腰，實在是被大雪迷了眼，也迷了路，她不知該向哪頭繼續走去，且天寒地凍，冷得直打哆嗦不說，鞋襪也被浸濕得厲害。

就在她不知所措之際，夜幕之中忽有一道閃電劈天而下，白光刺痛人

眼,山腰樹木接連折斷,恰巧就與她近在咫尺!

虞北梔心中慌了起來,只見高樹如同巨人一般砸下,她來不及躲閃,被樹椏毫不留情的埋住了身軀!顧不得劇痛,她忍不住高聲呼救道:「救命!有沒有人?救救我……」

暴雪狂亂,風聲鬼號,就是在這種的狀況下,辜振鷺竟然聽到了虞北梔的聲音。他勒住馬韁,仔仔細細的又辨認了一會兒,最終非常確定的循著聲音傳來的方向疾馳而去。

跟在他身後的南葵與姬仁宣見他神色倉皇,便也猜到了幾分,也趕忙追上他步伐,三人很快便來到了亂樹之下,辜振鷺跌跌撞撞的翻身下馬,急不可耐的衝下了那躺在雪地中雜亂無章的群樹。

他徒手翻開了凌亂的樹椏,其實這也證明了他與虞北梔之間的坎坷,如果當真是情深緣重,那麼他便會在翻開的第一片樹椏裡就找到虞北梔。可若不是虞北梔再次呼救,他是絕對無法在短時間內救出被埋在樹椏下的她的。並且,最終也要藉助南葵和姬仁宣的幫助,三人合力,才將虞北梔從亂樹之下拖了出來。

好在埋在她身上的只是一些枝條,除了臉上、頸上有些皮肉傷之外,便沒有大礙。若是被樹幹砸中了身子或是腿,只怕不等辜振鷺趕來,虞北梔便已經命喪於此了。

而在將虞北梔救出之後,辜振鷺如同是懷抱著失而復得的珍寶一般,只管旁若無人、緊緊的將她攬在自己的懷裡。他抹淨她臉上的汗泥與雪跡,哽咽著道:「北梔,是我害你受苦了,統統都是我的不對,我不該對你說那些話,不該害你這般……」

虞北梔一言不發的蜷縮在他懷中瑟瑟發抖,她的身子已經被凍透了,因寒冷而不停打著寒顫。只是,她眼角滑下的一行淚,洩露了她內心的委屈,以及喜悅。

委屈他曾逃避,喜悅他終究還是放不下這段情誼,否則,他又怎會找得到她?

而見此情景,姬仁宣反倒是又擔心起南葵的感受,他默默的側臉打量她的神情,卻見她面不改色,不喜不憂,只靜默的凝視著辜振鷺與虞北梔的生死相依。

其實，南葵在最開始也曾聽見呼救的聲音，她雖想開口，卻被辜振鷺搶先察覺，既是如此，她便也不打算多嘴了。而從今日來看，虞北梔孤注一擲的逼迫辜振鷺面對自己的內心，這般果敢之舉也極為孤絕，自是說明她並非外表看上去那般柔弱，反倒是個外柔內強、惹人欽佩的女子了。

想來辜振鷺有這樣萬中選一的女子陪伴身側的話，南葵自是感到十分寬慰。然而，一旦想到這二人的父親是朝中政敵，早已是到了你死我活的境地……南葵又會替他們感到惋惜與不安。

倒真是一對有情有義的苦命鴛鴦了，偏生要遭遇重重難關及考驗，實在是在走著一條備受煎熬的崎嶇情路。

而這時，雪似乎又大了一些，為避免虞北梔染上風寒，南葵提議眾人先去半山腰的一處山洞裡避雪。

想來也沒有更好的法子，辜振鷺抱起陷入昏睡之中的虞北梔，率先朝那山洞走去。南葵卻一把攔住他，低聲道：「我打頭陣，若是山洞裡頭有野獸，你懷裡抱著個人會不便行動。」

辜振鷺欲言又止，南葵不給他拒絕的機會，只管快步進了山洞，待到環顧四周確認了安全，她才探出頭朝剩下幾人招了招手。

姬仁宣領會南葵的意圖，拍拍辜振鷺的肩膀，示意他先走。

辜振鷺感謝的頷首，小心翼翼的懷抱著虞北梔進了山洞。姬仁宣最後一個走進去，他將從馬匹上取下的囊袋裡的火石取出，又見山洞裡有著廢舊的木柴，他便俐落的升起了篝火，也好讓眾人取暖。

辜振鷺則是脫下自己的外衣，在地上鋪好後，才把虞北梔又抱去上頭，南葵也將自己的外衣解下為虞北梔蓋好，必要盡快使她恢復體溫才是。火光映著虞北梔蒼白的睡臉，她的額頭上有細密的冷汗不斷滲出，辜振鷺憐惜的抬起手為她輕輕擦拭，眼神裡流淌出的，又何止是區區溫柔，儼然是疼愛有加了。

南葵靜默的瞥了他一眼，而後安靜的坐到姬仁宣身旁，又將乾柴扔去篝火裡一些。火勢燃得更旺，溫度逐漸增高，虞北梔的臉龐也略微有了一絲血色。

第二十一節

　　山洞外頭的夜風寒冷徹骨，雪勢未小，天色更暗，而洞內圍坐在篝火旁的幾人也是滿臉疲憊，方才的雪中趕路耗盡了體力，尤其是辜振鷺，他早已筋疲力盡。只不過以他的脾性來說，就算再如何勞累不堪，他也沒有絲毫不滿與怨言，眼裡總是盛著清晰可見的漠然。

　　南葵餘光瞥見他那張面無表情的臉，想著不久前在亂樹下發現虞北梔時，他驚慌失措如一隻亂了陣腳的野狐，令她覺得他那副面孔實在少見。而為何要形容他是野狐呢？因在南葵看來，他絕不是狼，他沒有狼的孤勇；也不是虎，因沒有虎的狠辣；更不是獅了，他自不是君臨四方的氣度。

　　便是一隻野狐，有其深藏於心的算計，身形也孱弱清冷，且狐類更為接近仙與妖，亦正亦邪，倒也十分讓人捉摸不透。

　　南葵便默默注視著火光映襯下的辜振鷺，直到他察覺到她的視線，略一抬頭，剛巧四目相撞。

　　誰知南葵卻不動聲色的移開了目光，這一局促的姿態，被她身旁的姬仁宣看到，他心中則有了幾分不痛快。總是忍不住猜測，莫非事到如今，她還在執迷不悟的對辜振鷺有所痴戀不成？

　　偏巧辜振鷺在這時開了口：「今日一事，自是勞煩兩位和我受苦了。」

　　這話聽著生疏，姬仁宣見南葵不回應，便自作主張回道：「都是從兒時就嬉戲一處的舊友，幾欲勝似親人，大可不必這般客套。」

　　「自當是勝似親人，更是不能有絲毫怠慢。」而辜振鷺接下來的話，大抵是經歷了煎熬的內心鬥爭，他竟在這荒郊野嶺的山洞裡，向南葵與姬仁宣坦白道，「眼下想必兩位心中已是極為明徹了，我與虞姑娘之間的事並非有意想瞞你們，而當真不是隻字片語就能說得清楚，我與她是本不該相識，但卻痴盼相守的兩個不知悔改的迷途之人。」

誰也沒想到辜振鷺會直截了當的說出他和虞北梔的關係，雖說南葵早就知道他心有所屬，也確確實實是放下了對他的迷戀，可聽他當面供出真心，竟還是會覺得心頭一震。

　　她雖一直默不作聲，此刻卻有了幾分怒意，有點數落的意味對他道：「旁人你瞞就瞞了，為何連我與仁宣哥哥也要被你蒙在鼓裡？你是信不到我們，還是根本就沒把我們放在你心上呢？」

　　姬仁宣拉了拉南葵的手臂，示意她大可不必這般針鋒相對。

　　辜振鷺垂下眼瞼，無奈道：「我是不知該如何向你們說起，更不知說出之後會有怎樣的後果。我父親與她父親本就水火不容，我本想著此事還是能多瞞一個人是一個，鬧得人盡皆知、滿城風雨，反而成了茶餘飯後的話題。」

　　南葵一哼，滿不在乎道：「我看你是怕我們嘴巴不嚴，會把你和虞姑娘的情事逢人就說吧！」

　　辜振鷺急了，有些面紅耳赤的趕忙解釋：「絕無此事！南葵，我辜振鷺堂堂七尺男兒，從來都不是行事浪蕩之人，更何況我與北梔之間清清白白、問心無愧、從未逾界，你不要汙蔑於我！」

　　南葵仍舊是不以為然的：「我從未說你和虞姑娘之間逾界，何必這般言辭激烈？不過是覺得你不夠義氣，竟連我們都瞞。」

　　辜振鷺欲言又止幾次，最終還是把到了嗓子眼的話給生生咽了回去。

　　南葵見他理虧，則佯裝生氣的冷聲道：「振鷺，想必你也是能夠感知得到我從前對你的態度，聰明如你，自該明白其中情愫。」

　　辜振鷺局促的沉默，姬仁宣則感到意外的看向南葵，像是對她自行說出此事而感到難以置信。

　　南葵面不改色的笑笑，略微嘆息一聲：「然而，沒想到，你竟是這般的瞧不起我。」

　　辜振鷺不由一怔。

　　南葵眼神黯了黯：「我姬南葵看中你這個兄長，珍惜著與你一同長大的情義。但說到感情，父輩的確有意撮合你我，自小便是了。尤其是你的父母雙親，總是對我格外熱忱，可他們終究代表不了你，而我又是個識時務之人，怎會看不透你的心思呢？男女之情，從來都是要兩情相悅，

我雖然為女子，可行事總是光明磊落，自當看不慣任何勉強行徑，你便無須時時介懷著你我兒時的婚約戲言。若是因此而令你畏手畏尾的話，反倒成了我糾纏執迷，而你心胸狹隘了。」

這一番話擲地有聲、不卑不亢，也是字字珠璣。姬仁宣靜默的品味了一番，繼而微微一笑，內心深處則欽佩起南葵的大氣寬容。她既已把話說得通透，便證明她的確是放下了，也釋然了，姬仁宣自當要為她感到欣慰。

只是，方才那話是南葵為了自己說的，接下來的，則是為了辜振鷺說的。她凝視著辜振鷺的眼睛，語聲極平淡道：「不過，我並不是在怪你，也沒有怪你的權利，想來你有你的苦衷，旁人是無法全然體會得到的。只不過，我既在心中認你做了兄長，便也希望看到一個頂天立地、敢作敢當的兄長，無論如何，他都該對得起自己的感情。倘若一直將此心欺瞞眾人，又要瞞到何時才是盡頭？不管是為兄、為子，還是日後會為夫、為父，都該對得起這份責任。」

她的話，令辜振鷺越發沉默，他望著面前熊熊燃燒的篝火，回想起的是曾在河畔同虞北梔之間的爭執。

那日雖初來圍場，他本應避人耳目與她疏遠，卻到底還是應了她夜晚赴約。圍場後院的小榭臨水岸邊，四面荷花，嵌岩怪奇，卵石瑩潤，他與她二人在水榭臺上，彼此眼神都極盡幽深。他不曾知曉那日的對話被南葵在無意間聽去了幾分，更不知南葵在那之後逃之夭夭似的傷心欲絕。

他只記得那日夜風絲絲，她衣衫裙襬倒映在臺下水面，一襲春色錦裙閃動華光灩灩，月華氤氳，荷葉如碧，她話語中的字裡行間皆是在埋怨他，埋怨他苦苦隱瞞，埋怨他懦弱怕事，他只好又以時機未到來作為辯駁，她卻痛心的道出了埋葬在心中的祕密：「我本是不想讓你知道此事的，可我真怕……怕類似的事情再出現，你我都將會為人魚肉。」

他不明白她話中含義，她只好說出了家姊虞北棠代替她入宮成妃一事。

「若不是長姊為了保全你我，她又怎會犧牲自己步入深宮內院？人人皆知，一旦入宮，必是不進則退，血雨腥風自是免不了的，然而躲得過初一又如何能躲得過十五？倘若再有類似事件出現，又有誰還能像長姊一般

替我而做？振鷺，我並不想害了長姊，就算她如今已貴為寵妃，可伴君如伴虎，無人能料到今後之事。我自然也是傷心自責，但正是因為有你，我只得默許了長姊替我入宮一事，你可知我的心有多痛？」她聲淚俱下，禁不住怨恨他道：「而你……卻連在此見我都是不敢，你甚至不敢在人群中與我對視。」

他探出手去握住她的腕，拉到自己面前，卻終究是遲疑著沒再更進一步，她哀怨的望著他：「你的手在發抖。」

他默然的放開了她，只道：「是我對你不住。」

這話她早已是聽厭了的，禁不住發出一聲悲戚苦笑：「我懂，所以不願勉強你。焰國上下無人不知，朝中辜、虞二臣是水深火熱的敵對之勢，可他們終究是我們的父親，自是不能背叛，卻也不該選擇愚笨的順從。」

他皺起眉道：「生身父母，不得不孝。」

「哪怕失去我？」

他低嘆一聲，搖頭道：「你我情誼已是至深，如今又怎麼是能隨意談失去與否的呢？」

「倘若我願同你私奔天涯海角、隱姓埋名，你可甘心捨棄你的父母雙親？」

這話令他身形一怔，眼裡有異樣情緒一閃而過。她便期盼的打量他許久，等待許久，可他最終只是艱難的說道：「北栀，你不該這樣逼我。」

虞北栀朱色的嘴唇因此而緊緊抿起來，她再不多言，只默然的轉身離開了。

這一次，辜振鷺並沒有追上她。

望著她遠去的背影，有那麼一瞬間，他也想不管不顧衝上前去給她生死相許，他二人可逃到世間任意一個角落永生廝守，這偌大的九州，總會有他們的容身之所。

可他到底是沒有。

哪怕，他也見過父親為了母親朝思暮想的模樣。情根深種的父親，讓他自小便期待一生一世一雙人。然而也是自小開始，父母便同他灌輸起與姬氏的媒妁婚約，在他心中，南葵已然成了他的一份責任，哪怕是曾經傾心虞北栀的瞬間，他的內心裡都有深重的負罪感。

他並不是覺得自己背叛了南葵，而是背叛了父母的期許。一如父母盼望的那般，弱冠之後，他會隨父親一同登上姬府大門提親，所以他習慣了陪在南葵身邊，就好像那才是他的宿命。

　　直到虞北梔出現，他才恍然間感受到了萬箭穿心般的震撼，不是痛不欲生，而是驚心動魄。

　　既動了心，才亂了陣。

　　可他仍舊怯懦。是生性，是天性，還是本性？

　　「是你的選擇。」南葵的聲音，令辜振鷺從回憶中清醒過來。他恍惚的抬眼看向她，那已然是一張陌生的容顏，唯獨聲音是他再熟悉不過的，她變的只有容貌，或許還有那顆已是寬宏博大的心。

　　而南葵早已看穿了他的內心，從他那場長情宮裡的夢，以及如今舉棋不定的猶疑態度，她像是終於瞭解了他所做一切的緣由，只管指點迷津般循循善誘道：「無論結局如何，你要知道，那都是你的選擇導致的走向。『承負』二字最為合適，業力罪過必須要承受，同時，再世為人的時候還得承受，本世子孫也會承受你所做的事情，如果是善行就是餘德，如果是惡行就是餘殃。你的選擇才最為至關重要，一旦選錯，必然是萬劫不復。」

　　失了心上人，失了父母恩，也可失了自己的真心。

　　這話，令辜振鷺與姬仁宣一同陷入了憂思之中，南葵並未察覺二人的表情微變，只沉聲說著：「紅塵之人，必定應修性守道，清靜寡欲，否則迷淪有欲，淆亂本真。不能返樸歸根，與道同體，其神便入五道。」

　　一道者，神上天為天神；

　　二道者，神入骨肉，形而為人神；

　　三道者，神入禽獸，為禽獸神；

　　四道者，神入薜荔，薜荔者餓鬼名也；

　　五道者，神入泥黎，泥黎者地獄人名。「泥黎」即地獄，泥黎之上泥黎殿。

　　「其實，每一次的選擇也都在為自己的德做祭奠，無論是對父母，還是對妻子，如果不能兩全，那也不必傷及一方。」南葵繼續道，「在這其中，做好事讓別人知道了，叫『陽德』，不被人知道的，則叫『陰

德』。」

　　陽德報得快，做了一件善事，讓別人知道了，別人稱揚、讚歎，這便是報掉了，自然也沒了，故此，德積不住。但做了善事而未讓人知曉，便叫作陰德，陰德的福報大，積得久。更不要怕德積不住，別人偷不去、搶不走，自修自報。陽德積不久，甚至隨修隨報，陰德積得久，且越積越大。

　　相反，做了壞事要讓人知道，不要隱瞞，懺悔可以消罪業。

　　依道書太清玉冊記載：北斗有七星，主解厄賜福。人之性命皆屬本命星官主掌，北斗七星與人體相互對應，人之禍福變化與之息息相關，不可不知。

　　七星降童子，以衛其身，七星會保護人身。七星之氣會結成一星，在頭頂上三尺，由此而來頭上三尺有神明，而光大而明代表善，光冥而暗則小。

　　常為善者，常多得福，常主惡者，常多得災，如果此光完全消失，人也就去世了。

　　七星在人體呼應著七魄，「魄」這個字其實很生動，它是用「白」與「鬼」構成，「鬼」代表的並不是靈體鬼魂，而是對「詭祕莫測」事物的形容，而「白」應於西方金色，正應於七數，這也是「魄」這個字構形的基本意蘊。為善者容易得福，因為越善則此光明越顯。如果常為惡，其實是在自晦光明。

　　世人總認為惡者必死得會更快，這是大錯特錯，其中隱藏的複雜含義，需要頓悟才能理解，凡人做了善事，沒有違背自心，自然會覺得快樂；做了違背內心的壞事，便會覺得鬱苦，從而心神不安，這也會引來光與暗的變化。

　　「然而身為凡人，也總是會分不清何為善、何為惡，明明不是殺人放火，卻還是會傷及到了對方，如此行徑，便也是惡的一種。而究竟是選善還是選惡，還是要遵從內心的指引才能萬無一失。」南葵說到這，感到有些唏噓的看向辜振鷺，勸慰般的說道，「我曾聽過一個故事，此處講給你來聽，也希望能幫你定奪心中的抉擇。」

　　辜振鷺緩緩點頭，姬仁宣始終沉默著，南葵則娓娓道來，聲音縹緲如

霧，彷彿要將人引入另一個境域。

　　話說從前有一位富家少爺，父家姓韓，從事位高權重的火藥買賣，家中富庶，揮金如土，他上有姊姊七人，唯有他一個男丁，自有備受寵愛驕縱，卻也沒有光學紈絝作風，琴棋書畫倒是樣樣通，又生得一副俊俏風流貌，人稱公子韓，是方圓百里內聞名的青年才俊。

　　到了娶妻成家的年紀時，韓府門檻幾欲被提親的名門千金們踏破，可他一個也沒有相中，非要過了弱冠之齡才選一佳人，且遇不見他心中的絕色，他竟立下了終身不娶的誓言。

　　父母雙親、姊姊與奴婢們自是焦急他不肯成親生子，但也不敢惹他不痛快，便有位姊姊心生一計，哄騙他說南方是個美人國，若是去了那裡，準能尋到一位貼合心意的佳偶。

　　公子韓本是不信，只覺得新鮮，擇日就帶著書僮前去南方雲遊。而姊姊所言也有七分真切，南方雖不會有什麼美人國，可往南頭走的話，會遇到一位大戶人家的千金。那姑娘早就傾心她么弟了，再加上姊姊與姑娘私下串通，一旦公子韓途經南方，姑娘就會使足全力把他留在自己府內，待到生米煮成熟飯之後，公子韓也是逃不掉的。

　　可惜人算不如天算，公子韓剛一踏入南城地界，就逢烏雲密布，暴雨傾盆。他與書僮二人不得不跑去一旁茅屋躲避，好不容易熬過冷颼颼的一晚，出了茅屋，見天晴雲潔，山翠木綠，又赫然見到一座漆黑如石的巨城，城匾上懸著一個偌大的「醜」字。

　　怎會有城叫作醜？南方真是個怪地方，公子韓這樣嘀咕著，和書僮一前一後進了城去。

　　城內人聲鼎沸，市集熱鬧，但是行人的模樣都極怪，頭頂皆是蓋著黑布斗笠，把臉藏在下頭。放眼一望，就像是個開滿了黑色花蕾的原野，數不清的黑色花蕾密密麻麻的爬行，其中有一朵不小心撞在公子韓身上，遮著黑布的腦袋晃了晃，趕忙致歉，又將黑布撥開一條縫隙打量公子韓，哪料那花蕾發出一聲驚嚇，趕忙逃之夭夭了。

　　公子韓才是被嚇壞了，只因瞥見黑布下是一張青綠色的臉。書僮也看見了那張臉，自然是受了不小的驚嚇，他拉扯著自己少爺的衣袖，勸道：

「少爺，咱們還是離開這城吧！也別念著南方有美人的事了，這哪是什麼美人國啊！我看是個醜人國才對，難怪那城名是叫作『醜』了。」

然而回是回不成了，實在是方才那聲尖叫引起了其他黑花蕾的矚目，二人竟是被裡外三層給團團圍住了。那些個隱藏在黑布下的腦袋，交頭接耳聚在一起打量著公子韓與他的書僮，就像是在進行一場赤裸裸的審視，恨不得把他們給扒個精光，從內到外、從骨子裡到皮肉縫兒，統統給仔仔細細、毫不遺留的看個透徹。

公子韓表面鎮定，內心卻極為倉皇。他初來乍到，不知此地究竟有何蹊蹺，更是覺得這些黑花蕾與自己和書僮皆是不太一樣的。

可不出半炷香的時間，人群外頭便有一群官兵模樣的人擠了進來。他們言語間是有人報了官，說有「異人」上街露面，這便是來捉拿起來關押的。說罷，幾名戴著猙獰的紅臉面具的壯漢，就上來抓住了公子韓和書僮。無論他們作何解釋與掙扎，皆是無濟於事，推推搡搡之間，公子韓瞥見那面具下的臉色也是赤朱色的，血淋淋一般駭人。

路上，公子韓和書僮被扔去了牛車上頭，書僮極為驚懼，連連求饒，要來人放過他與主子，可紅臉面具嫌他吵人，乾脆掏出匕首割去了書僮的舌頭。

這下可是令公子韓嚇破了膽，他慌亂中去安撫倒在牛車上的書僮，只見他滿臉血水，已是痛得昏死了過去。便是因此，公子韓再不敢多言一句，任由一群紅臉面具將他丟進了郊野的一間大牢中。書僮則被與他分開，公子韓只擔心跟隨了他十年有餘的書僮會因此而喪了性命。

他孤獨的坐在地牢裡哀怨不已，懊悔自己不該途經此城，更不該聽信南方有美人這話而起了好奇之心。誰知地牢裡另外一個人卻低聲斥責他閉嘴，公子韓轉頭一看，這才發現有一瘦小佝僂但卻膚色正常、五官端正的老漢同在牢中。

公子韓彷彿見到了親人一般歡喜，他當即詢問老漢這裡是何處，老漢又是誰。

老漢雖衣衫襤褸，可談吐不俗，他小心翼翼的向公子韓說道：「這是一個夾縫之地，是處於南北兩城之間的交界地帶。其實不算是凡人該來的地方，但總會有人誤入此處。老夫是在二十年前落入此地的，剛來的時候

被抓了進來,而後得以釋放,近來又無意觸怒了『醜人』,只得又來此做客了。」

公子韓問:「醜人?」

老漢解釋道:「這城叫醜城,但在這裡,即是美的意思。長得越醜,地位便越高,在這地方,人分七等,最高位分的是醜人,臉生來就是黑色的;二位是紫人,可做大官;三位是藍人,多是商賈;四位是黃人,女子居多;五位是紅人,官吏、官兵和打手;六為是綠人,最貧窮的草芥;而最後一位,就是你我這樣的白皮臉,被叫作『異人』。」

公子韓感到不可理喻:「莫非在此地,我竟是真正的醜陋之人?」

老漢嗤笑一聲,嘲諷道:「若只是被當作醜陋還算幸事,偏生異人不配為人,像你這樣的俊俏公子哥,放在人間必然是萬眾少女的心頭好,但在這妖異之地,你比豬狗都不如,位分最低的綠人都可以隨意打罵你,你若是膽敢還手,輕則杖斃,重則分屍。土生土長的白皮臉在這城裡也有,只不過被視作孽物,生下就是不吉之兆,只管被父母拋棄林中,運氣好的會活下來,再被抓進城裡為奴為婢。運氣不好的話,把當成遊街稀罕物觀賞,做成人彘掛在城門上辟邪,若再慘一點,則是割了舌頭,日日去推驢磨,從雞鳴到日落,不喝水,無米食,直至累死、曝曬成人乾。」

聽聞這些,公子韓已是一背脊的冷汗,千錯萬錯,他不該誤入這怪地;千錯萬錯,他不該連累了書僮。

眼下可該如何是好?難不成真要客死他鄉、曝屍街頭?

老漢見他面色慘白,自是明白他驚怕此地,而細細打量他一番後,老漢悄聲告訴他:「老夫見你衣冠華貴,姿容奪目,定是出身不凡,才高八斗,可否告知姓甚名誰,家住何處?」

公子韓長長嘆息,憂心忡忡的自報家門道:「在下姓韓,單字一個摯,北方人氏,家父在朝中有個一官半職,家母娘家是個富商,我自幼衣食無憂,上頭姊姊寵溺於我,便是不願過早成親而跑到此處雲遊,一心盼著尋到個知心佳人,誰曾想,竟會遇此妖異。」

老漢眼中有讚許之意,心想果真是個才貌雙全的公子,便交心地對公子韓道:「實不相瞞,老夫有一愛女,如今正被囚禁在城中主上的宮殿裡,公子若能潛進宮殿,博得城主青睞,再換老夫愛女自由,老夫現在就

答應你，必將愛女許配給你，做妻做妾，都由你定奪。」

公子韓連連擺手：「我雖是富戶出身，可也斷然不會延續父輩三妻四妾的惡習，我早前就曾立下誓言，一旦娶妻，便再不納妾，一生一世只一雙人相好。若不幸成了鰥夫，我也再不續弦。而今也不知老漢你女兒是美是醜、是胖是瘦，我又怎可與你承諾娶她？婚姻大事，豈能兒戲？」

「你這後生，反倒成了老夫求你娶女兒不成？今朝我若是能把你弄出這地牢，自當是有恩於你，世間哪有不償還恩情之理？」

公子韓仍舊誓死不從，他堅決不與不愛之人喜結連理，更別說是素未謀面之人了。老漢氣急敗壞，當下在牢中放聲大喊起來，他吵著來者身上有寶貝，不肯拿出來與人同享，實在罪該萬死！

公子韓嚇得不知所措，正欲同老漢理論，誰知牢門被踢開，紅臉面具們赫然出現。他們手持長杖，威嚴可懼，一身金甲寒冷如冰，只管邁著大步朝這邊的牢房走來。

公子韓顫抖不已，癱坐在地上滿眼驚亂。紅臉面具打開牢門，一把抓住他的手臂，將他整個人拖出了牢房。那老漢還在喊道：「他身上的寶貝是偷了城主的，老夫在城主身邊服侍多年，一眼就瞧出來了！」

公子韓全然不知老漢在胡說八道些什麼，他怕的只有像書僮一樣被紅臉面具割去舌頭，便不住的求饒。紅臉面具從腰間抽出匕首，公子韓一見那刀刃，這一嚇，竟是昏死了過去。

待到再次醒來，他發現自己的舌頭還在，而捆在手上的繩索卻被斬斷了。又忽聞身旁一陣氤氳芳香，立即轉頭去看，見是一妙齡女子坐在他身邊，手裡端著一壺溫茶，正在倒給他。她靠得很近，呼吸掃過他臉頰，不由面紅耳赤、手足無措。

只見她眉眼溫婉，仙容美絕，又聽她柔聲道著：「公子可算醒了，你既是和我一樣的異人，可不敢這般酣睡，若是城主回來見到，即便你身上再有著怎樣稀罕的寶貝，他也要先命人鞭打你一頓才算解氣。」

公子韓不明所以，忙問此處是哪裡。姑娘說這是城主的宮殿，而她是伺候城主的異人，名叫冬蟬。由於異人皆是醜陋之貌，城主以取笑她為由，才把她留在身邊。她的雙腳上拴著沉重的鎖鏈，腰上也繫著一條長鎖，長度僅限於在這宮殿中行走，一旦試圖逃出宮殿，長鎖中藏著的刀刃

會受到壓力觸動，而將她攔腰截成兩斷。

　　公子韓憐惜她，但她一日只能來三次，都是為他端來飯菜的時候。想來他被囚禁在一個四面皆是黑牆的屋子裡，冬蟬說，等城主從外面回來了，拿到他身上寶貝的時候，說不定可以免他一死。

　　他嘆息不已，又不知如何能逃，還掛念著生死未卜的書僮，他心中備受煎熬，而這苦悶之中，唯有冬蟬前來見他時，才是唯一的慰藉。而一日冬蟬整天都未曾出現，公子韓思念難耐，度日如年，直到隔日一早，冬蟬端著清粥出現，他才潸然淚下，想去觸碰冬蟬的手，又覺男女授受不親，神思恍惚中似與冬蟬說盡了情話。冬蟬卻憂慮道：「公子怕是在此寂寞空虛，才會痴心於我，待到日後有了機會逃出這城，你便不會記得我了，更不會記得今日的纏綿示愛，你叫我如何能委身於你呢？若是再有了孽根，我怕只有死路一條。」

　　公子韓覺得她言之有理，便發下毒誓，此生非她不娶，否則定死無全屍。冬蟬這才信了他，二人正值韶華，又是郎情妾意，且孤男寡女共處一室，自然難免氤氳迷情，公子韓只覺她全身都是香氣襲人，彷彿要一直浸潤到他的骨頭縫隙裡，酥酥麻麻的連同四肢都一併癱軟了。公子韓問她身上為何這樣香，冬蟬說她生下來就是這樣的。

第二十二節

　　就這般廝守著度過了一段時日，聽聞城主回來了。公子韓正困惑著自己身上有何寶貝時，冬蟬卻心亂如麻的要他躲藏起來。公子韓不明其意，又不肯躲藏，冬蟬只好道出實情，她說凡是從外頭抓來的異人，都會在此被圈養一陣，而她便是逗留於此安撫異人的魂靈。她早就已經死了，唯剩魂靈尚在此處，她的屍身怕是也和那些被吃剩的異人們堆在一處。

　　「這麼多年來，我已經見過太多太多的異人了，他們無意闖進此地，卻又無法回去人間，在此處被當作豬狗一般肆意打罵，還要面臨著隨時都會被城主吃掉的恐懼。」冬蟬悲傷的說著，「城主會挖出異人的心來吃掉，異人們越是恐懼，心臟就跳得越快，城主最喜歡吃驚恐之下的心。而我不願看見他們和我一樣死得淒慘，便在這裡為他們編織出一個又一個的死前美夢，哪怕他們最終還是會死去，可我也想安撫他們死前的靈魂，關懷他們的臨終。」

　　公子韓聽聞這一番話，已然是面色慘白，他回想起老漢曾說他身上有寶貝，必定是他的心臟了。而老漢的女兒便是冬蟬，可老漢並不知她早已死去，更不知她在死後都要被困在此處。

　　身為異人，竟生無可去，死無墓穴。

　　「我不曾早些把實情告訴你，是不願你得知之後感到驚恐痛苦。」冬蟬低低喟嘆道，「沒有異人能夠從這裡逃走的，終是一死的話，不如在美夢中死去。然而如今城主突然歸來，你雖逃不掉，但可先躲藏起來，一旦你夜晚睡著，你我在夢中相會，有我陪著你，他就算把你的心挖出來吃了，你也不會察覺到的。」

　　公子韓的神色越發難看，他恍惚間意識到了一個最為可怕的真相，便顫抖著詢問她道：「難不成……此時此刻的一切，也都是虛假的？是你為我造出來的夢境？」

　　冬蟬的嘴唇顫了顫，為難的垂下了眼睫。公子韓心下一驚，伸出手去

抓住她的肩膀，高聲質問道：「那我現在究竟是在何處？如果這是夢，那真實的我在哪裡？又是怎樣的面貌？」

冬蟬悲痛的凝視著他的眼睛，懇求他一般道：「公子又何必去看真相背後的真相呢？你還沒有準備好，如果目睹了那一切，你又該如何承受？難不成書僮的死統統都是白費？你偏生要一意孤行去選擇看清真相不成？」

書僮死了？他竟全然不知，難不成……

「這並非是我第一次與你這樣交談？」公子韓又驚又怕，頹唐的鬆開了她，神不守舍的喃喃自語著，「那這究竟是第幾次了呢……真實的我究竟變成了什麼模樣？我與你之間的生死誓言，竟也都是你對我的臨終關懷了？如今我這副身子……」

見他這樣痛苦，冬蟬於心不忍道：「公子，你真的要看真相嗎？」

公子韓不語。

「哪怕要捨棄這美夢，也要去選那最為殘酷的真相？」

公子韓沉默。

「哪怕你將會忘記我，也寧願把真相看得更為重要嗎？」

公子韓神色動搖，最終，仍舊是堅定了點了點頭。

冬蟬便露出了失望而又無奈的眼神，她不再問他，而是順從他意的抬手一揮，眼前夢境頃刻間煙消雲散，呈現在公子韓面前的是真實的煉獄之景。

黑暗潮濕的狹窄空間裡，無數個赤條條的軀體堆積成山，看守的紅臉面具們手持金矛利器，坐在最中間的是面貌醜陋的城主，他身穿金甲，手持長杖，五官可懼，頭大如鼓，正咬著一顆還在顫動的心臟咀嚼，又嫌這心跳得不夠厲害，便撇去給了垂涎在他腳邊的狗。

他命紅臉面具去那人肉堆裡再挑個人來挖心，公子韓看到了骨瘦如柴的書僮，他被曳出來拖在地面，血跡滿地，早已奄奄一息。一把利刃挖開他胸膛，慘叫刺耳，血肉模糊，那跳動的心臟放在盤子裡端給了城主，被他一口咬下，血汁四濺。

公子韓癱坐在地，目光倉皇的閃爍，竟一眼瞥見了壓在人肉堆最下頭的自己。他赤身裸體，雙目緊閉，手裡掐著一隻折了身子的冬花，嫩黃的

花蕊散落在血水之中，那是他途經南城門口時摘下的。

而這可怖至極的景象被他看見，終是令他承受不起般發出了驚懼的叫喊，很快便昏死了過去。

可待到他再次醒來，竟發現自己又回到了那個充滿了氤氳香氣的房間裡。富麗堂皇的布置令他感到似曾相識，腳鏈的聲音驚動了他，他趕忙循聲望去，只見一個身姿曼妙的美麗女子端著食物朝他走來，莞爾微笑道：「公子可算醒了，我叫作冬蟬，是來服侍公子的。」

公子韓魂不守舍的望著她，一時之間什麼也想不起來，頭疼欲裂的詢問道：「冬蟬，真的是你嗎？這次我們是不是能一直廝守在一起了？」

冬蟬的笑意帶著一絲轉瞬即逝的悲傷，她說：「只要公子願意，冬蟬和公子都將永遠沉浸在美夢之中。」

公子韓恍然的凝視著她，卻總覺得自己的胸口隱隱作痛，他感到自己的心臟在被撕扯，可儘管如此，他還是什麼都記不起來了。

這故事便就此道盡，南葵盯著自己面前的篝火，語氣幽幽道：「美與醜被顛倒之後，人不再是人，非人卻可主宰乾坤，那醜陋的城主代表了紅塵險惡，異人則象徵著凡人心中不安的情愫。冬蟬雖為花，卻在被公子韓折斷身子後還選擇幫他編織美夢，一次又一次的造夢，只為造出一個讓他滿意的夢境。

「究竟是人不如草木，還是草木也有情呢？那老漢影射的怕是公子韓內心裡的潛意識，他也許已經知道進了城主的殿內便是凶多吉少，因為無數次的夢在他心中殘存下了一絲真實的觸感。可即便如此，身在妖異之處的異人公子，卻覺得冬蟬在騙他，他寧願選擇更為醜陋的真相，也要撕開她用心良苦的美夢。結果到頭來，自是一塌糊塗，實乃貪婪造孽。」

辜振鷺聽罷，久久沉默之後，他不由反問南葵道：「既是夢，再如何美，便總要醒來，一旦醒了，又該何去何從？」

南葵抬起頭，目光落在他淡漠的面容上，直言不諱道：「這便是你的『惡』。你猶豫徘徊，傷人傷己，皆為『惡』。」

辜振鷺的身形似有一震，南葵則繼續道：「你無法主宰你自己，更保護不了你想要保護的人，倘若你認為逃避是『善』，這麼認定的你則是在

不知不覺之中選擇了『惡』。正如顛倒美醜之說，善惡也會被顛倒，如果不早些意識到這一點，將會造成難以挽回的局面。」

　　無論是一味逃避，抑或是不停自責，皆是怯懦的表現。想來，她南葵從來都是豁達的人，反倒是他這般的放不下和剪不斷，才真的是會輕賤了彼此的感情。

　　思及此，辜振鷺若有所思的看向了身側仍在沉睡之中的虞北梔，他彷彿漸漸明白了她的孤注一擲與義無反顧。在這欲念橫流的滾滾紅塵之中，能守得住一份真摯的感情，已然是要拚盡全力的了。她責怪的從來都不是他這個人，而是他的軟弱與躲閃，以及逃避與漠然，屢次令她感到挫敗與失望，如同丟了最為可貴的尊嚴。

　　意識到這一點的辜振鷺，悵然的轉過頭，望著洞外的一方天幕，夜色沉如冰冷湖水，片片雪花墜落而下，像悲泣的淚珠顆顆破碎，卻執著沉默。

　　他的確不能再辜負她了，而他今後的每一次選擇，也必然不能夠再傷及她，否則，他便不配享受她的深情。

　　而心中想到此處，辜振鷺也極為感激的看向南葵和姬仁宣，淡淡笑過，道：「今日，多虧你二人為我指點我迷津，實在是萬分感謝。」

　　南葵與姬仁宣互看一眼，是姬仁宣溫和的回道：「何必這般生疏呢？你我三人是友人，與舊友自是不必言謝。」

　　辜振鷺緩緩的點頭，輕緩道：「此生能得你二人為生死之交，我也是再無他求了。」

　　他語氣雖是平淡無波，但這話卻是極為厚重的。姬仁宣似是因此而動情，方才想起自己身上攜帶著一囊清酒，不如藉此來為三人友誼共飲一杯，他率先飲下一口，又將酒囊遞給南葵。

　　南葵爽快的將凜冽老酒倒入口中，過後一抹嘴巴，再轉手把酒囊丟給辜振鷺。他眼疾手快的接過來，飲酒的模樣有些含蓄，南葵見狀，不禁笑他和從前毫無半分不同。

　　而南葵的笑容也令姬仁宣與辜振鷺情不自禁的回想起了往事，彼此之間的眼神也恍惚起來。多少年了，自從他們幼時相識開始，便幾乎是形影不離的，一起長大、一起讀書識字、一起野外遊玩、一起泛舟湖上……，

數不清的歡聲笑語環繞著三人，儘管性情大相徑庭，可卻彼此關心、互相支持。

哪怕是剛過總角之齡的南葵因頑皮而爬樹摔落，姬仁宣與辜振鷺擔心得不知所措，她也會朝他們展現燦爛的笑顏，直安慰著他二人：「我沒事的，下次再爬還是要爬桃樹，桃樹的樹幹從不會紮破手掌。」

她用來顧全顏面的藉口，總是像極了荒唐的謬論，每次都令他二人哭笑不得。

可的的確確是一直在一起的，辜振鷺能想到的快樂的事情，也大抵是和南葵與姬仁宣共同去做過的。南葵與姬仁宣舞劍，辜振鷺便為他們作畫；南葵與姬仁宣划船，辜振鷺就會應景的寫出一首詩詞……

甚至於年歲再稍大一些，南葵突發奇想的要去喝花酒，他二人只得陪同女扮男裝的她「尋花問柳」。那些過往鋪天蓋地襲來，辜振鷺覺得自己好像回到了曾經最為快活的時光。

眼前有大片的殷紅在盛放，一點一簇，盛滿眼底。

是桃花，是鳳樓窗外種滿了一株株盛放的桃樹。透過那紅豔嬌嫩的花朵之間，他看見了南葵扮成男子的英姿颯爽，她正對接連走進廂房裡的姑娘們嬉笑著，還裝模作樣的以摺扇比劃著：「都坐過來，坐到桌子旁，陪我們兄弟三人喝個盡興！」

那年的南葵只有十四歲，辜振鷺與姬仁宣已有十七，比起南葵的遊刃有餘，辜振鷺反而在面對姑娘們的嬌嗔時格外拘謹，竟顯露出難得一見的手足無措。

其中一位姑娘坐到辜振鷺跟前，水袖一動，香氣撲鼻，斟酒的過程中她嬌媚的喚他公子，惹得辜振鷺臉色緋紅。

南葵順勢笑話他道：「我這位兄長生性靦腆，大抵是從沒見過這麼多漂亮姑娘的，你們可不能嘲笑他。」

分明就只有她一個人在嘲弄於他，辜振鷺雖有不滿，卻從不敢反駁南葵，他只好默默喝酒，然而酒量不佳，到頭來醉得東倒西歪，要靠著南葵和姬仁宣左右攙扶著，才能走出鳳樓。

然而，並不是只能同甘不能共苦，當母親死去時，依然是南葵與姬仁宣陪在他身側。

「振鷺，在我和仁宣哥哥面前，你大可不必假裝堅強。」南葵抬手為他擦拭淚水，勸慰他道，「哭出來就好了。」

他無聲的流淚，便有遠親在一旁笑他軟弱，又是姬仁宣站起身來為他打抱不平。

這兩個姬姓表親，自始至終都不曾離棄過他，他與他們，是摯友，是親人，是不能背叛的生死之交，是不忍傷害的過命之情。

好在，他們三人仍舊可以守在同一處篝火旁盡情暢飲，便是因此，辜振鷺的唇邊牽扯出一抹釋然而欣慰的笑容。

虞北栀在這時緩緩的睜開了雙眼，她已經醒來很久了，只是遲遲不願打擾辜振鷺與舊友之間的敘舊，她從不知他也會那般隨心所欲的暢談，彷彿唯有在面對她時，他才是壓抑而痛苦的。

正當她為此而感到心痛時，一隻手輕輕的撫摩著她的髮鬢，她趕忙閉上眼睛，卻從那熟悉的氣息中分辨出是辜振鷺的手掌，他的動作極為柔緩，像是在安撫著她迷茫的思緒。

她不由得眼眶酸澀，心中也是極為感動，也許今夜過後，辜振鷺的怯懦將會有所改變。

她這樣祈盼著。

待到隔日凌晨時分，天色濛濛亮，雪雖停了，但卻在地面、樹椏上積得極厚，姬仁宣與辜振鷺二人早早便出了山洞，去外頭打理馬匹身上的積雪。

剩下南葵與虞北栀守在洞外，靜默的注視著遠處的兩位男子。

虞北栀的身上披著辜振鷺的衣衫，又有南葵的外衣，厚厚的好幾層，自是為了禦寒。而南葵卻只是穿著輕便的胡服單衣，倒也不見她有絲毫不適，虞北栀感激她的同時，也好奇的問道：「姑娘，你不冷嗎？」

南葵遲疑了一下，才說：「我走南闖北習慣了，早已練就了一身好體質，這樣的天氣是奈何不了我的。」

但虞北栀還是有些惴惴不安，總是想把外衣還給南葵，為了讓她安心，南葵便道：「你全當替我穿著了，若是你硬要我穿，我就算接過來，也是要撇去一邊的。」

虞北栀便不再執著此事，忽然察覺到眼下只有她二人在，說起話來倒

是極為方便，且她已經真切聽到了他們在篝火前聊的話，雖不知南葵真實身分，卻也明白她與辜振鷺是自幼相識的友人，而她能夠解開困擾著辜振鷺內心的猶豫不決，自當令虞北梔極為感動，便趁機對她表明了心中所想：「姑娘，多謝你了。」

南葵看了她一眼：「不必客氣，救你脫險的是辜振鷺，我與仁宣哥哥並沒有幫上什麼大忙。」

虞北梔的笑容裡夾雜著淡淡的憂傷，她輕吐出一口呵氣，瞬間化為霜霧，連同聲音也像是縹緲虛幻的：「姑娘幫我的，又何止是脫險這一件呢？倘若沒有你指點迷津，振鷺也必定不會有所覺悟，有些時候，總是當局者迷，旁觀者清。」

南葵則輕聲道：「是你二人有緣，雖註定坎坷，倒也不至於會分道揚鑣。」

虞北梔默默的點了點頭，這才想到還不曾知道南葵姓名，忙問道：「不知姑娘姓甚名誰……」昨夜思緒昏沉，許是聽及過她名字，卻記不得了。

「我姓孟。」南葵並不打算將自己的真實身分告知虞北梔，有些事情，不知便是幸運。

虞北梔也極為明事理，柔聲道著：「那便是孟姑娘了。」而後又道，「倘若孟姑娘在日後有需要我為你做的事情，但請直言，我必將全力而為。」

她的感謝之心極為赤誠，倒令南葵心中有了思量。不如，趁熱打鐵為好。

「我的確有一事想要求你。」南葵遲疑了片刻，轉頭看向虞北梔，像是在細細端詳她的表情，「但此事，絕非尋常小事，就算你不答應也不打緊，我會再另想他法。」

虞北梔並不躲閃，盯著南葵的眼睛道：「孟姑娘請講。」

南葵的眼中閃著狡黠的光，她壓低了聲音，像是在說一個危險的祕密：「我需要國君的一滴眼淚。」

虞北梔的笑在頃刻間便僵在了臉上，神色也蒙上了一層惶恐。的確，她的長姊是國君的寵妃，這一點人盡皆知，可若是談及國君的眼淚……虞

北栀卻是不能夠確定的。但片刻的猶疑過後，她還是堅定的向南葵點了點頭。

南葵欣慰的笑了，心中慶幸起辜振鷺選中的女子，當真是個有情有義的俠骨柔腸。

而這時，姬仁宣已經牽著馬走了過來，他把馬韁交到南葵手上，又敏銳的覺察到南葵臉上的喜悅之色，不由小聲問道：「你已經和她說過了？」

南葵餘光瞥見虞北栀被辜振鷺扶上馬，然後才湊近姬仁宣悄聲回答：「雖未必成功，但總歸需要一試。」

姬仁宣悵然的嘆了一聲，默然道：「她既信任你，又願意相信你，也實在是很難得，只是……將她扯進其中，不知是福還是禍。」

南葵也無奈的輕嘆一聲，只道事態緊急，總歸要不擇手段一些了。接下來，她忽而感到一片雪花落到臉頰上，抬手去觸，雪跡很快便融化在指尖，只殘留一抹淡淡的水痕。

她仰起頭，望著晦澀灰暗的天幕，隱約預感到近來的雪勢極為蹊蹺，不知那些還沉浸在秋收喜悅之中的百姓，是否已做好了禦寒的準備。思及此，她心懷憂思，順勢低下了頭。

回到圍場之後，為避人耳目，辜振鷺並未親自將虞北栀送回她的住所。南葵與姬仁宣也暫且各自行動，且南葵與虞北栀約定了期限，三日內，虞北栀一定會想方設法將國君的眼淚帶給她。

此事唯有辜振鷺尚不知情，其餘三人皆心照不宣——企圖得到國君的眼淚，若是被旁人知曉了，自當是株連九族的死罪。可明知前路危險，且還要將林妃牽扯進來，虞北栀義無反顧應下了。僅她不多問一句，便全力幫助南葵，就足以令南葵心懷感激了。

到了當天夜裡，萬籟俱寂之時，虞北栀獨自一人去和虞北棠相會。

一路上她左顧右盼，確定無人察覺後，她才在侍女的指引下，走進了虞北棠的房裡。

這晚，國君因秋獵疲乏而未來看望虞北棠，也正巧為虞北栀提供了絕佳的時機。她關緊了門窗，又遣退所有侍女，待到只剩她姊妹二人後，虞北栀才將事情的來龍去脈統統講給了虞北棠。

話音落下，只燃著燭光的灰暗房裡，陡然陷入了死寂。

虞北梔目不轉睛的凝視著長姊，誰也沒有再開口，卻能感受到氣氛的凝重。

燭芯突然「啪」的一聲，爆出一抹火星。虞北棠在這時抬起眼，深深的的看向妹妹，眼裡神色莫測：「你當真要幫這個忙？」

「是。」虞北梔毫不動搖，「即便我知道此事會給長姊帶來極大的麻煩，可我私心覺得，那位孟姑娘是有著她的打算的。如果國君真是一位徹頭徹尾的暴君，那麼百姓也該知曉他所有違反天道的作為，一旦有了合適的後繼者可將他取而代之，長姊不就可以藉此良機脫離苦海了嗎？」

一股沉緒壓上虞北棠的心頭，她黯著一雙美目，幽幽道：「憑她一己之力，又如何能夠扳倒手握江河山川的至高君主？北梔，本宮並不是說她在騙你，而是本宮不希望你被騙。」

虞北梔緩緩搖頭道：「長姊，我相信她，想必你也和她打過照面，依你所看，她又怎會是行騙之人？就算真是如此，她又為何要騙呢？」

虞北棠沉默不語，她慢慢的站起身，踱至窗下，背向虞北梔。

就像是意識到極為殘酷的一種可能性，虞北梔也不安的隨之起身，小心翼翼的試探著問道：「難道說……長姊對國君動了惻隱之心？」

她的話，令虞北棠的心被狠狠刺了一刃，胸口驟然抽緊般劇痛。

而虞北棠不說，虞北梔也便不敢追問，直到片刻過去，虞北棠才悵然嘆息，語調無喜無悲，無怒無嗔，淡漠的仿若是在說旁人的事情：「北梔，你既然問到此處了，本宮也不必隱瞞於你。誠然，本宮當初是為了你而入宮的，也曾恨極了殺伐征戰的君主。可這些年來，無數個日日夜夜，無數個枕邊私語，本宮也不是無情草木，又怎會對陛下毫無情誼可言？自當是你默然不理一盆花草，但它日夜映入你眼簾，平心而論，怎會不動心去察覺花草的存在呢？也許這份情感縱然不如年少時那般刻骨銘心，可卻依然在心底深處有了分量。本宮自然是恨他的，恨他殘酷冷血，恨他無視生命，只不過……在心底最為深暗的角落裡，本宮也會祈望他是有所苦衷，哪怕日後將與他橋歸橋、路歸路，也不想承認他真的是生性嗜血。」

虞北梔似是不敢相信的喃聲道：「長姊，你不該是這樣的，我知你厭極了戰爭，心裡更有著白袍少將，你又怎會憐憫起國君的狠絕？」

虞北棠回過身，語氣沉著冷靜：「本宮並非是憐憫，且高高在上的國君也無須任何人憐憫。本宮只是不願被私人情愫迷了雙眼、蒙了真心，而你今日請求，本宮自會為了你而應下，只不過，你要擺正自己看待世事的角度。北梔，紅塵無情也有情，善惡終究難分，未必除了善便是惡，總歸沒有極端的好壞，每一個人，從君主到草芥，總有各自難安的苦衷，並非黑白分明才是唯一的信念，若是走火入魔唯一事信奉，那便成了執念。」

　　虞北梔明白她話中暗指，心中自有負疚不忍，眼神也含有迷惘，半晌過後，才沉沉道：「長姊所言，北梔定當銘記在心。」只是，她知道長姊變了，也許沒變且不願改變的，也只有她自己而已。

　　虞北棠的目光久久流連在她臉上：「入宮之前的那一番話，本宮是真心的。」

　　聽聞此言，虞北梔怔怔抬眸。

　　「本宮仍然希望你能遵循本心，只是……本宮更想保護你不受任何傷害。」虞北棠坐回到桌案旁，凝視著就要燃盡的蠟燭，對她道，「夜深了，你且回去吧，待本宮得手後，自會告知於你。」

　　虞北梔欲言又止了幾次，最終退了出去，臨走時又深深的回望了一眼房內的人：「長姊，多謝了。」

　　隔日一早，圍場小廝們打開窗門時才赫然驚覺——昨夜竟又是下了一場漫天大雪，以至於覆蓋住了場內庭院裡的石凳。

　　看這情形，今日狩獵怕是要先暫停，場主一大早就派人去倉裡尋工具除雪，南葵自然也在小廝的隊伍之中一同幹活，只不過她瞥見長廊裡有一行人朝前殿走去，為首的像是皇子蘊。

　　她微微蹙起眉，心想著前殿方向只住著國君……看來，打算「叨擾」國君的人可不只一個了。

　　此時的前殿內院裡煙霧繚繞，侍女們皆是素白緯絲服，四名道士各持長劍在靈牌前誦念著焰口經，腰繫白綢的國君正坐在紗幔之後，他的案桌上擺滿了奏摺，略一抬眼，便可透過濛濛紗幔看到堂上擺放的靈牌。

　　那上頭刻著名號，是皇子璽的謚名。前頭站著的則是兩位王妃，其中一位是年僅十四歲的若王妃，她亭亭玉立，身形高挑，頭戴白色珠花步搖，一雙美眸滲透著哀戚。這也難怪，她與皇子璽向來恩愛，如今夫君仙

逝，對於若王妃而言，無疑是一種毀滅般的重擊。

而殿外忽來一仗人，負責開道的侍衛次序井然，他們站在殿外兩側讓開路來，為首而來的人正是皇子蘊。

儘管他身著素衣，也仍舊是遮蓋不住那與生俱來的高貴，眉宇間的英氣更是咄咄逼人，而唇角邊卻總是奇異的含笑，與之形成鮮明的反差對比。見過他的人都說他是國君皇子中最漂亮、最完美的一個，如畫如玉，英俊非凡。當然，是在皇子璽死了之後，才輪到他成為最完美的那個。

皇子蘊走進殿內，隔著紗幔來到國君面前，畢恭畢敬的行大禮道：「父皇，今日是三弟頭七，兒臣是特意來祭拜他的。」

國君並未放下手中的奏摺，反而是又翻了一頁，靜默的回道：「有心了。」

皇子蘊悄悄抬眸，試圖透過紗幔去打量國君此刻的表情，可紗幔上的水墨畫著實繁複，惹得他無法將後頭的身姿看得真切，於是只好又道：「父皇，三弟心思純善，到了天上，仙人們也定不會為難他。」

國君再未回答他，皇子蘊有些悻悻然，也只得起身去靈牌前祭拜，而接著便聽到傳報聲，是虞北棠來了。

想必她也是藉頭七之舉來父皇跟前獻殷勤的，皇子蘊心有輕蔑，餘光瞥見她走近，便趕快偽善的與之請安問候，虞北棠的回禮向來得體，一聲「二皇子安」，倒顯露了她凌駕於他之上的傲慢姿態。便望著她攜侍女走向紗幔之後，皇子蘊的眼中滋生起了嫉妒之色。

這世上只有三個人能不經允許便可隨心接近國君，除了虞陶與辜嶠，就只有虞北棠了。

至於皇子、公主們，全然都不曾有過這等至高的殊榮待遇，明明是有著與國君最為親近的血緣關係，卻始終都比不上這些不相干的外姓人。

「父皇，你的心裡究竟在想些什麼呢！」皇子蘊怨恨的咬緊了牙關，可也只能退到一旁默默等候，他知道，父皇不喜歡旁人打擾他和虞北棠的獨處。呵！好一個旁人，他身為堂堂焰國二皇子，同虞北棠相比起來，也不過是區區一個旁人罷了。

第二十三節

　　當國君看到虞北棠撥開紗幔走近的時候，一股奇異的味道幾乎是衝撞般撲進了他的鼻腔。他略一蹙眉，覺得眼眶火辣，不由得別開臉去。

　　虞北棠見狀，立即小心翼翼的關切道：「陛下，這是臣妾帶來的艾葉燃爐，怕是味道過於強烈，惹陛下不適了吧？」

　　國君循著她所示意的方向看去，只見侍女手中的確捧著一爐香，其中嬝嬝煙霧升騰而出，如靈蛇一般扭動著腰肢，縹緲虛幻，竟令人恍覺如墜仙境。

　　他緊蹙的眉漸漸舒緩，沉聲問道：「林妃為何帶這香來？」

　　虞北棠傾了傾身子，語調輕柔溫婉，微微笑道：「回稟陛下，臣妾見陛下近來狩獵疲身，心中自是擔憂。又突逢大雪來襲，這氣候儼然不對，一不留神會傷了身子。而陛下每夜又要操勞朝務，臣妾便想著燃一爐艾葉來為陛下驅寒。」

　　她接過侍女手中的香爐，親自侍奉到國君的面前：「今日是三皇子的頭七，臣妾也不想陛下過於傷懷，陛下還要以龍體為重。」

　　國君凝視著面前的那爐艾葉，眼眸黑成如烏鵲之羽，雖陰沉，也有一絲清亮之色，他低聲道：「林妃此舉，倒是賢良。」

　　只是，眼前這柔幻煙霧之中，國君彷彿看見了零星的往事記憶，幾名嬉戲的孩童們相互追趕，忽而看向他這邊，歡笑著喊出一聲「阿焰」，他隨即清醒過來，卻發覺有水跡從臉頰上漫過，竟是流下了淚水。

　　虞北棠一驚，立即傳喚侍女道：「玉祁，快拿絹帕過來。」

　　侍女乖乖奉上絹帕，虞北棠趕忙為國君擦拭頰上淚跡，並自責道：「定是臣妾帶來的艾葉熏到了陛下，臣妾本是好心一片，眼下竟是弄巧成拙了。」

　　「無礙。」國君並不以為然，只輕輕的拂開她的手，又淡漠的命道，「寡人還要處理積壓多日的奏摺，你且先行退下吧！待到璽的頭七結束之

後，寡人再去你的住所。」

「是，陛下。」虞北棠低垂著白皙的頸項頷首，攜同侍女順從的退出了殿內。

待到遠離正殿之後，虞北棠已確信四周無人，便找了個藉口遣走了侍女，轉而獨自一人匆匆朝虞北梔的住處走去。

庭院內的雪深沒腳，踏在其中會發出暗啞沉悶的聲響。虞北棠敲響了妹妹的房門，木門從裡頭被「吱呀」一聲打開，虞北棠迅速走進去，轉身關好了房門。

早已等候在此的南葵站起身去迎，虞北棠免了她行禮，只管將藏在袖中的絹帕交到南葵的手上。

絹帕被虞北棠事先做了手腳，她在特殊的部分染上了蠟油，這樣才能使沾在上頭的淚水保持凝固，而不是乾涸的狀態，南葵凝視那帶著國君眼淚的絹帕，心中自是大喜。

兜兜轉轉這麼久，她終於得手了。

南葵感激虞氏姊妹的慷慨幫助，她二人卻絲毫沒有邀功的意思，尤其是虞北棠，她反倒不覺得自己是「有功之人」。

虞北梔卻道：「如此看來，那位國君對長姊的情誼當真是深沉厚重，不然，長姊也不會這般輕鬆得到他的眼淚了。」

虞北棠搖了搖頭，靜默的說道：「陛下對本宮的寵愛，更像是一種手段，本宮於他而言，是一件可以操縱的工具。他需要父親的力量，更需要借父親的戰刀去收割疆土，倘若父親需要他寵愛虞氏之女的話，那不管他是不是真的愛本宮，他都會盡可能的去寵愛，並把他的寵愛做到世人皆知。」

她說這話的時候無悲無喜，仿若早已看透一切。而南葵則想起了姬仁宣對自己毫無保留的情意，又想起了辜振鷺和虞北梔之間的真情，不禁心有動容。想來，她姬南葵的的確確是幸福的，她擁有著深愛自己的親人與故人，且所獲得的一切都是真實誠摯的，要說這世間最為寶貴的，也只有一個沉甸甸的「真」字了。

而正當南葵若有所思之際，虞北棠忽然好奇的喚她道：「姑娘，你打算如何使用這眼淚呢？」

南葵猶豫了一下，也不打算瞞她，便從腰間抽出了金燦如芒的迴廊彎刀，再將絹帕上的那一滴凝固的淚跡，抹在刀刃上頭。

　　虞氏姊妹面面相覷，眼裡有著困惑。

　　南葵卻緩緩上揚起嘴角，笑道：「待我從夢中醒來之後，自會向你們解開謎底。」

　　說罷，她雙瞳閃現金光，迴廊彎刀也一併迸發出炫目的金芒。

　　大片大片的光斑散盡之後，南葵終於進入了國君的記憶之中。

　　四周是一望無盡的黑暗，一如冷漠無情的國君，連他記憶深處的夢境都是這般寒冷如冰。而這夢裡，也在下著紛紛揚揚的大雪，南葵透過雪幕看到不遠處有光亮，似是國君記憶的指引。

　　她循著那光亮走進了大雪，周遭的景色逐漸清晰起來，暗夜中，呈現在南葵眼前的是一片連綿卻荒蕪的村莊。其背靠遠山，雖人煙稀薄，竟也有一番遠離塵囂的別致靜謐。

　　南葵微微蹙眉，不懂國君的夢境裡為何會有這種幽遠淡然的景象。她以為，不可一世的國君心中唯有江河山圖、浩瀚疆土，難道說……這許是國君守在心底最為隱祕的夢魘？

　　正當南葵百思不得其解時，身旁忽有一道人影急急走過。她側眼去望，只見頭戴斗笠的少年一邊張望著四周，一邊步履不停的趕路。他手握寶劍，身穿胡服，肩背尚且單薄，唯腳上的烏雲靴繡工不俗，他穿過瞠瞠雪簾，隻身走向山巒峰林下的村落。

　　他沒有注意到闖進這片記憶中的南葵，且南葵也擔憂會被人察覺到她的存在，便趕忙隱去了自己的身形，繼而跟上了那少年的步伐。

　　雪很大，夾雜著雨水，冰冷徹骨。附近的遠山在這烏蒙的氤氳中，近乎失了輪廓，形貌極為渾濁模糊，而腳下的路，也是深一腳、淺一腳的朦朧。

　　村口兩旁的紫藤花早已枯萎零落，墜落汙泥道，夜深無人見。

　　少年已跋涉三日有餘，乾糧已盡，水源全無，唯剩一雙寶劍護身，他抬起斗笠下的臉，一張清俊青澀的容顏迎上雨雪，雙眸明亮如星，令瞥見這張面孔的南葵不禁屏住了呼吸，她認出他來，此人正是國君。準確的

說，是約莫十五歲的國君。

太年輕了，年輕到他的眼裡還未沾染一絲一毫的陰沉，雖依舊是一張淡漠的面容，可卻散發著赤誠的朝氣。

南葵甚至不敢相信這是他，如果不是瞥見他眉骨間的一道小疤，她是斷然不會識出他面目的。想來那微小的印記是他與生俱來的特徵，以至於年過知命之後，那道疤痕也未曾褪色。

待到進入了村口，南葵也隨著他一步步朝更深處走去。這村子死氣沉沉的，連拴在門外石柱上的狗也是瘦骨嶙峋，他謹慎的打量著屋舍，見毫無光亮，但卻能聽見微弱的咳嗽聲，便知這村子是有人居住的。

直至走到第六間屋舍，他見門是敞開的，也有燭光搖晃，他慢慢走到門前，裡面圍坐在一口煮著湯的鐵鍋旁的幾個人，都不約而同的轉過頭看他。他見狀，率先報上自己來歷，客客氣氣的道：「我是鄰國來者，因要去往荊國而途經此處，如果方便的話，還請讓我在此逗留一晚。」

屋內的一名老者見他是個纖弱的少年，便招呼他進來：「少年郎，快進屋吧！你全身都是雨雪，怪可憐的，來喝口熱湯吧！」

他感激的走了進來，但沒立刻坐到鍋前，而是彬彬有禮的將斗笠摘掉，端放在門口，又拍打掉肩、膝上的積雪，待到一切都處理妥當，他才抬眸走近。

老人的孫女端詳著他的面容，不禁緋紅了面頰，他默默的坐到鐵鍋旁邊，幫著添柴加火，婦人盛了一碗稀薄的熱湯遞給他，他道謝接過，卻沒喝。婦人的丈夫詢問他道：「少年郎，你叫什麼名字？既是從鄰國而來，便是焰國人，去菱國有何要事？」

他平靜的回答：「我叫阿焰，正是焰國人沒錯。去往菱國，是為了尋我的姑姑。」

婦人同情他，輕嘆道：「看來你也是備受戰爭迫害的孩子，定是和親人四散了吧？可菱國官兵嚴把城門，固然是不會讓任何外來之人進入的，像我等坐落在臨界小國的村莊，早已被斷去了糧食的運送，只能靠著農田來自力更生了。」

他固然是清楚這戰勢情形的。由於菱國強大富足，自然會成為其他小國子民所憧憬的去處，眼下群雄逐鹿、亂世飄搖，難民層出不窮，百姓苦

不堪言，菱國是不願收留他國難民才會死守城門，而不肯將糧食賣給周遭小國，也是在做吞併周邊疆土的部署。

可憐了要依靠菱國糧食的一眾小國，畢竟菱國是盛產糧食的強大領地，這般逼迫邊界百姓們「自力更生」，實在是殘忍狠絕了。

「世道不好，天公不美，近來雨雪交加，莊稼不結果，也只能靠著存糧來艱難的熬過這幾個月了。」老人說到這，又咳嗽起來，隨即趕忙起身去尋止咳的藥草。

剩下兩個孩子好奇的圍到阿焰身旁，一個男童，一個女童，大的七歲，小的五歲，二人眨巴著圓溜溜的眼睛打量阿焰，女童還笑嘻嘻的去抓他手中的寶劍。

阿焰不動聲色的將寶劍換去另一隻手，沒想到卻被後頭的男童握住了劍鞘，他急忙推開男童，告誡道：「小心，會傷到你。」

男童不懂他的意思，只管笑得純真，作勢要伸手來碰。便是在此時，最為年長的孫女牽住男童和女童的手，略有慍怒道：「二寅、三辰，不許亂碰人家的東西，要有禮貌。」接著又對阿焰訕笑道，「對不住啊！他們兩個貪玩，總是好奇新鮮的物品，你別介意啊！」

阿焰點點頭，心覺眼前這少女大概與自己差不多年紀，便是在這時，婦人喊她道：「一未，快來幫忙鋪草，要給客人睡的。」

名叫一未的少女便戀戀不捨的離開阿焰去幫母親了。剩下阿焰獨自一人時，他起身走向門口，遙望暗夜中的雨雪不斷，心想著不出意外的話，十日後也能夠與屬下們會合了。若是他能在這個較為安全的村落裡逗留十日的話，便是最好不過。

待到夜裡，他睡在乾草上，老人的咳嗽聲令他時醒時寐，忽而聽到窸窸窣窣的響動，睜眼去看，襯著月光，見是二寅爬到他跟前，豁牙的聲音有些含糊不清，他悄聲問道：「阿焰，你的劍殺過人嗎？」

阿焰沒理他，閉眼裝睡。二寅繼續問：「如果村裡的人們搶起食來的話，你會幫我們殺了他們嗎？」

阿焰再次睜開眼，看到二寅非常期待的眼神，似乎察覺到了某種異樣，他低聲問二寅：「晚上喝的湯，是什麼熬的？」

二寅說：「肉。」

「什麼肉？」

二寅搖搖頭：「不知道，爹爹帶回來的，阿焰你沒喝，爹爹便替你喝了，寶貴的肉湯不能浪費。」說著說著，他便睏了，趴在阿焰的身邊迷迷糊糊嘟囔著睡著了，「我已經很久沒喝過肉湯了，今天多虧了爹爹……還好村裡的人沒有來搶……要是……阿焰能保護我們……」說到最後，他沉沉睡去。

阿焰則沉默的重新閉上眼，他知道，如今的九州天災人禍，世道離亂，山河瘡痍，餓殍遍地，光景慘澹至極。人似惡鬼，如獸如魑，早先便聽說過莊稼無收的小國以人肉為食，抑或是將新生的嬰兒交換來吃，可他身處的國家尚未如此可懼，便也從未信過真會確有其事。

如今來到此處，望盡了荒涼景象，他也知道這夾縫在焰國與菱國之間的名為「麗」的小國情勢艱險。早在兩年前，他便已經見識過人間煉獄之景，只不過那時的他眼中只有恨意，不曾顧及過百姓疾苦。如今身處異國，一路跋涉，見過橫屍野地、枯骨野鴉，也見到了接連十日的皚皚白雪，恍然間才驚覺這亂世是血河，人皆相食、生存艱難。

他本以為這村莊會是難能可貴的淨土，到頭來，竟也逃不掉欲念與陰霾的撕扯。他經過鄰村時，倒是知道村長帶領宗親與村民圈人而吃，還要挑著吃，專吃婦女和兒童，因其皮肉細嫩，入口香甜。這令他回想起了兩年前的屠城之舉，外敵來侵，攻下皇城，大宴三天，命士兵們隨意縱情。成年男子抓了全部斬首，女子則收入營中輪番蹂躪，自然也有凶殘將領在營地裡架起幾口大鍋，直接把人煮了，與士兵們大快朵頤的分食。

那自是地獄光景，他不曾見過，無非是耳聞罷了。且他認定已是兩年後的如今定會有所不同，世道會變，人也會變，只要他足夠強大，便不會讓曾經的恐懼再次覆住他。

待到隔日天色濛濛亮，窗外的日光穿透雲層，雪停了，阿焰一整夜半醒半夢，此刻反而覺得睏極累極。他從乾草上爬起身，忽然聽到門外傳來響動，屋子裡的人又不見去向，他趕忙去打開房門。

站在門外的是個捧著泥鍋的綠衣女子，她挽著隨意的鬢，梅花一樣的臉上是純粹的清麗，那種淡然、飽滿、溫和如水的柔美。

阿焰的眼睛定在她的臉上，久久不能移開視線，她一雙深泉般的眼睛

裡透露著蒙昧，耳垂綴著翠綠素淡的玉石墜子，細如游龍的腰間繫著雪白的帶子，雖樸素，卻又豔麗。她就站在淡薄的曦光之下，望著阿焰的眼神中，同樣充滿詫異，她牽扯出一個友善的笑容，問道：「我是來找一未的，你又是誰？」

阿焰沒回答她，只側身讓她進來，還未等她踏進門，剛好從外面打水回來的一未便喊了她的名字：「皓姐！」

她順勢轉頭，對一未展現出明媚的笑臉，阿焰瞥見那笑容，很快又略顯倉皇的的別開了臉。

她是來給一未家送白薯的，時逢災荒，關係較好的鄰里之間都會互幫互助、禮尚往來，白薯是很珍貴的吃食。她離開的時候，樹椏上的積雪隨風墜落，幾簇飄去她肩上，那綠色的身影越走越遠，逐漸消失在一片素白之中。但此後三天，阿焰再沒見到過她，而由於不願白吃白住，他便砍柴生火，幫襯著做了不少體力活，又不停從村頭的井裡挑水回來，還要替老人和夫婦倆照看孩子。

一未十四歲，已經可以幫著家裡分擔事務；二寅和三辰還小，又總是吃不飽，只好扒樹皮來充饑。有時阿焰會為了讓他們忘記饑餓，而教這一雙幼童練習劍術，還削了兩柄木劍給他們使用，確實令性情本就活潑的二寅整日裡更加歡快不已。小小的男童總會追著阿焰比劃著稚嫩的劍術，偶爾會摔倒，卻也很快就爬了起來。阿焰看著他，就好像看到了幼時的自己，也會露出一抹短暫的笑意。

夫婦二人十分感謝阿焰幫忙照看孩子，但家中糧食已經連一粒也沒有了，白薯也吃光了，他們怕是只能整日煮著草水來填肚子，可卻不忍心讓阿焰和他們一起喝這畜牲都不願多嘗一口的東西。

阿焰也很想幫他們尋到糧食，但十天期限未到，他不想擅自離開這村落。就在他為此猶疑之際，一未忽然跑著回來，哭哭啼啼的向阿焰求助。原來是二寅忍不住饑餓，而偷了村中惡霸家的一隻雞，惡霸少爺帶著家僕圍住了二寅，等到阿焰與一未趕去時，惡霸少爺正在用石頭丟向被家僕擒住的二寅，七歲的男童已被石塊砸破了頭，血流不止的猩紅汙了他的視線，二寅已是昏死過去。

在那一瞬，阿焰回想起的是二寅曾對他展露出的純真笑臉，而他，也

只是想救下二寅的命罷了。於是當他手中的寶劍出鞘，刀刃揮舞而下，惡霸少爺用來丟石頭的右臂便被斬斷了筋骨。淋漓鮮血伴隨著惡霸少爺撕心裂肺的哀號，家僕們嚇傻了眼，紛紛跑上前去扶住自家少爺，又是咒罵又是叫囂的留下一串狠話，隨即帶著少爺逃走了。

　　阿焰揮掉劍身上的血跡，在雪地中灑出一條凜冽卻圓潤的弧度。已有兩天未曾吃過米的一未，望見地上的那條斷臂，竟在倉皇間拾了起來，揣進了衣服裡，然後才跑向二寅，吃力的把他抱了起來。最終看向阿焰，她欲言又止，眼神裡有怯懦、驚慌、恐懼……，她開始害怕他，那份驚懼大於感激。所以她只得抱著昏迷的二寅匆匆跑回了家中，徒留阿焰一人站在原地。

　　阿焰並不怪她，到底是他自己的劍嚇到了她。他知殺即是惡，而他本人便是惡，然而殺後有果，會帶來更多的殺。不出半炷香的時間，惡霸少爺的父親便帶著一堆人馬趕了來，必要取阿焰的性命，來償還一條手臂的仇恨。

　　人數很多，起碼二十幾個，可就憑這些山野村夫，倒也不至於會令阿焰皺一下眉頭。殺便殺了，舉起屠刀，是天下最為簡單的事情。死在他劍下的打手或許會成為其他村民今夜的食糧，阿焰想著，若是能被二寅吃下一兩口人肉，倒也能盡快恢復傷勢。便是這分心的一瞬，那陰險的惡霸老主，竟將一支點上火油的毒箭射中了阿焰的背。

　　火勢頃刻間燃燒起來，阿焰察覺不妙，猛地一頭跳進了身側的冰湖之中，惡霸老主又命人朝湖內不停射箭，勢必要將阿焰置於死地。

　　可湖面躍起成群氣泡之後，便歸於平靜。阿焰逃走了，待他從湖中游到岸上時，已經是暗夜時分。冷雨墜落，他背上的燒傷與毒傷都是錐心刺骨的疼，那毒性已經蔓延到他的腰腹，令他感到雙腿就要失去知覺，每多走一步，都要拚盡氣力。

　　前方道路模糊昏暗，恍若要邁向天際盡頭，他眼前漸漸一片濃黑，終是失去了意識。

　　不知是不是幻覺，他的耳邊迴響起了浮歌妙曲。人影幢幢，花影婆娑，富麗堂皇的殿堂之內，有俏麗婀娜的舞姬揮灑水袖，也有懷抱琵琶的歌女垂首彈唱，青銅杯盞裡盛滿了瓊漿玉液，繡滿龍紋鳳鳥的宮燈排成

二十八星象。兩側紗幔縹緲如煙，金臺龍椅上，坐著的是他日思夜想的仇人，他做夢都想斬掉他的首級，以至於每每幻想著將他首級提在手中的景象。

可待他再次睜開眼時，手旁沒有那人的首級，眼前的景象是夕陽餘暉，他半倚半靠坐在山洞裡，身上的傷口已包滿了藥草，渾渾噩噩之中，他聽見洞外響起枯葉碎裂的聲響，輕盈的腳步聲傳來，透過金色的夕陽，他看到一抹清瘦身影闖進眼簾。

那就像個幻影纏繞著他多年，許是到死都無法釋懷的臉龐，她手中的籃子裡提著草藥，裙擺上染著他身上的血跡，見他醒來，聲音有些怯懦，支吾著退後。

他吃力的喊住她，謝過她的救命之恩，又道出自己的名字：「我叫阿焰……你我曾有過一面之緣，我還不知道你的名字……」

她緩緩看向他，猶疑許久，才小聲回應道：「我姓林，名縷皓。」她又說，「旁人叫我林女，或是阿皓。」

那之後的幾日裡，林女都在山洞裡照顧著阿焰，她是在從家中逃出時，看到了受傷昏迷的阿焰，自是不能見死不救，才一路費盡力氣將他拖到了遠離村莊的山洞中。阿焰問她為何要從家裡逃跑，林女說她爹娘生下七個孩子，她是第三個，已年滿二十。兄姊早年離開村子去了他國謀生，然而至今卻是生死不明；下頭的弟妹們嗷嗷待哺，又逢災年，饑餓荒亂，她爹為了養活其他孩子，不得已把她賣去有錢人家做小老婆，能換十袋米，夠家裡吃上一年的了。

可她輾轉反側，實在不想犧牲自己，便連夜逃了。

阿焰聽後，沉默良久，林女反倒欣慰的說：「幸好遇見了你，有你陪我在山洞裡做伴，又能採摘山林裡的野菜充饑，我倒也覺得是件幸事了。」

她的聲音、話語、表情都如潺潺泉水一般，滲進了阿焰的心底深處，溫柔的包裹住了他那顆幾乎早已死去的心。是在她的悉心照料下，他的身體一點點恢復了原本的狀態，便也會走出山洞，去山上尋些野果子回來。林女在他外出的時候，會在洞外生火煮湯，雖說都是野菜熬成的湯，可在易子而食的亂世中來說，已是極為奢侈的吃食了。

若是在山中遇見漂亮的石頭，阿焰會用匕首將石頭打磨出圓潤的形狀，再串成手鏈，帶回去送給林女。

　　林女很喜歡這些小物品，她總說：「你就像是和我年歲最為接近的一個弟弟，可惜他去年因饑餓而死，要是今年還活著，和你一樣也是十五歲。」

　　阿焰靜默的聽著這些，手裡的寶劍削著木柴，可以做出筷子、木勺，還有刻有她名字的木牌。她把草編的麥穗拴在木牌下頭，掛在腰間，哪怕沒有玉佩貴重，倒也成了愛美年紀中難得的裝飾。

　　那段日子裡，他們二人相依為命，一起度過了艱苦的時日。然而對阿焰來說，他竟覺得那段時光是他過去、乃至日後數十年裡最為快樂幸福的光景。每天清晨只要睜開眼睛，就能看到她在山洞外頭忙碌的身影，他也會立即起身去尋更多的食物，運氣好的話，還會在山上抓到一隻本就為數不多的瘦弱野兔。她總是微笑著迎他下山回來，從不問他的來歷與從前，只關切他：「山上風涼嗎？今天開心嗎？」

　　他每次都是略顯木訥的點頭，卻從未告訴過她，自己在看到她時，心中就要蕩漾而出的熱忱。那些情愫像是水又像火，交織成一片繁複的雲河圖騰，密不透風的覆在他心上，令他整日都搖曳在平靜、溫暖的湖面，竟也無數次暗暗決定過，倘若一輩子都這樣過下去，也是不錯。

　　只可惜天不遂人願，他的使命還未完成，便不配享受這般安寧如仙的生活。在一個暗寂的雨日中，約定好期限的將領，攜帶一隊兵將找到了他，那時的他正背著柴火下山，還未回到山洞，便見那若干人等向他跪拜請罪。

　　該來的到底還是來了。他黯下眼神，深深的嘆了一口氣。

　　將領已經遲來了半月有餘，實在是因焰國內亂不斷，他們險些喪命，並非有意拖延期限。阿焰並不怪他們，只說：「你等先在此等候，待我把柴火放回山洞，就來此處和你們會合。」

　　說罷，他快步朝山洞走去，想到今日許是最後一面，他必要再見上她一眼，起碼要安頓好她，若是被她家人抓回去的話……不！他忽然意識到，他可以帶她一起走。

　　是啊！他的軍隊會護她周全，他也會護她周全，為何一定要分別呢？

這般決定後，他已然回到了洞口，只是映入眼中的，竟是她與別的男子相擁的畫面。

　　那男子憐惜的撫著她的臉頰，又將裝著白薯的布袋遞給她。原來每日都會吃到的白薯並非她親自尋覓，而是有人總會特意送來，且他們舉止親暱，年歲相仿，他喚她阿皓，她稱他雲郎，他們正是一對苦命的鴛鴦。

　　也許阿焰該成全他們才對，畢竟他們一定早就在他出現之前就相愛了，是迫於亂世、迫於災荒，他們才不能相守，所以林女躲避在山洞裡的這段時間，她的戀人總會偷偷來探望她。可戀人同樣出身卑微，無法給她生存保障，她又不敢回去家裡，只好藏身於此處。

　　但阿焰，又怎會同意旁人將他這一縷苟活的希望搶走呢？

　　她縱然只把他當成弟弟看待，可他卻把她當作汙濁生命中最為晶瑩的光暈，所以他沒了思考，只管抽出鞘中寶劍，朝著試圖奪走他希望的人斬去。

　　如果不是林女警覺的發現危機，並推開了戀人，阿焰那一劍必定會取下他的首級。

　　索性那跌倒在地上的戀人只是被砍中了手臂，血液染濕了衣襟，林女擔憂的伏在他身邊觀察傷勢，阿焰紅著眼走近他們，林女忽然就憎恨的看向他，含淚怒斥道：「你膽敢再靠近一步的話，我即便是拚死，也會殺了你！」

　　阿焰愣住了。夜雨在頭頂如刃墜落，天際盡頭陡然落下一聲驚雷，他眼裡的絕望在轟隆的雷聲裡定格。而那些察覺到爭鬥聲的將領們已然匆匆起來，見到阿焰面前的一對男女，他們正欲衝上前來，阿焰抬起手臂，以劍攔住他們。

　　「王爺！」為首的將領低喚一聲，似是在提醒他，這對男女留不得，若是他們走漏了風聲，將會壞了大計。

第二十四節

林女因聽到這稱謂而驚慌困惑的看向阿焰，她眼裡閃過種種複雜的情緒，似迷茫、震驚、不安、無助……，半晌，她囁嚅著乾裂蒼白的嘴唇問道：「你……是個王爺？」

阿焰沒有回答，只是抬頭望向遠山之後層層疊疊的屋舍——雖只有渺小的一點，卻是他仇恨的終點。那裡便是菱國，翻過遠山，他便可和埋伏在山腳下的大批部隊會合，一旦攻進城門，他就可以血洗城池、報仇雪恨。

「你和我一起走吧！留在這村子裡，你只有死路一條。如今沒有退路了，與其餓死，不如捨棄一切。」阿焰重新看向林女，向她伸出了手。

林女沒有絲毫猶豫的搖頭拒絕，她要和她的戀人在一起，她不會和阿焰走。

「那我便殺了他。」阿焰威脅道。

林女毫無畏懼道：「他死，我死。」

阿焰站在她面前，長久的出神。雨越下越大，霧氣升騰，潮濕沉重，黏附在他冷峻的臉頰上。他殺了數不清的人，這一路，他見慣了屍體與白骨，索性從不打算回頭，只管一直一直往下走。他從不願停留，一心要變得更強，他要強大，更強大，再強大一些，踩著鮮血、頭顱、屍山向上攀登，他要俯瞰這世間壯麗山河，因為只有那樣，他才能抵禦一切外辱。

然而……為什麼要遇見她？為什麼偏偏遇見了，卻又得不到。

阿焰的臉色一點一點黯淡下去，他最後問她：「為什麼是他，不是我。」

她猶疑的蹙起眉：「你就像是我的弟弟。」誰會對自己的弟弟有男女之想呢？

這句話傷阿焰最深，大概是不想被她看見自己倉皇的神色，大概……是不願被將領們聽見更多，總之，阿焰將劍入鞘，然後頭也不回的從林女

身邊走過。將領們也迅速追上他的腳步，唯獨走在最後的將領停下了身形，他回過頭，看向林女和她的戀人。彼此靜默的凝視，殺意在雨幕中逐漸清晰。

雨極大，拍打在少年瘦削卻堅毅的臂膀上，阿焰騎上了將領們帶來的馬，他握緊韁繩，仿若再無留戀那般，衝向了遠山後頭的城池。而山腳下頭，阿焰最為信賴的將軍虞陶已帶兵靜候，他二人只攜五百精銳死士，趁夜打入城內展開偷襲。終是一路浴血殺進皇宮，削下了那殘暴姑父的頭顱，將他忍辱負重多年的姑姑救出了魔窟。

攻下菱國的短短十日裡，他實現了他的願望，兩年來的忍辱負重，終是換回了雪恥之時。虞陶帶領眾將在占領的皇城中飲酒作樂、高歌起舞，他命人安頓好姑姑之後，便獨自一人坐在宮殿裡出神，手中把玩著刻有「林女」二字的木牌，背面則是刻著「阿焰」。他以為把他與她的名字放在一處，便可永永遠遠彼此相依，卻不懂人心不依他來定，更不懂男女之情總是濃時轉淡。然而在吞併菱國之後，他心中的牽掛到底還是再度甦醒，終是連夜騎馬趕回了那村莊。

走出菱國不久，天空便又下起了雪。想來菱國四季如春，比鄰而居的小小麗國卻氣候惡劣，等他到達村莊時，天色已亮，雪也積到了腳踝，他翻身下馬，失神的望著破敗如殘垣斷壁的村口，眼裡布滿了震驚和迷惘。

空氣中充滿了血肉腐爛的臭味，他的靴子踩在血液凝固的雪地中，不敢置信看著倒在兩側的村民的屍體。

他們已經死了很久了，身上的肉都爛掉了，被黑鴉啃食、野狗撕咬，也還有倖存的幼童從屍體的腿上割肉帶走。他攔住一名衣衫襤褸的幼童，詢問到底發生了什麼事，幼童只顧著生吃血肉，根本無心理會他。

他見此情景，心下一驚，當即跑去那間熟悉的房屋。他竟也開始祈禱了，在心中不停念著向神明訴求的語句，然而天公尚未聽到他卑微的乞求，因為那間房屋裡，只有破敗、殘缺的死屍。他在一未的屍體前駐留了一會兒，又緩緩走向屋內，看到老人與夫婦倒在地上，滿身皆是乾涸了的血口。再看乾草上頭，三辰趴著，二寅躺著，皆是直直的睜著灰白的眼球，蚊蟲落在眼珠上嗡嗡作響。他沉默的伸出手，闔上了二寅那尚未瞑目的眼。

半晌，他渾渾噩噩的轉身離開，一路穿過東倒西歪、開膛破肚的屍體，終於在最後找到了她的家。那個時候，她依偎在木桌旁近乎奄奄一息，整個人瘦如枯槁，見到他出現，她先是驚慌不已，而後滿眼怨恨。

　　他慶幸她還活著，正打算去將馬背上的乾糧拿來，卻聽到她虛弱的咒罵他道：「你實在狠毒……派你的人殺了雲郎不說，甚至還殺掉了一未全家……。他們曾經有恩於你，你怎可恩將仇報？全村的人……都因你而死，你連惡鬼都不如……」

　　在十天之前，那位走在最後的將領，擔心村子裡的人會把阿焰出沒的情報透露給菱國，所以乾脆殺光了所有無辜的村民，而後才若無其事的追上阿焰等人，唯獨留下了林女活口，還有幾個有幸在岸邊玩耍的幼童。想來，那位將領是不敢對阿焰心儀的女子下手，到底還是要留她一條性命。

　　可是，村子裡的人全都死了，林女驚嚇過度，昏迷了三天三夜，又因戀人的死而鬱鬱寡歡，再加上天寒地凍，大雪不斷，糧食早沒了，林間的野菜野果也一併被積雪覆蓋，她如今已有七天未進滴水，如紙片一般蒼白無力、搖搖欲墜。

　　阿焰要救她，她卻寧死不肯，只要阿焰敢接近她一步，她便會一頭撞死在他面前。阿焰甚至哀求起她來，要她和他走，哪怕……哪怕在日後，他把自己這條命償還給她也好。

　　林女潸然淚下，終是絕情的不願再看他一眼，阿焰萬分焦急，只好跑出去尋自己的馬，飛快的拿到乾糧重新回來。

　　可再次見到她時，她已經昏倒在地了。

　　阿焰失魂落魄的走過去，輕輕的抱起她輕如蟬翼的身體，手掌撫過她冰冷的臉頰，潰爛的手腳……這是他第一次觸碰到她，恍惚間有水跡砸在她臉上，鹹澀的味道流進她嘴裡，她吃力的睜開眼，渾濁的眼珠看向他，有氣無力的吐露道：「你走吧……日後，要做個憐愛百姓的明君……你還小，可要好生……長大……才是……你定要……長命百歲啊……」最後，一滴灰白的淚水從她眼角滑下，她疲乏的閉上了眼睛，草草結束了她短暫、苦痛的二十載。

　　他啜泣了一聲，嗚咽著低下頭，將她緊緊摟在懷中，像是一種完全占有她的姿勢，他恨不得將她揉碎進自己的胸膛裡。她腰間的木牌搖搖晃

晃，一面刻著「林女」，一面刻著「阿焰」。而他想要把她抱起來，可好幾次都重重跌跪在地，他只是不停的流淚，肺腑裡彷彿有利刃在攪動，一片片割著他的心，折磨著他的意志。

他忽然就絕望的號啕著嘶喊起來，那痛不欲生、撕心裂肺的悲切，幾乎震碎了南葵的整顆心臟。

她站在角落裡，哀傷的凝望著十五歲的國君，懷抱著他一生的摯愛，滿心、滿眼的悲痛，哪怕日後的他將手握萬里山河、腳踏星雲宮殿，依舊改變不了他救不下心愛女子的事實。思及此，南葵忽然就感到他承受的是世人的痛苦。

吾既世人，吾本不願殺戮，世人也不喜殺戮，然吾因迫害而反抗，世人因饑餓而相食，吾因受人害而報仇，世人因受吾害而反目。同樣是苦，苦怒相似，亂世一片虛無，吾終是在這骯髒、醜陋、殘酷、腐爛的欲念沉浮的世道之中迷失。

而五道之中，一為天道，二為人道，三禽獸道，四是餓鬼道，五是地獄道，合五為一，便是眾生之道。

國君的這段記憶，大概是改變了他整個人在日後處事治國的巨大轉折。發生在那個小小村落裡的一切，雖是意外之舉，卻刻骨銘心。在村落中，天道代表了一未一家人，他們雖然貧寒饑餓，可卻依舊接納了外來的國君，彷彿可以做到無私的犧牲自我，從而去包羅萬象。

人道，便是林女了，她出於自身的純善救下了國君，又堅持自己的原則不肯和他離開村莊，但在死前，卻還是把美好的祝願留給了他。

禽獸道是惡霸老主一家，他們拋棄了人性，以吞食弱小為榮，並毫無悔過之心。

餓鬼道，則是國君自己，他攜著沉重的欲念與殺戮之心行走在人世，背負著無數條性命而不肯回頭。

地獄道是屠殺了整個村子的將領，他把一切生機泯滅，令饑餓無辜的村民死在勝似煉獄的煎熬之中。

但眾生之道，依然是真實存在的，生存與消亡，從來都是不可分離，唯有將世間苦難、悲歡、痛楚、仁愛、憐憫都納入心中，才能與眾生共

處，才能在顛倒黑白、天地晦暗的亂世之中主宰眾生。

南葵因國君深藏在內心深處的記憶而幽幽喟嘆，她曾以為，林氏女子是與他有過極深淵源的情人，卻沒想到，她是將他指引去往人道的關鍵。

在遇見林女之前，國君的心中許是只有殺戮與征伐，唯獨遇見她之後，他的心底增了一抹善意和柔色，哪怕依然微不足道，卻足以令他在日後反覆懷念。

可為他帶來改變的女子，卻永遠的死去了，聽說，人死之後此魂回太和；爽靈主貴，人死之後此魂歸於五嶽陰間；幽精主衰，人死之後此魂歸水府。

三魂是各走三條路線，不歸於一體。壽終正寢，且德高望重者，爽靈與幽精會很快的合為一體，這兩魂合而為一就是陰魂，而胎光則是叫陽魂，陰陽重新組合，才可往生輪迴。

然而，若是意外死亡、自行了斷、病死、餓死的話，幽精和爽靈定然無法很快的合為一體，出現這些情形的話，自是無法到地府報到。

入地獄無門，去天上無路，便成了孤魂野鬼。

只有做法事超渡，將其安排進入地府，才會有機會重新輪迴往生。

也不知國君的林女，如今是否已得以轉世？南葵想到她是因饑餓而死，也許會丟了生前最為重要的「魄」。

依照孟婆傳承給南葵的記憶，她知曉「魄」是指人與生俱來的各種感覺、反應、反射、行為等本能行為，以及人的精力、膽識等，由此，展現了「魄」的兩種生理功能。

一則，指本能行為。本能行為是「魄」的一種表現，如嬰孩降生之後的吮乳吸食、啼哭嬉笑、耳聽目視、手足運動等，這些本能行為有些是在無意識狀態下進行的。

二則，指體魄、膽識和魄力，世人常說「有氣魄」、「有魄力」、「體魄好」便是，「魄」還可以透過人的體魄、膽識和魄力等方面表現出來。

書中曾有記載七魄之說，魄分為七種，各有名字。

一為屍狗。保持警覺及聽覺功能、主宰著肢體行動。

二為伏矢。主宰著記憶、心跳及喜、怒、哀、懼、愛、惡、欲等

感知。

三為雀陰。代表了男女之間的情愛欲望、生育之事。

四為臭肺。呼吸、聞、嗅，皆與此有關。

五為非毒。紅塵之人的味偏頗、散除淤積都來自此處。

六為吞賊。主宰進食、抵禦外邪，包括自我的調整與修復。

七為除穢。可僻除邪氣、摒除雜念。

「魂者陽之精也，魄者陰之形也。」便是說，魄是世人肉體的功能，再者，「七日來複。其見天地之心，是以人生四十九日而七魄全，其死則四十九日而七魄絕，此來複之數、陰陽之極也。」也是人在生下來時，七七之數七魄的功能才完整，死後七七之數，七魄的功能才會消散，所以人死之後，要祭祀七七四十九天。

「然而，若是沒有祭祀七七四十九天的話，魂魄怕是難以轉世超生。」南葵這樣喃聲說著，而後，緩緩的睜開了雙眼。

坐在她面前的虞氏姊妹正靜默的望著她，案桌上的蠟燭燃到了一半，虞北梔輕聲詢問道：「孟姑娘，你方才假寐了片刻，可有從夢中尋到了什麼線索嗎？」

南葵看向她，接著又轉向虞北棠，只覺面前寵妃的娟秀容貌與夢中女子極為相似，雖說虞氏兒女本就長得相像，可虞北棠的眉眼間卻多了一股淡雅的韻致，想必，這便是國君格外寵愛於她的原因。

卿似故人，如見夢迴。

南葵略感哀傷的垂下眼，凝神思索般回答虞北梔道：「眼下，我還尚不能有所定奪，夢中內容並不足以讓我看見全部線索，但是……」

虞北梔追問：「但是什麼？」

「焰國當今的國君，並非是一個冷血無情的暴君。」南葵抬起眼，再一次看向了虞北棠。

虞北棠始終沉默不語，聽聞南葵道出此話，她的表情也未有絲毫變化，只是緩緩的站起身，推開了窗子，凝望著外面的夜色沉聲道：「又下雪了。」

南葵也循望過去，只見外頭素白彌漫，一如國君記憶中的十五歲。

那場雪極大，隔日一早，國君便終止了還餘下三日的秋獵，帶著妃嬪

與屬下冒雪返回了皇宮之中。路上積雪身後，馬車行路艱難，可他並未顧及女眷們要忍受顛簸，只管下令加快行程。

一連五日的鵝毛大雪，待到回去內城之中，南雀城池裡已被雪色覆蓋。

這場意外之雪自是導致了災害橫行，莊稼被大雪掩埋，百姓們缺衣少糧，也有住在城邊的百戶人家因被困在山下而全部餓死，不過是短短五日，焰國城郊處竟已是餓殍遍地，光景十分慘澹。

且因這一場天災來襲，被擋在城外數年的蠻夷之人，竟開始蠢蠢欲動，儼然滋生了進犯之意。只是，虞陶因處理城邊難民一事，而被越發狂亂的暴雪困在歸城的途中。雖說邊境一旦遭遇入侵，虞陶恰逢身處城郊，倒是可以與之一戰，然而周邊百姓較多，虞陶身邊只有不足一百士兵，怕是無法守得住城門。

不過……真若戰勢來臨，倒是可以輸送百姓爬上邊境長城避難。虞陶望著佇立在面前的巍峨城巒，心中不禁想到，當年國君因修建長城而被朝臣與百姓指責浪費人力財力，如今卻都要依靠這城才能抵禦外襲了。

想必國君早已料到了安逸之後將會發生的種種慘劇，世人都道他無情冷酷，卻不知他已凌駕在眾人之上，而唯有超越人性、捨棄道德，才能成為接近「神」或是「聖」的存在。

凡人無法保護子民與疆土，能從煉獄之中浴火而生的，不是神，便是鬼。

思及此，虞陶凝神垂眼，他自己又何嘗不是那個讚美犧牲的人呢？士兵們犧牲自己，以為可以換來和平的盛世，虞陶作為軍營的將軍，他讚美士兵的犧牲，讓更多的年輕生命前仆後繼的接著去犧牲，卻從沒告訴過死者，盛世的長久，唯有不斷的以鮮血來灌溉。

那麼，維繫著盛世的，究竟是謊言還是死亡呢？征戰沙場數十載的虞陶，竟第一次有了這樣令他自己都為之震驚的可怕顧慮。

而在同一時刻的南葵，已然回到了家中，她本是不想去見父母雙親的，只因如今的她已是孟婆，人間一行無非是完成使命，而後便要回去冥帝身邊做他欽點的守橋之人，又何必對父母徒增離別之痛呢？

只是，眼下天災人禍，戰事可危，南葵正遲疑著是否要隨姬仁宣走

進的時候，家奴忽然急匆匆的從內院跑了出來，見到門口的姬仁宣，他立即前來通報道：「仁宣公子，你可算回來了，我們老爺他⋯⋯他吐血了⋯⋯」

聽聞此話的姬仁宣與南葵皆是大驚，二人來不及再做思量，趕忙同家奴奔去房內。

姬府院內的景色絲毫未變，南葵在匆忙之間瞥見熟悉的長廊、磚瓦⋯⋯心中不禁升起酸澀之苦，待到進了父親房裡，侍女們正在跟前伺候著，而他，已是垂老遲暮、兩鬢銀白。

見到姬仁宣來了，姬牧弈想要從榻上起身，卻無力支撐，妻子王嬬趕忙扶住他，圍在身側的侍女恭敬的退去了一旁，南葵便是在這時緩緩的走向了她的雙親。

縱然她面容已改，早已不再是當日的姬氏南葵，可深愛女兒的雙親，又怎會識不出她的本來面目呢？這一現身，便令母親幾欲喜極而泣，她雖不敢置信，卻還是欣喜若狂的將南葵打量一番，撫摸她的臉頰、眉眼、肩膀⋯⋯直念是她的女兒，是女兒安然無恙的回來了！

旁頭的侍女們一頭霧水，她們自然是認不出南葵的，姬仁宣想著節外生枝不算為妙，便趕忙將她們遣了出去，再去關好房門，讓南葵一家三口盡享重逢之喜。

待到思念全部訴盡，母親擦拭著眼角淚水，只管沉浸在失而復得的歡喜之中。南葵並沒有將全部實情道出，想來她是已死之人，自當不願讓父母再承受一次失去她的悲痛，便只道日後還要回去崑崙山腳下，因與崑崙聖姑有過約定，故不能在塵世逗留許久。

聽及聖姑二字，姬牧弈略有片刻的恍然，醒神之後，他擺了擺手，又對妻子和姬仁宣說道：「你們先去堂內叮囑侍女準備些飯食吧！我有話要和葵兒單獨說。」

妻子與姬仁宣彼此交換了一個眼神，又都深深的望了一眼南葵，然後便一同離開了。

夜色極深，萬籟俱寂，此時已經是四更天了，姬牧弈咳起來，他趕忙拿出帕子，有血咳在上面，浸紅了蘇繡織成的白布。南葵神色驚慌，姬牧弈要她什麼也都不必說，他知道自己的身體是什麼狀況。

「許是毒性在體內留下的殘餘……」說到此處，姬牧弈不由歎道，「想我姬家業曾是朝中重臣，當年也是與國君身旁的心腹平分秋色。盛世美名、榮華富貴自是不在話下，卻還是鬥不過旁人的暗算。」

南葵察覺到父親話語中的憤慨又懊悔，不禁詫異道：「父親竟知這是遭人暗算？」

姬牧弈點點頭，抬起略顯渾濁的眸子望向南葵：「葵兒，你是心孝的孩子，冒死前往崑崙尋藥，也有我當年攀上崑崙雪山的視死如歸，可你卻比我要重情重義的多。當年，我是為了保命；而你，卻是為了救父。想來你我性情極像，總歸不適合在爾虞我詐裡生存。但你如今選擇義無反顧的回來，定是為了解開心中所有的謎團，為父並不想你深陷危險，也不願你被捲入重重迷霧之中。」

「原來父親早已知這其中有詐，只是……」南葵握緊雙拳，問道，「在父親心中，這狠辣歹毒之人可有眉目？」姬牧弈父親像是回憶起了年輕時的景象，想起他二十餘歲時，也曾被冊封為二品朝臣，又因一樁意外之事而不得已逃離宮廷，以尋到崑崙神鐵來換取日後安寧。

「為父本是痛恨宦海沉浮的，可當年，國君懇求於我，為父也不得不做。」姬牧弈憶道，「那日，我挑選出了貢品，我還記得她是小常村打鐵匠楊氏的么女，生得甚美，是一等一的美人。她爹為了五十兩銀子便把她賣了過來，她才十五歲，哭得厲害，我同情她，便打算偷偷放走她，可是……卻被辜嶠發現了。」講到這裡，姬牧弈露出了惋惜神色，「可惜了，楊氏那日過於驚恐，又不願把我供出，便還是被辜嶠押進了長城的磚瓦中做了貢品，被活活封在牆裡。」

南葵震驚的蹙起了眉：「作為貢品，便是被砌進牆中成為長城的血肉不成？」

姬牧弈長嘆一聲：「帝師提議之舉，自有其圓說的理由。若想建造一座巍峨、壯麗，並抵禦外襲的城牆，必然要以活人的身體來獻祭。一旦城牆具有脈動，才會彰顯靈性，自然可以保佑國家風調雨順、盛世太平了。」

南葵縮緊了瞳孔，她彷彿看到燭臺的火苗被忽來的夜風吹得搖搖欲墜、奄奄一息：「簡直是無稽之談……」

「為父便是因此而堅定了辭官的想法。」姬牧弈說罷，轉眼看出南葵的眼中有恨意，便叮嚀她道，「葵兒，這些我本不該告知於你的，想來焰國之大，霍亂叢生，這些陋習都是根深蒂固的，絕非一己之力能夠改變，我知你正直純善，但為父已遭人暗算，你也死裡逃生，更是不可再輕舉妄動。不然，你我父女豈不是白白浪費了這番劫後餘生的重逢？」

南葵認真的聽著這些，她的表情也逐漸由憤怒變得沉靜，最終低聲道：「父親放心——我早已不是從前的姬南葵了，自是不會再任由他人擺布。我此次回來，是打算為父親、為自己、為磨難中的生者、死者，都要討回一個公道。山河與疆土皆是萬眾子民共有的，無論是一國之君，抑或是朝中重臣，都不該肆意踐踏百姓的性命。我自當會量力而行，究竟是盛世還是亂世，都不該只由一人去做主、去斷定，只要還有百姓餓死在角落與邊境，這世道便不是好的世道。」

窗外雪大如毛，姬牧弈聽著女兒南葵的一番話，心中既有震撼也有動容，可更多，依然還是懼怕。但他從不會阻攔女兒的任何決定，想必她的確是變了，變得更為堅定勇敢、更為博愛寬宏，所以，無論最終結果如何，他都該選擇支持她在自己棋盤上的每一步落子。

於是，他伸出手，贊同般拍了拍南葵的手背，南葵回望父親的眼睛，露出了一個感激的笑容。

隨後，南葵站起身，是時候離開了。而她離去的背影固然纖弱，卻也像一隻金色的大鳥，攜著滿身聖潔璀璨的光華，竟是要義無反顧的投身去那深淵般的汙濁黑暗之中。

已是四更天了。

伴隨著呼嘯的大雪，冰雨如利刃般落下。南葵並未告知姬仁宣自己的去向，在她離開姬府之後，便冒著雨雪前往邊境長城。駿馬奔騰在靜謐深沉的夜色山林裡，馬蹄踏在雨地中發出急促又震耳的聲響。

冷酷無情的雨雪打濕了她的衣襟。

「籲——」

南葵突然勒住韁繩，停靠下來仔細打量四周。即便風雪雨水模糊了視線，可這周遭景色她此前必定是見過的，她立即知道自己是在兜圈子。

南葵心中有疑慮，抬起頭望著夜空，烏雲遮住了殘月，又一點點移

開，露出了鮮紅如血的光亮。

是天狗食月。

書中曾有記載：又西三百里，曰陰山。濁浴之水出焉，而南流注於番則，其中多文貝。有獸焉，其狀如狸而白首，名曰天狗，其音如榴榴，可以禦凶。

南葵瞇了瞇眼，她知道，一旦出現天狗食月的情形，腰間的迴廊彎刀就會將她拉進上一次的夢魘之中，雖然時間很短，待到天狗吃完月亮就會結束，可卻為南葵創造了一個絕佳的機會。而天狗不僅會吃掉月亮，連同私下逃竄的妖魔鬼怪、魑魅魍魎也會一併吞入腹裡，所以南葵周遭的景象在頃刻間就陷入了無盡的黑暗中。

待她重新回過頭，發現雨雪之中站著一個身形清瘦的人影。他穿著金袍，正凝望著書房牆壁上懸掛的浩瀚山河圖，是身在皇宮的國君。迴廊彎刀不僅將南葵帶進了國君的夢中，還將他假寐之前的景象也一併呈給她看。

南葵不能耽擱，翻身下馬的瞬間，馬匹在夢裡就幻化成了一股清煙消散，她踏著嫋嫋煙霧走向國君，隨即化作了一名蒙面道姑的模樣。

國君察覺到外人闖進來，轉身去看，只見氣韻不凡的道姑站在他面前，一上來竟是當頭怪罪他道：「焰國君主，這場連下數日的大雪，是上天降罪於你的責罰。到了今日，你可知罪？」

國君的眼神極為冷銳，似一口深不見底的幽井，他語氣輕蔑道：「好大的膽子，你一個小小道姑，也敢同寡人這般說話？不怕身首異處嗎？」

道姑不急不惱，只一揮水袖，將多年前焰國的悲苦景象變幻而出，字字珠璣道：「二十餘年前，你曾因那一個獎勵生子的政策，導致不計其數的女嬰喪命，促使哀怨叢生，繼而導致冥府裡多出了哀怨悽楚的悲鳴，此等罪孽滔天之舉，已然影響到了人間的平衡，自是需要國君以血罰罪。」

第二十五節

　　這話令國君略有一怔，他思慮著那場有關獎勵生子的大肆推廣之政，也知前前後後有過許多反對的聲音，若說有人為其流血成河，自是不在話下，畢竟新政出現的最初，百姓們都不會安安分分的接受。

　　可要說因此而害了不計其數的女嬰喪命，又導致哀怨悲鳴禍亂人間平衡，倒有些無中生有了。他身為一國之君，並未使用強權去推行此番政策的實施，百姓皆是自願加入生子之行中，故此，他又如何會成了迫害女嬰的罪魁禍首呢？

　　但道姑幻化而出的煉獄景象，的確是歷歷在目的真實，也不容他做絲毫狡辯了。且數十年前，他曾聽聞父皇自斷兩指，寫下「國恥」二字，留給子孫後代做警鐘長鳴，如今換成他，也是一樣可以義無反顧。

　　不過是幾滴血罷了，又有何妨？

　　更何況，他今日應她割指滴血，並非是為了贖罪，而是要她明白，區區幾滴血液是不足以平復任何罪與孽的，人死不能復生，歷史不可改寫。

　　他便摘下腰間的一塊玉佩，稍一用力，掰成兩半，再以尖銳的裂痕處劃破指肚，就在那道姑的面前，他將指尖留出的血液滴在黑暗的地面。

　　一滴、兩滴、三滴……墜落的血液在瞬間凝固，聚成了一顆極小卻晶瑩的赤色紅珠。

　　那紅珠緩緩的移到半空中，當即便被道姑收進了自己的手掌裡。

　　國君的血液凝聚在她的掌中，她一轉手，將那血抹在了迴廊彎刀的刀刃上頭。

　　剎那間，彎刀金光四散，周遭的黑暗皆被鮮血中的記憶吞噬，鋪天蓋地襲向她的，是不可一世的國君的過去。

　　九州大陸，百年動盪，焰國從弱小到強大之前，已是經歷了無數次的分分合合、合合分分。稍微年長一些的老人回想當初，也會稱年輕時期的國君是個傳奇，然而，他們只認為而立年歲之前的國君，才配叫作傳奇。

的確，沾染著鮮血、殺伐、紙醉金迷與亂世跌宕的國君記憶布滿了風華，著實令人感到光陸流離、沉迷深陷。國君少年稱帝，弱冠之時，便已建立功業、接受重臣朝拜，似是一位無往不利的國君。

　　如果沒有林女那件傷心事在前，乳名為阿焰的國君的一生，將可媲美「無暇」二字。想來他原本的雄心壯志，從未被金戈鐵馬磨成斷壁殘垣，反而被軟玉溫床損去了美質。索性世人不知此番肝腸寸斷的糾葛，便也不必為其而感到唏噓。至於後話，在阿焰登基稱帝之後，自是開始了他彰顯野心的一連串改革，修運河、建皇宮、築長城……，大興土木、荒廢耕地，這期間也浪費了大把大把的真金白銀，一度令朝中重臣怨聲載道、奏摺漫天。

　　曾經的遺老德高望重，對年輕的國君充滿質疑，正所謂主少國疑，大臣未附，也乃人之常情。然而，當年鼎立於九州的三個強國，已基本形成了穩定局面，其他周邊小國如星羅棋布，且眾多國家的國力已瀕臨極限，故不願再戰。想來那個時候，焰國上下一齊諫言趁勢攻打其他小國，企圖再吞併疆土。可真正的國君的權威並不只是下達戰令，更需要知悉與控制自己、臣子的野心，即便他過於年輕，卻也深知休養生息對於一個尚未紮根結實的國家來說有多重要，於是在停戰的第一年時間裡，他著手修建起了運河。

　　在他國以獎勵農耕為國策之際，國君修建運河的舉動，令朝臣與百姓都覺得荒唐可笑，且耗費了過多的人力、財力，令眾人紛紛將昏君的名號，扣在了他的加冕之冠上。

　　遙想酷暑炎熱之時，他不顧一切反對，率領二百萬子民開鑿起了運河的源頭，勞死工匠無數，一度給民眾帶來深重災難。據參與當年修建運河的老者回憶，只道那時正逢旱災，雖國泰民安，卻水源難尋，少數人願日夜挖掘、為國捐軀，只因他們相信那「昏庸」的國君會為他們的妻子、兒女帶去更為純粹的盛世。

　　誠然，他們是少之又少能夠理解國君內心打算的群體，想來修建運河，也的確是國君默默為國籌畫的豪舉。在那個群雄逐鹿、朝不保夕的時期，強國要想穩住根基，必要有三大不可或缺的法寶。

　　一是充足的物質供應，以此來建立牢固的經濟基礎；二是要將朝廷之

令以最快的速度傳去四面八方，以此來強化集權統治；三是要有能夠迅速調遣軍隊、軍需物品的途徑，目的是鎮壓地方叛亂。而能夠同時實現這些的，便只有可以衝破千山阻隔的水上運河。

山川河流，日月風雨，焰國的大運河是一條可以貫穿幽冥忘川的水路，它耗盡了二百萬子民的性命與鮮血，花費了幾萬噸的金銀珠玉，耗時一年零四十一天，最終成了長一千多千米、寬四十步的，可以隔斷陰陽、生死的巨大深淵，沿著焰國的疆土一路向高處奔流，彙集了亡靈的夢魘，鑄成了千秋的偉業。

這條運河，成了焰國的生命之線。它將南北兩城與中心經濟區都連在一起，使以南雀城為核心的焰國，徹徹底底成了一個緊密的整體。

只是，當百姓們感嘆並折服於國君的功績之時，他卻帶領皇親國戚、妃嬪女眷，在流滿了工人血液的運河之上遊玩御舟。不僅如此，國君還命宮人修建了千百艘樓船，高約四十尺、長二百餘尺，上重有正殿、內殿，飾以珠玉，滿目琳琅。還要召集數千名畫師為船舟繪彩描圖，船身上頭是朱鳥、蒼螭、白虎、玄武……等等。且妃嬪們的脂粉溢滿了河水，香氣刺鼻，汙了水源。而這般旌旗剩風帆、照耀川陸，騎兵又要在兩岸護送，便蹄聲隆隆，倒也驗證了國君驕奢無度的惡名，由此一來，自是令街市巷角充斥著連連罵聲。

自那之後，民間皆道國君驕奢淫逸、勞民傷財，其大肆揮霍也加劇了民眾的稅收負擔，運河壯舉反而成了「諸惡之端」。

就在焰國君主醉生夢死之際，其他同齊鼎立的兩國，已然滋生起了虎視眈眈之意。他們都想趁此機會攻破焰國，便可打破三國鼎立的共存局面。一統九州從來都是帝王將相的魂牽夢縈，在所有人都認定焰國氣數已盡之時，沉迷與驕奢之中的國君，卻在暗地裡建起了長城。

就在焰國的邊境地帶，就在那富強二國將心思集中在如何密謀剷除焰國的時候，那看似昏庸的國君，早已部署起了可遮天蔽日的天羅地網。

長城萬里，可抵禦外辱，也可抵禦蠻夷，待到旁人意識到的時候，城已修出了萬餘里，盡可能的將敵人擋在了焰國的城門之外。

便是在這段臥薪嚐膽的時日裡，國君命大將軍虞陶做好了出征彌國的準備。

想來在世人眼中，國君輕薄寡德；於群臣看來，國君喜怒無常。多年來，他總是專寵權貴之女，惹得一眾妃嬪不滿，於是深受獨寵的妃嬪總會鬱鬱而終，抑或是暴斃而亡，大抵是遭到後宮眾女的聯合迫害。而一旦專寵的貴妃死了，她的家族在朝中也會逐漸沒落衰退，取而代之的是虞陶的親信，也有帝師的心腹。國君這等鈍刀割肉般的隱忍做法極其狠辣，很快就剷除了反對他的遺老陣容，豐滿了他自身羽翼，使得中央集權到達了如日中天的局勢。

　　儘管多年來，另外的兩大強國是國君的眼中釘、肉中刺，可外戚之爭才是更為岌岌可危的水火之勢。且出征彌國之舉，便是國君打算培育新人良將的開端。虞陶已過而立之年，雖正值壯年，可總會老去，天下統一仍需數十載，更是需要培育出能夠順應朝代變更的新帥。正所謂千軍易得，良將難求，所以當務之急，便是將遠在彌國的外戚異己剷除。

　　想當年，國君曾為了與南國蠻夷建立友好外交，把族妹嫁予彌國太子，如今子嗣已誕，又被其他兩個強國視為可以威脅國君的籌碼，才令孤高的國君起了殺心。

　　若彌國肯藉機歸順，自可免去一死，納為焰國城池便是。但當今彌君與焰國的情誼，早已隨著母親去世而消亡，國雖小，也不願成為他國之城。國君也終於明白，這外戚心不與他一處，若久留下去，無疑是縱虎歸山，一旦被另外兩國收買去了，怕是會對焰國有所不利。

　　且就國君上演昏君戲碼之時，啟國便已派出親使多次前往彌國結盟，啟君深知國君與彌國的外戚血緣，自是未懷好意。可國君是何等人物，早已是獲知了風聲，索性將計就計，再使出絕妙連環計，請君入甕，借刀殺人。

　　於是虞陶才會帶兵前去彌國，為的是來一次斬草除根，哪怕對方國君是焰國的外戚，也絲毫不足以令國君手下留情。

　　然而，那一次出征並未令國君與虞陶滿意，失敗的結局為之後的戰亂奠定了不好的兆頭。除此之外，還有另外一件奇異之事，極為匪夷所思。

　　那是停戰的第七年，焰國國力已經突飛猛進，內外皆已走上正軌，國君雖然對彌國的存在耿耿於懷，卻也知道更為緊要的是抵禦日漸崛起的北方蠻夷。且焰國北境名為「崮」的城池與北方蠻夷接壤，男女通婚，

血脈雜亂，且崗的子民已逐漸被蠻夷同化，日常用語不再使用焰國語言，連貨幣也以蠻夷的銅幣為主。

在國君登基初期，是將崗作為塞外的邊境城池來對待的，他從未重視過崗，自然也不會去為難那座小城。只不過隨著時間流逝，長城的修建也接近了尾聲，崗的重要性開始日益凸顯。它人口極少，但是最原始的焰國皇室血脈的根源地，所以可以控制著北方蠻夷。

崗城內有自己的族長，多為蛟族，其人通體雪白，男善舞、女善歌，是異常美貌的族群，故而成為大量北方蠻夷求親的對象，且蛟族女子少，甚至還可以一妻多夫制，是與焰國內部大相迥異的母系族群。

國君知道蛟族族長的話語權要高於北方蠻夷部落的大君，唯有收回崗城的心，才是平復北方蠻夷最為重要的一步。

將蛟族族長的女兒納為後宮之妃，已是極高的殊榮，可入宮之後，蛟人無法適應遠離崗城的水土，時常大病，令蛟族族長極為不滿。國君是不願傷了和氣的，畢竟北方蠻夷是眼下最大的燙手山芋。他們野蠻粗俗，常年在馬背上行走，毫無仁義之禮可言，時常搶奪邊境一代的牛羊、糧食，即便派兵鎮壓，那群野獸一般的蠻夷也只是調轉山頭，待到士兵撤退，他們又會捲土重來，燒殺掠奪、踐踏莊稼，可謂是無惡不作，且毫無廉恥可言。

國君也曾想對其用兵，然而崗城與接壤蠻夷的通婚已演變成了密不可分的關係，若是剷除北方蠻夷，崗城日後勢必會成為焰國的後顧之憂；若一不做二不休，連崗城一併滅掉，只怕是會對國內造成動盪之勢。

便是在此內憂外患的節點，蛟族嬪妃有了身孕。如此一來，國君與蛟族族長之間便有了血脈聯繫。又逢來年生產前夕，正值清明時節，國君凝望花園中一片翠綠繁茂，不由想到民間有句話：「清明時節人找鬼，中元時節鬼找人。」按時間來論，春祭主祭祖者上半年的運勢，秋祭主祭祖者下半年的運勢。

從前曾有位道士在先皇祭祖時說過，萬物生命的天道輪轉裡，每個人都是靈魂的寄主。已離世的人肉體雖已消亡，但靈魂還在，謂其是命魂不滅。人死後，靈魂會再經輪迴，但這個等待的過程可能會持續很久，也許是十幾年或幾十年，甚至更長的時間，而在此之前，他們就會一直在鬼魂

的狀態中苦苦等待。

有的在生人的家裡逗留，能看見自己親人的一舉一動；有的到處遊蕩，成了孤魂野鬼，過著更為淒慘的日子。這時，若是親人為他們做焰口超渡或者攝召之後聽經聞法，孤魂野鬼便就能夠得到天尊和神仙的慈悲指引，從而擺脫鬼魂的狀態，走向更光明處。

在等待輪迴的日子裡，他們和活著的凡人一樣，都希望活著的親人能給他們一些食糧，更盼望著能給他們送來錢財。

即使再入輪迴，其命魂是依舊不變的，後人的香火及祭祀，先人的命魂依然可以接收到，從而有了最直觀的變化，那就是香火得以延續。歷代宗親的超渡與否、安穩與否，直接決定了這個家族後代的發展軌跡，以及承負果報。

人有三魂，胎光主命，死之後魂回太和；爽靈主貴，死後魂歸五嶽陰間；幽精主衰，死後魂歸水府。且人死後三魂七魄中只有一魂去投胎，所以，祭祀對於逝去的親人、在世的家人有著非常重要的意義。也就是說，逝去的宗親血脈，無論是否已經踏入輪迴之路，都能接收到祭祀和供養的資訊。

剛想到此處，殿內便傳來眾人驚慌失措的尖叫聲，國君循聲回過身去，只見雙手染血的侍女紛紛跑了出來，其中有一人見到國君，當即跪下，倉皇的囁嚅道：「娘娘血崩……皇子……也未能保得住。」

她自然不是他最寵愛的妃子，甚至不足以令他感到愉悅，而今她死了，連同那本可以與之建立血脈關聯的子嗣，也一併與她同去，就如同是天意一般。國君深知，與崮城之間的糾葛，已然是刻不容緩。

誠然，崮城是至關重要的要塞，可保焰國內城不受北方蠻夷侵擾。但是千百年來，崮城都被氏族盤踞，城中之人無須受命於國君，而是聽從族長的指令，且城中也有軍隊，雖不足萬人，卻依舊精良。有傳言說，崮城男子除去能歌善舞，還有怪力傍身，一人可敵百人，是驍勇善戰的氏族，單憑這一點，已然令國君心有不安。

而蛟族族長聽聞女兒死訊後，把怨恨與怪罪都推賴到了國君身上，認為是昏庸的國君沒有將自己的女兒照顧周全，他定要為女兒討回個公道才是。便是因此，朝中與崮城的關係更為惡劣，戰爭隨時將會爆發，國君必

要先發制人才能保全局勢的平穩。眼下的確是水深火熱，國君的心腹唯虞陶與辜嶠一文一武，他是極度信任虞陶的，也知那二人向來不合，可他深夜召見辜嶠獨自前來，卻不是為了化解朝臣之間的矛盾，而是為了一場不動聲色的試探。

那夜，大雨滂沱而下，辜嶠的馬車停在國君寢宮之外，藏青車簾被暴雨打得濕漉漉的。宮牆裡的琉璃燈被狂風打滅，內罩都刮破了，電閃雷鳴嚇壞了去關窗的守夜侍女，連花枝都被狂風壓得折了腰。

而暗寂空曠的書房外，辜嶠正靜默的站在逆光處等待著，直到木門被推開的「吱呀」聲響起，他才抬起眼，見國君從書房內徐徐走出，喚了他一聲「臺輔。」

辜嶠頷首致意：「陛下。」

國君向他點了點頭，而後轉回身去，辜嶠恭敬的跟隨他一同走進了書房。

多年來，唯有虞、辜二人可出入國君的書房，甚至他二人也學會了在此處親手為國君煮茗。今夜逢雨，本是寒涼，國君取出珍藏的一餅好茶，遞向辜嶠道：「晝短苦夜長，寡人想著與其孤單賞雨，不如邀人來一同試茶，不知臺輔可有此雅興？」

辜嶠接過茶餅，微微躬著身退去一旁，在老位置找到平日裡的紫木茶壺，一邊熟練的溫起熱水，一邊答道：「陛下能記掛著微臣，自是微臣的福分。」

這偌大的書房內只有他君臣二人，燭光昏黃，映著彼此的輪廓與心思。明明都已心知肚明，卻又都試探般的高談闊論著無關瑣事，直到談起了年少時的光景，國君忽而話鋒一轉，道：「十餘年前，你與寡人皆是意氣風發，然而想起那時，始終有一事令寡人對臺輔心懷有愧。」

辜嶠握著茶盞的手輕動了動，他不敢沉默太久，便催促著自己去問：「微臣惶恐，卻不知陛下所言何事？」

「臺輔那時不過二十出頭的年歲，正值風華正茂之際，偏生被寡人派去艱苦的邊境一帶體察民情，其環境惡劣寡人也是知道的。索性……臺輔在那崮城與愛妻喜結連理，也全當是寡人促成了一樁美事。」

辜嶠眼中的光亮黯了下去，手指一顫，茶水從盞內漾出了幾滴，濺在

手背，略有熾熱。

國君不動聲色的打量著他的表情，沉聲繼續道：「如此說來，臺輔的愛妻近來可好？崮城蛟族的口音極為繁複，與焰國內陸大有不同，不知這麼多年過去，她的鄉音可有過絲毫的改變？」

「承蒙陛下關懷。」辜崎抬起眼，望向國君，眼角處掛著的笑意極為勉強，「小君多年來努力學習內陸語言，如今已與內陸人別無差別了。」

國君似笑非笑道：「既是崮城氏族長女，又怎可同內陸女子同日而語？寡人深知臺輔的愛妻美豔絕倫，怕是連後宮佳麗在她的面前都要遜色幾分，且她出身高貴，背靠蛟族氏族，實在是臺輔與焰國共同的福澤。」

辜崎緊抿著嘴唇，面色逐漸變得蒼白，他緩緩的將茶盞放去一旁的案桌上頭，而後掀起長袍，當即跪在國君面前，義正辭嚴道：「陛下，微臣從未有分毫欺瞞之心，更是從未忘記過本職身分，即便微臣娶妻蛟族，可微臣絕不會有半點偏袒崮城的意圖，倘若陛下對微臣心有疑慮，那微臣今日便以死明志。」說罷，他心下一橫，欲抽出腰間佩劍，國君適時抬起手，制止了他。

「臺輔這又是何必，實在是言重了。」國君轉手端過自己的茶盞，湊近嘴邊輕輕喝下一口，又道，「你輔佐寡人多年，向來都是鞠躬盡瘁、矢忠不二，寡人又怎會懷疑你的忠心呢？只不過……」

這三字一轉，辜崎的心口更是一緊，他雖伴於國君身側數年，可國君喜怒無常，令他始終都猜不透其心思。而今日召見，他早已料到會與妻子一事有關。的確，妻子是崮城蛟族人，她的身分令國君產生懷疑他的態度也是人之常情，可像國君這樣的天選之人，又怎會單憑他的表態就泯滅自己的疑慮呢？

「只不過，與崮城之間的戰事，已是不可避免。」國君似有若無的低嘆一聲，「寡人是不能夠失去臺輔的，你與虞大將軍是寡人的左右臂膀，若是沒了其中任何一個，寡人都將是沒了利牙的病龍，再無一統山河之力。所以寡人也怕臺輔會優柔寡斷，被兒女情長亂了陣腳，你與妻子向來恩愛，又如何不會看在她的情面上放崮城一馬？」

辜崎堅決道：「微臣一向公私分明，絕不會將情感帶入效忠家國之中，如果陛下還是不信微臣，微臣擇日便將妻兒送往焰國境外，既不讓他

們知曉此事，也不會令他們有任何言語上的閃失。」

國君聽見這話，眼裡的期許在瞬間落空了。他默然許久，在這夜深雨涼，萬籟俱寂的黑暗裡，呼吸彷彿已凝固成冰，醜惡與猜疑似蟒蛇的信子一般纏繞著君臣二人。

國君想到的是，這擁有謀略與文才的帝師若是背叛於國家，後果將會不堪設想；而臣子心中在意的，卻只有十餘年前，臨水軒榭上，船舟在碼頭旁剛剛停靠，撥開船身紗幕的妙齡少女踏出一隻繡花蝴蝶鞋履，裙擺上的錦繡絢爛如芒，朦朦朧朧的朝霧之中，她抬眼時的流光如美玉閃耀，令他再移不開視線。

王要天下，臣愛卿卿，這君臣早已背道而馳，卻又不肯放過彼此。

而到了如今，臣已知王對自己的信任不再如初，或許從他攜著妻子回到焰國內陸時，這份本是堅不可摧的君臣之情便已搖搖欲墜。眼下，更是支離破碎了，一面是家國道義，一面是長情誓約，他本想再尋一兩全之計，怎奈國君忽然冷漠令他道：「臺輔，你的心意寡人已是明瞭，今夜就聊到這裡，臺輔且回吧！」

辜嶠一怔，抬起頭來，國君已然從椅子上離開，他便鎖緊眉頭，恭敬的道了一聲遵命，而後起身，退了出去。

雨幕未停，馬車在暗夜中似虛幻圖騰，辜嶠並未撐傘，淋著雨上了馬車，衣襟已被打得濕透，他命僕人速速駕馬回府。

車輪快速駛動起來，辜嶠忽聞異樣，敏銳的撩開車簾一角，只見不遠處有一匹黑色的馬駒向國君的殿堂走去，馬背上的身影幾乎融進了黑夜，唯有盔甲上的冷芒刺痛眼睛。

是虞陶。

辜嶠放下車簾，他的心也一併沉了下去，必須盡快將妻兒送去更為安全的地方……在人間煉獄還未到來之前。

想來紅塵宦海，無非是「宏圖霸業」四字令無數英雄折腰，一朝踏上此路，成者王侯敗者寇，再是無法回頭。而辜嶠自幼時開始，便在焰國最為荒蠻的外郊地帶生存，他雖不是蛟族，也不是蠻夷，卻因父輩的窮困潦倒而見證了太多的顛沛與流離。戰爭帶來的除了殺戮，便只剩下悲楚，他立志脫離底層，更盼望著家國，結束那仿若永無止境的亂世爭局。許是

皇天不負有心人，年少時期，他因拜得名師而一路平步青雲，終是獲得帝師之位，滿腔熱血只為忠心報國。

只是，每每凝望在戰後分割利益、土地、女人等一切戰利品的貴族時，他的心中總是會有種種念頭百轉千迴。

難道這便是他夢寐以求的盛世？難道結束戰爭的，始終都只有戰爭本身？難道必要踏著萬士枯骨、踩著生死屠戮，才能從血海裡解脫，一步步走向真正的和平嗎？

沒人能夠給他想要的答案，即便是當年承諾過要建立太平盛世的國君，也不曾再提及過那時的誓言。

一切就彷彿只剩下他在孤勇的死守，唯有他，還不肯放棄心底深處的鏡花水月。而如今看向整理行囊的妻子，他更是心緒複雜，自責與愧疚皆令他難以言表，直到妻子察覺到他的困慮，安慰他道：「我也曾想過，倘若一切重來，我願做崮城氏族深閨中的柔弱女子，像我母親、姊姊與其他女眷那般，安度平淡的一生，還是依然願意義無反顧離開我生長的故土，和你來到未知安危的焰國內陸呢？沒人知道重來之後的結局，只因你我都是塵世中的凡人，而凡人又如何能主宰眾生、掌控萬物呢？就算來到人世的結局只有一個，永不能改寫，可那依然不是任何人的過錯，無人能預料明天，凡人不能，或許即便是仙人也是不能。既是如此，你我便都無須再為此而煩憂了。」

辜嶠默然垂首，妻子的纖手撫上他的臉頰，他的手掌很快便覆上她的手背，緊緊的握住，二人沉默的依偎，像是在珍惜這份很快便會成為來之不易的溫存。下一秒，辜嶠眼神凌冽，他神色凝重，鬆開妻子的手朝門外走去，夜色之中有三名將士跪拜，為首的男子向辜嶠行禮道：「屬下來遲，令臺輔與夫人久候，還請臺輔降罪！」

辜嶠卻親自扶起為首將領，又忽聞廂房傳來聲響，是乳母牽著剛滿總角之齡的辜振鷺走了出來，由於夜深露重，辜振鷺已然睡眼惺忪，正神智不清的揉搓著眼睛。辜嶠見狀自是心疼，卻也知時間不容耽擱，便催促著妻子帶著辜振鷺隨同將領離開，幾人趁夜坐上了早已在府外準備好的馬車，乳母與辜振鷺先行坐了上去，妻子在臨走之前，又戀戀不捨的看向了辜嶠。

二人久久相視凝望，似有千言萬語要訴，半晌過去，辜嶠走上前來牽過妻子的手，扶著她坐進了馬車裡。

　　馬夫揮鞭架馬，妻子卻遲遲不肯鬆開辜嶠，是將領不得不扯開他們之間相握著的手，並低聲叮囑道：「夫人，再不走的話，城門就要封上了！」

　　今夜子時將會封城，雖不知國君究竟有何打算，但這的確是少數朝中內部人才會得知的消息。必要趁勢離開了，辜嶠不得不放開了妻子，偏生辜振鷺在這時意識到了不安，挽留般的喚道：「爹爹！」

　　乳母趕快摀住小少爺的嘴，不敢讓他驚擾了旁人，免得節外生枝。

　　馬車便在辜嶠心如刀絞的悲痛之中駛去了遠處，他想著，暫且將妻兒安頓在舊友姬氏身在他國的遠親府中，必要比留在焰國安全百倍。

第二十六節

　　焰國封城三日後，便有流言蜚語傳都了邊境蠻夷耳中。北方主公且是不信，便又派了耳目去打探南雀城中的內幕，幾次下來，都是一模一樣並真真切切的事實——國君害了重病，許是時日無多。封城是為了緊鎖消息，以免被虎視眈眈的列國乘虛而入。

　　可對於獲得此訊的北方蠻夷主公來說，實乃百年難遇的天大喜事，這也代表，他終於等到了入侵南雀城的良機。只是，他的軍師懷疑有詐，便提議主公只帶半數人馬偷襲南雀內城，他與餘下軍隊守在崗城後方等候訊號。若是陷入困境，潛入內城的人可迅速點燃狼煙，城外的援兵會立即趕入進行援救。

　　蠻夷主公心覺這樣穩妥，精選出五千人馬，於隔日子時整裝待發，先派一百死士炸開焰國外城的城門，待一路攻破南雀城門後，直衝入皇城方向，欲在最短的時間內，將病重的國君與其皇族宗室一併殲滅。然而在殺到皇宮內院時，路上除去稀稀疏疏的侍女與侍衛之外，再沒見到任何兵士。

　　堂堂焰國宮殿，竟沒有御軍層層把守？正當蠻夷主公心存疑慮之際，忽有大批焰軍在他等身後吹響了戰鬥號角，緊接著便是來自四面八方的圍攻，帶兵的首領，正是那被傳言病重的國君。他騎在高馬之上，身穿赫赫鎧甲，手持鋒利長劍，神情冷酷，眼寒如冰，他沉聲下令，只一個「殺」字，便已有重如山巔的威儀。

　　刀劍出鞘的聲響劃破長夜，虞陶從國君的身後策馬而出，他在國君的命令下，帶領眾將圍剿自投羅網的北方蠻夷，且是擒賊先擒王，首當其衝，一劍揮下，瞬間便斬斷了那蠻夷主公坐騎的四蹄。

　　驚亂的哀鳴聲長嘯而起，措手不及的蠻夷主公跌落下馬，屬下們見狀不好，救起主公便打算撤退。可部隊被逼退到死角，遭遇前後焰軍合圍，再無退路可逃。走投無路之下，其中一名蠻夷士兵掏出懷中的物品，在倉

皇之中點燃了攜帶在身上的狼煙。嫋嫋煙霧騰空而起，自是傳遞給城外援兵的求救訊號。

國君凝望著直衝雲霄的煙霧，並未有任何焦急之色，反而是笑了，這一切，都在他與虞陶布下的密謀之中進行著。

那日在辜崎離開國君的書房後，虞陶冒雨前來赴約。他見殿內只有自己與國君二人，便知辜崎並未得到國君的信任。誠然，一個有著蛟族妻子的男人，是不配效忠焰國的。

國君也是在那一晚向虞陶闡述了自己的意願——先是借虞陶之口在朝中散播小範圍的封城之說，其後，國君會假扮病重，藉機來令北方蠻夷滋生策反之心。如果他們因此而中計，便是最好不過的了。在這期間，國君會吩咐心腹在暗中進行周全的部署，一旦蠻夷入侵，自會成為甕中之鱉，國君便可借刀殺人、剷除異己。

「此戰是積怨已久，雙方必將不留餘力。末將會安插屬下在崮城後方埋伏，想必北方蠻夷也會考慮到這一計，定會把崮城視作最終的撤退點。待到兩兵交戰之時，末將會派扮成蠻夷的親信快馬加鞭趕去崮城，散播北方蠻夷主公戰死的假訊，加上那群蠻夷必會使用狼煙來發出援救信號，他們駐留在崮城的援兵也一定會信了此訊，如此一來，便會失去理智思考。屆時，埋伏在崮城之外的焰軍可一舉衝進崮城，以逆反之名降罪氏族族長。」

虞陶的手指從疆土上的這一端劃到另一處，眼神黯然，繼續道：「自負清高的氏族族長，絕對不會向焰軍低頭，崮城內也將勢必會血流成河。而一旦開戰，本是用來援救主公的蠻夷援軍，便會與焰軍展開廝殺，既無法戰勝精銳的焰軍，又無法解救被困在內陸的主公。而末將的焰軍在戰勝之後，既可借蠻夷之刀收復有策反之心的崮城，又能藉機震懾餘下願意歸順的蛟族人，自是一石二鳥，坐收漁翁之利。」

「的確是一齣妙計。」說這話的人，並非是國君，而是殿內中央傳來的聲音。

虞陶聞聲，恍惚的抬起頭看去，只見年少模樣的辜崎站在他面前，手持一把綴著青玉穗子的摺扇，無塵白衫如仙如幻，唇邊含著一抹淡然笑意，眼裡還未褪去希望與熱忱，只道：「可是，用來換取短暫和平的，究

竟是生者，還是死者呢？」

「死者從來都是不重要的。」另一個聲音響起，虞陶順勢循望，站在辜嶠身邊的，正是同樣年少的他自己。

那年的他只有十八歲，剛剛加冕成為焰國的大將軍，身穿一副赤金色鎧甲，腰上繫著的是金獸面束帶，領子是紅袍底子，繡著銀葉水紋路，鑲上兩顆雞血石做映襯，下頭穿著天火圖騰的烏皂靴，是雄鹿皮子活剝打磨而成。這一身受國君御賜的行頭自是氣派榮光，以至於他說起話來都平添了幾分傲色。

文武向來不和，就像水火難容，虞陶是不屑辜嶠那套「軟弱」理論的，他傲慢道：「天下平定，盛世安居，一將功成，國君登基，哪一朝、哪一代不是由血流成河、白骨成山換來的？且能夠戰死在沙場之上，也算得上是焰國子民的福分，如果被敵國抓去做了戰俘，那他們將會受盡慘無人道的刑罰，與其生不如死，倒不如死個痛快。說到底，焰國對待敵國的戰俘也一樣會是無情殘酷，那在斬殺敵人之時，也要考慮平等關係不成？難道要對敵人心生憐憫、手下留情不成？」

辜嶠搖頭道：「那是因為從源頭起就是錯誤的，殺戮本身就無法終止殺戮，何況敵對關係本就是相對而言，倘若戰爭消亡，人人相互理解並制約，便不會再存在爭鬥，又談何敵友之分呢？」

虞陶當即否決他道：「只要有人存在，哪怕只剩下半個人，戰爭就永不會消亡。而不想被殺，也只有去緩而慢的吞噬他人才能保全自己。三尺高的陡坎，車子便拉不上去；但百仞高的大山，因為有平緩的斜坡，車子可以一直拉到山頂。以很慢的速度將人處死，要展現這種『慢』，就是一刀一刀去割人身上的肉，直到差不多把肉割盡，才剖腹斷首，使其斃命，這是所謂『千刀萬剮』的凌遲。且要把人活著割，割給其他人來看，造成震懾力，令看到的人心生恐懼，從而才會甘願俯首，這，才是戰爭的本質。而身為劊子手，他知道自己是在殺人，還要盡忠把人殺得好、殺得漂亮。所以，作為一個劊子手，無論是嘴上殺人，還是刀刃殺人，總歸都是進入了其中。即使如此，就要好好遵守規矩，做好自己手裡分內的事情，才是生而為人的本分。」

辜嶠的表情逐漸變得冷漠，儘管他不贊同虞陶的觀點，卻也只是平和

道：「做劊子手的，只是朝廷的一把刀。而任何刑罰，都是統治者做給被統治者看的一場表演。殺雞儆猴中的那一隻雞並不重要，要的是讓看殺雞的猴害怕，害怕了，才會方便管理。殺戮本身是錯誤，因為它缺乏正確的意義，並且歌頌其殘忍，是為了滿足統治者的野心、欲望與執念，還有貪婪。唯有認可那份貪婪的人，才會看不清其中的罪孽。」

虞陶蹙起眉心，反駁道：「何來罪孽？不過是懦弱的說辭罷了。」

「罪孽是貪，是殘，是無畏。」辜嶠感到可悲的嘆息道，「在我還未離開邊境故土時的多年前，曾看到過這樣一番可懼的景象。農戶要殺自家的狗來款待客人，那狗被死死的吊在老樹上哀號。農戶拿著砍刀，沒有絲毫猶豫的對著狗的脖頸捅過去。狗掙扎著躲開，受了傷，滿身是血，但沒死。索性這一刀也把狗脖子上的繩套割開了，狗跌落在地，作勢逃命。然而還沒跑出多遠，農戶便拿著那滴血的砍刀喚起了他的狗，面對那熟悉的呼喚聲，狗搖著尾巴朝農戶跑了過去，繩索便又一次勒住了狗的脖子，這一次，農戶沒有失手。在當晚吃狗的席間，眾人誇讚農戶把這條狗調教得好極了，又紛紛讚歎這狗肉入口即化，自是主人養得好。」

虞陶聽後，神色微變，辜嶠引導般對他繼續說道：「許是世人皆惡，可這種惡絕不會長久持續，除非這個人從未意識到惡的存在。想來幼童時期，我也會在田間捕捉蛙蟲與蜻蜓，把玩膩了之後會將牠們分屍，還會用火去燒蝴蝶與鳥兒，甚至去捧打野雞，卻不會將牠們立刻捧死，反而要看牠們度過一段生不如死的時日。那是我曾經的惡，雖然只維持了極為短暫的時期，可也是罪孽。而當我逐漸增歲之後，開始對萬物與生命都有了共情，便再也不會去作踐任何一個弱小卻無辜的生命。當你可以凌駕在生命之上時，更要去思考手中的刀該不該落下。倘若只是以殺戮為榮，又為何要歷經浴血之路走到今日呢？見慣了殺戮，才最該不喜殺戮。」

虞陶忽覺不耐的質問他道：「你究竟要說什麼？」

辜嶠留下一句：「倘若生命終是要被掠奪、被扼殺，必要賦予其意義，而不是只為了去折磨、去吞噬，人非鬼怪，不該無情。」

難道說死亡變得有意義了，才可去殺人？

難道說，折磨與吞噬生靈，是為了尋找本質的真實與意義？

虞陶始終都無法理解和認可辜嶠，可是，他也不知自己為何會在此時

回想起那段早已被塵封在記憶深處的陳年往事，直到國君喚他道：「那便按照將軍的謀劃去執此戰吧。」

　　虞陶怔了一怔，回過神來，看向身側的國君，竟有一瞬間懷疑起自己的內心，這出妙計，除去將會有不計其數的無辜百姓喪命，還會得到什麼呢？

　　然而不等他找出答案，戰勢已經令他深陷其中。持續到丑時的激戰已然接近尾聲，他的手中提著被誅殺的北方蠻夷主公的頭顱，於焰國皇城之內，他高舉戰利品，惹得一眾焰軍士兵歡呼吶喊。是啊！他到底還是斬下了蠻夷主公的腦袋，比起說服敵人歸順朝廷，還是以暴力去制約來得最快。

　　索性國君也默許他所做的一切，既不能收服，那便殺了也好。他望著滿地的蠻夷屍身，還有被俘的傷兵，那些人臉上的惶恐、畏懼、絕望映在他眼中，使得他本是自豪的表情中，閃過了一絲猶疑。

　　可惜的是那份猶疑並未維持片刻，國君的手拍在他的肩上，代表了一種沉重卻榮耀的許可。他便不再有任何動搖，領會國君的意願後，他只管再次抽出鞘中利劍，命令士兵道：「殺盡戰俘，不留活口。」

　　五更天時，忽降大雪。

　　正在府中練字的辜嶠忽然手腕一抖，字跡便潦草的劃出了一條極長的拖尾，壞了整幅好字。他轉頭望向窗外，發覺鵝毛落雪壓滿了枝椏，寒鴉成群棲息在紅磚瓦上，一股不祥之意撲面而來。他心中不寧，隨意披上一件長衫便走出了屋子。庭院裡忙著掃雪的侍從趕忙為他撐傘，他卻擺手作罷，隻身去馬廄尋了自己的愛馬，翻身上馬時，管家卻阻攔他道：「臺輔今日莫要出門了，想來妖雪驟降，定是不吉之兆，再加上昨夜有蠻夷入侵皇城，御軍在四更天的時候開始挨家挨戶的告知緊鎖房門、切莫外出。眼下，那外頭必定是相當危險，臺輔萬萬不可在這時出行啊！」

　　「蠻夷入侵……」辜嶠斟酌著這話，不由間鎖起眉頭，他思慮片刻，忽覺大事不好，全然不管家奴的擔憂，只管駕馬奔出了府上。

　　他深知這定是國君和虞陶的密謀，早先幾日的封城之舉，便是為了今日而做出的鋪墊。且那二人將身為臺輔的他支開，也是防備於他的證明，而依照那二人的作風，必是設下了斬草除根、永除後患的天羅地網，只為

藉此絕佳良機將北方蠻夷與崮城氏族一併剷除。

　　好一個雙雕計啊！既省去了派兵攻打的強硬戰術，又博得了一個消滅外侵勢力來襲的盛名，國君終是會將不受他掌控的一切眼中釘統統拔掉。索性辜嶠早已料到會是這樣的局面，他早已將妻兒安頓去了城外。而此般時候，他正是要前往那皇宮之內，去親眼見見被焰軍迫害的北方蠻夷慘狀，也算是國君和虞陶增加的又一筆孽障了。

　　只不過，在臨近皇城大門前，辜嶠忽然勒住了馬韁，只因他看到虞陶帶著軍隊，從朱門之內浩浩蕩蕩的衝了出來。

　　從那群士兵的得意神色上能夠看出，入侵皇城內的北方蠻夷大抵都是被殺盡了的，再一抬眼，皇宮內院裡有熊熊濃煙滾滾而出，想必是在燒掉屍體，也好毀屍滅跡。

　　可辜嶠不懂，為何贏了此戰，虞陶還要帶兵出城呢？且城外又出了何等亂子，竟要勞煩虞陶親自出陣？

　　正當辜嶠百思不得其解時，虞陶已然發現了他，便策馬走向他跟前，神情緊繃，語氣不耐的催促他道：「臺輔，此等髒亂之地，可不是你這聖潔之人該來的地方，還是快快回去府上護好你的妻兒吧！」

　　辜嶠敏銳的捕捉到虞陶語氣中的急迫，立即察覺到端倪，不禁問道：「莫非將軍是要帶兵去包抄崮城？就一定要斬盡殺絕嗎？」

　　虞陶的臉色又暗了一層，他冷聲嗤道：「蛟族孽畜理應感謝這場大雪，要不是因此而誤了軍機，他們那一城的男女老少早就身首異處了。偏生眼下……」

　　這話還沒說完，不遠處的城門口便傳來了刀光劍影的廝殺吶喊聲，虞陶與辜嶠皆是一怔，趕忙轉身循望看去，只見北方蠻夷的援兵已經衝進了城內，正與迎戰的焰軍士兵交戰成了一團。

　　原來，埋伏在崮城的焰軍的確在最初殺了蛟族一個措手不及，可蛟族人天生的耐力好，體質也要優於焰國人，且虞陶自信會在短時間裡解決掉入侵皇城內的北方蠻夷，從而再帶兵全去崮城包抄並展開支援。可惜大雪誤事，負責傳令的焰國士兵被困在回到南雀城的路上，以至於虞陶沒有在最佳的時間內，掌握到崮城那頭的戰況，從而耽擱了支援，造成了誤差。

　　而深陷在崮城的焰軍體力不支，再加上本就只派去了三千士卒，所以

才會被破釜沉舟的城內蠻夷突破，雖說是兩敗俱傷，可殘存下來的蠻夷軍隊到底還是攻入了南雀城，且就在虞陶的眼皮子底下。

虞陶自知這番局面是他輕敵造成的後果，也唯有擊敗這剩餘的數千名蠻夷，才能挽回士氣。而這一會兒光景中，南雀城內的百姓已遭到了蠻夷的屠戮，積雪堆裡幾被染紅，屍體遍地、孩童哭號，然混亂之中，忽有一焰軍驚呼道：「有蠻夷在路上挾持而來的人質，眾將小心，莫要傷了他們！」

人質……

聽聞這二字，辜嶠在馬背上直起背脊，遙望前方嗚嗚泱泱的牛車上頭，的確被蠻夷壓制著一車的焰國百姓。他們皆是滿眼的驚慌失措，想必是在從外城探親回來的路上被抓獲的，實在是可憐無辜。

虞陶在這時下令封上前方城門與後方內城城門，為的是將侵入的蠻夷圍困在此處，且不能驚擾到皇城殿內的國君。

天色隱隱放亮，大雪紛飛不止，焰軍吹響了號角，響徹方圓數里，連同大地也在隱隱震動。

當第一縷晨光穿透雲層照耀向素白城邸時，焰國旌旗高高掛起，身著赤金盔甲的虞陶身姿傲岸，他按轡持劍，帶領著將士與北方蠻夷決一死戰。只是，隨著他的身影逐漸接近北方蠻夷，辜嶠卻看到那被蠻夷控制的牛車上，有一抹熟悉的身影。

皚皚雪色，青衫紫黛，她慌亂的眉眼中滲透哀戚，就是那樣一張纖柔嬌麗的容顏躍入辜嶠眼中，頃刻間令他心頭一震，似有千軍萬馬踏過他身般驚恐。

「怎會這樣……」他囈語似的喃喃，「怎偏偏會是這樣……」

而那身影也在循望之中與他四目相對，剎那間，她神色驚喜，可很快又意識到不能暴露身分，便趕忙移開了視線。

辜嶠也知打草驚蛇反而會害了她，只好尋找時機靠近那牛車，好在有數名焰軍士兵心懷柔善，他們一鼓作氣斬斷了牛車的繩索，又拚死與車上的蠻夷搏鬥，這才令那群被作為人質的百姓們紛紛跳下牛車四處逃竄。

她便伺機朝向辜嶠的方向跑去，辜嶠也急迫的策馬前去迎接她，二人之間的距離明明只有短短一段，可奔向彼此的長度卻彷彿永遠也沒有盡

頭。期間又有兩方士兵驚天動地的廝殺，她被濺了滿身的血，辜嶠心急如焚，乾脆翻身下馬，跌跌撞撞的衝向了她。

長風呼嘯，雪大如霰，她終於抓住了他的手，而他也終於能將她整個人抱進懷裡，彷彿劫後餘生那般如獲珍寶。

然而，二人甚至還未來得及說上一句話，她便忽然大叫一聲：「夫君小心！」也不知道是哪裡來的力氣，她一把推開了他，整個人擋去他的身前，一柄長劍劈下來，她的青衫瞬間染成了血紅。

辜嶠眼睜睜看著她的身體墜落下去，那本是要砍向他的刀劍，握在面前的一個蠻夷士兵手中。而周遭意識到危險的焰軍紛紛跑了過來，一邊高喊「保護臺輔」，一邊殘忍的將手中武器揮向那不過十五、六歲上下的蠻夷士兵。

這時，已斬盡百名蠻夷的虞陶抹掉臉上鮮血，他察覺到異樣轉過身形，猛地收緊了瞳孔。

在距離他不足三尺的地方，辜嶠跪坐在染血的積雪中，懷裡抱著的是他奄奄一息的夫人。而他的身後，上演的是將蠻夷士兵砍成肉醬的殘忍屠戮，兩種景象靜默的對比，竟是勝似煉獄慘景。

辜嶠緊緊的握著妻子的手，他的嘴唇顫抖著，卻始終說不出一句話來。妻子幾聲咳嗽後，血液從嘴角不停溢出，她艱難的對他說著最後的話：「振鷺他……他還被我藏在城外的雪地裡……快去找他……快……」

接下來的話，她再說不出口了，而這，就是她最後對他說的話了。

有淚從她眼角滑下，滴進了雪地，轉瞬融化。辜嶠的手撫上她臉頰，他的眼裡流淌出的是從未有過的慌亂，他像是瘋魔了，整個人不受控制的開始吼道：「來人！叫人來！虞陶！打開內城的門！快！」

他甚至來不及去在意那城外雪地中的幼子是生是死，只因這一刻，這一瞬，他的心如同到烈火炙烤，被鈍刀生割，一寸寸的燒，一刀刀的凌遲。

虞陶策馬奔向他的那一刻顯得極為狼狽，也許，虞陶在剎那間預料到了，他所認識的辜嶠也隨著妻子一併死去了，活下來的，只有身為臺輔的帝師罷了。

這場雪下的真是好啊！成全了國君的美名，除去了北方蠻夷這根肉中

刺，也將崮城人口控制到了歷史最低數量。

而參與這場惡戰的國君和虞陶，得到了他們想要得到的一切，偏生，是從最初就並不贊成此舉的辜嶠失去了所有。

夫人就此死去，死在了辜嶠最愛她的時間裡。

月餘之後，國君不計前嫌的將崮城納入焰國內城之中，並改其名諱，更名為「惢城」。想來北方蠻夷就此全軍覆滅，惢城之中又只剩下婦孺病殘，已然是要依靠國君的「施捨」才能存活下去的了。且為了盡快籠絡惢城民心，國君親自冊封死去的蛟族族長年僅七歲幼女為城主，並賞賜她郡主的名號，自是極為諷刺了。可自此之後，惢城上下必要說焰國語言、使用焰國貨幣、執行焰國法律，約莫三五年的光景後，惢城將再也不會留有曾經的歷史痕跡。

而虞陶參與此戰有功，領了大片疆土作為功績，倒是極為風光的。只是，唯有一件事令他苦惱不已──國君命他去登門問候帝師，因辜嶠已經三個月沒有出席早朝了。

猶記得造訪辜府那日，是傍晚時分，虞陶練兵而歸，來不及褪下戰甲，便匆匆去見辜嶠。

僕從將他帶去廂房裡頭，燭光微弱的暗室內，虞陶怕是一生都無法忘記那日所見的辜嶠模樣。

身穿喪服的辜嶠坐在屋子裡頭練字，滿地皆是揉成一團的廢紙，牆上更是如鬼魅之影的潑墨，像極了其內心裡悲苦的心緒。聽聞虞陶來了，他只轉頭看了一眼，卻沒有打招呼。

然而他一張臉瘦如枯竹，眼眶深陷，髮絲凌亂，早已沒有了往日神采，竟勢同鬼相了。

「臺輔。」虞陶回過神，斟酌起了話語，卻也不知該如何寒暄，只好命身後奴僕將國君托他帶來的禮品送了進來。

辜嶠毫不在意，連一句「叩謝皇恩」也懶得啟齒，反而是面無表情道：「陛下派你來，是想看看我還要頹靡多久吧？」

聽聞此言，虞陶不由怒道：「臺輔怎敢以如此大不敬的語氣提及陛下？就算你……」

「就算我死了夫人，也不該如此大逆不道嗎？」他忽然冷笑一聲，

「將軍，你眼下說得對，曾經說得也對，是我過於懦弱了，總是認為殺不可止殺，自是我錯了。這茫茫人世，本就是生靈塗炭，必要以殺戮才能成全殺戮。」

說罷，他又垂眼看向自己寫了無數次的字，統統都是一個「悔」字，便自嘲道：「可惜啊！我明白得太晚了，即便懊悔不已，也只是徒勞。然而，想來是我聰明反被聰明誤，本以為將妻兒送去城外就可逃過一劫，可卻沒想到，妻子因擔心我的安危而偷偷趕回焰國，途中遭遇蠻夷挾持，要不是急中生智，將幼子藏在雪地之中，怕是他也活不到今日了。只是，交戰的那一日，我明明就在夫人身邊，卻什麼都沒有做到，她為了護我而死，死的人應該是我，而不是她。」

虞陶憐憫起此時的辜嶠，可他總歸是不善言辭，能說出口的不過是：「臺輔，人死不能復生，節哀。」

辜嶠卻微微一愣，忽而抬起眼看向半空中，凝視著暗處的一點，失魂般的反問：「誰說人死不能復生？倘若這一切可重來的話，倘若你在城破之前就把蠻夷都殺光的話，我的夫人便不會死去了。」

虞陶倒也沒有惱怒，他欲言又止了幾次，半晌過後，他蹙眉道：「與其沉溺在那些不可能會發生的夢境裡，不如儘早回到現實，你身為焰國堂堂帝師，必要為陛下與百姓考量，若你打算拋棄責任的話，他們才會是最無辜的。」

他緩緩的垂下眼，平靜說道：「陛下與百姓何辜，我又何辜？一個失去摯愛妻子的悲慘鰥夫，又如何能輔佐陛下治理國家呢？將軍，你是征戰四方的勇士，心中懷抱大愛，自是不會理解我這等兒女情長之人的心境了。我可以忘記家國，也可以忘記世人，卻忘不掉妻子的臉。」

他接著輕輕嘆息著：「人死不能復生那種話，是用來騙那些意志不夠堅定的凡人的。可那話，騙不了我。」

虞陶沉默著不再言語，因為此時此刻，他只覺辜嶠是一具失去了魂魄的行屍走肉，就算跟他說再多，也是無濟於事了。

可歸根到底，還是個可憐之人，虞陶忍不住這樣想。

「是寡人對他不住。」待到虞陶將這些稟告給國君之後，身為一國之君的國君臉上，也流露出了憐憫之色，他思慮片刻，喊來了候在殿外的內

侍，道，「傳寡人口諭，封辜臺輔為一品百官之長，即日起協助寡人管理
一切軍國大事。」

內侍得令道：「遵旨。」

虞陶跪在殿內，心中暗暗想著，這便是所謂的「掌丞天子，助理萬
機」的殊榮了。由此一來，辜嶠將在日後統領百官，他自己則掌握萬千軍
隊，二人地位不分伯仲，倒是可以為陛下更好的平衡朝局。

以帝師牽制將軍，又以將軍約束帝師，說到底，這棋盤上的黑白棋
子，皆由國君操控布局。虞陶略微抬眼，望向皇座上的國君，就像是在凝
望著一尊神像。

那之後，轉眼便到了早春時分，繁華盛開。

一樹樹桃花開得如雲如霧，風一吹來，花瓣四散，坐在府中樹下的辜
嶠抬起手，接住了寥寥幾片花瓣。

第二十七節

　　自從夫人去世以來，不過才過去數月，可在辜嶠眼中，卻已像是數十年那般難熬了。

　　尚且年幼的辜振鷺時而掙脫侍女的手，飛奔到辜嶠身邊嬉笑。他且還小，自是不夠理解父親心中的悲痛為何會持續這麼久，雖說他也會想念母親，可卻總覺得母親有一天會回來的。

　　「爹爹，你是又在想娘親了嗎？」辜振鷺伸出小手去扯辜嶠的衣襟，企圖博得他的關注。

　　辜嶠也不去理會他，只是望著成片落下的桃花出神。

　　侍女識趣，趕忙上前來帶走辜振鷺，餘光瞥向主人，心中自是擔憂。

　　自夫人喪事過了之後，主人便一直鬱鬱寡歡，不怒也不笑了，反倒平靜得嚇人。侍女長長嘆出一口氣，忽聞門外傳來熙攘聲，轉頭看過去，見是國君身邊的內侍郎官帶著隨從，又送禮品來了。

　　管家連忙迎上去，問候道：「有勞宋侍郎了，您今天要來得比平日早了一些。」

　　宋內侍每次都不會驚動辜嶠，只管向府上管家交代道：「陛下日日關切臺輔的狀況，時常催我早些來到府中探望。其實陛下近來犯了頭疼病，也是寢食難安，但還是不忘傳我前來問話，臺輔可有好生用膳、休息？」

　　管家無奈的搖搖頭，嘆著：「我家主人心懷憂思，茶飯不食，我等擔憂他如此下去會抑鬱成疾。」

　　宋內侍望向桃花樹下的景象，也不由得跟著嘆道：「陛下也十分擔心臺輔，可是陛下日理萬機，抽身不便，只好託我來時刻關注臺輔近況。您老人家的顧慮，我會妥當轉告白陛下的，還有這份藥酒，也請收下，可為臺輔養身補氣。」

　　「有勞宋侍郎了。」管家恭送走朝中之人，回頭去望辜嶠，他在一片一片的拾著地上花瓣，孤寂身影令人心憐。

而宋內侍在離開辜府後，帶著隨從潛進了不遠處的小巷裡，果然有藏身在此的線人，鬼鬼祟祟的前來稟報道：「回稟內侍，卑職等人已在此觀察了數日，不曾發現辜臺輔有任何異常行徑。且辜臺輔也能夠謹遵朝廷交代做事，不過，他在為朝堂購買藥材的時候，多買了幾服藥留了下來，除此之外，再未有絲毫差池。」

宋內侍略一瞇眼，謹慎問道：「可知他多留下來的是何藥？」

線人回道：「倒是有幾服芸香，其餘的，卑職便不得而知了。」

芸香可止痛去腫，並不算得上是何等稀罕的藥材……宋內侍這般想著，也不覺得是值得向國君陛下稟報的資訊。且在此監視了數日，辜臺輔的身上除了過度悲傷，再無其他破綻，宋內侍猶疑不已，實在不知陛下為何要如此懷疑那位曾助他一統焰國的臺輔。即便功勞不多，也有苦勞，更何況，那是個連夫人都賠上的可憐鰥夫，又何必咄咄相逼呢？

而待到當天夜裡，侍女為辜嶠燃起香，可以讓他安穩入睡，辜嶠依然是沒有吃侍女準備好的任何飯菜，早早便躺下了。午夜夢迴時，辜嶠似乎看見妻子離世前的景象，她的身上布滿鮮血，身體在雪中如破碎的珠玉般一片片瓦解紛飛，最後，連同她整個人也一起瓦解消散了。

他站在茫茫大雪中呼喊妻子的名字，一遍又一遍，喊到聲嘶力竭、喉嚨腥澀，可是妻子再沒有出現在他眼前，她已經死了，他再也見不到她，每次夢見這些，他都會肝腸寸斷。

可今日的夢境不太一樣，幽深無邊的白雪盡頭，閃爍起幽幽燭火，像是被連成神祕圖騰的七簇，有嬝嬝煙霧升騰而起，牽引著他走向燭火源頭。

冥冥之中，彷彿有來自煉獄之中的聲音在耳畔迴盪，如蟒蛇的信子，毒而詭異，那聲音在說：「點亮七星燈，把七星燈燃上。」

他恍惚中感受到那聲音在繼續說：「七個星，在人體的七個位置。膻中，貪狼星燈；天目前方虛懸一，巨門星燈；泥丸，祿存星燈；夾脊，文曲星燈；命門，廉貞星燈；丹田氣，武曲星燈；海底，破軍星燈。此本命七，構成人身內本命七星燈，欲點長明燈，當用添油法。」

「要想燈亮，唯有喚醒『靈』。」

「『靈』這個字底下一個巫，要透過念咒來與天地溝通，而待到那時，

· 322 ·

七星燈才會在死去的肉體中亮起。

　　偏生夢在這時驚醒，醒來的人卻不是深陷在這詭異夢境裡的辜嶠，而是皇宮內殿中的國君。他很久不曾做過這樣的噩夢，眼下正額跡冷汗流淌，側眼去看，枕榻旁躺著酣睡的妃嬪，他以為自己的確是醒了，然而抬起眼的瞬間，卻看到紗幔之後站著一抹素白的身影。

　　她的長髮散下，臉上的神情哀怨，嘴唇的顏色像是曼陀羅花般妖而鮮紅，她輕啟唇齒向他呼救。他略顯倉皇的朝她探出手，可轉眼之間，她便被如惡鬼般的男子抓住了肩頭，手上用力，哧啦一聲便撕裂了她的衣衫。

　　那雪白渾圓的肩頭露了出來，在黑暗之中如赤裸的牲畜一般卑賤，她驚恐的的尖叫著，終是被解開了腰間長帶的男子壓在了身下。

　　「林女……」國君的口中呢喃出這兩個字，臉色已是慘白如蠟。

　　哪知又有烈火在眼前燃燒起來，灰燼的中央，站著清瘦的人影，她青黛衣衫，面如寒梅，一張口，吐出的是瞬間並凝成了冰晶的和氣，連她的髮絲也被一併凍起，唯獨聲音遺留在空曠的黑暗中：「你定要……長命百歲啊……」

　　這句遺言，使他頓覺萬箭穿心。

　　他痛心疾首的伸出手掌，將整張臉埋在其中，夜深人靜，他竟是如孩童一般無助的低聲啜泣，一如那在皚皚白雪之中，痛失愛妻的辜氏臺輔。

　　不過是天底下的兩個可憐人罷了，誰又曾會比誰更為悲慘一些呢？然而在這白骨成山、遺憾遍野的背後，終究是國君之心在蠱惑著坐上王位的每一代君主。

　　想來，焰國歷代都流傳著一則卦象：「百年亂世，終於焰國。」國君自是深信他是哪個可以終結亂世、一統九州的天選之人，一如他深愛女子的遺言所說，他將長命百歲。

　　唯有建立起壯闊山河，他才能夠壽與天齊，而他用字跡手指鮮血承認下的罪詔，也的確換來了暴雪的終止。

　　雖說道姑是南葵所化，可國君的血卻是真實的，王血洗刷了罪孽，換來了開春時節的欣欣向榮。而當南葵醒來的時候，發現自己正躺在她原本的閨房裡。她像是已經在夢中度過了許久時日，以至於睜開眼才發現，窗外的雪已經變成了雨，連同枝椏上頭都冒出了新綠的嫩芽。她恍惚的坐起

了身形，轉眼一看，發現姬仁宣臥在她的榻旁。他一定在此守了她很久，眼角的疲憊讓南葵心中不由升騰起一股酸澀，她抬手去觸碰他的眉目，令他睫毛微微一顫，便立即醒了。

見南葵終於從夢魘裡抽身，他欣喜若狂的露出笑顏，又緊張兮兮去打量她的身體，擔心她哪裡有傷，待到確認她的確完好無缺後，他終於安心下來，鬆了一口氣般：「你這次睡了太久，我真怕你會一夢不醒，害我擔心得好苦。」

南葵自是既愧疚又感激，而在得知父親姬牧弈的狀況已越發好轉後，她也更為欣慰。且在她將夢中所見告知姬仁宣之後，也是為此而落寞道：「種種過往和記憶，已經足以證明國君並非煉製嬰靈之人，眼下所有的線索已是中斷了。」

姬仁宣思量了片刻，忽而提點她：「也許還有一人尚未脫離干係。」

南葵斟酌著他的話外之音，很快便明晰道：「難不成，是辜嶠？」

姬仁宣點點頭：「自打中毒之後，辜嶠便淡出了朝廷。他雖已服下天香瓏葉製成的解藥，也確實得以痊癒，卻一直以中毒引起舊疾為由閉門不出。」

南葵聞言，半晌不語，睫毛垂落，眼裡的光亮也逐漸黯淡下去。她確實是有一肚子的疑問：「想來那日中毒的人唯有我父親與辜嶠二人，可在場的人都在驚慌之中亂了陣腳，即便是我，也沒想到過有何不妥，直到今日才萌生了這樣一個念頭——那日，中毒之人當真中了毒嗎？且診斷病情的人，是否可信？」

若是有人算盡機關，縱然是仙人在場，也未必能識破其中陰謀。且父親姬牧弈所中的毒性的確毫無疑問，可辜嶠呢？誰又能得知他是否真的中毒在身？而且，在虞北棠的夢境與記憶裡，南葵知道她下的毒極少，根本不曾達到致死量，無非是臥床幾日靜靜修養後便可痊癒，既是如此，又怎會嚴重到像父親與辜嶠那樣性命垂危？

「難不成……只有我父親真的中了毒，而另外一個人，是假意中毒？」南葵蹙起眉心，竟覺得背脊上有陣陣寒意，「倘若真是如此，那人的目的便只有一個了。」

「以此來騙取珍貴的天香瓏葉。」察覺到這一點的姬仁宣，也不由得

沉下了眼，心中情愫極為複雜。

南葵仍舊不敢相信般說道：「不！就憑此番訊息定奪罪名未必操之過急，若是能夠找到當日為我父親與辜嶠診脈的御醫一問究竟……」

姬仁宣皺眉道：「南葵，在你於夢中尋找線索的時日裡，我已料想到了此事，並親自去那位御醫府上拜訪，才知他早已搬去了鄉下老家，再派人去鄉下登門時，他已死在家中多日，正在被親屬安葬入土。」

「怎會這樣？」南葵驚疑不已，一時間喉頭哽住，心口冰涼一片。她曾以為，從前是國君操控著虞氏一族為家國奔波賣命，連寵妃虞北棠在內，也一併是國君的棋子。所以，那份染在棋盤上的熱毒，她一度認定是國君的指使，畢竟君心不可測，其中更夾雜著無數血腥。

然而，她卻忽略了辜嶠的存在，更是忽略了他內心深處的意圖。只因他是辜振鷺的父親，只因他是從她兒時起便對她呵護有加的辜伯父……

「到底是我感情用事，一時之間竟被假像迷惑了雙眼。」南葵憤恨的咬緊了牙關，「我怎可因他是振鷺的父親便對他放鬆戒備？寧可錯殺，不可錯漏，但有一絲線索漏網，都是後患無窮。」

姬仁宣不動聲色，目光卻是幽深的，他輕嘆道：「哪怕此中真相會令振鷺遭受巨大打擊？」

這話一出，立即令南葵心下一緊，她自是清楚辜振鷺如今的艱難處境——年幼時喪母，同虞氏么女的情路坎坷不已，如今又要面對父親的真實面目，重重困苦接踵而至，只怕真會令他一蹶不振。

「即便如此……」南葵狠了狠心，回道，「我也必要讓真相水落石出才行，那千千萬萬的女嬰不該白白枉死，也不該成為窮凶極惡之人的擋箭之牌。」

姬仁宣已然明白南葵的決心，他再不多言，只靜默的陪在南葵身邊。

然而，在那夢中曾一閃而過的「七星燈」，令南葵極為在意。

依照孟婆的記憶，她依稀能夠看得到七星燈的緣由。只要一息尚存，皆可覆命，欲點長明燈，當用添油法，添油則需知竅，油不添入竅中，則如油無燈盞相乘，故知竅方可添油。非添油，則不能接命，命不接，則性難戀留，性不留，一旦無常到來，則性命分離，屍腐靈散。何為知竅？添油接命之竅，稱為「本命七星燈」。

七星燈所主持的七個穴位，全部是性命雙修關鍵所在。書中有云：「由此向上一著，千聖祕而不傳，後世學徒所以罕聞、罕遇，人若明得此竅，真可以奪神功，改天命。」

七星燈法就是此千聖祕而不傳之穴法。七星燈法用於添油接命，是以宇宙間靈光靈氣為「油」，以聚靈法之采聚為「添」，以存想、內觀寂照為「接」。欲得長生，先須久視。此久視，就是回光內照，忽忘勿助而接命。

而七星燈法接命，也就是在煉過聚靈法後，由武火階段進入文火階段。用意念依次序將此七星本命燈點燃，充分消化、吸收所采聚的氣光之「同」。點燈，是用意念順七星斗罡次序，先意守膻中；再意守天目穴前虛懸之一穴；接著意守泥丸一穴；再意守夾脊、命門、氣穴、陰蹻諸穴。這些穴位中，夾脊穴是一個關鍵，夾脊雙關透頂門，修行徑路此為尊。

南葵隨著孟婆的記憶看去，心中不禁疑惑著，如果這七星燈是續命之法的話，為何會出現在辜嶠的夢境中呢？難不成，他心中另有打算？

且上古之人曾曰：「以其上通天谷、下達尾閭、中通心腎，召攝靈陽，救護命寶，此非修行徑路而何？」夾脊穴，不是指淺表皮膚下，而是指深層脊髓內為中心的一片區域。在七斗星位上，此處也正處在文曲星位，文曲星乃北斗星之樞星，北斗之轉動，皆以此星為中心。夾脊穴在人體之重要位置，也從此星位中可見一斑。

前人只是不敢透露天機，但為了接引後學，煞費苦心。生死機關，其速如此，世人何事而不肯回心向道？

況此著功夫最是簡易，不拘行、住、坐、臥，常操此心，退藏夾脊之竅，則天地之正氣可扯而進，與已混元真精凝結丹田，以為超生之本。蓋以天地無涯之元氣，而續我有限之形軀，不亦易乎？

只要認定此竅，守而不離，久久純熟，則裡面皎皎明明，如月在水相似。自然散其耶火，銷其雜慮，降其動心，止其妄念。妄念既止，真息自現。真念無念，真息無息。息無則命根永固，念無則性體恆存。性存命固，息念俱消，此性命雙修之第一步也。

有關七星燈的記憶在此處便漸漸散去了，南葵緩緩的睜開眼，重新醒過神，卻見周遭一切都變得迷霧重重，姬仁宣不見了去處，她隻身一人站

在空曠無盡的濃霧之中。

她倉皇四顧，往前一直走，忽然之間竟不知自己是從哪裡來的，也不知自己要到哪裡去。

然而，有個詭異如魑魅魍魎般的聲音呼喚她道：「辜振鷺……辜振鷺……」

為何要叫她辜振鷺？她是南葵，姬南葵，並不是辜振鷺……

可是，那個聲音仍在說著：「辜振鷺，你是個一無所有的人。」

一無所有？辜振鷺一無所有了嗎？

南葵倉皇的停住身形，站在原地，她看著自己的雙手，的確是男性的骨節與寬度，且腳下的烏皂靴也是振鷺平日裡喜歡穿著的，她這才驚覺，是自己的魂魄潛入了振鷺的夢中，並且，正依附在他的身上。

此時此刻，她與他已是一體，她能夠聽見他困苦迷茫的語調：「我為何會一無所有？」

「因為你的母親死了，你父親的眼裡從來看不見你，你的愛人是政敵的女兒，你的朋友也不再需要你，你什麼都不曾擁有，連同你自己，都是一具行屍走肉罷了……」

這話令南葵腦中「嗡」的一聲響，痛苦隨之將她吞噬，她不由自主的跪倒在地，感受著辜振鷺的痛苦與絕望，原來……辜振鷺的心每日每夜都要經歷這般痛不欲生的破碎，她感覺自己整個人都要被撕碎了一般劇痛不已。

正當她呼吸困難之際，面前忽然傳來嘈雜聲，她循聲望去，只見喧鬧的人群之中，一眼便看見了被從雪堆裡挖出來的幼童模樣，那是曾經的辜振鷺，他不知在雪地裡埋葬了多長時間，全身瑟瑟發抖，臉色慘白如紙。

她看著他被人們送上馬車，蓋緊了毯子，而當馬車回到辜府時，迎接他的卻是漫天白綾。

母親的屍身躺在烏重的棺木之中，身穿喪服的父親眼神渾噩，絲毫沒有見到生還歸來的他該有的欣喜。他只是沉默的站在母親的棺前，如同一個被抽乾了魂靈的空殼。

再一轉眼，那纖柔清麗的女子滿眼悲傷，她默然流淚，低聲訴道：「為何偏偏是你姓辜，我姓虞？」

眼前的噩夢，在瞬間轟然粉碎，化為萬千尖銳的碎片，統統紮進了南葵的眼、心、口、耳與四肢……她滿身鮮血的哀號驚叫，而那喊出口的聲音，卻是辜振鷺的慘絕怒吼。

南葵猛然間睜開了雙眼，她驚懼的大口大口喘息，緊抓著自己胸口的衣襟，這才意識到終於從那可怕的噩夢中甦醒過來。

她恍惚中轉頭張望四周，發現夜色已深，姬仁宣離開了她的閨房，燃著幽幽燭光的案桌旁，坐著的正是托腮假寐的父親。

見到父親的那一刻，南葵忍不住泛紅了眼眶，她輕輕呼喚了一聲，父親隨即清醒，見南葵臉上有著乾涸的淚痕，他當下便明白她是做了噩夢，趕忙坐到她榻邊輕拍著她的背脊，低聲安慰著：「葵兒莫怕，有爹爹在這裡，爹爹護著你。」

南葵依偎在父親的懷中，如此靜靜相依，心中的恐懼逐漸被那緩緩升騰起的暖意所包裹住，她平靜了下來。就好像回到了幼時，每日皆有父母雙親的愛護與疼惜，有桃糕、有煙火，有歡笑也有喜悅，她依然是那個行事俐落、快意恩仇的行商少女，從不迷茫，也不絕望，滿眼都是充滿了希望的清麗明光。

然而，當南葵餘光瞥見父親的斑白鬢髮時，便又心懷憂思憶起了父親中毒那日時的情景。想來辜嶠在父親與國君面前皆是一片忠厚，卻沒想到人心之後暗藏殺機，且日後的陰謀，說不定將會更加岌岌可危，而南葵又如何能有心思沉浸在這奢侈的父女之情中呢？

便是因此，她再度逼迫自己堅強起來，抬眼詢問道：「父親，可還記得中毒當日的前前後後嗎？」

姬牧弈聞言，若有所思的回憶了片刻，而後才道：「為父倒是記得那日的臺輔心情極好，自打他夫人去世以來，他很久不曾那般開懷大笑過，所以令人印象深刻。」

南葵又問：「憑藉父親對那位辜嶠的瞭解，他究竟是怎樣的一個人呢？」

姬牧弈的神色略有吃驚，嘴唇微微張了張，卻沒發出任何聲音，過了半晌，他反問道：「好端端的，你怎偏偏問起這樣的話來？」

南葵直言不諱道：「其實……我已經得知辜夫人的死因，也曾懷疑辜

叔叔是否會為了殺妻之仇，而對朝廷心懷怨恨。」

姬牧弈站起身來，踱步走到窗邊，語氣悵然的說道：「我與你叔叔同臺輔自打年少時期便是相識，許是有緣，時常聚在一處把酒言歡。他是位忠義之人，且心懷抱負，又飽讀詩書、洞察秋毫，當真是國家不可或缺的人才。唯獨出身不算高貴，生於邊境窮苦之地，歷經波折才被朝廷提拔，可正是因此，他才更為理解底層百姓的苦痛，總是能夠抱有悲憫之心。」

說著說著，姬牧弈便情不自禁的回想起了年少時代，辜嶠行事清高，雖為文士，卻也從不反感兵戎相見，以至於姬氏兄弟都認為，即便辜嶠棄文投戎，也一定會在朝中如魚得水。

「他在幼年時期便見慣了殺戮，父母早亡對他帶來了不小的衝擊。便是因此，他立志報效國家，以結束亂世為他的人生信念，索性十三歲時便拜得名師，而立之年就已獲得帝師之位。而他與我姬氏兄弟一樣，皆是希望天下太平、百姓安居。只是，由於朝廷的一次錯誤，令我姬氏兄弟的內心對焰國的時局產生了動搖……」

猶記得那是二十幾年前，初秋的豔陽下，姬氏兄弟與辜嶠還都是少年，朝廷派遣姬氏兄弟做先皇九皇子的隨行護衛，而名單上，竟也多了身為文士的辜嶠的名字。

先皇子嗣眾多，國君並不是最受寵的一個，最得先皇厚愛的是九皇子，且只是侍女所出。由於帝后誕下的皇子與公主性情傲慢，國君算得上是其中最為乖順的一個了，但卻依然不被先皇所重視。所以在最初，即便並非庶出，國君也不是第一個登上太子之位的人，那位置一直空著，大抵是要留給九皇子的。然而，當時只有十二歲的十五皇子國君與三皇子是一夥，可卻打心裡無法贊同三皇子跋扈囂張的作風。

更有甚者，三皇子對九皇子的胞妹十三公主有著非分之想，雖說是異母，卻是同父，血緣亂倫之事實在有違人道。偏生公主隨了她母親，生得豔絕四方，想必不只是三皇子，其他皇兄也對其有垂涎之意。且沒人知道公主腹中孩兒的父親究竟是誰，想必是皇室醜事，不然也不會欽派口風極嚴的姬氏兄弟與辜嶠，協理九皇子護送公主出城。

那日，公主坐在轎中哭哭啼啼，九皇子策馬跟在轎旁，言語之中皆是柔聲話語，那還是姬牧弈第一次見到九皇子的尊容。此前都是聽朝中傳

名，都道九皇子是最為美貌風流的一個，且封王最早，年歲似和他自己不相上下。

「妹妹再哭下去，要哭壞眼睛了。」九皇子的話音落進姬牧弈耳中，言辭之中竟也洩露了一絲無措與驚懼，「你且先忍忍，等時機成熟了，為兄自會同父皇獻言，說什麼都會將你接回宮裡來的。」

公主哭得梨花帶雨，轎子顛簸起伏中，車簾晃動，她美豔容顏若隱若現，嬌嗔中帶有慍怒道：「只管說這些沒邊際的話有什麼用？你護都護不下我，又談何接我回宮？若等到你當了陛下才行的話，我怕是都要老得彎腰弓背了。」

「那就等你生下腹中孩兒之後，最晚……最晚是孩兒兩歲時，我保證接你回來。」

公主冷聲道：「到了那時，怕是孩兒都不會認得親爹究竟是誰了。要我去和那邊境崮城聯姻，無非是要堵住皇宮裡的悠悠之口。說來說去，若是娘親出身高貴，你我有勢力可依靠的話，我也就不必受這等苦楚了。只怕孩子生下後太過漂亮，便會被得知不可能是崮城氏族的後代……皇兄，不如，我們把實情……」

「別說下去了！」九皇子震怒的斥責起她來，又謹慎的環顧四周，鬼鬼祟祟悄聲叮囑起公主，「你想害死我不成？此事要是被父皇得知，你我的性命都會不保，更別提日後重聚了。眼下要先留住腦袋才行……至於崮城那頭，你……你便全當是為了我吧！」

公主也不敢再多說半句，連哭聲也微弱了幾分。

偏生這些話都被姬牧弈聽得真真切切，當年的他也不過只有十八歲的少年，聽聞此等有違人倫的真相，心中自是震驚萬分。他正想著是否應當把此事告知弟弟和辜嶠，可若是他們也和他一樣知了情，會否只是多了二人陷入危險處境？思及此，姬牧弈內心裡可謂煎熬至極。

轉眼便到了邊城地帶，長河蜿蜒的兩路寸草不生，時不時會遇見慘死在岸旁的餓殍枯骨，如此民不聊生的慘景撲面而來。姬牧苓卻在這時對哥哥姬牧弈說道：「城邊子民這般淒苦，城內皇宮載歌載舞，如此世道，竟也配叫作盛世嗎？」

姬牧弈擔心被旁人聽見，正欲告誡姬牧苓謹言慎行，哪知辜嶠忽然策

馬前來，神色緊張的對姬氏兄弟說道：「快逃！」

　　來不及多慮，姬氏兄弟跟隨上辜嶠一同朝邊的山林中疾馳而去。可跑著跑著，便聽見身後傳來刀光劍影的廝殺聲、護衛隊拚死護駕的吼叫聲，以及公主那驚懼慌亂的哀哭聲……姬牧弈困惑不已回頭去望，只見長河岸旁，一群蒙面的黑衣人已將九皇子連同護衛隊一起斬殺乾淨，死未瞑目的公主伏在九皇子的屍首旁，二人牢牢牽著彼此的手，在最後被黑衣人一把火燃起，連屍身都要一併燒個精光。

　　直到奔進了山林深處，姬牧弈才翻身下馬，伏在樹旁乾嘔不停，姬牧苓則是衝到辜嶠面前，一把揪住他的衣襟，憤恨的質問道：「你早就知情是不是？虧我還把你當成親兄弟看待，你竟然瞞著我和我哥！」

　　姬牧弈在這時抬起袖口，擦拭嘴角，制止姬牧苓道：「別怪他，不是他的錯，他已冒死救了你我兄弟二人，是我們欠他。」

　　姬牧苓驚疑道：「什麼！」

　　「我起初看到護衛隊的名單便已起了疑心，唯有『辜嶠』二字令人心存餘悸，想必是他冒死自行增添上去的，只為帶你我二人逃過一劫。」姬牧弈看向一言不發的辜嶠，沉聲道，「因為這是一場皇室肅清，名單上的人必須都要死，而唯有辜氏是臺輔的候選人，一國不可失臺輔，陛下與帝后都重辜氏，且辜氏的名字只有在出發之前才添上，可知唯有辜氏一人經手。所以……若不是你，我姬氏兄弟也將命喪於此。」

　　聞言，姬牧苓這才滿臉訝異的鬆開了辜嶠，而辜嶠也只是面不改色的輕描淡寫道：「陛下知曉公主腹中孩兒的父親是何許人也，然而，他一向縱容溺愛九皇子，自是會替他包庇此等大逆不道的醜事。但帝后，卻不會白白放過這剷除九皇子的大好時機。」

　　原本，陛下的聯姻之舉是為了保護公主和腹中孩兒，一旦公主在崮城誕下腹中骨肉，氏族也會看在孩子的顏面上對朝廷歸順幾分。且待到日後時機成熟，焰國舉兵將崮城奪還回內陸，公主也會順理成章回到皇宮。屆時，若是九皇子已成為君主，且還對她有意，他二人之間的苟且之事，將成為皇室內部的祕聞，又有何人敢去指責國君的所作所為呢？哪怕染指一脈血緣的胞妹，也是天子所為，群臣哪敢多嘴。

　　「但，若是公主和九皇子都死在去往崮城的路上，這一樁不能被公開

的醜事，就要爛在陛下的肚子裡，既無從追究，又無法查證，究竟殺死公主和九皇子的是流民匪徒，或是朝中黨羽，都已經不重要了。既已死，便成全了十五皇子。」

辜嶠並不打算遮掩自己的立場，他說：「我願輔佐十五皇子封王成帝，在所有皇子之中，唯有他的身上有著國君之氣。我今日捨命救下二位，是要為十五皇子尋覓賢臣名將，如果二位願意，自可與我站在同一陣營，帝后明理，定不會虧待忠心耿耿的有功之臣的。」

第二十八節

「便是在那一刻，我已發現，無論是辜嶠還是朝廷，都是我們姬氏所唱和不起來的了，也是在那個時候，我與你叔父萌生了辭官從商的念頭。許是我二人大難不死，終是意識到當時戰局的混亂與醜陋，所以才不願去繼續蹚那骯髒的渾水。」

姬牧弈回憶到此處，不由得嘆了口氣，是為過往的決定，也是為辜嶠日後的艱辛：「唯獨可惜了辜嶠……他可謂是一柄稀世寶劍，然而再如何鋒利，到了戰場上，也比不上一把勁道十足的屠刀。這些年來，他為焰國嘔心瀝血、傾覆所有，到頭來，卻只換得了一個家破人亡的慘境。」

這話不乏唏噓與憐憫，南葵聽到這裡，已經知曉辜嶠在父親心中的地位，誠然是極為崇高的。父親似乎十分欣賞、尊敬辜嶠，也許在若干年前，在風華正茂的年紀，父親與國君、辜嶠三人都有著一致的決心與相同的信念，或許很短暫，卻也是真切存在過的。

姬牧弈又說：「辜嶠他曾經很幸福，妻賢子孝，仕途無憂，如果沒有北方蠻夷破城的那次意外，他所擁有的一切也都還會完好如初。」

說到底，都要怪那年的大雪，雖然不知辜嶠為何要連夜將妻兒送出焰國內陸，可那之後不久，的確爆發了北方蠻夷與內陸之間的戰爭。要不是辜嶠妻子將尚且年幼的辜振鷺藏在城外的雪地裡，怕是他也難逃一死。

「葵兒，你那時還小，或許全然不記得了。振鷺被從雪中找到時，已是被酷寒折磨得奄奄一息，索性撿回了一條性命，否則，辜嶠將會一夜之間喪妻失子。而喪事過後，我攜你母親以及你叔叔一同去府上探望他，竟發現短短幾日光景，他整個人已是憔悴不已，瘦成了皮包骨頭，當真是勢同鬼相了。」

南葵則是淡淡道：「總歸是人死不能復生的，再如何痛苦，也終究不能祈求死者還陽。」

姬牧弈轉頭看向她，寬慰的嘆息一聲道：「自古情深者不壽，葵兒，

失去摯愛獨留於人世，是無人能夠體會的痛楚。」

如此說來……辜嶠自是一位有始有終的痴情之人了。

世人向來以為，痴情之人是願把自身所擁有的一切都交付給他人，既是美好德性，又令人憧憬讚許，可痴心不改，往往是執念太深。執念是貪婪，也是欲望，且欲望越重，執念越深，日後的人生將會方寸大亂、霍亂不堪。一如那句嗜欲深者，其天機淺。而諸多的欲望，無論是追求之時也好，還是得到之時也罷，它始終都是令人苦惱的，即便如此，深陷執念之人也還是無法覺悟，自始至終被困在厚重的欲望之中。

紅塵中人終是肉體凡胎，窮其一生拚命尋求的，也不過是為了滿足內心的執念，只怕這執念是大錯特錯，而不願從中走出來的人，難保不會傷人傷己。

夜已是極深，待到父親離開之後，南葵則一人坐在燭光暈黃的案桌旁思慮著。

屋內有點陰暗，彌漫的灰塵在眼前飄忽不定，南葵靜靜的回想起自己作為饕餮時的過往——為了吸食附身在凡人身上的惡靈，她曾被無情的捕獲並殘殺，而之所以會發生那樣的慘劇，便是源於凡人的愚昧與執念。

他們認定肉眼見到的「惡」便是可懼的，從來都不願去冷靜的思考眼見非實、耳聽非真。

而她自己在身為人類的時候，是否也犯下過同樣的過錯呢？這樣想著，她不由得長長喟嘆，情不自禁的感慨道：「若是冥帝在此，又會怎麼做呢……」

話音剛落，她怔了怔神，這才恍然意識到自己已經許久不曾同冥帝和墨打過照面。雖說身為下官，她理應時常向他彙報進展，可往返冥府實在是多有不便，且他最初總是會時常出現尋她，如今想來，他已是很久沒有現身見她了。

但轉念一想，和墨本就是灑脫之人，倒也是不會拘泥於小節的。在他的身上，總是會散發出一種洞察了世因果輪迴的智慧與睿智。或許，眼下發生過的所有一切，統統都是和墨早就已經知道的了，南葵料想，他對她的引導與暗示，是希望她能夠從中悟道，也是期許著她能夠拋下她的那份執念，完成她身為饕餮神識轉世後應盡的使命。

然而，如今的她雖然是冥府的孟婆，可卻依然保留著姬南葵的記憶，所以，她當真能夠對曾朝夕相處的身邊人忘情、無情嗎？哪怕辜嶠已然是滿身破綻，可他終究是辜振鷺的生身父親，她又如何能狠下心去趕盡殺絕？

思及此，南葵感到心力交瘁的蹙起了纖眉，她起身走到銅鏡前，望著鏡中人的臉孔，雖依舊玉白無瑕，可原本那雙如春露般清澈的眼睛，已染上了陰霾塵埃，再不似往昔那般青蔥純粹。

南葵抬起手，輕輕的撫上了自己的額心，她知道，那是孟婆天眼的位置。

和墨曾交代過她，若是一籌莫展之際，便可使用法術助自身一臂之力。於是南葵默念了一句咒語，孟婆的天眼霎時開啟，無限的金色光芒湧入她眼底，大片大片的過往雲煙，鋪天蓋地覆住了她，天地山河，星空日月，愛恨情仇，悲歡離合，統統都是歷代孟婆曾有過的執念、迷惘與覺悟。

從人世墜落到冥府的死魂，皆是攜滿了人間煙火的孤魂野，而眾鬼之中不乏精明算計、心腸歹毒、爭風吃醋，卻也有通透脫俗、心境澄澈，歷任孟婆的姿容與前塵，一個接連一個呈現在南葵眼前。

她們的樣貌皆是絕倫美豔，唯有性情大為不同。

孟婆渥丹生前是叱吒沙場的孤勇女將，一杆紅纓槍震天動地，赤紅鎧甲如鮮血般炫目。名為桑黛的孟婆心懷優柔，前世的她是一代國君的摯愛之人，奈何她深陷家族情仇與背叛欺騙之中。行醫救人的悲憫醫者是孟婆沅宸，她短暫的一生裡幾乎只有傷亡、藥草與悲哭，即便到死，她也錯過了與摯愛的最後相見，至此悔恨懊惱，好在，她最終在為一位少女尋找父親的途中尋回了自己的本心。

在沅宸之後一位孟婆則有些特殊，她名為墨舞，是歷盡情劫的修仙之人。她本該有極好的似錦前程，因她是世間少有的修仙之緣者，倘若一世未修滿，來世可再修，直到脫離生死六道。可成仙之路上被七情六欲瞇眼，至此轉生成為肉體凡胎去歷經人世中的情愛愁苦。

在墨舞的記憶深處，富麗堂皇的城牆外，沿著鵝卵石小路載滿了紫藤花，甜膩芳香如瀑布泉水一般傾斜四溢，一團團錦繡般的花藤折損在腳

下，冷風吹散汙泥，夜深無人問津，她隻身一人於這空曠僻世之中，孤零零的抬起頭，總是會看見她心愛的男子白衣清袖，衣袂飄飄。那手握一把繡著鴛鴦的摺扇，墜著紅穗青玉佩，打著九轉相思結，一如她心底深處總是解不開的死扣。

也不知為何，在南葵渾噩的思緒裡，這四任孟婆以東、南、西、北四個方向站在她的身邊，腳下呈現出的分別是朱雀、青龍、白虎、玄武的圖騰，她們靜默的凝視著南葵，渥丹輕聲責難她道：「世間萬情，天上地下，如人飲水，冷暖自知。」

桑黛則是一聲低嘆：「不知其味者，哪懂其憂思。你又生性貪婪，如何能情願的捨掉一身欲念？」

南葵的表情隨即變得迷茫而不安，她不知所措的動搖起來，欲言又止之際，沉宸對她悵然道：「你縱然是放不下執念，怕不必去強求旁人丟下欲望。即便是見慣了生死，可有情眾生，生魂不滅，執念源於心中貪婪，唯有貪婪消散，執念才可隨風而去。」

這便是說，南葵自己心中也有著一份不肯放下的執念？是對人世的眷戀，還是對生而為人的不捨呢？

墨舞卻在這時指引南葵道：「三界六道，惟冥界公平，所謂善者自興，惡者自病，吉凶之事，皆出於身，紅塵滾滾，若想參透，必要置身於中。」

這話和墨也曾說過……然而直到今日，南葵也尚未參透其中含義。便想著要趁此機會詢問四位孟婆，然而，她們四人的身影忽然如縹緲霧氣一般消散不見，出現在南葵眼前的，唯有一位站在黑暗盡頭的身影。她的身旁盛放著曼珠沙華，眼中似有一絲憂鬱，直到察覺到南葵的視線，她才猛然轉過頭來，隨即露出一絲略顯無奈但卻寬慰的笑意，輕道著：「原來是孟婆妹妹呀，可有好些日子沒有見到了，你且再等等，我很快就會去尋你了。」

「冉冉……」南葵情不自禁的喚出她的名字，只覺一股親切之情湧上心頭。就彷彿她二人始終都在一起，無論是前世還是今生，她與她像是已經相知許久了，在每一任孟婆來到冥府之前，林冉冉一直都在等候著新的孟婆，從未離開過半步。

她是冥府將軍，守護著冥府，守護著和墨，也守護著孟婆，哪怕嘴上總是會有抱怨，可內心中卻始終是無怨無悔，只因她摒棄了生前的一切執念與貪婪。

　　世人皆有欲，放下即可得道，執迷終將墮落。凡人愚鈍，總是執著於美好的表層，從不願去看盡靈魂深處的本質，所以才時常作繭自縛。眼下，南葵回想著那句「善者自興，惡者自病，吉凶之事，皆出於身，紅塵滾滾，若想參透，必要置身於中。」便不由得又將天眼的視界擴大了一些。

　　這一次，她透過浩瀚如潮的前塵往事，忽而看到了一樹垂絲海棠下，一雙纖柔的手捧著一封信箋遞給面前男子，他接過後展開，上面寫著：「野有蔓草，零露漙兮。不期而遇，適我願兮。」

　　詩意極美，娟秀的字跡中自是流露出纏綿繾綣的情意，而男子也展顏輕笑，如同與女子的心意相通。二人四目相視，彼此眼神裡的脈脈柔情，惹得瞥見這一幕的南葵都不自覺的緋紅了臉頰。

　　而待到細細端詳之後，竟發現那男子是辜嶠的年輕模樣，站在他面前的，便是他那位出身崮城的蛟族妻子了。

　　數年前，在辜嶠還未成為臺輔的時候，曾多次深陷朝中內鬥，為與國君聯合上演苦肉計，他欣然接受被派去邊境崮城體察民情的大任，哪怕歸期遙遙，也願為國君分擔重壓。他相信著自己的信仰，而那時，他的信仰唯有國君。

　　邊境地帶的生存條件，全然不能同內陸皇宮相提並論，普通百姓自是艱苦難耐，位高權重的氏族也是更為貼近原始生活的狀態，他們甚至還會以喝動物的血來作為成長為人的象徵，若一個男童在七歲還沒有生喝下一大碗畜牲的血，那他將會是整個家族的恥辱。

　　而百年來，崮城與焰國的不合已是根深蒂固，自是不會對派到此處的朝中官員有何格外招待，所以，也只是為辜嶠準備了一間石屋，連貼身隨從也沒有特派。想來辜嶠雖出身邊境，卻並非崮城氏族血脈，自然也就不是蛟族人氏了。儘管他在此地找回了一絲幼時記憶，倒也能夠適應眼下的生活環境，可還是會產生水土不服，以至於他高燒了一段時日，待到差不多痊癒之後，崮城裡已經下起了雪，他又收到朝廷密件，要他前往崮城碼

頭，查一批貨源是否合乎手續。

說來也是無巧不成書，便是在那一天，他遇見了從船舟上走下來的妻子。

身為崗城氏族族長的長女，妻子的姓氏隨了族姓，名字只有一個「羀」字。且崗城有古老族規，族長子嗣無論男女，皆不可外嫁與外娶，只准嫁進或是入贅，若是有人違背祖訓，必要捨棄原本姓氏，且將斷絕與崗城的一切紐帶，終日不得再踏進崗城一步。

只是那一日，霧雪茫茫，船舟在碼頭旁剛剛停靠，撥開船身紗幕的妙齡少女，踏出了一隻繡花蝴蝶鞋履，裙擺上的錦繡絢爛如芒，她抬眼時的流光如美玉閃耀，不偏不倚，恰好探進了站在岸邊的辜嶠眼底。

也許就是那樣一眼，便已註定下了他與她二人的今世情緣。可她腰間的佩牌令他立即便知道了她的身分，她是族長的女兒，而他身為朝廷中人，自是不能夠也不應該與崗城中的任何一人有著過於親密的瓜葛。雖然彼此都知曉著對方的來路底細，可情愫這東西一旦滋生而起，就如熊熊烈火燃燒向天際，哪怕是天雨降下也難滅盡。

於是，年方二十一的焰國辜嶠，與芳齡十八的崗城羀，熱切的相愛了。

他們想方設法避開所有耳目，暗中約定著相見的地點。一路從焰國跟隨他而來的侍從，以及她忠心耿耿的貼身侍女，都成為協助兩人私會的重要線人。

人的潛能真的是無窮無盡，從前的她總是學不會騎馬，可為了在夜晚見他，她只用了三天的時間就馴服了一匹最烈的馬。而崗城之中的山巒密如雨，一座座山遮天蔽日，氣候又總是陰冷潮濕，為了以防萬一，他們總要變換山頭相會。

清越空靈的簫聲迤邐於山間，穿過夜風與薄雲，蒼涼奏響，滿腹思念。

她每每都是循著簫聲找到他，於灰暗枯槁的山林中，身著青衫的他將玉簫執在掌中，忽聞身後傳來急促的馬蹄聲，指尖按住樂曲，簫聲戛然而止，他回過身的瞬間，望見她翻身下馬時的笑靨，一如明澈月光照亮他心底陰霾，他飛快的向前踏出幾個大步，只為將她攬進懷中。

從前，在他還徘徊在邊境的貧民窟中時，曾落下了奇怪的毛病。由於見慣了死亡與殺戮，他總是會在夜裡聽見刀光劍影的廝殺聲，與家破人亡的哭喊聲，每夜、每夜……。這麼多年來，那如鬼魅一般的夢魘始終糾纏著他，擾得他夜夜難安、心如刀絞。

可在第一晚與她依偎的夜裡，他只聽得見她胸口的心跳聲。她身上的辛香將他包裹住，他彷彿沉淪在一望無際的溫暖潮水裡，緩緩漂浮，輕輕起落。她玉白的手臂纏繞在他的頸上，深情而又憐惜的撫摸著他的鬢髮、他的眉目、他的嘴唇……。滿眼的旖旎令他在心中暗暗起誓，日後待他完成他的信仰，他定要與她做一對世間最平常的夫妻，在紅瓦小院裡種滿紫藤花，那沁人的花香隨風搖曳，豔紫深藍，映滿紙窗。

「消失了。」他的聲音略有喑啞，使得她仰起臉來詢問起他來。

她的內陸話很生疏，崗城口音很重，可他卻能夠聽得懂，轉頭看向她的眼睛，笑了笑：「那些糾纏在我耳邊的聲音，消失了。」

她似聽不懂，帶有一點兒藍的眼眸裡閃爍困惑。那是雙極為漂亮的眼睛，似有萬水襯藍天般奇美，幾乎可以將他整個人都吸進去。

他抬手愛憐的撫她的臉頰，用崗城語對她說：「從前，我只想報效家國，輔佐陛下成就一代盛世。可如今，我不僅僅想為百姓謀太平，也想和你一起變成鶴髮翁嫗，這往後的永生永世，我都只想和你廝守在一起。」

永生永世，廝守一起。

這一次，她聽懂了他的話，於是情不自禁的上揚起嘴角，喜悅的笑顏如春花璀璨。

而崗城氏族的族長在聽聞此事之後，則很長時間都不曾表露態度，直到他主動妥協自己肯聽從崗城的規矩，入贅到氏族，他願意改掉自己的姓氏，只要能和她在一起，他不計較姓甚名誰，只要族長能夠同意此事，他絕無半點異議。

族長打量著他的俊俏模樣，在森嚴的堂內以生疏的焰國話同他道：「你是朝廷的人，我崗城向來不願沾染朝廷的人與事，而翾是我的長女，是我的掌上明珠，你不過是被那國君派到此處遊歷一番，以此來增加你官爵上的玉石，待你回去朝廷後，你會發現曾在這裡的一切，都不過是你的一時興起。而你又這樣年少，日後將會面臨許多誘惑與離間，我的長女絕

不能成為輔佐你平步青雲的踏腳石。」

　　他毫不猶豫道：「若我能與她結為夫妻，我願此生都留在崮城，誓死不再回去朝廷。」

　　族長眯起眼，懷疑道：「哪怕是國君傳來口諭將你召回？」

　　「沒了我一個辜嶠，焰國還會有百個、千個辜嶠，我不足掛齒。」

　　他的確是誠心可鑒，但老謀深算的族長，又怎會聽信這口說無憑呢？族長命人打折他的雙腿，這樣才能確保他哪裡也跑不了。

　　他並沒有反抗，只不過是在心中惋惜起自己那還未實現的理想。是在千鈞一髮之際，他的妻子覹出面頂撞了父親，她也同樣願意遵照祖訓嫁給他，哪怕要與崮城就此一刀兩斷。

　　族長雖溺愛女兒，但也是非分明，為了考驗他二人的決意，族長將覹關了起來，假意告知他覹已被許配他人，要他至此死心，並屢次派去多名美人誘惑他，想要逼得他顏面盡失。

　　可數月過去，覹沒有悔意，他也沒有任何破綻，族長見狀，自是不忍再棒打鴛鴦，最終還是從了他二人。唯一的要求便是，親事要在崮城操辦，他可以將覹帶去焰國內陸，只不過，規矩仍舊是規矩，踏出崮城之後，覹再也不是崮城的人，她將隨他的姓氏，成為徹頭徹尾的辜夫人。

　　成親那日，煙雨霏霏，依照崮城的風俗，新娘要穿紫衣，且頭戴朱瑾編織而成的花環，外罩金玉綴成的輕紗，要從崮城內最遠的一座山送到新郎的屋下。他便在被裝飾得五顏六色的石屋外頭，等候送親的隊伍前來，七、八個崮城氏族的直系親屬，圍在他身後為他打點衣著，還要把他的鬢髮編成六道長辮，辮子裡要續上金絲，寓意千絲萬縷同心同德。

　　三炷香燃盡，他聽見馬蹄的聲音。走出石屋，遠遠的看見了送親的隊伍前來。她坐在最前面的馬背上，薄薄一層輕紗下頭，是若隱若現的美麗容顏，見到他的身影，她不由自主的彎起嘴角，形成了一個曼妙的含羞笑意。

　　待到隊伍來到跟前，他要依照規矩把她從馬背上抱下來，這一抱，惹得周遭人們起哄喝彩，隔著那層輕紗，他與她相視而笑，他用崮城語說：「辜夫人，有禮了。」紛紛雨下，淅瀝雨水沁入地上苔蘚，升騰起一股潮濕的草香，她深深凝望著他的眼睛，以一種繾綣的輕柔語調說道：「自

此之後，你我都會永生永世在一起。」

前塵看到這裡，南葵慢慢的垂下了眼睛，她的心因此而感到哀傷，且嵐嵐霧雨之下，冰冷的白綾漫天飛舞而起，她再一轉眼去看，白駒過隙之中，他已成了憔悴的帝師，正失神的跪坐在她的靈牌前。

他蒼白的面容如同冰雪，唇色淡青，耳邊漫過的是嘈雜的廝殺聲、哀號聲，那些聲音折磨得他日夜無眠，從她死去的那個晚上開始，他又再度聽見了那些本已消失多年的夢魘。

夜裡風涼，哭喪的下人們都被遣退了。空蕩的正堂內，只餘下他一人燒著一枝又一枝的海棠。那是她生前最喜歡的花，種了滿院，他把那花燒掉，來做她的祭祀。

火苗映襯著他的臉，平添了一絲血色。

管家在這時走進來，小心翼翼的同他說道：「臺輔，城北與城南的姬府兩院前來拜訪了。」

他面無表情的抬了抬眼，淡淡道：「讓他們進來吧！」

「是！」管家領了命，轉身退了下去。不足片刻，便領著姬氏兄弟二人來到了堂內。

管家同姬氏兄弟道：「二位請。」隨後便知趣的離去。

剩下姬牧弈和姬牧苓同辜嶠共處一室，就彷彿是回到了時隔多年之前的那次肅清行動。那時的三人還是風華正茂的少年郎，如今，卻已是眼中盛有了幾分滄桑的年歲。姬牧弈和姬牧苓對視一眼，心中唏噓不已，自是想不到辜嶠會遭此劫難。

只見背對著他二人的辜嶠身穿斬衰，背影瘦削，手裡有條不紊的燒著海棠花枝，嗓音卻是喑啞的：「你們來了，過來見見她吧！」

這話暫且聽著還沒有不對勁之處，姬氏兩兄弟且還心中有愧，想著來得遲了些，實在是對不住，於是趕忙上前來打算燃香，辜嶠卻忽然道：「點香做什麼？」

姬牧弈一怔，張了張口，不知還如何作答。

是姬牧苓回道：「臺輔，我們是來送夫人最後一程。」

「何必送呢？」辜嶠面不改色的指著裝了一瓶青花瓷器的海棠花灰，道：「她很快就會回來了，只要那瓶花灰裝滿，她就會回來。海棠能治她

的傷，花灰越多，便可越快將她醫好。」

姬牧弈與姬牧苓聞言，身軀皆是狠狠一晃，他二人當即便意識到辜嶠怕是瘋魔了，竟已經開始胡言亂語起來。一定是痛失愛妻令他神智不清，過度的悲傷使他分不清現實和夢境了，人死不能復生，世間哪會有陰陽同界之事呢？

姬牧弈只好勸慰道：「臺輔，你且先回房稍事休息，想來你已是兩天兩夜未眠未休，就算是鋼筋鐵骨，也禁不起這般折騰。若是你還把我姬氏兄弟二人當作親信，便允許我二人在此為夫人守夜一晚吧！」

一段燒焦的花枝「啪」的一聲蹦開，像是突然被驚醒了似的，辜嶠側過頭，抬起臉，凝望著姬牧弈，逐漸蹙起了眉心，一字一頓的問：「你說守夜……為誰守夜？你方才說，我的夫人？你是在告訴我，夫人已經死了嗎？」

姬牧弈於心不忍般的別開臉去，而性情剛毅的姬牧苓卻不打算讓辜嶠繼續執迷不悟，他直截了當道：「臺輔，面對現實吧！夫人的確已經離世了，你再如何逃避也改變不了事實，還望臺輔儘早振作精神。振鷺還小，他最為需要你，且朝廷也不能一日沒有臺輔，家國和百姓也同樣需要你。」

振鷺。家國。百姓。

這幾個字眼如同利刃一般觸怒到了辜嶠，他的眼神猛然間變得狠戾，蒼白的臉上血色全無，他萬般嘲諷的冷笑出聲，轉而咬牙切齒的說著：「振鷺？如果不是為了他，翾也不必耗盡元氣生產了。崗城氣候嚴寒，水質冷硬，蛟族人的平均壽命從不超過知命，她的身體本就不適有孕，我也從未想過要讓一個孩子來累贅她身。可她怕我晚年孤寂，總想著要有一孩兒來為我辜姓延續香火，哪怕誕下子嗣必定會令她元氣大傷。」說到此處，辜嶠眼中含淚，竟泛起一絲恨意，「一個犬兒辜振鷺，又如何能替代她在我心中的分量？什麼家國，什麼百姓，又統統與我何干？便是要拿我的命去換她，我也是義不容辭！為何……為何偏偏是她……怎就是上天妒我，偏要從我這裡將她奪去？」

這一番話悲憤交織，令姬牧弈感到痛心不已。偏生這時，辜嶠忽然清醒過來一般，條理清晰的沉聲說道：「可之所以會變成這般局面，全部

都是虞陶的失職。他明明早已布下天羅地網，卻因一時疏忽而造成誤差，若是他能將一切天災都算計進去，便不會出現這等慘痛後果了。」

姬牧苓是個正直的脾性，他並沒有包庇虞陶的意思，可卻還是將內心的真實想法道出：「想必虞大將軍也沒有料到忽逢大雪，更不會料到辜夫人會在這等時候從城外趕回……」

辜嶠看向他，竟是笑了出來，他額角浸出冷汗，一邊笑著，一邊字字珠璣道：「倘若今日痛不欲生的人是你呢？可還會說出這般事不關己的冷話？若你是我，又該當如何？」

姬牧苓霎時啞言，感到慚愧的垂下了眼。

辜嶠也不再遷怒於他兄弟二人，只冷下臉，冷淡的說道：「今日就不多留你們了，兩位請回吧，不送。」

姬氏兄弟欲言又止，最終也還是什麼也沒有再說，他們擔憂的看了一眼辜嶠，而後也只得靜默的轉身離去。

待到辜夫人頭七過去不久，便聽聞朝廷計畫攻打彌國，且已經提上了朝會。而那位辜臺輔，始終沒有出現在朝上，姬氏兄弟也曾多次去辜府拜訪，他們實在擔心辜嶠的情況，卻每每都被管家以「臺輔正在閉關修養，不願見客」為由而回絕。

來年四月時，春暖花開，自打辜夫人離世已過去了小半年，辜嶠終於出關，且在出關第一日便梳洗穿戴，以臺輔姿容去了早朝。

第二十九節

在朝堂之上，辜嶠越發針對虞陶，從前也只是意見不合，如今已然到了拔刀相視的程度。且那位原本平和溫良的辜嶠，言語之中又多了幾分奚落與挖苦虞陶之意，連同眼神也一併增添了戾氣與殺意，著實令其他文武百官感到心懼。

一位是位居高位的臺輔，一位則是掌管千軍的將軍，二人如此針鋒相對，頗有些你死我活、誓不甘休的架勢，這可該令旁人如何是好？

有朝中大人們在私下裡議論此事，北方蠻夷破城一戰，令臺輔失去了摯愛的夫人，而帶兵迎戰的又是虞大將軍，雖說保護了全城百姓安危，也為焰國收復了崗城，可辜嶠卻還是將夫人之死的仇，算在了虞陶頭上。

人死都死了，再如何仇恨也是無用，可憎與怨的種子一旦在心底埋下，自然會不受控制的生根發芽。而那之後的數年裡，帝師和將軍政見上依舊是多有不合，唯一件事，帝師是支持將軍的，便是二顧彌國。

前塵到此看盡，儘管南葵企圖再多尋一絲線索，可夢境已經逐漸散去，她不得不醒了過來。

望著窗外濛濛亮的天色，南葵暗自思忖，年輕時的辜嶠孤傲清高，又極為偏執，似乎懂得「七星燈」的用途，再加上他位高權重、頗有見識，若是這般人物滋生煉製嬰靈的野心，也絕非是做不到的。

但，終究也只是她無憑無據的懷疑，若想將其定罪，必要尋得更為鐵證如山的線索才行。

正在此思慮著，迷濛中聽到一聲「孟婆妹妹」的召喚，南葵循聲去望，只見床榻前不知何時坐著一個身影，竟是許久未見的林冉冉。

南葵略有驚訝，但也格外欣喜，隨即笑著問她：「你竟知我在此處？真虧你能找得到我。」

林冉冉得意洋洋的挑眉一笑，直道自己在人間也能隨意使用法術，想

要找見個人還算不上是難事。這話說完，她又從懷裡拿出一個布袋，打開給南葵，裡面都是色澤飽滿的李子、梨子和杏，是這個時節很難在焰國吃到的新鮮果子。

南葵雙眼一亮，剛要伸手去拿，又趕快識禮的問道：「是給我的嗎？」

「不然還會給誰？你只管吃吧！我在路上都已經吃膩了。」林冉冉雖是這麼說，卻還是拿起一顆梨子咬了起來。

南葵也不再客氣，挑中一顆最大最圓的李子吃下一口，酸澀甜潤，極為爽口。忽而又想到線索的事情，便趕忙同林冉冉說道：「國君並非煉製嬰靈之人，所以，關於你的那位林姓後世的事情……」

林冉冉一擺手，示意自己知道她要說什麼，吞下嘴巴裡的梨子，林冉冉回道：「我已尋到了她的墓穴，也查明了她的確是我的後世。而至於國君並非煉製嬰靈之人，我也早已有所感知，只不過，難保日後不會有何閃失，我且還算是你的祕密武器。」

南葵困惑道：「此話何意？」

「自然是因為，那後世與我的長相神似，但凡是我出現在那位國君面前，保證他會六神無主。而且我也覺得，那國君看上去有幾分似曾相識，雖然我始終回想不起那段記憶，但是……」林冉冉謹慎道，「倘若接下來真有個萬一，只憑我這副長相，就能制伏那位高高在上的國君了。」

南葵搖搖頭：「國君既已不是元凶，便無須再去懷疑他。眼下，我倒是極為苦惱另一件事……」說罷，南葵便湊近林冉冉，與她耳語起來。

聽盡南葵的心中顧慮後，林冉冉若有所思的看了她一會兒，沉默半晌後，緩緩說道：「其實，我也覺得事有蹊蹺。在找到你之前，我曾路過一幢府邸，便是在那府上摘到的這些果子。可這焰國上下都不合時節，偏生那府邸裡的後院有奇樹結果，遠遠看去，紅黃紫金，一串串、一叢叢，如同是大片鮮豔錦緞，且那枝頭上結的累累碩果彷彿取之不盡，我當時雖覺得奇怪，但也沒有放在心上，如今想來，若是真和你所說的那般……必然要去好好徹查了。」

南葵憂心忡忡的垂下頭：「那幢府邸……可是在城西？」

林冉冉點頭：「自然是了。」

南葵心中越發沉重，她微微皺眉，重新抬起頭，看向林冉冉：「但說不定，是一些流連在人間的小妖小鬼在作祟⋯⋯」

「小妖小鬼怎會有如此大的能量去操控一株巨樹？」林冉冉又道，「而且那棵樹是連根長在一口清池裡的，池水異常清澈，但卻有股奇異的氣息⋯⋯」

「若你覺得怪，為何不當場一探究竟呢？」

「這可是冤枉我了。」林冉冉不以為然的聳了聳肩膀，「除去分內之事外，冥界從不會插手人間的事情，除非接到使命。再者，冥帝並未交代我去尋那府邸中的怪異，我又怎會違背三界不彼此過問的約定呢？今日，是你和我說了你的憂慮，我才算是領了差事，畢竟我這一遭來到人間，是為了助你一臂之力的，你若要我再去查，我才會去的。」

南葵再度陷入憂思，猶猶豫豫道：「但是真如你所說的話，路過那府邸的往來之人必定不計其數，卻從未有人察覺過異樣，就連我也⋯⋯」

林冉冉笑道：「假設對方當真是煉製嬰靈之人，那麼，造出一個能夠瞞天過海的結界，則是易如反掌之事。肉體凡胎的平常人類，自是無法透過結界看到裡頭的光景，而對其抱有特殊情感的冥界之人，必定也不會去刻意觀察了。」

這話意味深長，令南葵無言以對。想必林冉冉是清楚她對那幢宅邸的特殊感情的，可事到如今，也不能再優柔寡斷，南葵決定再次尋求林冉冉的幫助。她抬起臉，眼裡的光亮逐漸堅定起來，林冉冉與她四目相對，許久，長出了一口氣。

「我知道了。」林冉冉無奈的應下來，起身的時候又道，「我會去查清楚的，不過接下來，你要有所覺悟才行。」

南葵怔了怔，以眼相問。

林冉冉正色道：「等著你的，必然是一場惡戰。」

南葵臉色微有蒼白，可很快的，她又牽動嘴角，淡然一笑，如同風行水上，波紋輕動，隨即平息。她已然準備好了，早在懷疑產生的那一刻開始。

三日後，姬氏兄弟決定登門辜府，去探望同是大病初癒的辜嶠，南葵與姬仁宣也以此為由而跟隨著一同前去。

當姬牧苓看到南葵生還歸來時，他極為喜悅，南葵也震驚他能認得出自己的面容，不禁心中欣慰。她的親人們都是真心愛著她的，這已是極大的福澤。

而在去往辜府的路上時，姬氏兄弟走在前頭，似在交談著只有他二人才知的事情，姬仁宣緊隨其後，南葵則走在最後方。他們沒有選擇坐馬車，反而是順著街市朝城西走去。一路上可以看到家家戶戶的園中已開始掛起赤紅長燈，臨近年關，就快是除夕了。

每家的小院中，結掛的燈穗都隨風輕晃，有醇厚的茶香在風中飄散，南葵情不自禁的放慢了腳步，似在享受這難得的安寧。

怕她落下太遠，姬仁宣會時不時的停住腳，等她走上來。冬日的寒冷拂面而來，在他的面容上輕輕流轉，她察覺到他的視線，趕快快步跟上去，他也隨即放慢一些腳步，刻意保持著一個平穩的速度與她並肩同行。

她略微張開嘴巴，呵氣如霧，抬頭去看，遠處山巒跌宕起伏，萬里重山一片素白，她忽覺自身渺小如礫，唯一人始終願在她身側相伴。

她不由自主的看向他，卻發現他也在看著自己。四目相視的瞬間，他微微輕笑，她感到恍惚的愣了愣神，彷彿見到他眼裡有壯闊山河，明亮如澤。便是因此，她感到臉頰微熱，下意識的移開了視線。他卻將手中的一個小袋子遞給她，裡頭裝著的是晨時做好的桃酥糕。

往年每當這個時節，她都喜歡吃這種軟糯的甜食，而他，也一直記在心上。她取出一塊精緻的糕點，送進嘴裡，從而感到幸福的笑出來，依然是從前熟悉而甜美的味道。

他見她笑了，便也延伸了自己嘴角的弧度，轉頭看向空中矮雲成群，只覺鬢旁冷風也溫暖了許多。

待到了辜府，前來迎接的是辜振鷺與管家。姬氏兄弟與之寒暄一番後，便被管家引路去了正堂之中，剩下南葵與姬仁宣二人跟著辜振鷺朝別院走去，直到進去廂房，辜振鷺確信四下無人後，也一同進了屋子，而後關好房門。

「許久不見了。」辜振鷺抬了抬手，示意南葵與姬仁宣入座。

南葵坐到桌旁後，開門見山問他道：「上次在圍場裡託付給你的要緊事，可查到了嗎？」

辜振鷺為二人各自斟茶，慢條斯理的歎道：「我雖一早就知道你是個急性子，沒想到，如今更是變得急不可耐。」

姬仁宣打趣一句：「猴急如她，難等片刻。」

南葵不滿的蹙起眉頭，當即數落起他二人：「你們怎還有心思在這裡尋我開心？如今的事態嚴峻，已是分毫都不容耽擱，更何況我距離真相……」話到此處，南葵反而不再說下去，她看向姬仁宣，他也是變了變臉色，並對她輕緩的搖了搖頭。

沒錯，還不能在這時便露出破綻。南葵握緊了杯盞，她抬起頭，凝視著面前的辜振鷺，心中忽然一緊，竟不由得擔心起他來。若是今後被他知情……南葵感到痛心的嘆了口氣，辜振鷺捕捉到她這微妙的情緒變化，失笑道：「你是怎麼了？為何這般欲言又止？」

「沒什麼。」南葵調整好表情，再次問他，「到底查明事情的原委了嗎？」

這一次，辜振鷺正色道：「關於崑崙山下劫走天香瓏葉的流寇之事，我已經打聽清楚了。」

南葵與姬仁宣不約而同的略微屏住呼吸，認真的聽下去。

原來，南葵他們在尋得天香瓏葉返回時遇到的那些劫匪，便是被焰國侵占掠奪的彌國人士。這些劫匪的妻女被焰國奪取，再加上戰爭不斷，他們被迫成為流民，而他們專門打劫焰國的商賈，頗有幾分劫富濟貧之意了。

姬仁宣聽罷，不由惋惜的輕嘆道：「亂世之中，難免會有亡國的苦命之人，且冤冤相報總是難了，實在是令聞者為之唏噓。」

「一切苦難皆是戰爭種下的禍根。」南葵若有所思的垂下眼睫。

辜振鷺悵然道：「若是世無亂世，人無惡人，百姓才能享受盛世安居。」

南葵聽罷，輕啟唇瓣，欲言又止，最終，並未作答。她只知世間永不會停止爭鬥，人更不會擺脫惡念，要想得到，必要先捨棄，兩全其美之事，自古難全。

時間流逝，天色入暮，夕陽斜暉脈脈照來，管家來到廂房，示意晚膳已準備妥當。

南葵與姬仁宣跟在辜振鷺的身後走在辜府內院，沿途是青石鋪設的小路，在夕陽的打照下顯得前頭方向明明暗暗、曲曲折折。

　　南葵的餘光瞥向後院方向，卻不見有任何引人注目的奇樹，再略一抬頭看向空中，有飛鳥在高空之上盤旋，她忽然問前方的辜振鷺道：「你們府上有多久沒有外頭的鳥兒進來過了？」

　　辜振鷺聞言，側眼看了看身後的她，繼而循著她的視線望向頭頂的鳥，不由得黯下眼神，回答道：「已經有近乎十年了。」

　　「是嗎？鳥兒竟然進不來院內啊！」姬仁宣感到納悶，再一轉頭看向周遭，雖說這時節不會出現蝶蟲，可一些不怕冷的小蠅還是會有幾隻的。偏生辜府裡除了活生生的人，再沒其他生靈了，以前的辜府也是這麼寂靜的嗎？總覺得哪裡不太對勁，卻又說不出所以然來。

　　而在晚膳席間，身披長袍的辜嶠住在主位，儘管面色仍舊難掩憔悴，卻也已是挽回了一條性命。他消瘦的臉頰上，始終掛著一抹若有若無的笑意，令人覺得其脾性柔和溫順。

　　姬氏兄弟與他一同喝了幾杯酒，便藉著酒意使氣氛熱鬧起了三分，望著他們談笑風生的景象，南葵默默的夾起一塊酒釀藕吃著。已經不是從前的味道了，她看向辜嶠身側空空如也的座位，那裡本該有一位辜夫人。只是，十年來，那個位置上從未出現過別的女子。

　　待到明月當空，星辰遍布，南葵、姬仁宣與辜振鷺被已有幾分醉意的長輩們趕去外面好生玩耍，南葵走出堂內時，提議到從前時常會去的後院。

　　辜振鷺面露難色，猶豫道：「那裡已經不再是從前的後院。且如今，已是不准旁人進去的。自從我母親去世之後，那裡便成了祭奠母親的庭院，一切打點都有專門的兩名僕人在白天進出，到了晚上，再不得他人入內，唯有我父親會住在那裡。」

　　南葵想了想，便道：「如此的話，我與仁宣哥哥正好能夠趁此機會去祭奠辜夫人，想來也是有多年未見了，今日祭拜，也算是我們身為晚輩的一片孝心。」

　　辜振鷺聞言，倒也覺得南葵是個有心人。轉念再想，父親此時正與友人把酒言歡，便是不會察覺他們前往後院的，思及此，他點點頭，轉身帶

著南葵與姬仁宣朝後院去了。

夜深人靜，涼風習習，濛濛夜霧將磚紅色的牆院，渲染出一股陰寒之氣，走在小路上的南葵，望著周遭仿若沒有盡頭的長之路，不覺間心生不安。

臨近後院，越發不見侍女與僕人，只見一扇朱門極為富麗，色調是金與紅，大抵是常年翻新。

「吱呀」一聲推開了門，撲面而來的陣陣冷風令南葵更加清醒，她左右張望，竟發現這院子裡的一切都與從前別無兩樣。還記得幼時，她與姬仁宣總會來到此處與辜振鷺玩耍，溫婉靜美的辜夫人也願做他們的玩伴，歡笑聲盈盈，彷彿此時此刻還迴盪在耳畔。

只不過，如今是冬時，後院裡的紫藤不在花期，盤旋在藤架上的只有枯枝條，倒是竹籬邊的蠟梅正含苞待放。南葵懷念的走在院內，她忽而想起從前最為喜歡的小池塘，繞過花架朝那走去，果然見到水潭裡還養著金鯉。

「冬日裡氣候不佳，水面上結了一層薄冰，金鯉在下頭也不願游動，顯得有些懶散了。」辜振鷺走近南葵身邊，語氣中不乏悵然之意，此處有著他太多的有關母親的回憶，悲傷的、快樂的、幸福的……統統令他心碎不已。

姬仁宣也觸景生情一般的輕輕嘆息，他坐到庭院的石凳上，凝望著池塘裡仿若進入了冬眠的魚兒，情不自禁的對辜振鷺道著：「小的時候，我總是會和南葵一起來到辜府尋你。那會兒你本在練字，先生必要你練好了字才能玩樂。你見我們已經來了，便又急又氣，每次都要憋著一臉的委屈和眼淚練字。」

南葵聽到這事，忍不住噴笑道：「他性子拗得很，既不想挨先生的罵，也不願我們苦等太久，結果把自己氣得臉紅。有一次他先生對我說教了一番，怨我整日不學無術，偏也要跑來帶壞他的好徒兒，這個辜振鷺既想護我，又不敢頂撞他的好師父，最後竟是自罰抄寫《中庸》三百份，好生無趣。」

提及幼時窘迫，即便是辜振鷺，也要尷尬的一聲輕咳：「我便將三百份完完整整的《中庸》交給先生，以此來讓他明晰我的決意。」

南葵明知故問道：「什麼決意？」

姬仁宣搶著回答說：「自然是向他師父表明——同我們嬉笑玩鬧也不會耽誤他背書苦學的決意了。」

南葵開懷大笑起來，笑著笑著，又悵然的覺得這庭院裡缺了點什麼。她轉過頭，望著紫藤花架下，彷彿能看到從前的辛夫人正站在如雲如霧的花團錦簇之中。

十年之前，辛夫人不過二十五、六歲，膚白如瓷，唇如點朱，烏髮梳作朝雲髻，一支素淡的杜鵑簪子墜著金玉，搖搖晃晃的在她髮間，顯出一股柔情似水的風韻。她總喜穿錦緞胭脂底色的長裙，那色調更令她雪白肌膚閃現光澤，只一轉頭，眼中含著柔美笑意，抬手喚著南葵的模樣美若仙子，總是會令幼時的南葵緋紅了臉頰。

想來辛夫人真是難得的性子好，任憑他三人如何纏著她一同嬉鬧，她都耐心陪同，還會吩咐下人做上好的糕點送來，每一道都是南葵喜愛吃的。

「等葵兒日後長大，一定要許配給我們家振鷺做妻子才行。」辛夫人總是悄悄的湊近南葵說著這話，玉指輕輕撫摸過南葵幼嫩的臉頰，眉眼中滿是喜愛與寵溺。

然而如今再看，曾奔跑、嬉戲與院中的三名幼童都已長大成人，卻早已物是人非、朱顏改。

南葵探出手，碰碎了池塘水面上的冰層，惹得金鯉統統驚醒，搖晃著遲鈍的身軀游蕩起來。她見狀，幽幽道著：「從前曾聽聞辛夫人說過，這池塘位於焰國水源中心，一條條小渠頗有些流觴曲水的意味，最後，焰國裡所有的水都將通過辛府的池塘，彙聚入更大的池塘，所以這池因水流動的原因而從不結厚冰，到了夏時，則清涼無比，便也是因此才惹我們喜愛，總要聚在此處嬉戲。」

時隔多年，故地重遊，心中總是感慨萬千。姬仁宣也緬懷道：「當年，你我三人就是在此處第一次嘗試喝酒，結果三人都不勝酒量，喝著喝著就醉了。」

辛振鷺接下話來：「也不知是誰將酒罈子打翻了，順了『流觴缺水』進入這池塘，結果醉倒了一池的金鯉。」

「說到酒……」南葵忽然亮起雙眼，她想到那次酒醉之後，三人便把剩餘的酒罈埋在了池塘下頭的土裡。美酒藏在這「流觴」之側已有了些年頭，如今刨出再嘗，實乃一件愜意美事。

而姬仁宣倒也足夠配合她，在她說出此事之後，便挽起袖子將酒罈從泥土裡挖了出來，且還提議再像當年那般暢飲一番。

想來三人難得聚在一處，此刻又是花前月下，雖說只有梅花，倒也是有可觀之處的，便坐於池前庭中，快意飲酒。

院裡備有酒碗，辜振鷺為盡待客之道，為兩位倒了酒遞過去，自己再倒上一碗，三人共同舉酒，仰頭共飲。

一口烈酒下去，全身的血都開始灼熱燃燒。寒氣驅散，辜振鷺的面容上因酒意而頓時浮起兩抹緋紅，竟很快便有了一絲醉意，心有觸動般念了一句：「女為悅己者容，士為知己者死。」

姬仁宣察覺到辜振鷺的動容，他鮮少會像這般袒露心聲，便是極為難得的，可知，他的確十分看重自己與南葵二人。

然而……只怕今日之後……思及此，姬仁宣不由得瞥向南葵，她卻不動聲色的說著：「我還記得這酒的名字叫作『夢裡醉』，自有酒不醉人人自醉的意思。這可是你們二人和我打賭輸了之後，才肯選用我起的這個名字。」說到這，她忽而轉眼，凝視著辜振鷺，一字一句道，「振鷺，你可還記得當年在這裡，你與我還有仁宣哥哥共同許下的誓言嗎？」

當時年少，十三、四歲，稱得上是少年自有凌雲志，不負黃河萬古流。他三人志向相投，皆有一腔雄心抱負，以家為家，以鄉為鄉，以國為國，以天下為天下。臨患不忘國，忠也。爵位相先也，患難相死也；久相待也，遠相致也。便是就在此處，藉著酒意，他們共同許下誓言——

「苟利國家，不求富貴。」辜振鷺緩緩道出此誓，「即使是如今，我也仍舊銘記在心。」

但要國泰民安，便不會計較個人得失。

「哪怕，你將會面臨醜惡的真相？」南葵心有試探。

辜振鷺拂袖而起，站於亭前，他凝望空中皎月，悵然若失道：「少年自負凌雲筆，到而今春華落盡，滿懷蕭瑟。人生在世，是生是死，是福是禍，終有命裡定數，便要捨棄小我利益，成就家國太平，才是我等後輩理

應為之。至於兒女私情，終是要泯滅在大是大非之中的，又何必拘泥那轉瞬即逝的執念與欲望呢？」

南葵聞言，唇邊不由得勾起一抹釋然的笑意。也許，是她低估了辜振鷺內心的堅決，即便日後他將面臨巨大的變故，他堅守的初心也不會有任何搖擺。

姬仁宣在這時走到辜振鷺身旁，抬起手掌，輕拍了拍他的肩，並笑著朝他頷首。南葵凝望著二人身姿，心中自是有著萬千感慨。當年一起喝酒立誓的少女，已然成了如今的孟婆，也許這一聚，將是最後一次真心歡笑的聚首了。

遠處的堂內傳來了侍女彈琵琶的曲聲，琵琶聲清如珠玉，跳躍流瀉，配上此時月色美酒，竟隱隱洩露出一絲哀戚。

而手中碗裡的烈酒味道極好，世間罕有，又是幾碗喝下，辜振鷺接著酒興作起詩來。姬仁宣讚其好詩，同樣是覺得久違的高興。南葵也加入他們，三人猜拳飲酒，笑聲滿堂。

直到星輝爬滿磚牆，薄紗燭燈盞盞燃盡，辜振鷺與姬仁宣已經醉成泥，被下人們東倒西歪的扶著回去了廂房。

唯獨南葵毫無醉意，她只是假裝醉得不省人事，這樣父親與辜嶠才會允許他們留在廂房醒酒。而趁著旁人都回去各自房裡時，南葵才坐起身來，她走到門外，閉上眼睛，享受夜風拂面。

隔著夜晚的清風，她感到有一雙藏著哀色的眼眸在暗處凝視著她，載著些許憂愁色澤，讓南葵心中感到一絲觸動。可她又感了寒淵般的冷，以至於她感覺自己要被吸進那雙幽黑的瞳孔中。

直到她緩緩的睜開眼，蹙了蹙眉，重新走去了後院的池塘旁。

她知自己喝下的烈酒中，帶著極其重的陰間氣息，且還有著隱隱的怨念之氣。若是凡人喝了，自然要大醉個三天，可她已是冥界鬼差，即便將那酒統統喝光，也是有益無害的。

只是她奇怪得很，為何酒裡會有著如此濃烈的陰氣？

即便她圍繞著後院的池塘徘徊多次，也不曾發現絲毫異樣之處。且池塘旁頭的樹木皆是枯槁，全然不似林冉冉描繪中那般載滿果實。

「當真是障眼法不成？」南葵越發懷疑的鎖緊了眉頭，「可是，竟能

瞞過身為孟婆的我，究竟會是何方神聖呢？」

便是因此，她對辜嶠的猜疑更是加深了幾分。而眼下，要想儘早一探究竟，必要得到辜嶠的血才行了。

三日過後，總算徹底醒酒的姬仁宣受南葵邀約，在戌時來到了她府上。南葵正坐在房外窗下小酌，看見他來了，舉杯同他示意，姬仁宣當即擺手，可是不能再喝了。

南葵淺笑而過，姬仁宣在她身邊坐下，不禁覺得有些冷，詢問她道：「怎不去屋裡坐？」

「這裡月色真切，空氣也好。」南葵拾起一塊杏仁糕吃進嘴裡，搖頭道，「可惜這糕點不如你做得好吃，實在是美中不足。」

姬仁宣哭笑不得：「哪有小酌配甜糕的？要配些佳餚才像話。」

南葵卻沉靜下來，轉而望進他眼底。姬仁宣因她的正色而不禁一怔，在這靜謐夜色之中，南葵終於將心中的猜疑告知於他。

「這三日來，我獨自一人想了很多，終歸到底，我是無論如何也不願去利用振鷺的。」南葵這般說著，心裡空落落的，她總是回想起曾經的辜振鷺會輕喚她的名字，那份美好不忍被汙穢褻瀆，她握緊了手指，「仁宣哥哥，我還是不願把振鷺牽扯進來。」

姬仁宣理解她的苦衷，探手覆蓋住她的手背，掌心一片冰涼，他急於捂暖她的手，便將她的手闔在自己雙掌之間，可是過了好久，依然沒有暖和起來。

他彷彿是在這一刻才意識到，他的南葵的確不再是從前的南葵了。

這般落寞的想著，抬起眼來，恰好與她四目相對。夜風徐來，吹起他衣角，也撩起她鬢髮。

「我說過的，只要是你想做的事情，但凡你需要我，我必當義不容辭。」他看著她在月色下迷離眩暈的面容，只盼著再多些與她共處的時間。思及此，他低下頭，以唇輕吻了她的指尖。

南葵心中動容。

夜深人靜，萬籟俱寂，坐在面前的人，是不問對錯、甚至不問生死便會支援她的人。

南葵感動之餘，終於下定了決心，她說：「我們要瞞著振鷺，一旦查

出辜嶠所做的勾當，也絕不能因顧及振鷺而手下留情。仁宣哥哥，這一戰必是惡戰，我對你沒有其他要求，只願你在我完成使命之後，能夠平安終老，頤享天年。如此，我便了無牽掛了。」

這一番話，像極了分離之前的道別。姬仁宣只覺得胸口一陣灼痛湧過，他無法自抑的向前傾了傾身子，將她摟進了自己的懷裡。

只盼望這一刻，能夠維持成天長地久。

南葵默默的閉上眼，從她眼前閃過的，是人間忽晚，山河已秋；世無亂世，國泰民安；家人閑坐，燈火可親；易水人去，明月如山。

夢醒之後，城無荒蕪。

第 三 十 節

　　焰國歷年二百七十六年，南域大旱，從晚夏起至今冬初，連著半年不曾得過天公半滴雨露。而南域本是焰國盛產糧食的樞紐地帶，如今臨近年關，卻顆粒無收，甚至已有不計其數的百姓被渴死、餓死，且掌管南域的太守殷徊公為了保住頭頂的官爵，有意隱瞞此事長達數月，直到餓殍遍地後，才不得不奏上了摺子。

　　這一天災猝不及防，與晚秋那場接連數日的妖異暴雪一唱一和，儼然是要逼得焰國氣數盡去。且朝臣為保家國安泰，已在朝廷上亂成了一鍋粥，臨近南域的郡城太僕韓易侯在朝上請命道：「陛下，老臣願向陛下請纓，攜郡城人馬前往南域賑災，為萬民斷糧之危盡棉薄之力。」

　　北方諸侯面面相覷，其中有位德高望重的林奚侯站了出來，他代表北方勢力反駁道：「此事還請陛下三思。」

　　隨後，又據理力爭道：「想來南域百姓此前的生活一向奢靡無度、糟蹋糧食，如今突降旱災，必定是天道輪迴，而韓易侯的郡城在西，是為中心地域，且又算不上是富庶之地，更是不該開設郡城糧倉去援助南域。且南域有魚米之鄉美名，曾在十年前的旱災之中抬高糧價禍亂北境，造成西北一帶饑民無數，飽受饑寒之苦。如今若是得了多方支援，又何以讓南域嘗受教訓、消消氣焰？其他領地又如何能對陛下、對朝廷心服口服？」

　　「林奚侯！」

　　南域太守殷徊公聽到這一番奚落，忍不住氣得跳起了腳：「你休要搬出陛下來作擋箭盾牌！分明就是你這老賊想要借刀殺人！呵，不就是記恨著十年前的那次陳年舊眼嘛，可那會兒是我爹在任，又不是我，你如今算到我頭上來作甚？」

　　「陛下面前竟敢如此狂躁不堪，實在有失體統。」林奚侯冷言冷語道，「你等乳臭未乾的後輩，便不要以小人之心來度君子之腹，十年前的天災是我西北無能，便是不會去怪罪旁人任何。可如今卻不同了，曾依仗

著地理位置優渥而輕賤食物的南域，分明是咎由自取，在場諸位不覺是南域長久以來的所作所為傷天害理嗎？除了天子，吾等凡人又怎敢與天公作對呢？若是插手南域之事，豈不成了逆天而為？」

「你……你這落井下石的老不死東西！」殷徊公火冒三丈，作勢要與林奚侯扭作一團。

其他群臣立即衝上前來拉開二人，不知是誰人顫巍巍的喊了一句：「休得猖狂！若再敢放肆下去，小心陛下把大家都拖出去砍成了肉泥！」這一場鬧劇才結束，朝臣又乖順的俯身跪拜，祈求國君恕罪。

皇座上的國君只漠然的注視著殿內光景，他越是沉默，跪著的朝臣們越是惶恐。殷徊公臉頰上的冷汗不斷滴落，就要浸濕他的衣襟，心想著一時衝動，竟殿前失儀，若真惹怒了陛下，豈止是官爵不保，連同腦袋也要搬了家。

可半晌過去了，國君並未發怒，反而是終於下了旨意。竟連升殷徊公三階，只不過，是調去了邊境蠻荒老城做個閒職，再撥了林奚侯去南域代理太守一職，頗有幾分殺雞儆猴之意。接著，又下令各屬地大開糧倉，賑濟南域。

可這也就代表著焰國上下的所有百姓，都要為了這一道指令而節省起糧食，即便如此，也不知能否捱過這場覆蓋面極大的旱災，畢竟南域隸屬焰國，總歸都是一榮俱榮、一損俱損。

只是，群臣心中也明晰了一件事，便是焰國如今已經岌岌可危，表面上的繁華與太平實則脆弱無比，如同一顆玻璃石，唯有在太陽的照射下才旋轉出耀眼的璀璨。一旦烏雲蔽日，玻璃石將成為一攤黯淡淒慘的茅廁泥，如同現出了本來面目。

究竟是什麼東西令焰國從內部開始腐爛起來的呢？

若說那場妖異雪災只是意外，那麼，這次突如其來的旱災又該如何解釋？無盡的疑慮困擾著南葵，而此時，她正端坐在一室淡緲的煙霧裡，這稀薄如環境的煙霧背後，則是坐在玉石床榻上的冥帝和墨。

誠然，眼下的南葵正在冥界殿中向和墨道明焰國近來的異象。而聽她統統訴盡之後，和墨又緩緩的吸了一口煙草，手指間拖著的煙桿是雕花紅木，吐出的煙霧則像一團飄忽不定的雲，輕盈柔情，薄如蟬翼。末了，他

沉聲問道：「你今日特意回來冥府，便是為了向我詢問其中緣由的嗎？」

南葵恭敬的頷首，回道：「正是如此。」

和墨不疾不徐的說：「想必你心裡早已有了定奪，作為饕餮轉世的你，自然能夠感知得到天發殺機的前兆。」

南葵頓時面露憂色，她攥緊了手指，視線落在和墨那張如玉如畫的面容上，輕聲問：「莫非……當真是因為嬰靈之軀就要破世而出了嗎？」

所以，那份即將降臨於人世的怨氣鋪天蓋地，才會引得暴雪肆虐、大旱不止，迫得民間農耕荒廢、田莊荒蕪，數以萬計的百姓流離失所、死傷遍地。

和墨看向南葵，回應著她，低沉的嗓音如夜幕下的泉水般流淌在她耳畔：「冬雪伴隨著月食，夏旱伴隨著日食，日食之日，正午之時，盈滿則虧，盛極必衰，看似陽氣最盛，實則陰氣最重，屆時，怨氣之源將會藉助日食促使天地開一線，引發天發殺機，從而改天換日。」

南葵聞言，心中終於有了定數，果然如她所料，的確是嬰靈即將問世。她咬了咬嘴唇，面色凝重的對和墨說道：「關於嬰靈之事，我已經尋到了眉目，且無論如何，我都會阻止嬰靈降世。」

和墨略有一怔，似是擔憂她安慰般欲言又止，可很快又露出一絲欣慰笑意，他知這是她必要去經歷的一關，又如何能去插手她的命數呢？便也只得叮囑她道：「萬事必要加倍當心，嬰靈實乃惡靈，極難對付，且要靠著天香瓏葉，才能淨化嬰靈的戾氣。到了那危機之時，你定要記得求助冉冉，莫要單槍匹馬傷了自己。」

這話聽著雖是在關切南葵，可卻在不覺間洩露了和墨與林冉冉之間的密切，想來能被和墨直呼名字的，三界之中，怕是只有林冉冉一個了吧？

思及此，南葵輕笑了笑，謝過和墨，忽而又想，旱災已至，日食也必不遠矣。

而這般時候的人間焰國，正值上午巳時光景，辜府內院屋內，小婢女端著一壺香茶走進辜嶠屋中，正是要端給前來診脈的御醫喝的。

御醫一隻手搭在辜嶠的腕上，探著脈象的虛實。想來是陛下體恤臺輔，自打臺輔大病初癒後，便每隔三日都會派來御醫登門辜府，為其問診治療，生怕一國臺輔的身子再有絲毫閃失。

而今日探過脈象，御醫不由得擰起了眉心，「嘶」的一聲吸了吸氣，轉而同辜嶠稟報道：「回稟臺輔，依老臣所看，臺輔近來的脈象照比此前已逐漸平穩，然而仍舊略有虛症，許是毒後引起的，倒也不礙事，只需懸針治療幾日便可去除。」

　　辜嶠收起了手，將衣袖撫平，又請御醫用茶，而後才平靜的問：「便是要針灸才可去除虛症嗎？」

　　「正是。」御醫又道，「不過，若是臺輔不願懸針，老臣也可以為臺輔開出藥方，煎服月餘，也是能夠初見成效的。」

　　辜嶠道：「如此說來，針灸可會更快一些了？」

　　「回臺輔，懸針只需三日，便能除去體內的殘餘毒性。」

　　辜嶠默然片刻，然後點頭道：「那就有勞御醫懸針了。」

　　待到一炷香的時間過去後，陰鬱的空中下起了淅淅瀝瀝的泥雨，儘管極小，滴在衣襟上頭卻暈染成汙穢的黃泥。辜振鷺走在院中，不禁覺得這冬時泥雨，自是極為怪異。前些日子曾聽下人們議論起南域那頭已是大旱成災，便是皇城之內這星星點點的泥雨，也是那頭百姓祈求不來的了。

　　僅僅是如此想著，他就已是情不自禁的同情起了南域百姓的遭罪，心中不免恍惚不定，就連走到辜嶠的房門口時，都未曾察覺，是身旁撐傘的侍女提醒了他，他才回過神來。

　　泥雨汙重，寒風乾澀，辜振鷺敲響了房門，輕聲道：「父親，我來請安了。」

　　辜嶠的聲音傳出：「且在門外候上片刻。」

　　「是，父親。」辜振鷺靜默的佇立了一會兒，很快便見房門開了。

　　走出來的人是御醫聶氏，他同辜振鷺作揖問候，又將懸針袋子交給辜振鷺，囑託道：「辜公子，這是老臣在近日需要為臺輔治療的懸針，還請公子為臺輔收好，老臣明日會再來府上問診。」

　　辜振鷺點頭收下，順勢將巴掌大的針袋送進了袖中，又命侍女為御醫撐傘，送他離府。

　　待目送御醫離去後，辜振鷺才進了辜嶠的房間。為辜嶠擦拭雙手的小婢女同辜振鷺問了安，便端著銅盆退了下去。

　　剩下辜嶠與辜振鷺父子二人獨處，見他肩上有泥濘，辜嶠略一蹙眉，

問道：「你從哪裡染來了泥土？」

「外面下起了泥雨，即便有侍女撐傘，可風極妖，總是要將那泥雨斜斜的刮到身上來。」辜振鷺說著，便抬手擦拭頭髮與肩膀，很快又不做了，只怕會將泥濘揮落到辜嶠的房間裡，他不想惹父親不快。

辜嶠似看出他用意，依靠在床榻上，喚他坐到自己面前。

寂靜之中，二人都久久無言，辜振鷺對父親始終是有幾分懼怕的，只要父親在，他就如同一個不知世事的稚兒，即便是大聲些說話，都是不敢。

「也已過去了十年。」辜嶠忽然這般歎道，他打量著辜振鷺的面容，如同囈語，「你已經長大成人，是堂堂正正的七尺男兒了。」

辜振鷺不懂父親為何感慨此事，正欲言又止，辜嶠卻同他道：「自打我中毒昏迷以來，便一直不省人事。如今大難不死，心中也是極為感激。最近，我想起從前聽到過的一個故事，想著今日要跟你講一講。」

辜振鷺點了點頭，靜默的聽下去。

從前，有位姓鐘的舉人，品行方正、不苟言笑，閭裡都稱他作鐘孝廉。某日，鐘孝廉與學生同室而眠，夜裡忽然哭醒，邊哭邊說：「活不成了，我要赴陰曹去也……」

學生問何故，鐘孝廉說：「我夢見兩個聳著肩膀的官差來到床邊，拉起我就走，路上不見人跡，只見無邊無際的黃沙百草。後來，我被帶到一間衙門，有位尊神面色鐵青，頭戴烏紗，南向而坐。差官按住我跪下，尊神問，你可知罪？我自思無愧於人，說，不知。神說，再想。我思忖良久說，父母去世，我無錢安葬，以至於停棺二十年，罪該萬死。神說，這是小罪。我又說，年少時曾淫一婢，又狎二妓。神說，這也是小罪。我又說，我常譏諷他人文章，有口過。神說，此罪更小。我實在想不起來了，於是說，其他再無罪矣。

「誰知那尊神面色一沉，喝左右道，叫此人在水中一照。二差取過水盆，將我頭面浸入水中，前生之事如潮水湧入。原來，我前世叫楊敞，曾與朋友在南方做生意，因貪其財貨，將朋友推入水中殺死。我眼前出現朋友溺斃時的扭曲面孔，嚇得瑟瑟發抖，趴在地上大呼知罪。

「神明厲聲道，還不變嗎？隨即舉起驚堂木一拍，天地間一道驚雷，緊接著天崩地裂，牆垣倒塌，四面八方湧入洪水，無邊無際。四周黑漆漆的，只剩我一個人，趴在漂浮的菜葉上。我心想，菜葉這麼輕，怎麼能承得住我呢？低頭向身上一看，我已化作一條蛆蟲了。」

說完，鐘孝廉向學生託付了身後事，三天後，嘔血暴斃。

「你看這故事中的鐘孝廉，受懲戒依靠了神仙託夢，但他夢裡的世界卻別開生面、精彩異常。他三次向神明承認今生過錯，然而在神明眼裡，卻一件比一件無足輕重。這個過程倒將鐘孝廉苦思冥想、搜腸刮肚的狀態，表現得淋漓盡致了，也側面證明了鐘孝廉為人方直，從而更進一步昭示了天道昭昭、神目如電。」辜嶠道，「可是，神明最終將鐘孝廉變為一隻蛆蟲，趴在漂浮的菜葉上，你說，這又是何故呢？」

辜振鷺猶疑的看了看辜嶠的臉色，辜嶠示意他但講無妨，他這才謹慎的道：「仰以觀於天文，俯以察於地理，是故知幽明之故。原始反終，故知死生之說，精氣為物，遊魂為變，是故知鬼神之情狀。而精氣為物，遊魂為變，講的便是輪迴的道理。精氣可以形成物，物是生命的載體，而遊魂卻是通往輪迴的一種形態，那位鐘孝廉變作蛆蟲，自然是進入了六道輪迴，一道一道輪轉，以此來消他前世的罪孽。」

辜嶠看向辜振鷺，可又像是在透過他的面孔去尋找旁人的身影。他出神了片刻，許久許久，他又淡淡的笑了出來，是略帶一絲陰鬱的笑聲。後來，他的聲音如幻霧一樣縹緲，低低道著：「世間眾生因貪婪、欲望、痴念而混沌迷茫，而六道之一的凡人，即便身處在人道之中，也還是要受到因果輪迴的制約。未知生、焉知死，輪迴去別處，又如何能夠得知？究竟有無輪迴都無從得證，生則為人，死則為屍，唯有魂魄如初，才能精神不滅。」

辜振鷺困惑的問：「父親所言，是不相信人世間有輪迴之說嗎？」

辜嶠道：「輪迴固然存在，但那不是靈魂的輪迴，是日月、四季的輪迴，是地點、自我的輪迴。」

「但孩兒曾聽聞，有的人在生前做的好事較多，離開時會含笑九泉；有的人生前做事善惡參半，離開時許是會有疾病纏身；有的人性情貪婪無

度，臨死多為暴斃；有的人不信善惡因果，死之前許會心亂神迷；也有人在生前殺人害命，憎嫉善人，敗壞賢明，無惡不作，死去之時，定會痛苦哀號、身受五馬分屍之淒慘苦楚。」

辜嶠幽然的越過辜振鷺，望向他身後的窗外，泥雨悄悄墜落，他靜默的說：「耳聽為虛，眼見為實。你曾聽聞之事，並非你所見到之事。人之為人，天賦其神，地賦其形，生，天道使然；死，還道於天。便是所謂的生者，寄也，死者，歸也。在人道時，要做好自己的人，修成之後，才能知天命。若中途誤入了旁的道，便也是命中定數，只管安安分分的接受。」

他的這一番話，寓意頗深，又彷彿另有所指。辜振鷺聽得雲裡霧裡，忽而想到古人都說人死後悔過奈何橋，橋上那碗湯，是孟婆遞來的湯。喝了它、過了橋，前塵往事都將煙消雲散，便是讓人不要期待有來世，因現世與前世都終結在了橋上湯裡，而失了記憶的來世，又還會否有意義？

而如果不想今世記憶盡碎的話，死後便不要選擇前往來世，唯有魂魄不散，精神才能永存，這便是辜嶠方才所言中的暗示。

只是……他所暗示的究竟是什麼呢？辜振鷺猜不透，卻又覺得父親不會說毫無意義的話。不如說，他說的每一個字，都不是白費的。

這令他不禁意識到了最為可怕的一件事——或許，父親已經察覺了他與虞北梔之間的關係。或許，在很早之前就已經察覺了，他從不點破的原因，必然是想要辜振鷺自己選出結果。

然而，無論最終選擇誰，於辜振鷺而言，都是挖心錐骨般的劇痛。這令他想起年少時期，十五、六歲的時候，曾與姬仁宣及另一位容姓公子去青樓裡見個新鮮。那公子容要年長他二人幾歲，是位出身名門的貴族，他因時常出沒姬仁宣的魁味居，而與姬仁宣交好，本身是尋花問柳的個性，又有色如春花的容貌加持，自然是會吸引眾多千金小姐芳心相許。

便是他帶著姬仁宣與辜振鷺，見識了青樓裡的光景，可姬、辜二人是極為年少的愣頭青，在脂粉撲鼻中總是坐立難安，只好去樓臺處喝茶賞月，留公子容一人在那衣香鬢影裡翻轉周折。

過後很久才得知，公子容在那青樓中是金屋藏嬌的，他在兩年前看中了一家農戶的姑娘，幾乎就是強搶民女到了城中，為了掩人耳目，又把

她放去青樓裡做頭牌的貼身婢女，總比去做皮肉生意來得乾淨。之所以不能直接帶回府上納妾，實在是身分相差過於懸殊，貴族的侍妾也必要是個小門小戶的庶出，窮鄉僻壤的農戶女兒，是萬萬無法被貴族接納的。但公子容也是真心喜愛這女子，他明知與她沒有結果，卻還是身負種種壓力與她私會，並克服萬般艱難與雙親爭鬥，勢必要尋到一種將她帶回府上的可能性。

然而家中正妻容不下這等醜聞，便私下買通了殺手，要人去青樓裡騙出那女子，一刀殺個乾淨。哪知那女子為了求生，竟在掙扎中砍傷了殺手，幸得落荒而逃。當公子容最後一次見到她時，是在荒蠻的山腳下，他見她身上受了傷，也不知發生了什麼事，只見她提著刀搖搖晃晃從山下走來，她悲痛欲絕的對他道著：「是啊！是我愚蠢可笑，竟會信了你這種貴族的鬼話。不過是始亂終棄、殺人滅口罷了，又如何要演出那般恩愛戲碼、纏綿悱惻？你若是不愛了，放我走便是了，不必如此趕盡殺絕。且最初，也是你逼得我落入你的天羅地網，本該不必相識，才能各自成全。」她說著，把刀扔在他腳下，拖著傷痕累累的肉軀離開了。

「不該相愛的人，從最初就不要去嘗試，到頭來，害了卿卿，也害了自己。」公子容向姬仁宣、辜振鷺說這話的時候，已經是病入膏肓了，那不久之後，他害了重病，再沒能活過來。

而農戶家的女兒也音訊全無，即便辜振鷺想把公子容的死訊告知於她，也全然找不到人影。便是從那時起，辜振鷺的心中印下了一個烙痕——不能害了卿卿，更不能害了自己。

若是明知故犯，豈非殺人誅心？

辜振鷺這樣想著，將袖中懸針袋子取出來，把其中一根針交給姬仁宣時，忍不住問他：「你可還記得從前相識的公子容？」

夕陽落日，餘暉灑照，辜府門外的僻靜角落裡，頭戴緯帽遮面的姬仁宣困惑的抬起眼，以繡帕接過那一根細小的懸針後，反問面前的辜振鷺道：「好端端的，怎會突然提起一個已逝之人來？」且他應該要問的，竟不是姬仁宣請求他交付一根懸針的緣由嗎？

「沒什麼，只是今日偶然間想起了他。」辜振鷺搖了搖頭，眼裡似有落寞。

姬仁宣打量著他的神色，心知他是個極愛憂思之人，怕他又會費心思索，便嘆了口氣，安慰他道：「那都是些舊時之事了，且你不是他，也不該想起他。生者是過客，死者是歸人，他已歸了他的去處，便不要再去驚擾他。」

辜振鷺默然垂眼：「我只是想起，他直至死前的最後一刻，都未曾放下過他的執念，不免替他覺得……有些可悲罷了。」

「他並不可悲，也無人可悲。」姬仁宣抬起手，拍了拍辜振鷺的肩，「只要是甘心情願，便不存在對錯。」

辜振鷺略一苦笑，再不多言。轉身離去時，忽又轉回身形，這才詢問起姬仁宣：「仁宣兄借走此針，偏生只為一根，所謂何事呢？」

姬仁宣道：「昨日我叔父曾邀聶御醫去府上，也是久違其懸針大名，可不巧他針袋裡少了一根針，他又托人告知我今日會到辜府，我想著暫且先從你這裡借來一根，等明日再由聶御醫帶回還你。」

不過是一根針而已，倒也不會令人多慮，辜振鷺只隨口說了句：「看來，聶御醫的懸針醫術的確高明，我從未向仁宣兄說過父親也用了針灸之術，你卻已經耳聞了。」

姬仁宣一怔，緘默的同辜振鷺告辭，上了停在巷外的馬車，摘掉頭頂緯帽後，吩咐僕從駕車去往城南的姬府。

其實這一切，都是姬仁宣聯合姬氏兄弟而做的戲碼，他們知道國君對辜嶠的格外關照，在私下買通聶御醫之後，使其不動聲色的提出針灸之術，唯有不刻意為之，辜嶠才會選用。果然不出所料，辜嶠接納了懸針，那麼按照計畫，姬仁宣會要聶御醫將懸針袋子交由辜振鷺掌管，姬仁宣再來向辜振鷺索要一針。

針上殘留著辜嶠的血跡，儘管極為微小，也足夠南葵使用了。

雖說南葵不願讓辜振鷺牽扯其中，可姬仁宣並未讓辜振鷺知情此事，便也就不算讓他蹚走渾水。且這般謹小慎微的舉動，似乎也沒有令辜嶠起疑，便也正是姬仁宣想要達到的效果。

而從前些日子的辜府一聚來看，辜嶠身上也並沒有明顯的破綻，想必，他也絕對不會料想到南葵如今的身分，更是不會得知她已然懷疑到了他身上。

到了傍晚時分，姬仁宣將得來的東西交給了南葵。

　　她有些訝異的模樣，卻也沒問他是如何得手的，她知他始終竭盡全力的幫助她，只要他不隻身涉險，她也不必追其究竟。

　　眼下，辜嶠的血已順利拿到，唯剩下一件稀世物品了。

　　南葵低聲道：「昨日我前往冥界，從冥帝口中得知，要想淨化嬰靈的戾氣，還要有天香瓏葉才行。仁宣哥哥，我當初曾在崑崙雪峰上尋到了天香瓏葉，也還記得其所在位置，我現在便要使用靈氣再次前往那裡摘取天香瓏葉，你且在此處等我回來，一定不要讓旁人進來房裡。」說罷，不等姬仁宣答應，南葵就已經消失不見了。

　　剩下姬仁宣獨自一人站在南葵的閨房中略顯無措，他只得去檢查了門窗，確定緊鎖無誤後，才坐到案桌旁，給自己倒了一盞茶，點燃了燭火。茶是涼的，自是沒什麼喝頭，可等待卻是焦心的，他的眼神隨著搖曳的燭火晃了晃，靜默的品著涼茶。

　　而另一邊，當南葵出現在崑崙雪峰的山洞裡時，卻發現黑漆漆的洞裡堆滿了屍骨與殘骸。還有一個尚未腐爛的已死少年，緊緊的抱著一具屍骨，那屍骨的手裡握著一把鏟土的彎刀，南葵瞬間明晰，他們都是來崑崙尋神草靈藥的可憐人。

　　「這是何等的悲慘啊……」南葵望著這些不計其數的死者，轉過身形，朝洞中更深處走去。黑暗的冰洞裡，盛開著大片大片的天香瓏葉，她俯身摘取些許，心中暗自嘆息。殊不知那些採藥人已距離神草如此之近，偏偏要和當初的她一樣，到死才得知所求之物就在眼前。

　　想來她的生命結束得這樣早，因轉世，因使命，她不得不將自己獻祭給眾生。思及此，她忽覺自己前世是貪婪饕餮，今世卻成了懷柔聖者，也許輪迴本就是有因有果，在這靜謐冰冷的山洞之中，南葵取出懷裡的一些天香瓏葉，輕輕的擺放在死者們的屍骨之上，她祈求他們來生能夠如願以償，再不必受求而不得之苦。

　　等到重回人間時，房裡的姬仁宣已是百無聊賴的將茶杯扣在了桌上，見到她終於回來，他整個人都精神百倍的跳起了身。南葵見狀，不由失笑的問：「你莫不是怕我再次命喪崑崙、一去不回？」

　　姬仁宣露出一絲苦澀的笑意，畢竟崑崙於他而言，實在算不上是什麼

的好的回憶。

　　南葵將帶回的天香瓏葉交給姬仁宣保管，這一次，天香瓏葉沒有一片
花瓣枯萎，在南葵以孟婆的靈力加持下，美豔的神草反而更加鮮活，彷彿
就要搖身一變，幻化成仙。

第三十一節

　　一滴血墜入黑色的湖水中，「啪嗒」一聲，濺起星星點點的水花。

　　南葵站在一扇幽深的鐵門之前，她探手去推，巨大的鐵門紋絲不動，任憑如何用力，依舊是場徒勞。她不耐的轉身去尋另外途徑，然而一路上只能看見無盡的灰濛的高牆，牆下長滿了青色的苔蘚，沿途還踢到了許多腐骨，自是一派森森可怖之象。

　　南葵蹙起眉，再調轉方向，朝另外一側繞去，卻見漆黑前路下起了滂沱血雨，似有千軍萬馬奔騰直下，猩紅的液體澆在她頭頂，她感到胃中一陣翻湧，連連作嘔。趕快原路返回，卻被腳下的白骨絆倒在地，她雖勉強爬了起來，可卻無論如何也再邁不動步子，只因苔蘚如一隻隻鬼魅的骷手纏住她的雙腿，她拚命撕扯，反而助長了骷手的氣焰，竟迅速包裹住了她的整個身體，令她呼吸不暢。當最後一絲光亮被遮擋住時，她驚恐的恢復了神智，猛然間從床上坐起身，驚魂未定的氣喘吁吁。

　　方才，她利用針上的血跡潛入了辜嶠的夢境，可他的記憶卻是一道關得死死的鐵門，她打不開門，便看不到其中絲毫，只餘門外群魔亂舞。

　　且辜嶠與國君、虞陶二人極為不同，他的夢境似是一灘泯滅了欲望的死水，他已然成了一個拋棄了七情六欲的人。鐵門將他的內心鎖住了，南葵透過那扇冷酷的門，彷彿能夠感受得到他內心滿載的絕望。

　　他對人世已毫無留戀之情，而他的夢裡，尋不到一絲波瀾與破綻。

　　但，那扇門的後面，一定有著全部真相。

　　南葵堅定的抿緊了嘴唇，她走下床榻，整理好衣衫，又順勢拿起姬仁宣留在她桌上的牛肉乾，心想著絕對不能讓事情在這裡功虧一簣，必要去查個水落石出才行。

　　「君儒。」她低低喚了一聲。

　　門外便立即出現了饕餮的分身，他四肢纏冰，蹄下騰火，臉孔猙獰凶惡身形巨大，恭敬的對南葵領首。

南葵抬腿一跨，騎在了他背上，並摸了摸他的毛髮，命道：「走吧！我們去辜府。」

　　君儒得令，立即騰雲駕霧而去。

　　不出片刻時間，南葵就已經來到了辜府的上空，她俯瞰著後院，出神了半晌，總覺得此處有怪異。可想要再靠近一些，君儒卻被外頭的一層結界彈了出去，南葵不想打草驚蛇，便不准君儒破壞結界。

　　她從袖中袋子裡取出兩塊牛肉乾，一塊給了君儒，一塊自己吃下，然後靜默的思索起來。

　　「冉冉說的果然沒錯，這是極為強大的結界。」她探手觸碰空中那結界，一道電光刺痛了她，她收回了手，不打算再去以身試險。

　　然而定睛一看，後院池塘中的那小渠頗極為蹊蹺，也只有在空中一覽全景時才能意識到這一點，就如同是一個七斗星形狀的陣法圖。

　　南葵默默記下了那陣法圖的模樣，而後命令君儒前往冥府，她必要把看到的一切告知冥帝，也要詢問看看，這陣法圖究竟是如何而來的。

　　夜半三更，冥府靜謐，看管鬼門的牛頭、馬面正在押送著一批新的死魂，騎在饕餮背上的南葵來不及和他們寒暄，只想著快點去見和墨。

　　而來到和墨寢殿時，她遠遠瞥見和墨站在潑墨畫的巨大屏風後頭，但映在上面的身影卻不只有和墨一人，南葵瞇起眼睛循望，察覺到和墨面前站著一位女子，他們二人在低聲竊語，和墨的聲音極盡溫柔，令南葵不禁好奇起那女子究竟是誰。

　　可對方很快便意識到了她的出現，隨即消失不見。南葵一怔，屏風後的和墨已然走了出來，他見到是南葵，便也沒有責怪，只詢問道：「你突然造訪，莫非是又發現了什麼至關重要的線索？」

　　南葵點了點頭，眼神卻不自覺的飄向屏風後面，地上餘下一塊樣式別致的赤紅玉佩，南葵見過那玉，是掛在林冉冉腰間的。

　　也許，他們之間的確是有著她所不知的過往。這般想著，南葵忽覺耽擱了要緊事，便趕快走上前來，向和墨闡述了陣法圖的疑慮。

　　透過南葵的天眼，和墨看見了她口中陣法圖的模樣，不由輕蹙眉心，回她道：「這圖是鎮魂之咒術，用於傀儡束縛之陣。」

　　此話一出，南葵恍然大悟般的喃喃道著：「難道說，是他利用自己中

毒一事獲得了天香瓏葉，所以才能壓制住那些嬰靈的戾氣嗎？」倘若當真如此，便和辜嶠在前段時間一直閉門不出的時間相吻合了。

和墨的眉頭皺得越發深了一些，道：「看來，對方是個狡猾至極之人了。」

南葵卻猶疑了一會兒，低聲道：「卻也不能用狡猾來形容他，我甚至都無法看清他的夢境，他如同是拋下了所有欲念。」

「如果拋下了欲念，又如何要費盡心思去煉製嬰靈呢？」

南葵嘆息：「我不知道，但是總覺得這其中還有另外的隱情。人非聖賢，絕無完人，即便是當今國君，也有功有過，更何況……他也是一個可憐人。」

和墨聽聞此言，緩緩的苦澀一笑，心中暗自想道，饕餮本是窮凶極惡之獸，貪婪暴虐，嗜血喜殺戮，曾經幾次交手，也覺那獸是狂暴夕毒的，沒想到其一縷神識轉世為人後，竟會有這般悲憫大愛。

「卻要你來做饕餮的轉世，自然是有些為難你了。」和墨輕輕搖了搖頭。

南葵愕然，不禁問道：「冥帝是在擔心我會心慈手軟不成？」

和墨失笑起來：「你是我親自選中的孟婆，我又怎會懷疑你的作為呢？不過是不忍讓你迎此惡戰，有些心疼你而已。」

南葵愣了愣，然後小心翼翼的觀察了一番四周，確定四下無人之後，她才一臉正色的提醒和墨道：「這話要是被人聽去，可是要惹人浮想聯翩了。」

和墨卻也不以為然：「我愛護自己的屬下，又何以惹人浮想聯翩？」

南葵撇撇嘴巴：「我倒不會多心，只怕……」

「怕什麼？」

南葵不再多嘴，抬起手指比在自己唇前，做出了一個「噤聲」的動作。和墨似是清楚她看到了屏風後的景象，心中知她是個聰明人，便無須多言。隨後，他叮囑南葵要打起萬分的警惕，去提防那布陣之人，又道：「你且記住，你的迴廊彎刀是稀世寶物，只要在上頭抹上你自己的心血，便可以恢復饕餮真身三日。同時也會獲得饕餮的神力，自可吞噬世間之惡了。」

南葵堅定的點頭，並且，她心裡已經有了打算。

和墨舒展眉頭，凝視著她說：「眼下，我要去那嬰靈殿，必須要打通那條連接著人間與冥界的通道，為這十萬嬰靈入輪迴而做好準備。」

正如和墨所言，接下來要做的，是要將嬰靈在人間的棲息之地徹底毀滅，只有如此，那些嬰靈才不會留戀人間，從而走上輪迴之路。而到了那個時候，化身饕餮的南葵，必要將嬰靈釋放而出的惡念全部吸入腹中才行。

此戰容不得絲毫差池，必要滴水不漏。

只是……若結界與陣法都是出自他手，僅憑她的力量，真的能夠對抗得了他嗎？即便她從和墨這裡得知了變化成饕餮的技法，可這麼多年來，他能神不知鬼不覺的煉製嬰靈，必定已經設想出了一切後果，那麼，她當真能護得了焰國百姓周全嗎？即便有林冉冉助她，這一戰，也是勝負未定。

南葵心中憂慮起來，轉念又想到她的家人都身在焰國，父親、母親、仁宣哥哥、叔父……，念及此處，便再容不得有一絲猶豫，她定要拚死保護他們才行，哪怕，要她為此而捨棄性命。

是懷抱著這樣孤絕的決心，南葵攜君儒從冥界回到了人間。當一人一獸再次出現在辜府上空時，已經是丑時了，伴隨著荒雞起鳴的聲音，南葵察覺到辜府內院裡已經有下人開始窸窸窣窣的起早。正當此時，下方忽然有人在小心翼翼喚她的名字，她一怔，趕忙低頭去看，竟是姬仁宣站在地面朝她招手。

南葵驚慌的瞪圓了雙眼，猛地要君儒俯身飛下去，她湊近姬仁宣，緊張兮兮的壓低聲音質問道：「你不好好睡覺，跑來這裡做什麼？」

姬仁宣也不滿的反問起她來：「我倒要問你這話了，看你這陣勢，定是又想瞞著我一個人偷偷做些危險的事情了吧？」

南葵左顧右盼，怕人發現，直接一把將他拉到了君儒的背上，再次飛到空中後，她才無奈的問他：「你怎麼會知道我在這裡？」

姬仁宣無奈的搔了搔頭，望天嘆氣道：「心靈感應吧！我也不好去你家裡，這麼晚了，反倒會讓叔父起疑。想著你可能會放不下辜府，便在這附近徘徊了許久，結果還真發現了你的蹤跡。」

這話令南葵自是感動又惆悵，她深深吐息，有些不安的說著：「你在我身邊的話，我反而不好放開手腳行動了，只怕接下來會有危險，我不想你和我一起涉險。」

姬仁宣則說：「唯有我陪在你身邊，你才會時刻保持警惕，畢竟不想把我拉進危險中的話，你自己就不會胡作非為。」

南葵欲言又止，忽然聽到辜府內院裡傳來一聲奇異的響聲，她與姬仁宣一起循望過去，只見池塘裡溢出了幾簇水花，就像是有人在下頭呼吸。

南葵與姬仁宣面面相覷，皆是覺得事有蹊蹺。

可就是因這呼吸似的水花，罩在辜府上空的結界彷彿打開了一條縫隙。南葵瞬間亮起了雙眼，她試著去碰，果然，結界沒有將她彈開，她能夠從上空進入辜府了。

「屏住呼吸。」南葵對姬仁宣說完，抬起手指，在他的額心中間輕輕一點。

姬仁宣也沒去問緣由，只管照做，他吸進一大口空氣，鼓起兩腮，南葵便吩咐君儒道：「去那池塘中一探究竟。」

君儒領命，一個騰躍便帶著背上二人縶進了那內院的池塘之中。

頃刻間，池塘水面上的漣漪便消失不見，就好像連此前的一絲波瀾都不曾出現過那般。而池塘之中，幽深水澤漫過頭頂，由於南葵方才在額心施過了法，姬仁宣走在水底也能夠呼吸自若。

他二人環顧起四周，只覺這池塘下頭如同另一個詭祕氤氳的境域。假山松石立在兩側，燭燈罩在玉雕裡，一盞一盞交錯而明，周遭林木錯落，怪石嶙峋，好似深海龍宮小苑，除去黑暗與潮濕，此處對比其上頭人世，竟顯得光怪陸離。

「竟想不到這辜府後院的池塘下面，會有這樣的玄妙之地。」姬仁宣瞠目結舌走在其中，忽然眼睛一亮，指著前方對南葵悄聲道，「你看，那扇門後頭好像有什麼東西……」

「看著像是棺木。」南葵接下他的話，心下一沉，不由加快了腳步，穿過那扇黑色的鐵門，走進了堂內。

只見一口由琉璃雕刻而成的棺木，平放在空曠的大堂中央，玉雕燭光圍滿了棺木，直把這琉璃材質照耀得熠熠璀璨。

姬仁宣困惑不已，心中暗想著，此處怎會放置著棺木？未免太過怪異。

他隨南葵一起湊近去看，不禁大驚失色，那棺木中躺著的女子，竟是早已死去多年的辜夫人！

「這、這是怎麼一回事……」姬仁宣一頭霧水，南葵則是一言不發。她趴在透明的琉璃石上去看下面的人，面色紅潤，衣衫整潔，似乎只是睡著了而已。且她雙手合扣在胸前，身邊放滿了顏色妖冶的鮮花，定是有人每天都來更換打點。可任憑南葵和姬仁宣如何合力而為，也無法將棺木板子打開，累得滿頭大汗的姬仁宣首先作罷，直說不能驚擾了已死之人，不管怎樣也不能開棺驗屍，實在是大不敬。

「太奇怪了。」南葵緊緊的盯著辜夫人的面容，詫異道，「已經過去十餘年了，她一點都沒有老去，身體也並未腐爛，但這……這怎麼可能呢？」

姬仁宣也感到可懼道：「把人放在這棺材裡，又藏在池塘下頭，也足夠驚奇，又還有什麼是不可能的呢？」

正說著，忽然聽到門外飄來一陣幽幽的冷風，姬仁宣被這絲詭異的風驚擾，趕忙看向身後，卻不見有任何異樣。再一轉頭，但見南葵正盯著某一處，如同猛獸捕獵前的眼神，雙目灼灼似烈焰燃起。

姬仁宣也順著她的視線看過去，正是幽深的鐵門外，有一抹緋色身影搖曳著走路過去，且走路時會發出「叮噹」、「叮噹」的響聲。姬仁宣困惑的想，這聲音怪得很，像是送葬時會聽到的搖鈴。正在這思索著，南葵已經追著那身影跑了出去。

「南葵！你不要輕舉妄動……」姬仁宣也趕忙憂心忡忡的跟上她，彷彿是被那身影引導一般，他們來到了池塘盡頭的一間密室。同樣是一扇幽深黑暗的鐵門，南葵伸出手，輕輕一推，門便開了，可卻不是被她推開的，而是有人從裡面替她打開。

「吱呀——」

撲面而來的是厚重的灰塵味道，哪怕是在水中，那股子潮濕陰暗的氣味也沒有淡去分毫。這狹小的密室裡四面為牆，貼滿了密密麻麻的怪異符咒，其中一面正對著門的牆上，有一張巨大的等人高的符，上面彷彿飄浮

著瑰麗的祥雲，但是湊近去看，就會發現那並不是祥雲，而是有著三隻眼睛的怪鳥。

牠的整個身體都在發光，尤其是額心的那隻眼，一眨一眨，形成一道筆直的光束，徑直的射進南葵眼底。而隨著鳥的眼睛張開，飄浮著陰冷氣息的密室中，光點在慢慢增多，冰冷銳利的光，逐漸在黑暗空曠的四周蔓延開來。

幾十雙甚至於是幾百雙眼眸在跳躍著詭異的光亮，牠們相互之間在交頭接耳的竊竊私語，直到那「叮噹」聲響起，眾多嘈雜聲才如霧氣般散去。南葵循著那叮噹聲去看，圍牆的角落裡，站著一個虛弱的身影，她微微抬起頭，露出白皙的額，細長的眉，桃花般的眼，以及慘白如蠟的容顏。這的確是冰雕一般的美人，哪怕瘦削而無力，卻掩蓋不住她勾魂攝魄的魅力。

「辜……辜伯母……」姬仁宣脫口而出這一聲呼喚，可很快，他又局促的捂住了嘴，只因面前這女子太過年輕，彷彿還要比他小上幾歲。難不成，是辜夫人死後的鬼魂？所以才能永保青春樣貌？

然而，南葵卻一眼識出了她是紙人形態的辜夫人。作為孟婆，她自是知道人間有許多束縛魂魄的法術，用紙人做魂魄容器便是其一。只因肉身已死，而魂魄被迫留在人世，唯有依靠紙人來苟延殘喘，久而久之，元魂越發虛弱，一旦魂魄盡散，那具冰冷的肉身屍體也會立即腐爛。

「辜伯母，多年未見了。」南葵輕嘆一聲，走近她一些。

角落中的美人輕抬悲戚的眼，本該色如春花的容貌，也因哀哭而顯露出憔悴枯敗，她一張口，一縷輕煙從唇中化出，那是命不久矣的元氣，也許每多說一句話，都要消耗她所剩無幾的精魂。

「我早已不再屬於人世。」辜夫人的聲音縹緲如幻，她略微屈身，似是緩解身上的痛楚，大概是紙人的壽命也要到了，無法依託她的元魂太久，她喑啞的低聲道著，「是我把你們引到這裡來的，多年來，不曾有人察覺到我的存在，唯有你……而今日，我總算得以讓你們發現了我。」

南葵和姬仁宣彼此交換了一個眼神，自是心頭不忍，南葵安慰她說：「辜伯母，這一切都是陰差陽錯，只是連累了你逗留在此，錯過往生。」

辜夫人那雙蘊含悲傷的眼睛盯著南葵，痛心道：「辜郎執念太深，這

些年來，我一直以這般形態留在此地，只因他不願我離去，是他的執念束縛著我，我也無法渡入輪迴，可我終究是個已死之人，又如何能逆天而行、破壞陰陽？」

姬仁宣聽聞此話，竟悲從中來，不禁為辜嶠說起話來：「辜叔叔是承受不了失去伯母的痛楚，他把你安放在這裡，也是希望他能同你白頭終老。」

辜夫人苦笑著搖頭，聲音哽咽模糊：「生者與死者，怎能提及白頭終老？我與辜郎的確恩愛有加，若不是那場戰亂，辜郎也不必遭受喪妻之痛。然而，我不能眼睜睜看著我心愛的夫君為了我而步入歧途，我要救他脫離執念才行啊！」

歧途？南葵思慮著這二字，難道……當真是……

「這十年來，辜郎為了我而不停的濫殺無辜，他竟妄想煉製嬰靈來讓我復活。」辜夫人顫抖著嘴唇，終於傾吐出了這個真相。

南葵雖覺意料之中，卻仍舊受到極大衝擊般退後一步，姬仁宣更是沉默垂首，似是無法接受這個事實。

「天意弄人，註定我與他天人永隔，可我不能眼睜睜看著他鑄成大錯，我願意為他承受所有罪過，哪怕來世不能為人，哪怕為牛為馬為牲畜，我也絕無怨言。若是讓他為了我而一步錯、步步錯，我寧願粉身碎骨，也不肯他霍亂人間。然而……我也並不怨他，倘若沒有和辜郎廝守一處，生與死，又何樂之有呢？正如鳥兒食蟲，花兒怒放，晨露蒸發，猛獸相殘，虎毒卻不會食子，我的執念與辜郎的執念相比，又有何不同之處呢？也許，正是我拖累了他……」

話到此處，辜夫人淚眼婆娑的伸出手，以微弱的紙人力度握住了南葵，她的神色不安而無助，懇求她道：「葵兒，你一直都是個善良的好孩子，便是不能親眼看著你的辜伯父走向無可挽回的局面，所以……你碎了我這紙人身子，讓我塵歸塵、土歸土吧！」

南葵失神的站在原地，辜夫人急促的繼續道：「在辜郎發現之前，你毀了我便能挽回事態，只因我身上有他陣法圖的咒術，無法自行了斷，唯有藉助他人之手才能求得一死。葵兒，事不宜遲，快快動手吧！」

原來陣法圖是用在辜夫人的身上，原來，那不計其數的萬千嬰靈，都

是為了一人復活。

原來，統統都是辜嶠的執念所造下的孽果！

可，面對著從前對自己疼愛有加的辜夫人，南葵又怎能下得了手？那些支離破碎的往事記憶，鋪天蓋地的淹沒了南葵，她掙扎的咬緊了牙關，耳邊響起的是自己曾反駁和墨質疑的問話——莫非，你是在擔心我會心慈手軟不成？

便是在這分神的空檔，身後忽然傳來了腳步聲。

南葵怔住了，連同呼吸也一併屏住了。

那人則停在了門旁，語氣是風輕雲淡的，可話裡卻暗藏著殺意，他靜默道：「我今日本是要為陛下講學的，可我設在池塘外頭的咒術有了風吹草動，我便知道是有人接近了池下，雖然趕回來得晚了些，也好過被你們得了手。」

這話，令辜夫人的臉色變了變，她甚至以雙手捂住了臉，絕望的嗚咽出聲。到底還是晚了一步。

而南葵與姬仁宣則是感到背脊發涼的回過身，望向那站在門旁的身影。

已過不惑的年歲，身形瘦削卻挺拔，長袍上繡著靛色的雲水波紋，肩上披著墨色繡金短襖，腰間佩劍攜玉，腳踏鳥紋烏靴。他眉眼是看慣紅塵般的冷淡，刻在唇角的笑意卻極為陰冷，他的視線掃過角落裡的辜夫人，再看向姬仁宣，最終，定在南葵臉上。

儘管他識不出這張臉，可上一次在辜府的聚會中，她也曾經出現。他便抽出腰間的劍，指向南葵，沉聲說道：「你是何人並不重要，可你既然已經得知了我的祕密，便是不能活著離開此處的。」

南葵咬緊了牙關，她看見辜嶠那張冷酷無情的面容上，只餘下一片慘白，已然是失去了該有的人性。想必，他內心那扇緊閉的鐵門，並非是拋棄了七情六欲，而是撇下了人倫道德了。

眼下，必要迎戰了，南葵已做好了覺悟，她從腰間抽出了自己的迴廊彎刀，擋在了姬仁宣與辜夫人的面前。

辜嶠見狀，只輕蔑的一笑，他揮舞手中利劍，飛快的衝向了南葵。

夜色深沉，已是寅時，天空再度下起了怪異的泥雨，這一次，卻是猩

紅色的。辜振鷺被這惱人的雨聲吵醒，他隨便穿上一件衣衫，撐著傘走出了房間。想來他心中格外慌亂，也不知是怎麼了，如同被指引一般走向了後院的池塘。

紛紛雨下，霧雨嵐嵐，他撐著竹傘一步一步走近池塘，腳下的皂靴被雨水打濕了鞋尖，他見到池塘水面有氣泡在升騰而起，剎那間，整個池塘如爆炸一般盡毀！辜振鷺來不及躲避，被濺了滿身的池水，石塊打在他臉上，劃破了一條長長的血痕，待到一切平息，他再循望過去，竟看到父親與南葵持劍相向，而姬仁宣則扶著一位虛弱的女子，坐在池塘的廢墟跟前。

那面色慘白的女子察覺到他的視線，二人四目相對的瞬間，辜振鷺的腦中當即發出轟鳴巨響。

「母親……」他不敢置信的瞪圓了雙眼，激動的探出手去，企圖更為靠近那女子。

而南葵在這時敗下陣來，她的左肩被辜嶠的佩劍刺殺，鮮血流淌，觸目驚心。且辜嶠竟可以控制池塘裡的碎石泥土，使得那些石土從四面八方襲向南葵，一時之間，沙礫橫飛，幾乎正中南葵全身要害，把她的四肢都刮出了無數道血口。

見到南葵受傷，姬仁宣心如刀割，就要起身往前衝，辜夫人卻一把攔住他，哀求他道：「仁宣，趁此良機，快快了結我這殘命吧！」

姬仁宣遲疑著站住腳，辜夫人催促他道：「唯有毀了我，才能讓嬰靈無處棲身，那口棺材鎮壓著嬰靈，一旦我死，一切才能告一段落，莫要再耽擱下去了！」

「可……可是……」姬仁宣餘光瞥見不遠處的辜振鷺，「振鷺就要和你相認了，你們母子已有十餘年未曾謀面，今日……」

「我們母子早已陰陽兩隔，今日相見，也不過是錯上加錯，仁宣，動手吧！」辜夫人抬起手，抽出了姬仁宣佩戴在腰間的利劍，不由分說的遞給了他。

雖說是紙人，可看上去就和真正的辜夫人毫無分別，姬仁宣握起了劍柄，內心卻動搖萬分。但是，如果他不來做，便要由南葵來做，如果要讓辜振鷺去恨南葵的話，不如把這份怨念都算在他的身上。思及此，姬仁宣

終於緩緩的抬起了手中的利劍。

而此時的辜嶠也發現了姬仁宣的意圖，他面露驚色，正欲衝來阻攔，南葵卻一刀朝他殺去，害得他不禁連連退後。

血雨肆虐，刀光如雪，南葵艱難的與辜嶠抵抗，並催促起姬仁宣，嘶吼般的大喊道：「動手吧！快！」

姬仁宣百般掙扎，他一咬牙，緊閉雙眼，終於舉劍揮下。

辜嶠與辜振鷺同時失聲驚呼：「不！」

然而，長劍揮落，劈開了辜夫人的身體，那一瞬間，她最後的表情竟是極為釋然的。就好像終於得以休息，她變回了紙人模樣，素白的紙屑紛撒飛揚，落盡了血紅的雨水裡，浸濕成了汙泥。

「翾！」辜嶠痛哭跪地，翻找著雨水中的每一塊紙屑，竟還奢望著將它們黏合重聚。

「母親……」辜振鷺失魂落魄的癱軟跌坐，他竟不知世間還有這般殘酷之事，明明才剛剛重逢，卻又再度面臨生死之別。

而紙人毀去，埋在池塘廢墟下的琉璃棺木開始劇烈的顫動起來，正如辜夫人所說，棺木鎮壓著嬰靈，一旦紙人毀掉，辜夫人的屍體也將腐爛，一切都到了了斷的時刻。

在這地動山搖之中，伏在雨地中的辜嶠咬牙切齒攥緊了雙拳，失去這最後一點念想的他被悲痛侵蝕，整個人已是痛苦得發抖。

「已經這般接近了……我的心願，已經這般接近……卻要被無情毀掉……你們這群礙事的螻蟻，當真要把你們碎屍萬段，才能消我心頭之恨。」辜嶠的雙眼充血，載滿殺意，他搖搖晃晃的站起身，抬起一張淚眼縱橫的臉，忽然張開雙臂，發出了一聲野獸瀕死前的嘶吼。

頃刻間，妖風如颶，鬼魅哭嚎，天際烏雲滾滾，悶雷乍響，無數道詭異的紫光從雲層之中劈天蓋地般砸下，每一道落在地面，都爆成一團熾熱天火。

天地之間混沌一片，濛濛亮的日頭被一團血紅吞噬啃磨，在這片混亂之中，南葵驚愕的意識到：「這便是天發殺機……日食，到來了。」

第三十二節

　　曾經許多年前，在當今陛下還只是王爺的時候，正逢那年嚴冬，大漠凍雪，身背殺父血仇的王爺阿焰，站在荊與焰兩國交界處的山巒頂峰，他跨著汗血寶馬，輕輕呵氣，一團白霧凝結成冰，遙望那藏著他宿怨的荊國，便許下那滿含憎恨與執念的曠世誓言：「不出一年，我便要殺盡那國裡的每一條賤命，我要讓他們的血，來灌溉我父皇的亡靈。」

　　而陪在他身邊的帝師，還只是姓辜名嶠的少年郎。他很早前便知悉阿焰的心性，也是因此才願意輔佐他，所以在那一日，他引導阿焰重改心願，提點道：「王爺，只單單殺了他們，未免過於仁慈。」

　　阿焰看向他：「不然又如何？」

　　「理應生擒他們的王，示眾砍頭，抽筋斷骨，扒皮焚膚。再將貴族與百姓圈養成畜，逼得他們女眷世代為娼，男子傳世為奴，至於幼童嘛，女嬰統統殺掉，男的培養成苦力，建城、修路⋯⋯，要他們來做焰國日後最好的勞役。」

　　阿焰聽後，眼裡閃過一抹喜色，很快便扯動嘴角，淡淡一笑，許諾道：「若本王登基成帝後，所下的第一道旨意，便是封你做焰國帝師。」

　　他不以為然的笑笑，抬起手臂，指向山巒之下最為繁華的地帶：「到了那一日，便選那裡做焰國都城吧！從山巔來看，那裡是九州天下的中心地帶，具備通往其他列國的地理優勢，選做皇城再合適不過。」

　　「向南嗎？」阿焰呢喃道，「那就取名叫作南雀吧，南雀皇城，盛世帝都。」

　　他緩緩頷首，恭敬的讚道：「王爺所言極是。」

　　如今而看，便是一語成讖。

　　焰國南雀，皇城命脈，位於中心，是為命門。

　　此時此刻，晝變為夜，蝕日驟降，昏暗暮色在頃刻間席捲了整個南雀城。街上的百姓們皆是困惑的仰望著陰沉沉的天空，三兩成群困惑著：

「這是鬧鬼了，突然之間就要風雨大作。」

「豈止哦！鬼風在哭嚎了！」

「你們看！街頭北邊竟然下起了冰雹！」

不！不是冰雹……是……是……

「是鬼啊！」

百姓們嚇得破了膽，紛紛四下逃竄，因為北邊街頭的天際處，正有一股強烈的妖魅之氣在翻湧，很快便形成了千百隻靈魅，她們皆是面目模糊的嬰靈，扭曲著怪異的身軀嬉笑著、哭泣著、嘶吼著……紛紛撲向了街市的百姓。

「快、快逃啊！」百姓們倉皇失措的跌跌撞撞，有的撞成一團，有的被踩踏在地，他們一心想著逃命，恐懼已將他們徹底吞噬。

而促成這人間煉獄之景的罪魁禍首，便是身在辜府後院裡的辜嶠。他敞開的雙臂是在召喚嬰靈，他狂暴的吼叫，是在將自己的靈魂獻祭，憤怒與絕望使他失去了理智，他引來天發殺機，恨不能讓世人與他一起嘗受痛失摯愛的悲苦。

他的眼角已經滲出血水，一滴滴順著臉頰流淌而下，而他從齒縫中吃力的擠出話語，說的是：「再多一點，再釋放出多一點……十萬嬰靈……全部……全部都要占據肉身……」

沒錯，將那十萬嬰靈全部釋放出的代價，便是將他自己的靈魂做獻祭，來充當嬰靈們的第一頓飽餐。而辜嶠與之達成的協議，即十萬嬰靈占據人間十萬肉身，聽候他的差遣。

於是，南雀城內出現了嬰靈張開血盆大口，吞人、吃人的光景，原本繁華熱鬧的街道，在頃刻間便成了一片猶如血海的地獄景象。慘叫、哭喊、悲鳴……那些聲音傳到了南葵的耳裡，她再也無法忍受這刺耳的哀哭，終於抬起手，用力的抓進肩上傷口，禁不住發出一聲慘叫，惹得姬仁宣大驚失色，急忙衝到她身邊斥責道：「莫不是連你也瘋掉了？怎要這樣折磨起自己的傷口？」

鮮血染滿了南葵的手，她痛得汗水涔涔，抬起頭去看那已被嬰靈包裹起來的辜嶠，那些被他召喚而出的嬰靈凝聚成了一團厚重的黑氣，咕嚕咕嚕的滲出膿水，是在那惡臭熏天的液體中，有無數隻幼小的手臂伸了出

來，一個接連一個，紛紛攀附上了辜嶠的身體。

她們低低的哭泣著、哀叫著，攀上他的腿，纏上他的腰，拚盡全力附在他的身體上，拉著他向下墜，向下墜，一直一直向下墜。到了最後，辜嶠融化進了那團烏黑的膿液裡，再不見去向。緊接著，那團膿液調轉方向，像是發現了這頭的南葵與姬仁宣，膿液飛快的蠕動而來。

姬仁宣嚇得大叫一聲，而南葵咬緊牙齒，她知時機已到，立即用掌心鮮血抹在迴廊彎刀上。

剎那間，炫目金光四射，一團通身赤紅的巨獸從金光裡仰頭而起，她長嘯鳴空，全身燃火，身形要比君儒還要大出十倍！這般模樣的巨獸出現在姬仁宣面前，著實令他驚愕得啞口無言，可那巨獸卻擋在他的身前，在千鈞一髮之際，攔住了企圖吞噬掉姬仁宣的那團膿液。

姬仁宣在這時才醒了醒神，他看見巨獸的眼睛是黑色的，不禁意識到她是南葵所變，既是如此，這巨獸便是真正的饕餮。

此時，饕餮正與膿液黑霧中的嬰靈廝殺搏鬥。她發出「嘶嘶」的咆哮聲，一口咬出膿液裡的數十隻嬰靈，猛地啃食殆盡，再把黑水吐在地上，蠕動在那灘黑色水跡中的，是斷肢斷腳的嬰靈，她們痛得大聲哭喊，又死不了，竟開始互相殘咬起來。咬著咬著，也都面目全非，膿液中滲出綠水，大概就是她們血液的顏色了。

姬仁宣目睹此番情景，當即捂住嘴巴，差點兒反胃的吐出來。

而眼下，仍有數不盡的嬰靈纏在饕餮身上啃咬不停，皆是從那膿液中不斷蹦跳而出的。且能纏著饕餮還好，其餘的那些嬰靈早已是四散飛走，前往不計其數的王侯將相家中去了。她們的目的是占據貴族們的軀體，便是辜嶠曾說過的「附於肉身，聽候差遣」。

饕餮擔憂起那些逃走的嬰靈，正欲甩開撕咬著她的那團膿液，哪知膿液因她的掙扎而變得更大了一些，甚至開始發出令人汗毛倒豎的尖叫嘶喊聲。她們訴著：「好疼──好疼──」

「不要殺妹妹──娘──妹妹看上去好疼啊──」

「溺死她──快溺死她──」

「哎呦，腸子出來了──臍帶都沒剪乾淨呢──」

這些混亂的話語令饕餮震撼至極，透過無數嬰靈的記憶，她看到了支

離破碎的前塵碎片，便瞬間知悉了，這些絕望的呼喊聲，都是嬰靈在生前聽進耳中的，即便那時的她們還只是懵懂無知的嬰孩，可那些痛苦早已被她們刻進了骨髓裡，終於在被釋放而出的今日，得以一吐為快。

「她們究竟是經歷了怎樣的慘劇啊！」姬仁宣的全身開始不住的打顫，等他意識到時，自己早已是淚流滿面了。

是啊！這些嬰靈都是被殘忍迫害而死的，被她們的母親、父親、兄弟、親人……，還有數不清的官兵侍衛，只因那曾經盛行一時卻喪心病狂的獎勵生子政策。

饕餮痛心的低吼出聲，可太多嬰靈已經四散而去，若是再不阻止她們，只怕南雀城會被嬰靈占領。於是，饕餮張開巨口，咬碎了那團膿液，並一口接連一口吞進了自己的腹中。雖說這些嬰靈還未附身於人體，自然還沒有去淨化人世的惡，可饕餮不得不先把阻礙自己的嬰靈斬盡殺絕，便也是為了爭取時間去追尋更多的嬰靈。

待到膿液幾乎全部咀嚼殆盡之後，饕餮立即踏空飛走，循著嬰靈的氣味迅速前行。姬仁宣本想去追，無奈於腳程根本比擬不了一隻上古神獸，再轉頭去看，辜振鷺昏倒在池塘廢墟旁不省人事，他嘆了口氣，趕忙去扶起辜振鷺，想著先將他送去安全的地方。

隨著一片血紅出現在眼前，饕餮俯瞰下空，竟見街上已是屍橫遍野、血流成河。嬰靈聽從辜嶠獻祭之前留下的指令，她們不會附身普通百姓，只會尋覓貴族皇室的肉身。然而誰能曾想，她們竟會如此瘋狂的虐殺萬千百姓，就彷彿是在報生前的怒仇！

而一股奇異的惡臭撲鼻而來，饕餮不由得飛到地面，循著氣味的源頭去找，竟見巷子裡，嬰靈彙集而成的黑團膿液正在「咕嚕咕嚕」的啃食著一名不足五歲的男童。

那男童已經死去，上半身皮開肉綻的癱倒在地，下肢則是被膿液一點一點的吸進黑團，鮮血肆虐流淌，斷了的腳被丟在一旁，內臟全部都被搗碎了流淌出來，竟還有血泡在腹部冒著熱氣，簡直就像一鍋被煲好了的人肉湯。

饕餮被這景象震驚得久久失神，再一望膿液後頭，已是堆滿了的屍山，居然全部都是清一色的男童，最大的也不超過十歲。

當真是嬰靈們恨極了男嗣！

饕餮倍感觸目驚心，禁不住覺得這般冤冤相報，究竟要延續到何時才能了結？只是，在這種生死攸關的時刻，對與錯已然不再重要，豈能縱容這些嬰靈濫殺無辜？饕餮只管衝上前去，要將面前的這一團膿液咬成碎片，哪知那膿液像是有了智慧一般，竟在饕餮露出尖牙的那一瞬間，輕飄飄的四散開來，然後趁勢附在了饕餮的身軀上。

剎那間，饕餮感受到了膿液裡所有嬰靈的前世今生，她們的記憶鋪天蓋地湧進饕餮的腦海，原來，這些嬰靈只有少數是死在娘胎裡的，其餘多數，都是在出生不久後便被以各種手法殺害。那一幅幅畫面歷歷在目，彷彿親身經歷一般慘絕人寰、痛徹心扉。

襁褓中的女嬰在產婆懷裡哇哇啼哭，她的親人們卻因她的性別而失望的捶胸頓足。於是，她們無一例外的都將面臨死亡的局面，有被扔進豬圈裡活活凍死的，有的被丟進火堆裡焚屍滅跡的，甚至還有被饑餓的家人蒸煮成一道菜餚為全家充饑的……

她們哭喊著降生，哀號著死去，短短的生命過往裡，餘下的只有百般痛楚，連一絲一毫的快樂都未曾體會過。便是因此，這群嬰靈的怨念深不見底，幸運的還會被引入冥府的嬰靈殿，可那些不幸的才是大多數，她們受到蠱惑，被七星燈的陣法圖吸引到了辜府池塘下頭的琉璃棺木中。

那棺木裡雖躺著辜夫人，可她的身下卻是一個煉製嬰靈的紫金壇，由於陣法圖上的咒術能夠召喚孤魂野鬼般的嬰靈，這十餘年間，數不清的嬰靈從四面八方匯入紫金壇中。辜嶠操控著陣法圖，而陣法圖召喚著嬰靈，嬰靈最後會將辜嶠獻祭的靈魂蠶食，從而形成了一個輪迴的因果。但是，紫金壇內只能容得下十萬嬰靈，所以這些年來，嬰靈之間也在為了存活而不斷的廝殺著。

意志薄弱的嬰靈，會被求生欲望強烈的嬰靈殘忍的吞噬，且隨著時間流逝，罈子內部也由嬰靈的自主意識分化出了三層階位，在最下層的嬰靈是最弱的，日日夜夜躺在煉製著她們的脂水裡，稍不留神，就會化作一攤膿水。沒有嬰靈願意留在最下層，她們拚命的想要離開那個地方，不斷向上層湧去。

可中層裡留下的都是天性暴虐的嬰靈，且中層潮濕陰冷，新來到中層

的嬰靈基本逃不掉被分屍而吃的命運。三五成群的暴虐嬰靈會一口啃下新來者的頭顱，綠色漿液濺滿了壇壁，僥倖存活下來的嬰靈，也要學習此處的暴虐，然後，接著吞噬新來的嬰靈。

到了最高一層，則是密密麻麻的無眼、無口嬰靈，她們可以變化出雪白幼嫩的手臂，像是無數水藻一般飄蕩潛行。這些手臂織成了雪白的森林，由於沒有眼睛也沒有嘴巴，她們無法發出任何聲音，可手臂聚在一起時，竟能彙聚成一個巨大的黑色漩渦，那漩渦中的四壁長滿了利齒，能瞬間就將剛剛匍匐上來新的嬰靈嚼成碎片。

饕餮就是身處在這勝似煉獄般的紫金壇最高層中，她感受著那群沒有眼睛、沒有嘴巴的嬰靈撲向了她，以雪白的手臂指出一張密密麻麻的羅網，然後飛快的旋轉起來，再彙聚出巨大的黑色漩渦後，一張長滿了尖銳巨齒的深淵巨口，猛地將饕餮吞了進去。

一瞬間，饕餮感到全身發麻，每一寸皮膚都傳來撕心裂肺的痛楚！饕餮慘叫著咆哮起來，而將她嚼成碎片的嬰靈們，忽然變成了一個女人的模樣。那女人雖然長著人的頭，卻披頭散髮、眼珠凸起、嘴唇鮮紅，她竟開口說話了，說的是：「不會疼的，娘親……很快就會讓你解脫的……好孩子，別哭，噓……」

原來，這份錐心刺骨的痛楚，皆是嬰靈在生前體會過的，而這竟然算得上是她們唯一感受到的溫情。那扼住她們幼小脖頸的雙手，是生前唯一的觸摸；那剝奪她們生命的吶喊，是生前唯一的交流。所以，死後的嬰靈殘殺相食的，不僅僅是弱小的嬰靈，更是她們所厭惡的曾經生而為人的弱小、無能的自己。

為人魚肉，任人宰割，她們要將這一切都還給賜予給她們的人們，哪怕要讓鮮血染紅整個人世。所以她們心甘情願的被召喚而來，因為整個世間只有煉製嬰靈的辜嶠需要她們，而她們時常發出「嗤嗤」的低呼聲，大概是在親昵的喚著他：「父親。」

那一張勢如鬼相的殘忍男子容顏呈現在饕餮眼前，便是在此處，饕餮驚醒了過來，她氣喘吁吁的伏在地上，方才的一場體驗令她四肢顫抖，她也確實共情到了嬰靈們的痛苦。然而，她是身背使命的饕餮，在這一刻，她還是憤怒的咬碎了那群附身於她的嬰靈膿液，又將她們甩去了空中。

儘管她同情著嬰靈，也知她們身世淒慘，可試圖霍亂人間，便不能被饒恕。待到毀了那蠱惑她的嬰靈，饕餮未來得及喘息片刻，忽然聽到巷外傳來了百姓的呼喊聲。

　　饕餮當即飛奔過去，但見南雀城的內門前頭圍堵了不計其數的難民，他們敲打著城門，聲嘶力竭的慘叫著：「打開城門！放我們進去！」

　　「若是留我等在外城，不出半炷香的時間就要被那群妖靈屠殺乾淨了！」

　　「開城門！快開城門啊！我的孩兒還小，哪怕只准我孩兒躲進內城也好啊！」

　　嗚嗚泱泱的吵嚷之中，官兵們在奮力阻攔難民，領頭的將領怒斥著：「好一群大膽刁民！內城是貴族將相領域，豈能容你等草芥進城避難？再不快快離開城門，我便將你們統統處死！」

　　有難民憤怒的高呼起來：「左右都是一死，不是被刀殺，便是被妖吃，不如與你們同歸於盡！」

　　「攻城！攻城！」一名身穿布衣的高大男子不知在何時爬上了城頭，他甩下繩子呼喊道，「所有人集中起來，全力攻城！女人和孩子順著繩子爬上來，男人搜集重物，破開城門！」

　　一石激起千層浪，無數難民瘋魔似的撲向了城門，他們上下夾擊，用手中握著的鐵鑱、刀子甚至是石塊砸起了城門，試圖破城而進、求得一線生機。但得令守城的將領們，也誓死不能讓普通百姓進入內城，他們如同困獸一樣咆哮著舉刀迎戰，像砍肉一般去胡亂刺那城門前圍堵的百姓。又有士兵割斷了繩子，還差一寸就爬上城頭的婦孺，當即從高空墜落，發出撕心裂肺的慘叫，摔死在地上。

　　為首將領面臨這般煉獄之景，竟也能放聲大笑起來：「你們這群賤民，都摔成肉泥去餵那群妖靈吧！用你們填飽了肚子，才能護住城內的貴族！身為豬玀的你們，只配做皇室的飼料！」

　　其他士兵也狂笑著喝彩，人性醜陋，在生死攸關面前，已然放大成了妖魔狀。

　　男人們吼叫，女子們哭喊，孩童們哀號，老嫗老翁悲憤淚流，而主宰著整個焰國的皇室卻躲在城門之後，以為充耳不聞，就能度過這場天發

殺機。

饕餮似在這時明瞭了什麼，卻又混沌的找不出答案，她的內心深處已有絕望溢出，並困惑著：她在守護的究竟是人，還是牲畜？

直到一名衣衫襤褸的少年跳出人群，他操起手中的柴刀，竟瘋狂而盲目的砍掉了那為首將領的首級。緊接著，他又如瘋獸一般，蠻橫的殺死了一切試圖接近他的士兵。

鮮血糊住了他的雙眼，提在手裡的頭顱接連落地，將領的腦袋濕漉漉、血淋淋的在地上滾了幾滾，被一位佝僂的老嫗捧了起來。她默默的流下眼淚，懷抱住她孩兒的頭顱，人群之中，卻有另一位母親對那少年喊道：「去把那城門上的鎖砍掉！乖孩子，娘親和全城人的性命，都交在你手上了！」

有人生，自是有人死，總有更為年輕的人接過刀劍，他們踏著過往前人的鮮血，奔向更高處的樓臺。

可一刀劈空，門鎖砍斷的同時，少年整個人也從高高的城頭上墜了下去。是把守在城頭的年輕士兵殺了他。

而城下，卻無人為少年驚呼和哀哭，他已然完成了自己的使命，他的使命便是將更多的人送進那扇被他砍掉了鐵鎖的城門裡頭，畢竟，像他這一出身貧賤的人能夠以這樣的方式而死，已經足夠體面了。

在他臨死之前，空中飄來了一團黑色的霧氣，裡頭吐出一口化作膿液的嬰靈，卻沒有將他啃食，而是變成了一直幼小細嫩的、雪白的手，輕輕的攀上了他的臂膀。

溫暖的、稚氣的、嬰孩的手。

少年恍然間想起了幼時零碎的記憶片段——母親本想要再生下一個弟弟的，然而，降生的卻是一個女胎。皇城那年剛剛頒布了新令法，唯有生子才會被獎勵糧食與銀兩，才能給貧寒的農戶帶來生存下去的希望。可偏偏是女胎，爹娘氣急敗壞的將剛出生不足半個時辰的妹妹摔死在地上，唯有年幼的他抱起妹妹的屍體，默默的哭泣了一整晚。

當時的他，就是這樣輕輕撫摸著妹妹幼小的臂膀，哽咽的悼念著：「要好好往生去啊！千萬別被迷惑，別做了孤魂野鬼。可是妹妹啊！記得來世不要為人，做花草、做樹木、做鳥兒、做一隻白兔，哪怕是做一塊石

頭，也不要做人了……」

做人，太苦了。他忽然覺得極其疲倦，閉上眼，吐出了最後一口氣。

那隻細嫩的手，一直將他送去了安穩的地面，然後重新縮緊了黑團裡，再度化作其中一攤膿液。

饕餮站在城下，遠遠望進了這亂世末日般的一切，緩緩低下了頭，她心中悲苦交加，為這無可奈何的人世慘劇。

耳邊忽然響起祕密傳話：「饕餮，穩住陣腳，你的使命馬上就要來臨了。」

饕餮一怔，容不得有分毫動搖，她趕忙循聲望去，竟見自己的背上坐著林冉冉。她不知何時來到了這裡，露出一抹勢在必得的笑意，並輕輕靠近饕餮，伏在毛髮之間耳語著：「接下來，才是好戲的開始呢！」

饕餮眼裡有困惑，而難民則在此時發出瘋狂的歡呼：「內城攻破了！我們有救了！」

哪知等在城內的，竟是數不清的衛兵與貴族，負責指揮的貴族是名門望族的蘇侯，他下令道：「不許一個賤民進入城內！必要讓他們堵住妖靈，護我大焰血統！」

但眼下已是陷入了絕境，難民們是萬萬不會撤退的，既是面對無數利劍，他們也絕對不會去做妖靈的美餐。便是在此時，巨大的黑團一點點的遮天蔽日，城內的貴族與城外的難民見到此景，嚇得屁滾尿流，好幾人竟是當場翻了白眼、一命嗚呼。

「鎖……鎖上城門……快！」蘇侯冷汗直冒，顫抖著下達命令。

然而為時已晚，嬰靈們等待的正是這一刻，她們受命附身在貴族的肉軀上，如今城門已開，貴族就在城內，嬰靈們蠢蠢欲動如同獵食的猛獸，她們翻滾著前行，膿液所到之處，寸草皆枯，城石腐朽，屍成死物，劍化成水，巨大的膿液黑團發出令人毛骨悚然的哭啼聲。那聲音割裂了盔甲、戰袍和鐵馬，猛然間幻化出不計其數的嬰靈身軀，她們飛舞在空中，以迅雷不及掩耳之勢，穿透進了每一個貴族們的肉軀。

剎那間，嬰靈與肉身融合的裂縫之中，迸發出了大量的惡念，那是來自嬰靈的惡，也有凡人肉軀的惡！

惡念聚集在空中，形成了一個大到可以將整個蒼穹都遮住的巨網。霎

時間，巨風吹起塵沙，樹枝顫動、瓦片墜落，朵朵烏雲滾滾飄浮，網裡有一隻長著眼睛的鬼手，在不停的尋覓著下方的眾人。

那隻帶有血絲的眼球不停的轉動著，最終，他找到了饕餮，幾乎是迅猛的朝她壓過來。

鬼眼的目標十分明確，便是想要將饕餮捏碎，饕餮也是隱約嗅出這惡中蘊藏的熟悉氣息，正是辜嶠。然而，被惡念包裹的辜嶠，早已失去了生而為人時的人性，如今的他是魔，是鬼，是惡的核心。

真是諷刺啊！一代位居高位的堂堂帝師，竟要淪落成將靈魂獻祭的窮凶極惡之物！饕餮不忍見辜嶠融化在這般醜陋的惡念之中，便吐出一團巨大煙火，將那天羅地網般的惡念統統包圍了起來。

鬼眼在一望無盡的烈火之中發出怒吼，他倏地睜開了所有惡念之眼，頃刻間，便有千萬隻眼睛破雲而出，那眼中放射出流沙般的瞳瞳鬼影，試圖迷惑饕餮。但饕餮看準了方向，四蹄騰火，一頭衝向鬼眼真身，露出尖銳獠牙，撕扯般的將鬼眼的眼珠咬破了一道血淋淋的缺口。

鬼眼疼痛難忍，狂吼著揮舞起烏雲打向饕餮，那力度挾著颶風，捲起無數妖雲，連同惡念一起鋪天蓋地襲向了饕餮！

而饕餮等待已久的，便是這一刻！

「饕餮！」林冉冉大喝一聲，饕餮再度騰空而起，她張開深淵一般的血盆大口，如同要將山川河水都吸進腹中那般，吞噬了幾乎可以驚天撼地的惡念！

一旦打開缺口，鬼眼作為惡欲的源頭，自然是支撐不了太久，且在吞噬的過程中，饕餮口中還能不斷噴出天火，燒灼著鬼眼，自是劇痛無比。待到鬼眼被燒盡成灰，漆黑霧重的惡欲也統統湧進饕餮口中，她也聽見有數不清的「喵喵」聲迴響在耳畔，是那群嬰靈在憂心忡忡的呼喚著她們的父親。便是因此，饕餮有片刻的恍惚，她彷彿也回想起了辜嶠曾溫和的撫摸著她額頭時的景象。

他微笑著望著她，喚著她：「葵兒。」

就在這分神的剎那間，本是吞入口中的惡念，忽然有掙脫之意，饕餮立即醒悟，她不允許自己再有絲毫猶豫，只管加大了吞噬的力度，她生怕落下一絲一縷的惡，連同全身毛髮都一併豎起了。

緊接著，空中出現了一條幽幽的金色道路，似是陰陽重合一般，有一抹身影出現在了那道間，黑髮如漆，長袍如墨，負手而立，露出腰間赤紅玉佩，轉眼間，他身形一閃，已經出現在饕餮面前。

　　是冥帝！

　　一股奇妙的清冷辛香，淨化了周身惡臭，和墨輕輕抬起手臂，長袍裡散發出千絲萬縷的金光，那些光芒將附在貴族身上的嬰靈輕柔的推了出來，而後指引著數以萬計的嬰靈，走向了那條冗長、無盡的金色道路。

　　牛頭、馬面、黑白無常分別守在金色道路兩側，指引著嬰靈去往輪迴方向。

　　在最後一隻嬰靈被推出肉軀時，饕餮已經吸食進了所有來自嬰靈與貴族身上的惡念，她忽覺飽腹，低頭嘶吼了半晌，惹得林冉冉擔憂不已，不停撫摸她的毛髮，結果到頭來，她竟是打出了一個飽嗝。

　　和墨見狀，抬手撫了撫饕餮那巨大的腦袋，淡然笑道：「真是有勞你了，竟能將這般巨大的惡念都吸食乾淨，實在是表現得極好。」

　　饕餮還未重歸人形，自是說不出話來，可她心中知道，若是沒有冥帝及時相助，這些嬰靈也無法投身往生。想來嬰靈只有在尚未完全融入人體時，才有被解救的機會，而冥帝便是掐準了這個時機現身，將那十萬嬰靈統統帶回了冥府。

　　然而，和墨卻忽然皺起了眉頭，他望向了天際，似乎嗅到了嬰靈殘存的味道。

　　林冉冉也察覺到事情還未結束，循著和墨的視線一同看向依舊烏雲蔽日的天邊，忍不住低聲歎道：「看來，這場天劫仍有變數。」

　　而那邊還在為若干嬰靈引路的牛頭、馬面，則是小聲竊語著：「其實這一直以來，我都覺得冥界嬰靈亭女嬰積壓，怒氣衝天，濁氣下沉，早晚會天發殺機。」

　　黑白無常聞言，低聲接話道：「要說這人世真是奇人無數，竟會想到煉製出十萬嬰靈來附身人間的十萬民眾，導致冥界輪迴混亂不說，還會令人間惡念叢生。」

　　牛頭搖了搖頭，歎道：「若是成功了，那些被嬰靈代替的民眾，既沒有思考能力，也不知善惡，心中只有主人下達的命令，並且是絕對遵從。

倘若真成了一支軍隊，那便是一支戰無不勝的鐵血軍隊，必然會令人間的戰亂升級，屆時，人界的九州大陸將會是一派亂象。」

黑白無常二鬼聽後，不禁感到背脊發涼的不約而同道：「世人心腸險惡，實在叫我等鬼怪歎為觀止。」

和墨聽著四位鬼差的悄悄話，轉而看向饕餮，靜默的同她說道：「美之為美，斯不美矣；善之為善，斯不善矣。善與惡，是一個相輔相成的存在，從來這二者之間的分解，都是玄奧難辨的。也許，想來堅持的善，到頭來也未必是善；吞噬殆盡的惡，或許也未必是惡。我等執念，也未必是對，也難說是錯。」

話雖如此，饕餮仍舊覺得煉製嬰靈是霍亂人間之事，然而歸根結底，也都是人心惹出的禍端。因人心貪婪，千千萬萬的百姓妻離子散、家破人亡；因欲念橫流，數以萬計的女嬰死在親生父母手中。

且是今日才知，辜嶠屬意貴族為嬰靈的肉身，無非是打算控制朝臣與將相。難道說，辜嶠真正的想法是企圖控制眼底，乃至於整個天下？

也許，沒有饕餮轉世的話，辜嶠的心願也未必不會成功。他悉心靜候多年，只為將自己獻祭給嬰靈，從而控制她們，讓她們為他所用，自然也會因此而惹得人間惡念橫飛，盛世不再，亂世枯骨。唯獨一個饕餮可吞盡世間萬惡源頭，才使得他苦心熬製的一切功敗垂成。

然而，嬰靈都已被召回去了冥府，這持續了數十年的「獎勵生子」之策，也終於走到終點了吧？

饕餮微微嘆息，抬起了頭，卻見暮色仍舊籠罩在焰國城池上頭，她沉下眼，深知這一切尚未結束。

而在這時，隨饕餮身體一同變大的迴廊彎刀，則在她的背脊處發出了奇妙的金色光芒。且饕餮的腹中，也有一團金光在忽明忽滅，饕餮不由得閉上眼睛，她感受到了，是被她吞噬掉的惡念中的一縷意識在浮動。

那意識，竟是來自辜嶠的心臟。

細細碎碎的風聲，滿樹盛放的桃花散落芳香，饕餮被引得跟隨著這縷意識進入了夢境之中。

在夢境裡，她化為了南葵的人形模樣。

她循著桃花芳香不停的向前走，最終慢慢停落到黑暗中的一角，大概

是地面，又像是湖面，因為腳下立刻暈染開了一層層的漣漪，她在一片黑色的湖上緩緩踱步。

前方的光景逐漸清晰，朗朗讀書聲也飄入耳中，一片片桃花花瓣如亮起的盞盞燈火，它們引著南葵朝夢境的最深處走著。

在一棟破敗的茅屋外，南葵看到了一名身穿青色布衫的少年。約莫十一、二歲的模樣，眉眼清秀，眸中流光，左眼角下方一顆痣，正是年輕時的辜嶠了。

他手裡拿著的雖是一本老舊殘壞的書卷，可卻依然興致高昂的與面前圍坐著的幼童們讀詩，教他們學字，而那天，他在念的是：「君使臣以禮，臣事君以忠；臨之以莊，則敬；孝慈，則忠；舉善而教不能，則勸……」

那時的辜嶠意氣風發，眼中沒有絲毫戾氣，更不是那融入嬰靈膿液之中的猙獰而扭曲的模樣。那時，他只是辜嶠，是懷揣著滿心希望與期許的辜嶠。

第三十三節：最終節

邊境百姓的日子向來窘迫，這是焰國人盡皆知的慘狀。在先皇統治期間，由於沒有修建抵禦外襲的長城，居住在邊境一帶的子民，時常會淪為戰爭的犧牲品。他們既不屬於焰國，也不是崗城的血脈，因為他們從出生起就在此地，沒有足夠的錢財買取那一張寫有隸屬焰國的居住令，便無法進入焰國城內生活。由於邊境百姓無依無靠，貧苦居多，他們一生拚盡全力都是為了得到居住令，有的人為此死在了賺錢的路上，而更多的人，大概都逃不掉被焰國人挑選為奴隸的命運。

誠然，偌大的焰國中，不僅僅有焰國人，按照等級嚴格劃分的話，還要分崗城人與邊境人，而辜嶠，便是出身最為底層的邊境人。

他父母雙親死得早，從三歲起，他便跟著一個叫作「阿公」的七旬老人共同生活。但那並不是他真正的阿公，他父母是孤兒，也沒有為他留下兄弟或是姊妹，那位孤寡的阿公只是恰巧住在他家隔壁的茅屋，若不是阿公及時發現了他，怕是他也會和死去的雙親一樣，落得被野獸啃食入腹的下場。

邊境戰亂層出不窮，山野豺狼自是肆虐橫行，他自幼年起，便見慣了殺戮與爭奪，在邊境因無人管制，貧窮的人會掠奪更為弱小的人，只為了填飽肚子，或是搶一塊銅板，都會大開殺戒，力量成了王法，刀劍則是護身的符咒。

人心叵測，惡念如魔，見得多了，便也就心生厭倦。唯一值得慶幸的，是在這種陰暗、潮濕、彷彿見不到光的貧民窟中，辜嶠如背陰生長的苔蘚，他避開了汙泥與惡臭，一點點的長高、長大。阿公雖識字不多，卻總是會把撿回來的書卷給他看，久而久之，他竟成了附近識得最多字的人，也總是會唸書中的文章給其他孩子聽，在那些崇拜、期許的眼神中，他自是逐漸形成了一腔雄心抱負，他竟想要離開邊境，去焰國內城裡出人頭地。

到了十二歲那年，阿公因舊疾復發而辭了世，他一貧如洗，也只能草草的以土埋葬阿公。那之後，見他孤零一人，便有蠻人企圖搶走他的茅屋鳩占鵲巢，他不肯將阿公留給他的茅屋拱手讓人，誓死不從，挨了一頓暴打，卻也執拗的不肯妥協。

　　而那一天，是先皇的帝師遭奸人毒殺的日子。朝臣流言紛擾，說帝師是被善妒的右丞傅溍殺害的，且眾口一詞，許是平日裡都受到了傅溍的刁難，直道他為人陰毒，行事狠辣，眼下殺了帝師，說不定下一個就是先皇了。

　　可惜的是，當時的先皇全然不在乎重臣口舌，只要右丞盡快尋覓新的帝師人選，倒不是為了先皇，而是日後要立太子，太子不可無帝師。

　　右丞那日也是興起，坐著馬車去了邊境，想來正值黃昏晚霞，他本想著去看看落日風光的，畢竟邊境最為靠近森林，也是空氣最好的地段。

　　可他沒看見足以流連忘返的餘暉，反而看見了一個骨瘦如柴的少年，被打得七竅流血。

　　右丞撩開紗幔車簾，冷漠眼神瞥見那在地上奄奄一息、卻始終不肯求饒一句的少年。就那樣觀察了一會兒，便派人去問了個究竟，才知少年死了唯一的親人，而打人的那三、四個壯漢，是來搶少年房屋的。

　　倒也是無趣的世俗瑣事。右丞放下紗幔，正欲再走，忽聽少年從齒縫裡擠出一句壯志雄心：「若今日……你等打不死我，日後……我定把今日之辱盡數奉還，且……要百倍、要萬倍……」

　　又是一腳踹下去，伴隨著嘲弄的嬉笑聲，少年口中飛濺出一口膿血。再之後的事情，他恍惚的記不真切了，只見天際血色漫天，眼前模糊黏膩，腥重的血氣鋪天蓋地，他好像昏過去了。不一會兒，等恢復意識時，是一桶涼水潑在他頭上，他驟然睜開眼，竟發現之前圍打他的四名壯漢已經身首異處，正盡數躺在他身旁。

　　血流成了漿，蔓到他身下，他驚嚇般的坐起身，一抬頭，見到了那個改變了他人生軌跡的年輕男子。

　　那是焰國的右丞傅溍，年僅二十九歲，已在朝廷裡翻手為雲、覆手為雨，他正擦拭著手中染血的利劍，一側頭，命手下再去潑辜嶠涼水。

　　辜嶠當即喊道自己已經醒了，便不要再拿涼水來潑。可兩個耳光隨之

而來，下人平靜的斥責他：「右丞面前，怎可這般妄自直視？既已清醒，還不快跪地謝恩。」

辜嶠身上的肋骨都折了，實在跪不下去，但他知道這是天賜的良機，即使再痛，也要把頭磕在右丞腳邊。

右丞居高臨下的望著他，緩緩走來，以劍刃托起他下顎，審視著他那張烏青腫脹的臉孔，竟是笑道：「眼裡這光，倒不顯得卑賤，你像是個聰慧識禮的，不該被淹沒在這死人窟中，就隨我去焰國吧！我會讓你脫掉這身腐臭的。」

那一日，透過右丞背陰所站的方向，他看見了在陰鬱的角落瘋長的苔蘚，竟開出了一朵嫩黃的花，雖卑弱，卻頑強。他被花蕊的顏色迷了眼睛，所以抬手抓住了右丞的長袍衣角，右丞俯瞰著他，他眼裡倒映著右丞的尊榮，便從此下了決心，他要活成他曾仰望著的這副模樣。

那天是命運的轉折，他被右丞收作義子，是為了給他一個尊貴的身分。

從十二歲開始，一直到十五歲，這短暫卻漫長的三年裡，是他的夢魘，是他的幸福，也是他的煉獄。他雖有了吃飽穿暖的生活，有一個可以遮風避雨的屋簷，卻要成為右丞與朝臣爭鬥的道具。

他知道，右丞對他近乎折磨般的教化與栽培，是要他博得先皇的青睞，從而屬意他成為日後太子的帝師人選。

他必要上知天文、下知地理，也要學得一手精湛劍術，不能只做手無縛雞之力的文弱書生。而每一日嘈雜在耳畔的，皆是那如咒術一般的眾口鑠金，幾近積毀銷骨——「若不是得了右丞的接濟，一個邊境出身的螻蟻也能來到內城？」、「呵，無非是生得一副好皮相，又會吟詩作賦，惑得右丞青睞罷了！」、「只怕沒了右丞做靠山，他在朝中也掀不起波瀾，就憑他，也配成為臺輔？」

即便十五歲那年，他入宮，從一眾貴族才俊中脫穎而出，憑藉右丞推崇與自身資質，博得了太子侍讀一位，卻仍舊沒能令那些質疑的聲音減弱。而最為殺人誅心的，是隔日，太子死在了寢殿之中，先皇痛失愛子，自此之後，再無立諸之心。

右丞便是因此，露出了略顯失望的眼神，而他，不願見義父失落，便

越發刻苦起來。才十五歲的年紀，自是年輕氣盛，他一心想要實現右丞心願，久而久之，竟也在其中漸漸迷失了自己。

他本願出人頭地，卻也只是希望邊境再無戰亂與殺戮而已。可如今，他也不知自己究竟是想要做朝廷的帝師，還是想要在權利欲海之中殺出一片屬於自己的天地。

少年自有凌雲志，為家國，為百姓，卻不是為他自己。

阿公曾說過，得一張居住令，就是邊境人民畢生祈求的美事，那代表著改變身分，將成為焰國人，會過上太平、愜意的生活，再不需要擔驚受怕、忍饑挨餓。

阿公說：「阿嶠啊！一生這麼短，就和一陣風一樣，就應該安安穩穩、平平靜靜的度過，像阿公這種人，就想遠離塵世，躲進一棟小院裡，朝起暮落，死的時候，做個飽死鬼，就心滿意足了。」

但如今，他已是離阿公的期盼越行越遠，他已經知道了，戰亂不只在邊境，即便是盛世繁華的焰國內城，也日日上演著人吃人的戲碼。朝臣爭鬥、皇子相殘，即便是掌握著至高權貴的先皇，也是不能為所欲為。

更何況，他只是一個弱小的、要在夾縫中謹慎求得生存的辜嶠罷了。

他的迷惘與無助，無人能知，即便是對他傾注了莫大期許的右丞，也未能及時察覺他的困頓。可他日漸長大，到了十六歲，已是皇城之中遠近聞名的英俊才子，雖一張面容不苟言笑，但眉眼是溫和輕柔的，竟也得了宮中六公主的思慕，便是因此，又令右丞看到了轉機。

一旦做了皇室的乘龍快婿，也可得到更強大的靠山，若有朝一日先皇想開了，再立太子，便也能近水樓臺。可他自打來到右丞身邊後，便被逼著埋頭用功，從未有閒情逸致去考慮過任何風月之事，陡然聽說右丞有意暗示先皇賜婚，竟覺得十分惶恐。旁人高攀不上的事，他卻恐懼至極，而一定要逼他在這時成親，他不得已間說出了自己的屬意之人。

右丞萬萬想不到，他是對自己的女兒傅婷有著說不清、道不明的情愫。細細回想之下，便也能察覺到幾分端倪，想他十二歲入了右丞府，那會兒傅婷才只有九歲。如今也是到了亭亭玉立的豆蔻年華，他二人正值情竇初開，難免會分不清這其中的好感究竟所謂何意。

辜嶠尚且不能確定自己對傅婷是否有著男女之情，但傅婷鍾愛辜嶠，

卻是右丞早就看在眼裡的。傅嬟是庶出，即便是嫡女，又怎配與六公主奪愛呢？右丞可不想這樁美事被毀，就將辜嶠安置去了兩條街開外的別院，並暗中下令給所有下人，不得傅嬟與之相見。

然而，局中二人是被蒙在鼓裡的，他們兩個年輕得很，倒也不清楚該怎樣表述內心情意，偏巧那一日，六公主大駕到右丞府上，竟見辜嶠不在，心生無趣。可剛一走出庭院，便看到了傅嬟在和侍女追趕蝴蝶，六公主瞥見她姿容不俗，又見右丞府上的下人將一封信捎給傅嬟，悄聲說道：「是辜嶠少爺寫給小姐的。」那瞬間，傅嬟面露羞容，惹得六公主霎時間變了臉色。

過了幾日，正逢夜晚，辜嶠心想也該回去府上給右丞問安，他路過小攤前看到一支漂亮的蝴蝶梳子，不禁泛起微笑，正想為傅嬟買回去，卻聽茶館裡的說書人在唱著新故事。

他靜默的站在茶館外頭，遺世孤立般聽著那故事被唱盡，手裡的蝴蝶梳子摔落在地，折成了兩截。

那戲中，戲謔的唱著：「皇室公主狠辣刁蠻，直把可憐庶女摧殘！傅相叱吒朝廷十餘年，卻也還是不敢同皇室理亡女心酸！一朝追蝶惹嫉心，推那庶女落池底，水深寒徹骨，庶女命嗚呼！苦哉，苦哉！」

只五日不曾相見，他斷然不會料想到，曾在心中漾起過一絲漣漪的少女，竟成了說書人口中的消遣亡魂。

當他渾渾噩噩的來到右丞房中，卻不曾見到右丞臉上有過多悲傷。他開口詢問此事，右丞卻震怒的斥他大膽，怎敢汙蔑公主，是傅嬟自己貪玩才會落水，斷然與六公主無關！

「可是，義父。」他睜大了眼睛，流下兩行淚水，「嬟兒是你的親生骨肉啊！你怎能，怎能眼睜睜見死不救，又不肯為她報仇雪恨！」

右丞面露不耐，走上前來，揚起手，給了他一個耳光。

那耳光令他恍然後退，迷濛間環顧四周，這才驚覺整棟府裡無人著喪服，連那口游滿了金鯉的池塘都好端端的溢滿了清水，死了一個活生生的人，卻沒有半點變化。

而右丞還要漠然的叮囑他道：「為臣死忠，死又何妨。你且記牢了，日後你必是要成為一國帝師的，便不可有絲毫優柔寡斷的軟弱，唯有國君

是你要侍奉的，其餘人等，不過是助你早日登上青雲的草芥，便是死上萬千又如何？你理應事事順意皇室，其餘之事，無須關心，也不要忤逆。」

「為臣死忠，死又何妨。」這話令他痛徹心扉，混沌悲愴之中，他回想起從前與阿公一起奔走在邊境的日子，雖然貧苦饑寒，可阿公依然咬牙給他買了筆墨，還將他寫出的第一個字貼在茅屋的木門上頭，是個「忠」字。但幾日後，阿公就撤下了那字，又要他寫了一個「和」字。

太平，無戰，唯有一個「和」字。

他是在此般時候才驚醒，明白了阿公的心意，阿公從不要他大富大貴，更不要他出人頭地，阿公只想他能和和美美度過一生，不作孽，不殺人，不留憾。

又何必去目睹鮮血，與手染鮮血呢？

然而他已無路可退，腳下早已是懸崖深淵，身後則是虎豹豺狼，他無聲無息的抬起頭，順著唯一的一條鋼索，只管朝前步履艱辛。

他回不了頭了。

自那之後，他明晰了自己的處境，也不再有任何痴心妄想，如果他能成為帝師，能夠主宰國君的思想，他便理應去做。

十七歲那年，右丞重病，先皇昏昧，他作為朝中時常諫言之人，而被帝后青睞。由此一來，他成了帝后黨羽一派，又因獻策攻打周遭小國大獲全勝而得了人心，他逐漸嶄露頭角，終於順理成章成了臺輔一職的候選之人。到了年底，瘟疫四起，右丞命不久矣，他在右丞房中陪了三天三夜，直到右丞辭世，留給他的最後一句話是：「這天下，不是你的，是國君家的，你莫要忘了為臣之心，嶠兒，不可逆天而行。」

那時，他尚且不知右丞話中深意，只是應下他的囑託，可他卻忘不了右丞撒手人寰時的眼神，那並不是安心，而是遺憾。

自右丞離世後，傅家的府邸便都歸為他所有，但他宅心仁厚，只留下了右丞的宅子居住，其餘別院，都一併送給了右丞的正妻與妾室。

又過了兩年，焰國受荊國來犯，彼時的他已是皇子阿焰的心腹。在忍辱負重的復國之路中，他與阿焰共患磨難，幾乎情同手足，也曾立下誓言，要一統焰國，令百姓享受盛世。而阿焰也如他所願，一路斬盡奸臣，在最終的內鬥一仗中，打得十分慘烈。他為阿焰使出聲東擊西的計策，也

終於助阿焰得了仇人首級，坐回了屬於阿焰的王座。從此，焰國得了新帝，也得了新的臺輔，九州大陸無人不知國君的左右臂膀，帝師辜嶠與將軍虞陶，這二人可令國君所向披靡、戰無不勝。

當戰亂平息後，辜嶠因與虞陶政言不合而一度令朝臣割裂，為穩固局面，國君不得不暫且派遣辜嶠前往邊境崀城，大抵是出苦肉計。但也是從那時開始，國君與臺輔二人之間，產生了一道不為人知的淺淺裂痕。

一如多年後的北方戰亂爆發，辜嶠在那場慘絕人寰的戰役中痛失愛妻，也使他多年來的信仰一夜崩塌。

他以為以和治世，才能令百姓享用太平。可一個「和」字又豈能是他一己之力就能為之？在實現「和」字期間，他為何卻護不了自己的妻兒？一個連家庭都守護不了的人，又談何忠義，談何家國？

誠然，在最初，辜嶠只想奪回愛妻的性命。他從夢中獲悉了陣法圖與七星燈的來歷，便產生了煉製嬰靈的念頭。然而，那種抽離胎光製作嬰靈的感覺，令他深覺自己是個十惡不赦的劊子手，他將嬰靈們安置在那個淹死過傅嬋的池塘下頭，也將他的愛妻放在了琉璃棺木中，為的是鎮壓著他內心最後殘存的一絲良知。

他每日每夜都活在煎熬之中，他知嬰靈們在他的紫金壇裡相互殘殺，卻只能對此選擇視而不見。在這期間，他一度想過放棄，可當看見那個曾經迷茫無助的阿焰，忘記了與他之間的約定，竟整日沉迷於奢靡享樂時的模樣，他再度拾起了自己的惡念。

倘若焰國將在國君手中山河破碎、百姓疾苦，那不如由他來改變軌跡。因那阿焰早已不再是建立功勳之前的阿焰，他已是無情冷血的國君，為了鞏固政權，竟以一座城為誘餌，導致城破人亡，此等暴政，令身為帝師的他痛心疾首。

「是我已經無法再相信阿焰了，他曾答應過我，會做一位賢明君主，而我記憶中的阿焰，也仍舊是那個眼中盡是雄心壯志的皇子。可惜了，人，縱然是會變，只是，不知究竟是他變了，還是我變了，抑或是，我和他都不再是從前的那個自己了。」茫茫無盡的桃花雨下，辜嶠站在其中，講述到這裡，他遙望著空中盡落的花瓣，眼中的戾氣已歸於平和。

南葵遠遠的望著他，聽他訴盡了自己的一生，不禁為之動容，忍不住

問：「嬰靈本是純善之物，你為何要將她們變得醜陋殘忍？」

良久，他緩緩低頭，靜默道：「的確，嬰靈本是至善純淨之物，可當她們聚集在一處後，就如同凡人一般產生了不同的立場、意見，從而產生了廝殺。」

南葵咬了咬唇：「難道無論是人還是妖，就算是嬰靈，但凡三五成群後，就必定會有爭鬥不成？」

他低聲道：「若想世無戰亂，必要斬盡殺絕。只要有半個人在，戰亂便永不會停止。到了如今，我已釋然了，想來，亂世中的人早就已被惡欲侵蝕，本打算讓嬰靈去占據他們的人體，十萬嬰靈，分別控制九州大陸的國君大臣，兵不血刃的一統天下，實在是件美事。更何況，這些嬰靈幾乎盡是女嬰，是當年在獎勵生子政策下，註定要被湮滅的女嬰，此等做法，也是為了助她們解脫。然而，是到了這般時候，我才意識到自己的愚昧與執念。」

南葵沉默不語。

辜嶠輕嘆道：「一直以來，我只是在用自己的方式一意孤行，試圖擺布這亂世局面。戰武卒可守護焰國百姓，而嬰靈可控天下精英，我企圖成就一場盛世太平，損小利大，何樂而不為？上天讓我辜嶠生於亂世、降於貧苦，便是要我來擔當大任，護得天下太平，可是，我不該忘卻我最初的心意。」

南葵聞言，忽地心生酸澀，不由得低低念道：「君使臣以禮，臣事君以忠；臨之以莊，則敬；孝慈，則忠；舉善而教不能，則勸……」

辜嶠似乎微微一笑，他轉過頭，望向南葵：「多謝你了，在此陪我審視我的過往，我雖不知你究竟是何人，卻也有幾分似曾相識。或許到了來世，你我再見時，方能憶起其中點滴。」

這般說著，辜嶠的身影漸漸模糊散去，他的聲音一如少年時那般清越溫柔，唯獨眼神中藏滿了滄桑與悲涼。

南葵眼中似乎因此而滴下了一滴淚，她緩緩走上前去，拾起了那一本遺落在地的破舊書卷，而辜嶠，早已煙消雲散了。

唯獨阿公送給他的那本書是刻骨銘心的遺願，南葵撫著皺巴巴的紙張，喃聲道著：「窮盡畢生之力，使得天下再無昏君之政、法度之昏、貪

瀆之恥與良民之冤……只可惜一手鮮血，終是被執念所誤。」

一陣清風吹來，滿樹桃花紛落，像是辜嶠那年與妻子初遇時的清雪。或許，他與她在魂魄盡處，終可得以安穩一世。

而這個時候的焰國內城中，林冉冉在幫助饕餮尋找最後殘存的嬰靈。她知饕餮尚未從夢境中醒來，便隻身一人來到皇宮內院，循著嬰靈的味道，一路找到了國君的寢宮。

殘存的嬰靈氣息極為強烈，怕是與普通嬰靈大有不同，林冉冉見寢宮外頭有潺潺流水在石橋之下流淌著，豔麗的杜鵑在這裡盛開得最為妖冶，越走這條路越覺得熟悉，林冉冉竟知道青石道兩旁的紅海棠四季常開不敗，且花徑盡頭，是一道雕刻睚眥的拱門，穿過那門王後頭走，就能找到一座小殿。

那是國君用來招待「熟客」的別院，林冉冉狐疑的推開那門，掛在門上的珠玉簾子，頓時發出「嘩啦嘩啦」的聲響。

嬰靈的氣息更加重了，她眼神警惕的環顧昏暗的四周，謹慎的邁著步子，一陣妖風拂過，她猛地循望過去。幽幽燭火隨著風向搖動，清冽的香氣緩緩飄散。迷離的光暈之中，林冉冉看到房間盡頭的屏風上，有繚亂的鬼魅影子在盤旋。

那便是辜嶠親自為國君選擇的惡念最深的嬰靈，俗稱「雙胎嬰靈」，要比其他普通嬰靈更為執著，甚至會破壞肉身靈魂。這個嬰靈便附在國君的身上不肯離去，國君已然被其操控，哪怕是內心深處在與之抗衡，卻還是敵不過鬼魅操縱。

撕心裂肺的求饒聲從屏風後不斷傳出，奴婢小廝們在不停的哭喊著哀求，可那一劍又一劍的刀光，如厲鬼索命般砍下了數不清的頭顱，刀刃撕裂血肉的聲音響在耳畔。恰巧有一顆帶著一串飛灑的血珠，從屏風裡飛了出來，濕漉漉、血淋淋清冽滾了幾滾，驚恐的表情還僵在臉上，那頭停在了林冉冉腳邊，引得一條淺如小溪的血水淌了出來。

林冉冉摸了摸自己的臉頰，竟有幾滴血跡，怕是那砍人的刀劍力度過大，直接穿透屏風，灑到了她面上。

而屏風也因破損，「砰」的一聲倒下，赫然呈現在林冉冉眼中的，是滿地的屍首，以及血流成河的駭人景況。手持崑崙神鐵鑄就而成的神劍的

國君，正一身血汗的站在屍身之中，他略一揚起頭，輕輕呵氣，一股黑色物體從他的口中飄散而出，是嬰靈的魅惑。

偏偏在見到他姿容的剎那，林冉冉覺得頭疼欲裂，她心跳如鼓，額鬢中竟滲出涔涔冷汗，緊接著雙腿一軟，她竟是癱跪在地。

究竟是怎麼了？彷彿有恐懼的記憶要甦醒，林冉冉驚愕的捂住耳朵，極度抗拒著想起前塵。而大開殺戒的國君卻沒有注意到她的存在，他提著手中的劍，踉蹌著朝前門走去，哪知一道桃色身影飛奔而來，死死的抱住了國君的身軀，她哀求道：「陛下！停手吧，你是天子，不能被惡靈蠱惑了思緒！」

這聲音引得林冉冉醒了醒神，她略一抬頭，恍惚的去看，那擋在國君面前的身影，竟與自己有幾分神似。她當即知道了對方的身分，是林妃虞北棠，可這位林妃的挽留並無法讓國君停止殺戮，他反而是舉起了手中的劍，向她刺了過去。

殿外飛鳥驚起，樹椏灑落枯葉。

林冉冉迅速附身去了虞北棠身上，企圖為她擋住那致命一劍。凡人肉軀，哪裡能承受得了無情刀劍？可惜終究是晚了一步，虞北棠的胸口湧出猩紅鮮血，濺滿了國君面目。

血跡從她的嘴角滲下，她痛苦的以雙手握緊插在自己胸前的劍身，吃力的抬起頭望向國君，奈何命已垂垂，她已無法說出話來。

身處她體內的林冉冉心中焦急，她只能代替虞北棠輕啟唇瓣，試圖說出她最後想要對國君留下的話語：「陛下，妾身知你是賢明君主，可這盛世，也不能消耗它對陛下的寬容。只願陛下今後能憐愛百姓，妾身願陛下……長命百歲……」最後，一滴灰白的淚水從她眼角滑下，她疲乏的閉上了眼睛，終於能夠放下這塵世牽絆，去見她的白袍少將了。

這光景似曾相識，數年之前，他也曾這樣送走過他摯愛的女子。便是因此，國君的神智恢復了清明，附在他體內的惡靈見勢不好，只能脫身而逃。國君恍惚的低下頭，將懷中女子緊緊抱住。

林冉冉感到他的手臂有片刻遲疑，而後才攬著她的腰肢，眼眸中竟洩露出一絲久違的深情，他說：「阿皓，連你也要離我而去了。」

有那麼一剎那，林冉冉甚至想抬起手，撫平這個手握萬里山河、腳踏

星雲宮殿的國君眉心間那一抹痛徹心扉的皺痕。可她無法去做，並且，她心中絞痛，在身處這殿內的每一分、每一刻與她而言，都是巨大的折磨。

她離開了虞北棠的身體，急迫的逃出了國君的別院，耳畔彷彿傳來一聲蒼白如夢魘的呼喚：「林將軍。」

她心中驚恐，咬緊牙關，飛速去追趕那逃亡的嬰靈，一劍擊中其要害，抓著那隻雙胎嬰靈準備去見饕餮。

身後一陣狂風拂過，只餘下國君懷抱著虞北棠的屍體，他跌跌撞撞站起來，殘風之中，虞北棠雪白纖柔的手臂垂了下去。

隨著最後殘餘的嬰靈被抓獲引入冥府，籠罩在焰國上空的烏雲終於緩緩散去了。明亮的光芒筆直灑照下來，南雀城內的百姓與貴族們從地上爬起身，彼此交換著疑惑的眼神，就彷彿是剛剛做了一場噩夢，如今夢醒了，一切都還是原本的模樣。

焰國歷年二百七十六年，街市上依舊是一片車水馬龍的繁華景象，小販們扯著嗓子吆喝，衣香鬢影的女子們乘車遊玩，自是一番安居樂業、美不勝收的景色。

順著長街向南走，有坐落在青山下的貞山道觀，是歷代國君前來祈福還願的寶地。先代皇帝在世時，便經常陪伴先太后來道中求籤，於是觀外種滿了垂絲海棠，寓意大焰將會代代玉堂富貴。

正值七月二十一，每逢這個時節的貞山道觀，都會被百姓們擠得水泄不通。然而今日卻被眾多侍衛封鎖了，正是因為國君帶著朝臣來觀中祈福。

國君焚香立於觀中神牌前拜了三拜，停駐了很長時間之後，才將手中的香插進紫檀木的香壇裡。陪伴於他身側的舒妃也雙手合十的祈求著，半晌過後她睜開眼，一雙美目格外晶瑩清澈，雙雲鬢上的金玉步搖，更是將她的膚色襯得玉白通透。

「陛下。」她轉身面向國君，語調輕柔，道，「臣妾剛剛向神明祈求——希望神明能夠保佑在天災中逝世的人們得以早日輪迴。」

國君聞言，神色黯淡，舒妃見他神情仍有餘悸，便安慰道：「已經過去這麼多時日了，北棠妹妹說不定已經輪入了好人家。只是，可惜了辜

嶠……也喪命在那天場天災之中。臣妾以為，辜嶠生前心繫百姓、保家護國，上天在他死後也絕不會虧欠他的。」

國君抬起頭，凝望著神像，久久沉默不語，觀外風來，吹起了垂絲海棠的花與葉。國君走出觀來，啟程回宮，途中他聽聞嬉戲的孩童們喊出一聲：「我有妹妹了！」他隨即撩開車簾探望，只見那幾名孩童已經跑遠，只留下一路的嬉鬧歡聲。

國君心中悵然苦悶，放下車簾再度嘆息，喊來跟在車外的宋侍郎道：「傳寡人口諭，為辜臺輔舉國哀悼，且三年內不准冊封帝師。」

宋侍郎得令道：「遵旨。」

自辜氏殉國三年後，焰國再無帝師，直至焰國歷年三百零一年，臣子數次呈上奏摺選立帝師，均被國君拒回。雖然那一場嬰靈降世的災難被以「天災」命名，國君心中卻深知是因果輪迴。且在那三十年間，他也做到了統一大業。鼓勵生子的政策雖已撤銷，但卻並沒有什麼效果，焰國百姓的思想還未得到改善，國君便需要推行仁政，凡是從他國來到焰國的人民，都會獎勵耕地。同時，鼓勵農耕、減輕賦稅，對於家中惡意墮女胎者予以懲罰。

這世道在緩緩的改變著，想來，曾經的虞大將軍想要和平，所以以殺止殺；帝師辜氏期盼和平，選擇了製造嬰靈；焰國之帝尋求和平，從暴虐中選擇隱忍與等待；也有無數像虞北棠那般具備智慧的女子渴望和平，奈何有心無力……

然而，他們都在以自己的方式去抗爭、去拚取，哪怕對錯相抵，也是因命運坎坷多磨。

焰國歷年二百七十六年夏，七月二十三，國君追封虞北棠為皇貴妃，賜號婉，入藏皇家陵園，舉國同悲。

虞氏將軍府也掛起了長達七七四十九日的白幡。自從虞北棠去世以來，虞府便總是會有賓客前來祭拜悼念，而虞陶因受到嬰靈作亂波及，也大病一場，是在病時聽聞長女死訊，禁不住這火上澆油，自是一病不起了。

虞北梔既要照顧重病的父親，又要為長姊守孝，不過是數月光景，她已是面容憔悴。白日裡，她時常站在長姊的靈位香案前出神，極勤的更換

著花瓶裡的花束，靈牌上映出她落寞蒼涼的身影，漆黑的眼睛空茫卻又執著。

虞陶病重不久後，國君多次登門探望，虞北梔曾聽見二人在房內談著年少過往，言語之間竟多了幾分釋然與從容，可父親的劇咳打斷了一切，他怕是時日無多了。

那天夜裡，虞北梔收到了一封書信、一塊白色的玉佩、一張青松畫卷、一份拓印詩箋……

她站在孤寂的燭光中，靜默的讀了信，而後緩緩抬起頭，望向窗外皎月，慘澹月光照著她單薄身軀，如一支雪中素梅，蕭瑟卻堅韌。

信中寥寥幾語，寫著：

「世無亂世，歸路重顧。方留戀處，舟催人走。多情無別，所愛清梔。曉風殘月，人間逢處。」

她依靠在木門欄杆上，一行清淚劃破夜色，只是，她的唇邊卻噙著一抹淡然笑意。她知道，他已經走了，將辜府錢財散盡、僕人遣退後，他只乘坐一艘孤舟去遊歷天下。為了興善事、忘憂愁，待到世無亂世之時，待到她守孝期過，縱然是人間僅剩下那曉風殘月，他也會與她再度重逢。他在等著她，而她，也暗自決定待一切塵埃落定後，自會動身去尋他。

而此般時候，城南姬府中，姬牧弈緩緩的闔上了近來正在看的書卷，深深嘆了一聲，苦澀無奈的道：「是嗎……葵兒她，到底還是回去她該回的地方了。」

站在他面前的姬仁宣，已然將這一切同伯父訴盡，不由垂下眼睫，憐惜伯父思女之心，輕聲道：「南葵她並非有意不告而別，只是她不想伯父傷心，才沒有來見你們最後一面的。」

姬牧弈自是點頭道：「我是她的父親，又怎會不知她的心性呢？葵兒向來果斷，且她本已在崑崙了結了塵緣，此番回來人間，也是憐憫我，我已是萬分知足了。」

這些年來，姬牧弈深知自己的命是崑崙聖姑所救，而南葵命喪崑崙，也算是輪迴起始，他並無怨言，不過是心中思念女兒的面容罷了。只不過，既然是南葵認定的實情，作為她的父親，他也會認可她的抉擇，便釋然的打趣道：「待到來日，我可以自豪的同旁人道著，我的女兒掌管著奈

何橋，這普天之下，怕是沒人敢和我做對了！」

姬仁宣靜默的輕笑，眼裡卻有傷懷之色一閃而過，他側眼望向窗外明月當空，不禁想著，此刻身在冥府的南葵，是否也能看到這般美麗的月色。

寂靜幽暗的冥府中，紅蓮灼灼，忘川潺潺，南葵雙手托腮坐在奈何橋上，正等著新一批死魂被牛頭、馬面帶到橋上，喝她熬好的湯。

想來和墨並沒因她剛剛處理完一樁人間大事而寬限她歇息幾日，反而是要她馬不停蹄的克盡職守，畢竟孟婆怠慢的話，趕著投胎的死魂可就要在冥府裡堆積成山了。

倒是林冉冉自打回來，便關在自己殿中不肯出門，按理說，鬼差是不會生病的，但和墨看穿了林冉冉，只對南葵高深莫測的說了一句：「是心病，醫不得。」

南葵擔心林冉冉，想著處理完這幾日積壓的死魂，便去她殿中探望。可鬼門遲遲未開，她獨自坐著便有些百無聊賴，昏昏欲睡中，她回想起了前些日子尚在人間時的光景。

那天是黃昏落日，晚霞如血，餘暉赤朱，魁味居裡的雅間中，姬仁宣端來一道糖醋醬藕。

南葵極為貪婪的嗅了嗅熱騰騰的香氣，陶醉的舒出一口氣：「這美味真是久違了，我心心念念了好久，一直盼著吃到這道蓮藕佳餚。」

姬仁宣笑笑不語，只將碗筷放好在她面前，然後才慢慢坐下了身：「我只做了這一道菜。你就要返回冥府了，我想讓你記得這唯一的味道，這樣你才會總是回憶起這道蓮藕，也會回想起我。」

南葵夾起蓮藕的動作停了下來，她也知自己即刻就要離開人間，所以，更是不敢去看姬仁宣的眼睛，只埋下頭，佯裝輕巧的笑道：「我怎會忘記仁宣哥哥呢，就算……」接下來的話，她沒有再說下去，也不知該說些什麼好，靜靜的吃著蓮藕，忽然覺得吃進腹中的味道變成了苦澀。

人間數日，她與他二人共同歷經了無數危險困苦、磨難悲歡，在剛剛度過了一場滅頂之災後，她卻要與他陰陽兩隔。思及此，南葵於心不忍的抬起臉，不捨的凝視著姬仁宣，竟是伸出手去握住他，哽咽道：「仁宣哥

哥……你，你可不能忘了我。」

這話，令姬仁宣的手指驀地一抖，他回望她，見她那張清麗容顏，依舊是記憶中的模樣，便忍不住反握住了她的手，聲音中帶著淡淡的悲傷：「我會去找你的，南葵，總有一天，我們會再次相見。」

有什麼東西從南葵的眼睛裡流淌而下，一滴又一滴，砸落在腰間的迴廊彎刀上。

刀身閃耀出影影綽綽的金光，透過那光芒，南葵看到了曾經過往，幾乎每一塊碎片裡，都有著姬仁宣陪伴在她身邊的景象。

原來早在很久很久之前，她與他就已經密不可分了，他是她的兄長，是她的夥伴，也是她最為信任的摯友。南葵仿若是如夢初醒一般驚覺，姬仁宣竟是她姬南葵最為刻骨銘心的執念。

然而她知道得太晚，以至於錯過了許多能與他坦誠心意的瞬間。

可如今，她早已不是人間的南葵，她已是冥府的孟婆，再不配談及任何情與執，更是不該累贅他知道她的這份心意。

便是因此，她悲傷的低下了眼，喃喃道：「仁宣哥哥，這一世，是你守護著我，若有下一世，便由我來守護你。哪怕你我記憶都已不復存在，哪怕你再也認不出我，只要能再次見到你，我便別無他求了。」

姬仁宣欲言又止，最終，他輕輕嘆息，只握緊了她的手，對她展露出一個溫和的笑容，點頭道：「我等著那一天到來。」

四周安安靜靜，只有餘暉與花影，他們相顧無言，再也沒有說話，就這樣任憑彼此容顏淹沒在細碎的晚風之中。

縱然是三界九天，生死枯榮，輪迴流轉，日月交替，仙也好，人也罷，即便是妖，也有著一顆願沉浮在七情或六欲中的真心。此番浩劫過後，大地上的汙濁皆已散去，渺小如螻蟻般的人們歷經殊死拚搏，也各自了卻執念，四海升平，八荒安寧，人君治世，百姓安逸。

只願世人再不受顛沛流離之疾苦，山巒河川都將在大漠荒原中綻放新綠。

心有星火，代代方不息。

一朝明君千年業，名將帝師如走馬。倘若真的有來世，蒼生子民仍會為自由與新生而不惜血戰，可天地廣袤，九州四海，繁華盛世下，也該容

得下一對最平凡的有情之人。

　　所幸這世間身懷宿命的人，也都在完成其緣孽之後回歸平靜，一轉眼，百年匆匆而過。

　　約莫著一百三十多年後，在人間的翠松竹林裡，是成群而居的深山獵戶，有一人家的男童長成少年，穿著漂亮的毛皮胡服，正踩在巨岩上頭拉弓捕獵，他一箭射出去，精準的獵到了一隻肥美的野兔。

　　他露出興奮的笑容，吹了一聲口哨，身後便有一隻巨大的野獸飛奔而出，騰空四蹄，飛快的將那野兔叼了回來。

　　少年是獸的主人，他將野兔掛在腰間的鐵鉤上，轉手去撫摸著野獸的腦袋，那獸也極為親昵的蹭著少年的手。

　　少年唇邊的笑意溫和，眉眼間顯露出幾分貴氣，而仔細看那獸，竟似那古老壁畫中的上古神獸，是為饕餮。

〈全文終〉

番外篇・林冉冉：朱顏殺鐵馬，萬劫囚終老（上篇）

· 墓誌銘 ·

伽人薛林氏，閨字冉冉。定遠侯之女，出身名門，幼時聰慧頑劣，少為金戈鐵馬，沙場征伐，驍勇善戰，曾為人女，為人臣，為人妻，朝中首席女將軍，收復西北蒙得盛寵。愛繁華，愛歌舞，喜酒，喜美食，喜駿馬，喜纓槍，喜絲竹，識得樂章，寫得好字，也會描鳳繪鳥，常以酒作樂，又以劍舞聞名，自少時心懷志向，為家為國，熱忱滿腔，然，生不逢時，半世鬱鬱，夢碎伽國。曾妄圖河山大好，百姓長樂，奈何病榻淒涼，殘刀鐵銹，無人可訴。

可，殺敵無數，俘敵千萬，不曾迷於紅妝，也不願錦繡素裹。唯願凌雲壯志寫史書，卻一朝天翻地覆，權欲脅迫，枉死此志。

銘曰：面姣好，身輕盈，劍可舞，性情烈，曾得皇恩承蒙，歎是皇門可危。

退而入獄，放而從嫁，歸於薛郎，三年四月，病床而亡。

卒年，二十有四。

· 一 ·

暴雨打濕了牆上的告示，上頭畫著清瘦姿容的少年，可若是細細端詳，便會發現那是位少女。而畫像一旁寫著的字樣卻極為狠辣了：「朝廷重臣林氏殺沈氏一家七口，罪大惡極，各州府見必捉拿，生擒可賞，死亦不咎。」

頭戴斗笠的林冉冉，冷眼凝望了那告示一會兒，轉而投身走進了暴虐的雨幕之中。

她已在泥濘的山路中奔走三日，原本拴在客棧的馬被偷了，她只得攜著護身的利劍連夜趕路。原沒想會遇到這般妖異的暴雨，自是不會尋得到避雨的傘，罩在錦衣外頭的斗笠也是路邊撿拾的，實在破舊不堪。

可艱難的困境並不會令她停止步伐，她心中盼著這雨下得再久一些，最好能斷去她來時的路。

　　繞過山腳，有一家小茶棧，她踩著泥水推門而進，棧裡竟坐滿了人，紛紛聞聲來看她，見是個衣衫襤褸的少年模樣，便也不足為奇。店小二招呼她坐下，又給她倒了茶水，她脫掉了鞋子，將積水倒出去，期間聽到後面那桌人的閒談。

　　「此話可當真？那盛名一時的林將軍，當真從朝中逃了出來？」

　　「這還能有假，我胞弟是在皇城裡當差的，這個林將軍跑的當天晚上，便帶著不少人去追了，著實惹怒了聖駕呢……呵！豈能讓她逃掉。」

　　「可她殺了沈家那麼多人，可是滅門慘案啊！抓她回去後也是要被問斬的，她斷然是要逃之夭夭。」末了又壓低聲音竊竊道，「可依我看，聖上怕是捨不得。」

　　「噓！這話可不能亂說。」

　　「你就別裝糊塗了，這伽國境內上下，誰人不知聖上與林將軍之間的……」

　　聖上。

　　這二字陡然入耳，林冉冉握著茶盞的力度便又加大了一些。只聽那幾人仍在誇誇其談道：「可惜了，那位林將軍也算是個曠世奇才了，雖說是女兒身，但她年僅十四歲時就收復了西北，定遠侯家的女子當真是巾幗不讓鬚眉。」

　　「她不是還有位哥哥嗎？同樣是赫赫聲名，如今已任上了刑部侍郎，怕是不會被他妹妹的事情連累到，依我看啊，那些鋪天蓋地的告示，都是為了把她逼回宮裡去，女人家嘛，哄哄也就不鬧了。」

　　「這等女人家可不是普通尋常的女人家，她是將相之才，是帶兵征戰的強將，可怎麼現在就混了一個虛名，再不征戰四方了呢？」

　　「唉喲！這可就是當今聖上的計謀了，你我這草芥賤民，又如何能揣摩皇權思量呢？只怕是誰人見到了林將軍，也是無法將她捉拿成功的，且要是真把她的屍體帶去請賞，那才真是會丟了自己腦袋呢……」

　　「呵！如此說來，倒成了一齣障眼法了？」

　　想來還是這太平盛世讓百姓們的日子過得太舒坦了，竟有閒心說起朝

中那些個虛幻縹緲之事。然而林冉冉本人聽著，卻覺得極為可笑，她端起茶碗，抿了一口，茶已涼，她留下兩個銅板，起身走出棧，望著夜幕之中的厚重雨簾，她不再猶豫，義無反顧的走了進去。

待到天色濛濛亮，雨逐漸停下，她已經走到了城關。本以為這下終於可以出城，林冉冉卻遠遠望到城關處站著御林護衛，他們三三兩兩圍在一起，和守城的官兵交頭接耳。

擺明了是守株待兔，林冉冉心知是走不出城門了。她轉眼望向身後的山巒，想著如果是繞行的話，猜想還沒走到半山腰，就要餓死在山中了。

正心中躊躇時，身後忽然傳來一個謹慎的聲音：「林將軍。」

林冉冉驚得一怔，動作俐落的持劍回身，對方當即退後一步，林冉冉這才看清他的臉，不由得放下戒備，言語之中略有一抹訝然，道：「魏大人……」

魏恆潾穿的是布衣，頭上也戴著避人耳目的帷帽，他對林冉冉伸出食指，比在唇前，悄聲說：「林將軍，借一步說話。」

林冉冉收起利劍，跟著他走去停靠在不遠處的馬車旁。魏恆潾率先上了馬車，林冉冉遲疑著沒有行動，似是察覺到了她的疑慮，魏恆潾撩開車簾，催促道：「你我之間，都要懷疑了嗎？」

林冉冉抿了抿嘴角，直言不諱道：「你知我的難處。」

「正是知曉，才冒死前來助你一臂之力。」魏恆潾苦澀道，「如今的伽國，除了我，在這般人人避之唯恐不及的時刻，又還會有誰這樣前來見你？」

林冉冉聞言，百般猶豫，到底還是鑽進了他的馬車裡。魏恆潾立即命車夫啟程，林冉冉摘下頭上斗笠，接過他遞來的一塊蠶絲帕子，擦起鬢邊雨水，又忙不迭的問：「你是如何找到我的？」

魏恆潾道：「以我對你多年的瞭解，便知你不會走大道，更不會選小路，唯有山路會令你覺得安全些。且這幾日暴雨不停，按照騎馬的路程，不出一日會到城關，若是腳程的話，三日也該到了。」

林冉冉失笑：「魏大人能猜得到，旁人也會猜得到，難怪城關附近都是御林護衛，我就是再如何身經百戰，也是寡難敵眾。」

魏恆潾淡淡一笑，凝視著林冉冉那張雖蒼白卻秀美的面容，不禁憐憫

道：「旁人猜得到也好，猜不到也罷，總歸是不能讓你落入別人手上，萬一是個愚鈍的官僚，免不了要好好折磨一番，何苦要受那些皮肉之痛。」

林冉冉卻默然沉下眼，神色極為晦暗。隨著馬車的顛簸，她思慮了片刻，忽然抬起手，抓住了魏恆漣的臂膀，掀開他的衣襟一看，猛地抬起眼：「你這燒傷這麼新，如何來的？」

魏恆漣立刻撥開她的手，將臉別開到一旁，又趕忙放下袖子遮掩，低聲道：「何必問呢，你從逃走的那天，就該心知肚明。」

林冉冉蹙緊眉心，胸口像被重錘一般悶痛，她痛心疾首道：「便是拿你們洩憤也是無濟於事，我料想到會是這樣，可我素來不會在人前與你有過多交談，正是怕會有今日，且不說你，就算是我的侍從……」

「他們早死了。」魏恆漣面無表情道，「有的被活活打死，有的被直接燒了，還有一個最慘，被砍掉了所有指頭，又浸到鹽水裡，反反覆覆了很多次，直到他被折磨的咽下最後一口氣。」

林冉冉咬住牙，臉色已是慘白如紙。魏恆漣嘆了一聲，語氣清冷道：「沒人能說出你的下落，不過，好在是才過去了三天，要是再晚些日子，真不知還要死多少人。林將軍，你可不能害了大家啊！」

這話落下的瞬間，馬車也停了下來，外面傳來窸窸窣窣的喧嘩聲，林冉冉緩緩的睜大了雙眼，她忽然間如夢初醒一般的意識到了什麼，猛地推開車門想要逃。

然而，為時已晚。

一雙繡著赤金龍紋的烏皮靴映入她眼底，她心中轟然塌陷，抬起一雙眼，望向那站在被群奴簇擁的核心中央的人，他穿著暗海靛青色的錦色，上頭繡著雲卷鳳鳥紋，手裡捏著一塊赤紅色的玉佩，他以骨節勻稱、曲線優美的手指，把玩著那塊美玉。一張冷淡中透露戾氣的面容上，泛著雍容華貴的豔絕，尚且濕漉的鬢髮垂在胸前，看起來還是少年的模樣，可那眉眼卻深冷如淵、幽深如潭。他戲謔的輕挑嘴角，仿若要誅心一般的話語隨之而出：「幾日不見，愛卿怎麼這般憔悴了？」隨即令道，「來人，扶林將軍下來，隨寡人回宮。」

林冉冉驚愕的被拉下了馬車，她倒吸一口涼氣，恍惚中聽見魏恆漣哀求般對她道：「林將軍，你寬恕微臣吧，微臣的妻兒……微臣……實在是

不得已而為之。」

是啊！魏恆潾的罩門是他的妻兒，若是遭到脅迫，出賣她一個林冉冉也是未嘗不可。是她犯了蠢，竟以為他還是那個青梅竹馬的玩伴，早都已經物是人非了，是她不該輕信於人。

說到底，她也只是剛剛逃出皇宮三天⋯⋯僅僅三天而已。

而那走在前方的人略微側過臉，望向身後的她，緩緩的笑了。

凌遲一般居高臨下的笑容，彷彿可以在瞬間便將她的身心千刀萬剮。

‧二‧

夜幕時分，秋雨淅淅，晚秋時節本就寒涼，宮內的紅磚返著地底的潮，單憑走在上頭，都覺得腳底發冷。而侍女奴才們匆匆走過，都能瞥見那跪在寢殿大門外的身影，誰也不敢上前去問候，皆是慌慌忙忙的低下了頭去。

雨又大了一些，一開口便能呵出一團冰霧。跪在地上的人瑟瑟發抖起來，剛要彎下身，上頭便有一大盆溫水當頭澆下，侍衛們用空了水盆，又回去蓄水，吩咐侍女試好水溫，不可太涼，也不可太熱，唯獨溫水澆身，瞬間的溫暖過後，便會被秋雨凍結成冰霜，那才是徹骨逼人的寒。

然而，即便被這般折磨，林冉冉也是一聲未吭，臉都凍得青紫了，令門外的侍郎李華看在眼裡，又正好得了屋內傳喚，便趕快躬著腰進了殿，恭恭敬敬的道：「陛下可有吩咐？」

那坐在紅木雕椅上的人正在批閱奏摺，頭也不抬的說了句：「添點火，屋子冷了。」

李華立刻喊來奴才照辦，不一會兒便有火盆又送了進來。那火光映著伽國國君燕珩的面容，冷逸俊秀中平添了幾抹妖異瑰麗，的確是九州大陸二十七國之中，首屈一指的美男子。

且自打他還是個籍籍無名的皇子時，李華就跟隨在他身邊了，可謂是一路看著他長大成人，是為數不多的遺老陣容。但陛下如今已是二十有三，卻還未有一兒半女，實在叫群臣急成熱鍋上的螞蟻。且李華也是私心盼著陛下早早誕下繼承後人，便斗膽提了句：「陛下，林將軍已在雨中跪

了三個時辰了，只怕時間久了，要傷了身子，落下病根就不好治了。」

燕珩卻也不以為然似的，手中的摺子又翻了一頁，冷淡道：「習武之人沒那麼嬌貴，且落了病倒也好，便是不敢再動那逃跑的歪心思。」

李華又壯著膽子囁嚅著：「陛下，若是林將軍早日為陛下開枝散葉，自然也就能一心一意……」

「李華。」燕珩抬起眼，黯然道，「你可是捨得自己的舌頭，還是有多餘的腦袋能被砍？」

李華登時癱跪在地，連連叩首求饒道：「陛下息怒，是小人不知天高地厚，小人這就掌嘴！」

燕珩也懶得理他，滿臉嫌惡的傳人進來，問了句外頭的人的情形，侍衛回道：「陛下，林將軍已經昏過去數次，都被溫水澆醒了過來，眼下已經跪不住了。」

「跪不住了？」燕珩闔上奏摺，「那便傳她進來吧！」

「回陛下，林將軍的雙腿凍住了，已然是起不了身的。」

「難不成還要寡人去接她進來？」燕珩又冷下了眼，擺手道，「拖她進來，而後你等便退下吧！」

侍衛得令而去，不出片刻，便將狼狽不堪的林冉冉拖進了殿內，她感到火盆溫度，反而抖得更加厲害，燕珩給那還在掌嘴的李華使了個眼色，那腫著臉的老奴立即心領神會，趕快起身把侍衛一同轟了下去，隨後又關緊了殿門。

偌大的寢殿之中，只剩下燕珩與林冉冉君臣二人，死一般的沉寂中，林冉冉意識渾濁的瞥見燕珩踱步走近，他負手而立，與她近在咫尺，林冉冉先是看見那雙烏皮靴，再是一身皇袍，最後，是他的臉。

她恍惚中聽見他問：「愛卿，你莫不是覺得這是寡人的寢殿，眼下又只有你與寡人兩個，你便可以不行君臣之禮了？」

林冉冉咬緊了牙齒，她試圖俯身去叩首，奈何雙腿凍成了木雕一般不聽使喚，連同雙手也通紅發顫，欲張開嘴，聲音都不受她的控制了。

便聽燕珩越發肆虐的奚落道：「堂堂林大將軍，叱吒沙場，威風凜凜，竟也有今日這般如老嫗殘喘般的架勢，實在是令寡人不忍目睹啊！」

她慢慢的抬起眼，狠戾之色湧動而出，那神情戳進燕珩心底，令他不

僅為之感到動容，竟蹲下他那尊貴的天子之身，一把抓住她的後頸笑了笑：「寡人最喜歡見的，就是你這般要將寡人碎屍萬段的眼神。」

林冉冉感到屈辱的移開了視線，偏生不再去看他，反而惹怒了燕珩，轉手一個狠辣的耳光打下來，力度極重，林冉冉啐了一口，幾滴血濺在地上，燕珩掐著她的脖子，逼得她與他直視：「林將軍，寡人且是對你仁至義盡了，你害得沈氏滿門盡滅，這一筆賬，寡人還未來得及同你清算透徹，你反而連夜逃出了宮，豈是將寡人當成了傻子來耍弄嗎？」

「微臣不敢。」林冉冉身上的寒漸漸平緩，她吃力的從齒縫擠出辯駁，「沈氏窩藏敵將、搜刮民脂，微臣既任了刑部主事，便要為陛下分憂解難。即便沈氏是位高權重的御史……可微臣證據確鑿，問心無愧。」

好一個問心無愧。可那沈氏是燕珩乳娘的親舅，雖出身草莽，卻效忠燕珩，唯獨人品不端，但依仗著燕珩偏袒，群臣也是敢怒不敢言。唯獨一個林冉冉，竟敢動用私刑，逼問御史公不成，便直接帶人抄了沈氏的家，倒也是御史公不服林冉冉是女臣，又只是個芝麻小的刑部主事，加上出言不諱，僅僅一夜，令林冉冉手刃他全家七口。

「無非是說了你一句魅惑君上，他們都是些莽夫俗客罷了，你何必那般狠絕？」燕珩感到痛心的鬆開了林冉冉，沈氏到底是他的親信，這般做法，無疑是在朝臣面前抹黑他作為君主的聖明。

林冉冉心中卻輕蔑嗤笑，豈止是一句魅惑君上，太多不入耳的下流話她都聽過，可知那些有眼無珠的豺狼走馬，又如何能一一殺得過來？偏偏只有沈氏，她是無論如何也留不得。只有沈氏，諫言可憎，早在林冉冉心中紮上了一根狠刺。

「陛下不必多慮。」林冉冉這時淡淡提議道，「沈氏一案，連同微臣畏罪潛逃一事，都足夠陛下將微臣處死十餘次了，趁此良機，陛下自當能以死罪問責微臣，微臣絕無怨言。」

「你想死？」燕珩站起身形，俯瞰著她慘白的一張臉，忽地揚起嘴角，冷笑道，「愛卿，你最好趁早打消這可笑的念頭吧！縱然你想一死了之，也要等日後才行。寡人的陪葬品，你可是在花名冊上的，能入得了皇家陵園，也是你祖輩修來的福分，必要感恩戴德才是。」

林冉冉死死的盯住他，眼中的殺意並不是從這一刻才起的，早從四年

前開始，那一場秋夜，是她絕望深淵的源頭。

那年，她僅有十六歲，而他，也不過剛剛十九歲。

· 三 ·

四年前。

在三國鼎立之前，九州大陸上共有大大小小二十七個國家，這伽國雖不是最大，但卻極為富庶，倚靠著母國衛國的勢力，積澱起了底蘊與財力，漸漸在各國之中嶄露頭角，也因其國內的盛世繁華，引得一眾小國豔羨。且說伽國先皇荒淫無度，膝下子嗣多如牛毛，皇子就有三十六個，公主更是數不勝數，要想在這些皇子之中拔得頭籌，可不是一件容易事。但嫡子登基，本是規矩，先皇后母家勢力可遮雲蔽日，自是不敢有人撼動她的長子登基稱帝。

哪料先皇退位前後，大國姜國的世子掛帥親征，帶兵殺進了伽國皇都蘭江城，光是伽國皇子就有二十餘個死在他刀下，若不是定遠侯林家誓死相抵，伽國燕氏怕是會被斬草除根的斷了後。

由此，林家功不可沒，奠定了世代都在朝中有一席之地的根基。而那戰艱難攻退敵軍之後，便是貴妃家的三皇子稱了帝，只因太子死在了戰亂之中，害得先皇后也大病不起，緊隨先皇而去了。

然新帝登基三五載之後，死在了一頓被下了毒的紅魚上。接替繼任的，是資質尚且還算賢德的錦宸王，可也是不得善終，才執政了六年，就因社稷負荷而吐血身亡。留下的子嗣極為稀薄，無非是皇后姒氏所出的四皇子，還有其他幾位妃嬪誕下的大皇子、三皇子和二皇子、五皇子。

到了最後，倚靠姒氏母系的強硬背景，四皇子在十九歲時被推上了皇座，便是當今伽國的聖上燕珩了。

由於他父皇死得暴急，他在成帝之前也並非諸君，且在他還是皇子時，就因行徑怪異而被奴僕們在私下裡眾說紛紜。燕珩喜男色這件事，在偌大的皇宮內院中，從來都不是祕密。

這等豔史在史書裡也有過寥寥幾筆，無非是講伽國的某任國君不問三宮，佳麗都是長著陽器的，倒也極具荒淫，時常三五成群的在寢宮別院內

夜夜笙歌，皆是與樣貌清秀的男子徹夜歡好。

他母后也因此而費盡了心神，為了矯正他這令人心懼的取向，她在普天之下搜羅著絕色美人，總痴心妄想他能改邪歸正，若是有傾城美人入宮做妃，他又何必去喜歡那些男不男、女不女的白臉面首？

其實早在若干年前，他那還在世的父皇就已經發現了他這令人難以啟齒的癖好端倪。如此家醜實在有辱皇威，怕群臣知曉此事，那重極了顏面的先皇，硬是把他關進了漆黑的地窖裡，逼他改了惡習，這一關，就是絕情的數月。

再如何正常的人關得久了都要害病，更何況他那時候只有九歲，本應是該被捧在手心裡細細呵護的年紀，何苦就要他嘗盡寂寞悲涼，以及黑暗絕望？

那會兒的李華還是先皇的人，他可憐幼主，便在地窖上頭給他挖出了一個不易被人察覺到的黃豆般大小的洞，九歲的他便是透過那卑微的洞口，去張望外頭的光景。其他的兄弟們可以奔跑在庭院裡玩耍，追著侍女嬉笑，他卻只能被關在地窖裡，也不知為何要關著他。

於是每次被放出來，他都陰著一張臉，非但不認錯，還同先皇頂撞，先皇氣極了，打罵是小事，重則要罰他去跪殿外的涼石板子，跪得暈了，就再拖去地窖裡頭閉門思過。一來二去，滋生出了他陰暗的資質，隨手捏死一隻機敏靈活的鳥兒，也是常有的事情。

唯獨他母后，整日哭累了眼，任憑她怎樣去懇求他父皇，也是枉然。她也知道，先皇心中屬意他日後繼任，自是要對他嚴加管教，可她也就只有他這麼一個孩兒，如何能眼睜睜看著他受苦受罪？竟也任由他胡作非為，哪怕是目睹他和男子私會，她也是做了天下母親都會做的包庇與縱容。自古慈母多敗兒，她不是不知，但情感上由不得她，她甚至會派人為他把守，只為瞞著先皇。

奈何時間久了，她自己都有些瘋魔了，這般大逆不道的行徑，簡直在煉熬她心。一次恍神，被先皇衝進了他別院，見她守在此處，先皇勃然大怒，竟也不顧顏面了，帶著侍衛衝進房裡，把那床上的一雙男子拖了下來，其中一個被當場殺了。剩下的那個是他，先皇氣得咳出了血，命人將他狠狠毒打一頓，最後痛哭流涕的哀訴道：「燕珩啊燕珩，你將來是

要執政大伽的，可你這般下賤作風，豈不是要全國上下的百姓笑你嘲你？寡人只知雞畜才做此般行徑，你是寡人的骨血，萬萬不能壞了人倫規矩、綱常倫理！只盼若遭天譴，也譴在寡人身上，饒了你這愚昧的稚兒吧！」

怎料這話一語成讖，沒多久，先皇便重病不起。許久後，某日迴光返照，非要起身見一眼他不成氣候的稚兒。派人去喚，卻只見侍衛獨自回來，支支吾吾的說了半天，才肯道出實情：「四皇子……四皇子他在別院……忙著和……俊秀的男子們……行樂歡好……」

先皇聽罷，一口膿血嘔出來，就此辭了世。而後人們津津樂道的，卻都是他為了伽國嘔心瀝血，是累死在江山社稷上的。

反倒是當年初秋，四皇子燕珩將要登基稱帝，他母后尚未從失去夫君的悲痛中醒神，但即刻就要成為太皇后，她便要為燕珩充實後宮才是。整個伽國翻了個遍，能找得到的美人都被搜進了宮裡，可到底還是要看血統，所以篩選下來，符合心意的也不算多數。

再看那擇日便要做一國之君的四皇子，還在他的別院裡望著外頭的楓葉出神。彼時的他只罩著一件單衣，裸露著前胸，盤腿坐在窗下，身後的紗幔裡傳來幾聲似女子般的軟語，他也懶得去理，手裡的煙槍吸進一口，吞雲吐霧間，看到樹下走來一人。

先看見的，是一雙墨黑的烏皂靴，再往上，是朝臣所穿的赤袍。不過這人的穿戴有所不同，上身罩著淺朱色的軟質鎧甲，黑髮束了個低鬟，頭上戴著官帽，卻是與文臣有別的黑紗帽，是武將。帽中間鑲嵌了一顆金色玉石，極為尊貴精緻，自是位階不凡。

而那人高高昂起的頸子，玉白通透的，像極了傲慢的仙鶴。

竟不知朝中還有這樣的人物，他略有興致的喚了一聲，那人聞聲望來，不偏不倚，與他的眼神相撞。

只淡淡一瞥，那人隨即收回了視線，轉身離去時，身為人臣的紅衫袍角，隨風漾出了一層漣漪般的優柔弧度，也在不經意間，漾去了他心底。

一股難以言喻的感覺狠狠撕扯他的心，比起欲，比起情，倒好像是一種妄念。偏巧那日是他的加冕日，僕人們紛紛入了別院，龍袍玉冠，五重華服，烏紗羅衣，金杯玉液，這般隆重的登基儀式，卻被他忘在了腦後。

・四・

那日的加冕之禮由當朝臺輔晉桓公主持，許多貴族女眷也被允許前來觀禮。這可謂是太皇后之心，人盡皆知，群臣都心中明晰，如此大費周折的引得女眷面聖，無非是想要引起新帝對女色有所意圖，果真是可憐天下父母心，著實令一眾臣子心中嗤笑。

明堂之上，燕珩身穿繁複金裳，寬大長袍透迤身後，徐步穿過織錦鋪陳的玉階，在先皇祖像前跪拜，三次叩首，起身站立，耳邊來風，風像是從皇宮門口瑟瑟吹來的，惹得宮燈在風中緩緩旋轉，簌簌作響。

略有幾滴小雨落下，晉桓公擔憂聖上沾染雨霧，便宣讀了登基禮詞，不出半炷香的時間，加冕終了，燕珩在晉桓公的示意下走進了朝堂，群臣已在殿內恭候多時，見到新帝，紛紛雙掌交疊，屏息跪下，俯首叩拜，在眾臣的跪拜中，燕珩款款步入皇座，面向前方，抬手令道：「眾卿平身。」

「謝聖上隆恩。」一眾朝臣款款起身，略微揚起臉龐，恭敬的立身於殿中。

燕珩的視線在堂內掠過，他像是在尋找著什麼，最終，他淡淡瞥過站在左方正中間的臣子，那是名身著赤紅錦衣的武將，僅僅一瞥，心中竟是竊喜。他不動聲色的回過臉，自是映進了滿眼驚鴻的韶華，如火一般，燎在他心頭。

陪在燕珩跟前的李華眼尖，他老謀深算，幾乎是瞬間就猜透了燕珩在打的主意，驚愕之中，倒也有幾分喜悅，暗暗道著：「莫不是太皇后日日祈求神明，今日終於得以顯靈？」

而站在那臣子身側的武官瞧見新帝的視線，雖停留不多，卻確有其事，便悄聲湊近那臣子道：「林將軍，陛下方才多看了你一眼。」

那被稱作林將軍的，自然是朝中唯一的女臣，又是唯一的三品武將林冉冉了。她那年剛滿十六，於先皇尚且在位時期，就已經因殺敵有功而占據了朝廷一席之地，加之有定遠侯做靠山背景，可謂是一路平步青雲。她也曾聽過新帝的許多花邊趣聞，只知他是年少無畏，如今得以見到聖顏，才知他年輕得可怕，竟也是沒比她大上幾歲。

「孟贏兄怎會知道陛下多看了誰？」林冉冉小聲嗤笑道，「莫不是孟贏兄一直在盯著陛下看，才會知曉的這般詳細？」

武官孟贏的臉上浮現出幾分惱意，李華聞聲掃視而來，令孟贏不得不噤聲垂首，林冉冉偏還要在旁奚落一句：「憑孟贏兄的姿容，做面首已是足以。」

孟贏忍著羞意，一直到早朝結束，他才追上大步流星走在前方的林冉冉，一把抓住她的手臂數落起來：「林將軍，你在朝上的那番言辭究竟何意？你我同年封官，按理來說不分官階尊卑，你怎可如此輕蔑於我？」

林冉冉不以為然的笑道：「孟贏兄，我明明是一番美意，怎就讓你這般惱羞成怒了？身為伽國子民，誰人不知當今聖上……」

尚書魏恆漪在這時出現在二人身後，他負手而立，對二人皺起了眉，又環顧四周，不禁埋怨起他們：「你們兩個也太無法無天了，此處還是皇宮內院，早朝才散，群臣來往，怎可如此大言不慚？若被旁人聽了去，小心腦袋搬家。」

林冉冉環起雙臂在胸前，表情略顯頑劣，到底還是小心翼翼的壓低了聲音，道：「都怪孟贏兄，是他抓著我不放的，我可不想惹禍上身。」

魏恆漪便又瞪向孟贏：「你也是，明知林將軍心直口快、喜形於色，你何必在眾目睽睽之下去招惹她？」

孟贏是啞巴吃黃連，有苦說不出，他隨意擺手，道著罷了罷了，正欲離開，李華在這時帶人來到了幾位跟前，林冉冉首先看見他，立刻去曳了曳孟贏，魏恆漪也一併恭敬俯身，三人一同問候道：「見過李侍郎。」

李華和顏悅色道：「三位不必多禮，老臣是來傳陛下口諭的。今日黃昏時分，還請三位到後花園參加晚宴，陛下也會出席的。」說罷，他頷首離開，剩下三人面面相覷。

林冉冉剛要開口，孟贏一把捂住她的嘴巴，他可不想聽到任何狗嘴裡吐不出象牙的話。

待到晌午光景，定遠侯府上的老僕開了門，把林冉冉迎了回來。緊隨老僕身後跑來的兩個少年一前一後圍著林冉冉，他們二人是自小便在府上做事的小廝，一個叫作阿赤，另一個則叫阿淵，由於和林冉冉年歲相仿，三人時常混在一起吃喝玩樂，竟也沒了主僕規矩。眼下，阿赤手裡還拿著

· 418 ·

掃院的長帚，嬉笑著同林冉冉道：「將軍，你上早朝的那時間，就又有人來府上提親了。」

阿淵也笑道：「夫人剛剛送走他們，要是你早回來一些，正好能見到他們。」

林冉冉不怎麼愉快的皺起眉，想問這次又是哪家的貴族。誰料阿赤和阿淵竟是略有嘲笑般竊竊私語著：「依我所看，那家公子孱弱的身子骨，可不是咱們家將軍的對手。」

「真要鬧起了夫妻仗勢，那公子都會被咱們將軍打成肉泥。」

林冉冉突然一揮拳，斥他二人道：「我先把你們兩個不知天高地厚的混帳打成肉泥再說！」

阿赤和阿淵連忙逃之夭夭，林冉冉氣不過的還要去追，那蓮塘後頭傳來一聲輕柔的呼喚，她停住腳，回過身，見是母親在侍女的陪同下穿過兩進長廊，哭笑不得的對著林冉冉輕嘆：「都已經這般年歲了，怎還是如此浮躁？不要整日把打打殺殺掛在嘴上，怪不像話的。」

林冉冉撇了撇嘴，在母親面前，她總是略有嬌嗔，湊上前去依偎著道：「孩兒帶兵打仗這麼多年，早就習慣殺來殺去的，哪裡能改得掉。」

母親溺愛的微笑著：「今日可見到新帝了？」

「自是見過了，看那模樣，頂多比我年長個兩、三歲而已。」林冉冉同母親走在池塘邊，忽而想起來，「陛下今晚要召見我與魏恆潾，還有其他武官，不知是否還邀了其他臣子吃宴，便是想要同我們這些先皇的舊臣套套近乎吧！」

能得新帝賞識，自然是件極好的事，且說林家世世代代皆為武將，天性果敢凌厲，驍勇善戰，又有定遠侯美譽，是朝中地位顯赫的世家大族。而大伽燕氏也是靠得林家代代守護才享盡榮華，自祖輩起，林家便為歷代皇帝鑄造城池、抵禦外敵，地位自是舉足輕重。

可，男大當婚，女大當嫁，這一脈的林氏除去林冉冉，都已成家立業，前年剛剛嫁出了二女兒，長子的孩子都可以跑在地上放風箏了，唯獨林冉冉還沒有許人家，母親在近來為此而有些憂思，反倒是那做父親的老侯爺始終耀武揚威，他總是說：「普天之下，誰人能配得上我那征戰四方、殺敵萬千的冉冉？若不是一個堂堂正正的蓋世英雄，便不配踏進我林

府的門來提親！」

但女兒家理應在合適的年紀學做紅妝、繡花刺鴛，才能在日後做個相夫教子的賢良正妻。每每想到此處，母親都要唉聲嘆氣一句：「都怪你父親偏要教導你武練纓槍，雖破格成了朝中唯一的女臣，可這般高高在上，哪裡敢有公子娶你回家呢？」

林冉冉聽罷，不以為然道：「母親不必為此煩憂，我既身為伽國大將軍，便是要報效家國的，如果新帝屬意於我，我自當願為他南征北戰。若是可以統一整個九州大陸，新帝就將成為名垂千古的明君，而我，也將是功勳赫赫的林氏名將，便要我終身不嫁又有何不可？我志在凌雲，斷然是不屑那賢良淑德的婆媽之事的。」

這一番豪情壯志，也是令母親為之動容的，她也總是會撫摸著女兒的鬢髮，寬慰的笑著：「可惜我的小女兒不是男兒身，這世道對女子總是不善，母親不是不懂你的抱負，只是，你註定要走一條不同於凡人的坎坷之路，好在你堅韌勇敢，母親不再擔憂了。」

林冉冉回以燦然笑意：「母親，我既是女兒身，也從不輸任何男子，倘若他們膽敢同我比試一番，我也會讓他們輸得心服口服。伽國可以沒有一個叫作林冉冉的女子，但卻不能沒有一個叫作林冉冉的將軍，我能夠保家護國，也能帶兵殺敵，陛下也會同先皇一樣重用於我，否則，豈不是他的損失？」

母親含笑望她，抬手摘下一朵海棠戴在她鬢上，襯得她容顏更加嬌俏了幾分。

「母親並沒有別的奢求。」那日，她的母親這樣對她說，「只望你日日都能像今朝這般談笑風生、滿面春風。」

卻不知那日夜晚，竟是噩夢的開端了。

————————— ·五· —————————

黃昏時分，皇宮後花園內的晚宴極盡奢華。

滿座臣子十餘人，都是受到李華傳旨而來的。這會兒工夫，夕陽已經爬上天際，赤紅光暈迷離氤氳，器樂班子跟隨侍女前來，他們一個個捧

著琵琶、古琴、瑟、箏，還有笛與笙，連同鐘、鼓、鑼、磬都一應俱全，二十多人的器樂陣，井然有序的落座，開始彈奏七曼妙曲音。

林冉冉早就聽聞燕珩在做皇子的時候就對戲曲痴迷，沒想到還在宮中養著這麼一群專業人士。想來爾虞我詐的欲海浮沉中，燕珩還能尋一處角落供自己賞花弄月，也實屬不易。正想著，園內的所有歌女舞姬忽然傾巢而出，在絲竹迭奏聲中踏歌而舞，她們身姿曼妙，風情萬種，一時之間花影風動，桃花婆娑，如同天上人間。

林冉冉凝望著這景象，心情也不由得大好，偏生有文臣起身提議獻詩一首，為陛下助興，且又極會拍馬的將盞中酒水一飲而盡，好不暢快。

其他臣子也不甘示弱，爭先搶後的諂媚聖上，坐在林冉冉身側的魏恆瀠對她悄聲道：「作詩可不是你的拿手絕活，我這有一首，你且先背下來，免得待會兒鬧出笑話。」

林冉冉雖不情願，也只得照做。不出片刻，她旁側的孟贏已經起身作詩道：「舒卷江山萬里圖，明君光照天下路，四海八荒皆收復，醉臥蘭江朝天闕。」

一眾人等連連拍手讚道：「真沒想到孟少將如此博學，不僅武藝了得，才情也是不輸在座文臣半分啊！」

孟贏厚著臉皮合拳道：「各位見笑了，見笑了。」

再到林冉冉，她俐落的起了身，正欲舉杯，燕珩忽然喚人御賜了她一杯酒，還是由李華親自呈過去的。

這一舉動彰顯分量，眾人屏息不語，氣氛反而顯得有幾分尷尬，林冉冉困惑的看向燕珩，那御座上的國君卻低垂著眼，把玩著手中的酒盞，一張清俊得還殘存稚氣的容顏上看不出喜怒，只以慵懶的語氣催她一句：「林將軍莫要耽擱。」

他的聲音極冷，又無比淡漠，即便是在戰場上殺敵如麻的林冉冉，也不禁竄起一絲寒意。她自知不可惹陛下不快，便忙將魏恆瀠教她的詩背出：「朱顏不及金戈甲，千古江山雨打風。鐵馬入敵三萬里，名將功成美人舞。」

這詩作罷，周遭極靜，黃昏已落，晚風而襲，花香撲鼻的剎那，燕珩將酒杯放到桌上，他道：「這詩不好。」

林冉冉身形一抖。

他又道：「林將軍理應自罰三杯。」

旁頭那群趨炎附勢的臣子們，聽出燕珩話中的奚落之意，便當即附和起來：「林將軍快快斟酒吧！這可是陛下賞賜給你的酒，你可要暢飲才是。」

可這詩是魏恆漣的主意，他斗膽起身，對燕珩恭恭敬敬道：「陛下，還是由微臣替林將軍喝這御賜的三杯酒吧！林將軍她……」

話還沒說完，燕珩就略一抬手，示意他閉上嘴。

魏恆漣再不敢吭聲，林冉冉也不想連累他，拿起桌上酒壺，接連幾杯飲下，她因喝得急而紅了臉，坐下的瞬間有些許搖晃。眾人笑笑，又都眉飛色舞的侃侃而談起來。魏恆漣擔憂林冉冉，悄悄的問她：「你可還好？」

「三杯酒罷了，倒也不礙事。」林冉冉怪他道，「都是你的破爛詩，害我被陛下責難。」

魏恆漣冤枉得很，他可不知那詩哪裡出了問題。再一轉眼的工夫，大家臉上都有了幾分醉意，唯獨燕珩清醒冷峻，他見時候不早，就命人遣退了宴席。魏恆漣本就不勝酒量，起身時有些搖搖晃晃，剛想和林冉冉一起打道回府，誰知恍惚之間，見到李華攔住了林冉冉的去路。那如老狐一般的官宦，對林冉冉卑躬屈膝般低氣道：「林將軍留步，陛下有請。」

當時的魏恆漣還在心中暗暗嫉妒、羨慕，想著陛下偏要留下林冉冉一個，定是偏愛她林家定遠侯的背景。可走著走著，魏恆漣落在眾人的最後頭，他停住腳，趕上迎面一陣冷風吹來，他似乎醒了酒，鬼使神差的轉頭去看向身後，見李華引著那醉得走路都走不穩的林冉冉，進了燕珩的寢殿別院。

那別院是燕珩在作為皇子時期就有的，且是用來他與面首們顛鸞倒鳳的地點。據說若哪個男子有幸上了他的龍床，將會得到足夠一生揮霍的金銀與宅邸，想必今日來吃宴的朝臣之中，也有打算媚惑君主的私心，畢竟，那是位以貪慕男色而聞名伽國的國君。

可，林冉冉是個女子。

魏恆漣皺起眉頭，正百思不得其解之際，忽然聽到那別院裡傳出撕心

裂肺的慘叫聲，他被嚇得冒出一頭冷汗，跌跌撞撞的轉身就跑，跑著跑著，竟莫名哭了出來。

大抵是他料想到了那發生在別院裡的光景，畢竟，那是翻手為雲、覆手為雨的國君，他想做什麼，普天之下無人能夠阻攔。只是在行周公之禮的時候，燕珩才滿臉驚愕的望著身下的人，喃聲問道：「你竟是女人？」

便是沒有一個告訴過他，這英姿綽約的林將軍是個女兒身，他也不知朝中竟還有這麼一個女臣，不禁意識到是自己中了那狗東西李華的計，想必李華早就知道實情，唯有瞞著，才能令他和女人歡好。

可林冉冉在他愣神的空檔，抓著衣裳披於身上，連連跪下祈求他莫要壞了倫理綱常。她是伽國的臣子，伽國自古有規，聖上不可與臣子私通款曲，若是男臣也就罷了，這規矩偏生是立給女臣的，便是防著女臣想要藉機勾引皇帝，霍亂前朝與後宮。

一旦壞了規矩，這女臣在朝中將會失了地位，連同家族也一併蒙羞，她苦苦哀求著陛下三思、陛下三思啊！

燕珩凝視著她這張早已霍亂了他心弦的臉，抬手抓住她的鬢髮，竟是笑道：「今夜過後，寡人會立你為妃的，你不必擔心那國規，這伽國都是寡人的，寡人想怎樣便怎樣。」

畢竟，這可是他十九年來第一次對女人動了那麼點兒心思，又怎能讓這心思白白熄滅呢？

待到隔日天大亮，定遠侯府內的夫人與老爺，已是在正堂裡來來回回走了一整夜。那夫人憂心忡忡念叨著：「除了行軍在外，冉兒從不會這樣一夜不歸，我真怕她出了什麼差池。」

老爺負手踱步，陰著臉色直道：「誰人能奈何得了她？除了當今聖上，她根本不必懼怕任何人！」

這話說罷，家奴忽然大喊一聲，夫人與老爺雙雙望向堂外，是宮裡來了一行人，為首的是李華，夫人、老爺立即拜見，李華卻要他們免禮，隨後他命人把林冉冉扶著進來。是在看見她的那一瞬，夫人驚嚇般坐去了椅子上，老爺也愣在原地，李華含笑著要二老照看好林將軍，又說了句恭喜定遠侯府上了，昨夜，林將軍是在陛下寢宮過的。

這一句無疑是萬箭穿心，夫人忍著眼淚，去將失魂落魄的林冉冉抱進

懷裡，還要恭送李華等人離去。定遠侯則是震驚的癱坐在地，而下人們紛紛圍上來詢問著是否要為將軍換一身衣衫，她那一身……都已經……

林冉冉只悲痛的閉上眼，將臉埋去她母親懷裡，母親頃刻間痛哭失聲，但定遠侯忽然斥責她小聲點，李華還沒走遠，不可被他們聽見。

·六·

伽國歷年二百一十六年，月曆金，乙亥日，列位朝臣一致反對燕帝欲冊封武臣林氏為妃一事。眾臣皆道，這般大逆不道做法實屬違反倫理綱常，哪朝哪代也未有將當朝臣子收入後宮的史實，且那林氏是定遠侯府上的功臣，如此作風豈不是往老將軍定遠侯的臉上抹了一把臭屎？倒不如殺了他來得痛快。更有甚者，約莫三十位文臣向燕帝哀哭長跪，揚言若陛下執迷不悟，我等將棄官歸隱。

燕珩是在那時才意識到，這皇帝做得沒意思，連納個女子做妃都要費盡周折，李華在一旁諂媚著：「陛下，話是不能這麼說，那女子又怎是普通女子呢？定遠侯雖去頤養天年了，可皇恩猶在，林將軍又屢立戰功，著實是朝中重臣，僅做後宮嬪妃……的確是委屈了那將相之才了。」

燕珩卻不以為然，只道一個女人罷了，再如何驍勇也還是要嫁作人婦，做天子的女人乃是她的榮耀，嫌妃位分小，乾脆破額提成貴妃，能討他的歡心，可比那上戰場殺敵來的愜意。

李華連連稱是，還說太皇太后也是贊同陛下的，能被陛下看上，那實在是天大的福分。畢竟那三宮六院裡的妃子們，都成了閒置的人物，若是能討到個陛下喜歡的女人，即便是九天仙女，太皇太后也要把她抓著下凡。

只是，這眼下被群臣反對，自是無法順順利利把她放進自己囊中了。但她那副傲慢的將軍氣焰，也著實需要被打消。燕珩雖喜歡見她揚起脖頸的神氣姿態，卻也不想助長她的威風，索性這事情在朝野之間傳遍了，也就順勢免去了她武將的稱號。

「遣她日後去刑部做個主事吧！」燕珩隨口下了個旨意，「婦道人家，還是盡好本分才是。」

「刑部主事？」魏恆潾在聽到這個官銜時，先是震驚，而後垂首，咬著牙關道，「那分明是個閒職，竟罷去了兵權，還要打發你去那種地方受罪⋯⋯」

林冉冉坐在房中桌前，手裡握著一杯熱茶，她已有十日沒去早朝，人瘦了一圈，也滿臉憔悴。她眼裡的光好似沒有了，只平靜道：「有什麼法子呢，天子定的事情，身為人臣，豈能不從？」

魏恆潾欲言又止，可在看見林冉冉臉上的倦容時，他到底還是生生的把要說的話給咽了回去。其實，早在那晚過後，朝中就已炸開了鍋，林冉冉被抓上龍床這事，被傳出了百般花樣，無非是親者痛、仇者快，唯獨太皇太后那邊樂開了懷。陛下寵幸女人於她而言，代表了大伽江山將會後繼有人，就算受朝臣阻撓而不能立妃，也是不耽誤召見侍寢的。

偏生是要定遠侯府上蒙了羞，這一椿飛來橫禍，令定遠侯與夫人一夜白髮般的衰老，他們自是有苦難言，好端端的世家大族，竟被新帝如此糟踐，好比殺人誅心般慘絕。只是，憑著林冉冉的脾性，她竟然沒有大動干戈，也是令人倍感悽楚。魏恆潾知曉林冉冉不敢忤逆燕珩，是想到了會被株連九族的後果。

且遭遇了這般磨難，林冉冉卻還能寬慰道：「罷了，待到陛下興致過去，我也就能再做回我的林將軍了，無非是覺得新鮮，維持不了多久的。」

這話令魏恆潾想到行百里者半九十，小狐汔濟濡其尾。而失道失德的新帝，當真會有信於臣嗎？然而，魏恆潾是不會知道這十日以來，林冉冉夜夜將自己關在房裡，她手中的劍劈壞了不計其數的屏風，而此時樹在他眼前的那扇水墨屏風，則是今早剛搬來的，是為了遮擋那後頭已被砍得不堪入目的牆壁。是啊！林冉冉雖嘴上逞強，內心裡到底還是不服的。

伽國堂堂護國將軍，怎會甘心為人玩物？即便這是林冉冉的孽債，她也終究不願俯首低頭。

待到五日後，林氏被罷免的將軍一職，由出身顯赫的武官孟贏接任，刑部主事林冉冉只是個七品芝麻官，斷然是不能再上早朝的。

她去了刑部就任，在當天就點起了新任的第一把火，調出往年舊賬一一查處，還帶著人去了二品尚書的家中敲山震虎。按照常理，這些事

不該由林冉冉出頭，她的官職位卑權小，更是不能對尚書大人大不敬。但她心高氣傲，就是要朝臣知道，她即便淪落至此，也還是沒忘記她的雄心抱負。

且在最初，燕珩對此也是睜一隻眼閉一隻眼，即便有奏摺來報，他也是充耳不聞，可架不住上奏的摺子越來越多，他嫌煩了，就命人傳林冉冉來見，誰料林冉冉以身體不適為由不肯見聖，這可是觸怒了天子。又有沈氏在旁獻策道：「陛下，林氏區區一介女流之輩，竟妄想與男子並肩行事，此舉實乃不妥。且伽國百年來唯有先皇在位期間，立了她林氏為那破天荒的女臣，也無非是看在定遠侯對國有功。如今是陛下執政，斷然不能因女子為臣而被世人恥笑，就算作臣，也必要乖順、明理才是。」

燕珩拉不下臉面，只好照沈氏所說的去做了。無非是帶了一班人去她那刑部問罪，又殺雞儆猴般選了她的頂頭上司罰了一年俸祿，而那些跟著她去尚書府鬧騰的小人物，就地問斬了，剩下她，燕珩有點心疼似的，遲遲沒有降罪。哪料沈氏不肯甘休一般，又在燕珩耳邊吹起邪風：「陛下，這刑部主事不吃點苦頭，怕是還擺不正自身的位置，若今朝不能端平一碗水，這往後群臣還如何為陛下效忠呢？」

燕珩盯著跪在面前的林冉冉，烏沉沉的眸子裡極盡掙扎，想來他登基稱帝之後，也逐漸明白了父皇的難處。國君雖是帝，卻不見得事事都能順自己的心思，身邊大臣左一個想要蠱惑他，右一個企圖擺布他，而他生性紈絝，斷然沒有那些深不見底的壞敗，只是世道逼迫於他，他也不得不適應這宮廷皇權之中的心狠手辣、手段歹毒。

若他不坐穩皇帝的御座，其他兄弟也會找準空檔，踩著他的軀殼頭顱登位，儘管他本意不願去欣賞那些慘無人道的殺戮行為，可若不那樣做，又如何掌控天下呢？

偏巧林冉冉在這時抬起頭，眼裡的戾氣直射他心底。

他想的是，連這樣一個女人都不聽從於他，那他豈不是要在群臣面前顏面盡失？燕珩心中起了怒火，俯瞰著林冉冉那心不甘情不願的臉，殘忍無情的說：「賞她五十大板。」

他就是要在場的所有人都知道，不歸順於他的人，就要和她的下場一樣慘。

沈氏落井下石，偷偷命那行刑的人道：「板子沾了水再打，上面再塗上點細鹽。」

這話被林冉冉一字不落的聽進耳裡，自然也被燕珩聽得見，可他無動於衷，任憑行刑的人將那又是水又是鹽的板子打在她身上。林冉冉伏在刑木上咬緊牙關，額角冷汗不停滲出，她始終一聲不吭，到了最後，嘴唇都被咬破出一條長而深的血口子。

五十大板一板不少，林冉冉的臀已血淋淋一片。燕珩走去她面前，命她抬起頭來。

她垂死一般的順了他的意，卻依然還是以那種蔑視的眼神望向他。燕珩蹙起眉，心中極為不快的同時，竟也酥酥癢癢，他到底還是喜歡看她這副狼狽之中透露堅韌的絕望模樣。燕珩唇邊笑意戲謔了一陣後，傳御醫來幫她收拾傷口，還留下一句：「看緊她，別讓她亂跑亂動，待到傷勢好了，就送來寡人的寢宮。」

在場的一眾人等都發出竊竊嗤笑，尤其是那心腸毒辣的沈氏，他笑那搶了朝臣無數風頭的定遠侯家，竟也有今天這般造化，真是陛下隆恩、老天開眼啊！

而林冉冉充了血的眼眸死死的盯住沈氏，她發誓有朝一日，必要千刀萬剮殺了沈氏全家，絕他後世！

·七·

一晃便是兩年過去，一代武將淪為寵臣這般醜事，已在伽國大街小巷中成了市井百姓的閒談笑柄。竟也有茶樓裡的說書人，剪出了燕帝與林氏的皮影，不厭其煩的一日又一日給客倌們講著，他們敗壞朝廷綱常的君臣苟且。

那貪好男色的燕帝不愛男子反愛林氏，那巾幗不讓鬚眉的護國將軍如駢死於槽櫪之中的母馬，實在是唏噓至極、唏噓至極啊！

而這兩年間，以虛職度日的林冉冉也成了朝臣的恥笑，連同她在朝中任著侍郎的兄長，日子也委實不算好過。母親鬱鬱寡歡，不常說笑了；父親老態盡顯，整日劇咳。定遠侯府竟成了人間煉獄，煎熬著上上下下全府人的心肝。

燕珩時常帶著侍衛與隨從來府上小住，大抵都是在林冉冉閨房裡度過的，沒他的旨意，旁人不許靠近這房間，除了守在門口的侍衛，就連定遠侯夫妻也不得接近半步。

儘管金銀綾羅源源不斷賞賜而來，林氏長子的官位也在朝中一升再升，但定遠侯府何時缺過這些被他們視作破銅爛鐵的物品？且林契就算是有朝一日要升做宰相，也免不了要被群臣孤立奚落。

他定遠侯府可是世世代代的武將之家啊！從未有哪代皇帝敢這般輕賤林氏，便是一個乳臭未乾的燕珩如此失道！

「乾脆殺了那狗皇帝，我再與妹妹一同策反朝廷。」林契一度瘋魔般的丟出此話，嚇得一旁的妻子趕忙去捂他的嘴。

就連定遠侯也哀求他道：「這般拖累九族的話，可是不能再說了！」

「難不成要一直這般忍辱負重的苟延殘喘下去？」林契拍桌起身，憤怒道，「我的妹妹可是收復了西北蠻夷的大將軍啊！是先皇欽點的！然而如今……如今成了什麼？竟成了那狗皇帝的寵妾了！」

定遠侯怒氣衝衝的揚手給了林契一記耳光，驚懼倉皇的道：「愚蠢！

莫非還執迷不悟看不透徹嗎？老夫這定遠侯的大勢已去，陛下已為冉冉壞了伽國國規，一旦連陛下也不再護著林家的話，那班朝臣頃刻間就會將林家生吞入腹，眼下這定遠侯府，早已是岌岌可危、不復當年了！」

林契紅著雙眼質問起父親：「這些都是誰人害的？害得我們林家搖搖欲墜的，不正是那狗皇帝嗎？天下女子那麼多，他隨便選哪一個不好，偏要毀了朝中女臣。若不是他，冉冉依然還是那征戰四方的護國將軍，她還會為伽國建立赫赫功勳，怎會是像現在……人不人、鬼不鬼的，全然都不像是原來的她了……」

說到痛心處，林契失聲痛哭起來，一旁那始終沉默的母親，早已是淚流滿面。她懷裡還有孫兒怔怔的看著祖母，不知發生了何事，多日未見姑姑，問著姑姑的去向。

「姑姑她……她在陪伴陛下。」林契的夫人拭著淚眼，對自己的孩兒輕聲道著，「禹兒聽話，要好好習武，等到日後長大，定要重振林家。」

稚童緩緩的點頭，指著門外那不遠處的林冉冉閨房道：「等禹兒長大，便替林家和姑姑報仇，去殺了那狗皇帝。」

一語驚醒了在座的四個林家人，尤其是定遠侯，飛奔著衝過來抱住那稚童，念著禹兒莫要亂說話，可念著念著，他自己卻痛心疾首的哽咽了。

且在那燭光微弱的林冉冉房內，一縷嫋嫋煙霧從白色帳幔中飄飄而出，燕珩裸著上身，手裡抬著煙槍，吐出一口煙，似責難般淡淡道：「你若是能懷上個一兒半女，寡人也能有個緣由再在朝上提冊封你的事。」

林冉冉不言不語，黯著一雙眼，是全然不在意的神色。燕珩瞥見她這模樣，不禁覺得慍怒，忍不住抓著她坐起身，冷聲問她道：「你可是瞧不起寡人的後宮？難不成要寡人把這王位讓給你來坐，你才會對寡人笑一下嗎？」

他是傲慢慣了的國君，自然是受不住她對他的忽視，倘若這話是對他那群面首與妃嬪說出的話，那幫人必然是要決定受寵若驚、心花怒放了。可林冉冉是連同他的皇位也感到不屑的，只低垂了臉，默然一句：「微臣不敢。」

燕珩最討厭的，便是她時時刻刻端著個臣子的身分，即便被罷了將軍一職，也還不肯去適應芝麻小官的差事。他覺得沒趣，命她道：「服侍寡

人穿上衣衫，寡人今夜要回宮去。」

林冉冉順從的照做，為他扣上衣領扣子時，卻被他一把抓住了手。

她看向他，他則挖苦她道：「你別以為那護國將軍的位置非你莫屬，如今你不做那差了，孟贏也做得不比你差。寡人如今寵著你，你便要好生知足，一個女人，是逃不掉生兒育女的，你最好別給寡人耍什麼花心思，被寡人抓到的話，必定生剝了你的皮。」

誠然，林冉冉只知自己日日被燕珩折磨，卻不知燕珩也是要在她看不見的地方受著折磨的。如果不是這兩年來他減少了百姓稅收，又賑濟東南，還試圖修建城牆來抵禦外襲的話，民心是得不到的，臣子也要見縫插針的搞著陰謀詭計。好在「昏君」一詞在他身上是亦正亦邪，百姓雖要揶揄他那不入流的情事，但也打從心裡認了他是品行端正的賢帝，人非聖賢，孰能無過，便是天子，也是要在情關上栽栽跟頭的。

而這會兒，他剛從定遠侯府回到宮裡，就見老臣孟繁九侯在他殿外。燕珩知他又要說那些惹人煩的話，隨即冷下一張臉，孟繁九趕忙來見過聖駕，隨著燕珩進了殿內，在侍女點燃宮燈退下後，孟繁九才將連夜見聖的目的呈上。他說：「陛下，老臣今日先去見了太皇太后，就有關陛下的子嗣問題，太皇太后與老臣的顧慮不謀而合。」

燕珩聽得心煩，不耐的道：「便是又要說林氏至今尚未懷上龍種，於公於私，都是留不得了吧？」

孟繁九沉聲道：「陛下聖明。恕臣直言，陛下因林氏而冷落了整個後宮，自是惹得群臣不滿，那後宮妃嬪皆是朝臣近親，理應不甘落在林氏後頭。」

燕珩冷哼：「依寡人所看，是你這個老東西看不慣寡人寵著林氏，而疏於理會你那蠢笨的兒子。」

孟繁九聞言，一張老臉青紅相間，他索性也不拐彎抹角，乾脆直言不諱道：「陛下，犬子孟贏的資質確實不如林氏，可他既已經勝任護國將軍一職，便是為陛下、為伽國鞠躬盡瘁的。老臣的確有著私心，倘若那林氏一朝不生出龍裔，她的存在便威脅著孟贏的官位！她畢竟是伽國臣子，哪天不得了聖寵，以恢復官職來從陛下這裡討個便宜，也是未嘗不可啊！」

燕珩眼神狠戾的看向孟繁九：「你這心思歹毒的老東西，竟是怕這種

子虛烏有的事情？枉費定遠侯當年於我父皇在世時諫言提拔你孟家，你卻趁夜跑來寡人這裡落井下石？」

孟繁九「撲通」一聲跪下身，哀慟道：「陛下！朝中人人皆知你偏袒林氏，想來她與她兄長林契這兩年來在刑部裡應外合，扳倒了不少曾對伽國有功的老臣，他們那把年歲，在牢獄裡是萬萬吃不得絲毫苦頭的。而陛下明知此事，卻從不問罪林氏，連太皇太后都道她媚惑君主，休要被列國看作笑柄。倘若陛下繼續被折磨迷了心神，這伽國豈不是要變成林家的天下？她林氏生得出孩子倒好了，陛下納她進後宮也是順理成章，群臣看似皇嗣的份上也不會再反對，可若生不出呢？陛下恢復她官職的話，孟贏可是無法再在朝中見人了！」

燕珩覺得可笑，起身踢了孟繁九一腳，嚇得那老臣趕忙往後躲，燕珩便踩住了他伏在地上的手，用力踩，那老臣也不敢呼痛，見了點血後，燕珩才略一低頭，冷言冷語道：「孟繁九，寡人勸你好生關心自己家的墳頭事為好。你那點陳芝麻爛穀子的破賬，寡人心裡自有分寸，她林氏還不敢動你，你莫要跑來寡人面前虛張聲勢了。」

見被識穿來意，孟繁九心中一陣鼓錘。且說這燕珩的確是已經對皇權輕車熟路了，他等曾在燕珩剛剛登基稱帝時，騎在新帝頭上作威作福的日子，怕是已成幻影。如今的燕珩無人能夠猜透，究竟林氏自作主張，抑或是他借林氏的手剷除異黨，都已不得而知，只不過，孟繁九仍舊冒死問出：「陛下……為何如此信任那傲慢無禮的林氏？當真是要為了她，而連太皇太后的顏面也不放進眼裡了嗎？」

燕珩陰下臉，眼底的狠戾之色令孟繁九再不敢多嘴，只得不停叩頭，直喊著：「陛下息怒，老臣罪該萬死。」

誰想到燕珩順勢傳來了侍衛，令道：「拖下去，扔進刑部。」

孟繁九傻了眼，倉皇的求饒道：「陛下饒命，陛下饒命啊！老臣……是老臣糊塗！陛下……」

空曠的大殿內，徒留燕珩一人獨坐。門外殘留著孟繁九的哀號聲，也漸行漸遠了，他仰頭望著雕畫在牆上的異域彩圖，是他登基那年差人畫上去的。圖中是仙子彩雲，成群的女仙衣香鬢影，裸露酥胸，腰間圍著薄如蟬翼的輕紗，腳上的繡鞋赤紅如霞，一個一個騰雲駕霧，似一團團氤氳

香風。

　　其中只有一個女仙有著清晰的五官，她容顏清麗，眼眸水濛，長髮束鬢，衣衫為朱。燕珩起身走去那畫前，抬手去撫她雪白的脖頸，就像去撩開林氏領口衣衫那般輕柔。

　　他近來總是回想起第一次將她拖上床時的景象。那會兒，他以為她是個清俊秀麗的男子，便是喜好男色的他，也不曾見到過這般樣貌美麗的絕色，可由於她是朝中臣子，又是定遠侯家的，斷然不能太過放肆，費盡周折差李華預備了一場鴻門宴，留下醉醺醺的她，就是為了那一晚承歡。

　　可她醒酒後極力反抗的勁道，的確是自幼習武才有的強勁，他險些敗下陣來，她卻因他是皇帝而不敢過分造次，便是趁了這個空檔讓他得了手，但扒開衣服的剎那間，他才猛地發現她是個女人。

　　他厭惡女人，是看見他眼中這份清晰的厭惡，她才藉機求饒起來。

　　然而，他那夜鬼迷心竅了，竟抬手拭掉她嘴角那被他打出的一絲血跡，將那血抹在她唇上，這般縷紅唇瓣，著實美豔。他看著，心情也大好，平日裡也慣不會這樣溫柔的去對待任何一個人，他指尖淌過她比珠玉白貝還要瑩潤的臂膀，心想著女人而已，也沒什麼碰不得的。

　　只是，她慘白的臉色也毫不避諱的顯露出了她對他的厭惡，這女人是個帶兵打仗的，大抵是個只想著保家衛國的榆木腦袋，必是從未嘗過男歡女愛之事。

　　唯獨她眼裡的那份厭惡，令他心生不快，想他經歷過險惡詭詐人心反覆，見識過爭權奪位的殘忍血腥，如今登上帝座，又怎會有人膽敢對他厭惡？

　　理應毀了她。那一晚，他的的確確是這樣做了。

　　怎料一夜過後，他成了窮途末路的追心者。這麼多年來，他本以為肌膚相親就是一件快事，再無須去在乎其他，可與她之間，除去肉體痴纏卻始終無法心意相通，如此，反倒令他倍感折磨。

　　燕珩盯著那像中的女仙，眼神裡說不清是愛還是恨，抑或是那在初見時就糾纏著他的妄念。

‧八‧

伽國歷年二百一十七年，鄰國啟國迎來新帝，那是位狡詐好戰的暴君。在即位五日後，便派來使臣到伽國，妄圖與伽國進行聯姻。燕帝婉拒，啟帝藉此挑起大戰，史稱「囚鹿之戰」。

由於啟帝親自率兵出征，燕帝也必要回以相同禮節。要說先皇對待燕帝極為苛刻，自他幼年起便要他學練武藝，前去戰場殺敵對他來說並不是一件稀奇事，想他十一歲那年，就已經被先皇混在軍營裡廝殺疆場，刀下的亡魂究竟有多少，他也懶得去數。

這一戰並無回頭路，燕帝負責衝陣，孟贏緊隨其後，哪料兩軍交戰時，那啟帝竟挑釁燕帝道：「看來伽國真如傳聞中的一樣再無名將了，驍勇善戰的林氏一旦成了國君的掌中玩物，那負責護國的大任，便只能交由無名小卒來濫竽充數。」

孟贏心覺受辱，當即怒喝著衝上前去與之大戰。而燕珩手段陰毒，竟繞去後方一劍砍斷了啟帝戰馬的四蹄，啟帝跌落下馬，反應敏捷的站起身，下令士兵圍攻伽軍，他自己則單槍匹馬和燕珩一較高低。

燕珩四肢輕捷，總是能躲開啟帝的蠻劍，但孟贏那邊的勢態卻不夠樂觀，他心浮氣躁，缺乏戰術，率領士兵掉入啟軍圈套，遭遇敵軍大量流箭，孟贏自己也雙腿中箭，後頭又有大量埋伏的啟軍趁機追上，前後包圍住了孟贏的兵，燕珩見狀不好，正欲前去支援，卻被啟帝的刀劍猛地刺穿了腹部。

且一刀還不夠解恨，啟帝將刀柄轉了幾轉，刀刃在燕珩腹裡扭動著他的腸子，令他的表情也一併扭曲如鬼。

啟帝心滿意足，笑得陰惻惻：「都說伽國的國君年輕又美貌，是列國之中的第一美男子，也不知把你這張俊俏的臉皮剝下來，戴到本王的臉上，是不是也能迷倒一眾男女群臣？」

這話一語雙關，極為不敬，燕珩想著定要將他凌遲致死，可奈何孟贏等人無法救駕，他徒手握住那腹中刀刃，正想拚力推出，眼前忽然晃過一縷赤紅朱色，他驚愕的抬起眼，那馬背上的人影快如雷閃，一個翻身騰空便砍掉了啟帝的頭顱。

燕珩回身去看，那人影赤色軟甲映進他眼底，且那紅衫隨風而舞，他探出手去，試圖抓住她。她也伸出手來，一把握住他的手，將他拖到了自己的馬背上。

她策馬直奔前方的荒野茂林之中，所經之處，自有敵軍阻攔，她手中的紅纓槍俐落揮下，動作快得看不清章法，待到回過神時，地上只餘遍野屍橫，她攜他如飛鳥投林般突破包圍，疾馳而進那幽暗荒林。

山澗流水瀑布，周遭密林如荊，在隱蔽的松柏巨岩後頭，林冉冉勒住了馬韁。在她馬背上被顛簸了一路的燕珩緊蹙眉頭，他蹣跚的下了馬，倚靠在一樹坐下，捂著腹部那刺中鎧甲血淋淋的皮開肉綻，斜睨向她。

林冉冉也沒打算遮掩，翻身下馬走去他面前，冷聲道：「還請陛下恕罪，微臣無意衝鋒陷陣，而是見不得陛下戰敗，方才鋌而走險。」

燕珩疼得鑽心入骨，他咬緊了牙關，瞪著她：「你膽敢混入軍隊，已是死罪……」

林冉冉當即負手躬身，道：「有勞陛下賜臣一死。」

燕珩額際的冷汗順著下顎流淌滴落，他的意識逐漸渾濁，在眼前黑下去的前一刻，他抬手去喚她：「冉冉，你來寡人身邊……」

她驚了驚，沒有動，看著他陷入昏迷，她藏在身後的短刀停住了動作。便不知是因那一聲飽含深情的冉冉，還是因他洩露了一絲從未有過的軟弱無助，錯綜複雜的諸多因素，阻礙了她殺他的心。

這一刻，是最好的時機，但凡她殺了他，在這荒郊野嶺中，即便孟贏那幫人幸得生還，找到他時也會是一具枯骨，又如何能疑到她頭上來？只當是他戰死罷了，而她也不必再做他的玩物，她林家也不必再因她而蒙羞，一切都該有個了結。

但，她猶豫著，轉頭看向停在樹旁的戰馬，那是她的「颶風」。

颶風烏黑的眼眸盯著她，像是看穿了她的彷徨與迷惘，如同通人性一般俯首，去咬了幾株草藥。她沉下眼，頹唐的拾起那草藥，而後在燕珩面前坐下來，她盯著他看了很久，看到她心中的恨意升騰成毒，蔓延遍布她全身。她終於舉起手中的短刀，狠絕的丟了出去。

隔日天際發白，鳥鳴聲乍起，樹下的燕珩疲乏的睜開雙眼，他昏昏沉沉的低下頭，見自己腹部上黏著被嚼爛的止血的草藥，他怔了怔，忽聞馬

匹嘶鳴。他循望而去，輕柔的晨光下，身穿赤朱鎧甲的妙齡女子正在策馬奔騰，她在享受久違的與戰馬共舞的樂趣，從前以往，她是在馬背上度日的，她一直認定持劍殺敵是她的歸宿，而這一刻短暫的馳騁，為她帶來的是自由與快意。

她的臉上有灑脫的笑容，是他從未見過的，美得驚心動魄的笑。

他靜默的望著眼前這光景，心中陰鬱的想著，若想留住一隻野鳥，唯有扯斷她的翅膀。

‧九‧

林氏任刑部主事的第三年，是啟國與伽國簽立互不侵犯文書的年頭，也是燕帝推行政變的第一年。羽翼已豐的年輕國君，在朝中大刀闊斧的實行變革，換掉了約莫半數遺老陣容，因受賄、買官的上三品，都在證據確鑿的情況下被抄了家，連同祖輩三代都被打發去了刑部受審。

在那段時間裡，林冉冉處理了許多官僚老臣，且也學會了用更狠的刑與更狠的罰，連見慣了血腥的獄卒在外頭聽見裡面的慘叫聲，都會感到毛骨悚然。而近來任了刑部侍郎的林契，在處置一派壓迫百姓的知府後，來到刑部查看林冉冉當差。他一進到牢獄，便聞到潮濕猩重的血氣味兒，再往裡看，就見昨日還是朝中臣子的兩名四品官員懸吊在空中，身上囚衣血淋淋一片，裸露在外的皮膚也是血肉外翻，著實觸目驚心。

林冉冉正負手站在牢房裡，竟是在認認真真聽著那兩名老臣對她的咒罵。其中一囚言辭狠毒，連帶著當今陛下也一同罵得不堪入耳：「那無孔不入的狗皇帝，奸男睡女，便是你這賤婦做他的屠刀來折磨我等，待到黃泉路上見著了面，我定生吃了你們！」

林冉冉不急不惱，面色平淡，一張素臉背著光，顯出幾分蒼白，便也是見慣了大場面，對此等小差事也提不起興致，只管命人拿了細鹽，去撒那囚犯傷口上面。

如厲害嘶吼般的慘叫讓林契止步難行，他胃中噁心，捂著嘴衝出牢房。林冉冉餘光瞥見他，緩緩走到他身邊，倒也公私分明的恭敬道：「卑職見過林大人。」

林契擦了擦嘴，皺著眉頭和林冉冉借一步說話，無非是責難她手段殘忍，何必如此不厭其煩的折磨囚犯？林冉冉並不以為然，林契當即覺得是燕珩害得她如今這般人鬼難辨，懊惱的嘆道：「若你那日能了結他的性命，便會扭轉勢態局面了。可惜了啊！你到底是婦人之心，錯過了那再不會有的絕佳良機。」

她曾在戰場上救駕這件事，除了燕珩，其實沒有旁人知曉，林契會這麼說，是他太過瞭解他妹妹。那日，她穿戴上許久不曾碰過的鎧甲，騎上颶風從家門中飛馳而去的時候，林契就知道，她到底還是要去那沙場的。她太清楚戰爭的脈動，從來不是她需要戰爭，而是戰爭需要她。只是，如果在那場囚鹿之戰中趁機殺了燕珩，她便會從男女情事中徹底解脫。

林契也不只一次的問過她為何沒有動手，她也只回答過一次：「他算是一個好皇帝。」

徵兵、修城、減稅、改革……，他的確在為百姓建立盛世，哪怕，他之於她，是噩夢，是深淵。

可，木木秀於林，風必摧之；堆出於岸，流必湍之；譬如水也，通之斯為川焉，塞之斯為淵焉，升之則雲雨，沉之則地潤，體清以洗物，不亂於濁，古之王者，蓋以一人治天下，不以天下奉一人也；古之仕者，蓋以官行其義，不以利冒其官也。古之君子，蓋恥得之而弗能治也。

「死生，命也。」林冉冉靜默道，「雖說竹杖芒鞋輕勝馬，一蓑煙雨任平生。然而，終究是人各有命。」說罷，她又道，「我信命，但不認命。」

縱然是天地不仁，以萬物為芻狗，然，民不畏死，奈何以死懼之？她自然曉得自己的弱，於皇權相比，她只是一顆沙礫，可就算這是她的命，只要還有一線生機，她就試圖去抓住那微弱的希望。

只不過，她到底還是小看了人心的惡。

因那一晚，曾是燕珩面首之一的貴族泊睒君，不滿燕珩近來對他的冷淡，便將一口惡氣都怪罪在林冉冉身上。他趁著夜色濃重，也聽聞林氏兄妹都在刑部忙著審理囚犯，便私下裡帶著幾個隨從去了定遠侯府。

他自然是不敢去和林冉冉當面囂張的，只是想去林氏府上撒潑一番，洩憤罷了。要知他父親也被燕珩貶了官職，自是泥菩薩過江自身難保，他

這下沒了靠山，又失了皇寵，斷然不會以卵擊石。

到了林府，報了名號，家奴便要他先去堂內坐坐，這便去請老爺夫人前來。他想著也好，畢竟定遠侯已老，給老東西個下馬威也未嘗不可。正等候時，見到外頭的侍女帶著林契的孩兒去廂房小睡，那男童非哭鬧著要紙船，侍女無奈之下，只得折返回去少夫人的房內取紙船。泊眹君見男童落單，便走出去同他逗趣，男童睏倦，心情也惱，又見泊眹君穿著鮮豔，竟是童言無忌道：「哪裡跑來的花妖精，不男不女的，真是難看晦氣！」

這話令泊眹君震怒，他抓住那男童，揚言要替林契好生教育一番，可男童哪裡肯從，喊叫著打他踹他，氣急了便朝泊眹君的手咬了下去，泊眹君咒罵著打了他一耳光，男童因此而腳下不穩，一個不留神就摔去了身後的池塘裡。

男童只有五歲，尚且不會習水，那池子裡的水又深又涼，他只撲騰了幾下，甚至連呼救聲都沒發出就沉了下去。泊眹君見狀，心驚肉跳，連忙和侍從逃出了定遠侯府。

等到屍首被打撈出來時，已經是兩個時辰之後了，林契夫妻二人跪抱著屍體痛哭悲泣，定遠侯與夫人更是雙雙暈死過去，而林冉冉站在眾人之中，臉上布滿驚色。

家奴在一旁斷斷續續的啜泣著：「本來……本來是不認識那位公子的，可看他打扮是位貴族，他自稱劉氏，是三小姐的舊識，才放他進來府中的。怎想到，竟會害了小少爺……」

林冉冉一聲不吭，她靜默的站立著，寒冷撲面而來，背脊竄起一陣陣寒意，回過神時，她已然殺氣騰騰的提著劍衝出了府去。

約莫子時，皇宮內院，李華跌跌撞撞的來和燕珩報了那慘事，燕珩聽後，立刻帶人前去王氏府上。等到了門外，見家奴已有三三兩兩倒在地上，四肢受了刀傷，留了滿地鮮血。

燕珩順著那血跡一路向前走去，李華試圖阻攔他，直道：「陛下，待老奴前去一探究竟，陛下龍體受不得汙濁……」

燕珩一擺手，眸中怒煞之氣嚇得李華噤了聲。等他走去了王氏房內，滿屋子的血腥氣與喘息聲仿若水乳交融，林冉冉踩在泊眹君的身上，手中利劍刺穿其背部，她因憤怒、絕望、悲痛而粗重的喘息，哪怕是泊眹君早

已是具死屍，她還是將那劍身反覆的割、刺他的皮肉，連同她臉上的淚痕，都化作了惡鬼一般的血印。

燕珩死死盯住她，眼中殺意泛紅，他的聲音如鈍器，陰鬱而沉重：「來人，生擒了林氏。」

林冉冉聞聲回過頭，襲向她的是無數錦衣侍衛，她卻像殺紅了眼，反手握住那把跟隨了她十餘年的利劍，將來者的頭顱一一斬下。如果這就是她的命，那她寧願以自己的命來換回禹兒的命。如果日後等待她的，只有無盡的痛苦和折磨，不如就讓所有掙扎都在這一夜挫骨揚灰、化作灰燼。她知她無路可逃，也知普天之下沒有她的容身之處，可禹兒為何要替她死去？不，即便是枉死，也不該是她林氏一族，她終究是不認這命！

然而流箭放出，她雙腿中箭倒地，一眾侍衛飛撲上來欲將她擒拿，但她拚盡全力爬起了身，轉身砍下俐落一刀，三名侍衛身首分離，但放眼一望，她已被團團包圍，弓弩瞄準了她，加之身上傷勢慘重，她今日怕是難逃一死，那索性……她眼神陰狠的尋找到了站住樹下的燕珩，他那條命，本就是她救回來的。

如今，也該還了。

「冉冉……」

那一聲來自父親的呼喚，讓林冉冉手中的刀，停在了半空。

她驚愕的循聲望去，她的父親定遠侯不知何時被帶來了此處，他眼中有懇求，縱橫著老淚，搖頭道：「不可忘了君臣之禮，冉冉，快快向陛下求饒吧！」

她看見了那架在父親脖頸上的刀刃，剎那間懂了，手中的刀也失魂落魄的放下，眾多侍衛趁機一擁而上，將她五花大綁的擒到了燕珩面前。

· 十 ·

那是她被折磨得最為痛不欲生的一次。

在定遠侯的面前，燕珩命人極盡所能的去折磨她，把她雙手、雙腳死死的綁住，再在她腰間拴上一塊巨石，任憑野馬拖著她在院內狂亂奔跑。馬蹄踐踏在她身上，被流箭中傷的血口皮開肉綻，燕珩還是覺得不解恨，

乾脆親自上陣，將她拖曳著來到水缸前，把她的頭按進水裡數次，一旦她昏厥，就要人拿鞭子將她抽醒，待她略清明的片刻，他逼近她咬牙切齒的質問：「你怎會如此狠毒？竟敢殘殺寡人身邊的人？」

她面目被血漬模糊，卻仍然不服道：「微臣曾聽聞冥界有一地獄，是要將凡間作惡多端、依仗權勢的人剝光衣服，投入熱油鍋內翻炸……是用來懲罰罪孽深重之人的……油溫高熱，燒而不死，反反覆覆，無休無止……」

燕珩慍怒，她冷笑道：「陛下明知微臣是能為國效力之人，卻偏偏將微臣視作玩物，你以為……微臣不恨絕了你嗎？而陛下，卻縱容王泊眹來害微臣兄長的孩兒，如何叫微臣能咽下這口氣？」

縱容，她竟認為是縱容。那王泊眹的老父已被他罷去官職，其家族勢力也怨聲載道，這般時刻鬧出如此霍亂，豈不是要他復了那老奸巨猾的臣子官位，才能消解仇怨？他並不是氣她殺了王泊眹，而是氣她明知他的難處，卻還要生生的來絆他一腳！

「寡人自是待你不薄。」燕珩氣到極致，牙齒都咯咯作響，「如果不是為了你，定遠侯早年的作風，也是要被群臣揪出來彈劾一番！你以為你林家全都同你一樣鐵骨錚錚、為官清白嗎？你那兄長做過何事，寡人一清二楚！便不要來和寡人講條件，更不可藉著寡人寵著你，就忘了你自己的本分！」

說罷，燕珩一把將她甩到地上，歇斯底里的大聲令道：「把她給寡人打入大獄！沒有寡人同意，誰也不許給她一口飯食！」

定遠侯滿面長淚的望著女兒被人拖走，可他卻連為其求情都不敢，只怕惹怒了燕珩，將會禍及九族，他自是不敢輕舉妄動。

而林冉冉入獄後，長達半月無水可喝、無飯可吃，就連傷口都化了膿，潰爛成疾。又過了數日，李華來傳皇帝的旨意，要御醫進獄中為她診治。那可是嚇壞了御醫，年過半百，還沒見過那般淒慘的傷患，若不是從小習武練得一身強勁體魄，她怕是早已死了千百次了。

一晃半年過去，她都是在獄中養傷，這期間無人敢來探望她，便是只有她兄長林契和魏恆潾不怕死的來過一次，至於燕珩，是斷然沒有出現過的。而林契最後一次來看她時，要她安心再等等，一旦時機成熟，他便能

替禹兒報仇，也替她報仇。這話她是沒有放在心上，全然不知林契在打的危險主意。直到傷勢痊癒，已是到了梅雨時節，燕珩終於鬆了口，把她放了出來。

時隔八個月，再次相見，仍然是初遇時的別院。他讓李華備了一套華服給她換上，是血紅得讓人血脈賁張的嫁衣。她換好之後來到他面前，衣衫紅綃，綰近香髻，一縷鬢髮垂落下來，拂過玉白臉頰。他有些動情似的抬手撫那絲鬢髮，捋去她耳後，對她說：「便罷了官，做寡人的妃，若你乖順，日後，那皇后也會是你。」

她沒說話，也沒看他，只垂著一雙眼，忽而問道：「聽聞陛下數月來都在打理朝事，不問後宮？」

他一怔，蹙起眉，像是不痛快似的，半晌過後，他又妥協著嘆了一聲氣：「那後宮裡沒什麼看頭，要是你去了的話，寡人才會常去後宮的。」

她道：「陛下為何獨獨寵幸微臣？微臣何德何能？而且……微臣也不是男子，只是個女子罷了。」

他反而笑了：「你竟也知道你是個女子？既是女子，何必執著於報效家國？」

她沉下眼：「眾人皆俗，各有執念。」

他道：「你與其執念家國，為何不執念於寡人？倘國是寡人的，寡人要你做什麼，你才會有什麼，惹寡人不高興，你還會有好果子吃嗎？」

她平靜道：「執念不分喜好，也是求不得，才要去求。」

他有些不耐，「看來你在獄裡思過了七個月都是徒勞，和從前一樣，仍舊是頑固不化。」

她卻淡淡一笑，斗膽道：「陛下自己又何曾不是呢？」

她從沒對他這樣笑過，四年來，這怕是頭一遭。他自是心神一蕩，伸出手拉她坐進自己懷裡，吻上了她的額頭。

同年，在燕珩下旨罷免林冉冉官職的當日，她帶著手下人等去手刃了沈氏滿門，而後連夜逃出了宮去。燕珩在得知此事之後異常暴虐，先是斬了她那幾個手下，而後又逼宮她素日來最為要好的魏恆潾。

起初，那魏恆潾也是肝膽相照的講著義氣，說死也不肯去為燕珩效這份不仁不義之力，然而，燕珩以他妻兒性命做威脅，魏恆潾也不得不低

了頭。

可當他算計著她會去的地方，當真是把她找到了之後，燕珩言而無信，不僅殺了他妻兒，還將他關進獄中做終身囚徒。這也是人之常情，他魏恆濘明明愛慕林冉冉數年，卻始終不敢承認，圍繞在林冉冉身邊礙著燕珩的眼，便是早就留不得了。

但最為可恨的是，林契與原是三皇子的賑親王密謀策反，卻在行刺時被早已得知此事的燕珩來了個黃雀在後。

林冉冉救兄心切，再度犯了那天不怕地不怕的老毛病，竟是持劍衝進皇殿之中救人。然而寡不敵眾，林氏兄妹被雙雙捉拿，燕珩逼迫林冉冉弒了兄長，以證明自己從未參與篡位謀反的清白。林冉冉斷然不肯，還說一切都是她的主意，到底是令燕珩勃然大怒。

其實天子也是凡人，再如何血統高貴，沾上了執念，也是要犯糊塗的。他的的確確以為林冉冉還沒有斷了想殺他的心，又因這次謀反而決定臉上無光，竟一時失去理智，把那林契按在林冉冉的面前，讓人敲碎了他的頭蓋骨。

林契是被活活折磨死的，就在林冉冉的面前。她目睹長兄在慘叫哀號中咽了最後一口氣，定遠侯家唯一的男嗣，就此亡了。

偏生是林氏為媚主奸臣的一眾臣子紛紛諫言，要燕珩廢了窩藏逆反之心的林氏，奸臣不除，人心不穩，燕珩聖明何在？百姓如何能服？

「陛下！林氏一族欺君罔上、媚君惑主，若再留她性命，只怕會惹起更大的禍端。如果陛下今日還念及與林氏舊情，我等老臣將誓死不從！」

那班朝臣逼著燕珩做出令他們滿意的決定，燕珩恍惚之間只輕輕頷首，便有朝臣趁勢道：「陛下旨意！賜死林氏！」

燕珩如夢初醒般，卻見一群黑壓壓的人將林冉冉從殿內拖了出去，她非但沒有掙扎，反而是極為從容的放聲大笑。不出半炷香的時間，他見她被群臣從大殿臺上推了下去，接著一把火燃起了她的屍身，灰飛煙滅間，燕珩的臉上，映滿了火光。

他想著她本不必死的，而他的臣子們之所以恨她，是因為她壞了伽國的規矩。

她死了，那班人才能解氣，但最緊要的，逼著她壞了規矩的人是他。

君主與臣子扯上男女情事，本就亂了禮數，而將那蠱惑君主的女臣處死，自是還了聖上一個英明。這樁本將遺臭萬年的醜事，就在一場火裡被燒得乾淨，從今往後，再無人提及，便無人知曉。

伽國需要的是國君，而不需要擾亂國君心智的妖臣，且他本是想去護她、疼她，卻因自身欲望而把她推去了滔天深淵。如果那一夜，他沒把她拖上床，她還是為國鞠躬盡瘁死而後已的常勝將軍，豈會是這般淒淒慘慘、家破人亡的田地？

思及此，燕珩雙眼洩露無助，他抬手捂住嘴，顫抖著手指，胸中一股熾熱逼上頭來，他劇咳一聲，一口濃血噴在掌心。

於同年秋，燕珩害病不起，太皇太后尋遍天下名醫，無人能治其病，燕珩在病榻上躺了三個月，面容一天比一天蒼老，油盡燈枯之際，他忽然抬起手去在空中胡亂的抓。他囈語著：「抓不到那隻鳥兒啊！紅色的，寡人最喜歡的那隻鳥……」

這話說完，他垂下手，死未瞑目，年僅二十七歲。

再說林冉冉，那日殿上一躍的人並非是她，孟嬴憐憫她這些年來受盡磨難，也早料到群臣想殺的心，便早早布好了局，帶著一群人等，趁亂來了個狸貓換太子，以一名女囚換出了她，並暫且將她安頓在鄉下隱蔽處。不久之後，定遠侯一家攜林冉冉離開了伽國，前往他國生活。且說來也怪，林冉冉在那日醒來後，就忘記了曾經發生過的一切，包括燕珩，包括林契的死，她全然都不記得了。只知自己曾是伽國的護國將軍，並認定自己至今仍是。

到了那小國，定遠侯一家也算是能安穩度日，恰逢一戶貴族薛氏來府上提親，定遠侯與夫人商量著，便也答應將林冉冉嫁去薛家。

林冉冉出嫁那天，是燕珩駕崩那日。

一個記不得過去的將軍，一個放不下執念的國君。

一個不認其命，一個求而不得。

心魔作祟，心亂，人亂，此生亂。

又有道士說伽國幾代國君接連暴斃，是國號不吉，新帝信其話，改了國號，至此，稱作焰國。

─────── ・終・ ───────

　　漆黑不見五指的地窖，唯黃豆般大的洞口裡探出一道光。九歲的燕珩睜大眼睛去看那洞外的天空，有一隻羽毛漂亮的鳥兒在飛舞，通體赤紅，眼眸烏黑。

　　他想著要去摸一摸那鳥兒的羽毛。

　　哪怕，那隻鳥根本不會記住他是誰。

　　哪怕，那隻鳥到了地面，會變成身穿赤紅鎧甲，策馬奔馳、持劍沙場的紅衣女子。

　　她手握韁繩，率領千軍萬馬馳騁山河，盡忠盡義，是為一代名將。

　　只可惜，她一生短暫，戎馬半生，不得其志，史冊無名，唯剩寂寥。

▎後記

　　從 2019 年年初開始寫「孟婆系列」的第一本《渥丹篇》，到今天已經用了三年時間。在這三年中本著傳播道學的初心一路寫來，從第一部渥丹的 18 萬字，到第二部桑黛的 21 萬字，第三部沅宸的 25 萬字，第四部墨舞的 26 萬字，再到這第五部南葵的 32 萬字。絮絮叨叨寫完這套書，竟也有 122 萬餘字。

　　這一路堅持下來，多虧了家人和朋友們的鼓勵與支持，有時自己寫著寫著就開始心猿意馬，開始各種犯懶，但所幸總能克服情緒堅持下去。

　　筆下的五位孟婆，她們性格、身分、秉性各異（唯一共同點：愛吃美食，這是代入了我自己的好吃特質而寫），有熱血無私的大將軍渥丹，有清冷善良的公主桑黛，有仁心仁術的醫者沅宸，有歷經情劫修仙的墨舞，還有心繫三界眾生的南葵。在她們之中，我個人的特性導致可能偏愛沅宸與墨舞一些，當然，每位讀者也有自身的喜好與判斷。相較於孟婆，冥府之中的林冉冉、冥帝和墨、牛頭、馬面、黑白無常……等等，皆是有血有肉、有喜有悲的鮮活形象。

　　這套小說的可讀性，或許並不如其他暢銷小說，因為裡面夾雜了很多道學知識與道家的哲學觀、宇宙觀，以及中國傳統的「天人合一」的理念。為的就是能以這樣一個看似輕鬆的方式，將其更為廣泛的傳播給年輕人。「天道」、「人道」都是符合與「道」的運行規則，當我們每日忙碌於紅塵之時，是否能體悟到無所不在的「道」，又是否能做到「依道而行」。「如何清靜，漸入真道」認識大道的本質，超脫七情六欲所造成的短視與偏見，以更高的視角去看待生活與生命。

　　這五部作品之中，有我對親情、友情、愛情，以及戰爭與和平的思考與認知，這裡並沒有什麼說教，也沒有必然的標準答案，所期望的只是讀者能代入其中，在面臨種種問題與選擇之時，思考自己將如何面對與抉擇。

　　《道德經》第四十四章寫道：「得與亡孰病？甚愛必大費，多藏必厚亡。故知足不辱，知止不殆，可以長久。」這段話我將其寫在了工作室的

黑板之上，常常提醒自己對於「甚愛」與「厚藏」的度與界限。

在前言之中我寫了自己喜歡的《敦盛》，在整套書的後記之中，附上自己由衷熱愛《清靜經》中的一段話：

夫人神好清，而心擾之；人心好靜，而欲牽之。常能遣其欲，而心自靜，澄其心而神自清。自然六欲不生，三毒消滅。所以不能者，為心未澄，欲未遣也。能遣之者，內觀其心，心無其心；外觀其形，形無其形；遠觀其物，物無其物。三者既悟，唯見於空唯見於空；觀空亦空，空無所空；所空既無，無無亦無；無無既無，湛然常寂；寂無所寂，欲豈能生？欲既不生，即是真靜。真常應物，真常得性；常應常靜，常清靜矣。如此清靜，漸入真道；既入真道，名為得道，雖名得道，實無所得；為化眾生，名為得道；能悟之者，可傳聖道。

老君曰：上士無爭，下士好爭；上德不德，下德執德。執著之者，不名道德。眾生所以不得真道者，為有妄心。既有妄心，即驚其神；既驚其神，即著萬物；既著萬物，即生貪求；即生貪求，即是煩惱。煩惱妄想，憂苦身心。但遭濁辱。流浪生死，常沉苦海，永失真道。真常之道，悟者自得，得悟道者，常清靜矣。

在此願諸位：四時吉祥、平安喜樂。

李莎
2022 年元月於廣州工作室

孟婆傳奇：南葵篇

作　　　者／李莎
封 面 書 法／季風
封 面 設 計／董紹華
插 畫 創 作／董紹華
美 術 編 輯／孤獨船長工作室
責 任 編 輯／許典春
企畫選書人／賈俊國

總　編　輯／賈俊國
副 總 編 輯／蘇士尹
編　　　輯／高懿萩
行 銷 企 畫／張莉榮・蕭羽猜・黃欣

發　行　人／何飛鵬
法 律 顧 問／元禾法律事務所王子文律師
出　　　版／布克文化出版事業部
　　　　　　臺北市中山區民生東路二段 141 號 8 樓
　　　　　　電話：(02)2500-7008 傳真：(02)2502-7676
　　　　　　Email：sbooker.service@cite.com.tw
發　　　行／英屬蓋曼群島商家庭傳媒股份有限公司城邦分公司
　　　　　　臺北市中山區民生東路二段 141 號 2 樓
　　　　　　書虫客服服務專線：(02)2500-7718；2500-7719
　　　　　　24 小時傳真專線：(02)2500-1990；2500-1991
　　　　　　劃撥帳號：19863813；戶名：書虫股份有限公司
　　　　　　讀者服務信箱：service@readingclub.com.tw
香港發行所／城邦（香港）出版集團有限公司
　　　　　　香港灣仔駱克道 193 號東超商業中心 1 樓
　　　　　　電話：+852-2508-6231 傳真：+852-2578-9337
　　　　　　Email：hkcite@biznetvigator.com
馬新發行所／城邦（馬新）出版集團 Cité (M) Sdn.Bhd.
　　　　　　41，JalanRadinAnum，BandarBaruSriPetaling，
　　　　　　57000KualaLumpur，Malaysia
　　　　　　電話：+603-9057-8822 傳真：+603-9057-6622
　　　　　　Email：cite@cite.com.my
印　　　刷／韋懋實業有限公司
初　　　版／2022 年 4 月
定　　　價／399 元
I S B N／978-626-7126-02-8
　　　　　　9786267126059（EPUB）

城邦讀書花園　　布克文化
www.cite.com.tw　www.sbooker.com.tw